MW00476884

BESTSELLER

Luis Montero Manglano nació en Madrid en 1981. Es director de formación y profesor de arte e historia medieval en el Centro de Estudios del Románico de Madrid. Ha publicado las novelas *El Lamento de Caín* (por la que ganó el premio EATER a la mejor novela de terror, 2012), *La aventura de los Príncipes de Jade* (2017) y los tres volúmenes de la trilogía de Los Buscadores: *La Mesa del rey Salomón* (2015), *La Cadena del profeta* (2015) y *La Ciudad de los Hombres Santos* (2016), con las que muestra sus amplios conocimientos de historia y su pasión por la literatura.

Biblioteca

LUIS MONTERO MANGLANO

La Cadena del Profeta

DEBOLS!LLO

Primera edición en Debolsillo: junio, 2016
Segunda reimpresión: febrero de 2017

Travessera de Gràcia, 47-49. 08021 Barcelona

Printed in Spain – Impreso en España

ISBN: 978-84-663-3377-1 (vol. 1162/2)
Depósito legal: B-7.339-2016

Compuesto en Revertext, S. L.

Impreso en Novoprint
Sant Andreu de la Barca (Barcelona)

P 333771

Penguin
Random House
Grupo Editorial

Para Marta.
Gracias por leerlos todos

Bajo el Arco de la Vida, donde amor y muerte, terror y misterio guardan su santuario; yo vi la Belleza sentada en un trono.

DANTE GABRIEL ROSETTI

Sólo el Misterio nos hace vivir. Sólo el Misterio.

LORCA

MALÍ
Sáhara Occidental (MARRUECOS)
Erg Chech
ARGELIA
Tanezrouft
Taoudenni
S á h a r a
Tessalit
El Djouf
MAURITANIA
Adrar de Ifôghas
Araouane
Azawad
Kidal
Tombuctú
Bourem
Gourma-Rharous
Goundam
Gao
Ménake
Ausongo
OCÉANO ATLÁNTICO
Douentza
Nioro du Sahel
Nara
SENEGAL
Kayes
Mepti
NÍGER
Niono
Bafoulabé
Djenné
Níger
Segú
GAMBIA
San
Kita
Kénieba
Koulikoro
Bamako
Koutiala
GUINEA
Bougouni
Sikasso
BENÍN
Níger
NIGERIA
TOGO
SIERRA LEONA
COSTA DE MARFIL
GHANA

Nota del autor

Con la idea de favorecer el seguimiento del relato, se incluye una breve cronología de los hechos más importantes acaecidos en Malí desde sus orígenes hasta la actualidad.

Siglo VIII: los soninké fundan el Imperio de Ghana.
1087: desaparición del Imperio de Ghana, que queda fragmentado en doce pequeños reinos.
1234: batalla de Kirina. Sundiata Keita, el Príncipe León, reunifica los Doce Reinos y se proclama soberano (*mansa*) del Imperio de Malí. Su linaje pertenece a la etnia de los mandinga.
1312: Mansa Musa es coronado emperador de Malí. Su reinado coincide con un período de auge y esplendor en sus dominios. Musa I promovió la islamización de su reino, mandó barcos a explorar el Atlántico, favoreció el comercio y la cultura y embelleció las ciudades más importantes del imperio.
1327: el arquitecto andalusí Abu Haq Es Saheli inicia la construcción de la Gran Mezquita de Djinguereber, obra cumbre de la arquitectura maliense.
Siglo XV: huyendo de los tuareg cazadores de esclavos, los dogones se establecen en los desfiladeros de Bandiagara con ayuda de una tribu autóctona de pigmeos a los que llaman «tellem».

1464: Sonni Alí Ver, príncipe songhay de Gao, proclama la independencia de su provincia del dominio de los emperadores de Malí.

1492: el general songhay Mohammed Touré se intitula como «Askia» (despojador). Desde la capital de su reino en Gao, comienza una campaña de conquistas que culmina con la anexión casi total del Imperio de Malí.

1496: tras proclamarse califa, el Askia Mohammed I funda el Imperio songhay, el más extenso de África Occidental.

1591: batalla de Tondibi. Diego Guevara, conocido como Yuder Pachá, vence al grueso del ejército de Ishaq II, último soberano Askia, y conquista el Imperio songhay. A su muerte, el imperio se fragmenta en multitud de pequeños reinos que se alternan en el dominio de la región.

1885: el general Joseph Gallieni conquista Malí y lo convierte en una colonia de Francia.

1960: se proclama la república independiente de Malí.

2012: los tuareg del Movimiento Nacional para la Liberación del Azawad, aliados con los islamistas de Ansar Dine, comienzan una rebelión contra el gobierno de Amadou Toumani Touré. El presidente es derrocado después de que la mitad del país caiga en manos de los rebeldes.

2014: bajo amparo de las Naciones Unidas y a petición del gobierno de Malí, Francia desencadena la «Operación Serval» para frenar el avance de los islamistas.

Mi padre era un buen narrador. Sabía cómo engancharte con un argumento sin que resultara tedioso o sin que perdieras el hilo.

Por desgracia, sólo me contó una historia en su vida, una sola, sobre un rey, una bruja y una mesa con poderes divinos; y ni siquiera fue capaz de ofrecerme un final. Tuve que encontrarlo yo por mis propios medios.

Ésa también es una buena historia; podría contártela, si quieres, pero conozco una mejor.

Me gustaría poder relatarla del mismo modo que lo habría hecho mi padre. Ojalá hubiera pasado con él el tiempo suficiente como para aprender sus trucos de narrador, pero desapareció de mi vida demasiado pronto, por motivos que escaparon a su control. Ese relato también es muy bueno.

Pero, ya sabes, conozco uno mejor…

Voy a contarte sobre imperios y conquistadores.

Podría comenzar mi historia con alguna poderosa invocación literaria, algo sobre musas de fuego o millares de espíritus inmortales. Sin embargo, prefiero utilizar mis propias palabras: ésta ya es una historia demasiado grande como para adornarla.

Comienza con la familia Guevara. Una estirpe de moriscos toledanos que, según se decía, era tan antigua que cuando los visigodos llegaron a la península Ibérica, los Guevara ya los veían como extranjeros. De ellos poco más se sabe, salvo que en algún momento de su andadura decidieron convertirse al islam y que, hacia el siglo xv, recibieron como pago a su hospitalidad un libro de manos de un juez llamado Al Quti que huía de Toledo, perseguido por la Inquisición, en dirección al norte de África.

Si mi padre me hubiera contado esta historia, estoy seguro de que llegado a este punto yo le habría interrumpido, y le habría preguntado qué libro era ése. Él me hubiera mirado, sonreído de forma ladina y me hubiera dado una única respuesta:

—¿Quieres saberlo? Podría contártelo, desde luego, pero conozco una historia mejor.

Supongo que los vicios suelen heredarse. El de mi padre era contar las cosas sólo cuando él lo consideraba adecuado, cuando pensaba que podían aportar un mayor efecto a su narración.

Los Guevara guardaron aquel valioso libro y el secreto que Al Quti les reveló sobre él durante cien años, trasladándolos de padres a hijos. En el siglo xvi, un vástago de aquella familia llamado Diego escuchó el relato sobre el libro de labios de sus mayores. El propio Diego, siendo ya adulto, escribió en los márgenes de las páginas de aquel códice lo que había escuchado de niño.

«Hablaban sobre un gran secreto —eran sus propias palabras—, tan inmenso que nadie sabía darle forma. Era un tesoro, y, al mismo tiempo, era más que eso. Un legado sin nombre custodiado por emperadores, en el corazón del hogar de nuestros hermanos de fe.»

Cuando el niño Diego, abrasado por la curiosidad, interrogaba a sus mayores, éstos sólo le respondían con palabras crípticas, quizá porque ellos mismos no eran capaces de ser más específicos. ¿De qué tesoro se trataba? No lo sabían. ¿Dónde se encontraba? Lejos. Al sur, siguiendo un largo camino al que llamaban «la Cadena del Profeta». El profeta era Musa, aquel al que los infieles cristianos, caníbales devoradores de sangre y carne, conocían como Moisés. El camino de Musa se prolongaba a través de un gran río llamado Isa Ber, o bien Egerew n-igerewen. Lo que había al final, sólo Musa y Alá lo sabían.

El secreto de los emperadores.

Diego de Guevara creció al abrigo de aquellas leyendas que lo fascinaban. A veces pasaba horas leyendo el libro de Al Quti, escrutando entre sus líneas el mapa de un tesoro sin nombre, tan extraordinario como su propia imaginación quisiera dictarle. A menudo se quedaba embobado mirando hacia el sur, pensando en grandes ríos y en imperios lejanos. «Allí —se decía—, allí comienza la Cadena del Profeta, a los pies del mundo.» Ignoraba lo que se encontraba al final del camino, o si esa tal Cadena era algo tangible o sólo un concepto, pero sentía la irresistible necesidad de emprender aquella búsqueda. Llegó a desearlo más que al propio tesoro en sí.

Diego de Guevara tuvo alma de buscador. Quizá fue el primero de nosotros.

Tras la rebelión morisca de 1568, la familia Guevara abandonó las tierras castellanas y emigró a Almería. La España de Felipe II empezaba a ser un lugar hostil para los de su clase. El joven Diego de Guevara, junto con otros muchos moriscos, acabó por exiliarse en Marrakech, donde el sultán Abd el-Malik recibía con los brazos abiertos a sus hermanos de fe perseguidos por la implacable Casa de Austria.

Diego era un expatriado, pero no un inculto. Se había convertido en un hombre audaz y astuto, capaz de dominar tanto la pluma como la espada, sediento de ambición y de aventura. A pesar de que los hombres del Magreb solían despreciar a sus hermanos españoles, Diego pronto demostró su valía y supo ganarse el respeto de sus nuevos paisanos a fuerza de heroísmo.

En 1578, el rey don Sebastián de Portugal desembarcó en Marruecos al mando de un poderoso ejército. El joven y enfermizo monarca tenía delirios de grandeza, regados cuidadosamente por sus preceptores jesuitas. En ellos se veía como líder de una gran cruzada contra los musulmanes del norte de África. Marruecos era un reino dividido por luchas entre los pretendientes al trono, una deliciosa fruta madura para el apetito conquistador del rey de Portugal.

Moros y cristianos chocaron en Alcazarquivir, la batalla de los Tres Reyes, llamada así porque se enfrentaron dos sultanes y un monarca. Allá estaba el intrépido Diego de Guevara, dispuesto a teñir su alfanje de sangre portuguesa, pues, castellano viejo de nacimiento, si había algo en el mundo que Diego odiara más que a un infiel, eso era a un portugués.

Ninguno de los tres reyes vivió para ver el final de la batalla. Del joven don Sebastián jamás se volvió a saber: se esfumó entre montañas de arena, provocando el fin de su dinastía y el colapso de su reino, que al estar vacante se convirtió en una joya más engarzada en la corona de la Casa de Austria. Diego, en cambio, sí sobrevivió, cubierto de honores. Ahmad I, el nuevo sultán de Marruecos, lo nombró caíd de Marrakech como premio a su valor en el campo de batalla.

El buen sultán Ahmad, crecido sin duda por los laureles de Alcazarquivir, contempló las tierras que se extendían al sur de su reino y decidió convertirlas en el trampolín para su futuro imperio africano. Ahmad sabía que más allá de las montañas del Atlas existían ciudades fabulosas, ricas en oro y sal. Allí estaba Tombuctú, la puerta del Sáhara. Un antiguo proverbio decía que «el oro viene del sur, y la sal del norte, pero los cuentos maravillosos y la palabra de Dios sólo se encuentran en Tombuctú». Aún más lejos, la ciudad de Gao, capital del Imperio songhay y palacio de los soberanos de la dinastía Askia, desde donde gobernaron el estado más extenso de África Occidental.

La tierras de Malí, ricas y misteriosas, distribuidas a orillas del Río Grande, llamado Isa Ber por los songhay, Egerew n-igerewen por los tuareg (que en su lengua significa «el río de los ríos»).

El río Níger.

La emoción que Diego de Guevara experimentó al saber de aquel río fue inmensa. Los recuerdos de las viejas leyendas escuchadas en tierras castellanas bulleron en su cerebro como la lava que estalla en la cima de un volcán. ¡Al fin, después de tantos años, sabía dónde encontrar la Cadena del Profeta, el camino de Musa hacia el gran tesoro!

Diego pidió encabezar el ejército que el sultán Ahmad se disponía a armar para la conquista del Imperio songhay: 2.500 soldados con arcabuces, 1.500 jinetes ligeros, más de 8.000 camellos e incluso 8 cañones ingleses... Pero Diego de Guevara lo único que llevaba en su equipaje era un libro, un viejo libro que hablaba de un tesoro escondido.

El emperador Askia Ishaq II convocó a todo su ejército para detener a Diego de Guevara. El emperador sin duda pecó de exagerado: más de 70.000 bravos malienses aguardaron al invasor marroquí en la aldea de Tondibi, cerca de Gao. Sería la emboscada más aparatosa de la Historia. Ishaq II tuvo la pintoresca idea de lanzar contra los invasores una estampida de bueyes, estrategia que ya le había funcionado en ocasiones anteriores.

Cuando Diego llegó a Tondibi y se encontró aquel muro de bestias lanzándose contra su ejército, mantuvo estático su rictus castellano: jamás existió un solo hombre con sangre ibérica que se asustara ante un bicho con cuernos. Diego hizo sonar los cañones y después ordenó disparar a los arcabuceros. Los bueyes creyeron que el cielo se desplomaba sobre sus testuces, dieron media vuelta y embistieron contra los soldados del emperador songhay, el cual, al no tener pólvora, sólo pudo contemplar cómo el grueso de sus tropas era reducido a pulpa por un millar de pezuñas. A partir de aquel momento, la conquista del imperio se convirtió en un paseo militar.

Muchos de los arcabuceros eran de origen andalusí, y lucían apellidos tan extraños en esas tierras como Pérez, López o Martínez. Cuando los aterrados malienses los veían aparecer, arcabuz en ristre, señalaban a aquel diabólico instrumento y gritaban «¡arma, arma!», que era como habían escuchado a ellos mismos denominarlo. Con el tiempo, aquellos descendientes de andaluces acabaron recibiendo el apelativo de «armas». Aún se los conoce con ese nombre hoy en día en la región.

Así fue cómo Diego de Guevara conquistó él solo un imperio, y cómo aquel hispano de nacimiento se convirtió en señor de la legendaria Tombuctú, la ciudad de los cuentos maravillosos y de la palabra de Dios. El sultán de Marruecos le concedió el título de pachá. Sus propios enemigos le dieron el nombre de Yuder, por el parecido fonético con cierto vocablo castellano que el conquistador lanzaba, a voz en cuello, antes de cada batalla:

—¡Cargad, joder! ¡Cargad y disparad!

Jamás un exabrupto había dado lugar a un nombre tan temido. La sola mención de Yuder Pachá causaba terror entre sus adversarios.

No mucho antes de estos hechos, Hernán Cortés conquistaba el Imperio azteca y Francisco Pizarro sometía a los incas, los hijos del Sol. También Yuder Pachá, aventajado alumno de ambos, compartió con ellos las ansias de abarcar en sus manos otros mundos, así como la misma lengua y el mismo polvo hispano que espesaba la sangre de sus venas; los separaban la fe y la lealtad (al rey de España, unos; al sultán de Marruecos, el otro), y por ello la Historia los ha tratado con desigual fortuna: mientras que la fama de un Pizarro o de un Cortés es de conocimiento universal, la hazaña de Yuder Pachá no pudo atravesar las fronteras del Sáhara, y allá permanece oculta a la memoria.

Bien poco le importaba a él la inmortalidad: Diego de Guevara sólo aspiraba a encontrar el tesoro oculto tras la Cadena del Profeta. Convertido ya en pachá de los songhay, Diego dedicó sus esfuerzos a culminar su búsqueda.

Años después, hacia 1599, un avejentado Yuder Pachá retornó a Marruecos. En la corte del sultán, escribió la memoria de la conquista del Imperio songhay en los márgenes del libro que lo acompañó y guió en sus aventuras. Utilizó para ello la lengua del mismo imperio que había sometido y gobernado.

Sobre aquel tesoro, sus palabras fueron enojosamente vagas, en ocasiones incluso delirantes:

Seguí el río Níger, tras la estela del Pez Dorado, desde Tombuctú hasta la Ciudad de los Muertos, desde la Ciudad de los Muertos hasta el Oasis Imperecedero. Hallé los tesoros que abrían las puertas del secreto: el timón, la cabeza y el sillar de oro; y por fin tuve la oportunidad de culminar la búsqueda que me había llevado a conquistar un imperio.

Con mis propios ojos contemplé el umbral, mas fue voluntad de Alá que no hubiera de atravesarlo. Los *djinn* lo custodian. Criaturas aún más terribles que las creadas por el fuego sin humo antes del principio de los tiempos. Los hombres de la Ciudad del Acantilado jamás cruzan las fronteras del Oasis Imperecedero, paralizados por el horror de un extraño culto, antiguo y atroz. Tuve miedo y regresé sobre mis pasos, pues sea cual sea el tesoro que se oculta tras la Cadena del Profeta, no está hecho para el hombre.

Conservé mis mapas y mis hallazgos. Ya que Alá no me ha concedido la ventura de hijos propios, dispondré que me acompañen en mi última morada, en Tombuctú. Quizá llegue el día en que alguien con más valor o menos juicio que yo quiera atreverse a contemplar el tesoro que le fue concedido al profeta Musa.

Allá aguardan las señales para quien pueda verlas. Que Alá tenga misericordia de él y sea Su Todopoderosa Mano quien lo guíe, pues, de no ser así, sólo encontrará la perdición y un destino aun peor que el Yahim, el lago de fuego del infierno.

Esto es lo que decía la última anotación hecha por Yuder Pachá en el libro de Al Quti. El conquistador murió en Marrakech en el año 1605. En su testamento dejó orden de ser enterrado en Tombuctú, junto con sus posesiones más queridas. Si su última voluntad se cumplió o no, eso es algo que nadie sabe.

Desaparecido Yuder Pachá, los armas se disgregaron por la tierra de Malí, formando comunidades muy aferradas a sus orígenes hispanos. Adoptaron la lengua y las costumbres de aquel país, pero mimaron sus tradiciones para no olvidar nunca de dónde procedían y quién los trajo allí. Quizá entre sus recuerdos se encuentran los secretos que Yuder Pachá se llevó a la tumba.

El relato de un viejo libro y un tesoro oculto al final de un río, siguiendo la estela del Pez Dorado.

Un relato sobre el cual, esta vez, conozco bien el final. Yo estaba allí. Y, de algún modo, mi padre también.

¿Quieres escucharlo?

Te aseguro que es una buena historia.

PRIMERA PARTE

El *Mardud* de Sevilla

Era Firaún señor de Todo Egipto cuando Allah llamó al profeta Musa y le dio el Libro, y le concedió a su hermano Harum como asistente, y le dijo: «Ve a la gente que niega la Verdad de nuestros Signos y háblales». Pero Musa estaba inquieto, pues no creía ser sabio ni virtuoso para acometer el mandato de Allah.

Musa dijo: «¿Cómo he de llevar Tu Verdad, si yo mismo soy un ignorante que no la comprende en toda su gloria». Allah respondió: «Yo te daré sabiduría y comprensión».

Esto fue lo que Allah ordenó a Musa: «Irás más allá de la Tierra de Firaún, por la senda del Pez Dorado, hasta el lugar donde se encuentran las dos grandes aguas. Sigue al Pez Dorado hasta la Cueva del Hombre Verde, donde mi siervo a quien Yo llamé amigo y a quien até con la Cadena de Oro, te mostrará la Verdad. Eso es lo que Yo te mando».

Musa dijo a Harum: «No cejaré hasta encontrar el lugar donde confluyen las dos aguas, aunque me lleve muchos años». Y siguieron al Pez Dorado. Y, cuando alcanzaron la confluencia, se olvidaron de su pez, que emprendió tranquilamente el camino hacia el mar.

Musa dijo a Harum: «¿Qué te parece? El Demonio me hizo olvidarme de que me acordara del Pez y emprendió el camino del mar. Ve pues a buscarlo o no hallaremos al Hombre Verde».

Harum obedeció a su hermano y lo dejó solo, que era lo que Allah había dispuesto.

Entonces Musa entró en una cueva a descansar y allí encontró a Nuestro Siervo, a quien habíamos hecho objeto de una misericordia venida de Nosotros y entregado Nuestra Sabiduría. Al Khidr, a quien llaman El Hombre Verde.

Musa le dijo: «¿He de seguirte para que me enseñes la sabiduría de Allah?». Y él respondió: «No tendrás paciencia conmigo».

Musa dijo: «Seré paciente, si Allah lo quiere, y no desobedeceré tus órdenes». Y él respondió: «Sígueme, pues. Pero no debes preguntarme nada a no ser que yo te lo sugiera».

Y Musa fue tras él.

El *Mardud* de Sevilla,
sura 18

1
Robos

Todos los museos tienen fantasmas. Quien haya tenido la oportunidad de permanecer en uno por la noche, cuando se vacía de visitantes, lo habrá sentido en su propia piel.

Aquella noche yo me convertí en el fantasma del Museo Arqueológico Nacional.

No es fácil ser un espíritu. En primer lugar, hay que tener paciencia, la suficiente como para esperar a que el último visitante se haya marchado a su casa, la última luz se haya apagado y los corredores queden repletos de sombras. Es en ese momento cuando el fantasma empieza su labor.

Las similitudes entre un espectro y un caballero buscador —así es como Narváez nos llamaba— son muchas: ambos deben ser silenciosos, invisibles y moverse alrededor de la línea que separa la realidad de la ficción. En cambio existe una diferencia importante: un fantasma no es un ladrón. Le basta con asustar de vez en cuando. El buscador tiene que robar para demostrar su utilidad.

A eso me disponía yo en aquel momento.

Era la primera vez que robaba en el Museo Arqueológico Nacional. Hasta el momento, mi trabajo había consistido precisamente en escamotear de otros lugares para surtir las vitrinas de aquel lugar.

Un buscador es un ladrón de patrimonio. Puede que cubierto de una pátina honorable y provisto de una nómina estatal, pero ladrón al fin al cabo. Nuestra labor es la de recuperar todo aquel patrimonio histórico expoliado en España y retornarlo a su lugar de origen. Donde los cauces legales se secaban, allá aparecíamos nosotros (como fantasmas) para traer de vuelta lo que nunca debió ser llevado.

Aunque supongo que si habéis llegado hasta aquí, muchos ya sabéis de lo que hablo.

Nuestro cuartel general, el Sótano, se encuentra en los subterráneos del Museo Arqueológico Nacional de Madrid, por lo que en cierto modo el Arqueológico es el hogar de los buscadores. Así pues, estaba a punto de robar en mi propia casa. Un interesante giro de los acontecimientos.

Llevaba alrededor de una semana planeando aquel hurto. Conocía muy bien el campo de operación y lograr mi objetivo no tenía por qué ser complicado.

En general se tiende a creer que robar un museo es algo difícil. Lo cierto es que en la mayoría de ellos sus sistemas de seguridad tienen una función más disuasoria que eficaz. Es algo similar a lo que hacían los faraones del Antiguo Egipto, que plagaban sus tumbas de aparatosas maldiciones para mantener lejos a los saqueadores. Hoy en día no hay maldiciones, pero sí existen ostentosas cámaras de seguridad y cristales de aspecto indestructible.

Un cristal puede romperse. Un circuito de cámaras de seguridad puede reventarse cortando un simple cable y, por otra parte, resulta inútil si no hay nadie mirando al otro lado. En definitiva, si hoy en día los museos del mundo no son sistemáticamente expoliados se debe a que los potenciales ladrones «creen» que robar en ellos es imposible. En esa firme creencia se basan la mayoría de los sistemas de seguridad.

Maldiciones faraónicas. Eso es todo.

Siendo un buscador se aprenden estas cosas, así como algunos otros trucos más.

Ocultarme en el doble techo de un cuarto de mantenimiento hasta que el museo estuvo cerrado fue sencillo. Incómodo, pero sencillo. Cuando llegó el momento, abandoné mi escondrijo y me dirigí hacia la zona de consigna. Allí, metido en uno de los casilleros, encontré la chaqueta del uniforme de un vigilante de seguridad. Yo mismo la había guardado en aquel lugar antes de ocultarme.

La chaqueta era auténtica. Pertenecía a la empresa de seguridad privada subcontratada por el museo, y, combinada con mis pantalones negros, me otorgaba el aspecto de un vigilante más.

Es una debilidad: me encanta disfrazarme.

Ya bien camuflado, me dirigí hacia el recibidor de entrada y desde allí, subiendo las escaleras, accedí al segundo piso. No tuve ningún encuentro ni nadie reparó en mi presencia. Las cámaras del circuito cerrado de vigilancia dejaban tantas zonas muertas como las que habría en un cementerio. Me limité a aprovecharme de ello.

Por la noche, en la oscuridad, el museo era un bullicio de sombras inquietantes. Las estatuas, máscaras y esfinges acechaban en forma de siluetas temblorosas.

En un museo vacío todo parece estar vivo.

Mientras continuaba mi camino, y para olvidar los ojos antiguos que me seguían a todas partes, visualicé al guardia de seguridad que estaría en la consola, controlando los monitores del circuito cerrado de cámaras. Un hombre aburrido de su trabajo, acostumbrado a hacerlo una y otra vez sin que ocurriesen incidentes reseñables, tan habituado a la monotonía de su labor que ni siquiera pondría en él más que un mínimo interés. El justo para mirar de reojo, con desgana, los monitores de seguridad mientras leía su revista, hojeaba su novela o visionaba en su móvil algún capítulo de *Breaking Bad*. Mientras en los monitores de seguridad no viese una sala ardiendo o un cataclismo semejante, su vistazo no duraría más que una milésima de segundo.

Y durante ese vistazo, ¿qué es lo que encontraría? Una figura vestida con el uniforme reglamentario; es decir, a un compañero haciendo su ronda. Después pensaría que todo marchaba como siempre (aburrido, monótono, corriente) y seguiría disfrutando de las desventuras de Walter White.

Mientras tanto, el verdadero guardia encargado de hacer la ronda en la zona donde yo me encontraba, estaría caminando desganadamente unos metros y unos minutos por detrás de mí. Era una simple cuestión de coordinación: aquel guardia hacía su ronda cada cuarenta minutos; tan sólo me bastaba adelantarme a él por unos cinco o seis.

«No puede ser tan sencillo», pensaréis. Bien. Seguid pensándolo. Eso facilita mucho el trabajo de un buscador.

Llegué al segundo piso y me dirigí hacia mi izquierda. Atravesando un corredor donde se desgranaba la historia del museo, accedí a la sección dedicada a Egipto y Oriente Próximo. Allí estaba la pieza que me disponía a escamotear.

El robo iba a ser sencillo porque la pieza no era una de las más importantes. La había seleccionado con cuidado teniendo en cuenta ese detalle. Lógicamente, robar el Tesoro de la Aliseda o el Bote Zamora habría requerido una operación mucho más compleja. Por suerte, yo no necesitaba ninguna de esas cosas.

En la sección dedicada al Antiguo Egipto, detrás de la recreación de una cámara sepulcral del la dinastía XXI, se encontraba una vitrina donde se exponían varios *ushebti*, cuya traducción es como «los que responden». Se trata de pequeñas figuritas con forma humana que acompañan a las momias en sus sepulcros. Los antiguos egipcios pensaban que en el Más Allá el *ushebti* se convertiría en un sirviente que te acompañaría por toda la eternidad.

El que yo me disponía a robar era el *ushebti* del faraón Horemheb. Una estatuilla de fayenza blanca que representaba al faraón amortajado, con su peluca y su barba puntiaguda. Tenía las manos cruzadas sobre el pecho y el cuerpo grabado con jeroglíficos. Databa el siglo VII a. C. Era una pieza valiosa, bonita y, lo más importante, manejable; de apenas unos quince centímetros de longitud y no más voluminosa que una rama gruesa.

La figurita de Horemheb estaba colocada de pie, en su vitrina, un receptáculo de cristal y hierro, rodeada por otros *ushebti* similares que aguardaban, muy tiesos, ser activados en el inframundo, como una cuadrilla de pequeños mayordomos.

Otra creencia común es pensar que todas las vitrinas de los museos están elaboradas con cristales blindados, irrompibles o qué sé yo. La realidad es que dicho material es caro, por lo que en la mayoría de los museos lo reservan para proteger las piezas más valiosas. Ningún museo se gasta una fortuna (de la que a menudo carecen, por otra parte) en cristal laminado para guardar una simple colección de *ushebtis*; estas piezas son interesantes, pero hay cientos de ellas repartidas por el mundo. En Egipto se cuentan por millares. Cualquier turista avispado podría comprar un *ushebti* auténtico por unos cuantos dólares en El Cairo. Los antiguos egipcios los elaboraban de forma casi industrial.

Podría haber escogido robar cualquier otra pieza de similares características; el museo estaba repleto de ellas. Pero, en el fondo, soy un sentimental. Siempre me he sentido atraído por la cultura del Antiguo Egipto. Ya de niño había visto tantas veces a Boris Karloff en *La Momia* que me sabía enteros algunos diálogos de la película. De adolescente, tuve la ocurrencia de estudiar lectura jeroglífica por mi cuenta, utilizando algunos libros. No pasó de mera intención y lo único que logré fue aprender a impresionar a las chicas escribiendo sus nombres con jeroglíficos (también comprobé que aquello las impresionaba menos de lo que yo había imaginado). Me habría gustado poder especializarme en el mundo de los faraones durante la carrera, pero la sofocante influencia de mi madre acabó empujándome hacia el pasado medieval. No obstante, siempre he guardado un cálido rinconcito en mi corazón para el mundo del Nilo y las pirámides.

Me coloqué de frente a la vitrina, dándole la espalda a la momia del sacerdote Nespamedu. Por un momento me sentí como un explorador de la *belle Époque*. Sólo esperaba no desatar las iras de Imhotep y toda su corte de dioses aburridos.

Tuve que actuar con rapidez. Con ayuda de un simple cortador de vidrio, hice un agujero cuadrado lo suficientemente grande como para poder pasar mi mano a través de la vitrina. No sonó ninguna alarma. Así la figurita de Horemheb y la saqué con cuidado.

Oculta en el interior de mi chaqueta, guardaba una pieza idéntica; no tenía dos mil años de antigüedad, sino apenas un par de días. Coloqué la réplica en el lugar donde estuvo el *ushebti* original y luego tapé el agujero de la vitrina con el trozo de vidrio que acababa de cortar. Lo sellé con un adhesivo de poliuretano adquirido en un taller de coches. Con suerte, nadie se daría cuenta de la chapuza hasta dentro de muchas horas y, aun cuando eso ocurriese, el falso *ushebti* de Horemheb ocultaría el robo durante tiempo indefinido.

Toda la operación me llevó unos cuatro minutos. Había practicado anteriormente para hacerlo con rapidez y me sentí muy satisfecho de que, a la hora de la verdad, mis manos y mis nervios hubieran estado a la altura. Me guardé el *ushebti* en la chaqueta, le dediqué un saludo a la momia de Nespamedu, agradeciéndole el haber permanecido muerta y discreta, y me marché de la sala egipcia.

El verdadero guardia de seguridad no tardaría en asomarse por aquella parte del museo. Apresuré el paso mientras recorría la sección de la Antigua Grecia y llegué a la escalera. Bajé al primer piso, a la zona de acceso de visitantes. Tuve que entretenerme un tiempo indispensable en la tienda de regalos del museo. Luego me dirigí hacia mi vía de escape, con la sensación del trabajo bien hecho.

En ese preciso instante, sonó la alarma.

Por un segundo me quedé paralizado. Aquello no estaba en mis planes. Se suponía que tenía que haber entrado y salido del museo en absoluto silencio.

El grito de la alarma me taladró los oídos. Reaccioné. Aún tenía una oportunidad de correr hacia la salida antes de que los guardias de seguridad apareciesen.

—¡Quieto! ¡No te muevas! —escuché a mi espalda. Tarde. Ya me habían visto.

Maldije entre dientes y eché a correr hacia la escalera.

Se me ocurrió llegar hasta el último piso y salir del edificio por una de las ventanas del tejado. Empecé a planear una fuga por todo lo alto, literalmente, mientras subía la escalera saltando los escalones de dos en dos.

Me detuve en la primera planta y corrí hacia los oscuros pasillos de la sección de arqueología protohistórica. Esperaba poder despistar a los guardias en aquel lugar y escabullirme discretamente hacia el ático.

—¿Lo habéis visto? —dijo una voz.

—Se ha metido por aquí. Creo que iba hacia la sala de la Dama de Elche.

—Fantástico. Dejádmelo a mí. Podéis volver a vuestro trabajo, chicos. Todo está bajo control.

Reconocí la voz de inmediato.

—Mierda —mascullé. Era Burbuja.

Los agentes del Cuerpo Nacional de Buscadores no eran muchos. Se trataba de una familia más bien reducida. Tras las bajas sufridas durante nuestra accidentada búsqueda de la Mesa del rey Salomón, sólo Burbuja, su hermana Danny y la inefable Enigma seguían operando en el Sótano, nuestro cuartel general. Habría preferido ser interceptado por cualquiera de las dos agentes femeninas antes que por Burbuja. Él era implacable, más fuerte, más rápido y más ágil que yo. Si se había propuesto darme caza, ni siquiera yo apostaría por mi éxito.

Los guardias de seguridad bajaron por la escalera de regreso al primer piso. La alarma dejó de sonar. Yo me encontraba agazapado detrás del pedestal de la Bicha de Balazote. Podía ver, en el patio interior, cómo la luz de la luna caía sobre el Sepulcro de Pozo Moro. La silueta de Burbuja apareció por detrás del túmulo de piedra. La luna iluminó su rostro por un segundo. Sonreía de medio lado.

—Está bien, novato. Sal de donde estés.

Novato. Siempre novato. Él mismo me había puesto el nombre de Faro y, aun así, le costaba utilizarlo. Odiaba que me siguiera llamando novato.

Intenté moverme en la oscuridad más sigilosamente aún que él. Había practicado mucho durante los últimos meses y esperaba que mi entrenamiento diera sus frutos. Me deslicé hacia un muro y rodeé el patio hasta llegar a la sección de arte romano.

—Jadeas como un perro, novato. Puedo oírte respirar como si te tuviese subido a mi espalda.

Empezó a caminar hacia donde yo me encontraba. Si salía corriendo me vería e iría detrás de mí, y en una carrera de velocidad contra Burbuja tenía tantas posibilidades de salir airoso como si tuviese atados los dos tobillos. Mis ojos se movían nerviosos de un lado a otro hasta que mi mirada se topó con el sarcófago de Usillos: una pesada caja de piedra decorada con relieves de la Orestíada, lo suficientemente grande como para que cupiese un hombre dentro.

Yo, por ejemplo.

Actué sin pensar, tal y como suelo reaccionar en los momentos tensos. Dado que alguna que otra vez eso me había salvado el cuello, decidí dejarme llevar por mis impulsos. Repté hasta el sarcófago y me metí dentro.

Aplasté mi cuerpo contra la superficie de piedra y aguanté de la respiración. Estaba seguro de que apenas había hecho ruido.

Escuché los pasos de Burbuja acercarse hacia la sala donde estaba el sarcófago. El buscador se detuvo. Podía oírle respirar y lo imaginaba oteando hacia todas partes, con aquellos ojos que parecían ser capaces de ver en la oscuridad.

Burbuja deambuló por la sala, lentamente. Se paró a unos pocos centímetros del sarcófago. Si yo hubiera asomado la cabeza, habría podido escupirle en la espalda. Se quedó allí unos segundos sin moverse.

—Maldita sea —masculló—. ¿Dónde diablos te has metido?

Finalmente, se alejó del sarcófago y empezó a caminar en dirección hacia la Sala Narváez, donde se exhibía el tesoro de

Salomón. Escuché cómo sus pisadas se perdían en la distancia y exhalé aire, aliviado.

Conté hasta diez y después me atreví a salir de mi escondite. Apenas había dado un par de pasos cuando escuché una voz a mi espalda.

—¿Vas a alguna parte?

Me giré, lentamente. Burbuja estaba frente a mí, apuntándome al pecho.

—Estás muerto, novato —dijo.

Luego disparó.

Cerré los ojos y escuché la detonación.

—Bang —dijo Burbuja, desganado—. Ahora baja los brazos, por favor. Pareces un perchero.

El dedo índice de Burbuja seguía apuntándome al pecho, su pulgar estaba levantado formando con la mano el perfil de una L.

—¿Se puede saber de qué te has vestido? —preguntó.

—Es una chaqueta de guardia de seguridad.

—Siempre tienes que disfrazarte de alguna cosa. ¿Te crees que eres el maldito Sherlock Holmes?

—Habló el verdugo de Canterbury.

—Eso era diferente. La situación lo requería. —Sacó un cigarrillo y se lo colgó de la comisura de los labios—. Toma nota, novato: jamás te disfraces salvo que no tengas ninguna otra opción. Ten algo de dignidad, por el amor de Dios.

—No me llames novato. Sabes que lo odio.

—Estaré encantado de dejar de llamarte novato cuando dejes de comportarte como tal... ¿Qué diablos ha sido esto? Es la operación más chapucera que he visto en mi vida. Estabas jugando en casa, joder; con un sistema de seguridad que tiene más agujeros que un colador. Tendrías que haber sido capaz de hacerlo con los ojos cerrados. —No encontraba su mechero, así que empezó a irritarse—. Maldita sea... Haz algo útil y dame fuego.

—No creo que debas fumar aquí.

—Y yo no recuerdo haber pedido tu opinión.

Suspiré y le di mi mechero. Últimamente Burbuja estaba intratable.

La inactividad lo sacaba de quicio. El Cuerpo Nacional de Buscadores llevaba varios meses sin encargarse de una misión en condiciones y Burbuja sufría como un león enjaulado, lo cual manifestaba haciendo víctima de su mal humor a todo el que tuviese a mano. Burbuja era un hombre joven hecho de nervio y músculo, necesitaba la acción igual que una planta necesita de la luz del sol para no marchitarse.

Unas semanas atrás, mi compañero había tenido la idea de realizar simulacros de trabajos de campo. Yo era el buscador con menos experiencia del Cuerpo, así que me había escogido como conejillo de Indias para sus enseñanzas. No me importó seguirle el juego dado que, en realidad, yo también empezaba a aburrirme por la falta de actividad. Además, debía reconocer que muchas de las enseñanzas de Burbuja resultaban muy útiles. Entrar por la noche en el Arqueológico y robar alguna de sus piezas era el último ejercicio práctico que se le había ocurrido.

Después de encenderse el cigarrillo, el buscador se quedó mirando el mechero antes de devolvérmelo.

—¿De dónde has sacado esto?

El mechero tenía la forma de un zippo y estaba adornado con el emblema del Cuerpo de Buscadores: la columna, la llama, la mano abierta y la corona. Alfa y Omega, los pintorescos joyeros cuya familia llevaba colaborando con el Cuerpo desde hacía generaciones, lo habían fabricado para mí.

—Le pedí a los gemelos que me lo hicieran después de que recuperásemos la Mesa de Salomón.

—¿Por qué?

—No lo sé... Una especie de trofeo personal. Puede que me sirva como talismán de buena suerte. ¿No te gusta?

Burbuja dejó escapar una especie de resoplido ambiguo y me lo devolvió.

—Esta noche no te ha servido de mucho... Está bien: enséñame qué es lo que has intentado llevarte. —Saqué el *ushebti* de Horemheb y se lo entregué—. ¿Esta chuchería? Maldita sea, esto no vale ni como pisapapeles.

—Tienes toda la razón.

Él debió de detectar algo en mi tono de voz. Examinó el *ushebti* con cuidado un buen rato y luego me miró, suspicaz.

—¿Es falso?

—Escayola con esmalte —dije sonriendo.

Burbuja me miró entornando los ojos.

—¿Has dejado el auténtico en la vitrina y te has llevado el falso? ¿Cómo puedes pretender que deje de llamarte novato si haces cosas tan estúpidas?

—Dame eso —dije, y le quité el *ushebti* de las manos—. El que hay en la vitrina también es falso. Me llevé el original y luego fui a la tienda de regalos. Allí hay docenas de réplicas que venden como recuerdo a 14,95 euros. Cambié el original por una de ellas y me la llevé.

—¿Cómo...?

—Intentaré explicártelo despacio para que lo entiendas. El plan consistía en dejar el original en la tienda de regalos, regresar al día siguiente como un visitante más y comprarlo. De ese modo, en el caso de que me atraparan, el original no estaría en mi poder. Te he engañado como a un pardillo. —Apunté con los dos índices a la cara de Burbuja, en un gesto de triunfo—. ¡Sí! ¿Quién es el novato ahora?

—Es un plan estúpido: ¿y si alguien compra la pieza antes que tú?

—Nadie compra jamás esa basura.

—Eso es lo que tú piensas. Has corrido un riesgo innecesario, no te lo voy a dar por válido.

Me era indiferente obtener o no su visto bueno; sólo era un ejercicio tonto para pasar el rato. Además, estaba convencido de haberle ganado por la mano, así que, mientras regresábamos al Sótano, alardeé un poco más para molestarlo.

En vez de dirigirnos hacia los ascensores, salimos del museo, al jardín de entrada. Desde hacía unos meses el Cuerpo contaba con un nuevo acceso al cuartel general que se hallaba en la réplica de las cuevas de Altamira. Era mucho más discreto que el habitual, ya que nos permitía entrar y salir del Sótano sin ser vistos por el personal del museo o los visitantes.

Desde el jardín de entrada, se accedía a la cueva bajando unas escaleras. Primero había que pasar por un habitáculo donde se proyectaba un vídeo explicativo para las visitas. A continuación se accedía a la réplica propiamente dicha: una gran sala en cuyo centro había un mostrador de cristal reflectante que permitía contemplar con comodidad el techo de falsa roca, adornado con copias bastante buenas de las pinturas rupestres de Altamira. El lugar estaba a oscuras la mayor parte del tiempo, sólo se iluminaban las pinturas con luces indirectas para recrear el ambiente de una auténtica caverna subterránea. Y al final de aquella sala había una puerta pintada de negro que se confundía con la pared. La puerta tenía un cierre electrónico que sólo podía abrirse con la banda magnética de nuestros pases azules. Tras aquella puerta había un largo pasillo descendente que terminaba en el Sótano.

Aunque ninguno lo admitíamos, creo que a mis compañeros y a mí nos gustaba la teatralidad de acceder a nuestro cuartel general a través de una cueva prehistórica; era como entrar a la guarida de un superhéroe.

Todavía seguía pinchando a Burbuja con el éxito de mi ingenioso ardid cuando entramos en el Sótano. Él lo soportaba con cara de pocos amigos, fingiendo no hacerme caso, como si ignorase a una mosca pesada.

La entrada del Sótano era una sala moderna y pulcra, con brillantes baldosas negras en el suelo y cristales ahumados en las paredes. El emblema del Cuerpo refulgía en líneas plateadas incrustado en las baldosas. En un lugar bien visible estaba la mesa de Enigma: un aerodinámico mueble blanco que servía como parapeto a la guardiana del Cuerpo Nacional de Buscadores.

Era bastante tarde, pero Enigma todavía estaba en su puesto mirando la pantalla de su ordenador con una expresión de aburrimiento en sus ojos de duende. Tenía la barbilla apoyada en las manos y se mordisqueaba un mechón de pelo rojizo. Al vernos entrar se incorporó y dejó escapar un bostezo.

—¿Ya habéis terminado? ¿Qué tal ha ido?

—El novato la ha fastidiado —respondió Burbuja.

—No le llames así. Sabes que lo odia.

—Gracias —dije yo—. Además, no la he fastidiado. Al contrario: todo ha salido según lo previsto.

—Lo atrapé acurrucado como una rata dentro del sarcófago de Usillos. Menudo éxito.

—Me encanta ese sarcófago —repuso ella—. Está lleno de relieves de hombres desnudos y musculosos. Es como las vacaciones con las que siempre he soñado.

Le relaté a Enigma cómo me había colado en el museo y cambiado el *ushebti* por un recuerdo de la tienda de regalos. Ella alabó mi ingenio. Burbuja, cada vez más molesto, se encendió otro cigarrillo.

—Apaga eso, ¿quieres? —le reprendió—. Hoy es jueves. Nada de fumar aquí los jueves.

Enigma era una mujer fascinante y llena de rarezas. A menudo me he imaginado el interior de su cabeza como la habitación más desordenada del universo. Una de sus últimas excentricidades era declarar su área de trabajo como zona libre de humos los martes y los jueves de cada semana. Sólo ella sabía el porqué de esa medida.

Burbuja farfulló algo incomprensible, aplastó la punta encendida y se guardó de nuevo el cigarrillo.

—A todo esto, ¿qué haces aquí a estas horas? —pregunté—. ¿No deberías estar en casa?

—Así es, pero mientras vosotros jugáis a policías y ladrones, las mujeres de este lugar todavía mantenemos la costumbre de trabajar en cosas serias. Danny y yo hemos encontrado algo que puede que nos afecte.

Burbuja la miró mostrando un repentino interés.

—¿Te refieres a una misión?

—Tal vez. La policía ha informado de un robo en el Centro Cultural Islámico. Los ladrones han entrado en el depósito de la biblioteca. Danny está allí tratando de obtener detalles y yo me he quedado para hacer la cobertura en caso de que sea necesario.

—Eso parece más bien una labor policial —observé—. ¿En qué nos afecta a nosotros?

—¿Alzaga nos ha pedido que intervengamos? —preguntó Burbuja.

—No seas ridículo. Alzaga está en Babia, como siempre. La idea de investigar ha sido de Danny.

El entusiasmo de Burbuja se desinfló.

—Maldita sea... Creí que era una misión de verdad.

—Y puede serlo. Danny dice que...

—No es una misión de verdad si el director del Cuerpo ni la ha autorizado ni está al tanto. Lo único que estáis haciendo es pasar el rato. —Enigma quiso decir algo, pero Burbuja no le dio la oportunidad—. ¿Sabes qué? Estoy cansado y me voy a casa. Si voy a perder el tiempo, prefiero hacerlo en mi sofá.

El buscador se marchó abruptamente y nos dejó a solas. Enigma negó con la cabeza con aire apesadumbrado.

—Creí que le interesaría lo que Danny y yo hemos encontrado...

—A mí sí me interesa, ¿por qué no me lo cuentas?

Ella sonrió.

—Por eso eres mi favorito, ¿lo sabes?

—Claro —respondí—. Volviendo a lo de ese robo... ¿Por qué Danny piensa que nos puede interesar?

—Eso depende de lo que hayan robado. En el depósito del Centro Cultural Islámico hay algunos libros que pertenecían al fondo Al Quti y que el Cuerpo de Buscadores recuperó hace algunos años. Algunos de esos libros son «Piezas Negras».

—No sé ni lo que es el Fondo Al Quti ni las Piezas Negras.

—Perdona… A veces olvido el tiempo que llevas con nosotros. Te lo explicaré con detalle…

—Espera. —La interrumpí antes de que pudiera hacerlo. Las explicaciones de Enigma raras veces servían para aclarar las cosas. Sus palabras solían ser más lentas que sus pensamientos, por lo que siempre acababa enredándose en una caótica maraña de datos cuyo hilo era imposible seguir—. Dices que Danny está allí.

—Sí. Se fue hace unos veinte minutos.

—Entonces voy a su encuentro. Esta noche tengo ganas de actividad.

Enigma resopló sobre su flequillo en un gesto de fastidio.

—Está bien, dejadme sola. Siempre me quedo sola… ¿Qué tiene Danny que no tenga yo?

—Nada. Tú eres la chica especial.

Le guiñé el ojo a modo de despedida y luego me marché del Sótano. Empezaba a tener la esperanza de que aquello fuese el inicio de una noche interesante.

2
Zaguero

Unos diez meses atrás yo era un infeliz asistente de museo en Canterbury. Eso fue en la época en que mi único nombre era Tirso Alfaro.

Supongo que antes de que yo naciera, la última persona llamada Tirso llevaba ya varios años muerta, puede que décadas o siglos. Por desgracia para mí, mi madre, la eminente arqueóloga Alicia Jordán, es una apasionada de la poesía del Siglo de Oro español. Llamó Tirso a su único hijo priorizando una afición personal al hecho de que alguien, en pleno siglo XXI, tuviera que bregar con semejante nombre el resto de su vida. Creo que eso dice mucho sobre la tensa relación que mantenemos mi madre y yo desde que mi padre, un piloto comercial a quien apenas conocí, falleció siendo yo niño.

Unos diez meses atrás, repito, yo sólo tenía ese nombre, una madre egoísta y un trabajo de mierda en un museo de Canterbury con nombre impronunciable. Mi futuro no parecía muy estimulante.

Fue entonces cuando respondí a un anuncio laboral, entré en un cuerpo de élite de recuperadores de patrimonio expoliado, ayudé a encontrar una reliquia que perteneció al rey Salomón y obtuve un nuevo nombre de buscador. Ésa es la historia, a grandes rasgos.

Narváez era el director del Cuerpo Nacional de Buscadores

cuando yo entré a formar parte de él. Entre sus muchas funciones estaba la de bautizar a los nuevos miembros con un nombre en clave. Por desgracia, Narváez murió asesinado antes de poder darme el mío. Tengo entendido, no obstante, que él quiso llamarme Trueno.

A la muerte de Narváez, Burbuja, un buscador de campo con mucha experiencia, fue promocionado a sustituirle como director. Su mandato fue efímero y no siempre eficaz; seguramente no figurará en los anales del Cuerpo como uno de sus dirigentes más memorables. A pesar de ello, Burbuja hizo algo importante por mí: me dio un nombre. Él me llamó Faro y, desde entonces, así es como me conocen mis compañeros buscadores.

Como ya he dicho, la labor de Burbuja al frente del Cuerpo fue muy breve. Él mismo estaba sobrepasado por una responsabilidad que nunca quiso. Pocas veces le he visto más alegre que el día que renunció al cargo para volver a ser un simple agente de campo.

Las brumosas instancias que pagan nuestros presupuestos —las cuales, por cierto, prefieren no estar muy al tanto de nuestras actividades— se encargaron de colocar a un nuevo director, jefe de operaciones, cabeza ejecutora o como diablos lo queráis llamar.

Desde su fundación, allá por el siglo XIX, el Cuerpo Nacional de Buscadores había gozado de una independencia casi total. Dado que el robo era nuestra razón de ser, ningún político quería mancharse las manos sabiendo demasiadas cosas sobre nuestra labor; les bastaba saber que, fuera la que fuese, la hacíamos bien.

Tras el hallazgo de la Mesa de Salomón —probablemente nuestro logro más espectacular hasta el momento— las cosas empezaron a cambiar, y no precisamente para bien. Encontrar aquella reliquia nos otorgó un enorme prestigio pero también atrajo sobre nosotros más atención de la que nos habría gustado. Muchas personas en las altas esferas ejecutivas empezaron a investigar sobre nuestra función y algunos se asustaron bastante de lo que encontraron. Lo que más miedo les dio fue saber que habíamos operado prácticamente sin control durante más de un siglo. Si hay algo que un político teme y aborrece por igual, es un organismo al que da dinero pero no puede controlar. Eso solía decir Narváez, y tenía toda la razón.

Dicho temor fue lo que llevó a que se buscara un director para el Cuerpo que estuviese más estrechamente relacionado con el poder político. Alguien, en fin, que hubiera salido del mismo cubículo donde se planifican los presupuestos del Estado.

Así fue como Alzaga se convirtió en nuestro nuevo cabecilla.

La primera impresión que tuve de Abel Alzaga fue positiva. Urquijo, el abogado que lava los trapos demasiado sucios del Cuerpo, nos lo presentó de manera oficial en la sala de reuniones del Sótano.

Me pareció que tenía buena presencia. Era alto y esbelto, recto como un maniquí de sastre y vestido con la misma corrección. Rondaba los cincuenta años de edad, pero aparentaba casi diez menos. Lucía con suma elegancia una barba patricia que daba la impresión de recortarse todas las mañanas con ayuda de una escuadra y un cartabón. Dicha barba contrastaba con su abundante cabello, que caía juvenil y meticulosamente descuidado a ambos lados de su cabeza. En aquel espeso pelo negro resaltaban hebras grisáceas como jirones de niebla en medio de una noche avanzada. Era de esa clase de personas que siempre lucen bien en las fotografías oficiales.

Se presentó a sí mismo utilizando su nombre real: Abel Alzaga. A diferencia de todos sus predecesores, no quiso utilizar el sobrenombre de Narváez. Tampoco quiso que nos refiriésemos a él como «director», «jefe» o algo similar. Su cargo oficial sería el de Enlace a secas. Con quién o con qué nos enlazaba, eso no nos lo explicó.

Nos saludó con un breve discurso en el que cada palabra parecía perfectamente medida. Estaba encantado, dijo, de formar parte de nuestro equipo y esperaba contar con nuestra ayuda. Entre frase y frase, Alzaga dejaba caer sonrisas que se encendían y apagaban como si pudiese controlarlas con un interruptor.

Nada más hacerse cargo de su puesto de Enlace, Alzaga mantuvo una pequeña reunión a solas con cada buscador. Yo fui el último en verle en privado.

Me citó en el antiguo despacho de Narváez, ya desprovisto de toda la parafernalia escocesa con la que nuestro anterior jefe decoraba su santuario.

—De modo que tú eres Tirso —me dijo, estudiándome con atención—. Tenía ganas de conocerte.

—Aquí me llaman Faro —respondí yo.

—¿Cómo...? Ah, sí, tu nombre en clave... Sobre eso, prefiero que utilicemos nuestros verdaderos nombres, si no tienes inconveniente —repuso encendiendo una de sus sonrisas—. Ese asunto de los alias me resulta un poco teatral, y creo que levanta barreras innecesarias entre nosotros, ¿no te parece, Tirso?

—Como usted diga.

—Vamos a tutearnos. Soy uno más de vosotros.

Alzaga había hecho bien sus deberes y conocía al detalle mi expediente como buscador. Me felicitó por mi labor en el hallazgo de la Mesa de Salomón y me hizo un par de preguntas sobre aquella historia. Era un hombre que manejaba bien el lenguaje corporal a la hora de hacerte sentir escuchado. Quiso saber si tenía alguna duda que plantearle.

—Sólo una: ¿cuál es nuestra próxima misión?

—Me alegra que me lo preguntes. Soy consciente de que tras este período de inactividad estáis deseando volver a ser operativos; sin embargo, vamos a tomarnos las cosas con un poco de calma, ¿te parece?

—Con calma, ¿en qué sentido?

—Vuestra última misión ha tenido un alto coste para este organismo. No sólo la muerte de Narváez, sino también la de otros dos buscadores. Podría decirse que estamos..., ¿cuál sería la palabra? ¿Diezmados? —Sonrió por tercera vez—. No quiero sonar dramático, pero nuestros recursos humanos actuales dificultan enormemente que podamos acometer cualquier trabajo con garantías de éxito... ¿Sabías que en tiempos pasados este Cuerpo llegó a tener hasta diez agentes operando al mismo tiempo?

—No lo sabía.

—Sí; quizá no tenían modernos despachos ni sistemas informáticos, pero lo suplían con un equipo humano altamente eficaz. Ahora no sois ni la mitad de los que erais entonces. Comprendes cuál es el problema, ¿verdad?

Alzaga era dado a los parlamentos largos, lo opuesto a la parquedad de Narváez; además, tenía la costumbre de terminar con una pregunta, como si fuera el lazo que mantenía atado a su interlocutor.

—Sí, lo comprendo. Imagino que eso quiere decir que tendremos que buscar nuevos agentes de campo.

—Como te he dicho antes, vamos a tomarnos las cosas con calma. Primero, intentemos acostumbrarnos a unas nuevas dinámicas de trabajo en las que podamos optimizar al máximo nuestros recursos actuales. Después, evaluaremos en qué medida resulta útil a nuestra labor y actuaremos en consecuencia. ¿Te parece correcto?

Alzaga había utilizado muchas palabras para no decir nada, y entre esas palabras había deslizado términos como «optimizar» y «dinámicas de trabajo». Todo ello aderezado con sus sonrisas automáticas. Salí de aquella primera toma de contacto con una extraña sensación de inquietud.

Nuestro Enlace nos adjudicó a cada uno una labor concreta, lo que él llamó «campo de trabajo». La mía fue la de «localizador». Ésta consistía en buscar piezas que pudieran ser futuros objetivos de nuestras misiones. En un principio me entregué a mi función con entusiasmo. Un par de semanas después de nuestra primera reunión, ya tenía una lista de tres o cuatro objetos expoliados que podían interesarnos. Se la presenté a Alzaga creyendo haber hecho un buen trabajo.

—Bien, Tirso, veo que has captado la idea —me dijo después de echarle un vistazo—. Sigue con ello.

Le pregunté si debíamos empezar a hacer planes para recuperar alguna de aquellas piezas.

—Eso sería como comenzar la casa por el tejado, ¿no crees? —respondió—. Esta lista todavía es insuficiente para crear una base de datos.

—¿Base de datos?

—Claro. ¿Cuál creías que era mi intención al encargarte este trabajo? Primero, elaboramos una base de datos amplia y exhaustiva que nos permita evaluar el estado de la cuestión. La cuestión es el patrimonio expoliado. De cada pieza realizamos una ficha con datos y seguimiento continuo, que después será volcada a un soporte informático. Pero no debes preocuparte por este punto: ese trabajo lo lleva a cabo otro agente.

—¿Y en qué momento se supone que recuperamos las piezas de la lista?

Alzaga me disparó una sonrisa.

—Poco a poco, Tirso, ¿recuerdas? La base de datos es fundamental. Sin ella nuestra labor sería informe y caótica. Seguiremos un calendario preciso: base de datos, reunión de evaluación, cálculo de costes... Es un sistema de trabajo ordenado al que pronto nos acostumbraremos. Pero, como te decía, sin una base de datos el sistema no puede funcionar. Por eso tu trabajo es tan importante, ¿entiendes?

No estaba seguro de entenderlo. De hecho, cada vez que hablaba con Alzaga sobre la cuestión tenía menos claro qué era exactamente lo que estábamos haciendo. Lo único que sabía era que jamás salíamos del Sótano.

Mis compañeros buscadores recibieron labores igual de difusas e interminables, todas ellas etiquetadas con nombres muy técnicos. Cada semana Alzaga nos reunía para evaluar nuestro trabajo y aseguraba estar satisfecho con nuestros progresos. El problema era que no teníamos ni idea de hacia dónde estábamos progresando.

En cierta ocasión, Burbuja cuestionó abiertamente aquel sistema delante de todos nosotros, y con modales muy poco amables. Quería saber cuándo dejaríamos de hacer papeleo de oficina y volveríamos a las labores de campo, las cuales, después de todo, eran nuestra razón de ser.

Alzaga le arrojó a la cara una de sus sonrisas, que fue inexpresiva como una hoja en blanco.

—Aún no estáis listos para ello. No queremos que ocurra otro desastre como el de la última vez, con una operación precipitada y carente de todo soporte. Hay quien diría que el responsable de ello fue mi predecesor inmediato...

Aquello fue un golpe bajo, y tan certero como la punta de un estilete. El predecesor inmediato de Alzaga había sido Burbuja.

—Dos agentes muertos y el resto heridos —remató nuestro nuevo superior—. No me gustaría tener algo así sobre mi conciencia. Pensaba que tú, más que ningún otro, entendería la importancia de la labor que estamos haciendo ahora.

Pude ver cómo Burbuja demudaba parte del color de sus mejillas. Alzaga no perdió ocasión de asestar otro golpe:

—Puedo entender que tengamos visiones diferentes sobre cómo dirigir este organismo. En todo caso, estoy convencido de que ambos estamos de acuerdo en la importancia que tiene respetar una cadena de mando.

Por un momento me admiré de lo mucho que Alzaga parecía conocer los puntos débiles de sus buscadores y cómo aprovecharse de ellos. Burbuja es incapaz de desobedecer a un superior: tiene alma de soldado (por eso fue un mal jefe para el Cuerpo).

Aprendimos mucho en aquella reunión. Aprendimos que las sonrisas de Alzaga son afiladas y cortantes. Aprendimos que estaba dispuesto a imponernos su modo de trabajar a pesar de lo poco adecuado que pudiera parecernos. Aprendimos que él tenía un objetivo y estaba dispuesto a cumplirlo.

Y he decir que si su objetivo era convertir el Cuerpo Nacional de Buscadores en un inoperante grupo de oficinistas, Alzaga se encontraba muy cerca de alcanzarlo.

Llamé a Danny a su móvil y le dije que iba a su encuentro. Si la idea le parecía buena o no, no me lo dio a entender, aunque yo imaginaba que habría preferido encargarse de aquel tema ella sola. A Danny le gustaba trabajar por libre.

Nos encontramos en la calle Salvador de Madariaga, frente a la mezquita de la M-30. El Centro Cultural Islámico es una institución que opera en Madrid desde los acuerdos firmados en 1976 entre el Estado español y otros dieciocho países musulmanes. Unos años después se inauguró la mezquita, construida con dinero de la casa real saudí (la cual disfruta sembrando Occidente de semillas islámicas que riega amorosamente con dinero del petróleo) y cuyas formas están vagamente inspiradas en la Alhambra de Granada. Además de la mezquita, el Centro Islámico cuenta con diversas instalaciones, como un auditorio, un colegio, un museo y una biblioteca con fondos de cierto valor.

Hasta donde yo sabía, el Centro Islámico administraba sus propios bienes culturales de forma autónoma, de modo que el Cuerpo Nacional de Buscadores nunca había tenido tratos con él. Me preguntaba qué era lo que Danny habría podido encontrar allí que fuese de nuestro interés.

Mi compañera me esperaba en la puerta de la mezquita, embutida en una de sus cazadoras de cuero negro. La noche era fría, por lo que tenía las manos encajadas en los bolsillos y un gorro de lana cubría sus negros cabellos.

—Y aquí está Faro acudiendo al rescate... —dijo al verme aparecer, con su tono sarcástico habitual—. ¿Tanto me echabas de menos?

—Supuse que sin mí estarías perdida. No hace falta que me des las gracias... ¿Esto cuenta como una cita?

—Ya te gustaría, Tirso Alfaro.

Intenté replicar algo ingenioso, pero no se me ocurrió nada, de modo que me limité a dejar escapar una risita algo idiota. Yo aún seguía sintiendo un absurdo enamoramiento por aquella mujer, pero Danny me dejó claro en su momento que no estaba interesada en ese tipo de relación con otro buscador. El principal motivo se debía a que Burbuja y ella eran hermanos, y la buscadora ya sentía demasiada presión por tener que trabajar codo con codo con un pariente de sangre como para añadir una pareja sentimental a la ecuación.

A pesar de todo, yo seguía tanteándola. Aún mantenía la esperanza de que cambiara de opinión. Danny lo sabía y se dejaba hacer, no sé si porque se sentía halagada o solamente porque le gustaba jugar conmigo. Tratándose de Danny, era difícil suponer sus pensamientos: le gustaba guardarlos bajo llave. Quizá por eso me atraía tanto.

—Si esto no es una cita, entonces podrías decirme qué hemos venido a hacer aquí —dije.

—En tu caso, supongo que perseguirme; en lo que a mí respecta, creo que he encontrado algo que nos puede salpicar y he venido a ver hasta qué punto.

—¿A espaldas de Alzaga?

—Sí, eso es un aliciente... ¿Enigma te ha contado los detalles?

—Lo único que sé es que se ha producido un robo. Enigma habló de algo llamado Fondo Al Quti y de unas Piezas Negras. ¿Tiene algo que ver con lo que han robado?

—Eso es lo que intento averiguar. De ser así, me temo que vamos a tener un problema serio entre manos, por mucho que le moleste a Alzaga. —Torció el gesto al decir el nombre de nuestro enlace—. Acompáñame. Luego te daré los detalles, cuando tengamos más tiempo.

—¿Adónde vamos?

—A la escena del crimen. Quédate unos pasos detrás de mí y procura no abrir la boca. Se supone que estamos de incógnito.

Seguí a Danny al interior de las instalaciones del Centro Cultural. Todo parecía estar tranquilo hasta que llegamos al acceso a la biblioteca. La puerta estaba sellada con una cinta amarilla y un agente de la Policía Nacional vestido de uniforme montaba guardia. Otro policía hablaba con un hombre barbado de rasgos árabes, que parecía encontrarse algo nervioso.

Danny y yo nos quedamos tras la esquina de un pasillo, discretamente apartados, fuera del campo de visión de los agentes. Ella me hizo un gesto para que no me moviera.

Al cabo de un rato salió de la biblioteca un hombre vestido de paisano con una placa de policía colgada del cuello.

—Ahí está nuestro amigo —dijo Danny—. Vamos.

Nos acercamos a él y Danny le llamó.

—Zaguero. Ya estoy aquí.

El hombre se volvió. Era un tipo de mediana edad, recio y de corta estatura, su perfil era similar al de un cubo. Tenía la cara ancha y lucía un enorme bigote descuidado. Su pelo era también negro y espeso, pero desaparecía abruptamente al llegar a la parte superior del cráneo formando una calva perfecta y moteada de sudor. Al fijarme en la placa que llevaba colgada del cuello vi que tenía rango de inspector.

El tal Zaguero me miró receloso.

—¿Quién es éste?

—Faro. Es un compañero.

—¿Del Cuerpo? —me preguntó mirándome a los ojos.

—Si es del mismo al que pertenece ella, sí —respondí yo.

El bigote del policía se movió en un conato de sonrisa. Me estrechó la mano con fuerza. Tenía la piel dura y seca.

—Es un placer, Faro. Vayamos a un sitio más discreto.

Nos llevó hasta la puerta de la biblioteca y apartó la cinta policial para que pasáramos.

—Éstos vienen conmigo —le dijo al agente que vigilaba la entrada—. Voy a estar unos minutos en el despacho del bibliotecario, por si alguien me necesita.

Zaguero nos condujo a una minúscula oficina a la que se accedía desde un lateral de la biblioteca y cerró la puerta al entrar.

—Está bien —dijo dirigiéndose a Danny—, ¿qué puedo hacer por ti?

—Primero, voy a presentarte en condiciones, si no tienes inconveniente. —El hombre asintió—. Faro, éste es el inspector Javier Santamaría, de la Brigada de Patrimonio Histórico de la Policía Nacional.

—Para vosotros, Zaguero —añadió el policía—. Es mi nombre de buscador.

—¿Eres un buscador? —pregunté.

—Lo fui, hace algunos años. Salí del Cuerpo para entrar en la Policía Nacional.

—Se pasó al bando de los legales —añadió Danny. El aludido se encogió de hombros, con gesto culpable.

—¿Qué iba a hacerle? Me casé, tuve hijos y necesitaba un trabajo menos original. Algún día a vosotros os pasará lo mismo.

—Ya ves, Zaguero es de los que se casan. A pesar de ello, es buena persona y un buen amigo del Cuerpo. Nos mantiene al tanto de las operaciones policiales que nos pueden interesar. Creo que en el fondo nos echa de menos.

Me habría gustado poder conocer más en detalle la historia de aquel ex buscador, pero Danny fue directa al asunto que nos había llevado hasta aquel lugar.

—¿Qué es lo que se han llevado?

—Lo siento, Danny, pero, como ya temías, ha sido el *Mardud*.

—Eso no es bueno, nada bueno… ¿Cómo lo han hecho?

—Ha sido un trabajo bastante limpio, casi parece uno de los que hacíamos en el Cuerpo en mis tiempos: desconectaron la alarma, desmontaron una de las ventanas, cogieron el *Mardud* y se fueron con él. Los ladrones sabían lo que querían y dónde encontrarlo.

—¿Alguna idea de quién puede haber sido?

—Hemos detenido a un sospechoso.

—Bien. ¿De quién se trata?

—Aún lo tengo aquí, ¿queréis verlo?

—¿Podemos?

—Claro, pero habrá que tomar algunas precauciones. No os separéis de mí e intentad no haceros notar demasiado.

—¿Crees que eso es prudente?

—Nadie hace preguntas si ve a un inspector ir de acá para allá con alguien detrás; siempre piensan que se trata de algún mandamás. De todas formas, sed discretos.

Danny le pidió detalles sobre el sospechoso detenido. Según Zaguero, se trataba de un hombre joven, de entre veinticinco y treinta años. No tenía ningún documento de identidad. El guardia de seguridad privado del Centro lo había atrapado en la calle, justo delante del edificio. Danny preguntó si tenía el *Mardud* consigo. Zaguero respondió que no.

—Entonces, ¿cómo sabéis que es un sospechoso?

—Los ladrones no sólo se llevaron el *Mardud*, también forzaron una pequeña caja de seguridad donde había algo de dinero en efectivo. El sospechoso llevaba el dinero encima. Parece estar bastante claro que forzó la caja, pero de lo otro no hay ni rastro y el tipo asegura que no sabe de qué le estamos hablando.

Escuché las explicaciones de Zaguero con mucha concentración, intentando no perder detalle. Miraba al ex buscador atentamente, pellizcándome sin darme cuenta el labio inferior, algo que suelo hacer cuando estoy concentrado. De pronto Zaguero dejó de hablar y me miró.

—Disculpa... ¿Tú y yo no nos habíamos visto antes?

—No; estoy seguro de que no —respondí, sorprendido.

—Es curioso, tienes algo que me resulta familiar, y yo nunca olvido una cara. —Se quedó mirándome unos segundos, con el ceño fruncido—. Sí, estoy seguro de que me suenas de algo, pero no sé de qué... No importa, ya me acordaré.

Danny empezó a impacientarse. El inspector de policía dejó de prestarme atención y nos pidió que lo siguiéramos.

La policía había retenido al sospechoso en una sala de lectura de la biblioteca. Era un hombre más joven que yo, tenía la piel oscura y en sus rasgos había un leve aire agitanado. Estaba sentado en una silla, con las dos manos sobre la mesa de lectura, y miraba hacia el frente. Vestía unos pantalones vaqueros bastante sucios y una raída camiseta del Olympique de Marsella con el nombre de Drogba a la espalda.

Zaguero despidió a un policía que lo custodiaba y nos quedamos a solas con él.

—Está bien, amigo —dijo el inspector dirigiéndose al sospechoso—. Estos señores van a hacerte unas preguntas. Procura responder lo mejor que puedas y todo irá bien.

El detenido se limitó a mirarnos. El blanco de sus ojos brillaba como el marfil y sus pupilas tenían el color y el brillo de dos gotas de miel. Eran unos ojos enormes e intensos.

—¿Puedo fumar un cigarrillo? —preguntó.

—Si eso te ayuda a colaborar… —masculló Zaguero. Le ofreció de su tabaco, pero era negro y al sospechoso no le gustaba. Tuve que darle uno de mis Marlboro.

Al pasarle mi mechero, se quedó mirando el diseño durante un segundo. Luego se encendió un cigarrillo y expulsó lentamente una densa nube de humo, cerrando los ojos.

—Bien, hijo —dijo Zaguero—. Nos estamos portando bien contigo, espero que tú hagas lo mismo con nosotros.

Danny tomó la iniciativa.

—¿Cómo te llamas?

El sospechoso tardó un tiempo en responder, durante el cual sólo nos miraba. Había un aire soberbio en su forma de hacerlo, como si estuviera calibrando si merecíamos o no escuchar sus palabras.

—Me llamo César —respondió al fin.

—¿Algo más?

Se encogió de hombros. De golpe perdió su interés en nosotros y dejó caer la mirada sobre el dorso de sus manos. El inspector torció el gesto.

—Tarde o temprano tendrás que darnos tu nombre completo.

César pareció no haberle escuchado.

—De acuerdo, César —intervino Danny—. ¿Sabes dónde está el *Mardud* de Sevilla?

—No sé lo que es eso.

—Escucha, vamos a intentar ayudarnos mutuamente —dijo Zaguero—. Sabemos que has sido tú quien ha entrado en la biblioteca y quien se ha llevado ese dinero de la caja. Si te has quedado algo más, será mejor que lo admitas ahora o será peor para ti. ¿Lo hiciste?

—No —respondió César sin dudarlo—. Sólo el dinero.

Zaguero resopló, frustrado.

—Maldita sea... Es a ti a quien hemos pillado con las manos en la masa, ¡aquí no había nadie más! Falta el dinero y falta el libro. Tú tienes el dinero, ¡dinos dónde está el libro!

—Quiero hablar con un abogado. Sé que tengo derecho a hacerlo.

—Mierda..., ya salió eso —masculló Zaguero—. Mira, hijo, no te estamos acusando de poner una bomba en una embajada; no hay por qué complicar las cosas. La cantidad de dinero que te has llevado ni siquiera llega para acusarte de un delito mayor. Si lo devuelves y nos dices dónde está el libro, te prometo que no irás a prisión, sólo te caerán unas cuantas horas de servicios comunitarios; pero necesito que me digas dónde está, de lo contrario, no podré hacer nada por ti.

—Quiero hablar con un abogado.

Zaguero resopló.

—Así no hay manera...

—Está bien, dejémoslo —dijo Danny.

Salimos de aquel lugar y regresamos al despacho del bibliotecario.

—¿Qué te parece? —preguntó Zaguero a Danny.

—Que miente, no hay duda.

—Eso creo yo, pero en cuanto salen con la dichosa cantinela del abogado, todo se embarulla y se va al carajo.

—Por curiosidad, ¿cuánto dinero se llevó?

—Poco más de cien euros.

—Es extraño... Por el aspecto que tiene el sospechoso y la cifra sustraída, da la sensación de ser un simple hurto, el típico que cometería un yonqui en mitad del mono para pagarse el chute.

—Ese chico no es ningún yonqui —dije.

—No, no lo parece... Pero si el libro no hubiera desaparecido, ésa es la impresión que daría. Un hurto entre cientos... Zaguero, ¿cómo se dieron cuenta en el Centro de que se había producido el robo?

—La alarma del depósito saltó.

—Dijiste que los ladrones la habían desconectado.

—Y así fue. La alarma se activó cuando ya no había nadie dentro.

—Eso es muy raro... ¿Podemos hablar con el guardia de seguridad?

—Claro. Seguidme.

El guardia trabajaba para una empresa privada de nombre Segursa. Era un hombre con visible sobrepeso cuya piel brillaba por efecto del sudor, como si tuviese la cara cubierta de aceite. Despedía un intenso aroma a ropa sucia y su expresión era tan sagaz como la de alguien que acaba de despertarse de una siesta milenaria.

Repitió más o menos la historia que Zaguero nos había contado. Dijo que, cuando oyó la alarma, se dirigió hacia la biblioteca. Lo primero que vio fue la caja abierta y vacía. Salió a la calle y encontró a César. Según sus propias palabras, tenía un «aspecto furtivo».

—¿Sólo por eso lo retuvo? —preguntó Danny.

—Aquí cerca hay una barriada de gitanos y gente de ésa —respondió el guarda—. Rondan por aquí, se llevan cables de cobre de las obras, roban bolsos... Son gentuza. En cuanto vi a ese tipo me dije: «Ya están otra vez esos putos gitanos dando por saco», porque tiene pinta de ser uno de ellos, ¿verdad? A ver si lo meten en la cárcel para que escarmiente. Nos tienen hartos.

—¿Sabe usted que los guardas de seguridad privada no tienen potestad para retener a nadie fuera del recinto que están vigilando? —dijo Zaguero.

Al guardia no parecía preocuparle ese pequeño tecnicismo legal. Volvió a soltar una andanada contra «gitanos y sin papeles que no hacen más que dar por el culo a la gente honrada» y, más o menos, nos dejó claro que volvería a actuar de igual forma si tuviera la oportunidad. Muy edificante.

Dejamos de lado al guardia y regresamos a la pequeña oficina del bibliotecario.

—Francamente, no sé qué clase de pruebas de acceso hacen algunas empresas de seguridad privada, pero es para echarse a temblar —comentó Zaguero—. En cuanto el sospechoso hable con un abogado, nuestra única pista se va a ir a la mierda: alegará que el puñetero guardia no podía retenerlo contra su voluntad si estaba fuera del Centro.

—Es muy extraño —dijo Danny—. Si los ladrones desactivaron la alarma para entrar en el edificio, ¿por qué motivo saltó ésta cuando el robo ya se había producido? Parece como si quisieran que atrapasen a César en plena huida.

—¿Crees que puede ser un señuelo? —preguntó Zaguero.

—Eso parece. Disimular el delito principal, el robo del libro, con uno secundario, el de la caja de seguridad... ¿Cómo supisteis que faltaba el libro, por cierto?

—Fue lo primero que comprobé en cuanto vine. Tenía una especie de presentimiento.

—¿Y por qué viniste? No se llama a la Brigada de Patrimonio por el robo de un puñado de euros.

—Supe de la incidencia por casualidad y en cuanto me enteré de que el asalto había sido en este lugar, vine para comprobar que el *Mardud* estaba a buen recaudo; exactamente igual que tú.

—Es decir, que si no hubieras estado al tanto, puede que nadie hubiera sabido aún que se habían llevado el *Mardud*.

—Hemos tenido suerte —dijo Zaguero.

—Sí, en cierto modo... Creo que ya lo tengo claro: el ladrón, sea quien sea, no esperaba que la falta del libro se descubriera tan pronto. Me temo que tu sospechoso no es más que un cebo.

—O un cómplice. Alguien contratado para dejarse atrapar.

—¿Cuánto tiempo puedes retenerlo?

—No mucho. En cuanto hable con un abogado, estará en la calle.

—¿Puedes retrasar ese momento?

—Haré cuanto esté en mi mano, pero no te prometo nada. Te recuerdo que ahora estoy con los legales.

Danny expresó su opinión torciendo el gesto.

Decidimos que ya nada podíamos averiguar en aquel lugar. Sin embargo, antes de marcharme, yo quería resolver una duda que me rondaba por la cabeza.

—¿Qué tipo de alarma tiene el Centro? —pregunté.

—Un sistema moderno, informatizado, creo.

—¿Puedo ver la consola de vigilancia?

—¿Ahora eres un experto en sistemas de alarma? —me preguntó Danny.

—Sólo me estaba preguntando cómo hicieron para desconectarla, nada más.

Zaguero nos llevó hasta la habitación donde estaba la consola de control. No vi nada que no me resultara familiar: un panel de mandos, una serie de monitores de vigilancia por CCTV... Me llamó la atención el panel de mandos: era distinto a los que yo conocía, mucho más sofisticado. Dediqué unos minutos a inspeccionarlo con atención.

—¿Cómo funciona esto?

—No lo tengo muy claro —respondió Zaguero.

—Parece bastante complejo.

—Lo es. Quien desconectó esta alarma no era ningún aficionado.

En una esquina del panel de control había un pequeño logotipo en relieve. Era una especie de estrella achatada con las puntas de color azul y rojo. Debajo estaba escrito un nombre: «Heimdall».

—¿Qué es Heimdall? —pregunté.

—El nombre del programa —respondió el inspector—. Muchas empresas de seguridad privada están empezando a utilizarlo. Tiene fama de inviolable... o casi, dadas las circunstancias.

Salimos del Centro Cultural. Zaguero nos acompañó hasta la calle. Por el camino, Danny y él intercambiaban hipótesis sobre el robo. Yo apenas los escuchaba. Mientras hablaban, utilicé mi móvil para buscar en internet información sobre el programa Heimdall de sistemas de seguridad.

Me resultó fácil localizar una página web en la que relacionaban Heimdall con otros programas informáticos cuyo uso estaba cada vez más extendido, tales como Icon, Ágora, Vmail y otros más que tenían algo en común: todos habían sido desarrollados por la misma empresa de software. Una empresa cuyo logotipo era una estrella achatada de puntas rojas y azules y su nombre era Voynich Inc.

Con una leve sensación de inquietud, tomé nota mental de aquel dato.

3
Apócrifos

Zaguero prometió mantenernos al corriente sobre cualquier novedad. Cuando nos despedimos de él, Danny me comentó que tenía hambre.

—Yo también —dije—. ¿Te apetece cenar algo? Yo invito.

Ella sonrió de medio lado.

—¿Aún empeñado en convertir esto en una cita?

—¿Por qué no? Mi noche aún puede volverse más inverosímil.

Danny aceptó mi invitación y nos metimos en el primer bar que encontramos de aspecto presentable. Compartimos unos platos de tapas y un par de cervezas.

—¿Crees que encontrarán al ladrón? —pregunté.

—¿Quién? ¿Zaguero? Es probable. Al menos lo intentará con todo su empeño. Es buen policía.

—¿Llegasteis a trabajar juntos en el Cuerpo?

—No, es mucho mayor que yo. Cuando entré, él ya hacía años que se había marchado, pero mantenía una buena relación con Narváez. Por eso de vez en cuando nos echa una mano o nos da algún soplo.

—De modo que tenemos ex buscadores infiltrados por ahí. Es bueno saberlo.

—En realidad, no. Zaguero es el único. La mayoría de los

que dejan el Cuerpo no vuelven a saber nada de nosotros; una vez que se quitan el pase azul, es como si se los tragase la tierra. Si te vas, ya no regresas.

—¿Vamos a informar a Alzaga de esto?

Danny hizo un gesto de desagrado, como si el trago de cerveza le hubiese sabido amargo.

—No me gusta la idea, pero deberíamos hacerlo. Es un asunto grave.

—¿Por qué? Sólo se han llevado un libro.

—El *Mardud* de Sevilla es una Pieza Negra. Si la policía la encuentra antes que nosotros, puede haber complicaciones.

—Creo que no veo la magnitud del problema como tú. Me falta información.

—¿Sobre qué?

—Sobre el libro que se han llevado, sobre esas Piezas Negras de las que últimamente parece que habla todo el mundo... Exactamente, ¿qué es el *Mardud* de Sevilla y por qué es un problema que haya desaparecido?

Danny respondió a mis preguntas entre cerveza y cerveza. Era una historia larga y complicada.

Comenzaba con un hombre llamado Ismael Diadié.

Nacido en Malí, Diadié era un pintoresco diletante en humanidades que a veces se presentaba como poeta, otras como historiador y otras como filósofo. Se decía último descendiente de un antiguo linaje de origen toledano.

La raíz de su añoso árbol genealógico era un mudéjar español llamado Alí ben Ziyad al Quti (o al Kati, según quien lo escribiera) que salió de Toledo en 1468 y se estableció en el entonces próspero Imperio songhay de Malí, en el África Occidental. Al Quti se llevó consigo una vasta colección de libros y manuscritos de enorme valor y antigüedad.

Con el paso de los siglos, la colección de Al Quti se dispersó entre los muchos descendientes de su clan hasta que, ya en nuestros días, Ismael Diadié se responsabilizó de volver a reunir todos aquellos libros.

Diadié era un hombre de aspecto teatral: negro como el pasado, alto y escuálido; solía vestir siempre con impolutas túnicas blancas de hombre del desierto, las cuales, combinadas con sus gafas de pasta, le daban un aspecto de pintoresco beduino ilustrado. En las muchas conferencias que dio por Europa, Diadié se recreaba narrando cómo recorrió cada aldea, cada casa de adobe en la que hubiera algún miembro de su clan, recopilando los libros de su ilustre antepasado. Era una historia que hacía las delicias de los más románticos aficionados a los relatos de aventuras.

La labor de Diadié fue muy fructífera. Llegó a recopilar más de tres mil legajos, algunos extremadamente valiosos. Dado que la gran mayoría de ellos eran de origen andalusí, el gobierno español quedó encandilado con aquel logro y aportó dinero para construir en Tombuctú una biblioteca que pudiera albergar esos tesoros. Las obras comenzaron en el año 2000. Por aquel entonces, la República de Malí se presentaba como un país en vías de desarrollo, capaz de convertirse en un Estado moderno y democrático.

Dichos augures de prosperidad acabaron por convertirse en un espejismo. En 2012, el gobierno del general Amadou Toumani Touré (ATT, para los occidentales) fue arrollado por rebeldes tuareg y yihadistas; el país se cubrió de espinas afiladas que hacían imposible su manejo. En Occidente, siempre dados a la condescendencia, calificaron Malí como «Estado fallido». Fue un fallo muy costoso en sangre.

Los yihadistas pusieron sitio a la histórica ciudad de Tombuctú, capital de varios imperios en el pasado y depositaria de una rica tradición artística e histórica. En Occidente, muchos amantes de la cultura se echaron a temblar temiendo lo que los fanáticos musulmanes pudieran hacer si entraban en la ciudad. El recuerdo de la voladura de los Budas de Bamiyán en Afganistán todavía estaba muy presente en las memorias.

Diversos organismos internacionales, como la UNESCO y otros similares, se apresuraron a salvar los tesoros de Tombuctú antes de que los yihadistas conquistasen la ciudad. El gobierno español se prestó voluntario para poner a buen recaudo los legajos del Fondo Al Quti albergados en la Biblioteca Andalusí de Tombuctú, aquellos que con tanto esfuerzo Ismael Diadié había rescatado del olvido.

La operación fue chapucera y precipitada debido a las circunstancias. Los yihadistas entraron en Tombuctú el 6 de abril de 2012, mucho antes de lo esperado. Sólo algunos volúmenes de la biblioteca pudieron ser trasladados a España antes de la caída de la ciudad imperial; el resto se quedaron en Malí a la espera de una suerte trágica.

Muy pocos saben que el Cuerpo Nacional de Buscadores participó activamente en aquel salvamento. Ocurrió apenas un par de años antes de que yo me convirtiera buscador. La ayuda del Cuerpo no fue desinteresada. Como Danny solía decirme siempre, el CNB nunca actúa por altruismo.

Nos guste o no, somos ladrones, después de todo.

Entre los libros del Fondo Al Quti había uno especialmente raro y valioso: el *Mardud* de Sevilla.

Según la tradición islámica, existen relatos que se corresponden a hechos o costumbres atribuidas al profeta Mahoma, los cuales fueron recopilados por sus discípulos y sucesores. Estos relatos se conocen como *hadiz*.

La autenticidad del *hadiz* debe ser avalada por una cadena de autoridades religiosas que lo han transmitido de forma oral a través del tiempo. Es lo que se conoce con el nombre de *isnad*. La canonicidad de los diferentes *hadiz* se valora en función de la solidez de la cadena de *isnad* que los transmite. A aquellos a los que se considera totalmente veraces se los denomina *maqbul*, o «admisibles», mientras que a los juzgados como apócrifos o ficticios se les tacha de *mardud*, «rechazados».

Son muy escasos los *mardudes* que se han conservado a lo largo de los siglos. Las diferentes corrientes rigoristas del islam los perseguían y los destruían. Un *mardud* completo es una joya bibliográfica por la que cualquier coleccionista estaría dispuesto a pagar auténticas fortunas.

Según me contó Danny, el *Mardud* de Sevilla es único en su género. Es un códice fechado en el siglo XI y elaborado quizá en los escritorios del reino taifa de Sevilla. Se trata de una transcripción completa del Corán repleta de textos *hadiz*. Estos textos fueron declarados apócrifos por los sacerdotes musulmanes que llegaron con los almorávides a España, en tiempos del Cid Campeador. Es casi un milagro que el *Mardud* de Sevilla escapase a sus fuegos censores.

La familia Al Quti debió de guardarlo en secreto durante generaciones hasta que uno de sus miembros abandonó Toledo en el siglo XV llevándose el libro con él.

Dado que el *Mardud* fue escrito en un taller sevillano por encargo del rey Al Mutamid, se comunicó al Cuerpo Nacional de Buscadores que aquella pieza se consideraba parte inherente del patrimonio histórico español y, por lo tanto, no era admisible que permaneciese en una remota biblioteca de la ciudad de Tombuctú.

Tal consideración, no obstante, era discutible. ¿A quién pertenece en realidad el *Mardud*? Si un casi olvidado rey sevillano pagó por él hace unos mil años, ¿podía considerarse que el libro aún era patrimonio hispano? ¿O acaso sus únicos dueños eran los descendientes aparentemente legítimos de la familia Al Quti, que se hicieron con él no se sabe en qué circunstancias? ¿O puede que su legítimo dueño fuese el gobierno de Malí? El asunto era enrevesado mirases por donde lo mirases. El *Mardud* tenía tantos dueños potenciales que dirimir a quién pertenecía podía llevar tantos siglos como los que permaneció oculto al mundo.

Por este motivo, los buscadores lo catalogan como «Pieza Negra».

A grandes rasgos, una Pieza Negra es aquella que no tiene dueños… o tiene demasiados. Reliquias dignas de mostrarse en un museo, pero que nadie se atreve a hacerlo por los conflictos de pertenencia que esto puede ocasionar; a pesar de lo cual, nadie desea renunciar a su posesión.

A lo largo de su trayectoria, el Cuerpo Nacional de Buscadores ha recuperado muchas de esas Piezas Negras, pero no para ser expuestas, sino solo por el triunfo que supone hacerse con ellas.

Una Pieza Negra se guarda en el más absoluto secreto y permanece oculta por tiempo indefinido. A los buscadores les suele gustar recuperar estas piezas, pues supone un reto interesante.

En el año 2012, el Cuerpo de Buscadores se aprovechó de la confusión producida durante el salvamento del Fondo Al Quti de Tombuctú para hacerse con el *Mardud* de Sevilla. Cuando trajeron el libro a España nadie supo qué hacer con él, así que Narváez maniobró en secreto para ocultarlo en el depósito del Centro Cultural Islámico de Madrid. Los responsables del Centro no sabían (ni tampoco querían saber) de dónde había salido aquel nuevo códice, pero al reconocer su valor estuvieron encantados de recibirlo sin hacer preguntas. Las personas que estaban al tanto de ello eran tan pocas que podían contarse con los dedos de una mano.

Ignoro cuál era el plan de Narváez con respecto al *Mardud*. Quizá pensaba ingenuamente que el problema podía solucionarse solo; después de todo, la situación en Malí era tan catastrófica que no parecía que nadie de aquel país fuese a reclamar el libro a corto plazo.

Por desgracia, los acontecimientos no fueron según lo previsto. Primero, Narváez murió asesinado; luego, los yihadistas fueron expulsados de Tombuctú y las autoridades locales empezaron a mostrar interés por recuperar los libros del Fondo Al Quti. Y como guinda del pastel, el códice había sido robado por alguien que parecía saber muy bien el valor de la pieza que se estaba llevando.

Ahora entendía por qué Danny estaba tan preocupada.

Algo apabullado por aquel relato repleto de códices secretos, imperios africanos y terroristas islámicos, apuré mi segunda cerveza de un trago. Danny jugueteaba con los restos de aceite y pan de una de las tapas que nos acabábamos de comer.

—Menuda historia.

—Ya —se limitó a responder—. No es tan buena como la de la Mesa que alberga el secreto de la Creación, pero es igual de extraña.

—A mí me parece que está a la altura... —repuse mientras me encendía un cigarrillo—. ¿De verdad alguien nos pidió que aprovecháramos una operación de salvamento de patrimonio para robar el *Mardud*?

—¿Qué se yo?... La orden vino de Narváez. Si alguien se lo pidió o fue una iniciativa propia, eso es algo que nunca sabremos.

—Me pregunto quiénes son los verdaderos expoliadores en este caso.

—No empieces con tus dilemas morales, Tirso; si te soy sincera, me aburren bastante.

—Lo siento, sólo era un comentario. —Dejé escapar una bocanada de humo, pensativo. Aún estaba calibrando las implicaciones de aquella historia—. ¿Qué pasaría si la policía encontrara el *Mardud* antes que nosotros?

—Será devuelto a Malí, supongo.

—¿Y eso es malo?

—Para nosotros, sí. Alguien podría preguntarse qué hacía el libro en Madrid y puede que mucha gente quedase en mal lugar. ¿Hasta qué punto lo pagaríamos nosotros? No lo sé, pero tampoco quiero saberlo. —Danny me miró a los ojos de forma desafiante—. Además, el libro es nuestro. Nosotros lo recuperamos, ¿por qué tiene nadie que quitárnoslo? Si no lo hubiésemos sacado de allí, es probable que los yihadistas lo hubieran convertido en cenizas.

—Entiendo. Nadie roba a un buscador, ¿verdad? —dije, sarcástico.

—No mientras yo sea una de ellos.

—De acuerdo, si es importante para el Cuerpo, lo es para mí.

—Casi pareces convencido de lo que dices.

—No tengo ningún dilema moral, lo juro —repuse haciéndome una cruz sobre el pecho.

Logré arrancarle una sonrisa sincera. Me encantaba hacerlo, era como conquistar una montaña.

—Agradezco tu apoyo —dijo—. Me hará falta cuando mañana le contemos todo esto a Alzaga.

Al día siguiente, en el Sótano, Danny se encargó de informar sobre el robo. Todo el Cuerpo en pleno se encontraba en la sala de reuniones. Alzaga ocupaba su puesto en la cabecera de la mesa y escuchaba el relato de Danny con aparente atención. Mientras ella hablaba, él se mantenía en silencio, con las yemas de los dedos unidas y la cabeza baja.

Cuando la buscadora terminó su exposición de los hechos, Alzaga quiso saber la opinión del resto. Yo, como ya había previsto, apoyé la idea de dedicarnos a buscar el libro robado con todos nuestros medios. Burbuja me secundó, aunque lo hizo de una forma más apática.

Alzaga asintió en silencio, sopesando su respuesta.

—Bien —dijo al fin—. Todo parece indicar que, en efecto, nos encontramos ante una delicada situación. Esperemos que la Brigada de Patrimonio tenga éxito a la hora de recuperar ese libro.

—Y nosotros, ¿no vamos a hacer nada? —dijo Danny.

Alzaga la miró, alzando una ceja.

—Creo que el CNB ya ha hecho bastante en lo que a ese códice se refiere. Fue una imprudencia traerlo a Madrid.

—Por eso precisamente es por lo que tenemos que recuperarlo.

—Yo no lo veo así, lo siento. Es un trabajo para la policía. No nos conviene arriesgarnos a un conflicto de competencias.

—Dirás, más bien, que eres tú el que no quiere arriesgarse... —dijo Danny, airada.

—Todos debemos tener derecho a manifestar nuestra opinión —respondió nuestro enlace, modulando sus palabras con tranquilidad—. Lamento que mis métodos no te parezcan adecuados, Danny. Lo único que intento es poner orden en un organismo que ha estado lastrado en los últimos años por su tendencia al descontrol y la improvisación. Aspiro a que seamos productivos, ¿no es acaso lo mismo que quieres tú?

—¿Quieres que seamos productivos? Entonces, ¡vamos a recuperar ese maldito libro!

—¿Cómo? —preguntó Alzaga con la actitud de un padre que intenta explicar algo complejo a un hijo especialmente lento—. ¡No tenemos efectivos para una operación de esa envergadura! Sois muy pocos, muy pocos, Danny. ¿No ves cuál es mi problema? Necesito más buscadores.

—Has tenido tiempo de sobra para encontrarlos.

Danny no se dejaba amedrentar por Alzaga. A diferencia de su hermano, ella no sentía tanto respeto por la cadena de mando.

Enlace suspiró de forma queda. Luego siguió un silencio tenso como un cordel, y finalmente dijo:

—Puede que tengas razón. Quizá haya pecado de exceso de celo. Te diré lo que haremos: concédeme un tiempo para buscar nuevos agentes y, cuando crea que somos un número suficiente de efectivos, podemos encargarnos de ese libro.

—No tenemos tiempo, hay que encontrar el *Mardud* antes de que lo haga la policía.

—Seamos razonables, Danny. Conozco tu trabajo en esta organización y lo valoro mucho, así que te pido que me ayudes a hacer bien las cosas.

—¿En qué sentido?

—Voy a confiar en ti para que me hagas un detallado informe sobre las necesidades del Cuerpo. Un perfil de agentes, dónde encontrarlos, métodos de selección, de adiestramiento... No me cabe duda de que eres la persona idónea para ello. ¿Querrás encargarte de esa labor?

Aprecié cómo las mandíbulas de Danny se crispaban.

—Espero que esto no sea un simple entretenimiento para que mantenga la boca cerrada...

Alzaga se mostró dolido por aquellas palabras.

—De ningún modo. Te prometo que, una vez que solventemos el reclutamiento de nuevos agentes, reanudaremos los trabajos de campo. Depende de ti, Danny; cuanto más rápido trabajes, antes terminaremos con este asunto. ¿Qué me dices? ¿Puedo contar contigo?

—Qué remedio... —farfulló Danny.

Alzaga disparó una de sus sonrisas.

—¡Fantástico! Me alegra mucho que hayamos podido hablar sobre nuestras diferencias. Es muy enriquecedor. Ahora, pongámonos a trabajar.

Nuestro superior se metió en su despacho y el resto nos dispersamos con aire sombrío.

Del *Mardud* de Sevilla nadie había vuelto a decir una palabra.

Burbuja y Danny discutieron, algo bastante raro teniendo en cuenta lo unidos que estaban los dos hermanos. Ambos compartían una triste historia familiar: su madre los abandonó siendo Danny muy pequeña y, poco después, su padre se quitó la vida. Desde entonces habían cuidado el uno del otro.

Durante la discusión, Danny acusaba a su hermano de acobardarse frente a Alzaga y él trataba de defenderse escudándose en la obediencia debida al director del Cuerpo. Tras la pelea, vi cómo Burbuja se refugiaba en su despacho con aire alicaído. Me pareció una mala idea dejarlo a solas, así que fui tras él sin esperar a ser invitado.

El despacho de Burbuja era el más grande del Sótano, después del de Alzaga. Ventajas de ser el veterano. El buscador lo había ocupado el tiempo suficiente como para darle un aire más personal. En las paredes había algunas fotografías de tipo artístico, todas hechas por Burbuja. La mayoría representaban desoladas playas en blanco y negro, con macizas formaciones rocosas en el horizonte, mares encrespados y cielos plomizos y lluviosos. Eran buenas, pero un poco lúgubres.

En un rincón del despacho, sobre un mueble de acero y cristal, había un balón de fútbol con varias firmas colocado sobre un pequeño pie redondo y cubierto por una campana de cristal. Junto a él, un equipo de música algo obsoleto, acompañado por una torre de compact-disc. A Burbuja le gustaba el indie rock y el punk de los años setenta y ochenta. A menudo escuchaba música de los Pixies o The Clash cuando estaba en su despacho, y las canciones que más le gustaban las repetía varias veces. Como mi cubículo estaba frente a su puerta, yo había llegado a aprenderme *Here Comes Your Man* casi de memoria.

Encima de su mesa tenía un cenicero de barro que usualmente estaba lleno de colillas hasta el borde, así como una vieja caja de galletas hecha de metal que, en realidad, no engañaba a nadie: todos sabíamos que lo que había dentro no eran galletas sino una bolsita de plástico llena de marihuana. En muy raras ocasiones Burbuja cerraba su puerta y por las rendijas brotaba un aroma propio de la habitación de un colegio mayor universitario. Nunca supe si el viejo Narváez estaba al tanto de aquel vicio, pero si era así, fingía ignorarlo.

Desde la muerte del viejo, el despacho de Burbuja no había vuelto a emitir humos estupefacientes. Quizá por eso temí dejarlo solo en aquella ocasión. Pensé que si le daba por liarse un canuto y Alzaga lo detectaba, el buscador se metería en problemas.

También había otros trastos más llamativos en aquel despacho, como una vieja pistola alemana de la época de la Guerra Civil a la que le faltaban piezas y que utilizaba como pisapapeles, un pequeño cuenco de cristal lleno de púas de guitarra y una fotografía enmarcada en la que se veía a un chaval vestido con el uniforme de un equipo de rugby, mostrando a la cámara una sonrisa desdentada.

Burbuja estaba sentado detrás de su mesa, mirando al techo con la cabeza apoyada sobre el respaldo de la silla. Tenía en las manos un pequeño balón de rugby y lo lanzaba hacia arriba con aire taciturno para luego cogerlo al vuelo. Sentí cierto alivio al comprobar que no estaba fumando hierba.

—¿Va todo bien? —pregunté, cauteloso—. No oigo a los Pixies...

—Piérdete, novato, hoy tengo un mal día —respondió Burbuja. Comencé una elegante retirada, pero le escuché farfullar algo:— Entras en mi despacho como si fuera tu casa, Danny me grita como una loca... Me gustaría saber qué le pasa hoy a todo el mundo.

Me atreví a acercarme hacia su mesa.

—Antes de preguntar por los demás, quizá deberías plantearte qué problema hay contigo.

—¿De qué diablos estás hablando?

—No lo sé, dímelo tú. Desde hace un tiempo parece que disfrutas siendo desagradable con todo el mundo.

Burbuja no dijo nada. Arrojó el balón a un rincón del despacho y luego se encendió un cigarrillo con desgana. De pronto tuve la sensación de estar frente a alguien muy cansado.

—Dime una cosa: ¿no estás harto de pensar? —me preguntó.

—¿Pensar?

—Sí, pensar. Es lo único que se puede hacer aquí abajo. —Cerró los ojos y se golpeó la frente con los dedos con los que sostenía el cigarrillo—. Pensar, pensar... Todo el maldito día dándole vueltas a la cabeza... Sentado en este agujero sin nada más que hacer salvo... pensar.

—Comprendo, pero si estás aburrido no tienes por qué pagarlo con nosotros. Todos estamos en tu misma situación.

—No estoy aburrido. Lo único que quiero es dejar de pensar... ¿Cómo diablos se hace eso? ¿Cómo apagas el maldito cerebro para que deje de darte el coñazo? —Aplastó su cigarrillo contra el cenicero cuando aún estaba a la mitad y luego se encendió otro—. Una vez me dijiste que un buscador no debería pensar demasiado. Es una gran verdad.

Burbuja nunca había sido bueno con las palabras, y menos si hablaba de sí mismo, tema de conversación que odiaba especialmente. Tuve claro que le mortificaba algo más que el simple aburrimiento y necesitaba compartirlo con alguien, pero no sabía cómo. Intenté ayudarle.

—¿Qué es eso en lo que no dejas de pensar?

—Cosas... En el viejo. Supongo que estaría muy decepcionado si supiera que me han sustituido por un puto chupatintas como Alzaga. Imagino que... No lo sé... Imagino que debí haber peleado más por el puesto de Narváez... Quizá debí hacerlo...

—Eso ya no tiene remedio.

—No, ¿verdad?... ¿Qué importa ahora? Además, habría sido inútil, jamás me lo habrían permitido... No después de haberla jodido con lo de la Mesa.

—No lo hiciste. La encontramos. Eso fue un éxito. Tu éxito: eras tú quien estaba al mando.

El buscador ni siquiera me miraba. Tenía los ojos fijos sobre la pistola que había en su mesa mientras la hacía girar empujando el cañón con el dedo.

—Marc no debió morir en aquella cueva... —dijo sin apenas mover los labios.

—¿Y eso a qué viene ahora?

Él se encogió de hombros.

—No lo sé... Sólo digo que tenía que estar vivo, eso es todo...

Marc fue un buscador que entró al mismo tiempo que yo en el Cuerpo. Mientras tratábamos de recuperar la Mesa de Salomón en las Cuevas de Hércules, Marc tuvo un mal encuentro con Joos Gelderohde, una especie de psicópata aficionado al arte que nos complicó bastante la existencia durante nuestra búsqueda de la Mesa. Gelderohde le voló la cabeza a Marc de un tiro, justo delante de mis ojos.

Empecé a darme cuenta de que Burbuja se sentía responsable de aquello.

—No murió por tu culpa.

—Yo os obligué a entrar en esa cueva para encontrar la maldita Mesa, ¿no?

—No. Él te siguió porque quiso, como hicimos todos.

—Entonces, cualquiera de nosotros debería estar muerto ahora.

Seguía haciendo girar la pistola sobre la mesa, produciendo un desagradable sonido de roce contra el cristal. Empezaba a ponerme nervioso, así que coloqué mi mano encima para detenerla.

—Si eso es en lo que piensas tanto, déjame decirte que tus pensamientos dan asco. Déjalo estar.

—No puedo...

—Sí puedes. Sólo tienes que encontrar mejores formas de perder neuronas.

El buscador siguió contemplando la vieja pistola, como si no me hubiera escuchado.

—Marc era un chico estúpido... Estúpido y simple. Merecía una vida estúpida y simple. Morir en su cama convertido en un viejo aburrido, y no tiroteado en un agujero a los veintitantos... Nadie merece algo así.

—Mírame, Burbuja. —Levantó sus ojos con esfuerzo, como si sus pupilas estuviesen hechas de plomo—. Deja esa mierda. En serio. Déjalo estar.

Torció el gesto y volvió a concentrarse en la pistola.

—Para ti es fácil decirlo...

—No lo es. Yo estaba allí cuando le volaron la cabeza. Tuve que limpiarme su sangre de los zapatos cuando salí de aquella cueva... ¿Sabes cuántas veces me he despertado en mitad de la noche viendo su cara antes de reventar en pedazos? Si dedicara un solo minuto del día a pensar en ello, me volvería loco. No puedo permitírmelo. Tú tampoco puedes.

—¿Y en qué otra cosa puedo pensar? Antes tenía mi trabajo, pero Alzaga me tiene atado a esta mesa sin poder hacer otra cosa que no sea darle vueltas a la cabeza. Dios... Es como si... —Apretó los dientes—. Como si él lo supiera.

Miré al buscador sintiendo una enorme lástima por él. Era triste verlo así. Mi antipatía hacia Alzaga creció hasta convertirse casi en odio. No quería pensar que nuestro enlace estaba ensayando algún retorcido juego psicológico con Burbuja para anularlo por completo.

—Puede que obedecer a ciegas a Alzaga no sea lo mejor para ti en estos momentos.

—Eso es lo que dijo Danny… Pero ¿qué opciones tengo? Él es quien manda ahora.

—No sé cuáles son tus opciones, pero pensar en ellas sería una manera menos dañina de darle vueltas a la cabeza.

Burbujal no respondió. No se me ocurría qué más podía decirle, de modo que salí de allí y lo dejé a solas.

Unos minutos después, me encontraba en mi cubículo reflexionando sobre aquella conversación. Me sentía deprimido y preocupado.

Entonces escuché la melodía de una canción de The Clash saliendo de su despacho. *Complete Control.* Esperaba que fuese una buena señal.

4
Yokai

Desde que Tesla, nuestro último especialista en tecnología, encontró una muerte abrupta (y puede que merecida) durante la misión en busca de la Mesa de Salomón, el Cuerpo había carecido de un experto informático en condiciones.

En vez de contratar a alguien nuevo para que se encargase de esa labor, Alzaga había utilizado contactos con el CNI para que uno de sus informáticos nos echara una mano en las labores de mantenimiento más básicas. Alguien, en resumen, a quien poder acudir cuando se colgaba la señal de internet o cualquiera de nuestros ordenadores empezaba a hacer cosas raras.

En el Cuerpo teníamos poco trato con el CNI. Allí había varias personas que sabían de nuestra existencia, aunque sin tener muy claro a qué nos dedicábamos exactamente. Ellos pensaban que éramos una especie de servicio de información sobre arte robado que dependía del Ministerio de Cultura. No solíamos colaborar a menudo porque nos contemplaban con cierta condescendencia, cuando no con abierta antipatía. Supongo que nos veían como una especie de organismo inútil que chupábamos presupuesto y nos dedicábamos a perder el tiempo mientras que ellos, los verdaderos espías, hacían los trabajos serios.

Cuando yo entré en el Cuerpo, mis compañeros solían hablar bastante mal del CNI. De hecho, los motejaban con el despectivo término de «mortadelos». Creo que había algo de pique profesional en aquella actitud, como dos equipos de fútbol que pertenecen a la misma ciudad y se detestan cordialmente. Nosotros nunca les pedíamos ayuda si podíamos evitarlo, y ellos hacían otro tanto ignorándonos como si fuésemos una pandilla de estorbos. A pesar de ello, me consta que muchos buscadores se reciclan como agentes del CNI cuando se cansan del Cuerpo y, a su vez, el CNI ha sido, en el pasado, un vivero de reclutamiento para posibles buscadores.

Dicho esto, es comprensible que no recibiésemos con alegría la idea de que un mortadelo se dejara caer de vez en cuando por el Sótano para meter las narices en nuestros ordenadores. Quizá esperábamos una especie de guaperas presuntuoso, cuyo aliento apestase a Martini con vodka y nos mirase por encima del hombro.

En el fondo nos llevamos una desilusión cuando descubrimos que el informático del CNI era un tipo bastante corriente y de trato agradable. Una vez a la semana, se pasaba por el Sótano, hacía un chequeo de nuestros equipos y nos echaba una mano cuando teníamos algún problema. Raras veces estaba en el Sótano más de una hora y, al terminar, no volvíamos a tener noticias de él hasta siete días después.

El mortadelo en cuestión se llamaba Mateo; no sabíamos su apellido. Era un hombre de unos treinta y pocos, de cara redonda y bonachona. Llevaba todo el pelo rapado para ocultar una avanzada calvicie, salvo por las patillas, que se las dejaba crecer muy gruesas. Nosotros no teníamos ni idea de cuál era su trabajo concreto dentro del CNI, y él tampoco nos preguntaba por nuestras actividades. Mateo era muy discreto.

La mañana en la que hablé con Burbuja coincidía con una de las visitas de nuestro mortadelo. Solía venir alrededor de la una, y así aprovechaba para tomar el aperitivo con Enigma. Creo que ella le gustaba bastante, y a veces yo me divertía contemplando cómo el pobre intentaba ligársela con sus tácticas de bar de copas. Mateo no era precisamente un donjuán.

Hacia la una y media salí de mi cubículo y fui hacia la recepción del Sótano. Mateo estaba allí, trasteando con el ordenador de Enigma. Por lo visto le estaba actualizando el antivirus.

—¿Qué programa es éste? —preguntaba Enigma—. ¿Qué has hecho con mi Norton de toda la vida?

—Te lo ha cambiado por Blue Star. Es mucho mejor, es el que usamos en el Centro.

—Me gusta el nombre, pero no lo conozco, ¿es nuevo?

—Más o menos. Voynich lo sacó al mercado hace un par de meses.

Al escuchar la mención a Voynich recordé algo.

—Hola, Mateo —saludé—. Una pregunta: ¿conoces un programa llamado Heimdall?

—Sí. Es muy bueno —dijo moviendo la cabeza como si hablara de un modelo de coche deportivo muy potente—. Deberíais decirles a los del museo que pongan uno de ésos; su sistema de seguridad es una mierda.

—Es un programa Voynich, ¿verdad?

—Y de los mejores. —Mateo hablaba maravillas de Voynich, como todos los informáticos puestos al día. En una ocasión me dijo que Voynich era a Apple lo que la fibra óptica a la paloma mensajera—. ¿Sabías que le pusieron ese nombre por el dios vikingo que vigila el Walhalla? A los de Voynich les gusta bautizar sus programas con nombres así, les da un toque muy cultural.

Decidí interrumpirle antes de que siguiera desgranándome trivialidades sobre su compañía favorita. Era capaz de enlazarlas durante horas.

—¿Cómo funciona exactamente?

—Es muy complejo. Se activa mediante códigos de seguridad que cambian de manera aleatoria cada cierto tiempo. Siempre tiene que haber alguien controlando la consola e introduciendo los códigos para que el sistema siga funcionando; si pasa el tiempo y no se introduce ningún código o se introduce uno erróneo, salta la alarma conectada. Sólo puede apagarse si se conoce otra clave específica para ello, la cual también cambia según pasa el tiempo.

—¿De qué forma podría reventarse el sistema?

—No se puede, salvo que seas el presidente de Voynich... o el mejor hacker del mundo. Heimdall utiliza unos cortafuegos que son puertas blindadas. Es como el Forefront TMG llevado a la máxima potencia. Los de Voynich no utilizan filtros PF, sino algo llamado VF, desarrollado por ellos. Muy duro.

—Bien... Imagina que no tengo ni idea de lo que me estás hablando, ¿cómo me lo explicarías? —dije yo.

—Piensa en un cubo hecho de acero, rodeado de una capa de cemento, otra de titanio y una esfera de relámpagos, en medio de un foso lleno de pirañas y tiburones. Más o menos, eso es un cortafuegos VF.

—Ya veo. Prácticamente inviolable.

—Bueno, en realidad yo no diría tanto. No creo que exista hoy en día ningún cortafuegos que no pueda reventarse; sin embargo, para joder un VF tienes que ser una especie de mago. Desde que trabajo en el Centro, me he encontrado sólo con un par de tíos que serían capaces de hacer algo así, y uno de ellos está en una cárcel china desde hace tres años.

—¿Y el otro?

—El otro ni siquiera creo que exista. En el Centro pensamos que no es más que un bulo de los internautas.

—Qué misterioso —dijo Enigma—. Y ese hacker fantasma, ¿tiene nombre?

—Se le conoce como Yokai.

Yokai. «Espíritu» en japonés. Muy sugestivo.

—¿Ese tal Yokai sería capaz de reventar un sistema Heimdall? —pregunté.

—Según lo que se dice en internet, sería incluso capaz de provocar el apocalipsis tecnológico si le viniera en gana; pero no hay que creer estas cosas al pie de la letra. Los hackers son tipos muy soberbios, les gusta pensar que tienen poderes casi sobrenaturales. Como ya te he dicho, puede que el tal Yokai ni siquiera exista.

—Entonces ¿por qué es tan famoso?

—El mundo de los piratas informáticos tiende a crear antihéroes. Si un día un tipo en Tokio revienta la seguridad de la NSA, otro en Nueva York se cuela en la base de datos de la OTAN y otro en Melbourne provoca un cuelgue en Facebook a nivel mundial, enseguida surge algún listillo que dice: «Eh, tíos, he sido yo, yo he hecho todas esas cosas. Llamadme Yokai. Soy el puto dios de los hackers». Ocurre a menudo.

Me quedé pensando durante un par segundos sobre las palabras de Mateo. Luego, cautelosamente, dije:

—Si yo quisiera encontrar a ese hacker..., ¿cómo lo haría?

Mateo se rió.

—No con un anuncio en el periódico, desde luego.

—No, en serio, ¿cómo puedo encontrarlo?

—¿Vas a cazar a un hacker? —preguntó Enigma—. Bien. Me apunto. Aún no me he tomado mi descanso para el café.

—Venga ya... —repuso Mateo—, ¿estáis hablando en serio?

—Échanos una mano. Será divertido —le rogó Enigma, envolviendo a Mateo con la mejor de sus sonrisas—. Impresióname con un poco de eso que tú sabes hacer.

Las orejas del informático enrojecieron como si estuvieran a punto de arder en llamas. No tuvo opción de negarse.

—Bueno... Está bien... Sólo para entreteneros un rato... ¿Por qué no?

Enigma me miró con disimulo y me guiñó un ojo.

Trabajamos con el ordenador que había en mi cubículo. Al encenderlo, Mateo puso cara de haber encontrado algo muy desagradable pegado a la suela de su zapato.

—¿Qué es esto? ¡No, hombre, no...! —exclamó—. Si queremos pillar a un hacker necesito un ordenador que no sea el de la señorita Pepis. Hasta la tablet de mi sobrina tiene más aplicaciones que esto... ¿No tenéis una máquina de verdad?

—Tiene razón, Faro —dijo Enigma—. ¡Piensa a lo grande! Vamos al Desguace.

El Desguace era como ella llamaba a lo que, tiempo atrás, fue el despacho de Tesla. Ninguno de nosotros habíamos vuelto a entrar en aquel lugar desde que Tesla murió. Creo que nos parecía un lugar cenizo, como si el espíritu del compañero traidor aún estuviese rondando entre los trastos que había atesorado en aquel cuarto, mientras vendía los secretos del Cuerpo a nuestros enemigos.

El taller de Tesla estaba tal y como él lo había dejado: repleto de juguetitos de cultura pop, carcasas de software y videojuegos y ordenadores de última generación que sólo el difunto buscador era capaz de manejar. Lo cierto es que su pérdida había dejado un costurón bastante feo en el Cuerpo. Traidor o no, Tesla estaba dotado de una mente privilegiada, y aún no habíamos encontrado la forma de sustituirlo.

Al encender uno de sus equipos, el rostro de Mateo se iluminó de placer.

—¡Esto es otra cosa! —exclamó—. ¿Tenéis aquí esta joya y estáis trabajando con esos cacharros de marca blanca?

Mateo utilizó Vouter para conectarse a la red *deepnet*, el internet oculto para la mayoría de los buscadores habituales. Estuvo trasteando con la máquina durante varios minutos, como un niño que acaba de dar con un juguete nuevo y muy caro. De pronto emitió una especie de gritito de placer.

Había encontrado a Hércules, el programa de rastreo inventado por Tesla. El mejor detective de la red, como él mismo me dijo en una ocasión.

—¡Madre mía! ¿Esto es un programa de rastreo?

—Ah, sí, Hércules —dijo Enigma—. Antes lo usábamos mucho...

—¿Y por qué ya no lo hacéis? ¡Esto es una maravilla! ¿Sabéis lo que daríamos en el Centro por tener una cosa como ésta? Tenéis que decirme de dónde lo habéis sacado.

Mateo estuvo jugueteando con Hércules durante un buen

rato. Yo jamás había sido capaz de entender aquel programa, pero sabía que cualquier persona con conocimientos de informática sólidos podía dominarlo en poco tiempo sin ayuda. Marc, por ejemplo, fue capaz de hacerlo en su momento.

Enigma y yo nos acomodamos como pudimos en aquel cementerio de cachivaches para ver cómo Mateo nos demostraba por qué era uno de los mejores informáticos de los mortadelos. Utilizando Vouter, inspeccionó diversos enlaces de *deepnet* hasta que al fin encontró lo que estaba buscando.

En la pantalla del ordenador apareció lo que parecía ser una sala de chat corriente.

—¿Qué es eso? —preguntó Enigma.

—TorDir. Estamos empezando por lo fácil. Es un chat de hackers, uno de los más antiguos. Preguntaremos por aquí a ver qué sale.

Mateo abrió una línea de conversación y tecleó un mensaje en inglés y en español.

Alguien ha visto a Yokai?

Apenas unos segundos después, recibió al menos diez o doce respuestas. La mayoría negativas, y unas pocas bastante estrambóticas como *Yo Soy Yokai. Inclínate Ante Mi Poder*, o *Yokai está muerto. Todos estamos muertos. Tú también estás muerto.* Enigma se quedó mirando esta última con los ojos entornados.

—Debe de haber gente interesantísima metida aquí dentro —comentó.

Unos minutos después, Mateo llegó a la conclusión de que TorDir no iba a servirnos de nada. Salió de allí y buscó otro chat mientras nos explicaba el proceso que iba siguiendo. En vez de utilizar jerga informática, se servía de analogías simples para que pudiéramos entenderle, lo cual le agradecí mucho.

—Vamos a ir de arriba abajo, como si estuviésemos en un edificio y fuésemos desde el último piso hasta el sótano. Primero los chats más antiguos y los más conocidos: TORCH, Dark

Nexus, ParaZite... Intentaremos soslayar sitios como InterXup o similares; allí sólo hay pederastas y tipos que quieren comprar órganos. No os asustéis si nos aparece algo raro: *deepnet* es un lugar sórdido.

—¿Y qué hay de este chat? Bortax; me gusta cómo suena —dijo Enigma.

—Lo veo poco útil, salvo que hables klingon. Los que participan en ese chat sólo utilizan ese idioma.

Estuvimos cerca de una hora investigando los diferentes chats de *deepnet*, dejando señales y llamadas para Yokai, pero en ninguno de ellos obtuvimos resultados. Mateo nos dijo que era normal.

—Si buscas un hacker, lo llamas por *deepnet*. A veces responde y a veces no. Es una lotería. Ya os dije que no os hicieseis muchas ilusiones.

Pasaron otros veinte minutos. Empezábamos a perder las ganas y la esperanza de encontrar al escurridizo Yokai.

—Haremos un último intento. BloodDot. Si no está ahí, es que no está en ningún lado —anunció Mateo.

—Podíamos haber probado en este chat desde el principio —dijo Enigma.

—Quería evitarlo. Hay gente muy rara en BloodDot. Muy rara. Me da miedo lo que nos pueda salir.

Mateo entró en el chat. La pantalla se llenó de un ominoso color rojo sobre el que aparecían las líneas de texto en negro. El informático escribió de nuevo el mensaje de llamada.

«Alguien ha visto a Yokai?»

Apareció una respuesta. Sólo una.

Kien lo buska?

Estaba escrita en español. Mateo frunció los labios.

—Me parece que lo tenemos.

—¿Cómo lo sabes?—pregunté mientras sentía que mi corazón latía algo más rápido.

—No estoy seguro, pero la ortografía parece propia de él, la forma en que utiliza la letra k. A todos los hackers les gusta tener su seña de identidad, y se dice que ésta es la de Yokai. Además, ha contestado en español. Algunos rumores dicen que Yokai es hispano.

La frase de respuesta seguía flotando sobre el fondo rojo de la pantalla.

Kien lo buska?

—¿Qué respondemos? —preguntó Mateo.

—Como yo digo siempre, la mejor política es la sinceridad —respondió Enigma. Se inclinó sobre el ordenador y tecleó un mensaje.

«Me llamo Faro.»

La respuesta llegó de inmediato.

Tu nick es una mierda.

—Qué grosero —dijo Enigma, ofendida. Luego escribió: «Eres Yokai?»

La respuesta esta vez fue más extensa.

«Ven, ven», le dije
pero la luciérnaga
se fue volando.

—¿Qué diablos significa eso? —pregunté. Enigma sonrió de medio lado.

—Es un haiku —dijo—. ¿No es bonito? El tal Yokai tiene alma de poeta.

—Yo diría que, en efecto, lo hemos encontrado —añadió Mateo—. ¿Y ahora qué?

—Quiero hablar con él —respondí.

—Pues adelante, todo tuyo.

—No; quiero saber quién es, necesito un nombre.

—Mala suerte. Lo único que vas a sacar de él es esto.

—Tú eres el experto, ¿no puedes averiguar quién está escribiendo estos mensajes? ¿Hacer un rastreo o algo así?

—¿Cómo pretendes que lo haga? Esto no funciona como en las películas, ¿sabes? La cosa no es tan fácil.

—Utiliza a Hércules —propuso Enigma—. Funcionará. Tesla decía que Hércules podía rastrear cualquier cosa.

Mateo se mordisqueó el labio inferior, al tiempo que se limpiaba las gafas con gesto nervioso con el bajo del jersey.

—¿Sabéis qué? —dijo al fin—. Puede que funcione... Sí, qué carajo... Vamos a ver de lo que es capaz esta cosita vuestra. —Súbitamente motivado, Mateo activó Hércules y lo puso a funcionar—. Haz que vuelva Yokai. Necesito que escriba más mensajes.

—Déjame a mí —dijo Enigma—. Soy buena seduciendo poetas.

Hizo bailar sus dedos sobre el teclado y escribió:

«Quiero hablar con Yokai.»

La respuesta apareció de inmediato:

Puede ke él no kiera hablar kontigo.

—Veamos qué dices a esto —murmuró la buscadora. Tecleó en pocos segundos un nuevo mensaje:

«Una mujer sola
se despierta y mira
la caja de las libélulas.»

El anónimo conversador respondió con un emoticono con forma de cara sonriente. Luego dos palabras:

Me gusta.

«Ahora puedo hablar con Yokai?»

Unos segundos después apareció una palabra bajo la pregunta:

Puedes.

—¡Bien! —exclamó Mateo—. Mantenlo ahí. Hércules está trabajando.

«Eres tú?», escribió Enigma.

Lo soy.

«Cómo sé que no me estás mintiendo?»

Lo soy. Dime ke kieres.

—Yo ya lo he enganchado, ahora sigue tú —dijo la buscadora, dejándome sitio frente al teclado.

«Conoces el programa Heimdall?», escribí.

Lo konozko.

«Sabrías hackearlo?»

Juego de niños.

«Cómo lo harías?»

Por ké kieres saberlo?

«Eso no te importa.»

Eres un madero?

«No soy policía.»

Yo kreo ke sí. Ke te den, madero de mierda.

—Maldita sea: lo voy a perder —dije. Miré a Mateo, que se encogió de hombros, impotente; Hércules aún no había localizado el origen de los mensajes de Yokai. Escribí un mensaje en el chat todo lo rápido que pude:

«Qué puedo hacer para que me creas?»

Ja Ja Ja.

«De qué te ríes?»

De ti. Ya sé ke no eres un madero, gilipollas.

«Me dirás cómo hackear Heimdall?»

Ke te jodan, kaballero buskador. No voy a hacer tu puto trabajo.

Sentí como si acabaran de arrojarme un cubo de agua helada sobre la cabeza. Me quedé mirando la pantalla con los ojos abiertos de par en par y las manos quietas sobre el teclado.

—¿Qué diablos...? —musitó Enigma.

Yokai nos envió otro mensaje:

Te suena de algo este kapullo?

De pronto apareció una imagen escaneada en la pantalla chat. Al verla, habría jurado que el corazón dejó de latirme en el pecho.

Era mi carnet de identidad.

—Mierda... —dije casi sin aliento.

Esto es lo ke pasa kuando juegas con los mayores, gilipollas.

Los altavoces del ordenador se activaron y empezó a sonar a todo volumen la canción *Banana Split* de los Dickies. El chat desapareció de la pantalla del ordenador y en su lugar se vio un burdo *gift* animado en el que Godzilla le arrancaba la cabeza de un bocado a una princesa de Disney. Sobre la cara de la princesa estaba la fotografía de mi carnet de identidad.

Golpeé las teclas del ordenador, pero la animación no desapareció de la pantalla. Segundos después, el ordenador se apagó solo y el taller volvió a quedar en silencio.

Me eché hacia atrás sobre el respaldo de la silla, lentamente.

—Es bueno —dije, anonadado—. Es muy bueno.

—Sí lo es, pero no lo suficiente —repuso Mateo sonriéndome de forma radiante—. Hércules lo ha encontrado. Tengo su dirección de IP.

Con actitud triunfal, Mateo cerró el portátil con el que había estado utilizando Hércules, igual que un vaquero guardando el revólver en la pistolera.

Con la IP en nuestro poder, era sencillo localizar la ubicación del ordenador de Yokai. Existen decenas de programas que pueden hacerlo de forma fiable y son simples de manejar. En el Cuerpo utilizábamos algo llamado VSeek IP Map Pro. Voynich, por supuesto. Para sacarle partido no necesitábamos a ningún mortadelo: Enigma lo controlaba con bastante soltura.

Mateo regresó al CNI y Enigma y yo nos pusimos a buscar la IP en el ordenador de ella. A la buscadora le bastó introducir un número de varias cifras separadas por puntos en el VSeek para que, de inmediato, apareciese en la pantalla del equipo una vista por satélite de un mapa en el cual se destacaba una ubicación con un punto rojo.

—Bien. Tengo una noticia buena y otra mala —dijo Enigma—. La buena noticia es que la dirección IP está en un sitio de Madrid, concretamente en El Escorial. La mala es que tiene que ser falsa con toda seguridad.

—¿Por qué?

—Cielo, no podemos tener tanta suerte: ¿el hacker que buscamos es español y vive a una hora en coche de aquí? Está claro que Yokai, de alguna forma, ha logrado desviar su IP a otra diferente. Recuerda que Mateo dijo que los hackers pueden hacer eso.

—Estaría de acuerdo contigo si no hubiera sido Hércules el que lo ha localizado. Yo prefiero darle un voto de confianza al mejor rastreador del mundo. —Tenía menos fe de la que trataba de demostrar, pero aquella dirección era nuestra única pista y aún no quería darme por vencido.

—Como quieras... ¿Qué sugieres que hagamos ahora?

Amplié la imagen satélite del ordenador.

—El punto señala un chalet en una especie de urbanización. ¿Hay alguna forma que saber quién vive ahí?

—Para ti no, pero yo tengo recursos que no podrías ni imaginar. Sólo dame una hora. —Giró su silla para poder mirarme a la cara—. Oye, no quiero que creas que esto no me parece divertido, porque no es así, pero me pregunto por qué tienes tanto interés en encontrar a ese pirata.

—Asegura que puede reventar un sistema Heimdall. Si es así, quiero saber cómo lo haría.

—¿Esto tiene que ver con el robo del *Mardud*?

—Así es. Si averiguamos cómo hicieron los ladrones para inutilizar la alarma, puede que nos dé una pista sobre quiénes eran. Además, hay otra posibilidad que deberíamos tener en cuenta: el programa de seguridad del Centro Islámico pudo ser burlado por el propio Yokai.

—Eso sí que sería una inaudita casualidad, cielo.

—¿Por qué no? Ese tipo sabe quiénes somos... ¡Tiene mi carnet de identidad! Eso me plantea una serie de preguntas que estoy deseando hacerle cara a cara.

—Muy bien, sigamos con esto entonces, aunque te apuesto una cena a que no nos va a llevar a ninguna parte. En un buen restaurante. De los caros. Con buffet de ensaladas. Y tú llevarás corbata.

Acepté su apuesta y la dejé trabajar. Mientras tanto, regresé a mi cubículo. Ya había pasado la hora de regresar a nuestras casas, así que nos habíamos quedado solos en el Sótano.

En lo que al robo del *Mardud* se refería, lo cierto era que no estaba siguiendo ninguna línea de investigación concreta. Como investigador, soy bastante caótico y prefiero dejarme llevar por chispazos de intuición, así que era probable que al final tuviera que pagarle aquella cena a Enigma y ponerme una de mis odiadas corbatas.

No sé por qué me obcequé de aquel modo con Yokai y con el programa Heimdall. Creo que al encontrar una remota relación con Voynich se activó una especie de alarma en mi cabeza.

Tenía firmes motivos para sospechar que Voynich había estado detrás de muchos de los obstáculos que tuvimos que sortear para recuperar la Mesa de Salomón. Sabía que alguien (o algo) que se hacía llamar Lilith había competido con nosotros para apoderarse de aquella reliquia. Lilith fue quien contrató al asesino Joos Gelderohde y quien pagaba a Tesla para que nos espiara. Diferentes indicios me habían llevado a pensar que Lilith y la empresa Voynich compartían algún lazo en común, pero, aun después del tiempo que había pasado, seguía a oscuras sobre aquel asunto.

Una antigua novia de mi época universitaria llamada Silvia trabajaba en Voynich. Ella fue quien me dijo que la empresa estaba embarcada en algo llamado «Proyecto Lilith». Me dio esa información meses atrás, justo el día antes de marcharse a California para trabajar en la sede de Voynich.

Intenté mantener el contacto con Silvia para obtener más información de aquel Proyecto Lilith, del cual sólo conocía el nombre. Le escribí varios correos electrónicos a la dirección que ella me facilitó antes de marcharse, pero no me había respondido ninguno hasta el momento. Me parecía bastante extraño. Mi último e-mail fue devuelto con el mensaje de que la dirección era incorrecta. Llamé a Silvia a su teléfono móvil español, que era el único que tenía, pero sólo logré mantener soliloquios con su buzón de voz. Incluso llegué a mandar un correo al departamento de información de Voynich para que me facilitaran alguna manera de ponerme en contacto con ella. Recibí una respuesta fría y cortés informándome de que, por políticas de empresa, Voynich no facilitaba esa clase de datos a nadie que no fuese pariente del trabajador en cuestión.

Era como si a Silvia se la hubiese tragado la tierra.

En los últimos meses, durante alguna conversación informal, había compartido con mis compañeros buscadores mis recelos sobre Voynich. La mayoría pensaron que era una paranoia; la única que me hizo algo de caso fue Enigma, pero sólo porque ella siempre estaba dispuesta a tomarse en serio cualquier historia estrambótica. Las de conspiraciones eran sus favoritas.

Con Silvia desaparecida y mi credibilidad puesta en tela de juicio, era poco lo que podía seguir investigando sobre Voynich y su Proyecto Lilith, de modo que, a medida que fue pasando el tiempo, empecé a dejar aquel asunto de lado.

Ahora, meses después, Voynich volvía a aparecer sibilinamente oculta en un asunto que afectaba al Cuerpo Nacional de Buscadores. Quizá sólo era casual el hecho de que el sistema de alarma del Centro Islámico fuese de Voynich. Un sistema que todos los expertos coincidían en calificar de inviolable.

Pero el día que robaron el *Mardud* de Sevilla, Heimdall, oportunamente, se durmió..., y luego despertó en el momento adecuado.

Mateo dijo una frase que me hizo pensar. Según él, la única persona capaz de inutilizar un programa Heimdall era un hacker anormalmente hábil..., o bien la propia empresa Voynich.

Aún no me atrevía a tomarme en serio la idea que Voynich hubiera orquestado el robo del *Mardud* de Sevilla. Temía que si lo hacía, me transformaría de manera oficial en el Príncipe de las Conspiraciones, del País de la Paranoia. Quería agotar todas las hipótesis antes de llegar a ese punto, por eso localizar a Yokai se me antojaba imprescindible.

Esperé impaciente a que Enigma localizase al dueño del chalet cuya dirección IP coincidía con la de nuestro hacker. Tardó menos de una hora. Transcurrido ese tiempo, apareció en mi cubículo con expresión risueña y se sentó sobre mi mesa.

—Tengo algo para ti… ¿Qué estarías dispuesto a darme a cambio?

—Mi eterna devoción y gratitud.

—No me sirve. Me consta que eso ya lo tengo. —Dejó un papel encima de mi mesa—. El chalet de donde proviene la dirección IP de Yokai está a nombre de Julia Sánchez Prado. Ahí tienes sus números de teléfono, número del carnet de identidad y fecha y lugar de nacimiento. Es de Bilbao.

—¿Yokai es una mujer?

—Me parecería lógico que el mejor hacker del mundo lo fuera, pero sigo pensando que esta pista no te llevará a ningún lado. Ve preparando la corbata.

—No sin antes luchar…

Me levanté de la silla y cogí mi abrigo del perchero.

—No pensarás presentarte en la casa de esa pobre mujer, ¿verdad?

—¿Por qué? ¿Es que quieres venir?

Enigma se quedó pensativa unos segundos.

—Por supuesto —dijo al fin—. Vas a hacer un ridículo espantoso. Si yo no estoy allí para verlo, ¿quién se lo contará después a los demás?

Se bajó de la mesa dando un brinco y juntos salimos del Sótano.

La urbanización se llamaba Montelar. Era un tranquilo y apartado paraje en los alrededores de El Escorial, acurrucado entre los primeros montes de la sierra. En alguno de sus puntos podían verse a lo lejos las agujas del Real Monasterio.

A ambos lados de la carretera que serpenteaba por la urbanización surgían, muy espaciadas, pequeñas casas de aspecto vacío. El lugar daba la impresión de ser un reducto vacacional: fresco y activo en verano, gélido y desolado en invierno.

Las casas eran antiguas y más bien modestas. No era un lugar exclusivo. Muchos de los chalets no levantaban más de un piso de un terreno plantado de encinas y peñascos. Las parcelas estaban separadas unas de otras por muros chatos de granito.

El chalet que buscábamos estaba casi al final de la carretera. Tras él arrancaba la sierra hacia un cielo gris de invierno. Al bajarnos del coche, percibí un aroma a leña quemada en el aire. De vez en cuando se escuchaba ladrar un perro a lo lejos.

La casa era una vivienda corriente, tan anodina como si hubiese sido fabricada en serie. La pequeña parcela de jardín lucía un aspecto muy cuidado. En un rincón había una horrorosa fuente seca, del tipo de las que suelen vender en las grandes tiendas de jardinería o decoran los salones de bodas, banquetes y comuniones. Junto a ella se veía una pequeña figurita de escayola con la forma de una especie de topo vestido de granjero. También había muchos molinillos de colores clavados en el césped.

Nos detuvimos frente a la puerta de la casa.

—¿Cuál es el plan? —preguntó Enigma.

—Aún no lo tengo claro. Deja que improvise.

—Muy bien. Pero date prisa, por favor, creo que el topo granjero me sigue con la mirada.

Llamé al timbre. Al cabo de un rato una mujer abrió la puerta. No había nada extraordinario en ella: de edad indefinida, pelo cano y pequeñas arrugas alrededor de los ojos y los labios. La mujer tenía la cara lavada y vestía ropa de estar por casa.

—Buenas tardes —saludé—. ¿Julia Sánchez?

Ella me dedicó una mirada más bien hostil.

—Sí, soy yo. ¿En qué les puedo ayudar?

—Disculpe las molestias. Queríamos saber... —titubeé—. Nos gustaría preguntarle si tiene usted un ordenador con conexión a internet.

—Sí, sí tengo... ¿Son de alguna compañía telefónica? Lo siento, pero no quiero cambiar de...

—No, no; pertenecemos al CNB, un organismo estatal, no vendemos nada. —Le mostré a la mujer mi pase azul como si fuese una placa de policía—. Verá, el asunto es que nuestro sistema informático ha sido, digamos, violentado por un ordenador que, según parece, se encuentra en esta casa. Quizá sepa usted algo de eso.

La mujer dejó escapar un suspiro de cansancio.

—Ya veo. La historia de siempre... Ay, Dios... Díganme: ¿qué ha hecho esta vez?

—¿Qué ha hecho quién, señora Sánchez?

—Nicolás. Mi sobrino. Porque ha sido él, ¿verdad?... Qué tontería, pues claro que ha sido él... Siempre es él.

Enigma y yo intercambiamos una mirada.

—¿Podemos hablar con su sobrino?

La mujer exhaló un segundo suspiro que nació en lo más hondo de sus pulmones. Nos miró un instante, con los labios apretados en una expresión hosca.

—Claro. Adelante.

Nos franqueó el paso a un diminuto recibidor en el que había demasiados muebles y adornos, todos ellos de aspecto barato. Sobre una cómoda de madera algo desvencijada destacaba una fotografía grande de un hombre bastante guapo, vestido con un uniforme de sargento de la Guardia Civil. La fotografía parecía ocupar un puesto honorífico, rodeado de chucherías espantosas y cajitas hechas de moluscos, con nombres de playas levantinas.

La mujer se arregló un poco el cabello con las manos y se alisó la falda.

—Esperen un momento, por favor, ahora mismo lo traigo. —Daba la impresión de estar conteniendo un gran enfado—. ¡Nicolás! ¡Ven aquí ahora mismo...!

Su voz se perdió mientras la oíamos subir unas escaleras, luego un portazo y, sobre nuestras cabezas, el eco amortiguado de una trifulca.

Escuché de nuevo pasos que bajaban la escalera. La mujer volvió a aparecer en el recibidor, pero esta vez no estaba sola.

—Muy bien, Nicolás —dijo, malhumorada—. Ahora vas a decirme aquí, delante de estas personas, qué es lo que has hecho, y quiero que te disculpes por ello.

Anonadado, contemplé por primera vez a Yokai, el único hacker del mundo capaz de violar el sistema Heimdall de Voynich.

Era muy joven. Demasiado. Su rostro era como el de un adolescente de dibujos animados, como si sus rasgos aún no tuvieran claro si empezar a convertirse en los de un hombre adulto o seguir siendo los de un niño. Unos pocos granos de acné remachaban su frente, aunque apenas se apreciaban bajo su flequillo rubio y despeinado. En general, podía decirse que le hacía falta un buen corte de pelo.

Sus ojos eran grandes y azules, y en aquellos momentos lanzaban miradas de reojo bastante torvas hacia su tía, que lo tenía agarrado por el cogote. Tenía la boca fruncida en un gesto de inmenso fastidio, la cabeza gacha y las manos enterradas en los bolsillos de unos pantalones tan holgados que daba la impresión de que lo hacía para que no se le cayeran. Aparte de los pantalones, vestía una camiseta negra sin mangas en la que, en letras muy grandes, ponía WINTER IS COMMING, sobre un escudo con forma de cabeza de lobo. Encima del hombro derecho llevaba tatuadas unas letras japonesas o chinas.

Me aclaré la garganta un par de veces y traté de pensar cómo hacerme cargo de la situación.

—¿Tú eres Nicolás? —pregunté.

El chico me miró, desafiante.

—¿Quién lo pregunta?

Su tía le zarandeó un poco.

—No seas maleducado y responde.

—¿Por qué? No sé quién coño son estos dos. No los he visto en mi puta vida.

—¡Nicolás! ¡Esa lengua!

—Que te follen. Paso de esta mierda.

Se zafó de su tía con un gesto violento y salió de allí. Su tía lo llamó a voces, con actitud impotente. Escuchamos un portazo que venía del piso de arriba y luego empezó a sonar música a todo volumen. *Banana Split*, de los Dickies.

Fantástico: mi hacker era un chaval con la pinta y el lenguaje de un futuro presidiario.

La tía de Nicolás agitó la cabeza de un lado a otro, con actitud de derrota.

—Lo siento. Lo siento mucho, de verdad. Ya no sé qué hacer con este chico. A esta edad son como monstruos.

—¿Cuántos años tiene? —pregunté.

—Cumplió dieciséis el mes pasado.

—¿Y sus padres?

—Los dos muertos. En un accidente de coche, hace cuatro años. Lo cuido yo desde entonces..., o al menos lo intento. Pero ya ven: su madre era sobrina mía y yo soy la única familia que le queda... —La mujer suspiró de nuevo y dejó caer una mirada fugaz sobre la fotografía del Guardia Civil—. Ay, Dios, si su padre lo viera ahora... Miren, no sé qué habrá hecho esta vez, pero les prometo que me ocuparé de que reciba un buen castigo. Ustedes... no van a detenerlo ni nada de eso, ¿verdad?

—No somos policías, señora Sánchez, lo único que queremos es hablar con su sobrino. A solas, si es posible.

La mujer señaló con desgana hacia lo alto de la escalera.

—Adelante. Háganlo. Si consiguen que les haga caso... Estará en su habitación, clavado a ese maldito ordenador. Es lo único que hace todo el santo día... Eso y las dichosas maquetas...

Enigma y yo subimos por la escalera hacia el cuarto de Nicolás. No nos fue difícil encontrarlo: era la puerta de la que salía la música y estaba adornada con pegatinas.

Me pareció que llamar sería una cortesía innecesaria, de modo que entramos sin esperar a ser invitados.

Aquel cuarto era como una versión pequeña del taller de Tesla en el Sótano, sólo que allí había muchos más productos *fanzine*, más pósters, más ropa sucia tirada por el suelo y, ciertamente, olía bastante peor. Por lo demás, también había un enorme ordenador conectado a todo tipo de cables y artefactos, y un portátil igual de sofisticado tirado encima de una montaña de sábanas, camisetas usadas y calcetines que posiblemente ocultasen una cama debajo.

El muchacho estaba sentado de espaldas a la puerta, concentrado en la pantalla de su ordenador en la que se veía a una especie de guerrero vigoréxico aniquilando esqueletos con una espada de tamaño desproporcionado. Ni siquiera nos dedicó un vistazo cuando entramos.

Había un iPad conectado a unos altavoces de los que salía la música. Lo arranqué de su soporte y se hizo un agradable silencio.

Nicolás se giró como si hubiera sentido un pinchazo.

—¡Eh! ¡Deja eso donde estaba!

—No. Quiero que mantengamos una conversación de tipo... confidencial.

—Vale, de puta madre... ¿Quién os creéis que sois? ¿Mulder y Scally o algo parecido?

—¿No sabes quién soy?

—Claro que sí: el gilipollas a quien le estuve vacilando en el BloodDot. Tengo una copia de tu carnet de identidad, capullo.

—Está bien. Vayamos al grano —dije—. ¿Eres Yokai?

—¿Qué...? Tío, tú te has fumado algo muy duro...

—Lo que tú digas, especie de Jimmy Neutrón; pero quiero que me digas ahora mismo por qué tienes mi carnet de identidad, Nicolás, Yokai... o como demonios sea que te llames.

Nicolás hizo girar su silla y nos miró.

—A ver si te enteras: Yokai no existe. Es un bulo de internet.

—Pero tú eres la persona con la que hablamos en BloodDot.

—Sí, claro... Apareció un capullo preguntando por Yokai, como si BloodDot fuese una especie de centro comercial o yo qué sé, y cuando lo vi, contesté.

—¿Por qué hiciste eso?

—No lo sé, me pareció gracioso. Me apetecía tomarte el pelo.

—Pero, ¿y los haikus? ¿Y lo de escribir con la letra k? —preguntó Enigma.

—Puro teatro, tía. Eso es lo que dicen que hace Yokai. Yo sólo os seguía el rollo. —Nicolás sonrió de medio lado—. Menudos pardillos.

Empleé un par de segundos en decidir si marcharme de allí o agarrar al chaval por el cuello y tirarlo de cabeza a su montón de ropa sucia. Opté por una tercera vía más productiva.

—Está bien —tomé una silla y me senté frente a él, cara a cara—, ahora vas a contarme todos los detalles de nuestra conversación por BloodDot.

—Ya os le he dicho, sólo os estaba vacilando un rato...

—¿Por qué tienes mi carnet de identidad?

—¿Crees que sois los únicos que tenéis buenos rastreadores? Localicé la IP en el mensaje de BloodDot y la utilicé para colarme en el ordenador que estabas usando. Me puse a hurgar entre los ficheros y encontré un archivo llamado «Faro», que era el nombre que me diste. Al abrirlo encontré ahí esa mierda... No tengo tu puto carnet, en serio, sólo una copia escaneada. Mira.

Salió del juego de ordenador que estaba usando y abrió un archivo guardado con mi nombre. Era mi expediente de buscador. Todo lo que había hecho en el Cuerpo desde que formaba parte de él estaba ahí.

Puede que Nicolás no fuese Yokai, pero sus habilidades seguían siendo respetables.

—Faro... —dijo Enigma—, ¿este crío se ha metido en nuestros archivos?

—Eso me temo.

—Entonces, tenemos un problema...

Nicolás nos miraba alternativamente a mi compañera y a mí.

—¿Qué se supone que sois? ¿Una especie de gente del gobierno?

—Sí... No... Algo parecido...

—La hostia. Pensaba que eso de Cuerpo Nacional de Buscadores era sólo una especie de club de colgados, como los grupos de fans de *El Señor de los Anillos* y esas movidas. —Nicolás señaló mi expediente en la pantalla del ordenador—. ¿De veras que todo lo que sale ahí es cierto? ¿Tú encontraste la Mesa de Salomón? ¿La del Museo Arqueológico?

—Escucha, renacuajo, creo que no te haces a la idea de...

—¡Joder! ¡Esto es alucinante! —soltó Nicolás, entusiasmado—. ¿Qué más cosas habéis encontrado? ¿Es verdad que vais por ahí robando obras de arte? ¡Su puta madre! ¡Cuando se lo cuente a la gente...!

—¡No! —grité—. ¡No puedes hablar de esto con nadie! Somos..., mierda... Somos un cuerpo de incógnito, ¿entiendes?

—Vale. Sí. Lo pillo. Ok, soy una tumba. —Nicolás se llevó las manos a la cabeza y sonrió—. ¡Madre mía! ¡Me he colado en la base de datos de un servicio secreto del gobierno! ¿Sabéis? Una vez reventé el ordenador del instituto para cambiar mis notas, pero esto... ¡Dios, esto es mejor!

—Cielo santo, Faro, creo que vamos a tener que matarlo —suspiró Enigma.

—Es coña, ¿verdad? —preguntó el chico. Yo lo miré en silencio, intentando parecer amenazador. Nicolás se echó hacia atrás levantando las palmas de las manos—. ¡No voy a decir una palabra! ¡Os lo juro, de verdad! Yo estoy con vosotros.

—¿De qué estás hablando? —pregunté.

Nervioso, se levantó de su silla y se dirigió a un mueble atestado de cómics y muñequitos. Apartó aquella morralla para mostrar un montón de libros.

Eché un vistazo. Era una colección bastante decente. Había obras de Panofksy, de Robert Venturi, de Duby, una *Historia del Arte* de Gombrich, un ejemplar de las *Cartas* de Henri Matisse, el *Tratado de Pintura* de Leonardo... Incluso una edición de bolsillo de *Las Vidas* de Vasari, bastante manoseada.

—¿Estos libros son tuyos?

Nicolás se limpió la nariz con el dorso de la mano.

—Eran de... de mi madre. Era profe de arte en un colegio.

Reparé por primera vez en que, entre toda la basura *fanzine* que había desperdigada por aquel cuarto, se encontraban varios pósters de reproducciones artísticas y maquetas de edificios de los grandes arquitectos de la Historia. Por la selección, parecía que a Nicolás le gustaba especialmente el arte del Renacimiento italiano.

—¿Y estas maquetas? ¿También eran de tu madre?

—No. La mayoría son mías. Otras las hacíamos juntos mi padre y yo.

Cogí una de las maquetas que había en la habitación.

—Ésta está muy bien, ¿qué es?

—*Monticello*. La diseñó Thomas Jefferson en 1768. Es un puto plagio de lo que hacía Palladio en Italia, pero es bastante chula para haberla diseñado un yanqui.

—Veo que te enseñan bien en el instituto.

—En el instituto no enseñan una mierda. Mi profe de arte es un puto colgado con pinta de pederasta. Esto lo saco yo de mis libros..., y las maquetas las diseño con un programa que he creado. Yo pillo los materiales y todo, no las venden en las tiendas.

Enigma se acercó a mí para admirar mejor la maqueta de *Monticello*.

—Chico listo... —dijo—. Ya que parece que tienes algo más que pelo en la cabeza, podrías intentar hablar un poco mejor... y no martirizar de esa forma a tu pobre tía.

Nicolás frunció el ceño. Me quitó la maqueta y volvió a colocarla en su lugar.

—Que la jodan. Es una solterona amargada. Se quedó conmigo porque no tuvo más remedio, pero se la suda lo que yo haga o deje de hacer.

Me quedé observando al chico mientras colocaba su maqueta con cuidado. Su historia me resultaba desagradablemente familiar.

Enigma cruzó una mirada conmigo. «¿Qué hacemos con él?», parecía preguntarme. Yo suspiré en silencio.

—Escucha, Nicolás —dije—. Ahora vamos a marcharnos y haremos como que esta conversación no ha tenido lugar jamás. Si tienes la mala idea de ir por ahí contando cosas extrañas sobre nosotros, lo sabremos, y no te gustará lo que pueda pasar.

Quizá estaba corriendo un riesgo, pero no terminaba de ver una amenaza en aquel crío solitario. Por otro lado, si alguna vez se le ocurría hablarle a alguien de un Cuerpo Nacional de Buscadores, lo más seguro es que pensaran que tenía demasiada imaginación.

Nicolás asintió con la cabeza, sin mirarme, al tiempo que fingía colocar algo suelto en su maqueta.

—¿Puedo haceros una pregunta? —musitó.

—Adelante, pero sólo una.

—Si yo quisiera... —Se pasó la mano por debajo de la nariz—. Es decir... ¿Cómo hay que hacer para meterse en eso vuestro? Para ser buscador... ¿Hay que estudiar en algún lado o algo?

—Eso no puedo decírtelo.

—Vale. Es sólo que... Yo creo que me gustaría bastante hacer lo que hacéis vosotros.

—Bueno, tiempo al tiempo... —dije sin saber muy bien cómo responderle—. Aún eres muy joven. Tú de momento estudia mucho, no tomes drogas, haz tus deberes... Todo eso.

—Pero yo puedo ayudar.

—No, no puedes.

—¿Por qué no?

—¡Porque no eres más que un crío!

—Que te follen, capullo —escupió Nicolás. Se arrojó sobre la silla delante del ordenador y nos dio la espalda con gesto hosco.

Enigma me miró con cara de pena y señaló al chico con la cabeza. Yo hice un gesto de negación. Ella insistió... Estuvimos enzarzados en aquella discusión muda durante un par de minutos hasta que mi compañera me dio un empujón hacia Nicolás.

—De acuerdo, vamos a hacer un trato —dije a regañadientes—. Tú me echas una mano con algo y luego prometes que jamás, jamás, le hablarás a nadie de nosotros. Será una especie de... no sé... Un pacto de buscadores, ¿de acuerdo?

—Genial. De puta madre.

—Y cuida tu lenguaje, por el amor de Dios. No pareces más adulto por usar más tacos que nadie.

—Vale. ¿Qué tengo que hacer?

Respiré hondo. No podía creer que me hubiera dejado convencer para algo así.

—Veamos... Cuando hablaste conmigo en BloodDot dijiste que sabías cómo hackear un sistema Heimdall...

Nicolás apartó la mirada.

—Bueno... Creo que... Quizá exageré un poco...

—De acuerdo. Está bien. No puedes. Fin de la conversación.

—¡Espera! Esperad un momento... Es que... ¡Dios! ¿Acaso tienes idea de lo que me estás diciendo? ¡Nadie en el mundo puede hackear un Heimdall! ¡Es imposible!

—Un experto informático del CNI con el que he hablado asegura que un buen hacker podría hacerlo.

—¿Ah, sí? ¿Eso dice? Pues yo te digo que no sabe una mierda de lo que habla. Heimdall es inviolable. Los mejores tíos del mundo han trabajado en ese programa.

—¿Qué sabrás tú?

—¿Porque sólo soy un crío? Sé más que tú, gilipollas. Sé que Voynich sólo contrata a los mejores. Hay un tío... Un hacker indio; hace tres años petó todo el sistema bancario suizo sólo por diversión... Y otro, un japonés, que se coló en la red de seguridad del gobierno de Corea del Norte y cambió sus claves para el lanzamiento de misiles por enlaces a páginas porno... Pues bien, esos dos tíos ahora trabajan con Voynich. Ésa es la clase de gente que ha programado Heimdall. Si un pringado te dice que un hacker puede reventar Heimdall es que no tiene ni puta idea de lo que está hablando, aunque sea del CNI.

Me sentí inclinado a tomarle en serio. Joven o no, no debía olvidar que ese crío había sido capaz de burlar la seguridad informática del Centro, y aquello no era una labor de aficionado.

—A pesar de todo, déjame que te diga que conozco el caso de un sistema Heimdall que ha sido hackeado.

—No lo ha sido.

—¿No me escuchas? Te digo que lo he visto con mis propios ojos.

—Y yo te digo que no es posible. Eso no ha podido hacerlo ningún hacker, sólo alguien que haya trabajado en la programación del sistema. Un tío de Voynich.

—¿Estás seguro de eso?

—Me apostaría los huevos. Un sistema como Heimdall sólo falla si su programador quiere que lo haga.

—En este caso concreto, la alarma que controlaba el sistema no sonó cuando debía hacerlo —explicó Enigma—. Pero luego se activó por sí sola.

—¿Lo ves? —dijo Nicolás—. Eso no es un ataque informático. No estamos hablando de alguien que haya violado el sistema y lo haya dejado frito; alteraron su protocolo de funcionamiento. Y, tratándose de Heimdall, eso sólo habrían sido capaces de hacerlo sus propios programadores.

Me quedé en silencio asimilando aquella información. Quizá no debía tomar a Nicolás como el mayor experto en la materia, pero empezaba a creer que sabía muy bien de lo que estaba hablando. Al fin al cabo, no hacía más que dar base a una de mis propias sospechas.

—De acuerdo. Pensaré en lo que has dicho. Gracias por tu ayuda.

—¿Ya está? ¿Eso es todo?

—¿Qué más quieres?

—Vaya mierda de colaboración. No hay trato.

—Lo creas o no, me has ayudado más de lo que tú te piensas —dije, y salí de allí para poner fin de una vez a aquel encuentro. Nicolás me miraba con cara de pocos amigos. Se sentía engañado.

Experimenté una leve punzada de remordimiento.

—No me mires así… Sabemos dónde vives.

—¿Ahora me estás amenazando? ¿En serio? ¿A un pobre chaval?

—No. Sólo digo que, si te necesito de nuevo, ya sé dónde encontrarte.

Nicolás me dedicó una mirada recelosa.

—¿En serio?

—Claro… Considérate una especie de… buscador en prácticas. Algo parecido.

El chico dejó aflorar una sonrisa agradable y asintió con la cabeza.

—Vale…

Enigma y yo nos marchamos, dejándole soñar despierto.

—¿Buscador en prácticas? —me preguntó una Enigma burlona cuando entrábamos en el coche para regresar a Madrid.

—Sólo lo he dicho para que se quedase contento.

—¿Sabes una cosa? El crío me ha caído simpático.

—Es carne de tribunal de menores.

—No tienes ni idea de juzgar a la gente. ¿Tú lo has visto bien? Los ordenadores, las maquetas… Es como un pequeño Tesla… —Mi compañera se puso a mirar por la ventanilla con aire reflexivo—. Sería un buen buscador.

—No, tú también no, por favor…

—Sólo digo que hay buen material, independientemente de que el envoltorio sea espantoso. Después de todo, ¿quién no ha sido insoportable a esa edad?

«Yo no, desde luego», me respondí a mí mismo. Recuerdo mis años de adolescente como una desdichada etapa en la que me sentía en guerra contra todo el mundo. Decidí desviar la pregunta de Enigma para no tener que contestarla.

—¿Qué me estás sugiriendo? ¿Que se lo lleve a Alzaga y se lo presente como nuestro nuevo compañero? Me encantaría ver la cara que iba a poner.

—Lo que digo es que no deberíamos perderlo de vista, eso es todo.

—Bien. Vigila tú a nuestro delincuente juvenil. Yo tengo cosas más importantes en las que pensar.

—Estás siendo grosero… —canturreó Enigma.

—Lo siento. Es que me cuesta mucho tomarme en serio esta conversación.

Creo que ella se molestó conmigo. Siguió conduciendo en silencio sin dirigirme la palabra, con aire ofendido. Al cabo de un rato sonó mi teléfono móvil. Era Danny.

—¿Dónde te has metido? —preguntó—. Llevo horas tratando de localizarte.

—Estoy fuera de Madrid en este momento. Supongo que he estado un rato sin buena cobertura y no me había dado cuenta. ¿Qué sucede? ¿Hay algún problema?

—Puede. Zaguero me ha llamado para hablar sobre el robo... ¿Recuerdas a su sospechoso? ¿El tipo llamado César?

—Sí, ¿qué ocurre con él?

—Se ha fugado.

—¿Qué? —pregunté, sorprendido—. ¿Es una broma?

—No. Ayer por la noche lo llevaron a un calabozo. De camino se las arregló para atacar a un policía y largarse. Lo están buscando desde hace horas.

—¿Por qué haría algo tan estúpido? Zaguero dijo que cualquier abogado lograría que lo pusieran en la calle en cuestión de minutos.

—Bueno, lo que parece evidente es que ese tal César es menos inocente de lo que pretendía hacernos creer.

—¿Qué ocurrirá ahora?

—Aún no lo sé. Zaguero me informará de cualquier novedad.

—De acuerdo. Mantenme al corriente.

Colgué el teléfono y me lo metí en el bolsillo, resoplando. Enigma me miró de reojo.

—¿Sabes? Había tomado la decisión de no hablarte hasta llegar a Madrid, pero no me lo estás poniendo fácil. ¿De qué iba esa llamada?

—Era Danny. Sobre ese asunto del *Mardud* de Sevilla. Se está volviendo cada vez más raro.

—Bien —dijo la buscadora sonriendo—. Me gustan las cosas raras. Siento en la piel que por fin se avecinan días interesantes.

5
Fugitivo

Cualquier tempestad es precedida por un período de calma, es lo que se suele decir. Antes de que los hechos comenzaran a precipitarse, pasaron unos cuantos días durante los cuales la tónica general fue el aburrimiento.

El asunto del *Mardud* quedó atrás: un chispazo de actividad en medio de nuestra apagada monotonía. De Zaguero no llegaron más noticias y mis pesquisas con respecto al sistema Heimdall estaban en punto muerto. Entretanto, Alzaga seguía diligente su proyecto de convertir a los caballeros buscadores en una cuadrilla de obedientes y apáticos oficinistas.

Nada reseñable ocurrió durante un tiempo que se me hizo demasiado largo. Tanto es así que el hecho más interesante que recuerdo fue haber recibido un correo de mi madre. Llevaba al menos un par de meses sin saber nada de ella.

En apenas cuatro o cinco líneas con estilo de telegrama, me informaba de que se encontraba en Canadá, impartiendo un seminario en la Universidad de Toronto. Estaba contenta, pues, según dijo, el clima era muy bueno (mi madre siempre ha odiado pasar calor, en eso reconozco cierta afinidad) y Toronto, una ciudad muy interesante. Daba por sentado que yo estaba bien, o al menos vivo, y finalizaba con vagas promesas sobre mandarme más correos en el futuro. Me alegré por ella y me alegré también por mí: tratándose de mi madre, me sentía mucho más cómodo sabiéndola en otro continente por tiempo indefinido.

El mismo día que recibí esas noticias, mi estado de aburrimiento era tal que apenas podía aguantar más de cinco minutos seguidos en mi cubículo. El resto de los buscadores parecían compartir mi estado de apatía y no eran una compañía muy estimulante, así que decidí salir del Sótano y darme una vuelta por el museo. Había oído que se estaban exponiendo algunas piezas nuevas en la sección de arte griego y fui a echar un vistazo.

Era miércoles. Los miércoles suele haber bastantes grupos en los museos. Casi todos son alumnos de colegios e institutos, o bien miembros de asociaciones culturales para adultos. Resultaba curioso el contraste entre los corrillos de adolescentes y las filas de jubilados que deambulaban por las salas sin demasiado entusiasmo.

Las nuevas piezas de la exposición de arte griego no eran nada espectaculares, salvo por una bonita ánfora de color rojo y negro decorada con una imagen de Aquiles escuchando la profecía de Calcante, según la cual podría escoger entre una vida corta pero gloriosa o una existencia larga y anodina.

Contemplando el ánfora, dejé vagar mis pensamientos y traté de imaginar qué habría elegido yo en caso de encontrarme en el lugar de Aquiles.

En ese momento vi algo reflejado en la vitrina que guardaba el ánfora. Era un rostro conocido.

La piel de César parecía aún más oscura sobre el reflejo en el cristal. Al contemplar sus ojos me di cuenta de que no estaba mirando las piezas expuestas. Me miraba a mí.

No tuve tiempo de pensar en cómo actuar. César se acercaba hacia la vitrina y se colocaba justo a mi lado, fingiendo estudiar el ánfora de Aquiles. Empecé a preguntarme si me habría reconocido, pero pronto salí de dudas.

—Quiero que hablemos —le escuché decir a media voz. No había nadie más a nuestro alrededor, de modo que era evidente que se dirigía a mí, aunque actuase como si fuésemos extraños. Opté por seguir su juego.

—Bien. Te escucho.

—No. Aquí no. A solas. En privado.

—Sabes que la policía te está buscando, ¿verdad? —César asintió quedamente con la cabeza—. ¿Crees que no te voy a delatar?

—Puedo contarle cosas sobre el libro que robaron. Sólo a usted. Si avisa a la policía, nunca las sabrá.

—¿Por qué quieres contármelas a mí?

César empezó a inquietarse.

—Sólo dígame si quiere que hablemos o no.

—¿Dónde?

—Quédese aquí, cuente hasta diez y luego sígame.

Se alejó de la vitrina. Yo hice tal y como me indicó. Caminé unos metros por detrás de él hasta que salimos del museo. Luego César dirigió sus pasos hacia los cercanos Jardines del Descubrimiento, en la plaza de Colón. Allí encontró un banco de piedra aislado, junto a un grupo de árboles, y se sentó. Esperé un par de minutos y luego ocupé un lugar junto a él.

Llevaba puesta la misma ropa que tenía el día que lo detuvieron: la camiseta de Drogba y los vaqueros sucios. Cuando me senté a su lado no me miró, permaneció con los antebrazos apoyados en las piernas, con la vista en el suelo.

—Sé lo que es usted —me dijo—. Un buscador.

Fantástico. Primero desenmascarado por un adolescente y ahora por un prófugo de la justicia. El Cuerpo Nacional de Buscadores empezaba a ser tan secreto como los Boy Scouts.

Le dije a César que, ya que parecía saber tantas cosas sobre mí, podía empezar a tutearme. Luego le pregunté:

—¿De dónde has sacado esa idea?

—El mechero. Tienes el emblema del Cuerpo grabado en el mechero. Lo vi cuando me diste fuego la otra noche, en el Centro Islámico.

Chasqueé la lengua. Al parecer, Burbuja estaba en lo cierto

cuando me dijo que aquel mechero era un complemento estúpido. Sólo esperaba que no lo supiese jamás.

—No existe mucha gente en el mundo que sea capaz de identificar ese símbolo, ¿por qué tú sí?

—Porque os conozco. Sé muchas cosas sobre vosotros. Ellos me las dijeron.

—Bien, estaba deseando que alguien sacase a relucir a «ellos». Me gusta cuando hay un «ellos»... ¿De quiénes estamos hablando exactamente?

—Los que me contrataron para robar el *Mardud*. Son los mismos que sacaron a Joos Gelderohde de la cárcel de Termonde, y los que buscaban la Mesa de Salomón... Tú aún no los conoces, pero ellos saben quiénes sois. Lo saben muy bien.

—Si quieres que empiece a tomarte en serio, necesito que me des algún nombre.

—No puedo darte nombres porque no los conozco. Ellos nunca los usan, ni siquiera cuando hacen tratos, pero sé de dónde sacan el dinero. Sé quién les paga.

—¿Quién?

—Es esa empresa, la de los ordenadores... —César bajó el tono de su voz, como si temiera que alguien nos estuviese escuchando a nuestra espalda—. Voynich.

Por fin alguien confirmaba las sospechas que llevaba tanto tiempo manoseando en mi cabeza. No experimenté sorpresa alguna al escucharlo; de hecho, me sentí casi contento. Aún no era capaz de imaginar las implicaciones de aquella revelación.

—¿Cómo sabes eso?

—Lo sé. Ellos me lo dijeron cuando se pusieron en contacto conmigo. —César sacó del bolsillo un arrugado trozo de cartulina. En una cara estaba la estrella achatada de Voynich y en la otra sólo había un nombre: Lilith.

—¿Quién te dio esto?

—Un hombre. Nunca me dijo cómo se llamaba, siempre me dirigía a él como «señor». Me presentó a otros dos, que tampoco me dieron sus nombres. Ellos fueron quienes planearon el robo del *Mardud*.

—¿No sabes qué o quién es Lilith?

—No. Una vez se lo pregunté a uno de los tipos. Soltó una risita y recitó una especie de poema. Eso fue todo.

Asentí. Creía conocer el poema: «Como panal de miel destilan tus labios, amada mía, néctar y leche hay bajo tu boca...». El *Cantar de los Cantares* de Salomón, concretamente el pasaje que, según se piensa, el monarca escribió pensando en Lilith, la reina de Saba. En el pasado, una vez le pregunté a Joos Gelderohde la identidad de sus aliados, y me respondió con la misma cita.

—¿Y todo eso no te pareció extraño?

César no contestó. Se limitó a encogerse de hombros. Sospeché que me estaba ocultando detalles importantes en su historia; no obstante, decidí no presionarle. Quería descubrir poco a poco hasta dónde llegaba su relato.

—De acuerdo —dije—. Cuéntame cómo fue el robo. Qué es lo que aquellos hombres planearon.

—Yo tenía que entrar en el Centro Islámico y llevarme el libro del depósito. También me dijeron que si había dinero, me lo llevase, aunque fuese poco. Ellos sabían cómo hacer para que la alarma estuviera desconectada, pero no cómo entrar y salir de la biblioteca; por eso me necesitaban.

—¿Tú sí sabías cómo hacerlo?

César volvió a encogerse de hombros.

—Se me da bien entrar y salir de los sitios sin ser visto.

—¿Qué eres? ¿Una especie de ratero de altos vuelos o algo parecido?

César se quedó de nuevo en silencio. Empecé a darme cuenta de que era alguien que economizaba mucho sus palabras: sólo las utilizaba cuando pensaba que no le quedaba más remedio.

—Si tú te llevaste el libro, ¿por qué no lo tenías cuando la policía te atrapó?

—No me atrapó, los que me contrataron me tendieron una

trampa. —Apretó los labios en una expresión de rabia—. Por eso me dijeron que me llevara el dinero también, lo tenían todo previsto.

—¿Qué ocurrió?

—Me colé en la biblioteca con otro tipo, uno de ellos. Cogimos el dinero y el libro. Al salir, él llevaba el libro. Se suponía que había un coche esperándonos, pero no lo vimos por ninguna parte. El otro tipo me dijo que iba a buscarlo y que yo debía quedarme a esperar. En cuanto desapareció de mi vista saltó la alarma y el guardia de seguridad me atrapó.

—Sí, ya veo... Me temo que fuiste un cebo estupendo. ¿Por qué no le contaste todo esto a la policía?

—Porque no quería ponerles sobre la pista del libro. Lo único que quería era salir de allí cuanto antes. Además, tenía miedo...

—¿Miedo de qué?

—De ellos. Esa gente de Voynich, tú no sabes de lo que son capaces. Están en todas partes, tienen dinero para comprar a todo un cuerpo de policía si lo desean. Temía que mi arresto sólo fuera el primer paso de algo mucho peor.

—¿Pensabas que ibas a aparecer colgado en tu celda o algo parecido?

César no dijo nada. Iba a ridiculizar sus temores por exagerados, pero decidí morderme la lengua. Después de todo, estábamos hablando de las mismas personas que sacaron al asesino Gelderohde de una prisión de máxima seguridad sin mancharse las manos. Las mismas que pagaron a Tesla para que se convirtiera en sus ojos y sus oídos en el corazón del Cuerpo de Buscadores. Sí; parecía la clase de gente que estaría dispuesta a llegar muy lejos con tal de no dejar cabos sueltos.

—¿Por qué has venido a contarme todo esto? Yo estaba con la policía el día que te atraparon.

—Pero no eres uno de ellos. Lo sé. Sé lo que hacéis. Ellos me lo contaron. También sé que queréis encontrar el libro antes de que lo haga la policía. Quiero ayudar.

—¿Por qué?

—El libro. Es importante.

—¿Importante para quién? —César volvió a responderme con uno de sus silencios herméticos. Empezaba a resultarme molesto—. Tendrás que ser más locuaz si quieres que confíe en ti.

—No sabes lo que hay en ese libro, ¿verdad?

—Imagino que tú sí.

—*Rajul el Ajdhar Haykal*... El libro es sólo el principio.

—¿El principio de qué?

—Si quieres saberlo, tendrás que encontrarlo —respondió César, mirándome con aire de desafío—. Pero nunca lo harás sin mi ayuda.

—¿Tú sabes dónde está?

—Creo saber quién lo tiene. Ellos hablaron sobre lo que harían con el libro una vez que lo tuviesen en su poder.

—¿Qué es lo que quieres a cambio de mi ayuda?

César dibujó en su rostro una expresión de hastío.

—Haces muchas preguntas. Demasiadas... Pierdes el tiempo. Tú quieres recuperar el libro y yo también. Ninguno de los dos puede hacerlo solo, de modo que, ¿por qué no ayudarnos el uno al otro? Ésa es la única pregunta que tiene sentido.

Lo miré en silencio, tratando de escrutar lo que ocultaba su oferta. Mi primer impulso fue rechazarla, pues no me agradaba hacer tratos con un fugitivo que admitía haber trabajado a sueldo para nuestros enemigos y cuyas motivaciones me resultaban tan poco claras.

Era un dilema ético, en realidad. En cierta ocasión, Danny me había dicho que mis dilemas éticos eran bastante aburridos. Puede que tuviera razón. A menudo olvidaba lo que suponía ser un buscador.

Necesitaba una segunda opinión.

En vez de responder a César, utilicé mi teléfono móvil para hacer una llamada.

—¿Danny? —dije al escuchar su voz al otro lado de la línea—. ¿Puedes encontrarte conmigo ahora en los Jardines del Descubrimiento?

César repitió a Danny lo mismo que me había contado antes a mí, administrando la misma cantidad de silencios. Al final, ella le dijo que no podíamos aceptar su oferta en aquel momento sin antes discutirla con el resto de los buscadores. Él se hizo cargo.

Pensamos en la forma de concertar un segundo encuentro. César, como es lógico, no quiso decirnos dónde podíamos localizarlo. Finalmente acordamos que llamaría a Danny a su teléfono al día siguiente y ella le comunicaría nuestra decisión.

—¿No temes que pueda hablar con la policía? —le preguntó la buscadora.

—Si queréis recuperar el libro, no lo harás —respondió César, manifestando una mayor convicción de la que yo mismo sentía. Con aquellas palabras nos separamos.

Danny y yo regresamos al Sótano. Ella decidió por los dos mantener a Alzaga fuera de aquel asunto, y yo no lo discutí; la inoperancia de Enlace había agotado nuestra paciencia.

Estuvimos de acuerdo en poner al día a Enigma y a Burbuja y darles la opción de decidir si querían participar en aquella historia, aun sabiendo que actuaríamos en todo momento a espaldas de nuestro superior inmediato.

De ese modo, el Cuerpo empezó al fin a moverse por su propia iniciativa, ignorando normas y papeleos, tal y como siempre había hecho. Por primera vez en mucho tiempo empecé a sentir que actuábamos como verdaderos buscadores.

Nuestra primera reunión como disidentes no podía llevarse a cabo en el Sótano. Queríamos ser rebeldes, pero no descarados. Ofrecí mi piso como lugar de encuentro. Aquella misma noche, los antiguos agentes de Narváez dimos el primer paso por una senda que nos llevaría mucho más lejos de lo que habíamos llegado a imaginar.

Danny y yo teníamos bastante claro que estábamos dispuestos a seguir adelante. Estaba casi seguro de que Enigma nos apoyaría con entusiasmo, pero no me atrevía a decir lo mismo sobre Burbuja; no podía asegurar que hubiera espantado a sus demonios particulares. Al menos, el que estuviera allí aquella noche me pareció una buena señal.

De forma sucinta, Danny y yo pusimos al día al grupo sobre todos los hechos relacionados con el *Mardud* de Sevilla. No nos llevó demasiado tiempo. Luego llegó el momento de los pasos al frente.

—Hagámoslo —dijo Enigma, tal y como yo esperaba—. Recuperemos ese libro. Me aliaría con el mismo diablo con tal de dejar de rellenar informes para Alzaga. Ese hombre está marchitando mi espíritu.

Miramos a Burbuja, expectantes. Hasta el momento se había limitado a permanecer en silencio, encendiendo un cigarrillo detrás de otro. Se tomó su tiempo antes de hablar.

—Nunca le habría hecho algo así a Narváez —dijo. Se quedó unos segundos contemplando cómo el cigarrillo que tenía entre los dedos se transformaba en humo.

—Él nunca te habría puesto en esta situación —repliqué yo.

Burbuja negó con la cabeza, lentamente.

—No, ¿verdad...? Era fácil obedecerle. Sabía hacer las cosas bien... Entendía el Cuerpo mejor que nadie... —Súbitamente, aplastó el cigarrillo contra el cenicero como si se tratara de algo más que de ceniza consumida—. Al infierno con todo... —murmuró entre dientes. Después nos miró y se dirigió a Danny—: Habla con ese tal César. Dile que primero escucharemos lo que sabe, o cree saber, sobre el paradero del libro, y que si nos gusta lo que nos dice, entonces dejaremos que nos ayude a recuperarlo. Pero que no se crea imprescindible o piense en jugárnosla de algún modo; podríamos encontrar solos ese libro aunque estuviese en el mismo infierno. Quizá César pueda escurrirse entre los dedos de la policía, pero ahora es con el Cuerpo de Buscadores con quien está tratando.

Había un descampado a las afueras de Madrid, camino del cinturón del sur. El descampado era una mancha rectangular de tierra y basura, a espaldas de un centro comercial tan inmenso que casi resultaba grotesco. El paisaje a su alrededor era una sucesión de planos antiestéticos: primero, una red de carreteras; después, bloques de viviendas alineados como cajas en el fondo de un almacén, y finalmente, muy a lo lejos, lomas de campo amarillento y anodino.

Era el lugar donde nos habíamos citado con César.

Sólo fuimos Burbuja y yo. Era gratificante observar cómo habíamos recuperado al buscador del rincón donde había languidecido en los últimos tiempos, llorando sobre sus heridas.

—Creo que éste es el lugar —dije cuando nos acercamos con el coche.

Burbuja conducía con un cigarrillo colgando del labio.

—Tú sabrás, Faro; se supone que es tu contacto. —Me miró de reojo sin mover la cabeza—. Esta vez procura no darle una gorra o una taza decorada con el emblema del Cuerpo, ¿quieres? —dijo aludiendo a mi pequeño desliz con el mechero.

—Sí. Ja, ja. Muy gracioso... ¿Hasta cuándo vas a estar recordándomelo?

—Sólo hasta que deje de molestarte, novato —respondió esbozando una sonrisa.

Dejamos el coche en el aparcamiento del centro comercial y fuimos a pie hasta el descampado. César estaba allí, esperándonos. Dejó caer sobre Burbuja una mirada recelosa.

—¿Quién es?

—Otro buscador. Su nombre es Burbuja.

—¿Seguro que no es policía?

—Te dije que no íbamos a entregarte. Nosotros cumplimos nuestra palabra, ahora es tu turno de hacer lo mismo —respondí—. Háblanos del libro.

—Antes quiero algo a cambio.

—Pensábamos que no echarte en manos de la policía ya era suficiente pago —repuso Burbuja.

—No os necesito para despistar a la poli —dijo César con desprecio—. Lo que quiero es otra cosa. Quiero ver el libro cuando lo tengáis.

—¿Eso es todo?

—Nada más. Yo os digo dónde encontrarlo, vosotros lo recuperáis y después dejáis que le eche un vistazo. —César nos miró primero a uno y luego al otro—. ¿Hay trato?

—Es probable... —contestó mi compañero—. Dinos qué sabes.

—Sé cómo van a sacar el libro del país.

Burbuja preguntó si los ladrones pretendían venderlo en el mercado negro. César dijo que no estaba seguro de ello.

—Una vez que el libro atraviese la frontera, no tengo ni idea qué va a ser de él. Los que me contrataron nunca me lo dijeron ni lo comentaron delante de mí —señaló—. Si queréis recuperarlo, tiene que ser mientras siga en España; de lo contrario, su pista se perderá.

—¿Estás seguro de que ya no se encuentra fuera de nuestro alcance?

—Casi seguro. Se supone que no saldrá del país hasta el domingo, a no ser que hayan cambiado de planes desde el robo.

Eso era dentro de tres días. No nos dejaba demasiado margen.

—¿Cómo lo van a sacar? —pregunté.

—A través de un tipo, un tal Thomas Mariur, que tiene un pasaporte diplomático de la República de Palaos.

—¿Ese país existe?

—Es un archipiélago independiente, cerca de Filipinas. Seguramente tiene más islas que habitantes —respondió Burbuja—. Imagino que planean sacar el libro como valija diplomática. El tal Mariur debe de estar comprado.

—Así es. Mariur es un secretario de embajada que viaja desde París a Manila, haciendo escala en Madrid. En Madrid recibirá el libro y se encargará de custodiarlo. Según el plan, debe permanecer aquí hasta el domingo.

—Entonces necesitamos saber dónde se encuentra —dijo Burbuja.

—Eso también lo sé: está alojado en el hotel Ritz.

—Estupendo, nunca he estado en el Ritz —comentó el buscador—. Bien, César. Gracias por la información.

—No olvides nuestro trato.

—No recuerdo haber aceptado ningún trato contigo. Aún tenemos que decidir si la información que nos has dado nos sirve de algo o no.

César miró a Burbuja como si fuese capaz de atravesarle el cráneo con sus pupilas. Después esbozó una sonrisa burlona.

—Cumplirás con lo acordado. No quieres arriesgarte a que cuente a la policía que os he ayudado a robar el libro. Ellos me creerán; después de todo, sigo siendo su principal sospechoso.

—Serías tremendamente estúpido si hicieras algo así —dijo mi compañero sin dejarse amilanar.

César no respondió. Se limitó a seguir horadando los ojos de Burbuja con los suyos. Me di cuenta de que estaba más que dispuesto a cumplir su amenaza. Creo que mi compañero también lo percibió.

—Hablaremos cuando tengamos el libro —dijo apartando sus ojos de los de César—. Si vamos a dejar que lo manosees, será bajo nuestras condiciones.

—Bien. —La sonrisa de César se ensanchó un poco; era algo extraña, más parecida a un gesto de desprecio—. Seguiremos en contacto.

Nos dio la espalda y se marchó. Burbuja y yo regresamos al coche.

—Menudo elemento habéis encontrado mi hermana y tú —dijo mientras arrancaba el motor—. No me gusta ese tipo, tiene la mirada de un puñetero encantador de serpientes.

—Y, no obstante, estamos en sus manos.

—¿A qué te refieres?

—Tenía razón cuando dijo que no nos gustaría que fuese a la policía a contarles todo lo que sabe, sobre el libro y sobre nosotros. Es astuto. Y muy hábil. —Me quedé unos segundos pensativo mientras perfilaba mis ideas—. No deberíamos perderlo de vista.

El buscador asintió, dándome la razón.

6
Interpol

Regresamos al Sótano para dejar el coche. Burbuja se encargaría de informar a Danny sobre las últimas novedades y después volveríamos a reunirnos para pensar en la forma de arrebatarle el libro al tal Thomas Mariur.

No me quedaba otra opción que esperar, de modo que regresé a casa para que el resto de los buscadores supieran dónde localizarme si me necesitaban. Fui caminando desde el museo. Durante el trayecto pensaba en César. Me inquietaba lo poco que sabíamos de él y de sus intenciones, y tenía la desagradable sensación de que estábamos siendo utilizados para algún propósito personal, pero era incapaz de imaginar cuál. Mantenerlo bien vigilado me parecía cada vez más imprescindible.

Al llegar al portal de mi edificio me encontré con alguien allí. Era una mujer de piel oscura, muy atractiva, del tipo que hace girar los cuellos a su paso. Vestía un elegante traje de chaqueta y pantalón y llevaba puestas unas gafas de sol a pesar del cielo cubierto de nubes. Al acercarme, se las quitó y me miró. Tenía unos ojos muy grandes y exóticos, de color verde con motas ambarinas. Éstos, unidos a su piel de café, le daban a la mujer el aspecto de una especie de fantasía caribeña en un decorado incongruente.

—¿El señor Tirso Alfaro? —me preguntó utilizando un acento extranjero, quizá francés. Percibí que se trataba de un asalto en toda regla.

—Sí, soy yo… ¿Nos conocemos?

—Estoy segura de que no. —La mujer sacó una identificación de su bolsillo y me la enseñó—. Julianne Lacombe, Interpol. Me gustaría mantener una charla con usted un momento, si no tiene inconveniente.

Algo en mi interior comenzó a parpadear como una luz de alarma. A ningún buscador le gusta tener trato con nadie de Interpol, de igual modo que los ratones no acostumbran a estrechar lazos con los gatos. Que todo un agente de la policía internacional se presentara en la puerta de mi casa no era una buena señal.

—¿En qué le puedo ayudar, agente?

—Sospecho que preferirá que hablemos en un lugar más privado… ¿Ésta es su casa?

—Y yo sospecho que conoce muy bien la respuesta a esa pregunta. —Abrí el portal y me eché a un lado, con extrema cortesía—. Usted delante, por favor.

La agente Lacombe y yo subimos a mi piso. Le ofrecí algo de beber siguiendo un impulso de caballerosidad que, dadas las circunstancias, sonó algo fuera de lugar. Ella rechazó la oferta y se sentó en mi sofá, con la espalda muy recta. De pronto tuve la sensación de que todo mi cuarto de estar se había convertido en una sala de interrogatorios.

—Usted dirá, agente… ¿Hay algún problema?

—Espero que no. Sólo quiero hacerle unas preguntas.

—¿Sobre qué?

—Señor Alfaro, ¿sabe usted algo acerca de la Conferencia de París de 2013 sobre Salvamento y Protección del Patrimonio Artístico de Malí?

—Si ésa es su pregunta, me temo que no le voy a servir de ninguna ayuda —respondí sonriendo a medias. Ella me miró con la expresión de alguien que acaba de escuchar un chiste sin gracia. Carraspeé y aparté mis pupilas de las suyas—. No, no sé nada eso.

—Entiendo. Le pondré en antecedentes brevemente, si me lo permite: a raíz del estallido de la guerra civil en Malí en 2012 y tras la caída del general Touré, los yihadistas se convirtieron en una amenaza para el patrimonio histórico de la nación. En consecuencia, la UNESCO hizo un llamamiento a diferentes organismos internacionales para coordinar un plan de recuperación y salvaguarda del legado arqueológico y artístico de Malí. En 2013 se organizó una Conferencia en París auspiciada por diversos cuerpos de seguridad internacionales; entre ellos, por supuesto, se encontraba la división de delitos contra el patrimonio de Interpol.

—Sí, por supuesto —repetí.

—No quiero abrumarle con detalles innecesarios, señor Alfaro. En resumen, a raíz de esa conferencia, Naciones Unidas emitió una resolución en virtud de la cual Interpol tiene permiso para intervenir de forma activa cuando se detecte algún delito contra el patrimonio maliense en cualquiera de sus estados miembros. Por eso estoy yo aquí. ¿Comprende?

—No del todo, si le soy sincero... ¿Qué tengo yo que ver con el patrimonio artístico de Malí? —respondí ensayando mi mejor cara de póquer—. Eso es un país de África..., ¿no?

Lacombe sonrió. No me gustó el aspecto de esa sonrisa.

La agente sacó una carpeta del bolso que llevaba y me mostró una fotografía que había en su interior. La reconocí de inmediato como una de mis fotos menos favorecedoras: era la que me había tomado la policía portuguesa tras detenerme durante aquel asunto de la Máscara de Muza.

—¿Es usted esta persona? —me preguntó.

—Dado que mi nombre figura en un cartel debajo de mi cara, veo muy difícil negarlo.

Sin mostrar ninguna emoción, la agente Lacombe me mostró otra fotografía tomada de una cámara de seguridad que provocó que empezase a sudar por la nuca. Éramos Danny y yo, junto a Zaguero, en la biblioteca del Centro Islámico.

—¿Es usted alguna de estas personas?

—Puede... Al no haber ningún cartel, me cuesta un poco más estar seguro.

—Yo intentaría no frivolizar. Me temo que el asunto es serio, señor Alfaro. Sé que es usted el que aparece en esta imagen, así que le ruego que no me haga perder el tiempo.

—Usted es la que no deja de hacer preguntas cuyas respuestas ya conoce... —dije—. ¿Adónde nos lleva todo esto?

—Nos lleva, señor Alfaro, al hecho de que se encontraba usted en la escena de un robo sin pertenecer a ningún cuerpo policial y sin tener autorización para ello. Me gustaría saber quién es usted.

Intenté improvisar una mentira plausible. De hecho, tenía algunas cuantas preparadas por si alguna vez me encontraba en un caso similar a aquél, pero no me atreví a utilizar ninguna de ellas sin estar seguro de lo que sabía de mí la agente Lacombe.

—¿Con qué autoridad me hace usted esa pregunta?

—Creí que eso lo había dejado claro: soy un enlace de Interpol que actúa en colaboración con la Brigada de Patrimonio Histórico de la Policía Nacional, y mi misión es encontrar el *Mardud* de Sevilla y a quienes lo robaron. Y ahora mismo me encantaría saber qué relación tiene usted con este asunto.

—Es curioso... Dice que actúa en colaboración con agentes de la Policía Nacional, pero no veo ninguno por aquí. ¿No debería haber alguno presente para dotar a este interrogatorio de un carácter... digamos... oficial? Hasta donde yo sé, Interpol no puede actuar por libre en un país soberano.

Pensaba ganar tiempo con aquel subterfugio. Gracias a las novelas policíacas y a las películas de cine, se tiende a pensar que Interpol es una especie de cuartel general de agentes de élite que acuden allá donde sea necesario para someter a los malhechores al imperio de la ley. La realidad es menos folletinesca: Interpol es un centro de apoyo y de coordinación. Su labor consiste en ayudar a los cuerpos policiales de diferentes países, pero en ningún caso la de sustituirlos en sus funciones. Ningún agente de Interpol, por el mero hecho de serlo, tiene potestad siquiera para detener a un simple carterista en ninguna parte del mundo.

—Lo veo muy familiarizado con el funcionamiento de Interpol —dijo Lacombe—. Es curioso... Pero, ya que le inquieta, le diré que actúo como un IRT, ésa es mi autoridad.

En casos de emergencia, Interpol puede poner al servicio de la policía de algún país miembro a sus IRT (*Incident Response Team*) o equipos de intervención formados por agentes cualificados, pero sólo si existe una petición previa por parte de algún otro cuerpo policial. En aquel momento habría apostado a que Zaguero no había solicitado ninguna colaboración de Interpol; de lo contrario, el antiguo buscador nos lo hubiera dicho. Quizá me arriesgaba al pensarlo, pero creía que Lacombe no era ninguna IRT. Simplemente me estaba mintiendo para impresionarme.

—En ese caso, no le importará que solicite que tengamos esta charla con el oficial de policía español que está a cargo del caso, ¿verdad? —dije.

La agente Lacombe me dedicó una sonrisa llena de aristas.

—¿Se niega a colaborar, entonces?

—No, es sólo que me gusta que las cosas se hagan como Dios manda. No querría que se metiese usted en problemas por mi culpa, agente Lacombe.

Si mis palabras le resultaron molestas, ella lo disimuló muy bien. Aún con la sonrisa sombreando entre sus labios, Lacombe tomó mi fotografía del informe policial portugués y la miró con afectada atención.

—Tuvo usted un buen encontronazo esa noche, ¿no es cierto, señor Alfaro? Aunque veo que apenas le dejó secuelas.

—No se crea: mi nariz estaba mucho más recta el día antes de que me tomaran esa fotografía.

—¿Y la cicatriz de su frente? En la foto no tiene ninguna herida ahí.

—Esto fue después. Una mala caída practicando espeleología.

—Es usted un hombre muy activo, al parecer... —Lacombe me miró mientras me mostraba la fotografía—. ¿Sabe qué es esto, señor Alfaro?

—Una foto muy poco favorecedora.

—No; es un hilo suelto. Me gustan los hilos sueltos; puedo tirar de ellos e ir sacando a la luz detalles interesantes. Este hilo me ha traído hasta aquí, y sólo he empezado a tirar de él... Imagine las cosas que puedo descubrir si sigo haciéndolo. Usted sólo piense en ello... —Lacombe recogió su carpeta y se dirigió hacia la puerta. Antes de salir, me dedicó unas últimas palabras—: Y, por cierto, no se preocupe por mí; la próxima vez me aseguraré de traer algún policía.

—¿Habrá una próxima vez?

—Puede apostar por ello, señor Alfaro.

Inclinó levemente la cabeza a modo de despedida y se marchó.

Me quedé sentado en el sofá un buen rato, sin saber qué hacer. Lo único que tenía claro es que aquella mujer estaba dispuesta a seguir tirando de su dichoso hilo hasta que tuviese la longitud suficiente como para enrollármelo alrededor del cuello.

Después de sopesarlo, decidí llamar a Danny. Era el momento de concertar una cita de urgencia con Zaguero.

Danny y yo nos encontramos con el antiguo buscador en un territorio neutral y discreto: la cafetería de un centro comercial a las afueras de Madrid. El policía se resistió un poco a verse a solas con nosotros, pero aceptó al saber de la visita a domicilio con lo que me había obsequiado Julianne Lacombe.

Apenas estuvimos los tres sentados en una de las mesas más apartadas del local, Danny fue directa al grano.

—¿Quién diablos es esa mujer? —preguntó—. ¿Y por qué sabe que estuvimos husmeando el otro día en el Centro Islámico?

—Lo siento, Danny —respondió el policía—. Hice todo lo posible por que esto no os salpicara, pero parece que las cosas se han torcido un poco.

—¿Un poco? —salté yo—. He tenido a una agente de Interpol sentada en mi sofá... ¡y con fotos mías! ¿Qué está pasando aquí?

Él me miró, molesto.

—Baja la voz, chico; éste es un lugar público. —Con calma irritante, le dio un sorbo al café que se había pedido—. Se llama Julianne Lacombe. Es francesa, nacida en isla Reunión, según creo. Por lo que he podido averiguar de ella, sé que comenzó su carrera en la OCBC* y que allí era la reina del mambo, aunque se rumorea que la mayoría de sus compañeros no la podían soportar. La llamaban *Banquis Noir*, «Témpano Negro»... Y ése era el mote más amable que tenía. Interpol la captó hace unos cuatro años, aunque sigue haciendo trabajos para su antigua división. Conozco muy bien a esa clase de policías: son obstinados y muy eficaces, de los que les gusta ir por libre; muy hábiles a la hora de retorcer las normativas para lograr sus propósitos, lo cual los hace especialmente irritantes. A ningún superior le gusta operar con gente así; pero, por desgracia, suelen ser los que más éxitos obtienen.

—Si pensabas solicitar un IRT a Interpol para el tema del *Mardud*, debiste avisarnos —dijo Danny.

—No lo hice, es lo que intento deciros. Escucha: esa tipa se presentó una mañana en mi oficina cargada de documentos oficiales y hablándome de no sé qué mierda sobre una resolución de Naciones Unidas respecto al salvamento del patrimonio histórico de Malí. No entendí una palabra de lo que me dijo, lo único que sé es que tiene derecho a meter las narices en mi investigación y yo no puedo hacer nada para impedírselo. Al parecer, ahora Interpol actúa de oficio con respecto al tema de Malí...

—A Danny no la han molestado, pero a mí sí. ¿Por qué?

* Office centrale de lutte contre le trafic des biens culturels (oficina central contra el tráfico de bienes culturales): división de la policía francesa equiparable a la Brigada de Patrimonio Histórico de la Policía Nacional española.

—Hubo un pequeño error de cálculo... La francesa solicitó por su cuenta la grabación de las cámaras de seguridad del Centro Islámico. La que se correspondía a la noche del robo.

—¿Sin avisarte?

—Ya os digo que es muy irritante... El caso es que os vio dando vueltas por ahí a mi lado. Me preguntó sobre el tema y le dije que erais funcionarios del Ministerio de Cultura que habían venido a informarse sobre el delito. Imaginaba que lo investigaría, pero estaba seguro de que no iba a encontrar nada sobre vosotros. En mis tiempos, un buscador sabía muy bien cómo mantener ocultos sus rastros. —Al decir esto me dirigió una mirada cargada de reproche.

—No le eches toda la culpa a Faro, aún es un novato —dijo Danny acudiendo en mi ayuda—. Hace unos meses tuvo un encuentro con la policía portuguesa, pasaron muchas cosas después y a todos se nos olvidó limpiar aquella mancha. De hecho, yo casi lo había olvidado...

—Gran error. Cuando yo estaba en el Sótano...

—Dejemos las batallas de veterano, ¿de acuerdo? —atajó Danny—. Ahora no es el momento.

—Yo sólo digo que esto no pasaba cuando el viejo estaba al mando.

—Sí. Ya. Ahora las cosas son distintas.

—Eso me temo —masculló Zaguero. Detecté un extraño tono en su voz, pero no supe interpretar en qué sentido.

El policía se concentró en apurar su taza de café.

—¿Puedes parar a esa mujer para que deje de atosigarme? —pregunté.

—Puedo intentarlo, pero con un límite. A nadie le beneficiaría que la francesa tuviera la impresión de que intento ocultarle algo. —Zaguero se puso en pie y empezó a meter los brazos por las mangas del abrigo. Como acostumbraba, con mucha parsimonia. El inspector siempre daba la impresión de que cada uno de sus gestos era fruto de una reflexión profunda.

—¿Te marchas? —preguntó Danny.

—Mejor no arriesgarnos a que alguien nos pueda ver juntos. La cosa ya está bien jodida como para que encima hagamos imprudencias —respondió el policía.

—¿Tan mal lo ves?

Zaguero eludió una respuesta directa.

—Os daré un consejo: decídselo a Urquijo. Si ese abogado con cara de pez sigue siendo tan listo como en mis tiempos, puede que él tenga una idea para solucionar este embrollo. Por lo demás, yo que tú intentaría no salir mucho de casa, Faro; si la francesa te tiene en su punto de mira, me temo que te has metido en un problema de los gordos.

Con aquella advertencia, nos dio la espalda y se marchó.

Daniel Urquijo era el ángel de la guarda al que todo buscador acudía cuando se enfrentaba a un problema legal. De hecho, al igual que un ángel, se materializaba en los momentos de necesidad y luego desaparecía sin dejar rastro jurídico de sus actos. Ignoro por completo qué era de Urquijo durante el tiempo que no sacaba buscadores de los atolladeros. Puede que tuviera una familia, docenas de hijos, varios perros y un próspero bufete en alguna calle importante; o puede que simplemente pasara el tiempo suspendido en una cápsula en el interior de un almacén repleto de buenos abogados. En el caso de Urquijo, cualquiera de ambas opciones me resultaba igual de verosímil.

Para un buscador, tener el número directo de Urquijo en la memoria del teléfono era tan imprescindible como el pase azul que utilizábamos para entrar al Sótano. Si bien, llamar a Urquijo a ese teléfono era un recurso extremo, como pulsar el botón de lanzamiento de los misiles.

Urquijo devolvió mi llamada de inmediato y se hizo cargo de la situación. Como era de esperar, el abogado puso al corriente a Alzaga de mi problema. Mantuvimos una pequeña reunión de crisis en el despacho del jefe del Cuerpo, donde recibí mi correspondiente regañina.

—Siempre supe que el asunto del libro nos traería graves problemas —dijo Alzaga—. Por eso insistí en manteneros al margen... Quiero saber toda la verdad: además de presentarte en el Centro Islámico el día del robo, ¿has hecho algo más que deba saber al respecto?

—No, eso ha sido todo —mentí sin ningún rubor.

—Esa tal Lacombe, ¿puede averiguar algo más sobre ti y tus actividades en el Cuerpo? —me preguntó después.

—De lo que no me cabe duda es de que va a investigarme a fondo.

Alzaga frunció los labios.

—Estoy muy decepcionado por tu falta de prudencia, Tirso. Mucho. Espero bastante más de mis agentes. Tendrás que recibir una sanción por esto.

Me pareció que estaba siendo injusto y quise defenderme, pero Urquijo habló antes de que pudiera hacerlo yo.

—Creo que podemos dejar eso para más adelante —dijo—. Ahora debemos pensar la manera de atajar el problema de forma radical y definitiva. He pensado en algo que podríamos hacer.

Urquijo nos expuso su plan. Era sencillo y audaz, pero nos pareció que podría funcionar, así que decidimos ponerlo en práctica.

Para llevarlo a cabo, necesitábamos un despacho en algún edificio gubernamental. Los contactos de Alzaga fueron de mucha ayuda y consiguió que le cedieran una oficina en la sede del Ministerio de Cultura el tiempo suficiente para realizar nuestra pequeña pieza teatral. Después, a través de Zaguero, nos pusimos en contacto con la agente Lacombe y los citamos a ambos en aquel lugar, ese mismo día.

Alzaga, el abogado y yo les esperamos a la hora acordada. El director del Cuerpo estaba regiamente sentado tras una mesa de despacho de madera, con la actitud de hallarse en un hábitat natural. Urquijo y yo lo flanqueábamos. La agente Lacombe y Zaguero llegaron puntuales.

Al entrar la agente de Interpol, Alzaga se puso en pie para

recibirla, armado con una de sus sonrisas más sólidas. Hubo saludos cordiales, estrechamiento de manos y frases amables. Yo permanecía arrinconado y en silencio, con actitud inocente; me sentía como un mal alumno el día de la reunión de padres y tutores.

Una vez que los recién llegados hubieron tomado asiento frente a la mesa de Alzaga, éste tomó la palabra, siempre haciendo gala de un encanto intachable.

—Bueno, señorita Lacombe... Julianne Lacombe... Imagino que es usted francesa, ¿me equivoco?

—Así es. Nací en Saint Dennis, pero no el Saint Dennis de París, sino la capital de isla Reunión. Mi padre era francés, pero mi madre africana, de Madagascar.

—¡Qué hermoso lugar! Estuve allí hace tiempo, sin duda un auténtico paraíso. Es usted una persona afortunada, agente Lacombe. —Alzaga sonrió—. Me encantaría que pudiésemos charlar largo y tendido sobre los encantos de su patria chica, pero me temo que tenemos otros asuntos pendientes que resolver, mucho menos agradables.

—Usted dirá, señor Alzaga. Este encuentro ha sido iniciativa suya.

—Correcto. Verá, agente Lacombe, me temo que de la manera más absurda e inintencionada hemos causado una leve confusión en la labor policial que están llevando a cabo. Tengo entendido que el señor Tirso Alfaro, aquí presente, a quien usted ya conoce, se ha inmiscuido sin querer en sus asuntos. No sabe cuánto lamento las molestias que mi departamento les haya podido causar.

—¿De qué departamento estamos hablando, señor Alzaga? —preguntó Lacombe, recelosa.

—El CNB. Departamento de Catalogación Nacional de Bienes del Patrimonio Histórico Artístico Extraviados... Antes éramos el DCNBPH, pero, por razones obvias, se decidió acortar la nomenclatura. —Alzaga esbozó una leve sonrisa de disculpa—. Ya tenemos demasiadas siglas en la Administración, a veces incluso yo mismo me pierdo...

—Disculpe, pero, exactamente, ¿qué función es la suya?

—Oh, claro... Pertenezco al Consejo de Administración del Patrimonio Nacional, director de Bienes Museísticos y Fondos de Archivo. Puede consultarlo en nuestra base de datos, donde figuro en ese puesto desde el año 2010.

Alzaga no mentía... o no del todo. Aquél era el rango que ocupaba antes de hacerse cargo del Cuerpo. Yo no estaba seguro de si seguiría figurando como tal, aunque supuse que así era; Urquijo no dejaba cabos sueltos.

—¿Y el señor Alfaro?

—El señor Alfaro es un operario de mi departamento. Verá, la cosa es muy simple: desde hace un tiempo tenemos por costumbre estar al tanto de cualquier delito que esté relacionado con bienes artísticos, por si pudiera afectar a alguna de las piezas consideradas como patrimonio nacional. Hay una normativa nueva... La tengo por aquí... Sí, aquí está. —Alzaga sacó de un cajón un papel fotocopiado y se lo pasó a Lacombe. El documento era tan falso como aquella puesta en escena—. Nos concede permiso para personarnos en aquellos lugares donde se hayan podido cometer delitos contra el patrimonio nacional y recabar información. Si la pieza pertenece a alguna de nuestras colecciones, damos cuenta de ello en nuestros archivos y tratamos de hacer un seguimiento paralelo a las fuerzas policiales. A veces nuestra labor ha resultado muy útil, ¿sabe? Podría contarle algunos casos...

—Pero el *Mardud* de Sevilla no es una pieza de Patrimonio Nacional —atajó Lacombe—. Pertenece a la República de Malí, por eso estoy yo aquí.

—Está usted en lo cierto, agente. Me temo que en este caso el señor Alfaro pecó de exceso de celo y..., ¿por qué no admitirlo?, de cierta curiosidad. —Alzaga suspiró contrariado—. Sólo hace un mes que forma parte del departamento, y me temo que aún no tiene claras sus limitaciones. Le aseguro que será debidamente sancionado por ello.

Lacombe me miró a los ojos. Yo seguía permaneciendo bien

quietecito y con la boca cerrada, tal y como me habían ordenado.

—¿Por qué no me dijo él nada de esto cuando se lo pregunté?

—Como ya le he dicho, el señor Alfaro era consciente de estar haciendo algo que no debía —respondió Alzaga—. Yo mismo no lo he sabido hasta hoy. Me temo que mi subordinado se asustó al comprobar las graves consecuencias de su pequeña infracción y actuó de forma un poco torpe. —Me miro con una expresión de paternal reproche—. No volverá a ocurrir, ¿verdad?

Era la entrada para mi única línea de guión.

—Por supuesto. Lo lamento mucho, agente Lacombe. No quise causar ninguna molestia.

—¿Y la mujer que iba con usted? —preguntó Lacombe, refiriéndose a Danny.

—Una simple becaria departamental —respondió Alzaga—. También ha sido sancionada y ya no trabaja con nosotros. Como ve, todo esto no ha sido más que una nimiedad... Casi una travesura, en el fondo. De nuevo le transmito mis más sinceras disculpas en nombre de mi departamento. Estoy avergonzado por la falta de profesionalidad de mi equipo.

—Me hago cargo —respondió Lacombe, sin dejar traslucir ninguna emoción—. Sin embargo, ¿podría ver el expediente de esos dos trabajadores?

—Por mi parte no hay ningún inconveniente, siempre y cuando nuestro asesor legal, el señor Daniel Urquijo, lo crea necesario.

Urquijo hizo su aportación al último acto de la comedia.

—Si la policía encargada de la investigación nos lo solicita, podemos facilitar esa información. —Urquijo miró a Zaguero—. En caso contrario, me temo que no.

—No lo veo necesario —respondió el antiguo buscador—. Está claro que ni el señor Alfaro ni cualquier otro miembro de este departamento tiene relación con el robo ni con nuestra línea de investigación. Por el momento nos damos por satisfechos con sus explicaciones.

Lacombe tuvo que aceptar sus palabras. No podía ir más lejos de lo que el jefe oficial de la investigación disponía. El gesto de ella no se alteró, aunque por la forma de mirarme me di cuenta de que no estaba de acuerdo con la decisión de Zaguero.

—Sí. Por el momento así es —dijo al fin, sin apenas mover los labios—. Sólo una cosa más, si me lo permite, para satisfacer mi curiosidad...

—Adelante, estamos aquí para aclarar lo que haga falta.

—Me gustaría saber por qué el nombre del señor Alfaro no aparece en ninguna base de datos del Ministerio de Cultura.

—Eso tiene una fácil explicación —respondió Alzaga—. Este departamento no depende de dicho ministerio sino del de Presidencia. Es allí donde debió haberlo buscado.

En esto Alzaga no mentía. Por alguna razón que nunca he llegado a tener clara, los agentes del Cuerpo Nacional de Buscadores figuramos como personal del Ministerio de la Presidencia. Creo, aunque no estoy seguro, que se debe a una tradición que viene de tiempos del general Narváez, fundador del Cuerpo allá por el siglo XIX.

—Perdone, pero estoy confusa: ¿por qué, entonces, su despacho está en la sede del Ministerio de Cultura?

Alzaga sonrió.

—¿Sabe qué, agente? Lo cierto es que yo también me lo he preguntado varias veces, pero, en fin..., el mundo de la Administración... Los que vivimos en los despachos tenemos una habilidad innata para embarullar las cosas, y me temo que eso es igual en España, en Francia y en todas partes. —Alzaga se inclinó levemente, adoptando un aire de complicidad—. Siempre he pensado que si no existiesen los burócratas, el mundo giraría más rápido, ¿verdad que sí?

Lacombe dejó escapar una pequeña sonrisa, carente de humor.

—Sí, imagino que sí...

Puede que Alzaga no me resultase simpático, pero había que

reconocerle cierto estilo haciendo las cosas a su manera. Inesperadamente, la agente Lacombe pareció quedarse satisfecha con las melifluas justificaciones de Alzaga…, o bien se cansó de escuchar sus largas respuestas y por eso decidió no preguntar nada más.

Zaguero y ella se despidieron de nosotros. El inspector de policía me miró a los ojos un segundo y, al estrecharme la mano, noté que deslizaba algo en mi palma. Era un trozo de papel hecho una bola. Me lo guardé en el bolsillo.

—Creo que ha ido bien. Hemos esquivado el golpe —dijo Urquijo, ya a solas los tres.

—Así lo espero —añadió Alzaga. Luego me miró con severidad—. Dejaré pasar esto con un simple aviso, Tirso, pero ten cuidado. La próxima vez tendré que sancionarte.

Busqué los ojos de Urquijo, esperando hallar algo de apoyo, pero sólo encontré su neutra mirada de pez. Improvisé una disculpa apresurada por mis actos y después abandoné aquel despacho.

Saqué la bola de papel que Zaguero me había entregado a escondidas. Tal y como yo sospechaba, era un mensaje. Estaba garabateado a bolígrafo. Frases cortas y claras, de la manera en que lo haría un buscador para comunicarse con otro.

Plaza del Rey. 20 minutos. Tú solo.

Zaguero me aguardaba junto a la fuente de la plaza que rodea el Ministerio de Cultura. Fumaba un cigarrillo e iba cubierto por una gabardina marrón que casi le llegaba hasta los pies y que acentuaba su perfil achaparrado.

Al verme señaló con la cabeza un bar cercano y luego se dirigió hacia el lugar sin esperarme. Fui tras él. Al entrar en el bar lo vi sentado en un extremo de la barra. Ocupé el taburete libre que estaba a su lado. Zaguero no dio muestras siquiera de haberme visto. Pedí un café, y sólo cuando el camarero lo puso delante de mí, el policía me dirigió la palabra.

—Bonito teatro el de ahí dentro —dijo mirando la taza de poleo que se estaba tomando—. Veo que seguisteis mi consejo y hablasteis con Urquijo.

—Esto fue idea suya, sí.

—Me esperaba algo mejor, pero supongo que habrá tenido poco tiempo para improvisar... —El inspector dio un trago a su infusión—. Supongo que no habrás pensado ni por un momento que la francesa se lo ha tragado.

Le miré de soslayo, sorprendido.

—Pareció quedar satisfecha con la historia.

—No. Ésta no. No es ninguna estúpida, créeme. Ya te dije que no te la vas a quitar de encima tan fácilmente.

—Entonces, ¿por qué no nos ha presionado más cuando estábamos en aquel despacho?

—Porque ahora mismo no estás en su lista de prioridades. Tiene una pista sólida sobre el paradero del libro, y esa pista no la lleva hasta ti.

—¿Una pista? ¿Tan pronto?

—Os dije que es muy buena.

—¿Qué es lo que sabe?

—Ha dado con un tipo llamado Thomas Mariur, un diplomático de Palaos que se aloja en el hotel Ritz.

—Joder... —mascullé entre dientes—. Tienes razón, es buena.

—¿Vosotros sabíais de ese fulano, el de Palaos?

—Sí, algo habíamos oído...

—Pues si teníais un plan pensado, será mejor que lo hagáis ya. Mañana la francesa piensa ir al Ritz a apretarle las tuercas.

—¿Tú no estarás allí?

Zaguero negó con la cabeza.

—Lacombe no se fía de mí, por lo de colaros en el Centro Islámico. Me está dejando de lado. Yo me quedaré en la oficina y ella se llevará a un par de agentes de pacotilla para que hagan la cobertura legal.

—¿Sabes a qué hora piensa presentarse en el Ritz?

—Aún no.

—¿Nos lo dirás cuando lo sepas?

—No puedo prometeros nada. Esa mujer está encima de mí como una peste. Ya me la estoy jugando encontrándome aquí contigo.

—Está bien. Te lo agradezco. Intentaremos apresurar nuestros planes.

—Sobre eso no quiero saber nada, muchacho...

—Zaguero... —Dudé un poco antes de seguir hablando—. A propósito de aquel sospechoso, César, hay algo que debería contarte...

—Sí, ya sé que está con vosotros. Danny me lo dijo.

—Le prometimos que le mantendríamos lejos de la policía...

—Y, en lo que a mí respecta, vuestra promesa queda a salvo. Aunque ahora esté con los legales, no voy a chafar ningún tema del Cuerpo. Pero déjame que te diga lo mismo que le dije a Danny: César no me gusta. Yo, de vosotros, no me mezclaría mucho con él.

—¿Por qué?

—Llámalo intuición de perro viejo. Andaos con ojo u os traerá problemas, recuerda lo que digo. —Zaguero apuró su taza de poleo. Sacó un par de monedas de su bolsillo y las dejó encima de la barra—. Antes de irme... Ya sé de qué me suena tu cara.

—¿Has recordado dónde nos habíamos visto antes?

—Nunca nos habíamos visto hasta el día del robo. Es otra cosa... —El bigote del inspector se agitó titubeante—. Es largo de explicar y ahora no es el momento ni el lugar. Cuando todo esto pase y las aguas se calmen un poco, ven a verme si tienes tiempo. Me gustaría hablarte sobre algo.

Le prometí que lo haría. Luego, sin despedirse, Zaguero se cubrió con su gabardina y salió a la calle. Yo me quedé en el bar algo más de tiempo, haciendo planes mientras me bebía varias tazas de café.

7
Hotel

El Ritz de Madrid está incrustado frente a la plaza de Cánovas del Castillo, de cara a la fuente de Neptuno, como un adorno demasiado caro y demasiado grande que hubiera caído del bolsillo de un francés. Fiel a su espíritu galo, la pequeña cúpula negra que remata su fachada contempla por encima del hombro el panorama a su alrededor, lo cual no deja de ser apropiado para un edificio que se levantó a causa de un complejo.

El complejo era el del rey Alfonso XIII, quien, tras su paso por París durante su luna de miel, se dio cuenta de la bochornosa escasez de alojamientos modernos y de lujo en la capital de su reino. Madrid carecía de una guarida en condiciones para que los viajeros de sangre azul pudieran arroparse con su dinero y sentirse especiales. El monarca se involucró personalmente en suplir aquella carencia, y de su empeño nació el Ritz de Madrid.

El diseño del edificio fue obra de un arquitecto francés (por supuesto), el mismo que trazó las líneas del Ritz de París. Sus primeros gerentes recibieron el valioso asesoramiento de César Ritz en persona, y su primer jefe de cocina elaboraba platos inspirados en las creaciones de Auguste Escoffier. El Ritz de Madrid comenzó siendo un refinado tatuaje francés en la tosca y pedregosa piel madrileña.

De eso hace ya mucho tiempo, más de un siglo, y actualmente el Ritz de Madrid es tan francés como pueda serlo el hotel Casino París Las Vegas de Nevada. A pesar de ello, es probable que cuando la agente Lacombe atravesó sus puertas, notase en su interior algo parecido a la instintiva sensación de estar en casa.

Al mirar a su alrededor, Julianne Lacombe encontró los alardes de lujo atiborrado que cualquiera espera ver en un hotel semejante. Un impecable recibidor con forma de rotonda en cuyo centro destacaba una mesa de madera noble con complicados adornos florales. Una escalinata con barandilla de metal pulido, esponjosas alfombras en el suelo, molduras con forma de venera... Todo ello cubierto por la luz especial que se origina cuando el sol atraviesa las cristaleras antiguas. Es una luz que parece costar dinero.

En un lateral de aquella rotonda estaba la recepción: un capricho de madera que brillaba como recién sacado del horno, junto a la cual se podía contemplar un enorme cuadro que representaba al rey Alfonso XIII estrenando el libro de registro del hotel, el 2 de octubre de 1910, rodeado de polloperas y señoras repletas de importancia.

Había poca gente en el recibidor cuando la agente Lacombe hizo su entrada. Una mujer en vaqueros sentada en una cómoda junto a su pareja, y que cuatro o cinco décadas atrás no habrían podido entrar en el hotel por llevar ella pantalones y él no lucir corbata; un hombre que hojeaba una guía turística, y que en tiempos pasados el personal del hotel le hubiera invitado amablemente a practicar su lectura en el salón destinado a tal efecto; una joven con la camiseta de una película famosa, cuyos actores jamás habrían podido alojarse en el Ritz en sus días de máximo esplendor por estar vetado el alojamiento a artistas y toreros... Julianne Lacombe no podía saberlo, pero aquel santuario de la pretensión había cambiado mucho con el paso del tiempo. Aunque imagino que a ella eso le importaba bastante poco; en aquel momento tenía cosas más urgentes en las que pensar.

Junto a Lacombe iban dos policías de paisano. La agente les dijo que esperaran fuera y ella se dirigió a la recepción. Allí, después de mostrar su acreditación policial al conserje, preguntó por el número de habitación de Thomas Mariur. Era la 312.

En algún rincón del recibidor, un reloj anunció las cuatro de la tarde mediante suaves campanadas, como un tenedor golpeando contra una copa de cristal.

Lacombe entró en el ascensor y presionó el botón de la tercera planta. Al hacerlo, por un momento asomó la pistola que llevaba oculta bajo la chaqueta, dentro de una sobaquera; aunque eso nadie pudo verlo, pues el ascensor estaba vacío.

La habitación 312 se encontraba al final de un pasillo de paredes color crema y suelos alfombrados en amarillo; era como caminar por el interior de un huevo. Tras pasar frente a una sucesión de puertas y girar un par de recodos, la agente Lacombe llegó a su destino.

La puerta de la 312 estaba entreabierta.

Todo buen policía posee un sexto sentido que se activa cuando tiene la impresión de que algo no marcha bien. Lacombe era una buena policía, y aquella puerta semiabierta no le dijo nada bueno.

La empujó, con mucho cuidado, y se asomó al interior de la habitación.

El cuarto estaba patas arriba, con algunas sillas y mesas volcadas. Había un hombre sentado en el suelo, con la espalda apoyada contra una pared. El hombre estaba atado de pies y manos y tenía una mordaza alrededor de la boca. Al ver a Lacombe, sus ojos se encendieron como bombillas y empezó a agitarse igual que un pez sobre la cubierta de un barco.

Lacombe corrió hacia él y le desató las ligaduras. Era un hombre grueso, de piel aceitunada, que lucía una gruesa barba que le cubría casi todo el rostro. Su cabello y sus ropas estaban desordenados.

Cuando Lacombe le quitó la mordaza, el hombre boqueó como si le faltara el aire.

—Gracias... Muchas gracias... —dijo en un inglés gangoso y cargado de acento—. ¡Oh, Dios mío...! ¡Mi espalda...! ¡Qué horror!

—Tranquilícese, soy policía. Interpol. ¿Se encuentra usted bien? ¿Está herido?

—¡Cielo santo! No lo sé, me duele todo el cuerpo... Creo que debería ver a un médico...

—¿Es usted Thomas Mariur?

—Sí, Thomas Mariur... Soy cónsul de la República de Palaos y he sido asaltado... ¡en mi propia habitación!

—¿Quién le ha hecho esto?

—¡No lo sé! ¡No lo sé! Todo fue muy rápido... Llamaron a la puerta, dijeron que eran del servicio de recepción... ¡De pronto entraron aquellos hombres, me golpearon, me ataron y me robaron! ¡Tiene que encontrarlos!

—¿Qué le han robado?

—Yo... Algo muy valioso... Algo de mi propiedad... Un códice antiguo... ¡Es un ultraje! ¡Soy un cónsul en misión diplomática!

—¿Hace cuánto que ha sucedido?

—¡Ahora mismo! ¡Hace unos minutos! ¡Quizá esos hombres ni siquiera hayan salido del hotel!

Lacombe escupió un exabrupto. Tenía muchas preguntas que hacerle al señor Mariur, pero era mucho más importante encontrar a sus asaltantes y recuperar el libro. Si se apresuraba, quizá aún pudiera alcanzarles.

—No se mueva de aquí, ¿entendido?

Dejó a Mariur en la habitación y echó a correr hacia el pasillo.

En realidad, Lacombe nunca llegó a cruzar una palabra con Thomas Mariur. Yo lo sé bien. Estaba allí cuando la agente de Interpol entró en la habitación. De hecho, fue conmigo con quien habló, tomándome por el verdadero diplomático de Palaos.

Como ya he comentado antes, tengo debilidad por los disfraces. ¿Para qué formar parte de un grupo secreto de élite si eso no te da la oportunidad de dar rienda suelta a tus dotes de actor?

Aguardé un par de minutos después de que Lacombe saliera de la habitación y luego cerré la puerta para que ningún intruso se colase sin ser invitado.

Entré en el cuarto de baño, sorteando los muebles que yo mismo había volcado para dar la sensación de que se había producido una lucha. Al abrir la puerta, lo primero que vi fue al auténtico señor Mariur sentado en el retrete y con expresión de absoluto terror. Burbuja estaba frente a él, apuntándole a la cara con una pistola.

—¿Despejado? —me preguntó al entrar.

Asentí con la cabeza. Me coloqué delante del espejo y me despegué el bigote y la barba postizos que llevaba puestos. También me enjuagué con agua y jabón para eliminar los restos de maquillaje que me oscurecían la cara.

El auténtico Mariur agitaba las pupilas como un animal atrapado, mirando hacia todas partes. También él tenía la piel aceitunada y lucía una barba grisácea. Aun con mi disfraz, jamás habríamos podido pasar siquiera por parientes lejanos, pero yo contaba con que Lacombe no tuviera tiempo de examinarme con atención, que fue exactamente lo que ocurrió.

Empecé a sudar por la tensión y el calor. Me quité la chaqueta y me arranqué los postizos de tela que llevaba enrollados alrededor del estómago para aparentar un leve sobrepeso. Burbuja me miraba con el ceño fruncido.

—De verdad que nunca entenderé por qué esa manía de disfrazarte...

—¿Qué quieres que te diga? Soy un actor frustrado. —Me aparté del espejo y me coloqué frente al señor Mariur—. Muy bien, señor cónsul, ahora es su turno de colaborar.

—¿Quién diablos son ustedes?

Burbuja encajó el cañón de su pistola en la sien del diplomático. Yo le dejé hacer; dominaba el terreno de las amenazas mucho mejor que yo. Se le daba bien hacer de poli malo.

—Gente que no responde a preguntas, sólo las hace —dijo con actitud feroz—. ¿Dónde está el *Mardud* de Sevilla?

Mariur se inclinó, asustado.

—No lo sé, no lo sé... ¡No tengo ni idea de qué es eso! —Cerró los ojos y tragó saliva, moviendo arriba y abajo la nuez de su garganta—. Oigan, ¿quieren dinero? ¡Tengo dinero! ¡Mucho dinero! Cojan lo que quieran. Todo. Llévenselo, es suyo.

Burbuja chasqueó con la lengua y me miró.

—¿Qué hago? ¿Le rompo la nariz contra el canto del lavabo?

—Se va a poner todo perdido...

—Nooo... —respondió Burbuja; sonó como algo parecido a «naaah»—. Quizá un poco de sangre, pero seguro que la limpian bien; éste es un buen hotel.

Me encogí de hombros. Burbuja lo agarró por el pelo y le echó la cabeza hacia atrás. El cónsul se puso a chillar como un niño.

—¡Debajo de la cama! ¡Debajo de la cama! ¡Es un bulto envuelto con una tela! ¡Por favor...!

—Echa un vistazo —me ordenó Burbuja, luego cogió al cónsul por el cuello y lo mantuvo sujeto contra la pared—. Yo cuido de nuestro amigo.

Bajo la cama de estilo Carlos IV había un objeto rectangular, de unos cincuenta centímetros de largo y veinte o treinta de ancho. Retiré el envoltorio de tela que lo cubría.

—Creo que es el *Mardud* —dije.

Burbuja asintió y soltó a Mariur, que cayó sentado al suelo. Nos miraba con odio mientras se frotaba el dolorido cuello.

—No tienen la menor idea de lo que están haciendo —nos dijo—. Nunca les dejarán salir del hotel con ese libro. Nunca. Antes pueden darse por muertos.

—Aún puedo convertir tu nariz en pulpa, así que mantén la boca cerrada —le amenazó Burbuja.

En ese momento Mariur le dio una patada en el estómago, no tan fuerte como para derribarlo, pues el buscador era un hombre duro, pero sí lo suficiente como para tener la oportunidad de salir a rastras del baño.

El cónsul se lanzó sobre una mesilla de noche y cogió un objeto; era una especie de mando a distancia con un solo botón. Lo apretó varias veces, como si le fuera la vida en ello. Burbuja salió del baño y le golpeó en la cabeza con la culata de su pistola. Mariur se desplomó igual que un fardo.

—Hijo de puta... —mascculló el buscador mientras se acariciaba el vientre dolorido—. ¿Ves? Esto me pasa por estar tanto tiempo metido en el Sótano sin hacer nada; estoy oxidado.

—Por favor, dime que no lo has matado.

—No, pero estará así un buen rato... y espero que se despierte con el peor dolor de cabeza que haya tenido en su vida. —Arrancó de las manos de Mariur el objeto que había estado presionando—. Mierda...

—¿Qué ocurre?

—No estoy seguro, pero creo que esto es una especie de dispositivo de aviso, como el que utilizan los ancianos que viven solos para pedir ayuda.

Me lo pasó. Al mirarlo con detalle vi que tenía el logotipo de Voynich al dorso.

—Ya tenemos el libro. Larguémonos.

—Adelante. Yo te sigo.

Por el momento el plan estaba saliendo según lo deseado.

Tendimos al cónsul en la cama y salimos de la habitación. Yo llevaba el libro bajo el brazo, envuelto en su tela. Era bastante pesado.

Al dar un par de pasos en dirección a la escalera, se abrió la puerta de una de las habitaciones que estaban en nuestro camino. De ella salió un hombre vestido con unos pantalones negros y camiseta del mismo color. Gran parte de su rostro estaba arrugado a causa de unas marcas de viruela.

El hombre de negro puso sus ojos en el libro que yo sujetaba. Al verlo, sacó una pistola que llevaba colgada a la espalda y nos apuntó. El arma tenía un silenciador acoplado al cañón.

—Deja eso en el suelo —me ordenó.

Comprendí que Mariur había tenido tiempo de avisar a un guardaespaldas con aquel aparato de Voynich. Habíamos sido unos ilusos al pensar que el diplomático no estaría siendo vigilado por quienes habían robado del libro del Centro Islámico.

Burbuja hizo ademán de levantar su pistola.

—Yo que tú, también me desharía de eso —le advirtió el hombre de negro.

—Déjame que adivine —dijo mi compañero—. No eres de la policía, ¿verdad?

—¿A vosotros qué os parece? ¡He dicho que dejes ese libro en el suelo!

Traté desesperadamente de calibrar nuestras opciones, pero eran bastante escasas.

En ese momento escuchamos una voz a la espalda del hombre de negro.

—¡Policía! Que nadie se mueva.

Era la agente Lacombe.

Estaba sola, junto a la esquina que doblaba el pasillo. Con las dos manos sostenía su arma reglamentaria y apuntaba hacia nuestro atacante, justo entre los dos omoplatos. Estaba a un par de metros de él.

Los cuatro, alineados a lo largo del pasillo, formábamos un curioso cuadro escénico. Recé para que nadie del servicio de habitaciones apareciese por allí en ese instante.

Lacombe me miró por encima del guardaespaldas de Mariur. Éste no cesaba de girar la cabeza de izquierda a derecha, sin tener claro a quién apuntar con su arma.

—Muy bien, señor Alfaro —dijo Lacombe—. Excelente su caracterización de Thomas Mariur, casi me engaña... Incluso ya había salido del hotel antes de darme cuenta de que su disfraz tenía un pequeño fallo —añadió señalándose la frente con el dedo índice—. Su cicatriz, la del accidente de espeleología; debió de poner algo más de maquillaje en esa parte.

Diablos. Sí que era buena. En mi defensa diré que conozco a

poca gente que sea capaz de memorizar una cicatriz después de haberla visto sólo un par de veces.

Burbuja había alzado su pistola. Tres armas en juego apuntando a tres cabezas distintas eran demasiadas para poder pensar con claridad. Noté cómo las palmas de las manos se me empapaban en sudor. Yo lo único que quería era que a nadie le temblara el dedo sobre el gatillo; los agujeros de bala arruinarían el primor decorativo de aquel corredor.

Levanté el objeto envuelto en tela para que quedase bien a la vista.

—Está bien, ¿queréis el libro? —dije—. Cogedlo, entonces.

Lancé el paquete con todas mis fuerzas hacia el hombre de negro. El libro lo golpeó en la cara y dejó caer el arma. Como si aquello hubiera sido una señal, la agente Lacombe se lanzó a la carrera a por el códice, al tiempo que Burbuja y yo hacíamos lo mismo.

Chocamos los tres en el centro del pasillo y se inició un forcejeo violento. Sentí un golpe en los dientes y lancé un puñetazo contra algo blando. Se oyó un quejido, que bien pudo ser mío. En algún momento mis manos se cerraron alrededor del libro y me agarré a él con tanta fuerza como si quisiera desmenuzarlo entre los dedos.

—¡Lo tengo! ¡Lo tengo! —exclamé.

—¡Corre, novato!

Eso hice. Tiré del libro con todas mis fuerzas y emprendí una carrera sin aliento hacia la escalera. No sabía si alguien me seguía o no, ni tampoco quería saberlo.

Se escuchó el primer disparo.

Burbuja se lanzó encima de mí para cubrirme. Me agarró por el cuello de la camisa y me arrastró detrás de una esquina. Nos apoyamos contra la pared. Cada vez que mi pecho se hinchaba para tomar aire me costaba un esfuerzo enorme. Miré a mi compañero; tenía un par de magulladuras en la cara y le sangraba la nariz. Llevaba un arma, pero no era la suya sino la del hombre de negro, la que tenía el silenciador.

Se asomó por la esquina del pasillo y disparó.

—El muy cabrón —escupió—. Está ahí.

—¿De dónde has sacado esa pistola?

—No lo sé, la cogí en la refriega… ¿A qué vino esa idiotez de tirar el libro?

—Lo único que quería era evitar un tiroteo.

—Buen trabajo, genio.

El hombre de negro volvió a disparar. La bala hizo saltar trozos de pintura en la esquina de la pared, a sólo un par de milímetros de la cabeza de Burbuja.

Me asomé con mucho cuidado. Nuestro atacante se había parapetado tras una consola de madera de las que decoraban el pasillo. Tenía sujeta por el cuello a la agente Lacombe y le apuntaba a la cabeza con su pistola. Eso era malo. Tampoco era bueno que estuviese en medio de nuestra vía de escape hacia la escalera.

—¡Eh, vosotros dos! —dijo el hombre de negro—. La situación es simple: pasadme el libro o mato a la mujer.

—¡Qué imbécil! Se piensa que ella está con nosotros —me dijo Burbuja.

—Da igual, no podemos escapar, está bloqueando nuestra salida.

—No del todo, el pasillo es circular. Si seguimos avanzando podemos alcanzar el ascensor.

—Nos verá.

—No si yo lo entretengo. Tú márchate y llévate el libro; yo ya me las apañaré.

—¿Estás seguro?

—Deja de hacer preguntas y esfúmate. Aún hay posibilidad de que esto no sea un completo desastre.

—Ten cuidado, ¿de acuerdo?

Burbuja no respondió. Se asomó por la esquina del pasillo y disparó en dirección al hombre de negro, mientras yo me escabullía hacia la salida.

Muchos detalles de aquella situación debieron de resultarles incomprensibles a la agente Lacombe; uno de ellos era que se hubiese dejado atrapar tan fácilmente.

Cuando intentó hacerse con el libro, perdió su arma sin darse cuenta; primer error. Luego corrió detrás de mí y perdió de vista al hombre de negro; segundo error. Aquel tipo la agarró del brazo, la encañonó en la espalda y después la arrastró consigo hacia un lateral del pasillo. Tiró al suelo una de las consolas decorativas y se guareció tras ella, luego nos disparó a Burbuja y a mí, obligándonos a refugiarnos tras una esquina.

La agente Lacombe asistió impotente a todo aquel desarrollo. El hombre de negro la tenía bien sujeta. El tipo con el rostro masacrado por la viruela le encajó el cañón del arma encima de la oreja y tuvo la osadía de utilizarla como moneda de cambio.

Justo en ese momento, Burbuja disparó al aire, Lacombe y el hombre de negro se agacharon detrás de la consola y yo emprendí mi huida hacia el recibidor del hotel. En consecuencia, no fui testigo directo de lo que ocurrió a continuación, pero, por relatos posteriores, creo que puedo reconstruir la escena con bastante fidelidad.

Mientras el hombre de negro respondía a los disparos de Burbuja, Lacombe aprovechó para hundirle el codo entre las costillas con todas sus fuerzas; notó sus músculos fuertes y flexibles como neumáticos. El hombre de negro resolló dolorido y le dio un puñetazo en la boca a la agente.

La francesa cayó al suelo de espaldas, golpeándose la cabeza, pero no se dio por vencida. Agarró la mano del hombre de negro, la que sostenía la pistola, y forcejeó con él, intentando que la soltase.

Por desgracia para ella, el hombre de negro era mucho más fuerte. Tras una lucha angustiosa, el tipo empujó a Lacombe hacia un lado e hizo que sus antebrazos golpeasen contra el borde de la consola. Lacombe gritó de dolor y aflojó la presión sobre el arma. El hombre de negro le dio una bofetada y luego le apuntó con el arma a la rodilla.

—Ahora sí que vas a estarte quieta, zorra estúpida...

De pronto, Lacombe vio una masa enorme que surgía por encima de la consola y caía a plomo sobre su atacante. Imagino que le costaría unos segundos darse cuenta de que aquella masa tenía la forma de Burbuja.

El buscador se lanzó sobre el hombre de negro y los dos rodaron por el suelo. Puede que Burbuja estuviese desentrenado, pero seguía siendo un luchador fabuloso. Se movía con la rapidez del viento y era flexible como un látigo. Con un movimiento seco, retorció la muñeca de su presa hasta que se oyó un chasquido. El tipo gritó y dejó caer el arma. Lanzó una patada contra las costillas del buscador y lo apartó a un lado. Burbuja tardó un segundo en recuperarse y luego empezó a propinarle puñetazos. El atacante se lanzó de cabeza contra el estómago de mi compañero y lo derribó de espaldas. Mientras Burbuja se ponía en pie, el hombre de negro recuperó su arma y le apuntó a la cabeza con la intención segura de hacerla estallar en pedazos. De manera providencial, las manos de Burbuja se encontraron con el jarrón de peltre que había adornado la superficie de la consola. Lo agarró y lo lanzó a la cara del hombre de negro. El jarrón dio en el blanco produciendo un sonido parecido a un gong. El guardaespaldas de Mariur disparó, pero la bala salió desviada. Burbuja aprovechó el momento para darle una patada en la cara interna de las rodillas. El hombre cayó de espaldas. A continuación el buscador metió la mano dentro del jarrón de peltre, como si fuera un guante de boxeo, y descargó un golpe tremendo contra la sien derecha del hombre de negro. Se produjo un desagradable sonido de metal golpeando contra hueso. Burbuja repitió el golpe y la cabeza del tipo se convirtió en un pedazo de carne inanimado. Quizá inconsciente o quizá algo peor, lo importante era que ya no suponía una amenaza a corto plazo.

El buscador jadeó y dejó caer al suelo el jarrón. Tenía una abolladura profunda en un lateral.

Entonces escuchó un chasquido a su espalda, y se giró lentamente. La agente Lacombe, de rodillas, le apuntaba con el arma que el hombre de negro había dejado caer. Parecía una pantera a punto de saltar sobre su presa.

Burbuja suspiró y levantó las palmas de las manos.

—Esto me pasa por ser un caballero… —masculló.

—No se mueva. Considérese bajo arresto —dijo Lacombe con tono implacable—. Deme su arma, esa con la que estaba disparando antes.

Burbuja llevaba la pistola con el silenciador metida en la parte trasera del pantalón. La cogió y la dejó caer delante de Lacombe.

—Aquí está, pero le aseguro que no voy a disparar a nadie con ella. Se ha encasquillado.

Lacombe recogió el arma y comprobó que no funcionaba.

—Ya veo. Supongo que por eso hizo algo tan estúpido como abalanzarse encima de un hombre armado.

—No hace falta que me dé las gracias, agente…

—Lacombe, Julianne Lacombe, Interpol. Descuide, no tenía intención de hacerlo.

—Sí, eso suena muy francés.

Lacombe dirigió una mirada hacia el hombre de negro.

—¿Está muerto?

—No, claro que no… —Burbuja lo tocó con la punta del zapato—. Creo.

—¿Dónde está el señor Alfaro? ¿Y el libro?

—Los dos en el mismo sitio: lo más lejos posible de aquí. Mientras hablamos, se alejan cada vez más y más… Yo que usted, no perdería más el tiempo conmigo.

—Eso le gustaría, ¿verdad? Que le dejara marchar.

—A la mayoría de las mujeres que conozco les cuesta hacerlo, pero si quiere el libro, me temo que no le queda otra opción.

—Déjeme que le diga una cosa… —Lacombe sacó unas esposas del bolsillo trasero de su pantalón y, en un par de movimientos, colocó un extremo alrededor de la muñeca de Burbuja y el otro en el brazo de una pequeña lámpara clavada en la pared—. A diferencia de otras mujeres, a mí me gusta tenerlo todo.

—¡Eh, vamos! —protestó el buscador agitando las esposas—. Yo le he salvado el cuello. ¡Esto no es deportivo!

La francesa sonrió igual que un gato.

—Prometo darle las gracias en cuanto vuelva. Mientras tanto, disfrute del momento; está usted en el mejor hotel de la ciudad.

Dicho esto, le dio la espalda y se encaminó hacia el ascensor. Muy a su pesar, el buscador se quedó contemplando el panorama hasta que ella desapareció de su vista.

Mientras mi compañero y la agente Lacombe solucionaban sus problemas, yo me centraba en los míos.

Logré alcanzar el ascensor sin que nadie se diera cuenta y, con el libro bien sujeto entre mis brazos, pude bajar a la recepción sin contratiempos. Durante el breve trayecto, utilicé el espejo del ascensor para adecentar mi aspecto en la medida de lo posible. Por suerte, no tenía heridas visibles en la cara.

Al llegar al primer piso crucé el salón de entrada de forma discreta. En vez de ir directamente a la salida, me dirigí hacia un saloncito lleno de hornacinas con estatuas clásicas, butacones tapizados y mesas bajas; era como estar en un club inglés de la época victoriana.

Localicé a Danny con la mirada. Estaba sentada en una de las butacas, junto a una vitrina llena de gruesos libros encuadernados en piel. Me dirigí hacia ella.

—Tengo el libro —le dije señalando el rectángulo envuelto en tela—. Burbuja está en el tercer piso, puede que tenga problemas.

—¿Qué ha ocurrido?

—Es largo de explicar, las cosas se han torcido un poco.

—Me lo figuraba. Esa agente de Interpol aún ronda por el hotel.

—Lo sé, pero de momento está muy entretenida como para ser una amenaza.

—Quizá ella no, pero no ha venido sola: unos policías la acompañaban. Puede que haya agentes en las salidas.

Empecé a escuchar un murmullo agitado que venía de la recepción. Supuse que las noticias sobre el tiroteo del tercer piso ya habían llegado hasta los conserjes. Cada segundo que pasaba era menos seguro permanecer en aquel lugar.

—Tengo que salir de aquí.

—Usa alguna de las salidas de servicio. —Danny había estudiado concienzudamente los planos del hotel para aquella misión—. Hay una en las cocinas.

—Voy para allá. Mientras tanto, será mejor que te asomes al tercer piso. Estoy inquieto por Burbuja.

—Descuida, eso haré. Nos vemos en el Sótano.

Me deseó suerte y luego se marchó. Yo aún permanecí unos minutos en aquel lugar, hasta que estuve convencido de que sabía cómo salir del hotel con el libro. Después me dirigí hacia las cocinas.

Caminé con seguridad, pues no quería parecer un visitante perdido y arriesgarme a que cualquier empleado del hotel me desviase hacia la salida principal.

Seguí a un camarero hasta un pasillo lateral, luego esperé a que el pasillo quedase vacío y avancé por él hasta llegar a una puerta metálica. Se escuchaba ruido de agua corriente y de cacharros de cocina chocando unos con otros. Junto a la puerta de metal alguien había dejado una chaquetilla blanca sobre una caja de botellas de vino. Por fin un golpe de suerte.

Tal y como decía Burbuja, nunca pierdo la oportunidad de disfrazarme. Así que me puse la chaquetilla y entré en la cocina. Dado que no era hora de ningún turno de comida, no había mucha actividad en aquel lugar, tan sólo algunos pinches haciendo limpieza y poniéndolo todo en orden para cuando llegase la hora de hacer las cenas.

Al otro lado de la cocina distinguí la salida hacia la calle. Sólo me separaban unos pasos.

Ninguno de los pinches me dirigió más que una mirada ausente de curiosidad, justo antes de continuar con sus quehaceres. Empecé a pensar que tenía muchas posibilidades de salir del hotel sin encontrarme con más problemas.

Iluso de mí.

Las puertas de la cocina se abrieron y apareció la agente Lacombe. Tenía el labio inferior hinchado y un verdugón que atravesaba su mejilla en diagonal. Intenté alcanzar la salida, pensando que quizá ella no había reparado en mi presencia, pero no tuve suerte.

—Deténgase, señor Alfaro —ordenó, haciendo que toda la actividad de los pinches se parase en seco. Yo me volví hacia ella, lentamente, sujetando el libro contra mi pecho—. Creo que ya va siendo hora de que terminemos con esto de una vez, ¿no le parece? Suelte el libro.

Lacombe sacó una pistola; ese gesto me pareció por completo innecesario, dadas las circunstancias. Los asustados pinches se apresuraron a agruparse en un rincón. Yo me acerqué poco a poco a uno de los fogones que alguien había dejado encendido.

—Quédese quieto donde está —dijo Lacombe. Obedecí.

—La última vez que la vi, juraría que no estaba sola...

—Tengo a uno de mis atacantes inconsciente en el suelo y al otro esposado a una lámpara. Sólo espero que usted me dé menos trabajo.

Suspiré con aire de derrota.

—Ya. Esto se nos ha ido de las manos, ¿verdad?

—Yo no lo hubiera expresado mejor. —Lacombe dio un par de pasos hacia mí.

—Creo que es mejor que se quede donde está, agente.

—No está en condiciones de pedirme nada —respondió ella sin detenerse.

Agarré una botella de vino de guisar que había sobre una alacena y rocié con ella la tela que envolvía el libro. Después lo sujeté con ambas manos encima del fogón encendido. Lacombe se detuvo en seco.

—¿Qué diablos se cree que está haciendo?

—Yo a esto lo llamaría asegurarme la retirada. Le sugiero que salga de aquí si no quiere llevarse el libro metido en un sobre.

Los dos nos miramos en silencio durante un instante, tratando cada uno de leer las intenciones del otro.

—Usted no va a hacer eso...

—¿Está segura?

La miré con gesto desafiante. Ella vaciló un momento, después dejó aflorar a sus labios una sonrisa astuta.

—Sí, me parece que estoy bastante segura.

Avanzó hacia mí sin titubear, dejándome, por tanto, una única salida.

—Como usted quiera... *Au revoir*, agente Lacombe.

Entonces solté el libro, que cayó a plomo sobre el fuego encendido. La tela empapada en alcohol prendió igual que una tea y el códice quedó envuelto en llamas. Escuché a Lacombe gritar algo y correr hacia el fuego. No me quedé a esperar el final: salí a toda prisa directo a la puerta trasera de la cocina y logré al fin llegar a la calle.

Seguí corriendo durante un buen trecho, introduciéndome por las callejuelas más recónditas que encontré, hasta que estuve seguro de que nadie me seguía. Sólo entonces me atreví a regresar al Sótano.

Si hay algo que me gusta más que un disfraz, es una buena salida de escena. Me sentía bastante satisfecho con la que acababa de obsequiar a la agente Lacombe.

Danny encontró a Burbuja justo donde su captora lo había dejado. Después de burlarse un poco de su hermano, logró liberarlo de las esposas con ayuda de una simple ganzúa, herramienta de campo de todo buen buscador.

Lograron salir del hotel antes de que el edificio empezara a convertirse en un hervidero: el tiroteo de la tercera planta y el pequeño incendio de las cocinas ya eran de conocimiento público y el hotel se llenó de clientes inquietos y policías. Los acontecimientos de aquella tarde ocuparían algunos minutos en los telediarios de la noche y un destacado en las portadas de un par de periódicos del día siguiente. Algunas de las teorías lanzadas por la prensa fueron bastante divertidas. Todavía hoy se escuchan historias algo rocambolescas sobre las causas del tiroteo y posterior incendio del hotel Ritz de Madrid; una cuenta más que añadir a la ristra de leyendas de un lugar tan emblemático.

Los caballeros buscadores nos reunimos en el Sótano un poco después de aquellos sucesos para hacer balance de la misión. Las caras eran largas y los ánimos, bajos; todos creían que había sido un fracaso, y alguno me responsabilizaba directamente de ello.

—¿Quemaste el libro? —me espetó Danny—. ¿Estás loco? ¿Por qué hiciste algo así?

—Era el libro o yo, no tenía otra opción.

—¡Claro que la tenías! ¡Cientos de ellas! Haberte dejado atrapar por Lacombe habría sido un problema, pero hubiéramos buscado una solución... Ahora... Ahora... —Danny se quedó sin palabras—. Tanto esfuerzo para nada.

—¿Sabéis qué? Me duele que no confiéis en mí... Sólo por eso, os merecéis sufrir un poco más.

Me despedí de ellos con aire ofendido y me marché del Sótano. Enigma estaba en su puesto, sentada detrás de su mesa. Me miró con gesto divertido.

—Eres un chico malo...

Puse mi dedo índice sobre los labios y, sin decir más, salí del edificio.

Es cierto que la actitud de mis compañeros me había resultado decepcionante, sobre todo después de saber mi astuto plan para robar el *ushebti* de Horemheb en el Arqueológico. Enigma era la única que sospechaba la verdad.

Por ese motivo, me pareció adecuado dejar que fuese ella quien se acercase al día siguiente al hotel Ritz, cuando el jaleo ya empezaba a ser cosa del pasado.

Con la actitud de alguien que acude a reunirse con un monarca extranjero, Enigma atravesó la rotonda de entrada y se dirigió hacia el salón con aspecto de club inglés. Allí, siguiendo mis indicaciones, localizó una vitrina llena de viejos libros encuadernados en piel que nadie había tocado en décadas. Después de todo, eran un simple elemento decorativo.

Nadie se fijó en ella cuando sacó uno de aquellos libros. Era parecido a los demás, sólo que un poco más grande y bastante más antiguo. Sus páginas no eran de papel sino de vitela, y su texto estaba escrito con florida caligrafía árabe.

Enigma se guardó tranquilamente el *Mardud* de Sevilla, intacto, en una pequeña maleta Louis Vuitton con ruedas que traía consigo y salió del hotel sin que nadie la molestase. Un portero vestido de librea le abrió la puerta al salir y la buscadora le regaló la mejor de sus sonrisas. El portero, ya entrado en años, pensó sin duda en tiempos pasados, clientes de postín y en damas y caballeros.

Fue un gran momento cuando Enigma trajo el *Mardud* al Sótano, y reconozco que disfruté mucho explicando a mis compañeros cómo había cambiado el códice por uno de los libros de la vitrina del hotel justo después de que Danny se marchase para acudir en ayuda de Burbuja. No fue un plan premeditado, pero en aquel momento tuve la intuición de que no me arrepentiría de haberlo hecho. Estaba en lo cierto.

Lo único que lamento es no haber podido ver la cara de Julianne Lacombe cuando rescató del fuego las páginas carbonizadas del tercer tomo de la *Enciclopedia Taurina* de don José María de Cossío. Edición de 1943.

Ballesta (I)

Gordon Cochrane, alias Narváez, miró a los ojos de la Dama con la esperanza de encontrar respuestas.

No hubo ninguna, por supuesto. La Dama era celosa guardiana de sus secretos, si es que tenía alguno. Narváez se inclinaba a pensar que tras aquellos ojos misteriosos no había océanos de conocimiento. Sólo piedra. Piedra muda.

Un buscador se torna supersticioso con el tiempo. Narváez sabía que sus hombres tenían la costumbre de mirar a los ojos de la Dama antes de emprender una misión. Les daba suerte, decían. Narváez suponía que Trueno habría seguido el ritual antes de su último trabajo. De ser así, a él no le había otorgado ninguna protección sobrenatural.

Narváez contuvo un suspiro de reproche dirigido a sí mismo. Había pasado casi un año y aún trataba de buscarle sentido a la muerte de Trueno. Se preguntaba si algún día dejaría de hacerlo, aunque suponía que no; lo echaba mucho de menos.

La tentación de dejarse llevar por el recuerdo fue interrumpida por unos pasos que hicieron eco en la sala de exposición. El vigilante de seguridad se acercaba.

—Disculpe, señor; vamos a abrir el acceso al público.

—Gracias. Ya me iba.

El personal del museo lo llamaba «señor» porque ninguno

conocía su nombre, a pesar de que estaban acostumbrados a verlo deambular por los pasillos del Arqueológico casi a diario. El pase azul que Narváez llevaba prendido de la solapa de la chaqueta era un eficaz escudo contra preguntas.

Narváez descendió a los pisos inferiores del museo. Siguiendo un entramado de pasillos, corredores y escaleras que sólo él y unos pocos más conocían, y llegó por fin al Sótano, el corazón del Cuerpo Nacional de Buscadores.

Era un corazón negro y cavernoso. Un lugar donde el aire apestaba a tierra vieja y donde la fauna era pequeña, escurridiza y provista de muchas patas. No era un sitio agradable.

Narváez abrió una puerta de madera, que chirrió como un animal asustado. Accedió a una estancia con las paredes pintadas de un color que fue blanco en tiempos que nadie parecía capaz de recordar. En aquel momento, los muros eran un catálogo de manchas de humedad y burbujas de pintura a punto de desconcharse.

En la habitación había una mesa de oficina. Una mujer menuda con gafas, cuyo pelo tenía el mismo color y aspecto que una maraña de hilos de cobre, estaba sentada tras ella. La mujer trabajaba con un ordenador de formas cúbicas. Un modelo 386 que ya era obsoleto cuando el CNB lo adquirió.

—Buenos días —saludó la mujer—. Bonito chaleco, ¿es nuevo?

Ella le recibía todos los días con la misma frase desde hacía años. Era una broma privada entre ambos. Narváez siempre llevaba chalecos con idéntico diseño: un entramado de cuadros escoceses que hacían juego con su pajarita. El resto de su indumentaria era un traje oscuro.

—Buenos días, Alma. ¿Alguna novedad?

Alma no era el nombre real de la mujer, sino un alias.

—Ninguna... salvo que el acondicionador de aire se ha vuelto a estropear.

—Eso me temía. El olor es más fuerte que de costumbre.

—Por no hablar del calor. Esto es como un horno —dijo Alma resoplando—. Dígame una cosa, ¿son ciertos esos rumores que he oído? ¿Van a reformarnos por fin este tugurio?

—Esos rumores se escuchan desde que yo entré en el Cuerpo. No les preste mucha atención.

—Ya... Era demasiado bonito para ser cierto.

—Llevamos utilizando estas mismas instalaciones desde hace más de cien años, y eso no ha mermado nuestra eficacia. Piense que los primeros caballeros buscadores fueron capaces de hacer su labor sin aire acondicionado.

—Por si no lo ha notado, yo no soy un caballero.

—Estaré en mi oficina por si alguien me necesita —dijo Narváez—. ¿El resto de los agentes están en sus puestos?

—Casi todos. Ballesta aún no ha llegado... Zaguero en cambio ya estaba aquí cuando vine. Me dijo que le avisara en cuanto usted apareciese, que quiere hablarle de algo.

—¿Sabes de qué quiere hablarme?

—No me lo dijo... Pero si quiere que le diga la verdad, me da la impresión de que algo le ronda por la cabeza, ya sabe cómo es...

Narváez se dirigió hacia el cubículo de Zaguero. Como el del resto de los buscadores, era una estancia apenas más grande que un vestidor. Una mesa de madera, una silla de metal y un armario de archivadores a punto de reventar de papeles eran toda la tecnología con la que un caballero buscador se enfrentaba a su día a día.

Zaguero estaba sentado frente a su mesa, fumando un cigarrillo chato, bastante apestoso. Tenía la costumbre de fumar tabaco negro sin filtro. Era un hombre recio, como un terrón, de cabeza cuadrada y pelo espeso e hirsuto. Bajo su nariz crecía un selvático bigote que le hacía parecer un hombre mayor. Apenas tenía más de treinta años.

No era el mejor caballero buscador con el que Narváez había trabajado, pero tampoco el peor. Carecía de imaginación, pero era metódico. Como una máquina simple y fiable, Zaguero llevaba a cabo cualquier labor que se le encomendase hasta coronarla con éxito o averiarse en el intento. Uno podía tener la seguridad de que jamás dejaría un trabajo a medias.

—Creo que querías hablar conmigo —dijo Narváez al entrar en el cubículo.

Zaguero se puso en pie y cerró la puerta. Curioso. Después ocupó de nuevo su asiento.

—El Gambo ha muerto —soltó sin preámbulos.

Muy lentamente, Narváez se encendió un cigarrillo y le dio una calada.

—¿Estás seguro?

—Por completo. La noticia aparece en el Tampa Tribune. —Narváez miró al buscador alzando las cejas, pidiendo explicaciones—. Al parecer han encontrado su cadáver en Tampa. Cosido a tiros en un almacén de muebles.

—¿Es él? ¿No hay ninguna duda?

—Ninguna. Un testigo protegido que declaró en su contra ha identificado el cadáver. La policía de Florida cree que puede ser una guerra de cárteles.

—Ya veo —dijo Narváez. «Espero que ese hijo de puta esté vomitando lava en el inferno», pensó para sí.

El viejo siempre creyó que el día que se enterase de la muerte de Alexánder Fiallo Gamboa, alias El Gambo, daría saltos de alegría. No sentía felicidad en aquel momento, sólo un odio profundo y vengativo.

El Gambo fue en vida el jefe del Cártel de Valcabado, cuya central de operaciones se encontraba en Bucaramanga, Colombia. Su nivel de sadismo era tal que muchos lo tildaban de perturbado, a pesar de lo cual, a ojos del público se mostraba como un culto y sofisticado sibarita. Uno de sus métodos favoritos para blanquear dinero de la droga era la compraventa de obras de arte. Se creía un experto.

En 1995, El Gambo compró La Expulsión de los Moriscos, una obra capital de Velázquez que se creía perdida en el incendio del Real Alcázar de Madrid de 1734. El cuadro apareció por sorpresa causando estupor en el mundo académico, y El Gambo le echó encima las zarpas de inmediato. Nadie sabe dónde o cómo se hizo el traficante con aquella joya extraordinaria, pero no se pudo encontrar nada ilegal en su adquisición.

El Cuerpo Nacional de Buscadores se encargó de la misión de

recuperar el cuadro. La tarea era complicada: robar a un señor de la droga no era ninguna broma. Los agentes que participaran en ella se jugarían algo más que el prestigio. Narváez puso la misión en manos de sus dos mejores buscadores: Trueno y Ballesta.

Sólo uno regresó.

Alguien los delató. Alguien cercano al Gambo detectó la aparentemente sólida tapadera de los buscadores e informó de sus verdaderas identidades. El Velázquez jamás fue recuperado. Ballesta pudo escapar a tiempo para salvar el cuello. Trueno no tuvo tanta suerte.

Apenas un año después de aquello, el hombre que había ordenado la ejecución de Trueno era ahora un agujereado despojo de carne muerta. Lo que más sentía Narváez de aquella noticia era que El Gambo hubiese tenido una muerte tan rápida. Ojalá hubiera sufrido. Trueno no sólo fue el mejor agente que Narváez tuvo nunca; también era su amigo, y de ésos el viejo andaba escaso.

—¿Ballesta sabe que El Gambo está muerto? —preguntó Narváez.

—Yo no se lo he dicho. Antes quería mantener una charla contigo.

—¿Por qué?

—He hablado con mis contactos en la Policía Nacional. Como sabes, El Gambo estaba siendo investigado por uno de nuestros jueces...

—No lo sabía.

—Pues ahora ya estás al corriente. El juez Benito Pozuelo, de la Audiencia Nacional. Iba tras la pista de ese bastardo desde hace cinco años, por sus conexiones con los narcos que operan en Galicia. El amigo de un amigo está en el meollo del tema. Dicen que la muerte del Gambo abre muchas posibilidades a la investigación.

—¿En qué sentido?

—Junto al cadáver se encontró una agenda de nombres. Eran

contactos personales, gente con la que El Gambo había hecho tratos, o bien de forma habitual o bien ocasionalmente. Lo que tienen en común es que muchos de ellos no son del mundo del narcotráfico: hay políticos, empresarios, jueces... Personas, en definitiva, a las cuales no les gustaría nada que su nombre fuese asociado al del Gambo. La policía cree que esa agenda era, más bien, una especie de lista de rehenes, ¿comprendes?

—Sí; un buen catálogo de nombres a los que extorsionar.

—Funcionaba en ambos sentidos: a las personas de esa lista a El Gambo podía pedirles favores..., o bien ellos a él. Deudos y deudores, por así decirlo.

—Entiendo. —Narváez apagó su cigarrillo y miró a Zaguero—. ¿Por qué me cuentas todo esto? ¿Adónde quieres ir a parar?

—Mi contacto en la policía me ha pasado una copia de la lista. Uno de los nombres que figura en ella es el de Carlos Nasser Batalla.

Narváez ensombreció su expresión. Lentamente, se acarició el bigote con el dedo índice. Sus ojos fríos y azules dejaron de mirar directamente a Zaguero y se perdieron en algún punto de la habitación, a espaldas del buscador.

Tras unos largos segundos en silencio, Zaguero preguntó:

—Recuerdas ese nombre, ¿verdad?

—Puede ser una casualidad.

—No creo que haya mucha gente en el mundo llamada Carlos Nasser Batalla, ¿y tú?

—No, yo tampoco lo creo —concedió el viejo, a su pesar—. ¿Qué estás pensando?

—Estoy pensando en cuántas posibilidades puede haber de que la identidad falsa de uno de nuestros agentes aparezca en la lista de contactos VIP de un señor de la droga caribeño.

Aquel juego de sobreentendidos comenzaba a irritar a Narváez, de modo que optó por responder lo que supuso que el buscador llevaba un buen rato queriendo escuchar.

—Ninguna, salvo que hayan mantenido algún tipo de acuerdo en el pasado.

—Eso pienso yo... También me pregunto: ¿qué tipo de acuerdo sería ése? —Narváez no respondió. Zaguero se inclinó hacia él y bajó el tono de su voz—: Carlos Nasser Batalla era el nombre con el que Ballesta operaba durante la operación de Valcabado. Su nombre aparece en la lista del Gambo. El de Trueno no. Trueno fue delatado por alguien y lo mataron. Ballesta regresó a Madrid con su pellejo intacto. Por más que repito la suma, el resultado sigue siendo asqueroso, pero no logro que me dé otro distinto. —Chistó con la lengua e hizo una pausa para encenderse un cigarrillo. Las manos le temblaban—. Maldita sea, no soy capaz.

—Ballesta no delató a Trueno.

—¿Lo sabes tú? ¿Tienes idea de quién vendió a Trueno al cártel? Porque yo no lo sé. Lo único que sé es que el nombre de uno de nuestros agentes está en esa jodida lista.

A Narváez le habría gustado mucho poder estar haciendo cualquier otra cosa que no fuera mantener aquella conversación. La idea de que un buscador hubiera podido vender a un compañero le resultaba enfermiza. No sabía cómo enfrentarse a ello.

—Ninguno de mis agentes es un traidor.

—El mundo está lleno de gusanos; por pura estadística, tarde o temprano alguno tiene que caer en este Sótano.

—No tienes ninguna prueba de ello. Sólo un nombre en una lista.

—Entonces, déjame investigarlo. Te prometo que lo haré de forma discreta, nadie sabrá nada. Sólo necesito que me des algo de tiempo y encontraré lo que estamos buscando.

Narváez estaba seguro de que lo haría, pero no estaba seguro de querer saber lo que Zaguero pudiera encontrar en aquella búsqueda.

—No puedo darte tiempo, lo siento —respondió el viejo sin mirar a su interlocutor a los ojos.

—¿Por qué?

—Ballesta lo va a dejar. Abandona el Cuerpo.

—¿Desde cuándo sabes eso?

—Sólo desde hace un par de días. Me dijo que lo mantuviera en secreto hasta la próxima semana. Quiere hacer carrera en política y ahora que ha cambiado el gobierno piensa que puede ser su oportunidad. Dice que tiene contactos.

—De eso no me cabe duda —dijo Zaguero con evidente sarcasmo.

—Escúchame: no puedo investigar a un buscador que va a dejar de serlo. Si las actividades del Cuerpo se escapan de nuestro círculo, de nuestro control, eso nos daría una publicidad que no queremos. Cuando un buscador abandona, lo que haya hecho durante su labor se queda aquí para siempre, y tú lo sabes.

—No puedes pedirme que dé carpetazo a este asunto. Es demasiado serio. Si él vendió a Trueno…

—Ballesta no vendió a Trueno. Estoy completamente seguro de ello. En el Cuerpo no hay traidores, y no los habrá mientras yo siga al mando.

Narváez se puso en pie. Quería demostrar que el tema quedaba zanjado, Sabía que Zaguero no se rebelaría. Era más disciplinado que diligente.

—¿Ésa es tu última palabra?

—Por el momento, sí.

El buscador dejó escapar un profundo suspiro.

—Crees que todos en los que confías comparten tu mismo código de valores. Algún día te darás cuenta de lo que es capaz un ser humano cuando se siente acorralado.

—Sé perfectamente de lo que es capaz la gente que trabaja conmigo.

Narváez se marchó sin esperar réplica. Zaguero se quedó a solas, rumiando su frustración.

«No, viejo; no tienes ni idea», pensó.

Era incapaz de imaginar entonces lo mucho que su juicio era certero.

SEGUNDA PARTE

El timón del mariscal Gallieni

Musa y el Hombre Verde se fueron ambos y se dispusieron a cruzar el Isa Ber, que nace del Nilo y al que los tamasheq llaman Egerew n-igerewen, que quiere decir Río Grande.

Musa dijo: «Allí hay una nave de los hombres del desierto, han de ser ricos pescadores, pues fíjate que su timón está hecho de oro, ¿qué te parece si embarcamos en ella para cruzar el Río Grande?».

El Hombre Verde respondió: «Son buenos los hombres del desierto: creen en los signos de Allah y el día de la Resurrección estarán en los Jardines del Paraíso. Viajemos pues con ellos y será como viajar entre hermanos».

Y fueron ambos en la nave hasta que, después de un largo viaje a través del Río Grande, el Hombre Verde hizo en su casco un gran boquete para que se hundiera y robó el timón de la nave.

Musa dijo: «¿Les has hecho un boquete para que se ahoguen sus pasajeros y les has robado el timón para que no puedan gobernar el barco? ¡Has hecho algo muy grave! ¿Acaso no eran los hombres del desierto como nuestros hermanos? ¿Y no decías que Allah los llamaría a los Jardines del Paraíso? Al dañar su barco los has dejado sin sustento, y los que no mueran de hambre lo harán ahogados en el fondo del río».

El Hombre Verde respondió: «¿No te he dicho que no podrías tener paciencia conmigo? Guarda el timón hasta que yo te lo pida y recuerda tu promesa de no hacer preguntas, pues tu aprendizaje aún está lejos de finalizar».

Musa humilló la cabeza y dijo: «No lleves mal mi olvido y no me sometas a una prueba demasiado difícil».

Y luego reanudaron ambos la marcha.

El *Mardud* de Sevilla,
sura 18

1
Marginalia

Hacía tiempo que no visitaba a Alfa y Omega en su pequeña platería de la calle de Postas, junto a la Plaza Mayor.

Los pintorescos gemelos joyeros también se habían dolido de la falta de actividad de los últimos tiempos. Por ese motivo, cuando aparecimos en su tienda con el *Mardud* de Sevilla entre las manos se pusieron tan contentos como dos chiquillos en la mañana del día de Reyes.

Llevaron el libro a su taller y lo colocaron sobre un atril que era casi más grande que ellos. Estuvieron durante un buen rato revoloteando alrededor del códice igual que dos polillas ávidas de conocimiento. Mientras tanto, Danny, César y yo aguardábamos el resultado de su análisis compartiendo una jarra de café delicioso. Los gemelos hacían el mejor café que jamás he probado en mi vida. Su secreto había pasado de generación en generación, como sus inmensos conocimientos sobre el arte de la orfebrería y la réplica de obras de arte.

Alfa y Omega, armados con sendas lupas gigantescas, pasaban las páginas del libro sujetándolas con la punta del dedo índice y el pulgar, lanzando de cuando en cuando exclamaciones de asombro e intercambiando latinajos y citas poéticas a media voz. Con cada nuevo descubrimiento, sus blancos mostachos, parecidos a puñados de algodón, se agitaban de entusiasmo.

—Extraordinario, extraordinario... Como dijo el poeta: «Libros extraños que halagáis a la mente / en un lenguaje inaudito y raro...» —citaba uno.

—Cierto, *carissimi frater...* Y, parafraseando a Horacio, me atrevería a decir que estamos ante un auténtico *monumentum aere perennius** —añadía el otro.

César, menos acostumbrado que nosotros a aquellas excentricidades, asistía anonadado a tan parnasiano intercambio de citas.

El motivo por el que César estaba allí era para que pudiéramos cumplir la parte del trato que habíamos acordado con él: ya que nos había ayudado a localizar el *Mardud*, ahora nos tocaba a nosotros dejar que le echase un vistazo, tal y como él nos pidió. Danny pensó que lo mejor sería que César inspeccionase el libro en el taller de Alfa y Omega, bajo nuestra supervisión y la de los gemelos.

Al cabo de un rato de husmear el códice, los gemelos volvieron a dedicarnos su atención.

—Es una pieza magnífica —dijo uno de ellos mientras acariciaba sus páginas. Llevaba puesta una corbata de color amarillo pálido, lo cual indicaba que era Omega, quien, a diferencia de su hermano, siempre utilizaba corbatas de tonos claros. Era el truco que ellos mismos aconsejaban a sus conocidos para que los pudieran distinguir.

—Si el Cuerpo se la llevó hace años de Tombuctú, ¿cómo es que no la habíais visto hasta ahora? —pregunté.

—En aquel entonces Narváez no nos trajo el códice, lo entregó directamente al Centro Islámico —respondió Omega—. No siempre tenemos la oportunidad de echar un vistazo a lo que recuperáis. Nos sentimos honrados de que esta vez hayáis decidido compartir vuestro hallazgo con nosotros.

—¿Es valioso?

—Oh, sí, Faro. Mucho. Calculamos que debió de elaborarse

* Un monumento más duradero que el bronce.

en torno al siglo XII o XIII —indicó Alfa—. La caligrafía es magrebí, lo que señala un origen hispano, de modo que, tal y como cuenta la tradición, es muy probable que se hiciera en Sevilla... Pero lo más llamativo es el material con el que está elaborado.

—¿Por qué es llamativo? —dijo Danny—. Es pergamino corriente, lo normal en un códice de esa época.

—*Philosophum non facit barba,** querida amiga. Los copistas islámicos ya utilizaban el papel en Samarcanda en el siglo IX, y en Al-Ándalus en el siglo X. La mayoría de los escritorios hispanoárabes de fechas posteriores escribían sus libros en papel, salvo aquellos especialmente valiosos, que se hacían en pergamino por ser más duradero.

—De lo cual colegimos que este *Mardud* era una pieza de gran valor ya en la época en que fue escrito —añadió Omega.

—¿Qué hay del texto? —pregunté.

—Como es lógico, aún no hemos tenido ocasión de leerlo entero —respondió Alfa—, pero, a grandes rasgos, se trata de una transcripción del Corán en árabe clásico, con numerosos textos *hadiz*.

—Apócrifos —aclaró su hermano—. Un típico *mardud*, a fin de cuentas, si se nos permite la expresión.

—No tan típico —repuso Alfa—. Hasta donde hemos podido comprobar, muchas de las suras son bastante diferentes a las que componen un texto canónico del Corán. Nos sorprende que un libro semejante no fuese destruido por los almorávides cuando llegaron a la Península en el siglo XII. Se sabe que buscaron denodadamente apócrifos similares a éste para quemarlos.

Me acerqué al libro para examinarlo con detalle. Puede que fuera muy valioso, pero su aspecto no resultaba nada llamativo. A diferencia de otros códices de la época, éste no estaba iluminado, salvo por pequeños toques de pan de oro en las letras capitales. El resto era una árida sucesión de bloques de líneas apretujadas, sobre las páginas amarillentas y arrugadas de la vitela.

* La barba no hace al filósofo.

El estado del libro era en general bastante bueno, aunque los gemelos dijeron que faltaban algunas páginas del principio. Las cubiertas eran de madera, muy toscas, apenas un par de tablas con las esquinas cubiertas de metal. Imaginé que sería un trabajo posterior y Omega me lo confirmó: no podían ser anteriores al siglo XV o XVI. En definitiva, se trataba de una pieza cuyo valor bibliográfico sobrepasaba en gran medida al artístico.

Danny se acercó y ojeó el libro por encima de mi hombro.

—¿Qué opináis de estos *marginalia*? —preguntó a los gemelos al tiempo que señalaba con el dedo un párrafo de escritura en uno de los bordes de la página. Había bastantes más; de hecho, casi todo el libro estaba repleto de ellos.

Alfa se acercó, lupa en ristre, y examinó las escrituras de los márgenes. Las guías de su bigote se movían como las antenas de un insecto curioso.

—Vaya, vaya... «¿Qué santo o qué gloriosa virtud, qué deidad que el cielo admira...?»* ¡Caramba! Me encuentro como Hemón ante la esfinge: confuso. —Le pasó la lupa a su hermano—. Tú tienes más conocimiento que yo en lenguas árabes, échale un vistazo.

Omega tomó el relevo a su hermano y se inclinó sobre las anotaciones del libro.

—¿Puedes traducirlo? —le preguntó su gemelo.

—La letra parece árabe... —señalé yo.

—Lo parece porque lo es: un derivado del cúfico antiguo, aunque bastante más moderno que el texto del códice, diría yo. Puedo leerlo, pero no traducirlo; no sé en qué idioma está escrito.

—Todo el libro está plagado de textos marginales como ése —señaló Danny—. Me gustaría saber lo que dicen.

—«¿Por qué los párpados guardan saetas prestas / en campos donde yacen mil guerreros emboscados?» —recitó Omega—. Querida Danny: al igual que William Blake no tenía res-

* Primeros versos de «A todos los Santos», de Fray Luis de León.

puesta a esa pregunta, tampoco nosotros podemos satisfacer la tuya.

Danny suspiró, paciente.

—Un simple «no lo sé» habría bastado...

—Bien, en ese caso: no lo sé —repuso el joyero—. Pero no os preocupéis: escanearemos el manuscrito y enviaremos una copia a cierto conocido con gran dominio de las lenguas árabes. Aparte de eso, ¿qué queréis que hagamos con este libro?

—De momento guardarlo aquí, si no os causa mucha molestia; al menos hasta que tengamos una idea mejor.

—Estaremos encantados de hacerlo, así podremos estudiarlo con detalle.

—Fantástico. Por nuestra parte, eso es todo —dijo Danny; luego se dirigió a César—: Cumpliste tu acuerdo y ahora nos toca a nosotros. Puedes examinar el libro.

César inclinó la cabeza a modo de agradecimiento. Sin pronunciar palabra, se sentó frente al atril de los joyeros, tomó una de sus lupas y comenzó a inspeccionar el códice desde la primera página.

Empezaba a hacer calor en aquel taller, así que Alfa propuso ofrecernos un refresco en la tienda mientras César satisfacía su curiosidad. Ya en el piso de arriba, hablamos a los joyeros sobre el plan al que estábamos dándole vueltas: teníamos la idea de hacer una réplica del códice y permitir que la policía la encontrase, de ese modo dejarían de buscarlo y así nos quitaríamos un problema de encima.

Los gemelos advirtieron que sería un trabajo muy complicado, y que no podrían llevarlo a cabo en menos de un par de meses; a continuación, procedieron a detallarnos todas las dificultades de aquel encargo. Tuve ganas de fumar un cigarrillo, pero había dejado mi tabaco en el taller, de modo que bajé a buscarlo.

César seguía allí, inclinado sobre el libro y con aspecto de estar muy concentrado. Ni siquiera pareció darse cuenta de mi llegada. No quise molestarlo, así que, discretamente, me dirigí hacia el lugar donde estaba mi paquete de tabaco.

Al mirar a César de reojo, me di cuenta de que movía los labios, como si rezase.

Algo en su actitud me llamó la atención. Me acerqué a él con cuidado. Leía uno de los textos marginales del códice y, al mismo tiempo, escribía algo en un cuaderno, sin dejar de agitar los labios.

Caí en la cuenta de lo que estaba haciendo.

—¡Puedes leerlo! —exclamé. César dio un respingo. Se giró hacia mí al tiempo que se apresuraba a darle la vuelta a su cuaderno—. Tú… ¡estabas traduciendo las *marginalia*!

El joven evitó mi mirada. Tampoco se dignó contestarme.

—Déjame ver tu cuaderno, César.

—¿Por qué debería hacerlo?

—Entonces, dime si estabas o no traduciendo los textos del margen del códice.

Él me miró, desafiante.

—No sabía que lo tuviera prohibido.

—Eso es cierto, pero si podías leerlos, ¿por qué no lo dijiste antes?

—Nadie me lo preguntó —respondió, insolente.

Danny y los joyeros aparecieron en ese momento. Les expliqué lo que estaba ocurriendo, mientras César permanecía en silencio, manteniendo su cuaderno bien oculto y mirándonos con aire acorralado, como si lo hubiésemos sorprendido robando de la caja registradora.

—Oh, bueno, no creemos que haya que darle tanta importancia —dijo Omega—. Salta a la vista que el muchacho está… exagerando la realidad… No te ofendas, hijo, pero yo he estudiado con los mejores arabistas de este país y tú, mi buen *sapientum Octavio*,* no tienes precisamente aspecto de poder leer una lengua de esa raíz que yo no conozca.

—¿Qué sabrás tú? —dijo César con inmenso desprecio—. Esto no es árabe vulgar, es lengua songhay.

* Sabio Octavio: expresión popular latina que servía para referirse a aquellos que presumían de sabios sin serlo.

La cara de Omega se puso de color rosa, en contraste con la blancura de su cabello y de su bigote; el pequeño joyero parecía una fresa cubierta de nata.

—¿Songhay...? Sí, por supuesto... Yo... Ya decía que me sonaba de algo...

—Disculpa, querido hermano —saltó Alfa—. Es imposible que te sonara de nada: tú no hablas songhay. Nadie habla songhay al norte de la línea del Sahel... Salvo este muchacho. —El joyero miró a César, acariciándose el bigote, como si lo estuviera contemplando por primera vez—. Que las musas de Apolo me valgan... ¿De dónde has salido tú, chico?

Era una pregunta que también yo empezaba a formularme.

—¿Qué clase de lengua es esa? —pregunté.

—El idioma del Imperio songhay de Malí —respondió Alfa—. Fue un Estado del África Occidental, y uno de los mayores imperios islámicos de la Historia. Debe su nombre a la etnia de los soberanos que lo gobernaron. Aunque el imperio desapareció, la lengua songhay sigue hablándose en algunas comunidades de Malí.

—¿Hemos de suponer que ése es tu origen? —preguntó Danny dirigiéndose a César.

El chico señaló a Alfa con la cabeza.

—Ellos no dejan de hablar en latín y no han nacido en la Antigua Roma —respondió.

Me pareció un argumento razonable.

—¿Dónde aprendiste a hablar songhay, muchacho? —preguntó Omega.

—¿Eso importa?

—No, por el momento —dijo Danny—. Supongo que ahora queda claro el porqué de tu interés en examinar el *Mardud*. ¿Cómo sabías que tenía esas notas escritas al margen?

—No lo sabía, pero tenía la idea de que en el libro existían textos en lengua songhay y quería comprobarlo. Por eso acepté robarlo para aquellas personas.

—¿Quién te habló antes de este libro?

—Es un libro famoso —respondió César, escueto.

Danny le dirigió una mirada cargada de desconfianza.

—Está bien, César. —«Si así es como te llamas», pensé—. Es hora de que respondas a unas cuestiones, y me agradaría mucho que lo hicieras con algo más de tres o cuatro palabras.

—¿Por qué debería hacerlo?

—Porque si quieres seguir curioseando en ese libro, te aconsejo que empieces a colaborar con nosotros. —Para reafirmar mi amenaza, Alfa cerró el *Mardud* de un golpe y lo apartó del alcance de César—. En primer lugar, me gustaría saber por qué te interesan tanto esos textos al margen.

César miró a su alrededor como si estuviese buscando una vía de escape. Sólo encontró ojos hostiles y suspicaces que lo rodeaban igual que una empalizada. Sus hombros se hundieron y dejó escapar un suspiro de derrota.

—Ellos tienen razón —dijo, al fin, señalando a los gemelos—. El libro data del siglo XII, pero las *marginalia* son posteriores, del XVI.

—¿Cómo sabes eso? —pregunté.

—Porque lo sé, ¿no es suficiente? En 1468, un juez musulmán que vivía en Toledo llamado Alí ben Ziyad al Quti escapó de la ciudad perseguido por la Inquisición de Castilla y se estableció en Malí. Llevaba el *Mardud* con él. De camino a África, fue acogido por una familia de moriscos, los Guevara. Eso le salvó la vida y le permitió abandonar España sano y salvo.

»Al Quti quiso pagar a los Guevara por la ayuda prestada. Ellos dijeron que no deseaban pago alguno, que lo habían hecho porque era su obligación hacia un hermano de fe perseguido, de modo que no aceptaron su dinero. No obstante, Al Quti insistió: ya que no querían oro, al menos aceptarían el *Mardud* como muestra de agradecimiento.

—Un momento —dijo Danny—. Si los Guevara se quedaron con el libro, ¿cómo es que siglos después estaba en la Biblioteca Andalusí de Tombuctú?

—El libro llegó hasta Malí, pero no fue Al Quti ni ninguno

de sus descendientes quien lo llevó. Fue un miembro de la familia que lo escondió de la Inquisición, un hombre llamado Diego de Guevara.

—¡Por supuesto! —exclamó Alfa, de pronto—. Yuder Pachá, el conquistador, ¿no es así?

César asintió.

—Eso se dice... También que esas *marginalia* que aparecen en el códice son de su puño y letra.

—¿Y lo son? —preguntó el gemelo con ojos brillantes.

—Eso es lo que intentaba averiguar cuando él apareció por mi espalda y me interrumpió.

—¡Pero eso es extraordinario, mi querido muchacho! —exclamó Alfa—. Si fuese así, el valor de este libro sería aún mucho mayor... Incalculable... Imponderable.

—Este libro vale mucho más de lo que nadie se imagina, pero no sólo por eso —masculló César—. Yuder Pachá utilizó el *Mardud* para encontrar algo en Malí, algo muy valioso. Es probable que en sus anotaciones esté la manera de cómo encontrarlo.

—¿Qué era lo que estaba buscando? —pregunté.

—Un tesoro... —César evitó mi mirada—. Una reliquia de los emperadores songhay, o algo parecido. No sé más.

Estaba mintiendo. La forma en que sus ojos evitaban los nuestros era toda una delación. Algo había en su historia que no quería compartir con extraños.

—¿Estás seguro? —insistí.

—Esperaba saber más traduciendo las *marginalia*... —musitó César.

—¿Cuánto tiempo crees que tardarías en hacerlo?

—Sólo unas horas, dos o tres si no hay mucho texto y nadie me interrumpe.

—Está bien, hazlo. Puedes disponer de toda la tarde si quieres, siempre y cuando no salgas de este lugar hasta que termines.

Danny me miró con el ceño fruncido. Estuvo a punto de decir algo, seguramente oponiéndose a mi decisión, pero yo le indiqué mediante gestos que era mejor que lo discutiésemos a solas.

Dejamos a César en el taller trabajando con las *marginalia* y subimos a la tienda. Los gemelos nos acompañaban. Danny apenas esperó a llegar para sacarme a la calle y saltar sobre mí.

—¿Qué diablos estás haciendo?

—Sólo le doy algo de cancha, eso es todo... Quiero saber qué dice ese texto. No te preocupes: los gemelos lo vigilarán para que no intente nada raro.

—¿Cómo puedes fiarte de ese hombre? Nos miente incluso cuando no abre la boca, hay que estar ciego para no darse cuenta.

—Cálmate... No creo que nos mienta, simplemente... oculta cierta información. Tengo curiosidad por saber de qué va esa historia del tesoro songhay, y él es el único que nos lo puede decir, tan sólo hay que apretarle un poco las tuercas.

—No.

—¿No qué?

—Lo estás haciendo otra vez: lo veo en tu mirada... Quieres empezar de nuevo con tu búsqueda de mesas mágicas.

—¿Qué...? ¡Claro que no! Esto es..., es completamente distinto.

—No, no lo es; a mí no puedes engañarme, Tirso Alfaro, te conozco muy bien. Escúchame: ya tenemos el libro, eso era lo que queríamos. Sólo el libro. Nuestra misión termina aquí.

—Oh, vamos... ¿Qué hay de malo en rascar un poco sobre lo que hemos encontrado? ¿Tanto miedo tienes de lo que pueda aparecer?

—Sí, tengo miedo, Tirso, pero no de lo que haya en ese libro. Eres tú el que me asusta.

—¿Yo? ¿Por qué?

—Sí, tú... ¡Tú, especie de... bobo inconsciente! No eres capaz de detectar el peligro hasta que no te has tirado a él de cabeza.

—¿De qué peligro hablas? Sólo se trata de investigar un viejo libro, nada más.

Danny me miró negando con la cabeza, como si estuviera viendo a alguien muy estúpido.

—¿Sabes qué? —dijo luego, más calmada, renunciando a seguir discutiendo conmigo—. Ojalá pudiera..., no sé... Ojalá pudiera meterte en una caja, cerrarla con llave y dejarte ahí hasta estar segura de que no vas a jugarte el cuello en una búsqueda sin sentido.

Noté que estaba sinceramente preocupada por mí. Quizá era capaz de ver un futuro que yo no alcanzaba a distinguir. Ella siempre tuvo mucha más intuición que yo.

—No hay búsquedas inútiles, Danny.

—No para ti, ¿verdad? —Suspiró—. Con la cantidad de hombres que hay en el mundo, ¿por qué tengo que preocuparme por el que tiene la cabeza más llena de pájaros? Vivía mucho más tranquila antes de conocerte.

No supe qué decir. Tampoco estaba seguro de en qué sentido debía interpretar sus palabras.

—Bien... En realidad... Yo podría decir lo mismo.

Trató de evitarlo, pero al final dejó escapar una sonrisa, aunque fue algo triste. Me miró, y sus ojos se detuvieron sobre la cicatriz de mi frente.

—Tómatelo con calma esta vez, ¿de acuerdo? —me dijo—. Esa herida no haría juego con otra más grande. Me gusta tu cara tal y como está.

Me dio la espalda y entró de nuevo en la platería.

La traducción que César nos ofreció de las *marginalia* del *Mardud* nos dejó anonadados. Esperábamos algo sorprendente, pero no hasta ese punto. Era el relato de cómo Yuder Pachá había tratado de encontrar el tesoro de los emperadores songhay, siguiendo las pistas del *Mardud*; y de cómo, estando tan cerca de su objetivo, decidió dar media vuelta y dejarlo a sus espaldas, empujado por un espantoso terror a algo que ni siquiera se atrevió a poner en palabras.

Nos hacíamos muchas preguntas. La más importante: ¿cuál era aquel tesoro «no hecho para el hombre» del que hablaba Yuder Pachá en su memoria? ¿Y dónde se encontraban aquellos lugares que mencionaba el conquistador: la Ciudad del Acantilado, el Oasis Imperecedero, la Ciudad de los Muertos...? Ni siquiera los gemelos, que poseían enciclopedias por cerebros, eran capaces de aventurar qué sitios eran ésos, o si existían siquiera.

Compartiendo una jarra del delicioso café de los joyeros, estuvimos intercambiando impresiones sobre aquella historia hasta bien entrada la noche. Por aquel entonces aún nadie se había planteado seriamente la idea de seguir los pasos de Yuder Pachá, pero disfrutábamos conjeturando sobre sus aventuras.

—Al menos sabemos una cosa —comenté yo—: Diego de Guevara comenzó su búsqueda en el río Níger; aunque nunca lo mencione con ese nombre, parece evidente que no puede ser otro.

—No estoy segura —dijo Danny—. Habla de un afluente del Nilo, y el Níger no lo es.

—En efecto, pero eso Yuder Pachá no lo sabía —aclaró Alfa, que de los dos gemelos era el que parecía saber más cosas sobre la historia del continente africano—. Los geógrafos de la Antigua Roma creyeron que el Níger era un afluente del Nilo. Hasta que los exploradores europeos no lo remontaron entero siglos después, nadie se dio cuenta de aquel error.

—Todo este asunto es de lo más sugestivo: un Pez Dorado, un tesoro oculto... —dijo Omega, y luego me miró con picardía—. Me recuerda a la historia de cierta mesa...

Danny me dirigió una mirada hostil, y yo fingí no darme cuenta.

La hora era ya muy avanzada y algunos estábamos cansados, de modo que decidimos marcharnos. Los gemelos prometieron que mantendrían el libro a buen recaudo y que emplearían todo su tiempo libre en estudiarlo a conciencia.

Al salir de la tienda, Danny apenas se despidió de mí; creo

que aún estaba molesta conmigo. César y yo nos quedamos solos.

—Bueno… Y tú… ¿Qué piensas hacer ahora? —le pregunté.

—¿Tanto te importa? —me respondió él, indiferente.

—No, supongo que no; tú has cumplido tu parte y nosotros la nuestra. Estamos en paz.

—Ésa es la idea, buscador. Y por si te preocupa que pueda contar algo sobre vosotros, puedes dormir tranquilo: sé guardar un secreto.

—De eso no me cabe duda.

Me quedé en silencio, buscando una manera apropiada de despedirme para siempre de aquel misterioso aliado. César me observaba y sonreía de forma extraña.

—No puedes quitártelo de la cabeza, ¿verdad? —me dijo de pronto.

—¿Cómo?

—El tesoro. Estás pensando en él.

Me sentí incómodo, como si alguien estuviera hurgando dentro de mi mente.

—Sí, claro… Todos pensamos en él; es una historia interesante.

—No… Para ti es algo más que una historia: es una llamada. Nos diremos adiós y seguirás pensando en él, lo harás esta noche antes de dormir, soñarás con él y despertarás con su recuerdo en la cabeza. Te perseguirá como una sombra.

—Me temo que te estás equivocando. No me interesan los tesoros.

—No; es la búsqueda lo que te interesa. Ésa es la llamada que no puedes ignorar. —César dejó vagar la mirada un instante por la calle en penumbra—. Quizá yo pueda ayudarte a encontrar lo que buscas.

—¿De qué forma?

—Puede que necesites un guía allá, en Malí.

—Espera un momento… No tengo ninguna intención de viajar a Malí.

—Los árabes dicen que nadie puede señalar su destino a quien ya lo ha decidido de antemano. —César arrancó una hoja de su cuaderno y escribió en ella el número de un teléfono móvil. La dobló y me la dio—. Llámame cuando hayas tomado tu decisión. Estoy seguro de que aún podemos ayudarnos el uno al otro.

César inclinó la cabeza y se alejó. Me quedé observando cómo cruzaba de lado a lado la Plaza Mayor, vacía por completo a aquellas horas. La imagen me pareció tan incongruente como la de un camello caminando por un glaciar.

Confuso, me guardé el teléfono en el bolsillo y me marché a casa. No tardé en comprobar que César estaba en lo cierto.

Seguía pensando en el tesoro.

2
Mariscal

Al día siguiente, en el Sótano, comenzamos la jornada con una inesperada reunión. Alzaga convocó a todos sus agentes en nuestra sala de juntas y allí descubrimos a Urquijo, el abogado, esperándonos. Sus visitas al Sótano siempre eran escasas y, cuando se producían, raras veces eran para algo bueno.

Aunque la presencia del letrado me suscitaba lo mismo que la visión de un nubarrón en un cielo despejado, Alzaga comenzó aquella reunión dándonos la enhorabuena por el éxito en la recuperación del *Mardud.* Alfa y Omega le habían informado de ello, cosa que no me sorprendió, dado que los dos pequeños joyeros eran estrictos observantes de la normativa y jamás habrían guardado semejante pieza sin mediar una orden formal del director del Cuerpo.

Al contrario de lo que esperábamos, Alzaga no se tomó demasiado mal que hubiéramos actuado a sus espaldas, si bien nos conminó, con relamidas palabras, a no volver a repetir operaciones de semejante calibre sin antes informarle. Para mayor asombro, añadió que quizá había subestimado nuestra capacidad operativa y que puede que se replantease la manera en la que habíamos estado trabajando hasta el momento. Parecía que al fin se iban a terminar los tediosos papeleos de oficina. No obstante, siempre fiel a su alma de burócrata, Alzaga le pidió a

Danny que redactase un informe completo sobre la misión así como la transcripción completa del texto en lengua songhay de los *marginalia* del *Mardud*. Preguntó a la buscadora si podría tener el informe listo antes de terminar nuestra jornada. Ella respondió afirmativamente.

Daba la sensación de que la reunión finalizaría de manera cordial, pero yo no olvidaba el hecho de que Urquijo seguía allí presente, atendiendo a su alrededor con sus ojos de pescado y sin decir una palabra. Tenía la certeza de que cuando el abogado abriese la boca sería para decir algo que nadie querría escuchar.

—Antes de concluir —dijo Alzaga—, tengo que daros una noticia. Más bien es Urquijo quien quiere hacerlo, de modo que le cedo la palabra. Os pido que le prestéis atención.

El abogado se aclaró la garganta y comenzó a hablar, con las pupilas fijas en algún indefinido punto más allá de nuestras espaldas.

—Son dos noticias, en realidad —dijo—. Una buena y una mala. La buena es que Julianne Lacombe, la agente de Interpol, ya no está en el caso del *Mardud.*

—¿Por qué? ¿Es que se ha cerrado? —preguntó Danny.

—No, la investigación sigue abierta, pero Zaguero y yo encontramos la fórmula para apartarla del asunto. Se trata de una serie de tecnicismos legales: el tiroteo que se produjo en el hotel Ritz, unido a la falta de potestad que tenía la agente para interrogar a solas a Faro en su casa, nos ha servido para que Zaguero pueda alegar que Lacombe se excedió en sus funciones como simple agente de enlace. La oficina de Interpol en España ha tomado en consideración estas alegaciones y la han apartado del caso. Será sustituida.

—Estupendo —dije—. Eso significa que dejará de atormentarme, ¿no es así?

—Yo no diría tanto, Faro. Como he dicho, también tengo una noticia mala...

Se hizo un silencio pesado.

—Adelante. Suéltalo de una vez —dijo Burbuja.

Urquijo suspiró, contrariado.

—Lacombe vio a Faro llevarse el libro.

—No era el libro de verdad —repuse—. Sólo era...

—Eso no importa —zanjó el abogado—. Te llevaras o no el auténtico libro, tus actos distan mucho de ser considerados legales. Lo siento, Faro, pero me temo que Interpol te ha puesto una Alerta Roja.

Me quedé anonadado; creo que incluso abrí la boca en una expresión de sorpresa. Interpol posee un amplio archivo de delincuentes en busca y captura codificado por colores. Los peores son los etiquetados con una Alerta Roja. Eso significa que cualquier cuerpo policial de los casi doscientos países miembros de Interpol puede retener y extraditar a tales fugitivos de forma automática. En resumen, se trata del cartel de «Se Busca» más publicitado del planeta. No podía concebir encontrarme en la misma situación que asesinos, terroristas, secuestradores de niños y personas igual de recomendables.

—Debiste ser más cauteloso. Creo recordar que ya te lo advertí —dijo Alzaga.

—Un momento —protestó Enigma—. Ella no puede hacer eso, no tiene esa competencia. Una Alerta Roja sólo puede activarse en caso de que un cuerpo policial de algún país soberano curse la solicitud a Interpol, y Zaguero jamás...

—No ha sido Zaguero, sino la OCBC —interrumpió Alzaga—. Por lo visto, Lacombe ha cursado la solicitud no como agente de Interpol, sino como agente de la policía francesa, cosa que también es.

Urquijo volvió a tomar la palabra.

—Lo cual es una suerte para Faro en cierto modo, pues mientras la policía española no tenga nada contra él, de momento puede caminar por las calles sin arriesgarse a ser detenido y extraditado a Francia. Lo malo es que no sé durante cuánto tiempo más podrá mantenerse esa situación... Si fuera tú, Faro, cancelaría cualquier viaje que tuvieras programado en los próximos días.

—Pero... tú lo arreglarás, ¿verdad? —pregunté con tono desvalido—. Es decir... Tú puedes arreglarlo...

Urquijo abrió la boca para responder, pero Alzaga se le adelantó.

—Está trabajando en ello con todo su empeño, pero sólo es un abogado; no puede hacer milagros. —El enlace me miró cariacontecido—. La notificación lanzada por Interpol no sólo te deja a ti en una situación delicada, sino también a todo el Cuerpo. Dadas las circunstancias, creo recomendable suspender cualquier clase de actividad hasta que el asunto quede arreglado.

—Es decir, que nos vamos a casa por tiempo indefinido —dijo Danny.

—Una forma bastante simple de resumirlo, pero, a grandes rasgos, de eso se trata.

—¿Tú estás de acuerdo con esto? —preguntó Burbuja dirigiéndose al abogado.

Éste ocultó la mirada y respondió con actitud huidiza:

—Yo no puedo opinar. Es una decisión que compete a vuestro enlace.

—Urquijo recomendaba poner sólo a Tirso en cuarentena —explicó Alzaga—; mi opinión es que su problema afecta a todo el Cuerpo de Buscadores y por ello soy partidario de aplicar esa medida de manera global. —Se organizó un pequeño revuelo en el que algunos hacían varias preguntas al mismo tiempo. Alzaga llamó a la calma—: Se os mantendrán íntegros vuestros sueldos, pero después de la jornada de hoy no volveréis por el Sótano hasta nuevo aviso. Cualquier actividad queda suspendida. Estaré en mi despacho para resolver vuestras dudas, de uno en uno. Eso es todo.

Alzaga se marchó de la sala y me dejó solo, nadando en un mar de miradas hostiles.

Al finalizar nuestra jornada, mis compañeros y yo fuimos a tomar un pequeño aperitivo en el Pabellón del Espejo, frente al edificio del Arqueológico. Era algo que hacíamos de vez en cuando, sólo que, en aquella ocasión, había un lúgubre ambiente de despedida.

Enigma, Danny, Burbuja y yo nos sentamos alrededor de una mesa, intentando darnos ánimos unos a otros por encima de nuestras jarras de cerveza (a excepción de Enigma, que bebía vino blanco). No era fácil; nuestra capacidad para ver el lado bueno de las cosas se encontraba en horas bajas.

—¿Alguna vez ha ocurrido algo así? —preguntó Danny al aire—. ¿Alguna vez se ha suspendido la labor del Cuerpo?

—No, que yo recuerde —respondió Burbuja mirando su bebida con aire ceñudo.

—Me siento tan responsable... —dije yo.

—Bueno, cariño, lo cierto es que *eres* responsable —repuso Enigma, aunque no había ninguna recusación en su tono de voz—. Sin embargo, Alzaga ha sacado las cosas de quicio. La medida me parece desproporcionada. Meter en la nevera a un buscador es algo que alguna vez ha tenido que hacerse... ¡Pero no a todo el Cuerpo!

—Esa zorra francesa... —dijo Burbuja con desprecio—. No entiendo por qué se ha ensañado contigo: fue a mí a quien esposó en el Ritz, y Danny y tú estabais juntos la noche que fuisteis al Centro Islámico.

—Cierto, pero sólo ha identificado a Tirso —respondió Danny—. La maldita ficha policial de Lisboa... Teníamos que haber borrado ese rastro cuando tuvimos la oportunidad.

—¿Eso podía hacerse? —pregunté.

—Oh, sí —contestó Enigma—. Tesla habría sido capaz, sin duda. Se le daban bien esas cosas. Soslayando el hecho de que fuese un traidor, hay que reconocer que tenía una habilidad portentosa para esas chapuzas... Ojalá estuviera aquí... Es decir, no él, por supuesto; me refiero a alguien como... —Se detuvo de pronto y empezó a pasear la yema del dedo por el borde de su copa, con aire ensimismado.

—¿Sí? ¿Qué ibas a decir? —pregunté.

—Hablaba de un Tesla que no fuera Tesla. Lo mismo pero diferente, si eso existe. Tener a uno sin lo malo del otro… Una forma de cerrar el círculo. Lo importante es cerrar el círculo.

—¿Qué? —preguntó Burbuja.

Enigma nos miró, confusa.

—Perdón… ¿Estaba hablando en voz alta? No me había dado cuenta.

Durante los siguientes minutos seguimos lamentándonos por nuestra suerte, hasta que Enigma dijo empezar a cansarse de nuestra negatividad y se marchó. Burbuja no tardó en seguirla. Antes de irse, me puso la mano encima del hombro.

—No te crucifiques por esto, Faro. Lo hiciste muy bien con lo del libro… En fin… Ya sabes: prefiero que nos jodan por haber hecho algo que por no hacer nada. Si necesitas cualquier cosa, sólo pídemelo.

Torció el gesto y luego se marchó. Danny sonreía de medio lado, divertida.

—Menudo discurso —dijo mirando hacia su cerveza—. Viniendo de él, eso es toda una declaración de amor.

—Tarde o temprano tenía que acabar seduciendo a alguno de los hermanos Bailey; lástima que sea al equivocado.

Danny sonrió.

—No subestimes tu encanto… —Se quedó unos momentos en silencio, sin mirarme, y luego me preguntó—: ¿Quieres saber algo gracioso?

—Me vendría muy bien en este momento.

—Ayer por la noche no pude pegar ojo por tu culpa.

—Eso me parece bien, aunque la próxima vez que te ocurra, espero estar presente.

—Voy a matizar mis palabras: lo que me quitó el sueño fue algo que dijiste… Aquello sobre profundizar un poco más en la historia del libro, a ver hacia dónde nos llevaba… Creo que he encontrado algo que te puede interesar.

—¿De qué se trata?

Danny no respondió de inmediato.

—No sé si debo decírtelo... —La miré a los ojos y ella los apartó—. Sigo estando preocupada por lo lejos que estés dispuesto a llegar en este asunto.

—En ese caso, no deberías tentarme con nueva información —repuse—. Vamos, ¿qué crees que puedo hacer? Ya ni siquiera soy un buscador, sólo un funcionario suspendido de empleo.

—Eso es gracioso, lo de que no eres un buscador... Nunca te hizo falta el Cuerpo para serlo, diga lo que diga Alzaga. Podría ponerte mañana mismo en la calle y seguirías siendo un buscador. Los que montaron este tinglado hace un siglo parece que estaban pensando en darte a ti un trabajo.

—Me gustaría pensar que a ti también te pasa lo mismo.

Danny sonrió, sin asomo de alegría.

—Antes de decirte lo que he encontrado, respóndeme a una pregunta con sinceridad: ¿has estado pensando en ese tesoro del que hablaba el *Mardud*?

—Sí —respondí sin dudar; ella quería la verdad—. Apenas he dejado de hacerlo desde que supe de su existencia.

—Eso me temía... En fin... Al menos puedo ir detrás de ti para guardarte las espaldas cuando hagas algo estúpido.

—Me gusta oírte decir eso; pero no necesito que nadie me guarde las espaldas, puedo cuidarme solo.

Danny negó con la cabeza.

—Claro que lo necesitas: una persona que esté a tu lado y te diga que no siempre es bueno lanzarse de cabeza a un camino a oscuras sólo para ver lo que hay al final.

—¿Y ésa eres tú?

—Eso me temo; es la única forma de asegurarme de que estás en buenas manos... ¿Quieres que te diga lo que he encontrado? —preguntó abruptamente.

—Claro. Adelante.

—¿Has oído hablar del mariscal Gallieni?

—Suena a italiano.

—Sí, pero es francés: Joseph Gallieni fue un general que se hizo famoso por la defensa de París durante la Primera Guerra

Mundial. En plena batalla del Marne, logró reforzar al ejército galo transportando a los soldados desde la ciudad hasta la línea del frente. Como no disponía de suficientes vehículos de transporte, requisó los taxis de París y los utilizó para trasladar a las tropas. Gracias a ello, el ejército alemán fue detenido y Gallieni se convirtió en un héroe nacional.

—Me alegro por él, pero ¿qué tiene que ver eso con el *Mardud* y su tesoro?

Danny se encogió de hombros y le dio un sorbo a la cerveza.

—Nada, era sólo una pincelada biográfica. Me pareció pintoresco lo de llevar a un ejército en taxi hasta el frente... Antes de luchar en la Gran Guerra, Gallieni tuvo una azarosa carrera en las colonias francesas: estuvo en Indochina, fue gobernador general de Madagascar y, lo más importante, en 1880 combatió en Malí.

Danny me contó la historia de Gallieni en Malí durante la época colonial, la cual completaba la gesta de Yuder Pachá y la conquista del Imperio songhay.

Después de que el imperio fuese sometido por el conquistador andalusí en nombre del sultán de Marruecos, se fragmentó en pequeños estados insignificantes gobernados por las diferentes tribus de la región: el Imperio Peul de Macina, el Imperio Toucoleur, el reino de Kenedugú, los reinos bambara de Segú y Kaarta... Se tardaba más tiempo en pronunciar sus nombres del que se empleaba en narrar su historia.

A principios del siglo XIX, un califa iluminado que respondía al nombre de Umar Tall declaró la guerra santa contra las tribus bambara y dogón de Malí, las cuales aún no habían sido islamizadas. Como toda guerra santa, fue violenta y sanguinaria. Los franceses, temerosos de que Umar Tall desestabilizara sus colonias del norte de África, mandaron a Malí a sus más bigotudos generales para sofocar aquella hoguera.

Joseph Gallieni, que por aquel entonces era un capitán que había hecho su carrera en la isla Reunión, llegó a la ciudad de

Bafoulabé en marzo de 1880. Combinando la fuerza militar con una hábil diplomacia entre los distintos líderes tribales, Gallieni logró poner fin a la guerra santa de Umar Tall y pacificar Malí. Tras el éxito de su misión, el territorio se integró en el imperio colonial francés con el nombre de Alto Senegal (Níger, junto con parte de la actual Mauritania, Burkina Faso y Níger). Es lo que unas décadas más tarde se convertiría en el Sudán francés.

Gallieni fue gobernador de la colonia entre 1886 y 1891, fructíferos años durante los cuales sometió a los nativos y les inculcó las bondades del derecho napoleónico, el tinto de Borgoña y el sistema métrico decimal.

Durante su mandato como gobernador, Gallieni no sólo civilizó a la francesa a los locales, sino que también aprovechó el tiempo para viajar por el antiguo territorio songhay y coleccionar piezas de arte nativo y algunas bagatelas arqueológicas, las cuales se llevó consigo cuando regresó a Francia convertido en general, hacia 1905.

—Hay un detalle interesante que he podido averiguar —me dijo Danny—. Cuando Gallieni estuvo en Tombuctú, al parecer mostró un gran interés por localizar la tumba de Yuder Pachá. Incluso contrató los servicios de un guía nativo de la etnia de los arma.

—¿La encontró?

—Eso no lo sé, pero escucha, hay más: en 1916, Gallieni murió sin dejar descendencia, por lo que legó toda su colección de antigüedades a diferentes museos de Francia. Es una colección bastante buena, con piezas que adquirió en África, Indochina y Madagascar; la mayoría de ellas están actualmente en Toulouse, pero una parte significativa fue donada por Gallieni a su pueblo natal, Saint Béat, cerca de los Pirineos.

—¿Qué fue lo que hicieron con ellas?

—Exponerlas al público; en Saint Béat hay un museo junto a la iglesia románica de Saint Privat.

Danny me explicó que había encontrado una lista de las piezas que Gallieni legó a Saint Béat. Había sacado una copia y me la dejó para que le echase un vistazo. No era una lista muy larga, apenas una decena de objetos.

—Fíjate en las dos primeras piezas —me dijo—. Ambas fueron encontradas por Gallieni en Tombuctú, según dice aquí. —Señaló el encabezamiento de la lista—. Un frontal de altar y... un timón de oro. ¿Te das cuenta? Un timón de oro.

—Parece muy valioso, en efecto, pero no entiendo por qué es tan importante.

—Recuerda lo que Yuder Pachá escribió en el *Mardud*... Hace un rato he hecho la transcripción para el dichoso informe de Alzaga y lo tengo fresco en la memoria. Yuder Pachá habla de tres reliquias relacionadas con el tesoro que estaba buscando: una cabeza, un sillar... y un timón hecho de oro; y también decía que quería que lo enterrasen con aquellas reliquias.

Me pellizqué el labio inferior, pensativo.

—Comprendo: Yuder Pachá habla de un timón de oro y, siglos después, sabemos que el mariscal Gallieni fue tras la pista de la tumba de Yuder Pachá en Tombuctú... No sabemos si la encontró o no, pero sí que, a su muerte, legó un timón hecho de oro a la ciudad de Saint Béat. O se trata de una casualidad extraordinaria, o bien el mariscal halló lo que estaba buscando.

—Eso es justo lo que yo pienso. ¿Cuántos timones hechos de oro debieron de fabricarse en Malí para que Gallieni pudiera encontrarlos?

Me habría gustado ver una fotografía de la pieza, pero Danny no encontró ninguna. La única manera de contemplarlo era ir a Saint Béat.

Le pregunté a Danny dónde estaba ese lugar.

—Es un pueblecito montañés a orillas del río Garona. La frontera española se encuentra tan sólo a unos kilómetros de distancia.

Era cuanto necesitaba saber. Hablamos un poco más sobre los hallazgos del mariscal Gallieni, hasta que pagamos nuestras cervezas y salimos del local.

Al salir a la calle hacía bastante frío y el cielo estaba cubierto por un capote de lluvia próxima. Me abroché el abrigo hasta el cuello y dejé escapar una mirada hacia lo alto. Me preguntaba qué clima estaría haciendo en los Pirineos. Danny me habló, pero no le presté atención.

—Disculpa, ¿decías algo?

—Te preguntaba por tus planes, ahora que nos han concedido unas vacaciones forzosas.

—Oh, eso... Nada especial: estar en casa, supongo. Dado que estoy señalado por Interpol, prefiero no tentar a la suerte.

—Es decir, si se me ocurre dejarme caer por tu casa en los próximos días, estarás allí, ¿verdad? —Yo balbucí una respuesta inconsistente. Ella sacudió la cabeza de un lado a otro—. Maldita sea, Tirso; si vas a mentirme, al menos hazlo bien.

—No te estoy mintiendo, sólo digo que no he hecho planes a corto plazo. Pienso estar por aquí, sí, pero... ¿Quién dice que no me agobie de la ciudad y decida hacer una pequeña excursión? No puedo estar todo el día atornillado a un sofá entre cuatro paredes.

—¿Una pequeña excursión? ¿Quizá a algún lugar cerca de los Pirineos?

—No sé qué pretendes que responda a eso.

—Sólo la verdad: ¿estás pensando en ir a Saint Béat?

—Es probable... —contesté a desgana. Esperaba algún tipo de reproche, pero ella se limitó a mirarme—. Vamos, dilo, di que estoy siendo un inconsciente.

—Lo que yo te diga no tiene importancia, pero pienso que es una temeridad que te muevas por ahí tú solo. —Danny se metió las manos en los bolsillos e inspiró aire con fuerza. Tras soltarlo lentamente, dijo—: Quizá podría acompañarte... Después de todo, yo fui la que encontró el paradero del timón de Gallieni.

—Vaya... Esto sí que es una sorpresa, habría apostado que pretenderías convencerme para que me quedara en casa.

—Soy muy mala dando consejos. —Sacó un paquete de cigarrillos de su cazadora y se encendió uno—. Te recogeré mañana a las siete, iremos en mi coche… Y lleva algo de abrigo en la maleta; ahí arriba va a hacer un frío de mil demonios.

3
Francia

El viaje duró cerca de siete horas. Pasadas las dos, divisamos la cordillera de los Pirineos y enfilamos por una carretera que gusaneaba hacia el interior de las montañas.

Saint Béat era un pueblo diminuto y pintoresco dejado caer en tierra de nadie. Para los antiguos señores medievales, Saint Béat era la llave de paso hacia los feudos del rey de Francia. A pesar de los siglos pasados, el lugar aún tenía cierto aire de puesto fronterizo en medio de una nada boscosa.

Su disposición urbana, bastante básica, recordaba a aquellos pueblos del Salvaje Oeste en el que las fachadas de los edificios se sucedían una junto a la otra a ambos lados de una única y solitaria vía de paso. En el caso de Saint Béat, dicha vía no era un camino polvoriento lleno de plantas rodaderas sino un caudaloso brazo del río Garona. Las casas tampoco eran de madera sino de recia piedra gris, achaparradas y rematadas con tejados picudos de pizarra. El pueblo semejaba una fila de peñascos dispuestos en orden a ambas orillas del río.

Vigilando el pueblo se encontraba la fortaleza del siglo XII, hogar de los antiguos señores de la marca, como un faro en lo alto de un glaciar. El castillo era pequeño y sencillo: una estructura cúbica de sillares destartalados, coronada por un torreón que era la parte mejor conservada el edificio. Quizá la palabra «castillo» le venía demasiado grande, pues más bien parecía una atalaya con pretensiones. En uno de sus muros tenía adosada una pequeña capilla que infundía bastante más respeto que la propia fortaleza.

A la altura de Saint Béat, el Garona se abría paso entre las montañas igual que el tajo de un cuchillo sobre una piel hecha de bosques y rocas. Conformaba una postal de tonos verdes, azules, blancos y grises que daba frío sólo de verla. El caudal del río bajaba abundante gracias al hielo de las cumbres que lo alimentaba. El sonido de las aguas al discurrir junto a la única avenida importante del pueblo (llamada General Gallieni, como no podía ser de otra manera) era todo lo que se escuchaba a nuestro alrededor.

Era un sitio muy bonito, muy pirenaico, pero transmitía una descorazonadora impresión de ser un paraje congelado, como si sus habitantes estuvieran hibernando tras las ventanas de sus casas de color gris. Quizá en primavera fuera un lugar agradable, pero en los días de invierno, con las nubes amordazando el sol, producía la misma sensación que quedar varado en medio de un banco de niebla.

Danny y yo estábamos cansados después horas al volante, pero como no queríamos perder tiempo, nos dirigimos directamente hacia el «Museo del Tesoro». Tal museo se encontraba en la antigua sacristía de la iglesia de Saint Privat, un templo del siglo XII que aún conservaba casi intactas sus trazas románicas.

Aparcamos el coche junto a la portada sur de la iglesia. Una hilera de canecillos decorados con caras demoníacas y grotescas vigilaba nuestros pasos.

El templo estaba abierto y vacío como una caverna, salvo por una mujer que estaba sentada en un rincón, frente a un moderno pupitre escolar que desentonaba dolorosamente con el entorno. Al vernos, la mujer levantó la vista del libro que estaba leyendo y nos sonrió.

—Buenas tardes, ¿vienen a visitar la iglesia?

Mi francés era algo básico, suficiente para hacerme entender y seguir una conversación, pero Danny lo hablaba muchísimo mejor que yo, así que dejé que respondiera ella.

—Queríamos visitar el Museo del Tesoro.

—Claro; se accede por la puerta que está detrás de mí. Aún estará abierto otra hora más, pueden visitarlo a gusto porque no hay nadie más que ustedes.

Pagamos dos entradas y la mujer nos dejó a nuestro aire.

El Museo del Tesoro era muy pequeño pero tenía un aspecto moderno y cuidado. Un folleto nos informó de que había sido recientemente remodelado, tras las inundaciones que sufrió la región en el año 2013 y que obligaron a llevar sus fondos al Museo Massey de la vecina ciudad de Tarbes para mantenerlos a salvo.

La mayoría de las piezas expuestas eran esculturas de madera policromada que servían como relicarios: había varios bustos de santos con picudas mitras episcopales y ojos perdidos en las alturas, arquetas de madera, estatuas de vírgenes medievales, tiesas y severas... También varios objetos litúrgicos de plata de cierto valor. Era una colección escueta pero interesante.

El nuevo museo tenía una pequeña estancia dedicada a exhibir los objetos que el mariscal Gallieni había donado al pueblo de Saint Béat. Una fotografía del propio mariscal en sus tiempos de madurez recibía al visitante. Gallieni nos miraba con el gesto orgulloso de quien pronto salvará París de los brutales hunos del káiser. Lucía un señorial mostacho blanco, unos quevedos sobre su larga y estrecha nariz y estaba cubierto con la gorra roja y dorada de general. Al verlo así, tan elegante, tan decimonónico y tan francés me costaba imaginarlo explorando las ardientes tierras de Malí en busca de tesoros.

Las piezas de la colección de Gallieni estaban todas en una misma vitrina. La mayoría de ellas no eran más que bagatelas, más exóticas que valiosas; según informaba un cartel, la mayor parte del legado del mariscal se albergaba en Toulouse.

En otra vitrina, puesta en un lugar destacado, se exhibía en solitario la pieza de más valor: el timón de oro encontrado en Tombuctú.

No era muy grande, apenas del tamaño de la palma de una mano. Parecía estar hecho de una sola pieza de oro macizo, cuyo brillo destacaba sobre el soporte transparente en el que se apoyaba. La forma era la de un sencillo timón de barco, sin adornos de ningún tipo. Más que una antigüedad, parecía algo que hubiera decorado la pared del yate de un millonario ostentoso. Reconozco que me sentí decepcionado.

—¿Esto es todo? —dije en voz alta.

A mi lado, Danny respondió:

—¿Qué era lo que esperabas?

—Hemos hecho seiscientos kilómetros sólo para ver esto... Imaginaba que al menos sería un poco más grande.

La buscadora rodeó la vitrina para inspeccionarlo.

—Sin adornos... Sin inscripciones... Sin pistas... Me temo que este timón sólo nos conduce a un callejón sin salida, y perdón por el juego de palabras... —Se quedó callada mirando la pieza. Ladeó un poco la cabeza y dio unos pasos hacia atrás—. ¿Sabes? Si no supiera que es un timón, me parecería otra cosa... Más bien una especie de rueda dentada.

—¿La pieza de un mecanismo?

—Quizá... —respondió, no muy convencida.

Propuse hablar con la mujer que vendía las entradas, por si ella podía indicarnos algún detalle más sobre aquel objeto. Danny lo ponía en duda pero me siguió la corriente, supongo que para no decepcionarme.

La mujer, en efecto, sabía muy poco sobre las piezas del museo. No era ninguna experta, tan sólo una mujeruca del pueblo que empleaba las horas libres en vender entradas a los turistas. Nos dijo que cerca de la iglesia estaba la casa de un profesor de la Universidad de Toulouse que había ayudado a montar la exposición pero que, por desgracia, sólo iba a Saint Béat durante las vacaciones.

—¿No tiene usted algún libro o una guía del museo? —pregunté, a la desesperada.

—Aquí no, en la tienda del castillo... Pero no se molesten en ir; está cerrado a las visitas. Unos americanos lo han alquilado toda la semana para un congreso.

—¿Eso se puede hacer? —preguntó Danny.

—Si pagan lo que esos señores, sí.

Muy desanimado, le di las gracias a la mujer y nos despedimos de ella.

—Esperen —nos dijo—, si les interesan las piezas de la colección de Gallieni, no pueden irse sin ver el frontal del altar de la iglesia. Es precioso.

—Muy amable, pero sólo estamos interesados en la colección que vino de África.

—Ah, pero ésta vino de allí; de Tombuctú, creo; igual que el timón. Vengan, se lo mostraré; está justo aquí.

Insistió tanto que nos pareció descortés no echarle un vistazo al frontal de marras, el cual sin duda era su pieza favorita, pues no lo habría ponderado más que si lo hubiese hecho ella misma.

La seguimos hasta la cabecera de la nave norte. Allí, al abrigo de una bóveda de hornos hecha de sillares, había un altar moderno de mármol tan blanco como el azúcar. La mujer nos dijo que el altar se había hecho con piedra de las canteras de Sain Béat, que al parecer tenía mucha fama. Se talló sólo para que pudiera servir de soporte al antipendio que Gallieni había traído de África.

La mujer encendió una luz de la cabecera para que pudiéramos admirar la pieza. El frontal era más bien pequeño: una tabla de madera de medio brazo de ancho y otro medio de alto. A primera vista me pareció un batiburrillo de piedras engastadas sobre una lámina de bronce con motivos grabados a buril, difíciles de identificar bajo la escasa luz. A ambos lados del frontal había otras dos láminas de metal con dos personajes grabados. Eran dos hombres de larga barba: uno de ellos llevaba un turbante y tenía las palmas de las manos extendidas, en gesto de oración; el otro tenía un par de alas a la espalda y de su cabeza brotaban unas llamas. Parecían estar manteniendo una conversación muy interesante.

—¿Verdad que es bonito? —nos dijo la mujer—. Según el párroco, la figura de la derecha es un santo y la de la izquierda es un ángel. Parece mentira que hicieran algo semejante en esa tierra de paganos, ¿no creen?

—Muy... bonito... —dijo Danny, más cortés que interesada—. Y está en muy buen estado.

—Sí, lástima lo del agujero de esta esquina. —La mujer señaló un hueco del tamaño de una moneda—. Dice el párroco que es el agujero de una bala de mosquete. Según cuentan, cuando Gallieni encontró el frontal, unos bandidos moros lo emboscaron y se liaron a tiros. El mariscal utilizó el frontal como parapeto.

Mientras ella relataba las hazañas de Gallieni, yo inspeccionaba el frontal. Me di cuenta de que las piedras engastadas eran en realidad pequeñas cápsulas de cristal. Toda la superficie del antipendio estaba cuajada de ellas; había varias decenas. Me habría gustado mucho poder inspeccionar con detalle el grabado hecho a buril; al principio me parecieron simples florilegios, pero empezaba a pensar si no serían inscripciones en alfabeto árabe.

Le pregunté a la mujer por aquellos diseños.

—¿Letras? —aventuró—. Puede ser... Dice el párroco que quizá fue hecho por cristianos árabes de la zona y pudieron haber escrito las letanías en su idioma. Mire, acérquese, puede ver que a lo largo del borde hay más diseños parecidos.

Así lo hice. El frontal era muy grueso, de más de medio palmo. En el canto, sobre una banda de metal dorado, había más arabescos grabados. Mientras la mujer le contaba algo a Danny, recorrí con la mirada todo el borde del frontal.

De pronto encontré algo familiar.

No eran letras sino un dibujo.

Alguien entró en la iglesia y la mujer nos dejó a solas para atender al nuevo visitante.

—Danny..., mira esto de aquí —dije señalando el dibujo que había encontrado.

Ella se acercó a inspeccionarlo.

Era un grabado de un pez visto de perfil. En el lugar de su ojo tenía una pequeña pieza de esmalte de color verde. Sobre su lomo había un minucioso grupo de escamas, cuya particular forma y disposición lo hacían inconfundible para mí.

—Sí, ya veo; es un pez... ¿Qué tiene de especial?

—Yo he visto antes este pez, y tú también.

—¿De veras? ¿Dónde?

—Se lo arrebatamos a Acosta en Lisboa cuando fuimos a por la Máscara de Muza, y luego Joos Gelderohde trató de recuperarlo en mi propia casa. Yo... —tragué saliva; el aluvión de recuerdos amenazaba con dejarme sin palabras—, yo llevaba ese pez cuando me enfrenté a Tesla en las Cuevas de Hércules.

—¿Estás seguro?

—Del todo; fíjate en el diseño de las escamas, en la forma de la cola, en la piedra verde sobre los ojos... —señalé, cada vez más excitado—. Esto no es un simple pez; es la Pila de Kerbala.

Danny me miró.

—¿Y qué hace en este frontal de altar?

—No lo sé... —Una sonrisa se me escapó de entre los labios—. Pero empiezo a pensar que este viaje ha merecido la pena.

Sacamos apresuradamente un par de fotos con el teléfono al grabado del pez, justo antes de que la mujer volviera a prestarnos su atención para decirnos que era la hora de cerrar.

Nada más salir a la calle mandamos las fotos del pez a los gemelos para que las contrastaran con la Pila, que seguían guardando en su taller. Tardaron sólo unos veinte minutos en responder:

> Confirmado. Es la Pila. Diseño y forma idénticos. En las inscripciones que aparecen junto al pez se pueden leer las palabras «Kerbala» y «Pez Dorado» escritas en árabe clásico. Hallazgo interesantísimo. Mandad más fotos.
>
> Omega

Si queríamos atender a su petición tendríamos que esperar al día siguiente, cuando abriera de nuevo la iglesia. De momento, lo único que podíamos hacer era buscar alojamiento.

Encontramos un diminuto hostal llamado L'Anglade, muy cerca del río y al final de la avenida del General Gallieni. Reservamos dos habitaciones y dedicamos un tiempo a descansar. Después, pasadas las siete de la tarde, nos dispusimos a encontrar un sitio donde cenar algo. Según nuestro horario madrileño, aún era temprano incluso para merendar, pero estábamos cansados y hambrientos, y la noche había caído de forma tan abrupta en aquellos parajes que parecía que nos encontrábamos en plena madrugada.

Localizamos un restaurante llamado Géry cuyo aspecto era el de una vivienda particular en la que sirvieran comidas. Los únicos comensales éramos Danny y yo, y un perro escuchimizado que masticaba restos de un cuenco en un rincón. Al menos, el olor que salía de la cocina era bastante apetitoso.

El menú nos fue recitado por el único camarero y, probablemente, dueño del local. Danny pidió una tortilla hecha con salchicha seca y *fritons*, acompañada de una pobre ensalada de dientes de león. Yo estaba tan hambriento que habría sido capaz de compartir plato con el perro del rincón, de modo que me atreví con un consistente plato de alubias blancas con tocino, salchichas y pato confitado al que el camarero llamó *cassoulet*. Cuando pusieron aquel festival de carne y legumbres bajo mi nariz, me llegó un aroma capaz de sacar a las almas del purgatorio. Danny miró el *cassoulet* con cara de susto.

—¿Vas a comerte eso antes de ir a dormir?

—Tengo hambre —respondí masticando una deliciosa molla de pato. Me supo tan delicioso que estuve a punto de echarme a llorar—. Mi plato le da cien vueltas a tu triste tortilla.

—Mi triste tortilla no convertirá mi digestión en una fusión nuclear... —Echó un rápido vistazo al *cassoulet* mientras yo seguía comiéndolo con evidente placer—. ¿Me dejas probarlo?

—No. Debiste haberlo pensado antes de meterte con mi

plato. —La miré sonriendo—. Oh, está bien; me parece peor castigo que sepas lo que te estás perdiendo...

Danny cogió un poco con su cuchara. Al probarlo dejó escapar un leve gemido de gusto.

—¿Sabes? —dije—. Si fuésemos una pareja, yo te daría la mitad de mi plato y tú a mí la mitad del tuyo...

—Ya. Y supongo que habríamos ahorrado bastante en el alojamiento.

—Eso también... ¿Lo ves? Todo serían ventajas. Deberías pensarlo.

Danny sonrió y movió la cabeza de un lado a otro.

—Nunca dejarás de intentarlo, ¿verdad?

—No lo creas, ya no me seducen tanto los retos... Algún día me cansaré y encontraré a otra que me haga más caso. Será una chica estupenda, por cierto, y muy guapa. Mientras tú tendrás que conformarte con cualquier insípida tortilla y te lamentarás toda tu vida por haber dejado escapar a este atractivo plato de *cassoulet*.

—Al menos mi insípida tortilla tendrá algo de juicio en la cabeza.

—Di la verdad: en el fondo eso es lo que te encanta de mí.

Danny volvió a reír. Parecía contenta aquella noche, quizá por la emoción de haber encontrado algo importante en el frontal de Gallieni..., o puede que fuese la botella de vino, tinto y peleón, con la que estábamos pasando la cena.

Apoyó la barbilla en la palma de la mano y me miró, intrigada, igual que un gato miraría algo extraño y brillante.

—A veces me pregunto por qué tanta insistencia —me dijo—. ¿He herido tu orgullo masculino o algo parecido? ¿Soy una especie de cuenta pendiente? Tengo curiosidad por saberlo.

—No es tan complicado: me gustas, eso es todo.

—¿Por qué? —insistió.

—Si de verdad quieres saberlo... —Aparté el plato a un lado y la miré—. Porque no sé nada de ti. Apenas sé en qué piensas cuando te miro, no sé lo que tratas de decir cuando sonríes de medio lado de esa forma que, por cierto, me vuelve loco... No sé nada sobre tu pasado, tus gustos, tu manera de ver la vida... No sé lo que buscas o siquiera si buscas algo. He intentado descubrirlo desde que te conozco, pero no soy capaz; sigues siendo un misterio. Eso es lo que me gusta tanto de ti.

Al terminar de hablar, me sentí un poco avergonzado por aquel pequeño discurso. Sonreí con aire de disculpa y le di un sorbo a mi copa de vino, como si quisiera ocultarme tras ella.

—Vaya... —dijo al cabo de un rato—. ¿Y si te dijese que no soy ningún misterio? ¿Eso haría que dejases de intentar cambiar las cosas entre nosotros?

—Escúchame, Danny: lo último que yo querría es convertirme en una molestia para ti... Esto sólo es divertido mientras para ambos no sea más que un juego. Si alguna vez estás cansada, sólo tienes que decírmelo. Sólo... hazme un gesto y te dejaré en paz, te lo prometo.

—No es eso lo que pretendía —se apresuró a decir—. De verdad quería una respuesta... Si lo que tanto te atrae de mí es lo que no sabes, ¿qué ocurrirá cuando lo sepas?

—Quizá eso ya no me importe demasiado. Yo no he dicho que quiera descifrarte como si fueses una especie de acertijo... Hay personas que disfrutan encontrando respuestas; no es mi caso. Prefiero encontrar preguntas.

Danny me miró y sonrió. Fue una sonrisa agradable. Luego dejó caer la mirada sobre su copa de vino.

El camarero apareció de pronto para llevarse nuestros platos y preguntarnos si deseábamos algún postre. Su llegada fue como la del figurante que anuncia el fin de una escena. Cortó de cuajo el hilo de nuestra conversación y luego nos fue imposible recuperarlo.

Para evitar un silencio poco agradable, decidí regresar a un terreno menos resbaladizo y mencioné de nuevo el hallazgo en el frontal de altar. Eso nos llevó a hablar sobre la Pila de Kerbala, el timón de oro, el *Mardud*... Temas ya de sobra conocidos en los que ambos nos sentíamos seguros; aunque lo cierto es que yo llevé casi todo el peso de la conversación; Danny parecía estar de pronto algo ausente, a veces notaba cómo hacía esfuerzos para prestarme atención y no perderse en sus pensamientos.

Nos marchamos después de tomar el postre y pagar la cuenta a medias. En el exterior, el aire cortaba con filo de hielo. Todo estaba cubierto de una oscuridad azulada y un silencio sólo roto por nuestros pasos y el correr de las aguas del río. Daba la impresión de que estábamos solos en un pueblo fantasma, en medio de las montañas.

Hice un par de intentos por mantener viva la charla, pero Danny apenas me contestaba o sólo lo hacía con monosílabos. Finalmente regresamos al hostal en silencio, cada uno fumándonos un cigarrillo. Sorprendentemente, no fue un silencio incómodo.

Subimos a nuestras habitaciones. El hostal parecía tan vacío y desolado como el resto del pueblo. Nuestros cuartos estaban uno al lado del otro. Nos detuvimos frente a la puerta de la habitación de Danny.

Por algún motivo, nos quedamos allí parados, como si estuviésemos esperando a que ocurriera algo.

—Ha sido un día largo... —dije, y de pronto el sonido de mi voz me resultó molesto e irritante, algo que aparece en un lugar donde no es bien recibido. Me callé, sintiéndome torpe.

Danny me miraba. Intuí lo que estaba a punto de ocurrir.

Pasó su mano alrededor de mi cuello y me atrajo hacia ella para besarme. Cerré los ojos y apoyé mis labios sobre los suyos, con mucho cuidado, como si temiera romperlos. La sensación fue la de estar muy sediento y hacer grandes esfuerzos por tomar sólo un pequeño sorbo de agua.

Danny tomó mi mano y me llevó al interior de su habitación. Volvimos a besarnos: una vez, decenas de veces... Cada vez me resultaba más difícil contenerme, y supe que a ella le ocurría algo similar cuando, sin darse cuenta, mordió mi labio inferior. Busqué su cuello mientras ella apartaba mi ropa con gestos ávidos.

Nos detuvimos de pronto, como dos corredores que se quedan sin aliento, y nos miramos. No pude ver sus ojos, sólo dos reflejos en la oscuridad.

—¿Por qué...? —pregunté.

Ella colocó su dedo sobre mis labios para hacerme callar.

—Sólo es una noche sin respuestas... —Acercó sus labios a mi oreja, me mordió ligeramente el lóbulo y susurró—: ¿Acaso importa?

«No. No quiero respuestas; esto es lo que quiero», pensé, aturdido. Puede que incluso lo dijese en voz alta. No lo sé; en aquel momento no deseaba pensar con claridad, sólo dejarme llevar.

Danny me llevó hasta la cama, desnudándome a cada paso. Mis manos encontraron su espalda y la recorrieron con suavidad, dibujando sobre su piel el perfil de un signo de interrogación.

Fue lo último en que pensé antes de abandonarme en lo desconocido.

«Sólo es una noche...», las palabras me llegaron en medio del sueño.

«Sólo una noche sin respuestas.»

Podía oírlas llegar desde algún lugar que no era capaz de encontrar. A mi espalda, sobre mi cabeza, dentro de mi cabeza. Todo estaba oscuro a mi alrededor y me sentía perdido. Aquello ya no era un sueño, era una pesadilla.

Abrí los ojos y desperté.

Seguía rodeado de oscuridad, pero ahora podía distinguir siluetas entre las sombras, y una luz mortecina que se filtraba por la ventana de la habitación. Miré a mi lado: Danny estaba allí, dormida, y sentí un gran alivio al descubrir que no todo había sido un sueño.

Un reloj sobre la mesilla de noche marcaba las tres de la madrugada. Mis ojos empezaron a acostumbrarse a la oscuridad y vi mi ropa tirada en el suelo: un rastro de prendas desde la puerta hasta la cama, como si me estuviesen señalando la salida.

Sólo una noche sin respuestas, después de todo.

No me pregunté por qué había ocurrido, no quise hacerlo. De pronto empecé a temer el momento en que llegase el día y Danny se despertara y me encontrase junto a ella. Temí que querría explicarse y yo no deseaba que lo hiciera. Empecé a convencerme a mí mismo de que ninguno de los dos quería esa conversación. No tan pronto.

Con cuidado para no despertarla, salí de la cama y me vestí. Nunca me ha gustado la idea de abandonar a una mujer en mitad de la noche después de tener sexo con ella, pero me consolé pensando en que no era ninguna huida; después de todo, íbamos a vernos de nuevo al día siguiente. Prefería que nuestro primer encuentro después de aquello fuese vestidos y con la mente clara. Si ella pensaba decirme que todo había sido un error, fruto del exceso de vino o algo parecido, prefería que no lo hiciese mientras estuviera metido en su cama, desnudo como un gusano.

Salí del cuarto en silencio. Al verme en el pasillo, la idea de meterme en otra cama, en otra habitación a oscuras, me produjo cierta sensación de claustrofobia. Sentí la necesidad de salir a la calle y fumarme un cigarrillo, esperando que el frío de la madrugada me templase un poco las ideas.

Abandoné el hostal y me puse a caminar sin rumbo, por el paseo que bordeaba el río. Al cabo de unos pocos metros estaba cerca de la iglesia de Saint Privat, donde habíamos encontrado el frontal de altar.

Había una furgoneta frente al templo, lo cual me llamó la atención pues era casi el único coche aparcado en la calle. Horas antes, cuando Danny y yo fuimos a visitarlo, no estaba allí. La furgoneta era blanca y tenía un logotipo bastante grande en los laterales.

Era una estrella achatada, con las puntas rojas y azules. Debajo estaban escritas las palabras «Voynich Inc. Secrets from Future».

Puede que estuviese empezando a desarrollar cierta paranoia, pero tuve un mal presentimiento al ver aquel vehículo.

Fiel a mi costumbre, seguí mi primer impulso antes de pararme a pensar; impulso que, generalmente, no solía ser el más prudente. Me acerqué con sigilo hacia la iglesia y descubrí que la puerta estaba abierta. Vi asomar un destello de luz, como si alguien estuviera manejando una linterna en el interior.

Poniendo mucho cuidado en hacer el menor ruido posible, me colé en el templo, pegando la espalda contra la pared.

Vi a dos hombres vestidos de negro en la cabecera de la nave norte. Uno de ellos llevaba una linterna y con ella iluminaba el altar de mármol, donde otro hombre se dedicaba a arrancar el frontal de Gallieni con ayuda de unas herramientas.

Del otro extremo de la iglesia llegó el sonido de una puerta al abrirse. Otro hombre, también vestido de negro, salió de la sacristía donde estaba el Museo del Tesoro. Llevaba algo en la mano envuelto en una tela de color oscuro. Se acercó a los dos que estaban en la cabecera de la nave norte y les dijo algo en voz baja. Aquel templo estaba dotado de la eficaz acústica de las iglesias románicas, por lo que pude escuchar sus palabras.

—Tengo el timón —dijo en inglés.

El que sujetaba la linterna señaló con la mano hacia la puerta de salida y el que tenía el paquete envuelto en tela se dirigió hacia allí. Me apresuré a esconderme detrás de un grueso pilar, rezando para no me viese. Tuve suerte y el hombre salió de la iglesia sin siquiera volver la cabeza hacia donde yo estaba.

Escuché un fuerte ruido metálico: los otros dos habían logrado arrancar el frontal del altar. Lo depositaron en el suelo con cuidado y lo metieron en una delgada caja de metal, como las que se usan para trasladar cuadros en los museos. Luego ambos cargaron con la caja y se dirigieron hacia el exterior. Tampoco me vieron.

Al salir no cerraron la puerta. Me atreví a asomarme a la calle y vi que los dos hombres cargaban la caja en la furgoneta. El tercero estaba sentado al volante.

Arrancaron la furgoneta y se dirigieron hacia el camino que subía a la fortaleza. Entonces me fijé por primera vez que había una luz allá arriba: alguien había colocado una especie de foco en la entrada de acceso al castillo.

Los caballeros de la universidad americana que lo habían alquilado tenían unas horas bastante extrañas para realizar su congreso.

Podía alcanzar el castillo a pie, pero me arriesgaba a que al llegar la furgoneta de Voynich ya no estuviese allí; si no quería perder a los ladrones del altar y del timón, necesitaba un coche.

Saqué mi teléfono del bolsillo y marqué el número de Danny. No era momento de andarse con reparos. Ella respondió después de un rato, en su voz había una mezcla de sueño y extrañeza.

—Danny —me apresuré a decir—. Necesito que traigas el coche a la puerta de la iglesia. Lo necesito ahora. Te lo explicaré cuando llegues.

—Pero ¿qué estás haciendo en...?

—Ahora, Danny —repetí—. Acaban de robar el timón de Gallieni... ¡Y también el frontal de altar!

No me hizo falta explicar nada más. Colgó el teléfono y apenas cinco minutos más tarde la vi llegar con su coche. Ni siquiera esperé a que detuviera el motor para subir al asiento del copiloto.

4
Caída

La fortaleza de Saint Béat se encontraba en la cúspide de una colina, en la orilla norte del río. Un camino para peatones ascendía hacia ella en zigzag desde el pueblo por un lado, mientras que por el otro el acceso se realizaba a través de una carretera.

Danny y yo llegamos con el coche todo lo lejos que la discreción nos permitió; después tuvimos que dejarlo aparcado y continuar el camino a pie. Por suerte, la noche era oscura y podíamos utilizarla para mantenernos ocultos.

Al acercarnos lo suficiente vi la furgoneta de Voynich aparcada frente al acceso a la fortaleza, junto a un foco que creaba un círculo de luz a su alrededor. Nos ocultamos entre unos árboles, a unos pocos metros de distancia.

Los tres hombres que habían robado en la iglesia estaban de pie junto a la furgoneta. Los acompañaba un cuarto personaje que tenía rasgos asiáticos y vestía con traje de chaqueta.

El asiático se colocó bajo el chorro de luz del foco que iluminaba la entrada del castillo. Su rostro estaba vuelto en dirección hacia donde se encontraba nuestro escondite, por lo que pude ver que aquel hombre tenía un curioso rasgo físico: sus ojos eran de un intenso color azul.

Los cuatro hombres mantenían una conversación que no pudimos escuchar. El asiático de los ojos azules se acercó a la parte trasera del vehículo y abrió la puerta, dos hombres de negro sacaron la caja metálica donde estaba el frontal y el otro le enseñó el timón al asiático, que hizo un gesto de aprobación; después volvieron a dejar ambas piezas dentro de la furgoneta. Uno de los hombres vestidos de negro se sentó al volante mientras los otros tres desaparecían en el interior del castillo.

—Está claro que esto no es ningún congreso —susurré a Danny—. ¿Qué hacemos ahora?

—Avisar a la policía no es una opción: puede que sea a ti al que acaben deteniendo por culpa de ese maldito aviso de Interpol.

—¿Dos expertos buscadores denunciando un robo a la policía? Seríamos la vergüenza del Cuerpo.

—El frontal de altar y el timón siguen dentro del vehículo, pero uno de los ladrones aún está dentro... —observó Danny—. ¿Estás dispuesto a hacer algo arriesgado?

—No parece que esta noche tenga intención de negarte nada, así que... —me atreví a decir. Como estaba muy oscuro, no pude ver si mis palabras provocaron alguna reacción en su rostro.

—Sígueme. En silencio.

Desde donde nos encontrábamos se escuchaba el eco del caudal del río reverberar en las montañas, lo que amortiguaba el sonido de nuestros movimientos. Nos acercamos junto a la furgoneta y Danny me hizo una seña para que me quedara quieto. Ella se dirigió hacia el asiento del conductor.

El hombre de negro que estaba al volante la vio y salió del vehículo de inmediato, caminando hacia ella con una expresión hostil. Vi que se llevaba la mano a la parte trasera del pantalón. Danny flexionó el cuerpo, como si fuera a agacharse, agarró una piedra grande y después golpeó con ella contra la parte baja de la mandíbula del hombre de negro; éste dio un paso atrás, aturdido. Con una rapidez asombrosa, Danny dirigió otros dos golpes contra él: uno con el codo, directamente al cuello, y otro con el puño contra su oreja derecha. Escuché cómo algo crujía igual que una rama seca. El hombre de negro tembló un segundo y luego se desplomó en el suelo.

—Vamos —me ordenó Danny.

Salí corriendo de detrás de la furgoneta. Danny registraba los bolsillos del hombre.

—Sube al asiento del copiloto —me dijo.

—¿Quién te ha enseñado a hacer eso?

—Burbuja, pero no le digas que he necesitado tres golpes para dejarlo inconsciente: él lo habría hecho con dos. —Sacó la mano del bolsillo del hombre de negro con gesto de triunfo: había encontrado las llaves de la furgoneta; después le quitó al tipo la pistola que llevaba enganchada en el fondillo del pantalón.

De pronto la puerta de acceso al castillo se abrió y aparecieron los compañeros del que había quedado fuera de juego. Danny soltó un exabrupto y saltó dentro de la furgoneta. Encajó la llave en el contacto y arrancó el motor. Uno de los hombres del castillo disparó un arma.

—¡Saca el brazo por la ventanilla y dispara! —exclamó Danny, y me arrojó la pistola que acababa de coger.

—¿A cuál de ellos?

—¡A ninguno! ¡Sólo hazlo! ¡Les asustará!

Danny hizo girar la furgoneta con un derrape mientras yo intentaba seguir sus instrucciones: habría deseado que las manos no me temblaran tanto, y tenía más miedo de acertar el tiro que de errarlo; jamás en mi vida había disparado contra un hombre.

El sonido de la bala perdida hizo eco en la noche. Danny derrapó y yo me agité de un lado a otro igual que una pelota en el fondo de una lata. Pude atisbar cómo nuestros atacantes se refugiaban en el castillo. Creí ver que el asiático hablaba por un walkie talkie.

Danny aceleró y llevó la furgoneta hasta la carretera. El motor rugió en cuanto las ruedas tocaron asfalto, la furgoneta se inclinaba penosamente a cada curva y no pude evitar cerrar los ojos esperando el momento en que volcaríamos, al tiempo que agarraba la pistola temiendo que se cayera al suelo y se disparase.

Danny logró equilibrar la furgoneta. No era capaz de explicarme cómo podía conducir en medio de aquella oscuridad: los faros del vehículo apenas iluminaban lo justo como para ver los árboles con los que estuvimos a punto de chocar en varias ocasiones.

Nos acercamos hacia un cruce que comunicaba con el pueblo. De pronto vi el morro de un coche negro que salió de entre las casas para interceptarnos el paso. Lancé un grito de aviso y Danny dio un brusco volantazo que provocó que me golpease contra la ventanilla.

Pasamos junto al morro del coche negro tan cerca que oí el sonido del arañazo de su parachoques contra el lateral de la furgoneta; de hecho, casi lo sentí en mi propio cuerpo. El coche negro giró en nuestra dirección y aceleró con la intención de alcanzarnos. Oí otro disparo y sentí una bala pasar junto a mi ventanilla. Como pude, asomé medio cuerpo y disparé a ciegas con la pistola. Tenía la vana esperanza de acertar a las ruedas de nuestros perseguidores, pero era como intentar darle a una diana en medio de un cuarto oscuro. Sonó otro disparo. Danny me agarró del cuello de la camisa y tiró de mí con fuerza.

—¡No seas idiota! ¿Quieres que te vuelen la cabeza?

—¡Sólo intentaba...!

—¡Ya sé lo que intentabas, y sería una buena idea si supieras manejar una pistola! ¡Limítate a estarte quieto mientras trato de dejarlos atrás!

Danny aceleró. El pueblo cada vez quedaba más lejos, pero el coche negro acortaba distancias con rapidez. Danny tomó un desvío que nos llevó hasta una diminuta carretera que se retorcía igual que una serpiente. El coche negro aún nos seguía.

El cono de luz de los faros me mostraba imágenes inquietantes: la sinuosa carretera transcurría por lo que parecía ser la ladera de la montaña. A mi izquierda se veía una pared rocosa salpicada de montículos de nieve; a mi derecha, unos topes de piedra bajos y, tras ellos, un inmenso espacio negro. Podía escuchar el río desde algún lugar en lo profundo de aquella oscuridad.

Cada curva era una pesadilla y cada derrape, la posibilidad de un desastre. Danny manejaba la furgoneta con enorme habilidad, pero en su rostro se reflejaba la tensión. Mientras tanto, el coche negro, mucho más rápido que nosotros, se acercaba a marchas forzadas.

Sentí un golpe en la parte trasera de nuestro vehículo. Danny apretó los labios y agarró con fuerza el volante, que amenazaba con descontrolarse. Ante nosotros apareció una curva cerrada y sentí otro fuerte golpe: el coche negro parecía tener la intención de despeñarnos, y durante un angustioso segundo estuve seguro de que lo lograría. Danny pudo mantener el vehículo en la carretera haciendo un enorme esfuerzo.

No tuve tiempo para respirar aliviado: aprovechando un momentáneo ensanchamiento de la vía, el coche negro encajó su morro entre la pared de la montaña y el lado izquierdo de la furgoneta. Nos embistió con fuerza. El lateral derecho de nuestro vehículo golpeó contra un tope de piedra haciendo saltar chispas. Danny aceleró, intentando dejar a nuestros perseguidores atrás.

Una diabólica curva apareció justo delante de nosotros. El coche negro volvió a embestir. Escuché un impacto tremendo, y después se desató el caos.

Danny perdió el control del volante, la furgoneta resbaló como si hubiese encontrado una placa de hielo. Todo empezó a girar a mi alrededor. Sentí un fuerte golpe en el lateral derecho del vehículo: habíamos impactado contra uno de los topes de piedra que bordeaban la carretera. La furgoneta comenzó a inclinarse de manera angustiosa y, de pronto, me encontré casi boca abajo.

Nuestro vehículo empezó a despeñarse por una ladera, aunque yo apenas me di cuenta de ello. Cerré los ojos y grité. Noté cómo mi cuerpo se sacudía de un lado a otro de forma enloquecida: un golpe en la cabeza, otro contra mis costillas, escuché el sonido de los cristales rotos y del metal rozando contra la piedra y la madera. Era como caer de cabeza al infierno.

En la boca noté un intenso sabor a cobre. Hacía tiempo que no saboreaba el miedo a la muerte.

Por segunda vez aquella noche abrí los ojos después de una pesadilla, sólo que en esa ocasión la pesadilla no desapareció.

Tardé unos segundos en recuperar el contacto con la realidad: estaba dentro de la furgoneta, tumbado contra la ventanilla de mi derecha, cuyo cristal se había convertido en un puzle de cientos de piezas con el aspecto de una telaraña. Mi hombro estaba apoyado de forma antinatural contra la puerta. Aliviado, comprobé que podía moverlo sin sentir un gran dolor. Luego probé suerte con el resto de los miembros de mi cuerpo: no parecía haber nada roto ni dislocado. Quizá existía un espíritu muy diligente que velaba por los caballeros buscadores.

Danny seguía en el asiento del conductor, sujeta por el cinturón de seguridad. Estaba completamente inmóvil.

—Danny... ¡Danny...!

Ella ladeó la cabeza con un gesto de dolor en el rostro. Me incorporé todo cuanto pude en aquel angosto espacio y me acerqué a la buscadora. Tenía un feo corte en la mejilla que sangraba de manera abundante.

—Tenemos que salir de la furgoneta —dije, angustiado—, ¿puedes moverte?

—Sí... Creo que sí... —Hizo un gesto con los brazos y su cara volvió a transformarse en una mueca.

—Te ayudaré. Apóyate en mi brazo.

Quité el seguro de su cinturón y su cuerpo cayó sobre mí. No pude evitar el impulso de abrazarla, apretar mi cara contra la suya y sentir que estaba viva, aunque sólo fuese por un segundo. Ella me devolvió el contacto, agradecida.

—¿Estás bien? —pregunté. Ella asintió con la cabeza.

Salimos del coche por la ventanilla del conductor, ayudándonos el uno al otro. Sentir el frío de la noche sobre mi cara magullada fue la mejor de las caricias; aspiré una bocanada de aire como si me lo quisiera beber.

Me di la vuelta hacia la furgoneta. Estaba volcada sobre el

lado del copiloto. Las puertas traseras estaban abiertas y la carrocería, masacrada de abolladuras y cortes. Era imposible calcular desde cuántos metros había caído. El morro estaba encajado contra el tronco de un árbol que crecía en el borde de una pequeña sima, la cual caía en picado hacia un trecho del río donde las aguas bramaban con fuerza. Aquel árbol sin duda nos había salvado de una tumba acuática. Era un milagro que estuviésemos vivos y sin apenas daños.

Danny caminaba algo encogida, rodeándose el tórax con el brazo. Al verla tuve la impresión de que había salido peor parada que yo y me asusté.

—Por favor, dime que estás bien.

—Lo estoy, lo estoy, tranquilo... —Se incorporó y me miró. Dejó aflorar una sonrisa pálida—. Debes de tener algo de *barakka*, Tirso Alfaro. Nos podíamos haber matado.

—Menuda noche, ¿verdad? —dije tratando de bromear.

—Sí... No era lo que yo había planeado. —Me acarició la mejilla, luego se miró la palma de la mano—. Tienes sangre en la cara, ¿estás herido?

Me limpié como pude con la manga de mi abrigo.

—Creo que es tuya, de cuando nos hemos abrazado antes. Tienes un corte aquí, en el pómulo.

Se tocó la herida con la punta de los dedos y dejó escapar un siseo dolorido. Después empezó a toser y volvió a encogerse con el brazo alrededor del cuerpo.

Escuchamos voces y ramas agitarse sobre nuestras cabezas.

—Maldita sea —dijo Danny bajando la voz—. Han venido a buscarnos. Hay que esconderse.

Nos dirigimos hacia la espesura, poniendo cuidado en no hacer ruido. Intenté otear a mi alrededor, pero la oscuridad era muy densa. Podía escuchar a nuestros perseguidores, pero no era capaz de verlos.

Percibí algo que se agitaba unos metros más lejos de donde nos escondíamos. El cielo se despejó un instante y un débil rayo de luna marcó la silueta de uno de los hombres del castillo. Imaginé que los tipos que nos perseguían en el coche negro nos habían visto caer y estaban comprobando si seguíamos con vida.

La luna desapareció, pero pude distinguir los movimientos del hombre al acercarse a la furgoneta y mirar en la parte trasera. Luego se dirigió en inglés a alguien que debía de estar mucho más lejos, quizá en la carretera, porque levantó la voz hasta casi gritar.

—El timón sigue aquí, y la caja también. Parece intacta.

—¿Y ellos? —me pareció escuchar.

—No los veo.

—Mierda. Están vivos, entonces. Debemos encontrarlos, no pueden haber ido lejos.

El hombre que estaba en mi campo de visión rodeó la furgoneta con movimientos cautelosos. Aunque los faros delanteros estaban rotos, uno de ellos seguía encendido, por lo que cuando el tipo se acercó hacia la luz pude ver que empuñaba una pistola con las dos manos. Sus intenciones sobre lo que pretendía hacer si nos encontraba estaban bastante claras.

—Tirso —me susurró Danny—, ¿aún tienes la pistola?

Asentí. Le pasé el arma y ella apuntó hacia el hombre de la furgoneta.

—Espera… ¿De verdad piensas…?

—¿Prefieres hacerlo tú?

No respondí.

El hombre se alejó de la luz. Danny musitó algo, airada, y después siseó con fuerza. Iba a decirle que si hacía tanto ruido el tipo nos escucharía, hasta que me di cuenta de que era justo lo que ella pretendía.

Al escuchar aquel siseo, el hombre se quedó quieto frente a la luz, convertido en un blanco perfecto. Levantó la pistola y caminó lentamente hacia donde nos encontrábamos.

Danny disparó. El tiro fue limpio. El hombre tembló en un espasmo, como si de pronto hubiese sentido un fuerte escalofrío, y luego cayó al suelo. No hubo sangre. No hubo gritos. Sólo un cuerpo que dejó de moverse.

Me habría gustado sentir más horror por aquello, pero no fui capaz. No era el primer ser humano que veía morir violentamente ante mis ojos, y ni siquiera de la forma más horrible. Al verlo caer sólo experimenté un gran alivio porque fuera él y no uno de nosotros.

Danny me devolvió la pistola, pero la rechacé.

—Aún queda otro —comenté—. Yo… no podría.

Danny asintió.

—Podrás, cuando no tengas más remedio —se limitó a decir.

Escuchamos al otro hombre bajar con rapidez por la ladera al sonido del disparo. No pudimos verlo hasta que se acercó a su compañero caído. Sacó su pistola y empezó a apuntar a todas partes, inquieto. Danny apuntó de nuevo.

Al levantar los brazos, tuvo repentinamente un acceso de tos. Disparó, pero la bala se perdió en la noche. Dejó caer la pistola y se llevó la mano al abdomen, dolorida.

El otro hombre salió corriendo en nuestra dirección y lo perdimos de vista. Danny maldijo entre dientes, intentando disimular un gesto de dolor. Se rehízo tan rápido como pudo y buscamos otro escondite a ciegas, sin saber por dónde aparecería nuestro enemigo.

De pronto un peso cayó sobre mí. Alguien me golpeó en la mandíbula y sentí un dolor espantoso, seguido de un mareo que me dejó fuera de combate; tuve la sensación de que las piernas ya no me sostenían. Tardé en recuperarme varios segundos y al hacerlo vi a Danny peleando contra el hombre que nos perseguía.

Ella no podía moverse con tanta agilidad como cuando dejó inconsciente al conductor de la furgoneta: las secuelas del accidente entorpecían sus movimientos. Trató de golpear al hombre en el estómago, pero él la agarró del cuello y la tiró al suelo. Danny logró que soltara la pistola lanzándole una patada a la mano, pero al hacerlo dejó escapar un grito de dolor y se encogió sobre sí misma. Intenté moverme, pero aún era víctima de un desagradable aturdimiento producido por el golpe en la mandíbula, y mis movimientos eran propios de un borracho.

El hombre le dio un puñetazo a Danny en la cara y recuperó su pistola del suelo. Grité y me lancé contra él, o, más bien, me dejé caer por la ladera a plomo sobre aquel desgraciado, que era todo cuanto me vi capaz de hacer.

Mi cabeza impactó en el estómago del tipo. Mis pies resbalaron y di de bruces contra el suelo. El hombre cayó de espaldas, y después escuché un grito horrible que fue disminuyendo de intensidad hasta que desapareció en medio del rugido de las aguas del río.

Me arrastré por el suelo y descubrí que me encontraba en el borde de la sima sobre el Garona. Al mirar hacia abajo no vi más que formas acuosas que se agitaban en el fondo, donde el brazo del río partía en dos las montañas.

Pensé en que aquel bastardo había tenido una tumba mucho más impresionante de lo que se merecía.

Ayudé a Danny a incorporarse: la pelea la había dejado exhausta. Noté que tenía dificultades para ponerse de pie y algo parecía causarle mucho dolor en la parte derecha del abdomen.

Tras mucho insistir, me dejó que le examinara la zona: no había ninguna herida, pero sí la marca de un golpe fuerte.

—Sólo es una contusión. Se me pasará en cuanto me tome una aspirina y me tumbe un rato —dijo ella.

—Creo que debería verte un médico.

—Sí, es una buena idea: presentémonos en un ambulatorio con una buena historia que no implique un robo, un accidente de coche y dos hombres muertos. Si no hacen preguntas indiscretas y no descubren que estás fichado, quizá me receten una aspirina y tumbarme un rato. —Dicho esto, se apartó de mí, malhumorada—. Te repito que estoy bien.

Quiso zanjar el tema. Se acercó a la furgoneta volcada y miró dentro de la parte trasera.

—¿Crees que podríamos empujarla? —me preguntó—. Sólo lo suficiente como para que caiga al río.

—No debería costarnos mucho esfuerzo... Pero ¿por qué quieres hacer algo así?

—Quizá nos estén buscando. Si encuentran la furgoneta en el río puede que piensen que estamos muertos... y, en el mejor de los casos, les mantendrá entretenidos mientras la sacan a flote para rescatar el timón y el frontal.

—¿Y qué haremos nosotros?

—El coche de esos dos tipos aún debe de estar arriba, en la carretera. Meteremos el frontal y el timón dentro y nos iremos con él... Sólo espero que las llaves estén puestas, o que no las tuviera el cerdo al que has arrojado por el barranco. Gracias, por cierto.

—Siempre es un placer... —Suspiré.

Nos pusimos manos a la obra. Entre los dos vaciamos la furgoneta y luego la empujamos; tuve que hacer yo casi todo el esfuerzo, pues Danny estaba muy mermada. Por suerte, el vehículo estaba en precario equilibrio. Con ayuda de una rama gruesa que encontré, pudimos hacer palanca y tirarla al fondo de la sima. Al terminar, Danny se encogió. Los ojos le lagrimeaban por el esfuerzo y tosía de forma penosa.

—¿Crees que podrás subir la caja del frontal tú solo? —me preguntó.

—Claro. Tú coge el timón.

Decirlo fue más fácil que hacerlo. La caja tenía un asa en un extremo: tirando de ella y caminando de espaldas pude arrastrarla con enorme esfuerzo. La condenada pesaba igual que un muerto y se encajaba en todas las piedras y ramas de la ladera. Sólo podía dar algunos pasos antes de detenerme a coger resuello. Mientras tanto, Danny registraba a uno de los hombres muertos. No tenía las llaves del coche.

Tardé unos veinte minutos en arrastrar la caja hasta la carretera. El coche negro estaba allí, con los faros encendidos y una de las puertas abierta. Me alegré mucho al oír que el motor estaba en marcha, eso significaba que las llaves estaban puestas en el contacto.

Danny se encontraba en un estado lamentable después de ascender la ladera, de modo que tuve que cargar yo la caja dentro del coche. También insistí en conducir. El hecho de que ella no mostrara resistencia me demostró que se encontraba mucho peor de lo que quería admitir.

Al sentarse en el asiento del copiloto, se dejó caer sobre el respaldo y cerró los ojos en una expresión dolorida.

—Intenta descansar —dije—. No tienes buen aspecto.

—¿Dónde vamos?

—Tenemos que recuperar tu coche.

—No, sería muy arriesgado volver al pueblo. No habrá peligro si lo dejamos allí... por el momento: es un coche del Cuerpo, la matrícula no es auténtica.

—De acuerdo; en ese caso, vámonos lejos de aquí, a no ser que hayas dejado algo en el hostal que sea imprescindible que recuperemos. —Ella negó con la cabeza—. Bien. Si puedo evitarlo, no pararé hasta llegar a Madrid. Llamaré a Burbuja por el camino para contarle lo ocurrido.

—Son muchas horas al volante... —dijo; cada palabra parecía costarle mucho esfuerzo—. ¿Podrás hacerlo solo? Pareces... agotado.

—No tanto como tú.

Ella me dedicó una sonrisa desfallecida. Sus labios se movieron, pero no escuché lo que decía; se recostó sobre el asiento y cerró los ojos. Tardó apenas unos segundos en quedarse dormida. Me fijé en su rostro, manchado de restos de sangre y tierra, y me sentí muy inquieto.

—Sigue conmigo, Danny, por favor... —murmuré, preocupado.

Puse el coche en marcha y avancé por la carretera. Sobre nuestras cabezas el cielo empezaba a clarear con las primeras señales de un amanecer pálido.

5
Luz

Burbuja salió de Madrid a nuestro encuentro en cuanto le llamé. Nos reunimos con él en Zaragoza, y pocas veces me he alegrado tanto de verle. Los últimos kilómetros que había estado conduciendo fueron una tortura. Incluso llegué a dormirme al volante un par de veces; si hubiese tenido que hacer todo el camino hasta Madrid es probable que hubiera logrado aumentar la estadística de accidentes en carretera.

En Zaragoza, trasladamos el frontal y el timón al coche de Burbuja, dejamos el otro vehículo abandonado en un solar de las afueras de la ciudad, y luego él nos llevó hasta Madrid mientras en el asiento trasero dormíamos como dos despojos en coma. De ese viaje no recuerdo más que brumas.

Burbuja me llevó a casa. Danny aún dormía; habíamos comprado una caja de analgésicos muy potentes en Zaragoza y nos los habíamos administrado sin ningún tipo de precaución.

—¿Qué vas a hacer con… las piezas? —le pregunté al buscador antes de salir del coche.

Mi voz sonó pastosa y somnolienta, y tuve que concentrarme bastante para comprender su respuesta a la primera.

—He hablado con los gemelos. Están deseando tenerlas en el taller.

—Bien... Bien... —musité—. Podemos reunirnos allí en unas horas y...

—De eso nada, novato. Vas a meterte en la cama y vas a descansar hasta que vuelvas a tener aspecto de ser humano. Cuando te hayas despejado me llamas, entonces haremos planes.

—De acuerdo —claudiqué. La verdad es que su consejo sonaba muy apetecible. Señalé a Danny con la cabeza—. Cuando despierte, intenta convencerla para que vaya a un médico. Creo que salió peor parada que yo de aquel accidente.

—Lo haré, pero no te prometo nada. Es muy tozuda... Gracias por cuidar de ella. Creo que habéis sido un par de idiotas yendo a ese pueblo sin avisar a nadie, pero me alegro de que al menos estuvierais juntos.

—Los dos nos hemos guardado las espaldas. Tu hermana no necesita que ningún novato la vigile.

Burbuja sonrió de medio lado. Su sonrisa era igual que la de Danny. Nos despedimos y subí a casa. Ni siquiera recuerdo cómo acabé en la cama, tendido igual que un muñeco de trapo.

Al día siguiente, al despertar, decidí hacer caso a la recomendación de Burbuja y lo pasé en casa, haraganeando entre la cama y el sofá. A mi cuerpo le vino bien aquel descanso, pero sin duda mi mente lo agradeció mucho más: pedía a gritos una jornada de desconexión. Casi lo logré del todo hasta que, al final de la tarde, recibí una llamada desde el taller de Alfa y Omega. Estuve tentado de no responder, pues no me veía con ganas de mantener una conversación con ninguno de los gemelos barrocos.

—Faro, querido y bravo amigo —me saludó la voz de uno de ellos, imposible distinguir de cuál se trataba—. Lamentamos interrumpir tu merecido descanso sobre la umbrosa ribera. Burbuja nos dijo que no lo hiciéramos, pero...

—No importa, estoy bien —le interrumpí—. ¿Para qué me has llamado?

—¡Necesitamos hablar contigo de ese antipendio que Danny y tú habéis traído de Francia! Desde que empezamos a estudiarlo, no hemos salido de nuestro asombro... Si tan sólo pudiéramos explicar... Pero no, no por teléfono. Esto requiere tiempo.

—Estoy de acuerdo. Nos reuniremos mañana en vuestro taller, si os parece bien.

—¡Sí, sí, estupendo! Sabíamos que dirías eso, de ahí nuestra llamada. Recordarás, querido amigo, que en el frontal había una serie de inscripciones.

—Sí, algo en árabe clásico, según me dijisteis por mensaje... ¿Ya lo habéis traducido?

—No, por desgracia. *Non omnia possumus omnes...** Una parte está en árabe, sí, pero gran cantidad de palabras están escritas en lengua songhay. Al principio no nos dimos cuenta y nos sonaba a jerga incomprensible, pero Alfa recordó que sonaba igual que el texto hallado en el *Mardud*.

Me alegré de saber por fin con cuál de los dos hermanos estaba hablando.

—¿En ese trasto hay textos songhay?

—¡Decenas de ellos! Por eso precisamos de tu ayuda. O más bien la de aquel lacónico personaje llamado César, el cual recordamos que sí que lo hablaba. Necesitamos desesperadamente ponernos en contacto con él. *Tempus fugit.* Hemos pensado que quizá tú puedas hacerlo.

Podía, pero la idea no me atraía en absoluto. Seguía sin fiarme de César.

—Tiene que haber alguien que hable ese dichoso idioma en alguna parte, ¿no podríais encontrarlo?

—Pues claro, pero eso nos llevaría tiempo, mucho tiempo; por otro lado, *in dubiis abstine*: no creemos que sea prudente airear que el frontal está en nuestro poder. Tenemos el presentimiento de que tu amigo César será un colaborador mucho más discreto. Como dijo Cicerón, *de duobus malis minus est semper eligendum*, lo cual significa...

—Sí, ya lo sé: elegir el mal menor —le interrumpí. A menudo

* No todos podemos hacer cualquier cosa.

los gemelos olvidaban que yo podía comprender el latín igual de bien que ellos, sólo que yo no lo utilizaba para torturar a mis semejantes—. De acuerdo, intentaré ponerme en contacto con César... Quien, por cierto, me gustaría dejar claro que no es amigo mío.

—¡Bravo! Hazlo de inmediato, y si lo logras, tráelo mañana al taller.

Llamé a César cuando encontré el número de teléfono que él mismo me había apuntado en una hoja de papel. La primera vez me contestó un buzón de voz, y la segunda no tuve mejor suerte. Me estaba planteando si intentarlo una tercera cuando César respondió a mis llamadas.

No se mostró sorprendido por hablar conmigo, más bien al contrario; daba la impresión de que lo había estado esperando, y eso me resultó un tanto incómodo. Le pregunté si podría estar al día siguiente en el taller de Alfa y Omega a primera hora. Me dijo que no tenía ningún inconveniente. No se molestó en preguntarme para qué lo necesitaba.

—Nos veremos mañana, buscador —dijo sencillamente. Luego añadió—: Sabía que aún podíamos ayudarnos el uno al otro.

Me pareció correcto sugerir que estábamos dispuestos a acordar algún tipo de pago con él a cambio de su colaboración.

—El dinero no me interesa —repuso—. Estoy seguro de que habrá algo más útil que podáis hacer por mí... Ya veremos.

Colgó el teléfono. No me gustó aquella conversación; tenía la desagradable impresión de haber hecho un pacto con quien no debía.

Nos reunimos en el taller Enigma, Burbuja, Danny y yo. César me acompañaba. Los gemelos habían cerrado al público su pequeña joyería y lo habían preparado todo para una intensa sesión de buscadores.

El taller estaba despejado de los cachivaches habituales. En su lugar, sobre la amplia mesa de trabajo, los gemelos habían colocado el frontal de altar. En una mesita auxiliar habían dispuesto unas jarras de su famoso café y una cesta con bollería, lo que me pareció un detalle tan simpático como inoportuno. Quizá aquello que estábamos haciendo era lo que Alfa y Omega entendían como una reunión social, y por eso la presencia del desayuno.

En lo primero que me fijé al llegar fue en que Danny tenía mucho mejor aspecto que la última vez que nos vimos. Le pregunté si había ido al médico y ella me dijo que no.

—Sólo necesitaba un poco de descanso y algunos analgésicos —me aseguró mientras se servía una taza de café. Vi que se inclinaba de manera un tanto forzada al dejar la jarra sobre la mesita.

Después, mientras Danny le explicaba con detalle a Enigma y a los gemelos algunos pormenores de nuestro viaje a Saint Béat, aproveché para dirigirme a Burbuja en un discreto aparte.

—Te dije que la convencieras para ir a un médico —le recriminé.

—¿Crees que no lo intenté? Sólo me faltó golpearla en la cabeza y meterla a la fuerza en un ambulatorio. No quiso ni oír hablar del tema. —Dio un sorbo a su taza de café—. Ayer por la tarde fui a verla y parecía encontrarse bien, de modo que dejé de insistir.

Iba a replicar algo cuando Omega llamó nuestra atención para que nos reuniésemos alrededor del frontal.

—Queridos amigos buscadores, como dijo el poeta, siento que algo solemne se aproxima... Hemos estado inspeccionando este exquisito antipendio durante todo el día de ayer, y podemos anunciaros que dista mucho de tratarse de una pieza corriente.

—¿En qué sentido?

—En muchos, querido Faro. Permitidnos compartir con vosotros algunos detalles técnicos: la pieza está hecha de tablas de madera de acacia recubiertas por un barniz de sandáraca, sin elementos químicos modernos. Como podéis observar, a lo largo del frontal hay diferentes remaches y láminas de metal. El material es una aleación de bronce con grandes cantidades de arsénico, de ahí su pátina blanquecina; esto nos indica que se forjó con una técnica muy antigua. También lo es la madera y el barniz de sandáraca... En fin, en aras de la concreción, adelantaré que hemos datado la pieza en fechas no anteriores al siglo VIII o X de nuestra era.

—Eso es una horquilla muy amplia —dije.

—Te invitamos a que aportes una datación más precisa, si crees que puedes hacerlo, jovencito —respondió Omega con aire ofendido.

—¿Qué hay de las piedras engastadas? —preguntó Danny, acudiendo en mi ayuda.

Alfa tomó el relevo de su hermano.

—Cristal de roca. Pequeñas cápsulas de cristal de roca.

—¿Cápsulas?

—Sí; están huecas. Hemos contado veintisiete en total... Acercaos, esto os resultará muy sorprendente. —Nuestras cabezas se unieron formando un círculo sobre el frontal. Alfa sacó una linterna con forma de bolígrafo del bolsillo de su pechera y la utilizó para iluminar las piedras—. Junto a cada una de las cápsulas de cuarzo podéis ver una palabra grabada sobre bronce... Luego están estas líneas rectas y esta otra línea sinuosa que recorre gran parte del frontal de lado a lado. Contemplad con atención la forma de esa línea: ¿suscita alguna imagen en vuestra mente? ¿Quizá... un río?

—¿Es un río? —pregunté.

—¡Exacto! —dijo Omega—. Y fijaos en los nombres que aparecen junto a las piedras de cuarzo: Kolodugu, Djenné, Bamako, Walata, Gao... Son nombres de ciudades malienses.

Escuché a mi espalda la voz de César, que estaba apartado del grupo.

—No es un simple frontal de altar; es un mapa.

—Así es —corroboró Omega—. Un mapa de Malí en la

época imperial, y el río es el Níger. Cada piedra de cuarzo se corresponde con una ciudad.

Un mapa. Me pareció muy apropiado; toda historia sobre la búsqueda de un tesoro debe tener un mapa, quizá habíamos encontrado el nuestro.

—¿Este mapa indica cómo llegar a alguna localización en concreto...? —pregunté. Los gemelos negaron al unísono con la cabeza.

—No; sólo es un mapa, nos tememos —dijo Alfa.

—Sin embargo, puede que las inscripciones en árabe aporten más información —insistí.

—No las que hemos podido traducir, aunque no han sido más que palabras sueltas: el nombre de Alá, el término «Pez Dorado», la palabra «Kerbala»... La mayor parte del texto está escrito en lengua songhay.

—Por fortuna, contamos con alguien que puede dar vida a la doctrina muerta y a la letra no tocada, como diría Quevedo.

Omega señaló a César con gesto ceremonioso. Él se acercó al frontal, ignorando nuestras miradas curiosas y expectantes. Lo inspeccionó un rato, con la misma asepsia con que contemplaría un pedrusco encontrado en mitad de un camino. Después, señaló con el dedo índice uno de los bordes de la pieza.

—El texto empieza aquí —indicó; a continuación, poco a poco, fue traduciendo las palabras en voz alta—: Una invocación a Alá, el Misericordioso, el Compasivo... Habla de seguir el camino... No, no es el camino: la cadena... «Seguir la Cadena del Profeta, hasta el Oasis...» Oasis Imperecedero... «a través de la Ciudad de los Muertos, de la Ciudad del Acantilado, en la morada del Hombre Verde. Allá donde los Askia ocultan...» el conocimiento, la sabiduría, sí: eso es... «Donde los Askia ocultan nuestra Sabiduría, donde los Mansa ocultan nuestra Sabiduría, donde los Tunka ocultan nuestra Sabiduría. La llave del...» el *fankama*: esa palabra no es songhay, es lengua mandé, creo que significa «poder» o «fuerza»... «La llave de nuestra fuerza...» El término «Cadena de Oro de la Sabiduría» se repite varias veces en forma de invocación... Aquí hay algo importante: «el Pez Dorado marca el camino, la reliquia de Kerbala de los soberanos Mansa. Arrójalo al lago, viajero, y que el Misericordioso guíe tus pasos para hacerte digno del Hombre Verde. Alabado sea Alá, Señor del Universo, Dueño del Día del Juicio. Su luz indica el umbral del camino». —César dejó el frontal y nos miró—. Eso es todo.

Enigma había estado apuntando las palabras de César en un cuaderno. Cuando terminó de hablar, las releyó, mordisqueando el extremo de su bolígrafo.

—Muy interesante... —dijo—. Hay una serie de términos que no comprendo: ¿qué significan Askia, Mansa y Tunka? Me gusta cómo suenan, ¿son nombres propios?

—Algo así —respondió César—. Los Askia eran los emperadores songhay. Mansa y Tunka también son dinastías reales, pero los Mansa gobernaron en la era del Imperio de Malí y los Tunka durante el Imperio de Ghana; todos ellos son anteriores a la época songhay. Los reyes Tunka, de hecho, gobernaron Malí hace más de diez siglos.

—¿Y cuál es el secreto que ocultan todas esas dinastías imperiales? —pregunté.

—No lo sé, pero debe de ser algo muy antiguo. Quizá ése era el tesoro del que hablaba Yuder Pachá.

De nuevo, al mirar a César, tuve la intuición de que nos estaba ocultando cosas, y de que sabía mucho más sobre el texto que acababa de traducir de lo que quería aparentar.

—¿Qué es la Cadena de Oro de la Sabiduría? —le pregunté.

—No lo sé —me respondió, eludiendo mi mirada.

—¿Y el Hombre Verde? El texto lo menciona varias veces.

—Tampoco lo sé. Yo no soy ningún experto. No sé nada de esas historias.

Para no ser un experto, mostraba ocasionales conocimientos sobre historia y lingüística que superaban con mucho lo que cabría esperar de un ladrón de tres al cuarto. Me disponía a hacerle un comentario al respecto cuando Alfa intervino:

—Sobre ese particular, quizá yo pueda aportar algo... Existe una antigua creencia sufí que habla sobre un personaje legendario anterior a Mahoma a quien se conocía con el nombre de Al Khidr. Hay quien dice que era un místico, un santo o incluso un ángel... Existen numerosas leyendas y tradiciones sobre ese personaje, pero en todas ellas se le conoce como «el Hombre Verde».

—¿Por qué el Hombre Verde? —preguntó Danny.

—No se sabe... Una vieja leyenda dice que en una ocasión se tumbó a descansar sobre un páramo desértico y de la tierra comenzaron a brotar árboles y plantas, convirtiendo el lugar en un vergel... Otras creencias apuntan a que la referencia al color verde es un símbolo del conocimiento fructífero, es decir, la sabiduría de Dios. Al Khidr sería el custodio de dicha sabiduría, y permanece en la tierra, inmortal, para iluminar con ella a los hombres dignos de merecerla... Los primitivos cristianos de Armenia identificaban a Al Khidr con el profeta Enoc, y en la zona de Palestina se creía que era san Jorge... Existen leyendas aún más antiguas que dicen que el Hombre Verde enseñó a Moisés el poder de desatar las plagas sobre Egipto, transmitió a Noé la medidas del Arca e, incluso, mostró a Alejandro Magno el secreto de la Eterna Juventud... —Alfa hizo una pausa y emitió una tosecilla, luego me miró a los ojos—. También se dice que fue Al Khidr quien enseñó a Salomón a forjar una mesa donde estaba escrito el verdadero nombre de Dios.

No supe cómo reaccionar a eso. Vi a Burbuja resoplar y hacer un gesto de fastidio.

—No, por favor... Otra vez no... —masculló entre dientes.

—Y así el círculo se cierra —musitó Enigma—. Bien, creo que sobre esto último no debemos preocuparnos: esos deberes ya los tenemos hechos... Sin embargo (y corregidme si creéis que me equivoco) pienso que el tesoro que buscaba Yuder Pachá en Malí estaba relacionado con ese Hombre Verde... o, al menos, él lo creía así. Y apostaría todo mi encanto personal a que ese mapa indica cómo llegar hasta él.

Estaba de acuerdo con ella y así lo manifesté. Además, había otro detalle que pensaba que deberíamos tener en cuenta: el *Mardud* de Sevilla. Hasta donde nosotros sabíamos, Yuder Pachá había obtenido la primera pista sobre su búsqueda en aquel códice.

—Sin duda deberíamos examinar el *Mardud* con más atención —dijo Omega cuando expuse mi parecer—. Por desgracia, ahora no está a nuestro alcance.

—¿Cómo es eso? —pregunté—. Creía que aún lo guardabais vosotros.

—Oh, no, ya no; Alzaga nos hizo desprendernos de él. Creyó que estaría más seguro guardado con los fondos sin exhibir del Arqueológico.

Ésa no era una buena noticia. Significaba que si queríamos volver a inspeccionar el *Mardud*, debíamos pedirle permiso a Alzaga, y él no nos lo daría mientras las actividades del Cuerpo siguieran suspendidas. Por el momento, nuestra única pista era el mapa del frontal de altar, pero no teníamos ni idea de cómo leerlo.

—¿Y qué hay de la Pila de Kerbala? —mencionó Enigma—. El texto dice claramente: «el Pez Dorado marca el camino, la reliquia de Kerbala de los soberanos Mansa». Eso es otra pista.

Los gemelos habían tomado la precaución de sacar la Pila junto con el altar. Al volver a sostenerla entre las manos, me vinieron a la mente recuerdos poco agradables; por lo demás, no me transmitió ninguna idea: seguía siendo el mismo cilindro de metal con forma de pez, de origen incierto, el cual, debidamente manejado, podía producir descargas eléctricas.

—«Arrójalo al lago, viajero, y que el Misericordioso guíe tus pasos...» —murmuré citando el texto que aparecía en el mapa.

—Puede que haya que tirarlo al agua... —propuso Enigma.

—Si hacemos eso será como meter el dedo en un enchufe... Este trasto es peligroso —dije yo; luego me dirigí a Alfa—: ¿Está vacío?

—Por supuesto. Aunque, si lo deseas, tenemos algo de jerez por aquí.

La Pila de Kerbala se activaba introduciendo en su interior algún líquido que sirviera como electrolito: los filamentos que brotaban de uno de sus extremos actuaban como conductores. La primera vez que los gemelos me mostraron sus efectos, la hicieron funcionar simplemente con vino de jerez; más tarde, yo obtuve los mismos resultados utilizando zumo de uvas, lo que a su vez causó trágicas consecuencias para el malogrado Tesla. Pero ésa es otra historia.

Aún sosteniendo la Pila en la mano, me acerqué al frontal de altar para inspeccionar el mapa. Me fijé en el agujero que había en una esquina y que, según la mujer del museo de Saint Béat, lo produjo la bala de un mosquete.

En ese momento reparé en que, alrededor del agujero, había leves restos de pigmento azul.

Un agujero redondo y azul...

—Alfa, sobre este orificio... —dije señalándolo—, ¿pudo haber sido causado por una bala? ¿Una bala de mosquete?

—Claro que no —respondió Burbuja, adelantándose al joyero—. Qué idea más estúpida. ¿Sabes los efectos que semejante disparo tendría sobre un pedazo de madera? Lo reventaría en forma de astillas; este agujero es demasiado perfecto.

Calibré a simple vista el diámetro del orificio y lo comparé con el de la Pila. Eran de tamaño similar. Y el agujero era azul. Azul. Como las aguas de un lago.

—Qué diablos... —me dije, pensando que no perdía nada por intentarlo—. ¿Sabéis? Creo que sí voy a necesitar un poco de ese jerez.

Con ayuda de un pequeño embudo, rellené la Pila con el licor. Luego tapé el orificio con un poco de masilla que los gemelos tenían en el taller. Intenté no pensar demasiado en si lo que estaba haciendo tenía o no sentido, mientras le daba la vuelta a la Pila y la introducía en el agujero del frontal.

Traté de visualizar la imagen de un pez zambulléndose en un lago.

Antes de poder comprobar si mi idea había tenido algún

efecto, escuché detrás de mí varias exclamaciones de sorpresa. Saqué la Pila del agujero y me volví.

—No, no, no —dijo Enigma gesticulando—. ¡Vuelve a meter esa cosa donde estaba!

—¿Qué?

—¡Sólo hazlo y mira aquí!

Enigma señaló una de las cápsulas de cristal de roca. Inserté la Pila de nuevo en el orificio y al instante vi que la cápsula se encendía con una luz mortecina y tenue. La piel se me erizó. Moví la Pila y la luz parpadeó, igual que una bombilla a punto de fundirse.

De eso se trataba, ni más ni menos: de una bombilla. En aquel mapa no había ninguna X que marcase el lugar; era toda una señal luminosa.

Enigma me miró con expresión radiante. Hizo algún comentario sobre lo bien que se me daba descubrir ese tipo de cosas.

—Supongo que lo da el nombre —dijo Burbuja, sonriéndome con un deje burlesco en su expresión—. Sólo un buscador llamado Faro sería capaz de encender una luz que marca el camino.

—¿Qué ciudad se menciona junto a la cápsula encendida? —pregunté.

Omega leyó en voz alta.

—Kolodugu... ¿Por qué lo preguntas?

—Kolodugu... —repetí, y me grabé aquel nombre en la cabeza, para no olvidarlo jamás—. «Alabado sea Alá. Su luz marca el umbral del camino...» Ahí tenéis el umbral, justo donde la búsqueda empieza.

Miré hacia la luz, y sentí que me llamaba.

¿En qué momento decidí viajar a Malí para seguir los pasos de Yuder Pachá? No soy capaz de recordarlo. Puede que, en realidad, ese momento no existiera nunca. No puedo diferenciar un antes de un después en esa decisión. Nunca me paré a pensarlo.

Nunca hice una lista de pros y de contras. Sólo vi una luz y fui tras ella. Encontré un camino y lo seguí, obedeciendo a la misma inercia que te empuja a girar la cabeza cuando suena un ruido a tus espaldas o a levantar la mirada cuando oyes que alguien pronuncia tu nombre. Es un acto reflejo, no puedes controlarlo.

¿Dónde estaba el punto de inflexión? ¿Cuando descifré el mapa de Gallieni? ¿Cuando César tradujo el texto de Yuder Pachá? ¿Cuando oí hablar por primera vez de algo llamado *Mardud* de Sevilla, aún más atrás en el tiempo?

Creo que tampoco hubo punto de inflexión, pues eso implica ser capaz de localizar un instante en el que aún tienes la posibilidad de dar marcha atrás; yo jamás tuve esa posibilidad porque la decisión no dependía de mí. Un buscador no escoge sus búsquedas; son ellas las que lo arrastran, igual que una marea.

Cuando traté de explicar estas ideas a mis compañeros para justificar algo tan descabellado como ir tras un tesoro sin nombre a un país del que no sabía nada, me encontré, para mi sorpresa, con que me entendían mejor de lo que esperaba. Tuve la sensación de que ellos habían sabido mucho antes que yo que acabaría yendo a Malí. Nadie trató de convencerme de lo contrario, ninguno me dijo que había perdido la cabeza o que me parase a pensar en lo que pretendía hacer. Sólo me escucharon.

Me enredé en una justificación poco convincente sobre nuestra labor de buscadores. Aduje que nuestra misión era recuperar nuestro patrimonio perdido, y eso incluía la senda que un olvidado conquistador de origen remotamente hispano emprendió en África cientos de años atrás. Yuder Pachá también era nuestro patrimonio, también merecía ser recuperado por el Cuerpo Nacional de Buscadores, junto con todo lo que hubiera podido encontrar en su camino.

En realidad, era una mera excusa, pero Danny, Burbuja y Enigma tuvieron la deferencia de tomarme en serio, o al menos fingir que lo hacían. Tan sólo, en un momento dado, Burbuja me miró y me preguntó qué era exactamente lo que pretendía encontrar en Malí.

—Ni siquiera sabemos de qué se trata —expuso—. Se habla de un tesoro, de un secreto custodiado por reyes antiguos... De algo llamado Cadena de Oro o Cadena del Profeta... En ningún lugar se menciona nada concreto.

Fue Enigma la que respondió a eso, y lo hizo de la única manera que podía hacerse: lanzando otra pregunta.

—¿Realmente eso importa?

La respuesta era clara para nosotros. Ninguno éramos cazadores de tesoros. Éramos buscadores. Y todos comprendíamos muy bien la diferencia que existe entre una cosa y otra.

¿Cómo explicar que lo que para algunos es una locura para otros es nuestra forma de afrontar la vida? No hay ninguna justificación racional en el hecho de ir a ciegas a un país en cuya tierra todavía se limpiaba la sangre de una guerra civil para buscar algo que no tiene nombre ni forma. Ni mis compañeros ni yo necesitábamos de esa justificación.

Una vez mi padre me contó una historia: ésta no era una leyenda de mesas mágicas ni reyes bíblicos. Era algo real. Hablaba sobre un hombre llamado George Leigh Mallory, quien trató de coronar la cima del Everest hasta en tres ocasiones. La tercera le costó la vida, y aún hoy se desconoce si llegó a cumplir su sueño o no.

Después de su segundo fracaso y tras anunciar que lo volvería a intentar, alguien le preguntó a Mallory por qué tenía tanto empeño en escalar aquella montaña. Su respuesta fue simple: «Porque está ahí».

Tampoco yo puedo decir mucho más que eso.

6
Gaetano

En un mapa, Malí (o *el* Malí, como acostumbran a decir aquellos que conocen bien la región) ocupa una amplia extensión de terreno en el corazón del África Occidental. Comparte el desierto del Sáhara con Mauritania, Algeria y Níger; y aún sobra arena para llenar el resto de la línea del Sahel a través del Chad y Sudán, hasta llegar al Mar Rojo.

Malí se compone de dos grandes áreas. Al norte se encuentra la inmensa y desértica región del Azawad, cuya forma recuerda a la de un triángulo rectángulo, de cuyo vértice brota la región del sur, más fértil y pequeña; de este lugar es de donde surgieron los grandes imperios del pasado, desde el primitivo Imperio de Ghana del siglo VIII hasta el último y efímero Imperio de Massina, caído en 1865.

Un norte inmenso y dorado y un pequeño sur verde y abundante: a grandes rasgos, esto es Malí. Oro y esmeralda.

La región del Azawad, en el norte, se considera desde antiguo territorio de los tuareg. Según sus tradiciones, en tiempos del viejo Imperio de Ghana ellos ya recorrían aquel lugar a lomos de sus camellos. Azawad significa «tierra de la trashumancia», y por allí circulaban las caravanas de los hombres azules del desierto igual que gotas de agua discurriendo por un mar de arena.

En la época de los grandes imperios, los tuareg convivieron con las tribus del sur de Malí sin excesivos problemas. En el siglo XX, cuando Malí dejó de ser una colonia francesa, comenzaron los primeros roces hasta que, en el año 2012, los tuareg se levantaron en armas contra el gobierno de Malí y exigieron la independencia del Azawad.

Diversas facciones tuareg, que hasta entonces habían perseguido sus objetivos de manera un tanto descoordinada, se unieron en un grupo fuerte y combativo al que denominaron Movimiento Nacional para la Liberación del Azawad, más comúnmente conocido por sus siglas MNLA.

Los tuareg del MNLA estaban dispuestos a aliarse con el mismo diablo para lograr sus propósitos y, de hecho, eso fue justo lo que hicieron: estrecharon lazos con tétricos grupos vinculados al terrorismo islámico del Magreb y, de la mano de tan sanguinaria compañía, sumieron al país en el caos.

El gobierno corrupto (pero legítimo, a pesar de todo) del general Amadou Toumani Touré desapareció de la noche a la mañana y fue sustituido por un pandemonio de organizaciones terroristas, independentistas y nacionalistas que se embarcaron en una lucha en la que era difícil determinar dónde estaban los aliados y dónde los enemigos. El grupo yihadista más activo eran los fanáticos de Ansar Dine,* principales aliados de los tuareg; pero, además de ellos, existía toda una plétora de facciones cuyo único nexo común era su odio profundo hacia todo lo occidental. Estaban armados hasta los dientes gracias a remesas obtenidas tras la caída de la Libia de Gadafi, pagadas con el dinero de opulentos emiratos que se promocionaban en las camisetas de importantes equipos de fútbol.

Las antiguas ciudades de Tombuctú, Gao, Djenné y otras tantas centenarias poblaciones cayeron una a una en manos de terroristas islámicos y nacionalistas tuareg. Los estragos causados fueron peores que en tiempos de las Cruzadas.

* Hermanos de la Fe.

Ante esta situación, lo poco que quedaba del gobierno laico de Malí tomó la iniciativa de pedir ayuda a Francia, la anciana madre colonial. La medida era desesperada pero lógica en cierto modo: el ejército francés era el que más experiencia y conocimiento tenía de la zona, y el que podía desplegar un operativo en menos tiempo. Las potencias extranjeras y organismos internacionales aceptaron que Francia interviniese con carácter de urgencia, pues temían que si los tuareg y los islamistas radicales se hacían con el país, toda África se convertiría en el paso franco del terrorismo integrista a Occidente.

La intervención francesa en Malí recibió el nombre de «Operación Serval». En 2014, un par de años después de la rebelión tuareg, tropas francesas bajo amparo de las Naciones Unidas irrumpieron en Malí haciéndose sitio a codazos y lograron reconquistar muchas de las ciudades que habían caído en manos de los terroristas. La eficaz maquinaria militar francesa logró acotar las hostilidades a la región del Azawad y poner algo de orden en el sur del país. En el mes de mayo, los tuareg aceptaron firmar el alto el fuego, pero dado que no representaban ni de lejos a la totalidad de las fuerzas enfrentadas en el país, la guerra distó mucho de haber finalizado. La región del Azawad aún permanecía en manos de grupos violentos de toda índole, y la estabilidad del sur dependía de la presencia del ejército francés y de los cascos azules de la ONU. Un poco más tarde, la Unión Europea envió su propio contingente militar para colaborar en la pacificación de la zona.

Cualquier país civilizado del mundo recomendaba a sus ciudadanos no viajar a Malí salvo que fuese absolutamente imprescindible y, aun en ese caso, les sugería que se lo replanteasen e intentaran sopesar otras opciones. Un viaje a Malí era más que turismo de riesgo: era una locura. ¿Quién en su sano juicio querría meter las narices en aquel avispero por su propia voluntad?

Por supuesto, el Cuerpo Nacional de Buscadores; si bien admito que resulta legítimo dudar del sano juicio de todos sus miembros, empezando por el mío propio.

Visto el panorama, el que yo aún siguiera estigmatizado por una alerta roja de Interpol no parecía ser el mayor de nuestros problemas, aunque no por ello dejaba de ser un inconveniente que había que resolver.

Con aquella idea en la cabeza, Danny y yo decidimos concertar una cita con Zaguero para averiguar si él podía hacer algo que solucionase mi estatus de criminal en busca y captura. Danny contacto con él y lo convenció para reunirse con nosotros en la misma cafetería del centro comercial de las afueras donde ya nos habíamos encontrado en ocasiones anteriores.

El antiguo buscador escuchó nuestro problema como nos tenía acostumbrados: sin hacer preguntas y sin querer saber demasiado sobre lo que nos traíamos entre manos. Por desgracia, tal y como yo me temía, nos advirtió que el problema tenía difícil solución.

—La alerta roja es una solicitud hecha por la OCBC francesa —nos explicó—. Puedes moverte con tiento por territorio español mientras no haya una orden nacional de arresto..., y yo no tengo intención de emitirla, pero eso es todo lo que puedo hacer. Cuando asomes la nariz fuera de nuestras fronteras, estarás vendido. En cuanto te localicen, darán aviso a Interpol y ésta a la OCBC; podrás incluso arriesgarte a una extradición.

Di un sorbo al café que había pedido, y me supo especialmente amargo.

—Ya... Eso es justo lo que me temía.

—Entonces, no te importará demasiado que te dé un par de malas noticias más.

—¿Qué?

—Se trata de ese asunto de Francia. Ese follón que armasteis en el pueblo de los Pirineos.

—Estaba justificado —replicó Danny—. Intentábamos...

Zaguero hizo un gesto de rechazo con la mano.

—Está bien, son cosas del Cuerpo —dijo—. No es mi problema. Ya no. Lo único que quiero deciros es que alguien me ha soplado que la OCBC se ha hecho cargo del robo de unas piezas de ese museo al que se os ocurrió visitar. Adivina el nombre de la agente que lleva el caso.

—No es posible... —dije yo—. ¿Lacombe?

—Eso parece.

—Por el amor de Dios... Es como una pesadilla... —Suspiré.

—¿Y qué ha descubierto hasta el momento? —preguntó Danny.

—No lo sé, pero trataré de averiguarlo. Ahora bien, recordad que esa bruja es lista. Si una sola persona os vio a ti o a Faro rondando por el museo, puedes apostar a que Lacombe lo sabrá, y cuando lo sepa, se lanzará detrás de tu compañero como una leona hambrienta.

—Maldita suerte...

—Lo siento, chico —repuso Zaguero—. Me encantaría poder hacer algo por ti, pero lo único que puedo darte es un consejo: quédate «en la nevera» durante una temporada. Tarde o temprano te dejarán en paz. No eres el primer buscador al que Interpol hace la puñeta; en mis tiempos le pasó a un par de compañeros y al final el tema acabó muriendo de viejo.

—Ya está en la nevera —dijo Danny—. Todos lo estamos. Alzaga nos ha suspendido.

Zaguero levantó una ceja.

—¿Todos? ¿A qué te refieres? —Danny le explicó nuestra situación. El inspector la escuchó con gesto grave y sombrío—. Eso me parece desproporcionado, jamás había oído de ningún precedente en toda la historia del Cuerpo... ¿Por qué haría algo así?

—Tiene miedo, supongo —respondí.

Zaguero negó lentamente con la cabeza.

—El miedo es un mal compañero para dirigir el Cuerpo... —musitó. Luego le dio un sorbo a su café, con el ceño caído. Me dio la impresión de que estaba barruntando algo.

—Faro no puede esperar a que Interpol se olvide de él —dijo Danny, retomando la cuestión—. Podrían pasar meses.

—En ese caso, tendréis que echarle un poco de imaginación...

Supongo que, como buscadores, sabréis que hay dos formas de atravesar una frontera: la legal y la ilegal. Cuando yo estaba en el Sótano, siempre teníamos algún recurso de emergencia para casos similares al vuestro. No eran agradables, pero sí muy eficaces.

—¿A qué te refieres exactamente? —pregunté.

—A nada. Ahora soy policía, así que no voy a decir nada más de lo que ya he dicho.

Por la forma en que Danny guardó silencio me dio la impresión de que ella había entendido a Zaguero mejor que yo. Como parecía que ninguno de ellos quería compartir conmigo sus sobreentendidos, decidí abordar otro tema que también me preocupaba.

—Está bien... —dije—. En ese caso, voy a pedirte un favor como policía.

—Adelante. Si está en mi mano ayudar en algo... ¿De qué se trata?

—Voynich... ¿Conoces esa empresa? Secretos del Futuro, programas de ordenador... Ya sabes, todo eso.

—Los conozco, como todo el mundo que haya tenido que pelearse alguna vez con su puñetero sistema operativo. ¿Qué pasa con ellos?

—Necesito información sobre sus actividades.

—Creo que tienen una página web bastante completa... y una tienda de productos en plena Gran Vía. Los empleados visten camisetas blancas y llevan gafas de pasta, son muy agradables.

—No es ese tipo de información la que quiero. Hablo de actividades ilegales. Tengo la sospecha de que Voynich estuvo detrás de la fuga de Joos Gelderohde el año pasado, y que, de hecho, trabajaba para ellos. Entre algunos encargos que hizo para Voynich se encontraba el de localizar algo llamado Pila de Kerbala.

Zaguero se limpió los restos de café del bigote con gesto reflexivo.

—¿Tienes alguna prueba de eso?

—No, sólo es una teoría, pero muy sólida; si quieres puedo explicarte cómo...

—No, no; nada de temas del Cuerpo, ya os lo he dicho: no es mi guerra. Si estás convencido de todo eso, te creo, pero no quiero saber cómo has llegado a esa conclusión. —Dejó a un lado su taza de café vacía y se puso a juguetear con el sobre de azúcar—. Puedo investigar qué tipo de lazos tiene esa gente con el tráfico y el robo de obras de arte, si es que hay alguno, pero tendrás que ofrecerme algo concreto, no me apetece ponerme a dar palos de ciego.

—De acuerdo; quiero saber cualquier cosa que descubras sobre algo llamado «Proyecto Lilith». No sé lo que es, sólo que lo llevan a cabo con mucho secreto y que parece bastante turbio.

Zaguero apuntó algo en una servilleta y luego se la guardó en el bolsillo. Echó un vistazo a su reloj y nos preguntó si había algún otro tema que quisiéramos comentarle. Le dijimos que no.

—Entonces, me vuelvo al despacho, tengo trabajo pendiente —nos dijo—. Os deseo suerte en lo que sea que estéis metidos... En cuanto a lo de Voynich, le echaré un ojo; si encuentro algo, te aviso.

—Gracias, Zaguero.

—Aún no he hecho nada, así que no me las des... Ah, y recuerda lo que te dije la última vez que nos vimos: me gustaría charlar contigo a solas cuando tengas un momento libre, Faro.

—No lo he olvidado, te prometo que iré a verte en cuanto pueda.

—Tampoco hace falta que te agobies por eso, chico... Es sólo... cuando tengas un rato...

Zaguero se despidió de nosotros con un desganado gesto de su mano y se marchó de la cafetería. Danny y yo nos quedamos a terminar lo que habíamos pedido.

Vi cómo la buscadora se incorporaba en su silla y en su rostro se dibujaba un leve gesto de dolor. Cogió una pastilla del interior de su bolso y se la tomó.

—¿Qué era eso? —pregunté.

—Nada…, un simple ibuprofeno, aún tengo alguna molestia por lo de Francia. —Quise decir algo, pero ella no me dejó—. ¿De qué asunto quiere hablar Zaguero contigo?

—No lo sé, pero sea lo que sea, tendrá que esperar, ahora tengo cosas más urgentes de las que preocuparme. Si no me quito de encima esa maldita Alerta Roja, no habrá forma de que pueda llegar a Malí.

—Entonces, no vayas. Deja que lo hagamos Burbuja y yo solos.

Suspiré. Ya habíamos tenido antes aquella conversación.

—Sabes que no voy a aceptar eso, ¿por qué sigues insistiendo?

Ella hizo un gesto malhumorado.

—Porque bastante tengo con cuidar de que Burbuja no haga ninguna estupidez en ese maldito rincón dejado de la mano de Dios; no puedo tener ojos para los dos.

—No quiero que tengas ojos para los dos, sólo para mí —dije sonriendo, con la idea de que una frase ligera la pusiera de mejor humor. Lo único que logré fue una fugaz sonrisa torcida—. Vamos, Danny, ya lo hemos hablado: voy a ir y vosotros vendréis conmigo. Todos estábamos de acuerdo… Incluso a Alfa y Omega les pareció buena idea.

—Ese par de gnomos relamidos lo ven todo muy sencillo desde su taller.

—Danny…

—Oh, está bien, está bien; no me mires así. También yo quiero ir a buscar esa… cosa que estemos buscando; siempre será mejor que quedarse en Madrid esperando a que Alzaga me llame para volver al Sótano a redactar informes. Lo único que digo es que no veo la necesidad de que nos arriesguemos todos.

—Si piensas así, siempre puedes quedarte con Enigma a hacernos el trabajo de apoyo.

—No quiero quedarme yo; quiero que seas tú el que se quede.

Aquello amenazaba con transformarse en una discusión cíclica. Decidí cortarlo antes de que volviéramos otra vez sobre lo mismo.

—Quizá tus deseos se cumplan gracias a Interpol y a la agente Lacombe... Tiene que haber alguna manera de que pueda viajar sin que se me echen encima todos los cuerpos de policía del mundo.

Danny emitió un profundo suspiro.

—Puede que la haya... —dijo sin querer mirarme.

—¿De veras?

—Sí... Zaguero tiene razón: hay recursos que un buscador puede utilizar en casos como éste, aunque no sean muy agradables. Todo depende de tener un buen contacto.

—¿Y tú tienes alguno?

—A grandes males, grandes remedios. Odio tener que hacer esto, pero dado que no habrá nada que te quite de la cabeza la idea de ir a Malí, prefiero ser yo quien te ayude antes de que hagas alguna chapuza como colarte en el aeropuerto con una nariz de plástico y un pasaporte falso. Hablaré con Gaetano Rosa.

Danny mostró los dientes en un mohín de repugnancia, como si hubiese descubierto una araña muerta en el fondo de su taza de café.

—Oh, no, Danny... Tiene que haber alguna otra forma que no implique meterse en líos con ese tipo. Es un proxeneta.

—Ya lo sé, además de un gusano baboso y sórdido, pero si tantas ganas tienes de ir al infierno, tendrás que hacer tratos con el diablo. —Quise seguir manifestando mis reparos, pero ella me interrumpió con un brusco cambio de tema—: Por cierto, y hablando de tipos desagradables, ¿recuerdas a aquel asiático de ojos azules que estaba con los hombres de Voynich en Saint Béat?

—Sí, ¿qué ocurre con él?

—Creo que he averiguado de quién se trata.

La miré con expresión de asombro.

—¿Tan pronto?

—¿De qué te extrañas? Soy muy buena en mi trabajo, creía que a estas alturas ya lo tendrías claro. —Sacó su teléfono móvil y me enseñó una fotografía que llevaba guardada en la memoria y que había sacado del artículo de una revista. Era sin duda el mismo hombre de Francia, sus ojos lo delataban—. Aquí lo tienes, su nombre es David Yoonah. Doctor David Yoonah.

—¿Doctor? ¿Como esos supervillanos de los cómics? Qué apropiado.

—Éste es un científico de verdad. Se trata de un matemático del Caltech,* una eminencia en su campo.

—¿Estadounidense?

—Sí, aunque de ascendencia coreana. Pero escucha: lo más llamativo de todo es que nuestro matemático es uno de los socios accionistas de la más pujante empresa de software con sede en Silicon Valley...

—Imagino de cuál se trata.

—Exacto. Voynich Inc. —Danny esbozó una sonrisa ácida—. Como diría Enigma: «Así el círculo se cierra...».

De todas las actividades poco lícitas que tenía que realizar en el Cuerpo de Buscadores, ninguna me causaba tanto desagrado como relacionarme con tipos como Gaetano Rosa.

De origen ítalo-portugués, Rosa era, de cara al público un respetable miembro de la junta directiva de la Fundación Gulbenkian de Lisboa. Era un hombre elegante, culto y atractivo, aunque de esa clase de atractivo afeminado que incomoda a la mayoría de los hombres y resulta desagradable para algunas mujeres.

Su cultivada imagen de dandi con alma sensible era una simple fachada. Rosa controlaba una extensa red de prostíbulos, no sólo en Portugal sino en toda Europa, que se nutría de sórdidas fuentes. Diversas mafias de inmigración ilegal que operaban en Europa del Este, África y Sudamérica secuestraban o engañaban a mujeres que luego eran vendidas como carne fresca en lugares a los cuales, mediante un insoportable eufemismo, se denominaba «locales de alto *standing* para el ocio masculino». De

* Instituto de Tecnología de California.

alguna manera, Rosa era capaz de lucrarse de esos negocios sin mancharse las manos.

Gracias a sus lazos con las mafias, Gaetano Rosa era una buena fuente de información sobre el tráfico y robo de obras de arte, por eso el Cuerpo Nacional de Buscadores acudía a él en contadas ocasiones. El tácito acuerdo consistía en que Rosa nos daba algún soplo de vez en cuando y nosotros manteníamos la boca cerrada sobre la fuente de sus ingresos. Era un trato delez- nable y odioso al que yo jamás me pude acostumbrar. Mi único y escaso consuelo era saber que a Rosa tampoco le agradaba demasiado.

Dentro del Cuerpo, Danny era la que tenía mayor habilidad y menos escrúpulos a la hora de establecer y mantener contac- tos, por ese motivo la comunicación con gente como Rosa se hacía siempre a través de ella.

Localizar al proxeneta no fue tarea sencilla, pues por lo ge- neral tendía a evitarnos. Después de una laboriosa búsqueda, Danny acabó por encontrarlo en Londres. Un mensaje a través de la persona adecuada hizo que Rosa se pusiera en contacto con ella por vía telefónica.

Ignoro qué fue lo que acordaron (y, realmente, tampoco me gustaría saberlo); sólo sé que Rosa aceptó hacer una escala en Madrid durante su viaje de regreso a Lisboa para reunirse con Danny y conmigo.

Para entonces, mis compañeros y yo habíamos tomado una importante decisión: César nos acompañaría a Malí. Él mismo se ofreció a ello y, tras sopesarlo cuidadosamente, resolvimos aceptar su oferta. El chico hablaba el idioma local y conocía la región; por otro lado, estaba claro que sabía mucho más sobre aquella Cadena del Profeta de lo que pretendía dar a entender, así que nos pareció buena idea mantenerlo cerca de nosotros para controlarlo.

Dependíamos de la buena voluntad de Gaetano Rosa para entrar en Malí de la manera más discreta posible. Una mujer y tres hombres, uno de ellos buscado por la policía española y el otro bajo el punto de mira de Interpol. Me preguntaba si aquello no sería un bocado demasiado indigesto para el estómago de Rosa.

Al llegar a Madrid, el portugués nos citó en un lugar muy a tono con el personaje: el Café de Palacio del Teatro Real. A media mañana, nos esperaba sentado a una mesa con vistas a la fachada del Palacio de Oriente, mientras un suave hilo musical reproducía los pasajes más empalagosos de *La Bohème*.

Rosa nos recibió vestido con un traje color crema, camisa azul celeste y pañuelo al cuello en vez de corbata. Al tomar asiento, regaló a Danny una amplia sonrisa de dientes blancos y cuadrados como fichas de plástico.

—Daniela... Es un placer vernos cara a cara. ¿Puedo pedirte una copa de vino blanco? ¿O quizá un tonificante armañac? Puede que la hora no sea la más adecuada, pero me siento algo travieso esta mañana...

—Para mí sólo té helado, gracias —respondió Danny. Ya habían pasado tres días desde el accidente en Saint Béat, pero observé cómo, al sentarse, ella disimulaba un gesto de dolor y se llevaba la mano al costado.

—*O que quiser...* Veo que has traído a un amigo. —Su sonrisa se encogió un poco al mirarme. Pronunció la palabra «amigo» como si fuese un término desagradable.

—Gaetano, éste es Faro.

—Entiendo. *Outro pesquisador*. ¡Válgame el cielo! Diríase que os reproducís igual que esporas... Tu cara me resulta familiar, muchacho, ¿es eso posible?

—Nos vimos una vez en Lisboa, hace un tiempo —respondí, escueto.

—*As minhas desculpas*, pero me temo que no lo recuerdo. Espero, en cualquier caso, que fuese un encuentro placentero para ambos.

Respondí de forma ambigua. Yo sí que recordaba muy bien cómo el guardaespaldas de Rosa había hundido su puño en mi estómago la última vez que nos vimos.

—Faro es la persona de la que te hablé, el que tiene el aviso de Interpol —aclaró Danny.

—Ah, de modo que eres tú... *Bom*, me alegra comprobar que Interpol ha mejorado la calidad de sus modelos. —Rosa le dio un pequeño sorbo a una diminuta copa de cristal, llena de una bebida de color meloso; luego se dirigió a Danny—: *Minha bela*, he estado dándole vueltas a tu problema y cabe la posibilidad de que pueda ofrecerte una solución. No obstante, aún sigo preguntándome por qué Gaetano Rosa habría de ayudaros en este trance.

—No lo sé... —respondió Danny con gesto aburrido, como si aquélla fuese una conversación manida—. ¿Puedo apelar a tu caballerosidad?

—Puedes. Últimamente la ofrezco a un precio muy razonable.

—Eso me figuraba.

—No me interpretes mal, *minha bela.* Sólo quiero asegurarme de que se me dará lo prometido.

Danny puso un sobre encima de la mesa. Rosa lo abrió e inspeccionó su contenido con expresión ávida. Después asintió con la cabeza y se lo guardó en el bolsillo de la chaqueta.

—*Muito obrigado, bela.* La localización de estas piezas me es muy valiosa... He adquirido una nueva villa en Estoril y había pensado en decorar la piscina con un aire... clásico. —Hizo un florilegio con la mano—. *Bom*, Gaetano Rosa es un hombre de palabra: dentro de dos días despega de Lisboa una avioneta con destino a Cabo Verde, donde podréis tomar un barco que hace escala en el puerto de Praia. El barco pertenece a un socio mío que controla cierta ruta naviera entre Colombia y Conakry, en Guinea. Mi socio está dispuesto a aceptar a cuatro pasajeros: tres hombres y una mujer. Creo que ése era el trato.

—No; el trato era viajar a Malí, yo no dije nada de Guinea.

—*Minha bela*, no me has dejado terminar. La mercancía de ese barco tiene como destino Europa; sin embargo, dada su... particular naturaleza, antes de llegar al continente debe efectuar un rodeo a través de Malí. La mercancía se descargará en el puerto de Conakry y después irá a Bamako por tierra, en camiones. También tendréis una plaza asegurada en ese transporte.

—¿No encontraremos problemas para atravesar la frontera entre Guinea y Malí?

—Por el bien de mi socio, espero que no... Su mercancía no es algo que pueda declararse en una aduana, así que las evitará como a la peste. También la mantendrá alejada de las autoridades portuarias de Conakry, y a vosotros con ella.

—¿De qué clase de mercancía estamos hablando? —pregunté.

Rosa me miró levantando una ceja.

—Tu amigo es muy curioso, Daniela.

—Puede que tenga miedo de acabar siendo la atracción de uno de tus locales de ocio —respondió Danny.

Rosa acusó el golpe con elegancia.

—*Ai, meu Deus!* Me temo que soy demasiado conservador para ofrecer tal producto. En cualquier caso, puedes decirle a tu amigo que la mercancía de mi socio nada tiene que ver con mis asuntos, y que es tan inofensiva como... —Rosa me miró y esbozó una sonrisa lobuna—. *Não sei...* ¿Un montón de nieve, quizá?

—Ésa no parece la mejor mercancía para viajar de forma segura —dijo Danny.

—¿Y qué quieres, *minha bela*? Si deseas viajar a Malí con todos los papeles en regla, te sugiero que te pongas en contacto con un tour operador... Uno que tenga un buen seguro de pasajeros. Pero si lo que quieres es evitar los pasos fronterizos, a mi manera es mucho mejor.

—¿Y qué hay de la aduana del aeropuerto de Lisboa?

—Eso no debe preocuparte. La avioneta que os llevará a Cabo Verde es de mi propiedad. Tienes mi palabra de honor de que nadie en el aeropuerto os pedirá ni un solo documento.

El honor de Gaetano Rosa se me antojaba un bien muy devaluado; no obstante, no teníamos más remedio que aceptar su oferta. No contábamos con nada más. Danny le dijo que estaríamos en Lisboa en la fecha convenida para tomar esa avioneta.

—*Bom* —dijo Rosa, satisfecho. Sacó de su bolsillo un iPhone y lo utilizó para conectarse a internet—. Te estoy enviando por correo electrónico los datos necesarios para localizar la avioneta y para contactar con el capitán del barco.

—¿Qué clase de barco es?

—Un buque granelero llamado *Buenaventura.*

—Espero que el nombre sea providencial.

—También yo, *minha bela*, también yo… —Rosa se guardó de nuevo el teléfono—. Ya tienes todos los datos necesarios. Hoy mismo le confirmaré a mi socio nuestro acuerdo para que ponga sobre aviso al capitán del barco. Para embarcar bastará con que mencionéis mi nombre.

—¿No necesitas enviarle nuestras fotografías?

—No. Nada de nombres; nada de fotos. Lo único que necesita saber es que sois cuatro pasajeros. Tres hombres y una mujer.

—¿Cómo sabrán que somos nosotros a quienes esperan?

—Porque no esperan a más pasajeros. —Rosa nos dedicó una mirada dura—. Esto es muy importante, *minha bela.* Si el capitán recibe una noticia de mi socio ordenándole que embarque a tres hombres y una mujer, él esperará ver a tres hombres y a una mujer; cualquier variante en el patrón hará que os prohíba la entrada a su barco. Estamos hablando de personas muy desconfiadas; no les gustan los cambios de última hora y sin previo aviso. Se pueden poner muy nerviosos si piensan que alguien les está engañando. Muy nerviosos.

Le aseguramos a Rosa que no teníamos ninguna intención de alterar nuestros planes. Luego nos explicó algunos detalles sobre lo que debíamos hacer justo después de aterrizar en Praia: el *Buenaventura* haría escala sólo durante veinticuatro horas; y, transcurrido ese tiempo, se iría con o sin nosotros, de modo que tendríamos que tener muy claros nuestros movimientos para no perder tiempo.

Alrededor de una hora después, Rosa nos dijo que debía tomar un avión a Lisboa. Había llegado el momento de la despedida, y yo esperaba que fuese por mucho tiempo.

Rosa se puso en pie y acercó la mano de Danny a sus labios.

—*Adeus, minha bela. Muito sorte e tenha uma boa viagem.* A partir de este momento, cuento cada minuto que pase hasta que volvamos a encontrarnos... —Se incorporó y luego me dedicó una leve inclinación de cabeza—. *E tamben boa sorte para você*, Faro, por supuesto. Me encantaría conocer el final de vuestra aventura, pero mucho me temo que será una intriga que no tendré la satisfacción de desvelar.

Volvió a inclinar la cabeza hacia nosotros y luego se marchó. Aún podía sentir el aroma denso de su colonia flotando en el ambiente después de que hubiera desaparecido de nuestra vista.

—¿Qué ha querido decir con eso? —pregunté.

—No lo sé; normalmente ni siquiera escucho la mitad de las palabras que pronuncia. —El rostro de Danny se contrajo; colocó el brazo alrededor de su cintura, como si le doliera el estómago—. ¿Te importaría contarles a Enigma y a Burbuja lo que hemos estado hablando? No me encuentro demasiado bien. Creo que me iré a casa a descansar un poco.

—¿Qué te ocurre?

—Nada importante... Hablar con ese cerdo más de cinco minutos siempre me deja mal cuerpo.

—Puedo llevarte a casa...

—No, tomaré un taxi. Tú contacta con los demás; están esperando nuestras noticias.

Insistí, pero fue inútil. Ella parecía tener muchas ganas de quedarse sola. Al menos me dejó que la acompañara hasta que encontrase un taxi. Cuando se subió al vehículo vi que tenía muy mala cara y apenas era capaz de permanecer erguida.

Aún siguió preocupándome aquella imagen mucho tiempo después de que nos separásemos. Debí haber imaginado que era un síntoma de que algo malo iba a ocurrir.

No pude localizar a Burbuja, pero con Enigma tuve más suerte. La llamé por teléfono y le conté lo que habíamos estado hablando con Gaetano Rosa.

—Parece un buen plan —me dijo ella—. Al menos, lo mejor a lo que podemos aspirar con tan poco tiempo; sólo tengo una pregunta: ¿ha sonreído mucho?

—¿Qué?

—Gaetano, ¿sonreía mucho mientras os detallaba el plan?

—Pues no lo sé... En realidad creo que ese tipo tiene siempre una sonrisa babosa clavada entre los labios. ¿A qué viene esa pregunta?

—La gente como Gaetano siempre añade cláusulas secretas en sus negocios; si se muestra demasiado contento, es porque cree que os ha engañado de alguna forma. Por eso es imprescindible dominar el lenguaje corporal... ¡Oh, ojalá hubiera estado allí!

Suspiré en silencio. Enigma se jactaba, entre otras muchas cosas, de ser una experta en algo llamado «cinésica»; decía que para ella los gestos de una persona eran como un libro abierto. Una más de sus rarezas.

—Me temo que a estas alturas no tenemos más remedio que confiar en él —dije.

—¿No te enseñó tu madre que nunca debes poner todos los huevos en la misma cesta?

—No creo que mi madre haya dicho esa expresión en su vida.

—Ya veo. Por suerte, me tienes a mí. Déjame que haga unas llamadas y vaya a un par de sitios. ¿Estás libre esta tarde?

—Sí, pero no sé de qué estás...

—No, cariño, no me interrumpas. Estoy desatada y no quiero perder el hilo... Se me está ocurriendo... ¡Oh, sí! Es una idea genial... Claro... ¡Qué maravilla! ¡Sí! Eso haremos: quedaremos esta tarde. A las ocho. ¿Conoces el MacDonald's de la Gran Vía?

—No, jamás oí hablar de ese sitio.

—¿En serio? Pues es muy famoso... —Puse los ojos en blanco—. Ah, entiendo; estabas siendo sarcástico. Disculpa, es que tengo la cabeza en otra parte... Nos veremos allí a las ocho, ¿de acuerdo? Sé puntual.

—Pero ¿para qué...?

—No, ahora no: tengo mucho que hacer. A las ocho. No lo olvides. *Ciao!*

Colgó el teléfono sin más ceremonias y me dejó sumido en la más perfecta confusión.

La charla que mantuve con Burbuja poco después resultó menos desconcertante. Al igual que Enigma, el buscador temía que Gaetano tuviera escondida alguna carta bajo la manga; no obstante, asumía que era un riesgo que no podíamos evitar correr.

Lo noté algo malhumorado por teléfono. Imaginé que la causa de ello era César. Cuando decidimos unirlo al grupo, pensamos que sería buena idea no quitarle la vista de encima hasta el mismo momento de viajar a Malí; la manera más eficaz que se nos ocurrió de hacerlo fue alojarlo en casa de Burbuja para que él se encargara de vigilarlo. Aunque el buscador aceptó aquella misión, era evidente que se sentía incómodo por tener aquel inesperado y poco fiable compañero de piso.

Le pregunté qué tal llevaba su labor de guardián y me respondió que no demasiado mal. César se limitaba a permanecer encerrado en su habitación durante horas sin apenas salir más que para alimentarse. Según palabras de Burbuja, era como tener en casa a un gato muy silencioso; aun así, estaba deseando que aquella situación acabara pronto. Por algún motivo que no era capaz de explicar, la presencia de César en su casa le resultaba cada vez más perturbadora.

—¿Crees que podrías dejarlo solo en tu casa durante un rato? —le pregunté.

—Podría arriesgarme; no parece que tenga intención de desaparecer. ¿Por qué lo preguntas?

—Creo que sería buena idea que te acercaras esta tarde al piso de Danny a ver cómo está. No tenía buen aspecto cuando la he dejado y estoy algo inquieto.

—Descuida, lo haré.

Algo más tranquilo, me despedí de él. Lo único que me quedaba era hacer tiempo hasta que dieran las ocho y llegase el momento de encontrarme con Enigma. Comí algo en casa, dormí una breve siesta y pasé el resto de la tarde investigando sobre Malí. Cuando eran las siete y media salí en dirección al MacDonald's de la Gran Vía.

Me extrañaba que la buscadora hubiese escogido semejante lugar para una cita. No era la clase de mujer que disfruta en los restaurantes en los que el menú se exhibe sobre el mostrador de los pedidos. Imaginé que lo habría elegido como mero punto de encuentro.

Al llegar vi que el local estaba bastante lleno. No la encontré en la calle y decidí esperar, ni siquiera se me pasó por la imaginación que pudiera estar dentro. Al rato escuché que alguien golpeaba una ventana en el interior del restaurante; era Enigma llamando mi atención.

Sonreía de forma encantadora y me hacía señas para que entrase. Al hacerlo, vino a recibirme a la puerta. Llevaba el pelo recogido en una coleta, y vestía unos simples vaqueros y una camiseta lisa de color blanco. Jamás la había visto lucir de manera tan informal, era como si hubiese decidido disfrazarse de estudiante universitaria. Aunque yo nunca tuve compañeras en la facultad con aquel aspecto; de haber sido así, habría llorado de pena el día de la graduación.

—¿Qué hacías ahí fuera? —me dijo—. Creí que habíamos quedado *en* el local.

—Estás... distinta.

—Debo de estar hecha un cromo, pero pensé que sería adecuado vestirme acorde con la misión. Yo también sé comportarme como una buena agente de campo, ¿sabes? No sólo soy la atractiva chica de la oficina.

—¿Estamos en una misión?

—Evidentemente, ¿no te lo dije por teléfono? Supongo que se me pasó, ¡estaba tan excitada! —Enlazó su brazo con el mío y me condujo hacia el piso superior del local.

—¿Qué clase de labor de campo estamos realizando en una hamburguesería?

—Vamos a solucionar tu pequeño problema con Interpol.

—¿De veras? ¿Cómo?

—La respuesta está ahí mismo, sentada a esa mesa junto a la ventana.

Seguí la dirección de su dedo índice. Al ver lo que estaba señalando me detuve en seco.

—No, maldita sea... —mascullé sin poder dar crédito a lo que veía—. Tiene que ser una broma...

7

Frontera

Nicolás, el hacker adolescente que se hacía pasar por Yokai, estaba sentado a la mesa que señalaba Enigma. No había nadie más con él, salvo una hamburguesa tan inmensa que podría haber reclamado su propio asiento. El muchacho la devoraba con bocados muy poco juiciosos.

Frente a él, en una bandeja, había un refresco grande, otras dos hamburguesas pequeñas metidas en sus envoltorios de papel, una ración de patatas fritas y una caja de alitas de pollo. No pude evitar recordar con melancolía los felices días del metabolismo juvenil, cuando la comida simplemente desaparecía sin dejar rastro después de ser tragada.

—¿Qué hace aquí? —pregunté.

—Yo lo he traído, por supuesto —respondió Enigma—. Aceptó encantado mi invitación... Por cierto que ese chico devora como un refugiado, pero no te preocupes, no lo pasaré como cuenta de gastos; corre de mi cuenta.

—No tenías que haberlo hecho. Es una mala idea.

—Ninguna de mis ideas son malas. Ven, sentémonos con él. Será mejor que le demos conversación antes de que empiece a comerse la bandeja.

Casi a rastras, Enigma me llevó hasta la mesa. Ocupé una silla frente a Nicolás y me quedé mirándolo con cara de pocos amigos. Él se limitó a echarme un vistazo por encima de su hamburguesa. Musitó algo con la boca llena, que pudo ser un saludo o un insulto.

—Bien, ahora que ya estamos todos, podemos empezar a hablar de negocios —anunció Enigma—. Por favor, Nicolás, traga de una vez. Necesitamos que nos prestes atención.

—Nico —dijo él, aún masticando. Se limpió la boca con el dorso de la mano y sorbió ruidosamente un trago de su refresco a través de la pajita—. Mis colegas me llaman Nico.

—Nosotros no somos tus colegas —repliqué yo. Él se encogió de hombros—. Escucha, no sé qué te habrá contado ella, pero no me gusta que estés aquí. No me gusta verte mezclado con nosotros, ni mucho menos quiero ni necesito tu ayuda. Así que en cuanto termines de comerte toda esa... basura, voy a llevarte de regreso a tu casa, ¿entendido?

Nico no pareció molesto por mis palabras. Se comió una patata frita con gesto indolente y, señalando a Enigma, dijo:

—Como quieras, pero ella dice que estás jodido.

—Eso a ti no te importa.

—Ah, pues yo creo que sí. Dice que tienes movidas con la pasma. ¿Qué pasa si me cabreo y voy por ahí diciendo que te he visto y sé a qué te dedicas?

—Por el amor de Dios... —Suspiré—. ¿De verdad me estás amenazando?

—Puede.

—En primer lugar, límpiate el ketchup de la boca antes de amenazar a alguien, especie de minigángster de pacotilla; y en segundo lugar... ¡Oh, Dios! Ni siquiera sé qué hago hablando contigo de esto. Me largo, ya he tenido suficiente.

Hice ademán de ponerme en pie, pero Enigma me agarró del brazo y me obligó a volver a mi asiento.

—Vamos a comportarnos como personas adultas y no hacer de esto una riña de instituto, ¿de acuerdo?

—Ha sido él quien ha empezado con sus insultos y sus... cosas —saltó Nicolás, ofendido—. Yo he venido aquí porque me dijiste que podía ayudar, ¿vale? No tengo por qué aguantar que este tío se porte conmigo como un gilipollas. Yo soy el que debería estar cabreado después de que me comieras el tarro y luego pasaras de mí. No eres más que un puto mentiroso.

—¿De qué diablos estás hablando? —pregunté.

—¿Que de qué estoy hablando? Sí, claro, ahora haz como que no va contigo… ¿Y qué hay de toda esa mierda del «buscador en prácticas»? ¿Y lo de «acudiré a ti cuando te necesite»? Pensaba que hablabas en serio, tío. Me engañaste como a un estúpido para que tuviera la boca cerrada, y eso es todo. Eres un maldito…, un maldito… gilipollas mentiroso.

—¿Cómo puede ser que alguien que dice leer tantos libros tenga un vocabulario tan limitado? —exclamé con irritación.

Nicolás frunció el ceño, bajó la cabeza hacia la bandeja y empezó a comerse las patatas fritas.

—Que te follen… —murmuró entre dientes.

—Bien —dijo Enigma—. Creo que alguien le debe una disculpa a alguien…

—Estoy de acuerdo —señalé.

La buscadora me miró.

—Me estaba refiriendo a ti.

—¿Qué? ¿Te has vuelto loca?

—Nico tiene razón: tú le dijiste lo de «buscador en prácticas». No está bien que ahora lo trates como si fuera un estorbo.

Miré a Nicolás, que picoteaba de sus patatas con gesto hosco. De pronto tuve la incómoda sensación de estar mirándome en un espejo capaz de reflejar el pasado. Incluso la forma en que el muchacho lanzaba miradas torvas por debajo del ceño me recordaba a mi propia actitud cuando tenía su edad y me sentía defraudado por alguien cercano, lo cual sucedía bastante a menudo.

Lo que tenía al otro lado de la mesa era a un chaval que había perdido a sus padres, con los cuales sin duda había estado muy unido; que vivía con alguien a quien no parecía importarle demasiado lo que hiciese y dejase de hacer (una pariente lejana en su caso, una madre indiferente en el mío… ¿Qué importaba, si la situación era idéntica?) y que carecía de referentes cercanos a los que admirar o, al menos, tener como ejemplo. La adolescencia puede ser un mundo muy deprimente cuando las únicas personas a las que has importado están muertas.

Empecé a vernos a Enigma y a mí de la misma forma en que él nos veía: algo nuevo y emocionante que aparecía de pronto en mitad de una existencia con pocos alicientes. Dos adultos que hacían algo por lo que él sentía un gran interés, algo de lo que le gustaría formar parte. Primero lo utilizamos y luego le hacemos promesas para asegurarnos su silencio. Por último, lo olvidamos. Dos nombres más en su lista de abandonos, la cual, no sé por qué, imaginé que sería muy extensa.

Quizá porque la mía propia lo era.

La adolescencia tampoco es un buen momento para creer que eres un estorbo para todo el mundo. Yo lo sabía muy bien. Lo había sufrido en mi propia piel.

—Está bien —dije, intentando moderar mi irritación—. Lo lamento. Siento haberte ofendido.

Nicolás me dirigió una mirada de desconfianza.

—Vale... Da igual —musitó.

Traté de usar con él un tono razonable.

—Ya sé que prometí acudir a ti si necesitaba tu ayuda, pero debes entender que éste no es el caso. El problema que tenemos entre manos te supera con creces.

—Deberíamos dejar que sea él quien lo juzgue —intervino Enigma—. Escucha, Nico: seas o no un hacker llamado Yokai, creo que tienes bastante habilidad en ese campo, ¿me equivoco?

—Eso es quedarse corto. Se me da de puta madre.

—Tendrás que ser aún mejor que eso si quieres sernos de ayuda, y también nos lo tendrás que demostrar; lo que vamos a pedirte es algo más que colarte en la base de datos de tu instituto para cambiar las notas.

Nicolás resopló con suficiencia.

—Reventé vuestro sistema de seguridad, ¿no? Yo creo que eso es prueba suficiente de lo que soy capaz.

—Pudo haber sido un golpe de suerte —dije.

—¿Un golpe de...? ¡Bah! Vosotros dos habéis estado en mi casa, habéis visto mis cosas... ¿Sabes cuántos ordenadores tengo? Tres. Uno de ellos es un Mac Pro de última generación al que le he metido tanta mierda que ahora podría venderlo por diez veces más de lo que me costó, y no fue barato...

—Bien; tienes un buen equipo, pero eso no demuestra nada.

—No te enteras; ¿te crees que mi tía me da esa pasta? Ella no ha visto tanto dinero junto en su vida... Y mis viejos... bueno... —Nicolás se pasó el dorso de la mano por la nariz—. Ellos no eran millonarios ni nada de eso; lo poco que me dejaron está en un fondo para la universidad, y yo no puedo tocarlo. Y, aun así, me gasto una fortuna en un equipo, más toda la pasta que me fundo en software y material para mis maquetas. ¿Eso no te dice nada, listillo?

—¿Adónde quieres ir a parar, exactamente? —preguntó Enigma.

Él echó un par de vistazos nerviosos a su alrededor. Se acercó hacia nosotros y, bajando un poco la voz, respondió:

—Tengo un sistema... Puedo crear una cuenta bancaria y cambiar el saldo, aumentarlo... Sé cómo engañar a la base de datos del banco para que la cantidad quede justificada. Ellos tienen sus sistemas de seguridad para prevenir esas cosas, pero yo he aprendido a sortearlos; si tienes cuidado y no te flipas con las cantidades, nadie se da cuenta.

—Ay, Dios... ¿Robas dinero a la gente?

—A la gente no, a los bancos —rectificó, ofendido—. Ellos tienen pasta de sobra, ¿qué hay de malo en que les sople un par de cientos de vez en cuando? Ellos sí que son unos putos ladrones. ¿No veis las noticias? ¿Cómo engañan a la gente y se quedan con sus casas y esas movidas...?

—Fantástico; resulta que eres un pequeño antisistema —mascullé.

—No me jodas con sermones, tío; te recuerdo que sé a lo que os dedicáis.

Enigma sonrió.

—Buena respuesta —dijo—. Yo creo, Faro, que puede sernos útil: no tiene escrúpulos, puede engañar el sistema informático de un banco... y, a la vista de lo que nos ha contado, ni siquiera será necesario pagarle por su ayuda: puede sacar el dinero de nuestras cuentas corrientes.

Debía reconocer con ella que si lo que Nicolás contaba era cierto, su habilidad como hacker era bastante impresionante. Quizá aquel chico que jugaba a ser el John Dillinger del siglo XXI era justo lo que necesitábamos para una situación desesperada. Pensé que tratar con él no podía entrañar menos riesgos que hacerlo con alguien como Gaetano Rosa.

—De acuerdo —dije—, por un momento voy a considerar que puedes burlar la seguridad de una red bancaria, además de la del Cuerpo Nacional de Buscadores. Lo que queremos de ti puede que te resulte algo más complicado... ¿Sabes lo que es Interpol?

—¿Y tú sabes lo que es la Guardia Civil? ¿Con qué clase de lerdo crees que estás hablando, capullo?

—Disculpa, experto en crimen internacional; no hay por qué alterarse... Digamos que alguien que conoces está en la base de datos de la Alerta Roja de Interpol, ¿serías capaz de sacarlo de ahí?

—¿Tenéis una Alerta Roja de Interpol?

—Él la tiene, yo no —respondió Enigma, señalándome.

Nicolás me dedicó una sonrisa burlona.

—Vaya, ¿quién es el antisistema ahora?

—Limítate a contestar a mi pregunta.

Nicolás tomó su refresco y bebió de él durante un rato. Al terminar, lo dejó de lado al tiempo que se le escapaba un eructo silencioso.

—Vale. Está hecho.

—Pareces estar muy seguro de tu capacidad, no sé si eso me convence.

—¿Por qué no? Un sistema es un sistema: la mayoría de ellos

siguen patrones; si pude con el vuestro, que era bastante complejo, puedo con el de Interpol. Se trata sólo de sacar un nombre de una lista; te aseguro que es mucho más jodido alterar la cantidad de una cuenta corriente sin que un banco se dé cuenta.

—Me quedaría mucho más tranquilo si me explicaras cómo piensas hacerlo.

—¿Sabes lo que es un DDoS? ¿Un *keylogger*, un *binder*, un *sniffer*, o un programa de fuerza bruta?

—No.

—Entonces, paso de perder el tiempo tratando de explicarte nada; no ibas a entender una mierda. Tú sólo dime cuándo quieres estar fuera y yo lo haré, eso es todo.

Con bastantes recelos, le di a Nicolás la fecha en que tomaríamos la avioneta en Lisboa con dirección a Cabo Verde. Él asintió, tranquilo.

—Hay tiempo, pero tendré que currármelo bastante. Vas a deberme una buena.

Tuve un mal presentimiento.

—Escúchame bien: esto no es un juego, ¿entiendes? Si me fío de ti en esto, quedaré en tus manos. Si pasas del tema o te has tirado el rollo conmigo, puedo acabar en la cárcel, y te prometo que si eso ocurre haré que sufras las consecuencias.

—Vale, tío, no te pongas denso, ya te he dicho que lo haré —dijo él, asustado—. ¿Qué más quieres? ¿Qué te firme un juramento con mi sangre?

—No me des ideas, chaval…

—Yo confío en ti, Nico —intervino Enigma—. Si dices que eres capaz, te creo. Sé que eres un chico inteligente.

El muchacho se ruborizó un poco. Luego me miró:

—¿Ves? Ella sí que sabe cómo pedir las cosas. Yo quiero ayudaros, ya te dije que estoy con vosotros, ¿por qué te sigues portando conmigo como un capullo? —Al finalizar, su tono de voz tenía cierto deje plañidero.

—Está bien, de acuerdo, de acuerdo… Si no confiara en ti, no me estaría poniendo en tus manos como lo estoy haciendo.

—Entonces, sé más amable, joder... —refunfuñó—. Vale; hay una cosa que debes saber: puedo sacar tu nombre de esa base de datos, pero no de forma permanente. Esa clase de cosas no pueden hacerse sin que los tíos de Interpol se den cuenta, de modo que tarde o temprano alguien verá el error y volverás a estar en esa lista.

—¿Cuánto tiempo puedes mantenerme fuera de ella?

—No estoy seguro... Quizá veinticuatro horas, pero no mucho más.

—De acuerdo, con eso tendrá que bastarme, pero tienes que prometerme que vas a...

—Que sí, joder, que sí; me lo tomo en serio, ¿cuántas veces más voy a tener que decirlo?

Miré a Nicolás con inmenso recelo. Me habría gustado poder contar con un salvoconducto más firme que el que podía ofrecerme un crío con camisetas de *Juego de Tronos*; por desgracia, no podía elegir.

—Si haces esto, podemos pagarte bien —dijo Enigma.

—No quiero vuestro dinero —replicó el chico en una inopinada muestra de orgullo—. Os lo repito: quiero ayudaros. Me gusta lo que hacéis.

—En ese caso, creo que tenemos un premio mejor que darte si nos ayudas: un nombre de buscador. ¿Eso te gustaría, Nico?

Vi cómo los ojos del muchacho se encendían como si hubiera contemplado la cosa más maravillosa del mundo.

—Joder... Claro que sí...

Enigma sonrió.

—¿Qué te parece Yokai? Yokai el buscador.

Probablemente si ella le hubiese besado en los labios en aquel momento, él no habría parecido más extasiado.

—Mola... —balbució—. Sí... Mola un montón... Es... Esto es... ¡Guau! ¡Sí! Ahora es como si estuviésemos en el mismo bando, ¿no? Eso es... —Las palabras se le atoraban entre los labios, y no paraba de llevarse las manos a la frente y de alisarse el pelo, contagiado por un nervioso entusiasmo—. Joder... Gracias, en serio... Gracias... Os juro que no os arrepentiréis. —Me miró y me señaló con los índices de ambas manos—. Tío, tú estás fuera de esa lista, te lo juro... Puedes apostar los huevos a que sí... Pienso ponerme a currar en eso como no he currado en nada en mi vida. Ahora mismo, de hecho... ¡Voy a hacer que estéis jodidamente orgullosos de mi trabajo!

Se levantó, barboteó un montón de palabras inconexas que podían interpretarse como una despedida y se marchó de allí, dejando su comida a medio terminar. Empecé a pensar que Enigma había creado un monstruo, del cual, además, dependía mi seguridad.

—Así que Yokai el buscador... —dije con tono de reproche.

Ella agitó las manos en un gesto de indiferencia.

—Es sólo un nombre... No es mucho peor que prometerle ser «buscador en prácticas».

—Dios quiera que no sea un fraude.

—Te lo aseguro: ese chico tiene un buen cerebro, puedo distinguir su potencial sin el menor asomo de duda. Un sustituto de Tesla —aseveró. Lo dijo tan convencida que incluso me vi tentado a creerla—. Además, ¿no te has fijado?

—¿Fijado en qué?

—Ese muchacho te admira, Faro.

—No digas bobadas.

—¿Cómo puedes no darte cuenta? Todo está en el lenguaje corporal: se muere por ganar tu aprobación; debe de verte como una especie de fascinante hermano mayor, o qué sé yo... Quizá quedó impresionado por las cosas que leyó en tu expediente.

Iba a decirle que aquella idea me parecía ridícula, pero en aquel momento sonó mi teléfono móvil y tuve que responder.

Al cabo de una breve conversación de apenas dos minutos, volví a colgar. Enigma percibió de inmediato que algo no iba bien.

—¿Qué ocurre? —me preguntó.

—Era Burbuja —respondí—. Está con Danny en el hospital.

El diagnóstico fue fractura de dos costillas. El médico había reprochado a Danny que hubiesen tardado tanto tiempo en ver a un especialista. Al parecer, le dijo que cuando el cuerpo duele es que algo va mal; y si duele mucho es que va muy, muy mal. No es prudente no atender tan básica señal de la naturaleza.

Burbuja me contó que cuando fue a casa de Danny se encontró con que ella apenas podía incorporarse, con que cada respiración le demudaba el rostro de dolor y con que, además, tenía fiebre. Aun así, ella seguía insistiendo en que se encontraba bien. Burbuja tuvo que hacer uso de toda su autoridad de hermano mayor para llevarla a rastras a urgencias.

Por suerte, ambas fracturas no requerían nada más que un tratamiento a base de analgésicos y de reposo absoluto. El tiempo prescrito para el reposo fue de entre tres y cuatro semanas, con seguimiento regular durante los primeros siete días para comprobar que el daño estaba bajo control.

Al salir del hospital, Burbuja llevó a Danny a su casa. Allí nos reunimos con los dos hermanos, a petición de Danny.

La buscadora vivía en un pequeño piso de alquiler en el centro, no muy lejos del mío. Yo nunca había estado allí antes y lo primero que me llamó la atención fue su aspecto impersonal. El apartamento tenía una decoración funcional y austera, a base de muebles sencillos, aunque de buena calidad, y adornos anodinos. Daba la impresión de ser la casa de alguien que aún no ha completado su mudanza. No había fotografías en las paredes, no había ninguna fruslería ni tampoco elemento alguno que hablara sobre la personalidad de la inquilina.

La situación era un poco distinta en su pequeño cuarto de estar, donde el espacio estaba dominado por una estantería que ocupaba dos paredes enteras y estaba atestada de libros. Los títulos eran variados, aunque la mayoría eran ensayos sobre arte e historia escritos en lenguas extranjeras. Me llamó la atención ver en una balda alta y arrinconada una pequeña colección de libros infantiles de aspecto ajado. Estaban cubiertos de polvo y no parecía que nadie los hubiese hojeado en mucho tiempo. Debía de haber unos diez o quince volúmenes: obras de Michael Ende, de Roald Dahl, de Enid Blyton... e incluso un par de novelitas de Elena Fortún. Me pareció muy significativo que Danny conservase aún aquellos libros, aunque estuviesen olvidados en el último rincón de su librería.

En aquella habitación, Burbuja nos relató la visita al hospital, intercalando varios reproches dirigidos a su hermana, que escuchaba estoicamente fumando un cigarrillo. Nos sentimos muy aliviados al saber que el daño no era de gravedad, pero pronto llegó la inquietud: el estado de salud de Danny trastocaba todos nuestros planes.

—No irás a ninguna parte con las costillas rotas —zanjó su hermano.

Danny hizo un amago de protesta.

—El médico sólo dijo que...

—El médico te ha ordenado reposo absoluto, y estoy seguro de que eso incluye no viajar a países africanos en riesgo de guerra civil para buscar reliquias en el desierto.

—César, Burbuja y yo podremos arreglárnoslas solos —señalé.

—Yo lo dudo —repuso ella—. En todo caso, ése no es el principal problema. Recuerda lo que dijo Gaetano: el capitán del *Buenaventura* espera a tres hombres y a una mujer; si yo no aparezco, ni siquiera os permitirá subir al barco en Cabo Verde.

—Entonces, ¿qué sugieres?

—Creo que no nos queda otro remedio que aplazar toda la operación —respondió Burbuja—. Al menos hasta que Danny se recupere.

—¡Eso es casi un mes!

—¿Tienes alguna idea mejor, Faro? Quizá incluso nos venga bien. Podemos emplear ese tiempo en prepararnos mejor, en pensar las cosas con calma... Siempre he pensado que todo esto estaba yendo demasiado deprisa.

—¡Porque no tenemos otra opción! Os recuerdo que Voynich está detrás del robo del *Mardud* y, seguramente, del asalto al museo de Saint Béat. También fueron ellos quienes encargaron a Gelderohde encontrar la Pila de Kerbala el año pasado, lo cual indica que hace tiempo que saben muy bien lo que están buscando. Es evidente que no somos los únicos que queremos encontrar esa Cadena del Profeta, sea lo que sea. —Miré a mis compañeros, uno a uno—. Esto es una carrera en la que el adversario posee más medios y más movilidad que nosotros, además de la capacidad de obrar a nuestras espaldas. Si le damos un mes de ventaja, puede que sea demasiado tarde para alcanzarlo.

—No sé por qué os preocupáis tanto —dijo Enigma, que estaba curioseando entre los libros de Danny como si nuestra conversación no fuese de su interés—. Yo creo que la solución es bien simple.

—¿Ah, sí? ¿Y cuál es? —preguntó Burbuja.

—Puedo ir yo con vosotros.

Por un instante se hizo el silencio. Ninguno sabíamos qué responder a eso.

—¿A qué vienen esas caras? —dijo Enigma—. Necesitáis una mujer, ¿no es eso? Bien, noticia de última hora: yo soy una mujer. Danny puede quedarse en España a hacer la labor de apoyo y yo la sustituiré.

El silencio se prolongó. Decidí romperlo antes de que se hiciera demasiado comprometedor.

—Es una idea... interesante, pero... —No supe cómo acabar la frase.

—Estás oxidada —completó Burbuja, menos diplomático que yo—. Lo siento, pero es la verdad. ¿Cuánto tiempo ha pasado desde la última vez que hiciste una misión de campo?

—Tú deberías saberlo, Burbuja, pues la realizamos juntos —respondió ella—. Está bien; admito que en los últimos tiempos me he acostumbrado a una labor más contemplativa, pero eso no me convierte en una agente de segunda categoría.

—Nadie ha dicho tal cosa —repuso Burbuja—, pero... Maldita sea... No me gusta que tengas que volver a exponerte a una situación de riesgo.

—¿Y no te importa que Faro lo haga, por ejemplo?

—Es distinto: a él puedo controlarlo, más o menos... Si es necesario, sé cómo obligarlo a ir pegado a mi espalda para que no se meta en líos; pero tú... Lo siento, no quiero ofenderte, pero sabes que nunca se te dio bien trabajar en equipo, ni tampoco te gustaba, por eso Narváez empezó a apartarte de las misiones de campo. Eres demasiado... imprevisible.

—¿Eso quiere decir que en Malí vas a estar pendiente de Faro y de César? ¿Tú solo? ¡Menudo panorama! Admítelo, Burbuja: me necesitas. Papá y Mamá tendrán que turnarse para vigilar a los polluelos. —Enigma se sentó junto a Burbuja, sobre el brazo del sillón que él ocupaba, y adoptó un actitud cómplice—. Será como en los viejos tiempos: tú y yo mano a mano, ¿no te mueres de ganas por recordarlo?

Me habría gustado poder decir en mi defensa que yo no era ningún polluelo, ni necesitaba de ningún «Papá y Mamá» que cuidasen de mí; pero dado que poco a poco Burbuja se dejaba convencer, preferí no interrumpir el proceso.

No era capaz de ver a Enigma como la sustituta de Danny en aquella búsqueda, aunque reconozco que el prejuicio nublaba bastante mi punto de vista. Después, cuando empecé a darme cuenta de que la cosa iba en serio, sentí una absurda alegría ante la posibilidad de que la buscadora nos acompañara. Era como si de pronto hubiera encontrado un trébol de cuatro hojas para poder llevarlo en el equipaje.

De algún modo, Enigma logró convencer a Danny y a Burbuja de que su oferta era nuestra mejor opción. Fue una decisión tomada entre los tres, entre los veteranos, en la que yo apenas tuve voz ni voto.

La reunión se prolongó durante un par de horas, en las cuales perfilamos los detalles de nuestro próximo viaje. Lo dejamos al ver que Danny empezaba a mostrar síntomas de cansancio.

Enigma y Burbuja se marcharon juntos. Sin apenas darnos cuenta, Danny y yo nos habíamos quedado solos.

—Yo también me marcho —dije después de ayudarla a poner un poco de orden en el cuarto de estar—. Es tarde, y tú necesitas descansar.

Noté un cambio en el ambiente. Algo lógico, teniendo en cuenta que era la primera vez que estábamos a solas y más o menos relajados desde aquella noche en Saint Béat. Aún no habíamos hablado sobre lo ocurrido antes de que empezáramos a perseguir ladrones. Daba la impresión de que ambos lo hubiésemos estado evitando.

—Ya me he percatado de que oficialmente he pasado a ser una especie de buscadora inválida —dijo ella, recuperando una de sus sonrisas a medias. Luego me miró—. No tienes por qué marcharte.

Había tantas maneras de interpretar aquella frase, que ni siquiera me atreví a intentarlo.

—Tú... ¿quieres que me quede?

Ella guardó silencio, como si le hubiera formulado la pregunta más compleja del universo. Al final dejó escapar un suspiro quedo.

—Pensándolo bien, creo que... es mejor que te marches.

—Entiendo...

—¿De veras? En ese caso me llevas mucha ventaja, Tirso Alfaro, porque yo no entiendo nada. —Se acercó a mí, dudó un momento y me besó. Al terminar, se apartó como si hubiese hecho algo inapropiado—. ¿No tienes últimamente la sensación de que ocurren más cosas de las que puedes abarcar? La suspensión del Cuerpo, tu problema con Interpol, esa historia de la Cadena del Profeta, el viaje a Malí...

—Demasiados conflictos como para que añadamos alguno más, ¿no es eso?

—Sí... No lo sé... Intento pensar las cosas con calma, pero no puedo. Sólo deseo que vayas a Malí, que encuentres lo que estás buscando y que regreses sano y salvo para que pueda al fin mirarte a los ojos y no pensar en nada más que en nosotros. De verdad que lo necesito.

—Tranquila. Yo puedo esperar. Hagamos las cosas con calma, ¿de acuerdo?

—No me gusta pedirte algo así, pero quiero poner mis ideas en orden y sé que hasta que no pase todo esto no voy a ser capaz.

—Me parece bien, será un hermoso aliciente.

Me acompañó hasta la puerta. Antes de que me marchara, me miró a los ojos y me sonrió con aire triste.

—Ten cuidado cuando estés buscando tu tesoro. Lo único que quiero de ti ahora es que regreses.

Posó sus labios sobre los míos un breve instante. Sentí estar sellando una promesa.

Viajamos a Lisboa por separado, un día antes de tomar el avión de Gaetano Rosa. Aunque nuestra idea inicial era reunirnos por primera vez en el aeropuerto, no pude resistir la tentación de ir a visitar nuestro nido en la ciudad, donde Burbuja y César se alojaban.

Un nido es un piso franco que el Cuerpo Nacional de Buscadores posee en aquellas ciudades donde sus misiones lo llevan más a menudo. El de Lisboa se encontraba en pleno Barrio Alto y era uno de los peores: un rancio y pequeño estudio, con apenas espacio para un par de agentes. No obstante, aquel cuchitril me traía buenos recuerdos, pues mi primera misión como buscador tuvo lugar en la capital portuguesa.

Burbuja no puso reparos cuando me presenté allí sin avisar. Se alegraba de poder compartir con alguien la custodia de César durante unos momentos. Los tres fuimos a cenar a una pequeña tasca cerca del nido. Fue una cena silenciosa y algo lúgubre. César sólo abrió la boca para comer de su plato de migas de bacalao y hacer una pregunta.

—¿Llevamos el timón de Gallieni y el Pez Dorado?

—Sí; he traído ambas cosas —respondí—. ¿Por qué quieres saberlo?

—Pueden sernos útiles.

Burbuja y yo intercambiamos unas palabras a solas, de regreso al nido.

—Tengo un mal presentimiento sobre todo esto, novato. Hay demasiadas cosas que pueden salir mal.

—Ya es tarde para volver atrás.

—Lo sé... En fin; no me hagas caso. Me siento un poco pesimista esta noche. Gracias por venir a hacerme compañía; no es agradable pasar tanto tiempo a solas con César: te aseguro que ese tipo me pone nervioso... Ojalá no hayamos cometido un gran error al involucrarle en esto.

—¿Sabes una cosa? Me pregunto quién ha involucrado a quién en realidad...

Nos despedimos. Burbuja había logrado contagiarme su ánimo sombrío y dormí mal, tuve muchas pesadillas que no fui capaz de recordar al despertar.

Un taxi me llevó al aeropuerto. En la terminal de llegadas de vuelos internacionales me reuní con mis compañeros. Según las instrucciones de Gaetano, debíamos encontrar a un hombre que llevaba un cartel con las palabras CABO VERDE.

El hombre en cuestión estaba en un grupo donde había unos cuantos chóferes y guías de tour operadores, los cuales mostraban también carteles indicando el nombre de los pasajeros a quienes esperaban. Le seguimos a través de la terminal hasta una puerta de cristal ahumado sin señalizaciones de ningún tipo. El hombre del cartel utilizó una tarjeta magnética para abrir la puerta. Al entrar, nos encontramos en una pequeña sala de espera de lujoso aspecto, como las que utilizan las aerolíneas para acoger a los pasajeros con billete de primera clase.

No éramos los únicos que estábamos allí. Vi a otros tres viajeros con pinta de ejecutivos que ni siquiera levantaron la vista de sus dispositivos portátiles cuando aparecimos. En una esquina había una barra de bar. Un camarero nos preguntó si deseábamos tomar alguna cosa y luego nos ofreció periódicos y revistas internacionales.

Al cabo de unos veinte minutos, apareció un hombre joven vestido con uniforme de piloto y se dirigió a todos los presentes en la sala.

—Buenos días —nos saludó, hablando en inglés—. Mi nombre es Allan. Si tienen la bondad de seguirme, les llevaré hasta la pista de despegue donde aguarda el avión del señor Rosa.

Por el momento, todo sucedía tal y como Gaetano había prometido: nadie nos pidió un solo documento ni nos hicieron atravesar ningún trámite de aduana. Empecé a sentirme más tranquilo.

Allan nos llevó hasta una pequeña pista donde había varios jets privados. El nuestro tenía la puerta de embarque abierta. Los siete pasajeros subimos a la nave en silencio.

Ya en su interior, me encontré con un alarde de lujo aéreo: las paredes estaban decoradas con paneles de madera, los asientos, que eran más bien amplias y cómodas butacas, estaban forrados de piel color melaza; y tuve la sensación de que había pantallas de plasma por todas partes.

Una atractiva azafata nos dio la bienvenida y nos invitó a acomodarnos, mientras otra compañera nos ofrecía una bandeja con copas de espumoso y zumos. Escuchamos la voz de Allan por un altavoz indicándonos algunos datos del vuelo. Nos dijo que despegaríamos en unos minutos. Luego empezó a sonar un hilo musical en un volumen suave.

Estaba empezando a disfrutar de las comodidades ofrecidas por Gaetano Rosa, cuando volvió a escucharse la voz de Allan por los altavoces.

—Disculpen las molestias, pero vamos a sufrir un breve retraso a causa de un rutinario trámite de seguridad. Por favor, no se levanten de sus asientos.

Intercambié una mirada inquieta con mis compañeros. Una de las azafatas volvió a abrir la puerta de acceso al avión y dos hombres con uniforme de policía entraron. Las palmas de mis manos empezaron a sudar.

Traté de parecer calmado mientras los dos policías avanzaban por el pasillo del avión, mirando a cada uno de los pasajeros. El corazón empezó a latirme con fuerza. Uno de los agentes llegó junto a mí y me miró a la cara.

Me pareció que el tiempo se detenía.

—¿Sería tan amable de acompañarnos un momento, caballero?

Hizo la pregunta en portugués. Como yo no reaccioné, la repitió en inglés creyendo que no le había entendido a la primera.

Miré a mis compañeros. Enigma se mordía el labio inferior con nerviosismo y Burbuja parecía a punto de saltar de su asiento. César miraba al frente con expresión imperturbable.

Intenté esbozar una sonrisa cortés.

—¿Hay algún problema?

—Usted venga con nosotros. Traiga su pasaporte, por favor.

Sus palabras eran amables, pero su expresión distaba mucho de parecerlo. Acorralado, no tuve más remedio que obedecer al policía.

Me levanté. Los dos agentes me llevaron fuera del jet sin dirigirme la palabra, sin darme explicaciones. Me subieron a un pequeño vehículo de aeropuerto y regresamos a la terminal.

Allí me condujeron a una sala de seguridad no más grande que una despensa. Una luz de neón parpadeaba en el techo y en las paredes había varios carteles con instrucciones de seguridad; algunos con fotografías de delincuentes en busca y captura.

Empecé a darme cuenta de que mi viaje a Malí había llegado a su fin.

Uno de los policías me pidió el pasaporte. Se lo entregué, haciendo un gigantesco esfuerzo por mantener el pulso firme. Lo cogió y me pidió que me sentase en una de las sillas de plástico que había en la sala, clavadas a la pared. Por un momento tuve la tentación de protestar, pero decidí que lo más prudente sería mantener la boca cerrada y obedecer.

El policía que tenía mi pasaporte se metió detrás de un mostrador donde había un ordenador que manejaba otro agente.

Como la sala era pequeña pude escuchar con claridad su conversación: ambos hablaban en portugués, pensando quizá que yo no podía entenderlos.

Uno de los policías abrió mi pasaporte y leyó el nombre.

—Tirso Alfaro —dijo—. Éste es.

—¿Estás seguro?

—Es el nombre que nos dieron en el aviso. Consulta la base de datos de Interpol, en las notificaciones de Alerta Roja.

Mentalmente maldije a Gaetano Rosa y sus promesas vacías. Yo era el único pasajero al que habían pedido el pasaporte, y estaba claro que los policías habían ido a por mí. El proxeneta me había tendido una trampa.

Sentí un leve mareo mientras el policía tecleaba algo en el ordenador e inspeccionaba la pantalla. Pasaron los segundos, que se convirtieron en minutos. Tuve que esforzarme por acordarme de respirar.

Los dos policías observaban la pantalla.

Cerré los ojos y respiré hondo. Mis manos temblaban.

—No lo encuentro.

Abrí los ojos y los miré atentamente.

—Mira otra vez; se supone que debería estar.

—Te digo que no; fíjate: no hay nadie con ese nombre entre las notificaciones de Alerta Roja.

Los policías fruncieron el ceño y empezaron a ponerse nerviosos, al tiempo que yo me calmaba poco a poco. Uno de ellos sugirió consultar el resto de las notificaciones de alerta.

—Nada —insistió el agente del ordenador—. No está en Alerta Naranja, Alerta Azul ni Alerta Verde… A este tipo no le busca nadie en ninguna parte.

—Joder… —masculló el compañero—. Prueba en la base de datos de la Policía Nacional española.

—Ya lo he hecho. Ahí tampoco aparece ninguna orden de busca y captura a su nombre… Está claro que era un aviso falso: o nos han tomado el pelo, o se han confundido de persona.

Ya estaba dando gracias a mi extraordinaria buena suerte, a

los hados del destino o a alguna otra fuerza mística incomprensible cuando de pronto visualicé en mi cabeza a Nicolás, con su vaso de refresco gigante en la mano. Incluso pude escuchar su voz («Vale. Está hecho»). Increíble; aquel granujiento saco de hormonas había cumplido su palabra.

Yokai me había sacado de la base de datos de Interpol.

Uno de los policías se acercó a mí y me devolvió el pasaporte.

—Gracias —dijo, esta vez en español—. Disculpe las molestias, todo está en orden.

Estuve a punto de echarme a reír, como si de pronto hubiera recordado el chiste más gracioso jamás contado.

(«No hay problema, agente. Por cierto, ¿conoce el chiste del chaval aficionado a las maquetas que le dio por el culo al sistema informático de Interpol...?»)

Dejé escapar una sonrisa nerviosa y le di las gracias al policía. Éste, mostrando una actitud mucho más cortés, se ofreció a acompañarme de regreso al avión. Me dejó ante la puerta del aparato, no sin antes volver a disculparse por las molestias y desearme un buen vuelo. Temí que si no se iba pronto, estallaría en carcajadas delante de sus narices. Una risa histérica, de puro nervio y alivio.

Gocé al ver las miradas de asombro de Burbuja y Enigma cuando me vieron de nuevo entrar en el jet.

Me derrumbé sobre el asiento. Aún temblando, me coloqué el cinturón de seguridad. Experimenté una maravillosa sensación de euforia cuando el avión avanzó por la pista y comenzó a despegar.

Las ruedas se separaron del asfalto. Lisboa quedaba a nuestros pies.

Burbuja apenas esperó a estar en el aire para levantarse de su asiento y acudir a mi lado. Se sentó en una butaca vacía junto a la mía y le expliqué en pocas palabras lo ocurrido.

—Rosa... Cerdo hijo de puta... —dijo entre dientes—. Te ha vendido.

—Eso parece. Lo que no entiendo es qué saldría ganando con eso.

—¿Quién sabe? Es lo malo de hacer tratos con gente de esa calaña: deben tantos favores que nunca puedes estar seguro de que no vayan a utilizarte para pagarlos.

—¿Crees que tendremos problemas para subir a ese barco en Praia?

—Ahora mismo, incluso dudo de que ese barco exista. De todas formas, tú mismo lo dijiste ayer: ya no podemos dar marcha atrás. Habrá que seguir con lo planeado y prepararnos para cualquier sorpresa desagradable.

Yo aún estaba contento por haber sorteado la seguridad del aeropuerto, de modo que pude permitirme alardear de optimismo.

—Hace falta más que una sorpresa para burlar a un caballero buscador. Nosotros no caemos en las trampas; las creamos.

—Lo que tú digas, Faro. Pero no nos confiemos; esto no ha hecho más que empezar.

Ballesta (II)

«Ningún buscador se hace viejo», era una de las frases hechas que solían escucharse en el Sótano. Como cualquier axioma, no era más que una mera generalización, aunque a grandes rasgos daba en el clavo.

El de buscador era un trabajo absorbente, apenas dejaba tiempo para el simple ocio, si bien a la mayoría de los buscadores que fueron eso no les importaba demasiado, pues su ocio era el trabajo: ninguno habría querido hacer otra cosa que no fuera entregarse en cuerpo y alma a su misión. Exigía un ardor y un apasionamiento especiales. Y cierto desinterés por el futuro.

Tales caracteres son propios de la juventud, es por esto que se solía decir que ningún buscador se hace viejo. No había nada ominoso en tal afirmación, sólo constataba el hecho de que, a medida que vas madurando, ya no eres un buscador, ya no quieres serlo. Así de simple.

Narváez era una rareza, por eso tantos lo admiraban; el Cuerpo era su vida. La inmensa mayoría de sus subordinados tarde o temprano decidían que ellos querían forjarse una vida propia, lejos del Sótano. Ningún buscador peinaba canas cuando se quitaba para siempre el pase azul. Ninguno se hacía viejo.

Zaguero aguantó en el Cuerpo la máxima cantidad de tiempo que sus circunstancias vitales le permitieron. Lo hizo por leal-

tad a Narváez, pero también (debía admitirlo) porque le gustaba mucho lo que hacía y sabía que acabaría por añorarlo.

Aún era agente de campo cuando conoció a Ana María. Trabajaba en una biblioteca pública, cerca de donde Zaguero habitaba un espartano y no siempre limpio piso de soltero. Ana María no era la más atractiva de las mujeres, ni mucho menos, pero era dulce y muy alegre. Y parecía gustarle de verdad aquel hombre achaparrado, ya más cercano a los cuarenta que a los treinta, que decía ser guía turístico.

Ana María y Zaguero se casaron. Fue una ceremonia común y corriente en la que los invitados de la novia doblaban en número a los del novio, que eran todos parientes.

Con la cantinela del guía turístico, Zaguero logró mantener durante un tiempo su puesto en el Cuerpo y su matrimonio. A Ana María no le importaba demasiado que su nuevo marido pasara a menudo largas temporadas fuera de casa. Además, siempre traía unos regalos muy bonitos, aunque no hablase mucho de lo que hacía llevando turistas de acá para allá.

Un año más tarde, Ana María se quedó embarazada. Era un embarazo muy deseado por ambos. Más adelante, tras ver una de las ecografías, la pediatra dijo que Ana María estaba esperando gemelos. Fue entonces cuando Zaguero se dio cuenta de que no era posible combinar su trabajo de buscador con un matrimonio y dos hijos. Ana María, que era una mujer fuerte y decidida, jamás se quejaría si tenía que hacer de madre y de padre durante las largas ausencias de su marido; pero a Zaguero le parecía muy injusto.

Así pues, tampoco él se hizo viejo siendo un buscador.

Devolvió el pase azul y se despidió del Sótano. Sintió cierta tristeza al pensar en lo que dejaba atrás, pero se consoló pensando en que lo hacía por propia voluntad.

Narváez, siempre captivo, se dio cuenta de que a Zaguero dejar el Cuerpo le estaba costando más trabajo del que quería admitir.

—Sabes dónde estamos —le dijo su último día de servicio—.

No hay por qué cerrar todas las puertas entre nosotros. Siempre fuiste un agente leal como pocos, y lamentaría mucho no volver a saber de ti en el futuro. Mantenme al corriente.

Zaguero prometió que lo haría.

Muchos antiguos buscadores encontraban acomodo en los servicios de inteligencia. En la época en que Zaguero dejó el Cuerpo aún se denominaba CESID, aunque poco más de un año después cambiaría su nombre por el de CNI.

El ya ex buscador no quería ser espía. Estaba harto de tener un trabajo con tantos secretos; quería hacer algo sencillo y de lo que pudiera hablar con su familia cuando llegase a casa por las tardes. Narváez le sugirió algo más a tono con sus deseos: «¿Por qué no la Brigada de Patrimonio Histórico?», le preguntó.

El viejo movió los hilos y Zaguero fue transferido a la Policía Nacional, donde comenzó su andadura como subinspector. Ana María nunca aparentó sorprenderse demasiado por aquel giro tan drástico en la orientación profesional de su marido, como si para ella pasar de guía turístico a subinspector de policía fuese un paso natural en la vida. Zaguero siempre pensó que ella estaba tan feliz por saber que, en adelante, pasaría más tiempo en casa que ni siquiera se planteó si aquel cambio estaba dentro de lo normal. Él tampoco recordaba qué historia le contó para justificarlo, sólo sintió alegría al pensar que quizá aquélla fuera la última vez que mentiría sobre su trabajo.

El tiempo pasó de forma anodina. Nacieron los gemelos (un niño y una niña: sanos, llorones e inexplicablemente adorables, como todos los bebés), Zaguero se adaptó bastante bien a su nuevo trabajo, siguió manteniendo un contacto ocasional con Narváez, y se convirtió en un arquetípico padre de familia.

Tan sólo había un recuerdo del Cuerpo que a veces le quitaba el sueño por las noches: Trueno.

Era un buen hombre, Trueno. Cuando estaba en el Sótano, era el amo del lugar; irradiaba carisma y encanto de forma natural. Zaguero había llegado a apreciarlo mucho, quizá por ser tan distintos, hasta el punto de parecer las dos caras de una mis-

ma moneda. Fueron muy amigos cuando trabajaron juntos y Zaguero sintió su muerte como habría sentido la de un hermano.

Supo a través de Narváez que Trueno había dejado un hijo, un hijo por el que había tomado la sorprendente decisión de dejar el Cuerpo para poder hacerse cargo de él.

Después lo mataron y nunca pudo cumplir su deseo.

Narváez solía decir que Trueno nunca habría sido feliz siendo otra cosa que un buscador, pues era de aquellos hombres que (según decía el viejo) sólo se sienten plenos persiguiendo el misterio. Zaguero nunca entendió ni compartió aquella apreciación; por otro lado, pensaba, aunque Trueno no hubiese sido feliz fuera del Cuerpo, al menos debía haber tenido el derecho a descubrirlo por sí mismo.

Morir en tierra extraña por culpa de una traición no era un final digno para alguien como Trueno. Él era alegre, valiente y leal, de los mejores hombres que Zaguero jamás había conocido; no importaba lo que Narváez opinara: Zaguero estaba convencido de que Trueno habría sido tan buen padre como amigo, pero a su hijo le arrebataron la oportunidad de descubrirlo. Aquello no era justo.

Zaguero era un hombre simple, y, como tal, veía el mundo de forma simple: las cosas eran buenas o malas, justas o injustas, rectas o torcidas... Y cuando algo está torcido, lo suyo es enderezarlo.

Nada podía devolver la vida a Trueno, pero en ningún lugar estaba escrito que sus asesinos no debieran ser castigados por lo que habían hecho.

El hombre que lo mató, un narcotraficante conocido como El Gambo, ya no podía rendir cuentas a nadie más que al dios en el que creyese, pero la persona que delató a Trueno al cártel, cuya lengua estaba manchada de sangre, aún seguía libre, viva y triunfante.

Si Zaguero no hubiera creído conocer el nombre del delator, es probable que el recuerdo de Trueno no lo hubiera atormentado algunas noches.

Ballesta, ése era el nombre.

Ballesta.

Un nombre y una sospecha. Era lo único que Zaguero tenía. Para Narváez no había sido suficiente y cortó en seco las indagaciones. Él no se lo reprochaba: para el viejo, su Cuerpo era sagrado, y se negaba a ver nada en él que pudiese estar podrido, igual que alguien que encuentra un bulto en su pecho se niega a ir al médico por miedo a que pueda ser algo serio.

Sin embargo, tras dejar el Cuerpo y convertirse en policía, Zaguero ya no estaba atado por las órdenes del viejo. Podía investigar a Ballesta y seguir aquella pista todo lo lejos que su perspicacia pudiera llevarlo. Aquel asunto era una labor pendiente que nunca desaparecía de su cabeza.

Desde su nuevo puesto como subinspector de policía, procuraba mantenerse al corriente de cualquier cosa que pudiera estar relacionada con la muerte de Trueno. El tiempo siguió su curso. Zaguero fue ascendido a inspector, y el antiguo buscador seguía atento. Siempre atento. Esperando reunir las pistas que le faltaban.

Por fin, casi diez años después de que dejara el Cuerpo, cuando ya casi nadie se acordaba de Ballesta o de Trueno (ni siquiera su hijo, que en aquellos días debía de ser ya un mozo de casi veinte años), Zaguero encontró un rastro.

En marzo de 2009, la policía intervino 350 kilos de cocaína en un contenedor del puerto de Valencia. Era la segunda fase de una gran operación contra el narcotráfico conocida como «Ciclón». La droga había llegado desde Argentina, camuflada en un cargamento de maquinaria para molinos de viento. Se detuvo a varios implicados de origen español y sudamericano. Entre estos últimos había algunos que provenían del ámbito de los cárteles caribeños.

Uno de ellos era colombiano y respondía al nombre de Jairo Salazar Batalla, alias Bejuco.* *Según el informe policial, Bejuco*

* En argot colombiano, persona brava, pendenciera.

había comenzado su andadura como narco en el cártel de Valcabado, dentro del círculo del Gambo.

_Zaguero era bueno haciendo contactos, tenía varios dentro de la UDYCO,_* _que era el cuerpo que estaba llevando el grueso de la «Operación Ciclón». Gracias a ellos logró arreglar un encuentro con_ Bejuco. _El antiguo buscador dio la excusa de que quizá el narco tenía información sobre un viejo asunto referente al tráfico de obras de arte, lo cual, en cierto modo, no dejaba de tener una base de realidad._

El interrogatorio se llevó a cabo en una cárcel valenciana. Zaguero logró que le concedieran unos minutos a solas con el prisionero. Bejuco era un mestizo de rostro feroz. Tenía el pelo rapado al cero y en la parte trasera del cráneo lucía un tatuaje con la forma de un corazón atravesado por espadas.

—No quiero hablar con usted sobre nada relacionado con el motivo por el que está aquí —dijo Zaguero con la esperanza de hacerle bajar la guardia—. Tampoco sobre nada que pueda aumentar los problemas que tiene en este momento con la justicia, se lo garantizo.

—Ya me dijeron —respondió Bejuco. Hacía gala de una actitud tranquila, nada hostil—. Sólo hablar de cosas viejas, ¿no es eso? Adelante, hágale, ahora tengo mucho tiempo libre.

—Se lo agradezco.

—No agradezcas nada, viejo. Responderé a lo que quiera, y si me da la mamera, me callo y en paz. Eso es todo. ¿Qué quieres saber?

—¿Estuvo usted en el grupo de Alexánder Fiallo Gamboa, hace diez años?

—¿El Gambo? Claro, viejo... Lo balacearon en Florida o por ahí al patrón, pobre diablo. Pero yo ya me tragué cinco años en la cana por culpa de los negocios del patrón. Sobre aquello no me queda más nada que decir. Lo tiene todo la justa.

—¿La justa...?

* Unidad de Drogas y Crimen Organizado de la Policía Judicial.

—La policía, compañero. La policía, los jueces… Toda esa gente.

—Entiendo, pero, como ya le he dicho, no son sus actividades personales lo que me interesa. Yo pertenezco a la Brigada de Patrimonio Histórico, no soy de narcóticos.

Bejuco sonrió de medio lado, burlón.

—Eso está claro, viejo; pero ¿qué cosa tengo yo que ver con el chuzo ese de las obras de arte? Por si no lo has notado, no es algo que me interese mucho.

—¿Te suena el nombre de Andrés Castro Elías?

Zaguero se dispuso a analizar con minuciosidad la reacción del Bejuco al oír aquel nombre: era con el que Trueno había operado durante su misión en Valcabado, cuando lo mataron.

El narco se acarició el mentón con aire pensativo. Al cabo de un par de minutos, pareció recordar.

—Ah, sí… Aquel mono… Un mancito bastante buenón: tenía locas a todas las que rondaban al patrón en su casa. Decía que era un comerciante que hacía negocios con cuadritos caros y esos chécheres, pero no era verdad, era un tombo y el patrón lo desinfló, o eso oí.*

—¿Qué es un tombo?

—Un policía… ¿Es que no sabes nada, viejo?

—De acuerdo. Entonces, El Gambo descubrió que Castro Elías no era quien decía ser, y después lo mató —dijo Zaguero para comprobar que había entendido bien las palabras de Bejuco.

—Eso es… Pero yo no tenía mucha idea de aquella bola, por aquel entonces no era más que un soldado. Creo que el patrón agarró a dos paisas que andaban con nosotros para que chuliaran al mono. Se lo llevaron adentro, a la jungla, y allí lo desinflaron. Así era como funcionaban estas cosas.

—¿Recuerdas sus nombres?

—No… Bueno, a uno creo que lo llamaban Tigrillo, *pero al*

* Rubio, en argot.

otro no lo conocí... De todas formas es igual, viejo, a los dos los dieron en la torre. Están fritos.

—¿Muertos?

—Eso dije.

—¿Quién los mató?

—Ni idea, viejo, pero eso fue lo que oí. Seguramente los fritaron junto con el patrón, allá en Florida; cosa de sicarios.

—Hay una cosa más —dijo Zaguero—. Castro Elías fue delatado por alguien. ¿Sabes quién fue?

—Claro. Era un tipo que andaba con el mono, como si fuera su socio, pero no recuerdo su nombre.

—¿Quizá era Carlos Nasser Batalla? —preguntó el policía, dando el nombre con el que Ballesta operaba durante aquella misión.

Bejuco chasqueó los dedos al oírlo.

—¡Dígame, eso era! Carlitos, así lo llamaba el patrón... La historia tenía su gracia porque al principio el patrón pensaba que Carlitos era el tombo, pero luego cantó sobre el mono y al final hasta se hicieron llave. Al patrón le caía simpático el Carlitos.

—¿Tú lo conocías?

—Charlamos un par de veces. Parecía buen tipo.

—Si pudieras verlo ahora, ¿lo reconocerías?

—Quizá.

Zaguero puso encima de la mesa tres fotografías de tres hombres muy parecidos. Le pidió a Bejuco que señalara si una de ellas era la de Carlos Nasser. El narco, después de dudar unos segundos, señaló la que estaba en medio.

El policía asintió para sí. Bejuco había señalado la fotografía de Ballesta.

—¿Estás seguro de que es él?

—Sí. Recuerdo esos ojos; es el mismo tipo.

—Si te pidiera que afirmaras esto por escrito, ¿lo harías?

—Tatequieto, viejo. Si yo te hago el catorce, ¿qué saco yo a cambio?

—No puedo ofrecerte nada —admitió el antiguo buscador—, como ya te he dicho antes, no tengo nada que ver con tus actuales problemas con la justicia; pero, si me ayudas, prometo que hablaré con algunos contactos para que intenten ofrecerte algo por tu colaboración.

—¿Eso es todo?

—Lo siento.

—Que te den por el rabo, viejo. No voy a meterme en tu guerra por nada.

—Escucha: esto es muy importante para mí. El hombre al que mataron no era un policía, te lo puedo garantizar; sin embargo, Carlos Nasser sí que engañó al Gambo: quería robarle. Lo único que intento es que no quede sin recibir su merecido... Ojo por ojo, ¿entiendes? No te lo estoy pidiendo como policía... —Zaguero no supo qué más podía decir para convencer al Bejuco. Él, por su parte, parecía haber perdido su interés en aquella conversación. El policía suspiró, frustrado—. Sólo piénsatelo, ¿de acuerdo? Soy un hombre de palabra: si digo que haré lo posible por compensarte, puedes estar seguro de que no miento.

Bejuco no se molestó en responder. Zaguero terminó dándose por vencido y se dispuso a marcharse.

Justo antes de abandonar la habitación, el narco se dirigió a él:

—Me lo pensaré, viejo. No te prometo más.

El policía abandonó aquella reunión con una leve sensación de optimismo. Decidió que su siguiente paso sería abordar a sus amigos de la Judicial para intentar obtener cualquier cosa que le permitiese negociar con su testigo. Estaba seguro de poder lograrlo si insistía lo suficiente.

Por desgracia, Zaguero ni siquiera tuvo la oportunidad. Al Bejuco lo degollaron en la cárcel un par de días después de aquella entrevista. La policía dijo que fue un ajuste de cuentas entre presos de cárteles rivales. En cualquier caso, Zaguero se quedó sin el único indicio firme que había encontrado en años.

Al menos había conseguido sacar algo en claro: fue Ballesta, sin lugar a dudas, quien vendió a Trueno. Lo único que necesitaba era encontrar la manera de probarlo.

Se dijo que tarde o temprano lo conseguiría, aunque para ello tuviera que esperar otros diez años.

Él nunca dejaba un trabajo a medias.

TERCERA PARTE

El tesoro de los arma

Musa y el Hombre Verde reanudaron la marcha desde el Río Grande hacia la Ciudad de los Muertos. Cuando Musa puso el pie en el umbral de esa tierra corrompida tembló de miedo y dijo: «¡Ay de nosotros! ¡Que Allah nos proteja! ¿No es acaso ésta la morada de Bida, el demonio con forma de serpiente de siete cabezas? Alejémonos de este lugar antes de que nos devore».

El Hombre Verde dijo: «Eres necio por tener miedo. En verdad aquí vive la Temible Serpiente, pero el poder de nuestro Señor es más fuerte que cualquier demonio. Esto te digo: un día vendrá desde la tierra de Firaún un rey a quien llamarán Igo Khasse Dingka, que significa Hombre Grande y Viejo. Allah le dará fuerza y someterá a la serpiente de las siete cabezas, y fundará un imperio tan grande como el Sáhara, en el que el Nombre de Allah será venerado por siglos. No temas pues al demonio, que ni su hora ni la nuestra han llegado todavía».

Musa se admiró de las palabras del Hombre Verde y lo siguió sin miedo.

En las afueras de la Ciudad de los Muertos vieron jugar a un niño. El Hombre Verde se acercó a él y le cortó la cabeza. Dijo Musa: «¡Has matado a un niño inocente! ¡Has hecho algo terrible!».

El Hombre Verde dijo: «¿No te he dicho que no podrás tener paciencia conmigo?». Musa respondió: «Si en adelante te pregunto algo, no me tengas más por compañero y acepta mis excusas».

Y se pusieron de nuevo en camino hasta que llegaron a una ciudad a cuyos habitantes pidieron de comer, pero éstos les negaron la hospitalidad y los expulsaron con palos y piedras. El Hombre Verde encontró en la muralla de la ciudad una pared que amenazaba derrumbarse y la apuntaló. Musa dijo: «Si hubieras querido, habrías podido obligar a esta ciudad de ingratos a darnos comida y refugio a cambio de reparar su muralla».

El Hombre Verde tomó uno de los sillares del muro y al tocarlo se convirtió en oro. Lo guardó en su zurrón junto con el timón y la cabeza del niño y se lo dio a Musa.

Dijo: «Toma esto y sígueme en silencio. Se acerca el momento de informarte del significado de aquello en lo que no has podido tener paciencia».

El *Mardud* de Sevilla,
sura 18

1
Pacto

El jet de Gaetano Rosa tomó tierra en Praia acompañando al atardecer. Fue un agradable vuelo de unas tres horas durante las cuales pudimos casi olvidar la incertidumbre de nuestro futuro más inmediato, mecidos en asientos de cuero y atendidos por solícitas azafatas de aspecto envidiable. Es probable que lo hubiera aprovechado más de haber sabido que sería nuestro último contacto con un civilizado confort en mucho tiempo.

El avión aterrizó en una pista privada. Los tres silenciosos hombres de negocios que habían viajado con nosotros desaparecieron en el interior de lujosos coches apenas salieron del aparato. A mis compañeros y a mí nos abandonaron como a maletas sin reclamar, sin apenas despedidas ni indicaciones.

Las instrucciones que Gaetano le había dado a Danny hablaban de una cita con un hombre en un local de Cidade Velha, a unos quince kilómetros al oeste de Praia.

Las montañas volcánicas de la isla de Santiago abrazaban el contorno de la capital de Cabo Verde, donde hacía un calor húmedo y sofocante. Mi primer contacto con África me ofreció la imagen de una ciudad pequeña, de calles amplias y terrosas y edificios achaparrados cuyas fachadas estaban pintadas con vivos colores. Gentes de piel negra y brillante deambulaban sin prisas o se sentaban en los portales de las casas a ver pasar el mundo. Los hombres con camisetas y bermudas, las mujeres con faldas cortas, camisetas de tirantes y pañuelos de colores alrededor de la cabeza. Su única aspiración estética parecía ser la de no pasearse desnudos en público. No había en ellos nada que pudiera tomarse como un ejemplo del exotismo africano; más bien parecían personas vestidas de andar por casa que convertían la ciudad en una especie de patio de vecinos.

Tomamos un taxi y nos dirigimos a Cidade Velha. Eran alrededor de las siete de la tarde y en la isla ya era de noche. Un puñado de farolas apenas iluminaban las calles, cada vez más vacías.

Cidade Velha fue el primer enclave portugués de Cabo Verde, y la primera ciudad europea fundada en los trópicos africanos. El taxista que nos llevó, un dicharachero personaje cuyo coche brillaba como recién comprado, nos glosó las maravillas de aquel histórico enclave creyendo por nuestro aspecto que éramos viajeros tipo Lonely Planet en busca de experiencias pintorescas.

Esperábamos que nuestro destino estuviese tan desolado y vacío como el resto de los parajes que atravesamos, pero no fue así. Cuando el taxi llegó a la única plaza del lugar, nos encontramos con lo que parecía ser algún tipo de fiesta.

Sobre la plaza empedrada, cuyo aspecto traía a la mente vagas imágenes de un viejo pueblo castellano, habían montado un escenario iluminado con focos. Un grupo de hombres jóvenes tocaban tambores, silbatos y bongós, produciendo un ritmo pegadizo que retumbaba por la plaza entera. Todos los músicos llevaban camisetas amarillas y se movían como muelles al ritmo de los instrumentos.

Alrededor del escenario, hombres y mujeres que vestían las mismas camisetas, bailaban, daban brincos y palmas o charlaban de forma animada; algunos agitaban banderas blancas y amarillas y gritaban de entusiasmo. Toda la plaza parecía una discoteca al aire libre.

Dentro del taxi, Enigma empezó a mover los hombros al

ritmo de la música. Su buen humor parecía a prueba de cualquier preocupación inmediata.

—Suena bien, ¿verdad? —dijo con gesto divertido. Luego le preguntó al taxista, en portugués:— ¿Qué se celebra?

—Es un mitin, señorita.

—¿Un mitin? ¿Se refiere a un acto político?

—Eso es. Lo organizan los *tambarinas*, simpatizantes del PAICV.* Dentro de una semana hay elecciones generales.

—Estupendo... —mascullló Burbuja, malhumorado.

Al bajar del taxi nos vimos rodeados por una multitud de festivos militantes que bailaban a nuestro alrededor y nos daban pegatinas de colores. Nos zafamos como pudimos de aquel barullo y nos dirigimos hacia un extremo de la plaza, donde había un grupo de casuchas puestas en fila que semejaban chiringuitos de playa hechos de adobe.

Lo que buscábamos era un bar llamado Pelourinho. Según Gaetano Rosa, allí era donde debíamos encontrarnos con el capitán del barco *Buenaventura*.

No nos fue difícil encontrar el local. En el interior había algunos *tambarinas* con sus camisetas amarillas, tomando cerveza en la barra. Otros parroquianos estaban agrupados en las pocas mesas del local, matando el tiempo ante consumiciones interminables, mirando hacia la plaza o jugando al dominó. El aire abúlico del interior del bar contrastaba con la frenética animación del exterior. Burbuja se acercó a la barra, donde una mujer mulata hacía de camarera.

—Buenas noches —saludó en portugués—. Busco a un hombre llamado Freddy Santos. Me han dicho que puedo encontrarlo aquí.

La mujer le dedicó una mirada suspicaz.

—¿Quién lo busca?

—Somos amigos de Gaetano Rosa.

* Partido Africano da Independência de Cabo Verde.

La camarera no mostró ninguna emoción. Señaló con la mano una puerta cerrada por una cortina de cuentas de plástico.

—Ahí dentro. Lo reconocerán enseguida: es el único blanco de todo el salón.

Entramos en el lugar indicado. La palabra «salón» era demasiado optimista para referirse a lo que más bien era un almacén trasero con algunas mesas de plástico. En una de ellas había un hombre blanco bebiendo a solas un botellín de cerveza.

El hombre debía de rondar los cincuenta años. Vestía unos pantalones azules arrugados y una camisa color gris que llevaba desabrochada hasta el vientre. Tenía el pelo revuelto y canoso, y la cara cubierta por la sombra de una barba mal afeitada; por su aspecto y color, más que pelo, parecía que se hubiese restregado por las mejillas el contenido de un cenicero.

Burbuja se acercó a él.

—¿Es usted Freddy Santos?

El hombre desvió los ojos de su cerveza. Al vernos, pareció quedarse muy sorprendido.

—¡Cónchale! —exclamó en español—. ¡Tres hombres y una mujer! No me digan que son los panas de Gaetano Rosa...

—Da la impresión de que no esperaba que apareciésemos —dijo Burbuja.

—Pues no. Creía que a uno lo habían dejado en Lisboa con la policía portuguesa. —Santos dejó escapar una risita; parecía estar algo achispado—. Al menos eso me dijo el patrón.

—¿Rosa le dijo que uno de nosotros sería detenido?

—Rosa no es mi patrón, que le den a ese pargo... Pero siéntense, siéntense; tomemos unas cuantas de éstas —dijo levantando su cerveza—. Este agujero de niches es un puto estercolero, pero los tercios se dejan beber.

Ocupamos unas sillas alrededor de Santos, quien se empeñó en pagarnos un botellín a cada uno. Ya con las bebidas en la mano, Santos nos reveló algunos detalles interesantes sobre los trapicheos de Rosa; el alcohol había desatado la lengua del capitán del barco, haciéndolo propenso a las indiscreciones.

—Mi patrón es venezolano —nos explicó—. Es el dueño del barco... A veces anda en negocios con el pargo de Rosa, pero yo no tengo nada que ver con él. Hace un par de días me soltaron la película de que tenía que recogerlos a ustedes en Praia, aunque a mi patrón no le hacía maldita gracia.

—Entonces, ¿por qué aceptó? —preguntó Enigma.

—Por la pasta, ¿por qué, si no? Rosa le pagó un buen peaje por llevaros. Pero al muy gilipollas se le escapó que uno de ustedes andaba en líos con Interpol, y hasta le dio su nombre y todo: «Cuidado con ése», dijo, «aléjalo de las aduanas o te dará problemas».

—No lo entiendo —intervine—. Si Rosa previno a su patrón, ¿por qué me delató a Interpol en Lisboa?

—No te enteras de nada, pana: Rosa no te delató, fue mi patrón. Pensó que podía quedarse con el peaje y ahorrarse llevar a los pasajeros. Me dijo que si no aparecían tres hombres y una mujer no les dejara subir al barco... Pero ¡qué cónchale!, al final sí que aparecieron, ¿no? —Santos se rió como si hubiera hecho un chiste muy gracioso. Su aliento apestaba a tabaco y cerveza agria.

Me sorprendí bastante al enterarme de que, después de todo, Rosa había cumplido su palabra con nosotros. En aquel submundo de proxenetas y traficantes, al parecer algunos eran menos infames que otros. Cada vez me sentía más inquieto por la clase de aliados con los que nos estábamos relacionando.

Santos pidió otra cerveza y continuó bebiendo y divagando. Reconozco que el capitán del *Buenaventura* no era la clase de rudo lobo de mar que yo había imaginado; más bien parecía un vagabundo borracho.

—Muy bien, señor Santos... —intervino Burbuja.

—Capitán —corrigió el marino.

—Capitán, sí... ¿Y qué hay de usted? ¿Nos quiere en su barco o no?

—¿Por qué no? A mí ya me pagaron lo mío; no sé nada de las historias que se traen Gaetano Rosa y mi patrón. Ustedes dijeron que vendrían y lo han hecho; yo dije que los llevaría y pienso hacerlo.

Sentí un gran alivio al escuchar eso.

—Se lo agradecemos —dije.

—No les hago ningún favor: si alguien paga por su pasaje, tiene derecho a subir a mi barco. Además, ¿qué caraja me importan cuatro desconocidos más? Toda mi puta tripulación son un montón de niches con ojos de huevo que no sé de dónde han salido. —Santos se aclaró la garganta y escupió una flema gorda sobre el suelo—. Mierda de travesía... Cuando empecé con este tinglado al menos aún podía escoger a mis propios hombres, ahora no soy más que un pelele que lleva un barco.

Se quedó mirando su botellín con gesto melancólico; luego, sin razón aparente, se rió entre dientes.

—¿Hay algún problema con la tripulación? —preguntó Enigma.

—Dije que era mala idea... —farfulló Santos con voz pastosa—. Llenar el barco de niches... Putas cucarachas...

Empezó a divagar otra vez. Gracias a un laborioso diálogo, pudimos averiguar que Santos estaba bastante cabreado con su patrón.

El *Buenaventura* había echado el ancla en Praia tres días antes de nuestra llegada. En ese momento, el patrón de Santos le hizo saber a través del primer oficial que había que renovar a gran parte de la tripulación por extraños motivos de seguridad que Santos o no nos explicó o lo hizo de manera tan confusa que yo no me enteré de nada.

Más de la mitad de los marineros del *Buenaventura* que habían embarcado en Sudamérica fueron sacados del barco y transferidos a otro carguero que tenía el mismo dueño pero hacía una ruta diferente. El segundo oficial del *Buenaventura*, de quien Santos no tenía buena opinión, se había dedicado a enrolar un nuevo pasaje compuesto de niches. «Niche» era el término despectivo con el que Santos se refería a los negros nativos africanos.

Según se lamentó el ebrio capitán, muchos de ellos ni siquiera hablaban una lengua que él pudiera comprender. El segundo oficial era el único que podía comunicarse con la nueva tripulación. Eso reducía en gran medida la capacidad de mando de Santos, quien se sentía víctima de una especie de motín disimulado.

Aquella situación nos favorecía, ya que el capitán estaba tan frustrado y molesto que había decidido aceptarnos como pasajeros sólo para reafirmar su autoridad perdida. De no haber sido por eso, muy probablemente nos hubiera dejado en tierra.

Burbuja quiso saber si el segundo oficial pondría algún inconveniente a tomarnos como pasajeros.

—Que le jodan a ese pargo —escupió Santos—. El barco aún es mío, ¿no? Puedo hacer lo que me dé la gana... —Terminó su enésimo botellín de un trago y luego se limpió la boca con el dorso de la mano—. Aun así, vamos a tomar alguna precaución. No me gusta cómo se conchabea con los niches y cómo hablan en susurros por las esquinas... Me fiaría de esa panda de monos tanto como de una serpiente venenosa. Es mejor que no se hagan notar demasiado. Sobre todo lo digo por ella.

—¿No hay más mujeres en el barco? —quiso saber Enigma.

—No, así que podrán olerte como perros en celo. Para subir al barco y durante toda la travesía tendrán que ser discretos.

—¿Cómo haremos para embarcar? —pregunté.

—Tengo una idea que puede que funcione. —Santos se sacó del bolsillo una tarjeta sobada, con aspecto de haber pasado mucho tiempo dentro de una mano sudorosa—. Estén a las cinco en este sitio y les contaré... Ahora, si quieren compartir otra ronda conmigo, pueden quedarse un rato más; si no, lárguense al carajo y déjenme solo.

En Praia encontramos un modesto hotel donde poder pasar las pocas horas que quedaban hasta acudir a nuestra cita con Santos. Alquilamos una habitación para los cuatro donde pudimos darnos una ducha y dormitar distribuidos entre las camas y los sofás.

De madrugada, aún de noche, salimos del hotel igual que fugitivos y nos encaminamos a la dirección que figuraba en la tarjeta que Santos nos había entregado. El lugar era un ajado edificio de aspecto colonial donde se encontraban las oficinas de ENACOL, la empresa nacional de combustibles de Cabo Verde.

Dudaba bastante de que el capitán estuviese allí. Lo imaginaba durmiendo la mona sobre la mesa de plástico de aquel bar de Cidade Velha, olvidando poco o poco el habernos visto siquiera, entre agresivos humos de alcohol.

Para mi sorpresa, Santos nos estaba esperando. Sus ojos eran una maraña de venas rojas y su aspecto era el de alguien que ha amanecido en una cuneta pero, a pesar de ello, tenía pinta de estar más sobrio que la última vez que nos habíamos visto.

—Así que han venido... —farfulló entre dientes al vernos—. Cónchale; sí que tienen ganas de viajar a ese agujero. La verdad es que me estaba preguntando por qué...

Su duda era retórica; no tenía ningún interés por intercambiar con nosotros más palabras de las que le permitiera su fabulosa resaca.

Un hombre vestido con un mono de color verde salió de las oficinas y saludó a Santos con afecto. Parecía que se conocían bastante. Ambos se apartaron para mantener una conversación a media voz en la que, sin duda, hablaron de nosotros. El hombre del mono verde nos miraba de vez en cuando y asentía. Al cabo de un rato, el capitán se nos acercó y se dirigió a Burbuja.

—¿Cuánto llevas en el bolsillo, pana?

El buscador sacó unos pocos billetes. Santos se los quitó de la mano y los contó con el pulgar.

—Digo yo que esto tendrá que bastar... —murmuró. Se dirigió de nuevo al hombre del mono y le dio el dinero; éste asintió y se lo guardó en el bolsillo. El capitán nos hizo un gesto para que nos acercásemos.

Nos presentó al hombre del mono. Se llamaba Pedro. Sin dar explicaciones, Pedro nos mandó seguirle al interior del edificio de oficinas y desde allí accedimos a un gran solar trasero lleno de depósitos de combustible. En un lateral había un par de garitas de obra. Pedro abrió la puerta de una de ellas.

—Dos que pasen aquí —ordenó—. Dentro hay unos monos como el que llevo, colgando de unas perchas. Buscad unos que os sirvan y ponéoslos.

Burbuja nos hizo una seña con la cabeza a César y a mí para que entráramos en la garita. Pedro cerró la puerta.

Aquel lugar era una especie de vestuario para trabajadores. Tal y como Pedro había indicado, vimos varios monos de color verde con el logotipo de ENACOL impreso a la espalda. César y yo escogimos aquellos que más parecían adecuarse a nuestro tamaño y luego empezamos a quitarnos la ropa, en silencio.

César me daba la espalda. Cuando se quitó la camiseta que llevaba puesta reparé en un curioso tatuaje que lucía sobre uno de sus dorsales. En realidad se trataba más bien de una escarificación de color rojo que destacaba sobre su piel cobriza. Me dio algo de grima al verla: era del tamaño de la palma de una mano, tenía la forma de un círculo en cuyo interior se veía una línea vertical con tres púas en la parte superior y otras tres iguales en el otro extremo. La púa central de la parte superior estaba coronada por un pequeño punto rojo, por lo que el diseño recordaba vagamente al dibujo de un monigote hecho por un niño.

Me disponía a preguntarle a César sobre el significado de aquel dibujo cuando alguien golpeó en la puerta de la garita.

—¿Habéis terminado ya? —Era la voz de Pedro.

Salimos de allí. Vi a Burbuja y a Enigma vestidos como dos operarios de ENACOL, con sendos monos iguales a los nuestros. Burbuja llevaba al hombro un petate con nuestro exiguo equipaje.

Pedro nos miró a los cuatro con expresión crítica.

—¿Qué te parece? —le preguntó a Santos.

—A la chica habrá que ponerle una gorra para que se oculte el pelo... Y algo de grasa en la cara nos les vendría mal: son más blancos que el culo de una monja.

Pedro nos entregó un trapo cubierto de aceite y lo utilizamos para embadurnarnos nuestra pálida piel de urbanitas con un poco de suciedad. Enigma se ató un pañuelo a la cabeza y se puso una gorra igual que la que llevaba Santos. Finalmente, logramos adquirir un aspecto más rudimentario; a pesar de ello, los dos hombres aún nos contemplaban con el gesto torcido.

—Intenten mantener la cara agachada —nos dijo el capitán—. Y no miren a nadie a los ojos... Ojalá los niches del barco estén demasiado dormidos o demasiado resacosos.

Los cuatro, junto con Santos y Pedro, nos metimos en una furgoneta de ENACOL y nos dirigimos a uno de los embarcaderos del puerto. Allí había una nave de pequeño calado, más bien una lancha grande, que un reducido grupo de hombres con monos verdes estaban preparando para su botadura. Pedro se subió a la barcaza de un salto y Santos nos llevó aparte.

—Esto es un batelao —dijo señalando el pequeño barco—. Se usa para llevar el combustible a los buques que son demasiado grandes como para amarrar en el puerto. Súbanse y traten de confundirse un poco con la tripulación. Hagan lo que Pedro y yo les digamos en todo momento y no abran la boca.

No había pasarela para subir al batelao, había que hacerlo mediante un salto bastante arriesgado desde el muelle hasta la cubierta. Cuando pusimos los pies en la embarcación, nos retiramos discretamente hacia un rincón sin hacernos notar. El resto de los operarios, un grupo de negros famélicos y adormilados, llevaban a cabo sus labores sin prestar atención a nada de lo que ocurría a su alrededor. Pedro daba órdenes a voces desde la proa, alejando de nosotros a los marineros que se nos acercaban demasiado.

Desde donde yo estaba vi llegar a un hombre al muelle. Se trataba de un mestizo con la cabeza afeitada y que llevaba puesta una cazadora azul marino. Santos y el mestizo se pusieron a hablar entre ellos y luego subieron al batelao.

—Pedro —dijo Santos elevando mucho la voz para que pudiéramos oírlo—. ¿Te acuerdas de René, mi segundo oficial?

Pedro estrechó la mano al de la cazadora azul. El capitán acababa de señalarnos al hombre de quien debíamos mantenernos más alejados.

Volví la cara hacia el mar para mantenerla lejos de las miradas del segundo oficial. Pude ver cómo nuestro batelao se acercaba al *Buenaventura*. El granelero era pequeño para su clase, pero aun así resultaba inmenso a mis ojos. Flotaba en medio del mar como una isla de acero, plano y estrecho, con el casco del color de la tierra sucia. Se hacía más grande a medida que nos aproximábamos, dando la impresión de ser una especie de monstruo marino que emerge poco a poco a la superficie. No pude evitar sentir un estremecimiento en el estómago, pues había algo agorero en aquel barco.

Enigma estaba a mi lado, con la cara llena de aceite y el pelo embutido en una gorra; su rostro recordaba al de un pillo callejero. Me miró y me guiñó un ojo con disimulo. A ella nada parecía asustarla.

El batelao se detuvo junto al casco del *Buenaventura*. El resto de los trabajadores de ENACOL comenzaron a realizar sus labores. Santos y su segundo oficial subieron al granelero utilizando una precaria escala.

—Pedro —llamó el capitán antes de embarcar—, coge a algunos de tus hombres y échales un vistazo a los depósitos de combustible. Me gustaría que comprobaras si están en buen estado antes de que zarpemos.

El aludido nos señaló a mis compañeros a mí y accedimos al barco a través de la escala.

La cubierta del *Buenaventura* era una amplia superficie ocupada por grandes contenedores de color blanco. El barco olía a gasolina y agua salada. Por la zona merodeaban varios marineros de cuerpo de palo, vestidos con ropas tan sucias que más bien parecían harapos. Muchos de ellos tenían la piel negra como la brea.

Pedro nos indicó que lo siguiéramos. En la popa del barco había una enorme estructura parecida a un edificio de tres plantas. Fuimos hacia allá, sorteando los contenedores, y nos metimos por una puerta que daba a una escalera descendente.

En el interior del buque la peste a gasolina era aún más intensa. En silencio, Pedro nos llevó a través de una serie de pasillos estrechos y agobiantes. Bajamos otra escalera hasta llegar a lo que parecía ser una especie de bodega. Allí estaba Santos, el capitán, a solas.

—Bienvenidos a bordo, panas —nos saludó—. Ya puedes irte, Pedro; ahora son cosa mía. Gracias por tu ayuda.

—No hay de qué. Buena travesía... Y cuidado con esos negros, miran de forma extraña.

Se marchó y nos dejó con el capitán.

—Hasta el momento, parece que la charada funcionó —nos dijo Santos—. El segundo oficial está ocupado en la sala de máquinas y el resto de los niches están en cubierta. Síganme.

Descendimos otro nivel. El capitán nos condujo a través de un pasillo hasta llegar a una zona que parecía encontrarse en el último rincón del barco. Hacía un calor sofocante, el aire era pesado y aceitoso y se podía escuchar el golpeteo de las máquinas como si estuvieran justo detrás de nosotros.

Santos abrió la puerta de un reducido cuarto vacío y con el suelo encharcado.

—Aquí está el camarote número uno —indicó; luego abrió una puerta idéntica que estaba justo al lado—. Y éste es el número dos. Tendrán que acomodarse aquí durante la travesía. Mis disculpas, pero las suites están ocupadas en este momento.

—No importa. Lo veo muy... auténtico —dijo Enigma—. ¿Qué son? ¿Los armarios de la limpieza?

—No tengo idea —respondió Santos—. En cualquier caso, están vacíos y por aquí nunca pasa nadie, así que les valdrán muy bien.

—¿Hay algo parecido a un cuarto de baño en alguna parte? —pregunté.

Santos me sonrió con sorna.

—Allá hay un cubo y una escotilla. Échele imaginación.

Se hizo un incómodo silencio y todos miramos disimuladamente de reojo a Enigma.

—Encantador... —murmuró con un suspiro.

—Soy consciente de que les hago viajar en un armario —dijo Santos, quien, no obstante, no daba la impresión de lamentarlo—, pero ¿qué quieren que le haga? Son polizones.

—Polizones que han pagado bien caro su pasaje —puntualizó Burbuja.

—¿Quieren explicarle eso al segundo oficial? Le encantará hacer como mi patrón y echarlos por la borda después de haberse quedado con todo lo que tengan de valor. Por si no se han dado cuenta, esto no es un crucero de placer.

—Creíamos que el capitán era usted.

—¿Saben qué? Yo también lo creía —farfulló Santos con amargura mal contenida—. La travesía dura dos días. Zarparemos de inmediato y llegaremos a Conakry pasado mañana, si Dios quiere. Hasta el momento, les sugiero que asomen la jeta lo menos posible. De ese grifo de ahí sale agua potable, y en unas horas les traeré algunas latas. De todas formas, piensen que a nadie le mató estar un par de días sin comer.

—¿Qué ocurrirá cuando arribemos a puerto?

—Ya cruzaremos ese puente cuando llegue.

Santos nos dejó solos en nuestros nuevos aposentos, sin dar más explicaciones. César y yo ocupamos uno de los «camarotes»; Enigma y Burbuja el otro. El buscador estaba preocupado.

—Mierda de situación —mascculló—. Esto no se parece a ningún trabajo que hayamos hecho antes. Me siento perdido.

—Lo que estáis buscando tampoco se parece a nada que hayáis encontrado antes —dijo César.

Se metió en nuestro habitáculo y empezó a quitarse el mono en silencio.

El *Buenaventura* levó anclas y comenzó su viaje llevándonos ocultos en sus entrañas. Mis compañeros y yo nos preparamos para soportar de la mejor manera posible las largas horas de inactividad que nos aguardaban.

Nuestros cubículos eran agobiantes y ruidosos, un lugar en el que el mar parecía tan lejano como si estuviésemos en un búnker bajo tierra. El ruido repetitivo y machacón de la maquinaria del barco, junto con el intenso olor a gasolina, ponían a prueba mi capacidad de resistencia frente al mareo.

Con ayuda de nuestros monos de ENACOL y de unos restos de plástico que Burbuja encontró tirados por el suelo, adecentamos nuestros cubículos de la mejor manera posible para hacerlos un poco más cómodos. Era tarea difícil. Imaginé que ninguno dormiríamos demasiado aquella noche.

Por suerte, los buscadores éramos gente estoica. Aceptamos nuestra situación con paciencia y sin martirizar a nuestros compañeros con quejas inútiles.

César no abandonaba su mutismo; buscó un rincón en nuestro precario camarote y allí se quedó, sentado en el suelo con las piernas cruzadas, los ojos cerrados y la espalda apoyada contra una pared. Traté de entablar conversación con él.

—El suelo es bastante duro —comenté—. Quizá si pusiéramos aquí estas cosas, resultaría más confortable... Me refiero para cuando tengamos que dormir.

—No importa —respondió él sin abrir los ojos—. Estoy acostumbrado a peores condiciones.

Volvió a quedarse en silencio un buen rato.

—Hace calor aquí, ¿verdad...? Estoy sudando como un pollo —insistí. César no dijo nada, parecía como si ni siquiera me escuchase. Empecé a sentirme algo incómodo—. He visto tu tatuaje, el que tienes en la espalda... Es muy... curioso. ¿Qué representa?

César demoró unos segundos su respuesta.

—*Waafakay*.

—¿Eso qué significa?

—Es songhay. Quiere decir «pacto».

—¿Por qué llevas ese signo en la espalda? Nos dijiste que tú no eres songhay.

—¿Conoces a alguien que lleve tatuada una letra china o japonesa en el cuerpo? —me preguntó él.

—Sí, claro, algunas personas, pero...

—¿Y cuántos de ellos son chinos o japoneses?

—Ninguno —respondí de mala gana.

César abrió los ojos y me dedicó una mirada astuta, luego los volvió a cerrar y apoyó la cabeza contra la pared. Por alguna razón, aquello me hizo sentir estúpido.

Se me habían quitado las ganas de seguir luchando por mantener una charla con alguien que era evidente que no lo deseaba. La estrechez del habitáculo unida al espantoso calor me resultaban cada vez más agobiantes, así que salí de allí con la esperanza de tonificarme un poco. Aquel lugar empezaba a recordarme a una celda.

Al pasar frente a la puerta del cubículo que compartían Burbuja y Enigma oí fragmentos de una conversación. Asomé la cabeza al interior, buscando algo de compañía. La escena que encontré me resultó un tanto surrealista.

Los dos estaban en ropa interior, sentados en el suelo y jugando a las cartas. Estuve a punto de balbucir una disculpa y marcharme, pero Enigma me invitó a pasar.

—Mira: tenemos visita —dijo—. No te quedes ahí, Faro, quítate la ropa y únete a la diversión.

—¿De qué clase de diversión estamos hablando?

—Nada impúdico, que no te engañe nuestra vestimenta informal. Sólo nos hemos adaptado un poco a este terrible calor.

—De acuerdo, hacedme un sitio, pero espero que no os importe si prefiero dejarme puestos los pantalones.

—¿No es adorable? El novato nos ha salido recatado... —dijo Enigma—. Me habría gustado verte en aquella misión que hicimos en Marruecos, ¿te acuerdas, Burbuja? La noche en que aquel hostal cochambroso ardió por los cuatro costados y tuvimos que salir corriendo a la calle.

El aludido esbozó una media sonrisa.

—¿Qué ocurrió? —pregunté.

—Prefiero no hablar de ello —respondió el buscador—. Sólo diré que todo Casablanca descubrió aquella noche que suelo dormir ligero de ropa. Muy ligero de ropa.

Enigma dejó escapar una carcajada.

—Aquello sí que fue un «tócala otra vez, Sam...».

Me senté junto a ellos. Sudaba de tal forma que parecía que acabara de salir de una bañera; no obstante, cierto pudor me impidió seguir el ejemplo de mis compañeros y quedarme en paños menores. Burbuja me repartió cartas.

—¿A qué se juega?

—Póquer —respondió—. Y antes de que lo preguntes, apostamos dinero, no prendas.

—¿Qué dinero? Yo aquí sólo veo bolas de papel.

—Tómalo como si fuesen pagarés; ya haremos cuentas cuando abandonemos esta bañera.

—¿De dónde habéis sacado la baraja?

—Nunca salgo de casa sin ella —respondió Enigma—. Una baraja de cartas, un arma y una *bumping key*; es todo lo que un buscador necesita para una misión.

—¿Llevas un arma?

Burbuja acercó el petate que había traído consigo y lo abrió para mostrarme su contenido. Entre un amasijo de elementos básicos de viaje y algunas prendas, había dos pistolas HK de 9 milímetros. Eran las que solían utilizarse en el Cuerpo a modo de arma reglamentaria.

—No mencionasteis que fueseis a venir armados —dije.

—Tampoco que fuésemos a traer una baraja, ¿y qué? —respondió Burbuja—. ¿Acaso te pone nervioso?

—No, pero quizá yo también habría querido una.

—No me hagas reír, novato; he visto cómo disparas.

Burbuja colocó una pequeña bola de papel entre los tres. Era su apuesta.

—¿Dónde está César? —preguntó Enigma—. Un cuarto jugador no nos vendría mal... Y tengo curiosidad por verlo en calzoncillos.

—No creo que le apetezca jugar a las cartas —dije yo—. En realidad, no creo que le apetezca hacer nada que no sea quedarse callado como si fuera un mueble.

—Entiendo —terció Burbuja—. Un tipo silencioso, ¿verdad? El tiempo que lo tuve en mi casa, apenas me dirigió más de tres o cuatro palabras. Sin embargo, por las noches lo oía hablar solo en su habitación. Puto chiflado...

—No todas las personas que hablan solas están locas —dijo Enigma, lo que me resultó muy apropiado; no me sorprendería que ella lo hiciese a menudo—. Sólo por curiosidad, ¿qué era lo que decía?

—No lo sé, eran palabras incomprensibles. Sonaban como una especie de salmodia, igual que si estuviera rezando, o algo parecido. Era escalofriante.

Jugamos a las cartas durante un buen rato, mientras intercambiábamos impresiones sobre el desarrollo de nuestra misión. Al cabo de un rato, había perdido todas mis bolas de papel, así como mis pantalones (el calor infernal acabó por derretir mi timidez). Los tres debíamos de formar un extraño cuadro, jugando a las cartas medio en cueros y apostando dinero de mentira. A veces las rutinas de un buscador pueden tornarse extrañas.

Fue lo más interesante que ocurrió durante aquel día hasta la visita del capitán Santos, que apareció varias horas después de habernos dejado. Nuestro decoro no sufrió daño alguno, ya que para entonces habíamos decidido recuperar parte de nuestro vestuario.

Santos nos trajo algunas mantas delgadas como servilletas, unas latas de carne en conserva y algo de información.

—El viaje transcurre sin incidentes, salvo que media tripulación no me hace ni maldito caso y la otra media son una pandilla de inútiles —nos dijo, malhumorado—. De madrugada estaremos navegando cerca de la costa de Senegal.

—¿Podríamos salir en algún momento a tomar algo de aire? —preguntó Burbuja, cuyo rostro brillaba por el sudor—. Nos estamos asfixiando aquí dentro.

—No creo que sea buena idea, pero… ¡cónchale, sí que hace calor aquí! Muy bien; no quiero llegar a Conakry con cuatro imbéciles cocidos como langostinos. Esperad a que sea noche cerrada, cuando casi toda la tripulación duerme, y podréis daros una vuelta por la cubierta; no subáis más de dos al mismo tiempo. Si alguien os ve, juraré que no os conozco de nada y seré el primero en proponer que os tiren de cabeza al mar.

Santos se marchó. Las siguientes horas fueron un suplicio de sofocante aburrimiento, acompañado por el pertinaz martilleo de la maquinaria. El tiempo transcurrido fue duro, pero yo intentaba consolarme pensando en que si aquello era lo peor que nos iba a deparar nuestra misión, bien podría soportarlo con paciencia.

En algún momento me arrebujé en una esquina de mi habitáculo y traté de dormir, con la esperanza de engañar el tedio mediante el sueño. Echaba de menos una cama en un dormitorio silencioso que no apestase a gasoil, una comida en condiciones y una temperatura que no recordase a la del infierno en pleno verano.

Dolorido y empapado en sudor, logré sumirme en un sueño ligero del que salía periódicamente para poder lamentarme por mis miembros anquilosados y mi cabeza espesa. Cambiaba de postura y volvía a intentar recuperar el descanso. Pudieron pasar varias horas en este proceso, no lo sé con seguridad: no quise mirar el reloj para no desesperarme por la lentitud del paso del tiempo.

La centésima vez que salí de mi duermevela estaba demasiado harto y demasiado entumecido como para intentar dormir de nuevo. Consulté la hora: eran pasadas las tres de la madrugada. Según Santos, el momento perfecto para arriesgarnos a salir a cubierta. Necesitaba el aire fresco tanto como un sediento un trago de agua.

En otro rincón del habitáculo, César dormía, o eso parecía. Salí de allí intentando no hacer demasiado ruido. En las entrañas del barco, la oscuridad era absoluta. Deambulé por una serie de corredores de aspecto apocalíptico hasta que encontré el acceso a la cubierta. Al asomar la cara al exterior, una vivificante bocanada de brisa marina produjo efectos milagrosos en mi organismo.

Caminé igual que un sonámbulo por entre los gigantescos contenedores de cubierta buscando alguno de los costados del buque. En el cielo había una luna casi llena, del mismo color que una mancha de moho sobre un océano alquitranado. Su luz pálida permitió que me acercara a una de las barandillas de estribor. Me apoyé contra ella y respiré cada partícula de aire con tanta ansiedad como si quisiera bebérmelo.

Del mar sólo se apreciaban destellos lunares sobre sus aguas arrugadas. Podía escuchar el sonido del casco del granelero al convertir el agua en una estela espumosa y, al fondo, el sempiterno runrún de la maquinaria del barco. No había apenas estrellas sobre mi cabeza: mar y cielo eran la misma cosa negra e infinita. Durante un segundo imaginé estar solo en el universo y, curiosamente, fue una sensación agradable.

De pronto, alguien colocó una mano sobre mi hombro. Di tal respingo que a punto estuve de caer por la borda.

—Tranquilo, novato. Soy yo.

Me volví para encararme con Burbuja, que estaba a mi espalda.

—¡Maldita sea! ¿Qué pretendías acercándote a hurtadillas de esa forma?

—¿Y qué querías, que te hiciera una señal luminosa? Se supone que ni tú ni yo debemos estar aquí.

—¿Has visto a algún tripulante?

—No, todos deben de estar durmiendo o en otro lugar. Relájate un poco y fúmate un cigarrillo conmigo, a los dos nos sentará bien.

Nos situemos detrás de uno de los contenedores, al abrigo del viento y de posibles miradas indiscretas. Burbuja se colocó un cigarrillo entre los labios y luego metió la cabeza dentro de la cazadora que llevaba puesta para encenderlo.

—¿Qué haces? —pregunté.

—Un truco de marineros. Así el viento no te apagará el mechero.

—Ya veo. Pásame tu tabaco, Long John Silver, yo no he traído el mío.

Burbuja me dio su cajetilla de Camel y me encendí un pitillo. Durante un buen rato sólo me concentré en aspirar y soltar una densa bocanada de humo hacia el cielo. No me cabe duda de que el tabaco mata, pero aquello me sentó como si estuviera bebiendo un elixir.

—Joder... —murmuré, completamente relajado.

—Sienta bien, ¿verdad?

—Y que lo digas.

Los dos nos quedamos un rato en silencio, disfrutando de nuestro tabaco.

—A veces me digo que debería dejarlo —comentó Burbuja—. Luego pienso en que no podría gozar de pequeños momentos como éste y me arrepiento.

—Yo lo dejé una temporada y luego volví a caer. Creo que fui un estúpido.

—¿Cómo lograste dejarlo?

—Con el sistema más eficaz: una chica me obligó a hacerlo.

Pude intuir entre las sombras cómo Burbuja asentía con aire reflexivo.

—¿Estaba buena?

—Sí. Bastante.

—Hiciste bien. Si tuviera que elegir entre el tabaco y el sexo, yo también lo tendría claro... —Hizo una pausa y contempló la llama de su cigarrillo—. Creo.

—¿Crees?

—Llevo tanto tiempo enganchado a esta mierda que ni siquiera estoy seguro de que el mejor polvo del mundo me hiciera dejarlo.

—Yo empecé a fumar con dieciocho, en la facultad.

—¿Tratas de impresionarme, novato? Yo tenía doce años

cuando me fumé mi primer pitillo… Recuerdo que vomité hasta las entrañas.

—¿Doce años? Caray, eso sí que es precocidad…

—Sí, bueno… Era una mala época: mi madre se había largado, y mi padre… En fin, él no estaba allí para darme una bofetada al oler el tabaco en mi aliento.

Burbuja no acostumbraba a hablar de su trágico pasado familiar, el cual yo sólo conocía por vagas referencias. Imaginé que la oscuridad de la noche le transmitía la ilusoria sensación de encontrarse a solas y, por lo tanto, más proclive a bajar la guardia.

Sentía curiosidad por conocer algo más a fondo su historia, que, después de todo, también era la de Danny, su hermana; de modo que me atreví a indagar con algo de tiento.

—¿Tenías doce años cuando…, cuando tu padre murió?

Burbuja le dio una profunda calada a su cigarrillo antes de responder.

—Once. Tenía once cuando el muy cobarde desapareció.

—¿Por qué cobarde?

—Sólo los cobardes se suicidan —aseveró.

—Eso es un poco injusto, ¿no crees?

—No te ofendas, Faro, pero no tienes ni puta idea de lo que hablas. A ti no te dejaron tirado.

—Oye… —dije, dudando un poco antes de continuar—. Mira, no quiero convertir esto en una competición de dramas familiares, pero déjame que te diga que sé algo sobre padres que escurren el bulto.

—¿Lo dices por el tuyo?

—Es un buen ejemplo, sí.

—Tu padre no era un cobarde.

La vehemencia con que dijo aquellas palabras me resultó inesperada.

—Ahora eres tú el que habla sin saber.

—Ya. Supongo. Pero, aun así, te equivocas. —Arrojó la colilla de su cigarro a un lado y luego se encendió otro. La verdad es que fumaba demasiado—. Además, tu padre no te dejó tirado: tenías a tu madre.

—Menudo consuelo —resoplé—. Los gemelos Rómulo y Remo tuvieron mejor atención maternal de la que tuve yo jamás. —Burbuja se rió entre dientes—. ¿Qué tiene tanta gracia?

—Nada, perdona, es que por un momento me has recordado a Alfa y Omega, con eso de la referencia a Rómulo y Remo. La frase podía haber salido de cualquiera de ellos.

Sonreí, no pude evitarlo. Tenía algo de razón.

—A pesar de todo, sigue siendo una realidad —dije.

—Escucha, Faro: no quiero hablar de lo que no tengo ni idea; ni siquiera conozco a tu madre más que por su nombre. Puede que sea una bruja o puede que no, eso lo sabrás tú mejor que yo, pero lo cierto es que al menos estuvo allí para proporcionarte la atención más elemental. Yo ni siquiera tuve eso: la mía se largó. Eso sí que es una mierda.

Le reconocí parte de razón, aunque no quise decirlo en voz alta.

—¿No volviste a saber nada de tu madre? ¿Ni tú ni tu hermana?

—Nada. Simplemente... desapareció, como si nunca hubiera existido. Ni siquiera se puso en contacto con nosotros cuando nuestro padre se abrió las venas.

—¿Y en todo este tiempo no has sentido curiosidad por saber qué fue de ella?

—¿Para qué? A ella no le importábamos, así que el sentimiento es mutuo. Puede que ahora viva en otro país, en otro continente... Quizá tenga otra familia o quizá esté muerta. Me da igual, no es algo que me quite el sueño por las noches.

—¿Qué hay de Danny? ¿Piensa igual que tú?

—Creo que la tiene más idealizada, quizá porque apenas la recuerda y prefiere forjarse una imagen más amable en su memoria.

—Al oírte hablar así, da la impresión de que era una mujer espantosa.

Burbuja permaneció en silencio unos instantes.

—No lo era, ¿sabes? —dijo al fin, lentamente—. Al menos no es así como yo la recuerdo. Pero era fría... Fría y distante. Sé que mi padre la adoraba de una forma... casi malsana, pero nunca he podido explicarme por qué. Oh, sí, era muy hermosa, una auténtica belleza, pero no soy capaz de recordar nada en ella que me resulte... cercano. No sabría explicarlo... —Burbuja suspiró hondo—. Era una mujer extraña.

—¿Extraña en qué sentido?

—No lo sé, en el sentido en que se lo podría parecer a un crío, que es lo que yo era entonces; pero los niños a veces tienen mucha intuición, ¿no? Eso es lo que la gente dice: que son capaces de detectar de forma visceral cuando alguien... no es bueno.

No supe qué decir a eso. Imaginaba que el resentimiento de Burbuja hacia su madre era tan profundo que se había cerrado a aceptar cualquier pensamiento positivo sobre ella. La huida de aquella mujer debió de afectarle muy hondo a mi compañero. Incluso yo sentía cierto cariño por mi madre, a pesar de que no me era simpática.

—¿Alguna vez te has preguntado por qué se marchó? —me atreví a indagar.

—Muchas, pero no sé que responder a eso. Ella no dio ninguna explicación a nadie... Supongo que debió de regresar a Estados Unidos.

—¿Era de allí?

—Sí, al igual que su familia, aunque yo jamás los conocí.

Volvimos a quedarnos en silencio. Una ráfaga de viento me hizo estremecer.

—Empieza a hacer frío aquí... —dije.

—Sí; será mejor que volvamos a nuestro horno. Me ha sentado bien tomar el fresco, incluso me veo capaz de dormir un poco.

Nos pusimos en pie y rodeamos el contenedor con sigilo para regresar hacia la escalera que descendía al interior del barco.

Burbuja iba delante, vigilando que no nos topásemos con nadie, y yo le seguía.

De pronto, el buscador se detuvo. Me empujó por el pecho para que pegase la espalda a uno de los contenedores y él hizo lo mismo. Oí el sonido metálico de unos pasos sobre la cubierta que pasaron muy cerca de donde estábamos ocultos. Sonaba como si fuesen varias personas las que caminaban.

Los pasos se alejaron hasta que dejé de escucharlos.

—Mierda... —mascculló Burbuja.

—¿Qué ocurre?

—¿Has visto eso?

—No veo nada desde aquí; ¿eran tripulantes?

—Eso creo; un grupo de cuatro o cinco... Maldita sea, esos tíos iban armados.

—¿Estás seguro?

—Sí; dos de ellos llevaban fusiles de asalto, y el resto creo que tenían machetes. —Burbuja apoyó la cabeza contra el contenedor y apretó los dientes—. Joder... Aquí pasa algo raro, novato. Esa gente parecía igual de interesada que nosotros en no ser vistos.

Algo se agitó en el fondo de mi estómago. Una especie de alarma de buscador capaz de activarse con el peligro.

—¿Qué hacemos? —pregunté.

—Vamos abajo. Si va a pasar algo, quiero que ocurra cuando tenga mi pistola al alcance de la mano.

Burbuja empezó a deslizarse con rapidez por entre las sombras, y yo fui tras él.

2
Desembarco

Me sentía inquieto, no porque notase el peligro a mi alrededor, sino porque veía a Burbuja preocupado. Cuando algo le hacía fruncir el ceño, sabías que había llegado el momento de sopesar las vías de escape.

Los dos nos sumergimos de nuevo en las entrañas del barco, procurando ser lo más discretos posible.

Al descender al primer nivel bajo la cubierta, Burbuja volvió a empujarme contra una pared. Esta vez no tuve que pedirle explicaciones: vi a un grupo de cuatro marineros al fondo de un corredor. Tres de ellos eran negros de piel brillante de los que Santos tanto se quejaba porque no los comprendía; el otro era un blanco barrigudo vestido tan sólo con una camiseta sin mangas y unos calzoncillos.

Los tres negros estaban armados, pero el blanco no. Dos llevaban sendos machetes y el tercero, un fusil de asalto con el que apuntaba al marinero barrigudo. Mantenían algún tipo de discusión a voces en la que el gordo hablaba en portugués y los otros un idioma que no pude identificar.

De pronto, el que llevaba el fusil le propinó un culatazo al blanco en la cara. De su nariz empezó a brotar sangre a borbotones y el marinero cayó al suelo de rodillas. Uno de los otros negros levantó su machete y se lo hundió al gordo en el pecho, varias veces. El tipo gritó igual que un cerdo mientras el del machete le cosía el cuerpo a puñaladas. Fue una muerte sucia, lenta y ruidosa. El gordo se desplomó sobre su barriga en el suelo, haciendo un desagradable sonido, como el de una bolsa llena de carne cruda.

Los negros empezaron a pelearse. El del fusil recriminaba algo al del machete, que tenía los antebrazos cubiertos de sangre. Al cabo de un rato, siguieron avanzando por el pasillo en dirección contraria a donde nos escondíamos.

El corazón me retumbaba en el pecho. Burbuja estaba pálido.

Permanecimos varios segundos quietos como estatuas. Al fin, mi compañero me hizo una señal para que lo siguiera.

Pasamos junto al cadáver del desdichado tripulante, imprimiendo nuestras huellas en el charco de sangre viscosa que se había formado a su alrededor. Hice esfuerzos para no mirar.

Al fin logramos alcanzar la escalera que descendía al segundo nivel y bajamos. No tuvimos ningún encuentro desagradable más allí, pero sí oímos el tableteo de los disparos de un fusil que hicieron eco por todo el barco. Nos quedamos quietos, como si las piernas se nos hubiesen congelado.

Se escuchó un grito.

—¿Qué coño...? —musitó Burbuja.

Otra ráfaga de tiros. Burbuja volvió a ponerse en marcha, esta vez casi a la carrera, y yo fui tras él.

Llegamos al corredor donde se encontraban nuestros habitáculos. La puerta del mío estaba abierta, pero César no se encontraba dentro. El otro estaba cerrado. Burbuja golpeó en la puerta de metal con el puño.

—Enigma, abre, soy yo —dijo. La puerta se abrió un poco y el ojo de Enigma asomó por una rendija. Al verme la cara nos permitió el paso.

César estaba con ella.

—¿Qué está pasando? Hemos oído disparos —nos dijo la buscadora.

—No lo sé —respondió Burbuja—. ¿Estáis bien?

—Sí; César me despertó en cuanto oyó los tiros y decidimos meternos aquí, a esperaros.

—Me temo que vamos a tener que sacar las armas... No sé qué diablos ocurre; debe de ser un motín o algo así, pero, sea lo que sea, ahí fuera están disparando a matar.

—Puedo ir a investigar —se ofreció César—. Sé moverme con sigilo; nadie me verá.

—No, nada de separarnos. Tú y Faro permaneced a nuestra vista; sólo hemos traído armas para dos —ordenó Burbuja.

Cogió su petate y extrajo de él las dos pistolas HK. Le lanzó una Enigma y él se quedó con la otra.

—¿Y ahora qué? —preguntó la buscadora—. ¿Cuál es el plan, Burbuja? ¿Defender esto como si fuera El Álamo?

—¿Tienes alguna idea mejor? En teoría, nadie sabe que estamos aquí, podemos aprovecharnos de eso.

Enigma torció el gesto. Luego le quitó el seguro a la pistola.

—Está bien, pero yo me pido Davy Crockett.

Mientras Burbuja y Enigma se apostaban junto a la puerta, yo rebusqué en el petate hasta encontrar el timón de Gallieni y la Pila de Kerbala. Le di el timón a César.

—Guárdate esto. Escóndelo en algún lugar donde nadie pueda encontrarlo.

Él asintió en silencio. Yo desenganché la correa del petate y luego, rápidamente, me quité los pantalones. Me até la Pila al muslo con ayuda de la correa y luego volví a vestirme. No estaba seguro de que fuera la mejor manera de camuflar aquella cosa, pero no pude pensar nada mejor en tan poco tiempo. Al volver la cabeza hacia César, vi que ya no tenía el timón a la vista.

De pronto retumbó un disparo tan fuerte que hizo que mis oídos silbaran. Alguien había reventado el cerrojo de la puerta de un tiro. Antes de que pudiéramos reaccionar, abrieron el habitáculo de un golpe. Desde el corredor, un pequeño pelotón de fusilamiento nos apuntaba con varias recortadas.

Burbuja y Enigma alzaron sus pistolas, a pesar de que nuestra potencia de fuego estaba en franca desventaja.

Todos los hombres que nos apuntaban eran marineros negros. Había cinco o seis. Los dos que estaban en el centro se apartaron un poco y pudimos ver al capitán Santos.

—Lo siento, panas —nos dijo—. No tuve otro remedio. Será mejor que bajen las armas; estos niches son de gatillo fácil.

Burbuja y Enigma dejaron las pistolas en el suelo y levantaron las manos. Un marinero que llevaba un machete entró en nuestro refugio y me golpeó en la cara con la empuñadura del arma.

Me desplomé igual que un saco.

Estaba aturdido y tenía una dolorosa herida en el pómulo que no dejaba de sangrar. Apenas opuse resistencia mientras los negros armados nos llevaban a rastras a mis compañeros y a mí por todo el barco.

Nos habían atado las manos a la espalda con cables. Según pude observar, yo era al único al que habían golpeado. Siempre he sido un tipo con suerte.

Sentí cierto alivio al percibir el roce de la Pila de Kerbala en la parte interior del muslo. Al menos todavía no me habían registrado. Esperaba que César también tuviese aún el timón en su poder.

Nuestros captores nos condujeron al puente de mando. Por el camino pasamos junto a dos marineros muertos: a uno de ellos le habían cortado la garganta y el otro tenía varios agujeros de bala por todo el cuerpo; lo que quedaba de su cabeza empapaba de sangre grumosa el suelo y la pared de uno de los corredores.

El puente de mando era una sala de gran tamaño provista de ventanales que sólo ofrecían un panorama oscuro. Estaba repleto de instrumentos de navegación distribuidos en consolas cuya función me era por completo desconocida. Varios marineros, algunos con sus fusiles al hombro, manejaban los controles del barco. Conté una decena. Todos eran negros y escuálidos, igual que nuestros captores. El único que tenía la piel más clara era

René, el segundo oficial del *Buenaventura*. Estaba inclinado sobre uno de los paneles de control, mirando lo que parecía ser la pantalla de un radar.

Los marineros que nos habían capturado nos obligaron a sentarnos en el suelo, los cuatro juntos. Uno de ellos nos apuntó con su fusil. El capitán Santos fue el último en acceder al puente de mando. Reparé entonces en que él también llevaba las manos atadas a la espalda.

El segundo oficial nos miró.

—Tres hombres y una mujer —dijo en español—. Sí, aquí están los cuatro. Gracias, capitán.

Pronunció la palabra «capitán» con un tono burlesco. Santos se le encaró.

—¡Hijo de la gran puta! Ya te dije dónde encontrarlos, ahora cumple tu parte.

—Claro, me parece justo.

René le dijo unas palabras en una lengua extraña a uno de los tipos que llevaban machete. Éste se acercó al capitán por detrás y acercó la hoja del arma a su espalda con la intención de cortar sus ligaduras.

Al menos eso fue lo que deduje que haría. Pero me equivoqué.

El marinero hundió el machete entre las costillas de Santos hasta que la punta sobresalió por su estómago. El capitán escupió un velo de sangre y su rostro se deformó por el dolor. El negro extrajo el machete y a continuación le rebanó el cuello. Su cuerpo sin vida cayó de bruces al suelo, justo frente a mí. Pude ver cómo en las comisuras de sus labios se formaban pequeñas burbujas sanguinolentas. Dos hombres armados agarraron a Santos por los pies y sacaron el cadáver del puente de mando.

René nos miró con aire curioso.

—Parece que no se inmutan —nos dijo—. Cualquiera pensaría que ven morir gente a diario.

—¿Deberíamos estar afectados? —preguntó Burbuja con mucha sangre fría.

—No, supongo que no; después de todo, no era más que un cerdo borracho... Además de un imbécil; me di cuenta enseguida que había cuatro marineros menos en aquel batelao cuando regresó a puerto, lo que no sabía era dónde los había metido. Éste es un barco grande.

—Si nos causa algún daño, le juro que va a tener más problemas que los de su amigo el capitán —le amenazó Burbuja—. Usted no tiene ni idea de quiénes somos.

—Tiene razón, no lo sé, pero tampoco me importa... ¿Piensa que todo esto es por ustedes? Vaya, sí que se tienen en alta estima, compañeros... No, esto no es cosa suya. Ese estúpido de Santos habría terminado igual con o sin ustedes a bordo. Esto ya estaba planeado desde hacía tiempo.

—¿Se trata de un motín?

—No, compañero; un secuestro. Este barco lleva cocaína suficiente como para pagar la deuda de un país del Tercer Mundo. Mi patrón la quiere.

—Creía que su patrón era el mismo que el de Santos.

—Sí, él también lo pensaba. Pobre diablo.

—Escuche, señor...

—Castillo. Capitán Castillo ahora, por cierto.

—De acuerdo, capitán Castillo; si, como usted dice, nosotros no somos el trofeo, no hay ninguna necesidad de mantenernos prisioneros o causarnos daño. Lo que se haga con la mercancía de este barco, a nosotros nos es indiferente; sólo somos cuatro pasajeros que nos dirigíamos a Conakry. No sabemos nada de su patrón, el de Santos o cualquier otro.

—Ya lo supongo, pero ¿cree que eso los diferencia del resto de los tripulantes que mis hombres han matado? Sólo son carnaza para los tiburones, igual que lo serían ustedes ahora mismo de no ser porque aún puedo sacarles algún beneficio.

—¿A nosotros? ¿Cómo? —preguntó Enigma.

—Parecen unos simples europeos que han metido las narices donde no debían. Es probable que algún gobierno quiera pagar un rescate para que no les corten el cuello.

—Ya tiene su droga, ¿para qué diablos va a correr un riesgo absurdo pidiendo un rescate por nosotros? —dijo Burbuja.

René esbozó una sonrisa.

—Pues claro que no voy a correr ese riesgo, compañero; no soy ningún estúpido. Serán mis hombres quienes se los queden como rehenes. Esta gente se dedica a eso; todos éstos son guineanos y senegaleses con los que hice tratos para que me ayudaran a apoderarme del barco. Les prometí una parte del cargamento en pago, pero quizá pueda reducir la cantidad si aceptan quedárselos a ustedes; después de todo, yo no los quiero para nada.

Empezaba a comprender nuestra situación, y no dejó de parecerme increíble: estábamos viviendo un relato de piratas. René pensaba dejarnos en manos de aquellos modernos filibusteros que utilizaban fusiles en vez de sables y camisetas de marcas de refrescos en vez de casacas con chorreras.

Uno de los piratas se dirigió a René en aquella lengua incomprensible. El nuevo capitán del *Buenaventura* echó un vistazo al radar.

—Sainte Genevieve... —dijo—. Me temo que ya han llegado a su destino, compañeros. Les deseo suerte. —Nos miró y nos dedicó la más desagradable de sus sonrisas—. Van a necesitar mucha a partir de ahora.

René mantuvo una pequeña charla con uno de los marineros armados. Después, tres hombres se acercaron a nosotros y nos obligaron a ponernos en pie. Mediante gestos amenazantes nos dieron instrucciones para que caminásemos.

Nos sacaron a la cubierta del barco y nos llevaron hacia una parte de la sección de popa. Allí vi lo que parecía ser una especie de torre de la que pendía una estructura de color amarillo con forma de cápsula; era como una gigantesca pastilla para el dolor de cabeza.

Se accedía a la cápsula mediante una escala metálica. En la parte trasera tenía una escotilla, y al otro extremo había unos pequeños paneles de cristal. Tardé un tiempo en darme cuenta de que se trataba de un bote salvavidas, aunque más bien parecía un pequeño submarino de un color poco discreto.

Los piratas nos obligaron a subir la escalera. Cuando llegamos al final, uno de los que iba delante de nosotros, armado con un enorme machete, abrió la escotilla del bote y nos indicó que entrásemos.

El interior era un claustrofóbico espacio con paredes de fibra de vidrio. A ambos lados de un estrecho pasillo, había unos cuantos asientos de plástico provistos de cinturones de seguridad, similares a los que se podrían encontrar en las atracciones de un parque temático.

Dos marineros entraron detrás de nosotros; uno de ellos era el del machete y el otro llevaba un fusil. Mientras este último nos obligaba a tomar asiento, el primero se encaminó hacia la proa del bote y se colocó frente a un pequeño timón, junto a un panel de mando bastante básico.

Al sentarnos, y como todavía teníamos las manos atadas a la espalda, el marinero del fusil nos abrochó los cinturones de seguridad. Cuando le llegó mi turno, reparé en que en el dorso de su mano tenía un tatuaje escarificado cuyo diseño era idéntico al que César tenía en la espalda, sólo que más pequeño.

Fruncí el ceño, sorprendido y extrañado, y, sin poder evitarlo, miré a César, que estaba junto a mí; él me sostuvo la mirada con rostro inescrutable.

El marinero terminó de sujetarnos a las sillas y luego se puso a charlar con su compañero. No entendí nada de lo que decían, aunque al parecer mantenían algún tipo de discusión, pues se hablaban a gritos.

Alguien cerró la escotilla del bote dejándonos a solas con los dos negros, que seguían discutiendo al tiempo que señalaban el timón. Pensé que quizá peleaban por quién de los dos gobernaría la nave.

Entonces noté un roce en el costado. Volví la cabeza hacia César y vi con asombro que había liberado sus manos de las ligaduras. Me hizo un gesto para que mantuviese la boca cerrada.

Los dos hombres dejaron de discutir. Uno de ellos, sin previo aviso, accionó una enorme palanca que había junto al timón. Escuché un fuerte golpe de metal y el bote se sacudió como si un gigante lo hubiera pateado desde el exterior.

Luego sentí cómo se precipitaba al océano en caída libre.

Pareció que mi estómago quería ocupar un nuevo espacio en la garganta junto a la nuez. Nunca me han gustado las montañas rusas o artefactos similares, y aquello fue igual que deslizarse por los raíles de una, así que no me resultó nada agradable.

El bote tembló cuando se hundió en el mar. Luego dio otra fuerte sacudida, que fue totalmente absorbida por mis cervicales, y flotó con rapidez de regreso a la superficie. Allí se balanceó agitado por los golpes de las olas igual que un insignificante corcho. Uno de nuestros captores, el que llevaba el machete, permaneció en el timón, intentando gobernar la nave. El del fusil se colocó en medio del pasillo, frente a nosotros, mirándonos con la expresión de alguien que está deseando que le den una excusa para comenzar a disparar.

El bote se puso en marcha. Ignoraba cuál era su destino final y tampoco quería averiguarlo. En lo único que podía pensar era en la manera de salir de aquel atolladero... y en el espantoso mareo que empezaba a notar. Navegar en aquella nave era como hacerlo en el interior de un ataúd.

Miré a mis compañeros. Ni Burbuja ni Enigma tenían mejor aspecto que yo. Sólo César parecía impertérrito. Estaba muy quieto, con los ojos clavados en la cara del tipo del fusil. En sus labios incluso me pareció percibir la sombra de una sonrisa.

El del fusil le sostenía la mirada y parecía encontrarse incómodo. Le dijo algo a César, pero éste no se inmutó.

El marinero empezó a increparlo a gritos, pero César hacía como que no le escuchaba. Se limitaba a contemplarlo igual que un gato observa el ratón que está a punto de destripar entre sus garras.

El tipo empezó a ponerse nervioso. Acercó su cara a la de César a una distancia tan corta que cada vez que gritaba le salpicaba las mejillas de saliva. El del timón dijo algo y su compañero pareció calmarse. Volvió a colocarse en medio del pasillo con expresión hosca. En su mirada percibí un matiz nuevo... Puede que miedo, no estaba seguro.

Entonces, César le dijo algo.

—*Zanbayan.*

El del fusil quiso fingir que no había escuchado nada, pero sus pupilas se agitaron.

—*Zanbayan* —repitió César, buscando sus ojos con la mirada—. *Dargayan. Hiilayan.*

Los labios del marinero temblaron.

—*Hiilayan waafakay. Zanbayan* —siseó César, hablando entre dientes, igual que si escupiera una maldición.

El marinero dejó escapar un grito de rabia. Se lanzó sobre César y le dio un puñetazo en la cara. Fue una mala decisión. Con sus manos liberadas de las ataduras, César agarró por la cabeza al pirata en el momento en que estaba junto a él y la golpeó con todas sus fuerzas contra el respaldo del asiento delantero.

El tipo cayó a mis pies. El que estaba al timón, al ver la trifulca, agarró su machete y corrió hacia César. Al pasar junto a Burbuja, el buscador alzó las piernas y le lanzó una patada en las rodillas que lo hizo tropezar. César se quitó el cinturón de seguridad y se le abalanzó encima. A mis pies, el tipo del fusil empezaba a recuperarse. Antes de que pudiera levantar la cabeza del suelo, le golpeé en el estómago con el talón, muy fuerte, como si quisiera reventar una uva con el pie. El pirata se convirtió en un ovillo gimoteante y dolorido.

César y el del machete forcejeaban en el pasillo del bote. El pirata era escurridizo, pero también César. Ambos eran ágiles, aunque no muy fuertes. Por fortuna, nuestro compañero contaba con la ayuda de Burbuja, que desde su asiento era capaz de patear al marinero cuando se acercaba la suficiente.

Un golpe de mar inclinó el bote. César y el pirata rodaron hasta la popa. El muchacho se zafó de su atacante el tiempo justo como para poder abrir la escotilla. De pronto, un chorro de viento marino se coló en el interior de la nave.

Los contendientes se pusieron en pie. No vi con claridad que pasó después, pues el otro marinero, el del fusil, había vuelto a recuperarse y tuve que propinarle varias patadas en la cabeza hasta que lo dejé fuera de combate. En algún momento escuché un grito a mi espalda. Me volví. César había golpeado al del machete en la cabeza con una caja de metal. El pirata resbaló hacia atrás y cayó al mar.

César cerró la escotilla.

A continuación, abrió la caja de metal con la que se había defendido. Era algún tipo de kit de supervivencia del bote. Dentro había bengalas, material de primeros auxilios y algunas herramientas. César sacó una navaja y la utilizó para liberarnos de nuestras ataduras.

Burbuja le dio las gracias mientras se frotaba las muñecas.

—¿Qué hacemos con el otro? —preguntó después, refiriéndose al que yacía inconsciente junto a mi asiento.

Enigma se acercó a él. Lo registró y encontró en su bolsillo algo que parecían las llaves de un coche. Luego le colocó los dedos sobre el cuello.

—Aún vive.

—Tienes que aprender a patear más fuerte, novato —dijo Burbuja.

—¡No tenía intención de matarlo!

—¿No? Pues te diré una cosa: él a ti, sí.

Burbuja agarró el cuerpo del pirata y lo arrastró hasta la escotilla. Luego lo tiró por la borda igual que si fuese un saco de basura.

Me miró con aire desafiante.

—Este trabajo es algo más que resolver acertijos —me espetó—. Si eso te revuelve el estómago, la próxima vez será mejor para todos que te quedes en casa.

Enigma y él se dirigieron hacia la proa, donde estaba el timón. César se había sentado en una de las sillas para recuperar el aliento; la pelea le había costado un gran esfuerzo y tenía la cara y los brazos llenos de pequeñas heridas, como si el pirata lo hubiese arañado.

—¿Estás bien? —pregunté. Él asintió con la cabeza—. Has sido muy hábil desatándote las manos. ¿Cómo has sido capaz?

—Se me da bien escapar de los sitios, creo que ya te lo he comentado antes.

Desde luego que se le daba bien, hasta un límite casi sobrenatural. Pensé que su habilidad era propia de un buen buscador.

—¿Qué le dijiste a aquel tipo?

—¿Cómo?

—Al del fusil. Entendí tu plan: querías provocarlo y que se te acercara lo suficiente como para poder dejarlo fuera de combate. Lo hiciste muy bien, pero me gustaría saber qué fue lo que le dijiste que lo puso tan nervioso.

—Ah..., eso... No recuerdo.

—Yo, sí. Lo repetiste tres veces: *zanbayan*. ¿Qué significa?

César evitó mirarme a los ojos.

—Sólo una palabra songhay... —Se quedó en silencio. Por un momento creí que iba a eludir responderme, pero debió de darse cuenta que yo pensaba seguir insistiendo. Finalmente, casi a regañadientes, añadió—: Significa «traidor».

—¿Traidor? Qué curioso... ¿Por qué traidor?

—Porque lo era. Él lo sabía. Por eso se enfadó cuando se lo dije a la cara.

—¿Debo entender que conocías a ese hombre?

—No. Jamás lo había visto antes.

—No obstante, llevaba en su mano un tatuaje igual que el tuyo —dije en tono acusatorio—. ¿Sabes una cosa? Creo que empiezo a comprender...

César me interrumpió:

—No comprendes nada, así que deja de intentarlo.

Hizo ademán de ponerse en pie para alejarse, pero yo se lo impedí.

—Quiero saber qué estás ocultando. Y no te atrevas a decirme que nada.

—¿Qué es lo que te pone tan nervioso, buscador? Creí que sólo te importaba encontrar un tesoro.

—No me gusta tener compañeros de viaje que guardan tantos secretos.

—En cambio, a mí no me importa... Faro —dijo remarcando la última palabra—. Eso no es un nombre de verdad, ¿me equivoco? Tampoco creo que Burbuja o Enigma lo sean, pero no recuerdo haberos preguntado en ningún momento qué ocultáis detrás de vuestros apodos.

—Ése es tu problema; yo soy bastante más curioso.

—¿Quieres interrogarme, buscador? Adelante, hazlo; quizá te responda la verdad..., o quizá no; no tendrás forma de saberlo. Sin embargo, pienso que siempre es mejor un silencio a una mentira; al menos los silencios no engañan.

—¡Por el amor de Dios...! —mascullé conteniendo las ganas de borrarle aquella expresión insolente de la cara de un puñetazo—. ¿Quién diablos se supone que eres tú...?

—Alguien que de momento os está ayudando. Eso debería bastarte.

Iba a darle la respuesta que merecían sus palabras cuando la voz de Enigma nos interrumpió:

—Chicos, seguro que lo que estáis cuchicheando ahí detrás es muy interesante, pero aquí hay algo que requiere vuestra atención.

Nos acercamos a la proa. Burbuja estaba al timón y Enigma oteaba a través de los cristales de la nave.

—¿Qué ocurre? —pregunté.

—Tierra —respondió Enigma.

Burbuja detuvo el motor y la nave quedó al pairo, bamboleándose de un lado a otro. A través de las ventanillas del piloto pudimos atisbar entre las sombras de la noche lo que parecía ser una especie de edificio en obras, mal iluminado por unos cuantos focos. Aquella estructura en ruinas estaba en medio de la nada, igual que un espejismo marino.

—¿Qué se supone que es eso? —preguntó Enigma.

—Podría ser la costa de Senegal... o incluso de Guinea —respondí.

—No, más bien parece algún tipo de islote —terció Burbuja—. Un islote en medio de ninguna parte y con una obra a medio hacer. Sea lo que sea, los tipos que nos secuestraron habían puesto rumbo a este lugar.

—Esperad —dije—; ahora que recuerdo, el capitán Castillo mencionó un destino... Algo llamado Sainte Genevieve.

—¡Oh, diablos! —exclamó Enigma—. Creo que ya sé lo que es; es una fortaleza..., una especie de fortaleza colonial.

—¿Estás segura? —preguntó Burbuja.

—No, pero tiene sentido. Durante el siglo XIX, los franceses y los ingleses acostumbraban a levantar pequeñas fortificaciones marítimas en islotes, no muy lejos de la costa. Construyeron muchas para defender sus puertos, y la inmensa mayoría de ellas hoy están abandonadas y en ruinas.

—Sin duda que ésta está en ruinas —comenté observando aquella silueta maciza y fea, como un esqueleto hecho de cemento armado—, pero no parece estar abandonada; alguien ha tenido que colocar esos focos.

—Si nuestros anfitriones pusieron rumbo a este islote, es probable que estemos ante una auténtica guarida pirata —dijo Enigma.

Burbuja torció el gesto.

—Estupendo... —En su voz había un tono de acritud—. Tesoros y guaridas de piratas... ¿Por qué tengo la sensación de que esto no es un trabajo serio sino un maldito folletín de aventuras?

—Ojalá —respondió Enigma—. En cuestión de piratas, prefiero a los de Robert Louis Stevenson: al menos ésos no tenían fusiles de asalto.

La marea llevaba nuestro pequeño bote hacia la isla. A medida que nos acercábamos, pude ver cierta actividad humana entre los restos de la fortaleza.

César encontró unos pequeños binoculares y nos los pasamos para observar desde la distancia. Cuando llegó mi turno, pude ver claramente a hombres armados deambulando por aquel lugar. En un extremo del islote, junto al mar, vi un grupo numeroso. Estaban reunidos alrededor de hogueras encendidas en cubos de metal. Muchos de ellos portaban fusiles. Por suerte, ninguno parecía haber reparado en nuestro pequeño bote. Aún.

Empezamos a discutir sobre cuál debía ser nuestro siguiente movimiento. Yo propuse sortear el islote y poner rumbo a alguna costa segura, pero a Burbuja no le pareció buena idea.

—No sé dónde diablos nos encontramos ahora mismo —repuso—. Y por aquí no veo ningún instrumento de navegación que nos sea útil. Podríamos estar bogando en medio de la nada hasta llegar a tierra o morirnos de hambre y de sed.

—¿Y esa radio? —pregunté señalando el artefacto que había junto al timón.

—No funciona, ya la he probado. Los tipos que nos metieron aquí debieron de inutilizarla... O puede que ya estuviese rota, no lo sé. Esta mierda no es más que una bañera flotante; si nos quedamos aquí, no creo que lleguemos muy lejos.

—Ya sé lo que necesitamos —dijo Enigma, que hablaba mientras seguía observando el islote a través de los binoculares—. Lo que nos hace falta es un avión.

Burbuja contuvo un suspiro de paciencia.

—Sí, eso nos vendría muy bien. Por desgracia, ahora no disponemos de ninguno.

—Una Cessna 172 Skyhwak —prosiguió Enigma, como si no lo hubiera escuchado—, un buen monomotor: de cuatro plazas, con un alcance de mil doscientos kilómetros y un régimen de ascenso de 3,7 metros por segundo. Con ese trasto alcanzaríamos tierra en una hora..., dos como mucho.

—Sí, ya lo has dejado claro —saltó Burbuja, irritado—. Pero te repito: ¿ves alguno por aquí?

—Pues lo cierto es que sí, cielo —respondió Enigma con una amplia sonrisa. Le pasó los binoculares a Burbuja—. Fíjate en eso, junto a la fortaleza... Hemos dado con unos piratas muy bien surtidos, al parecer.

—Maldita sea... —mascculló Burbuja—. ¡Es una jodida avioneta!

—Claro que lo es. Imaginé que habría algo parecido en ese lugar.

—¿Cómo...?

—Encontré esto en el tipo al que Faro molió a patadas —respondió ella al tiempo que sacaba un manojo de llaves de su bolsillo—. Son de una avioneta modelo Cessna. Hicisteis bien en traerme con vosotros. Yo doy suerte, ¿lo sabíais?

—Supongo que no estamos pensando en... —me detuve, ni siquiera quería expresar en voz alta un plan que me parecía, más que ridículo, suicida—, en colarnos en ese islote y llevarnos ese avión.

—¿Por qué no? Es de noche, y aún no nos han visto. Esto, más que una dificultad, es un regalo del Cielo.

—¡¿Un regalo?! —exclamé—. ¿Estás loca? ¡Ellos pueden ser decenas, y nosotros sólo cuatro!

—Lo cual supone otra ventaja: así les costará más detectarnos. Cuando se quieran dar cuenta, estaremos volando sobre sus cabezas. Y así el círculo se cierra.

Si ésa era la clase de ideas que Enigma aportaba en una misión, entendía por qué en los últimos tiempos había hecho todo su trabajo desde una mesa de oficina en el Sótano.

No obstante, y para mi asombro, Burbuja la tomó en serio.

Mis compañeros hicieron oídos sordos a mis desesperadas objeciones. Imagino que es por cuestiones como ésta por lo que el Cuerpo de Buscadores tiene fama entre sus miembros de ser un reducto para imprudentes.

Sin plan de ataque, sin más proyecto que el que pudiera inspirarnos la improvisación, Burbuja activó el motor del bote y puso rumbo hacia la fortaleza.

Burbuja tuvo la prudente idea de dar un rodeo para localizar un sitio discreto en el que pudiésemos desembarcar. En la parte más oriental del islote había una zona que, según pudimos observar por los binoculares, parecía estar desierta. Hacia allí dirigimos nuestra nave.

La noche oscura jugaba a nuestro favor, y el hecho de que casi todos los piratas estuviesen concentrados en el otro lado de la isla..., o al menos eso quisimos creer. Por desgracia, una cápsula flotante de color amarillo chillón no era el mejor vehículo para atracar en un reducto infestado de hombres armados.

Al acercarnos a la costa, el bote cabeceó de forma penosa. De pronto sentimos un impacto que hizo temblar el armazón de fibra de vidrio que nos rodeaba. Burbuja, agarrado al timón, soltó una retahíla de maldiciones tan procaces como imaginativas. Yo miré hacia uno de los laterales y vi un boquete con forma de rombo por el que comenzaba a filtrarse el agua.

—¿Qué ocurre? —preguntó Enigma.

—Este maldito trasto ha encallado —respondió Burbuja.

El bote se hundía con rapidez. César abrió la escotilla de popa. Al asomarme pude comprobar que la situación era menos trágica de lo esperado (quizá Enigma tuviese razón al asegurar que daba buena suerte). La nave había impactado contra una formación rocosa que emergía sobre la superficie, a sólo unos pocos metros de la costa del islote. Eso nos daba la oportunidad de llegar a nado.

Nos hicimos con un chaleco salvavidas para cada uno. Enigma fue la primera en abandonar el barco, siguiendo una norma de cortesía habitual en caso de naufragio (no en balde éramos *caballeros* buscadores). César la siguió.

—Tu turno, novato. Al agua —me ordenó Burbuja.

—Espera... Sólo un momento.

Cogí el fusil que había pertenecido a uno de nuestros captores y se lo pasé a Burbuja. Él asintió.

—Buen detalle. Confieso que lo había pasado por alto.

—Ojalá tuviésemos más.

Mi compañero dirigió su mirada hacia la caja de metal donde se guardaban los artículos de primera necesidad para casos de emergencia.

—Coge un par de bengalas —me dijo—. Mejor es eso que nada.

De la caja saqué tres tubos envueltos en plástico color rojo y me los enganché al cinturón. Después tomé mi chaleco salvavidas y me lancé a un mar tan negro como el alquitrán.

Utilizando el chaleco como tabla, pateé hacia la costa siguiendo a Enigma y a César. La ropa empapada me pesaba como el plomo, y tanto las bengalas como la Pila de Kerbala, que aún llevaba atada al muslo, me suponían un quebradero de cabeza al intentar que no se deslizaran por la pernera de mis pantalones hasta el fondo del mar.

Al cabo de un rato de nadar igual que un perro, mis pies al fin tocaron un fondo rocoso. Alcancé una playa de piedras, donde César y Enigma me esperaban. Burbuja no tardó mucho más en llegar.

Empapados hasta los huesos, miramos a nuestro alrededor para hacernos a la idea de dónde nos había traído la marea.

Nos encontrábamos en una pequeña cala rodeada por una pared de roca, de unos cuatro o cinco metros de alto. Al mirar hacia arriba pude ver de cerca la fortaleza de Sainte Genevieve con más detalle. Era una estructura espantosamente fea: un cubo de hormigón o de cemento con aberturas cuadradas en sus caras. Podría haber servido como lugar para dar la bienvenida a las almas en el Purgatorio.

En la cara de la fortaleza donde nos encontrábamos no parecía haber actividad. Al otro lado se percibían mortecinas luces eléctricas. De momento, nuestra llegada había pasado desapercibida.

Burbuja inspeccionó las paredes de piedra que rodeaban la cala.

—No parece demasiada altura, ni muy empinada —observó—. Podremos trepar para salir de aquí, ¿os veis capaces?

La respuesta era indiferente, pues íbamos a tener que hacerlo de todos modos.

Las paredes rocosas estaban repletas de salientes que facilitaban el ascenso. También había grupos de moluscos y piedras afiladas que me laceraron la piel de las manos con cortes que escocían como demonios.

Terminamos el ascenso, un poco más secos que cuando lo iniciamos. La fortaleza se encontraba justo frente a nosotros. A nuestra derecha, podíamos ver el arranque de una escollera sobre la que había una rudimentaria pista de despegue. La avioneta que buscábamos estaba justo al principio. Imaginé que habría que ser un magnífico piloto o un loco peligroso para intentar despegar con tan poca distancia sin caer de cabeza al mar. Junto a mí había varios locos, pero ignoraba si alguno era un buen piloto.

La avioneta estaba a tan sólo una carrera de distancia. Empecé a pensar que podíamos tener éxito, después de todo.

Antes de continuar, nos refugiamos detrás de una roca grande para otear el terreno. Reparé entonces en que la avioneta no estaba sin vigilancia: había dos hombres haciendo guardia junto a ella, aunque sólo uno portaba un arma de fuego. Teníamos que encontrar la manera de sacarlos de allí.

—Novato, dame una bengala —me susurró Burbuja. Saqué una de las que llevaba en el cinturón y se la entregué. Él se quedó mirando el envoltorio—. No, ésta no me vale. Es de señales de humo.

—Tengo otra. Toma.

—Sí, esto servirá.

—¿Qué vas a hacer?

—Estad atentos. En cuanto veáis la señal, corred hacia la Cessna.

—Espera un momento, ¿qué señal?

Burbuja no me respondió. Salió agazapado de detrás de la

roca y corrió hacia un lateral de la fortaleza, cerca del lugar iluminado.

Se paró después de recorrer unos cuantos metros, detrás de otra roca. Entre la oscuridad pude atisbar cómo accionaba la bengala. De pronto se escuchó un siseo y un fogonazo de luz roja e hiriente se materializó, soltando chispas como un surtidor de fuego.

—¡Qué hace! ¿Está loco? —exclamé.

—Es la señal, ¡corre! —gritó Enigma.

Los dos hombres que custodiaban la avioneta manifestaron una sorpresa comparable a la mía. Echaron a correr en dirección a la luz de la bengala, dando gritos y preparando sus armas. Escuché más voces que venían de alguna otra parte de la isla, aunque no pude pararme a pensar si eran muchas o si estaban cerca, sólo me concentraba en correr todo lo deprisa que pudiera, junto a Enigma y a César.

Estaba a punto de alcanzar la avioneta cuando escuché los primeros disparos.

Era el tableteo de un fusil. El impacto me hizo detenerme un segundo, pero Enigma me agarró de la mano y tiró de mí hacia la Cessna. Escuché más voces, gritos y disparos. No sabía por qué preocuparme primero: si por nosotros, por Burbuja o por los piratas. El destino me proporcionó un nuevo motivo de angustia cuando un hombre armado con un machete apareció de pronto frente a Enigma, como si hubiera salido de la nada.

El hombre, un negro escuálido que vestía una camiseta de tirantes de los Lakers, la cual le llegaba hasta las rodillas, abrió la boca de forma grotesca mostrándonos una dentadura masacrada por la caries. Emitió un grito roto y se lanzó sobre nosotros alzando el machete por encima de la cabeza.

Aparté a Enigma de un empujón justo a tiempo para impedir que el pirata le abriera el cráneo en dos mitades. Tropecé y caí al suelo. Otro atacante surgió de entre las sombras, detrás de nosotros, y agarró a Cesar por los brazos.

Me giré hasta quedar de espaldas al suelo. Lo primero que

vieron mis ojos fue aquel pirata enloquecido agarrando su machete como si fuera una daga de sacrificio y yo su próxima ofrenda a sus dioses. Me bloqueé, incapaz de moverme. El tipo levantó el machete y volvió a gritar. No imaginaba imagen más grotesca para despedirme de este mundo.

Escuché un disparo y el pirata tembló. La pechera de su camiseta de los Lakers se tiñó con un rodal de color rojo que empezó a extenderse hasta su vientre. El pirata soltó el machete y cayó de espaldas. Miré hacia atrás. Burbuja había regresado a la roca donde estábamos antes y desde allí disparaba el fusil que habíamos rescatado en el bote. Otro tiro acertó justo en la cabeza del hombre que sujetaba a César por los brazos.

—¡Corred! ¡Corred, maldita sea! —nos gritó el buscador.

Mi rostro se quedó sin sangre. Un grupo numeroso de piratas salía de la fortaleza en dirección a Burbuja, enarbolando todo tipo de armas. Él trató de salir de la roca, pero un disparo a sus pies le hizo regresar a su refugio. Había francotiradores en el interior de la estructura cúbica y para ellos Burbuja era como una diana en un puesto de feria.

A mi espalda, Enigma y César habían alcanzado la avioneta. Escuché una ráfaga de disparos y unas lascas de tierra saltaron a mis pies. No me alcanzaron por milímetros. Aquello me hizo reaccionar: corrí junto a mis compañeros al mismo tiempo que Enigma abría la portezuela de la avioneta y saltábamos dentro.

Burbuja aún seguía fuera.

Escuché más tiros. Con ayuda de su fusil, el buscador mantenía a raya como podía a los piratas que se le acercaban, mientras que desde la fortaleza seguían hostigándolo.

Era cuestión de tiempo que acabase muerto.

—No, no… —siseé entre dientes—. Aún es pronto para tener una baja, ¡maldita sea!

Abrí la portezuela de la avioneta y salté al exterior. Creo que Enigma me gritaba y que César trató de detenerme. No lo sé. En cualquier caso, no tenía ninguna intención de quedarme dentro de aquel aparato y ver cómo Burbuja era acribillado a tiros.

Lo que tampoco tenía era una idea para evitarlo.

Corrí entre las balas. Fue un milagro que no me volaran la cabeza, aunque en algún momento sentí como si algo me mordiera en la oreja. Al llegar junto a la roca, di un brinco y me parapeté tras ella.

—¿Qué diablos estás haciendo, novato? —dijo Burbuja mientras disparaba el fusil—. ¡Regresa al maldito avión!

—¡No sin ti!

—¿Ahora te pones romántico? ¡Sal de aquí de una puta vez! ¡No podré mantenerlos lejos mucho más tiempo!

Burbuja me empujó. La bengala que aún llevaba al cinturón se cayó al suelo y entonces tuve un chispazo de inspiración.

Cogí la bengala y arranqué el envoltorio con los dientes. Encontré en el interior un tubo de plástico del que pendía un cable rojo. Tiré del cable con todas mis fuerzas y del tubo comenzó a brotar un humo denso y blanco, como si acabara de liberar a la nube más esponjosa del cielo.

Camuflaje de bolsillo.

Eché a rodar la bengala al otro lado de la piedra. Una humareda nos envolvió y empezó a extenderse a nuestro alrededor. Burbuja y yo echamos a correr entre el humo, escuchando las exclamaciones de sorpresa de nuestros atacantes y las ráfagas de los fusiles, pero ya no éramos un blanco fácil; ahora debían tirar a ciegas.

Mientras corría, choqué de cara contra un pirata que parecía perdido. Me agarró del cuello sin darme opción a escapar. En ese momento Burbuja le golpeó la cara con la culata del fusil, justo en medio de los ojos. El pirata gritó de dolor y se llevó las manos al rostro, al tiempo que un velo de sangre se escurría por encima de su nariz.

Salimos de la protección que el humo nos brindaba, pero la avioneta estaba a sólo unos pasos. César mantenía la portezuela abierta y nos hacía señas para que corriésemos más deprisa.

Al fin alcanzamos nuestra meta. Burbuja y yo saltamos dentro de la Cessna al mismo tiempo. Enigma estaba sentada en el asiento del piloto. Yo ocupé el sitio libre a su lado y Burbuja se colocó detrás, junto a César.

—¡Arranca esta maldita cosa de una vez! —ladró dirigiéndose a Enigma.

Los piratas se aproximaban a la carrera. Burbuja abrió la portezuela y comenzó a disparar para mantenerlos alejados. Entretanto, Enigma miraba los controles del aparato con aire reflexivo.

—Sí... Veamos... Creo que lo recuerdo todo...

—Tú sabes pilotar, ¿verdad? —pregunté, aterrado.

—¡Qué pregunta! Pues claro. Es sólo que hace tiempo que no... Vamos a ver... —Mientras Burbuja seguía tiroteando a nuestros perseguidores, Enigma acercó un dedo a un botón, lo mantuvo en el aire un segundo, negó con la cabeza y apartó la mano—. No, estoy segura de que esto no era.

—¡¿Algún problema ahí delante?! —gritó Burbuja—. ¡Por si a alguien le interesa, me estoy quedando sin munición!

—La paciencia es una virtud... —respondió Enigma—. Sólo necesito un minuto para concentrarme...

Creí escuchar mal, pero me pareció que empezaba a tararear por lo bajo. Luego entendí que estaba musitando entre dientes una especie de soniquete, marcando el compás con la cabeza.

—¿Qué haces? —pregunté.

—Compuse una canción para acordarme de todo. ¿Cómo empezaba?... Ah, sí... «Primero el blocaje de mandos retirar, y así no te puedes estrellar...»

Siguió con su cancioncilla absurda al tiempo que accionaba un resorte o tiraba de una palanca con cada estrofa. Juraría que sonaba como la melodía de *99 Red Balloons*. Fuera lo que fuese, aquello parecía darle resultado. La hélice del avión se puso a girar y el aparato empezó a moverse por la pista de despegue.

—¡Estupendo! —dijo Enigma, sonriendo de forma luminosa—. Agarraos bien, porque esto no va a ser fácil.

La avioneta avanzó a través de la escollera. El final de la pista de despegue se acercaba cada vez más y aquel trasto no parecía estar más dispuesto a emprender el vuelo que un chicle pegado al asfalto.

—¡Cuidado, cuidado! —grité. Ya casi sentía el mar mojando mis pies.

Enigma tiró de los mandos como si quisiera arrancarlos. Se produjo una sacudida que hizo temblar todo el fuselaje y escuché un golpe tremendo. Cerré los ojos con fuerza y de pronto sentí que mi estómago se daba la vuelta igual que un calcetín. A mi espalda oí gritos que no supe si eran de júbilo o de terror.

Abrí los ojos con miedo y vi algo extraordinario: la tierra y el mar se alejaban de nosotros y la avioneta se elevaba al cielo. Enigma lo había logrado.

—¿No os lo dije? En realidad, pilotar un avión es como montar en bicicleta —dijo la buscadora.

Nunca había sentido unas ganas más intensas de besarla. Imaginé a los piratas contemplando cómo desaparecíamos en el aire, sin poder hacer más que agitar sus puños hacia nosotros. Aquella imagen me hizo reír a carcajadas, más por la tensión liberada que por el hecho de que me resultase graciosa.

—¡Bravo, Enigma! —exclamó Burbuja por detrás. Se inclinó hacia ella y le dio un beso en la coronilla—. ¡Eres un don!

—Claro que lo soy, cielo. Dime algo que yo no sepa —respondió ella—. Bien, Malí está hacia el este, así que esto será fácil: volamos hacia el amanecer.

Por la ventanilla del copiloto pude ver cómo las primeras luces del alba despuntaban en el horizonte, justo enfrente de nosotros.

3
Hidra

César y Burbuja no tardaron en caer en un profundo sueño de agotamiento. Me habría gustado poder imitarlos, pero dado que el azar me había convertido en copiloto, me pareció desconsiderado echarme a dormir mientras Enigma se encargaba de hacernos surcar los cielos sanos y salvos.

Enigma no manifestó cansancio en ningún momento, aunque sus ojos, hundidos y rodeados por ojeras, indicaban lo contrario. Reconozco mi temor a que si la dejaba sola rodeada de pasajeros durmientes, no tardara en caer ella también por puro efecto de contagio.

Al mirarla, la sorprendí en medio de un enorme bostezo.

—¿Todo bien? —pregunté.

—Claro... Pero no dejes de hablarme, por favor; sería capaz de dormirme con los ojos abiertos.

Sonreí, lo cual me costó un pequeño esfuerzo. Sentía los labios pesados.

—¿Dónde aprendiste a pilotar?

—En un avión.

Se hizo un pequeño silencio. Ella me miró y dejó escapar una risita.

—Oh, Dios... ¿Eso era un chiste?

—Lo siento. Toda mi agudeza mental está ahora mismo concentrada en mantener este trasto en el aire. —Estiró la espalda sin soltar los mandos—. Mi padre tenía una avioneta monomotor muy parecida a ésta. Me saqué el carnet de vuelo a los veinte años. Aprendí a pilotar aviones antes que a conducir un coche.

—¿Tu padre tenía un avión?

—Sí, y también un barco de recreo, y un caballo... Tuve una buena infancia.

—Ya veo... Toda una princesa.

—Eso decía papá. Era hija única, ¿sabes? Podría haberle pedido la luna y me la hubiera comprado de estar en venta. Mi familia tiene bastante dinero.

Me sorprendió aquella información. Lo cierto era que nunca me había preguntado por los orígenes familiares de Enigma.

—Entonces, ¿qué diablos haces aquí en vez de estar derrochando billetes a dos manos?

—Es lo que se pregunta mi padre. Casi se vuelve loco cuando me marché de casa al cumplir los veintiuno.

—¿La niña rebelde que decide ganarse la vida sin ayuda de la fortuna familiar?

—Oh, no; me gustaba tener dinero. Me gustaba mucho. ¿Por qué iba a rebelarme contra eso? Tuve suerte y nací siendo una privilegiada; a mi modo de ver, es de tontos rechazar las cosas buenas que el destino pone en tus manos. Creo que es como tirar comida a la basura.

—Sí, eso es fácil decirlo cuando uno es afortunado.

—No te lo discuto, pero reconozco que no puedo sentirme culpable por eso: yo no pedí tener una familia rica.

—Bueno, al final decidiste renunciar a todo eso...

Ella se rió.

—Sí, pero no fue por principios, fue por falta de juicio. Hice una estupidez.

—¿Qué fue, si puedo preguntarlo?

—Me fugué para casarme.

Deseé estar bebiendo algo para poder atragantarme por la sorpresa, igual que en las películas.

—¿Qué? ¿Estás... Estás casada?

—Oh, no, cielo; ya no. Acabé recuperando la cordura... Él era un profesor de mi facultad, casi veinte años mayor que yo. Divorciado, con hijos... Una locura. Un día te estás acostando con tu profesor, empujada por vete tú a saber qué clase de siniestro complejo freudiano, y de pronto, sin saber cómo, estás en un ayuntamiento haciendo unos votos ridículos. —Enigma puso cara de haber tragado algo muy frío que se le hubiera quedado atascado en la garganta—. Por Dios... Ni siquiera era guapo; no sé en qué estaría pensando. Tres meses después nos habíamos divorciado. Yo estaba harta del mundo y absolutamente perdida. Me fui a Roma a terminar la carrera y poco después acabé en el Sótano... Ahora que lo pienso, daría para una buena novela.

—No lo creo, me parece que ya se ha escrito antes.

Me quedé un rato en silencio, tratando de asimilar aquella información. Puede que parezca extraño, pero fue la primera vez que me di cuenta de lo poco que sabía sobre mis compañeros buscadores. Uno no calibra cómo de profundo y oscuro es un agujero hasta que no asoma la cabeza por él.

—¿Puedo hacerte una pregunta? —dije.

—Tú siempre, cariño.

—¿Por qué diablos te casaste con ese tipo?

—El amor es química, Faro; que nadie te diga lo contrario. Te hacen creer que es un sentimiento elevado, espiritual... Tonterías. Es una reacción de fluidos que no puedes controlar, por eso a menudo no te vas con quien te conviene, sino con el primer idiota que tiene la suerte de poseer el ingrediente que te activa los jugos internos.

—Eso suena asqueroso...

—El amor es asqueroso, cielo.

—Yo no lo veo así.

—¿No me digas que eres un romántico? Qué mono...

—No lo soy, es sólo que... me da un poco de pena que pienses de ese modo.

—¿Por qué?

—No lo sé... Me parece que alguien como tú debería tener ilusión por encontrar a una persona que no sea un mero reactivo químico. Un... alma afín, ya sabes.

Enigma sonrió.

—Un alma afín... —repitió con aire divertido—. ¿Ves como sí eres un romántico? Pero no importa, me parece adorable. Sigue pensando de ese modo. Si algún día encuentro esa alma afín, te prometo que serás el primero en saberlo; me encantará conocer tu opinión.

—Seré muy exigente. Para ti, sólo producto de la mejor calidad.

—Gracias... ¿Y cómo sería esa persona maravillosa? Si me das alguna pauta, puede que me cueste menos encontrarla.

—Pues... no lo sé: muy alto y muy guapo.

—Bien por lo segundo. En cuanto a la altura, me es indiferente, siempre y cuando no parezca mi hermano pequeño... Pero creía que hablábamos de cualidades espirituales.

—Ah, bien, de acuerdo... —dije titubeando un poco. No esperaba que, después de huir de unos piratas, terminase charlando de hombres con Enigma; como ya he mencionado antes, la rutina de un buscador a veces puede volverse extraña—. Tiene que ser atento... y con sentido del humor.

—Mi peluquero es atento y cuenta muy buenos chistes, pero no por eso lo considero un alma afín. Tendrás que sugerirme algo mejor.

—Con un punto misterioso...

—Interesante... —dijo ella, pensativa—. Eso me gusta, ¿por qué misterioso?

—Creo que es lo que les gusta a la mayoría de las mujeres.

—Me ofendes, cielo; ya deberías saber que yo no soy como la mayoría de las mujeres. Intenta mejorar eso.

—Está bien... Digamos que no tiene por qué ser misterioso, pero debe sentirse atraído por lo extraño, porque tú eres un poco extraña..., no te ofendas.

—No me ofendo; me parece un cumplido. ¿Qué más?

—Tiene que ser valiente, porque..., bueno..., porque tú no eres una mujer fácil. Imaginativo, para no aburrirte, inteligente para estar a tu altura, elegante para que no lo martirices todo el día enseñándole cómo hacer nudos de corbata y metiéndote con su ropa pasada de moda... También debe ser paciente... e independiente, igual que tú, de lo contrario os cansaríais enseguida el uno del otro; pero lo más importante: debe ser un poco imprudente.

—¿Imprudente? ¿Por qué?

—Porque si no lo fuera, jamás se atrevería a intentar estar contigo.

Enigma asintió lentamente.

—Vaya... Me gusta. Me gusta mucho... ¿Alguna cosa más?

La miré para responder. En aquel momento el sol del alba se filtraba a través de la ventanilla del piloto, rodeándola de una luz perfecta y suave. Detrás de ella sólo estaba el cielo y el mar, que la convertían en un espejismo entre dos infinitos.

—Debe sentir pasión por las cosas hermosas.

No sé por qué dije aquello. Ni siquiera era lo que quería decir, pero las palabras me salieron solas.

Sonreí un poco avergonzado.

—Eso es muy bonito, Tirso. Te lo agradezco.

Me alegré de que ella no me estuviera mirando, pues habría visto mis mejillas tan rojas que le habría parecido que tenía fiebre. Enigma tenía la incómoda cualidad de hacerme ruborizar sin motivo.

Se hizo un silencio entre los dos.

—Mira —dijo Enigma señalando la ventanilla con la cabeza—. ¿Quieres ver algo hermoso? Echa un vistazo ahí abajo.

Me asomé por mi lado. Fue como contemplar un mapa. Una línea de costa dividía el mundo en dos mitades, una de azul intenso y la otra de un color verde pardo. En medio de un lecho de vegetación había una línea sinuosa como una serpiente de plata brillando al sol. Aquella línea se perdía más allá del horizonte.

—¿Qué es eso? —pregunté.

—El río Gambia —respondió Enigma—. Para nosotros, la puerta de África.

Enigma parecía saber qué parte del mundo estábamos sobrevolando. Me habría gustado preguntar cómo lo hacía, pero preferí fiarme de su sentido de la orientación antes que tener que asumir la posibilidad de que estuviésemos perdidos a miles de metros de altura.

Cuando Burbuja despertó, se mostró más suspicaz. Él creía que no era Gambia lo que estaba debajo de nosotros, sino Guinea. Los dos comenzaron a discutir y yo aproveché aquel momento para dejarme rendir por el sueño.

Desperté de forma abrupta al sentir una turbulencia. Mis dos compañeros buscadores aún discutían sobre nuestra ubicación.

—No podemos haber ido tan al sur —decía Enigma—. Es evidente que esto es Gambia.

—¿Cómo lo sabes? ¿Acaso ves un cartel que indique dónde diablos estamos?

—Lo que veo es a un hombre incapaz de reconocer que está completamente perdido, algo muy común entre los de su sexo, por otra parte.

—Necesitamos tener clara nuestra posición. Estamos volando a ciegas.

—Habla por ti, yo sé exactamente hacia dónde nos dirigimos: hacia el este.

Había un detalle que a mis compañeros se les estaba escapando: ¿cómo reconoceríamos Malí cuando sobrevolásemos sus tierras? Y lo más importante ¿dónde y cómo pensábamos aterrizar? Manifesté mis inquietudes en voz alta, pero nadie fue capaz de darme una respuesta satisfactoria. Lo único que logré fue que Burbuja y Enigma volvieran a pelearse.

Intenté seguir la discusión para poder aportar alguna sugerencia, pero mi cuerpo había llegado a su límite y ni toda mi fuerza de voluntad era capaz de lograr mantener mis ojos abiertos. Volví a quedarme dormido. Esta vez fue un sueño profundo y pesado. Creo que incluso ronqué.

Aquel letargo pudo haber durado horas, o incluso días. Jamás en mi vida recordaba haber estado tan cansado. Al cabo de un tiempo indefinido el avión dio una potente sacudida y volví a despertar. Creí que encontraría la disputa de mis compañeros en el mismo lugar donde la habían dejado, pero, en vez de eso, lo que vi fue a Enigma muy pálida dando golpecitos al panel de control con el dedo.

—Vamos, vamos... —murmuraba, apremiante.

Enseguida noté que algo no iba bien.

—¿Qué ocurre? —pregunté.

—No lo sé —respondió ella—. El combustible, el motor, los gremlins del aire... ¡Cualquiera sabe! Despegar un trasto de éstos sin hacer un mínimo de comprobaciones es un riesgo grande.

—Sólo para no asustarme: ¿cómo de grande?

—Lo siento, Faro, pero deberías asustarte.

Miré hacia atrás. Burbuja y César estaban pegados a sus asientos con una expresión en la cara que no sugería nada tranquilizador. De pronto escuché un ruido muy fuerte, como un disparo, y del morro de la avioneta empezó a brotar un humo negro que nos nubló la vista.

El estómago me dio un vuelco cuando el aparato descendió varios metros de golpe. Me alegré de no haber comido nada en las últimas horas, detesto vomitar en los momentos de crisis.

Enigma manejaba los mandos de forma frenética. Los nudillos de sus dedos estaban tensos y blancos, como a punto de rasgarse. Tenía los dientes apretados y miraba hacia el frente con ojos llenos de pavor.

—¡Tripulación! —gritó—. ¡Tenemos un problema!

La avioneta cabeceó y me golpeé contra la ventanilla. Descendió otro buen puñado de metros con la elegancia de una piedra. Por detrás escuché sonidos de náusea y un aroma bilioso inundó la cabina.

No pregunté si podía echar un cable. De inmediato me puse a buscar debajo de mi asiento algo que se pareciese a un paracaídas. Enigma tiró de los mandos y la Cessna se bamboleó igual que un mosquito borracho. Escuché el ruido de un motor que muere, y entre la cortina de humo que copaba las ventanillas pude divisar el suelo cada vez más cerca.

Cada vez más y más cerca.

La presión reventó dentro de mis oídos produciéndome un dolor espantoso. La avioneta se precipitó sesgando el aire. Yo grité. Todos gritamos. Me llevé los brazos a la cara con la vana esperanza de protegerme de lo que fuera a ocurrir.

Sentí una fuerte sacudida en la parte baja del aeroplano y cómo mi cuerpo empezaba rebotar igual que una judía dentro de una lata. Me golpeé en varios lugares, oí chasquidos y ruidos de fractura que deseé que no provinieran de mis huesos. Tampoco me atrevía a abrir los ojos para comprobarlo. Quería morir a oscuras.

El aparato se detuvo en seco y mi cuerpo salió proyectado hacia delante. Me golpeé en la frente con el tablero de mandos y noté cómo la sangre manaba por mi cara. Perdí la noción de la realidad por un segundo, hasta que alguien me garró del brazo y tiró de mí.

Había abierto los ojos pero estaba tan aturdido que ni siquiera era consciente de dónde me hallaba. Tengo una laguna en mi memoria de varios segundos, puede que minutos, que me impide recordar cómo pasé de estar sentado en aquella avioneta a verme de pronto tumbado de espaldas contemplando el cielo.

En realidad, me alegro de no recordar esa parte. No debió de ser agradable, pues cuando logré ponerme en pie, tambaleándome como un borracho, me dolía todo el lado derecho del cuerpo y notaba medio rostro hinchado y palpitante.

Parpadeé y sentí un dolor lacerante en la nuca. Miré a mi alrededor. Estaba en medio de una llanura de tierra arcillosa, sembrada por matojos afilados. Un poco más lejos había un grupo de árboles retorcidos y espinosos, con las copas en forma de abanico y cubiertas de hojas verdes. El horizonte era llano, salvo por alguna formación rocosa de aspecto chato.

El cielo lucía un azul muy brillante; de hecho, todos los colores tenían un aspecto tan vivo, tan intenso, que casi hicieron polvo mi dolorida cabeza al contemplarlos. Mi primera impresión del continente africano fue que los colores eran demasiado puros para el ojo humano.

Había mucho polvo. De repente, un violento ataque de tos hizo que me doblara en dos. Al llevarme las manos a la cabeza, me manché las palmas con mi propia sangre.

Vi la avioneta. Nuestra intrépida Cessna estaba encallada como un barco hundido, con el morro encajado en un montículo de tierra y la cola levantada varios metros del suelo. En ese momento, alguien me agarró por los hombros y me obligó a darme la vuelta.

Burbuja me miraba a la cara. Estaba muy asustado, aunque no parecía herido de gravedad.

—¿Estás bien, novato?

Pude percibir un deje de angustia en su voz. Tuvo que repetirme la pregunta varias veces hasta que por fin la entendí; al principio, su voz me llegaba como si estuviese al final de un túnel lleno de ecos.

Asentí con la cabeza. Arriba. Abajo. Lentamente. Sentí un mareo y luego un ataque de náuseas. Me incliné para vomitar aire mientras Burbuja me daba palmadas en la espalda.

Al incorporarme de nuevo vi a César y a Enigma que salían de detrás del avión. Enigma llevaba el brazo pegado al cuerpo. Dijo que se había dislocado el hombro. César, aunque asustado, se encontraba físicamente bien, salvo por alguna que otra magulladura.

Sin duda existe un ángel muy eficaz que vela por el Cuerpo de Buscadores.

Burbuja ayudó a Enigma a recolocarse el hombro. Al escuchar cómo el hueso claqueteaba al recuperar su posición correcta, sentí otro mareo.

Mis compañeros me explicaron lo ocurrido: Enigma había logrado tomar tierra planeando sobre lo que parecía ser una especie de carretera muy primitiva. La avioneta, más que aterrizar, cayó sobre el suelo, pero la pericia de la buscadora (y un más que posible milagro) logró evitar una tragedia de terribles proporciones.

Cuando el aparato tomó tierra, chocó y yo me golpeé en la cabeza, perdiendo el sentido. Enigma logró sacarme a rastras. Según me dijeron, estuve inconsciente varios minutos.

—¿Estás seguro de que te encuentras bien? —me preguntó Enigma—. Espero que no tengas una conmoción cerebral o algo peor.

—Me siento un poco… mareado. —Me palpé el cuerpo para comprobar que no tenía nada roto. Entonces me acordé de algo—. La Pila… ¿Dónde está la Pila de Kerbala? ¿Y el timón?

César levantó una pequeña bolsa de tela marrón que llevaba en la mano.

—Aquí está todo.

—Bien. —Tomé la bolsa y miré el interior para asegurarme de que los dos objetos estaban intactos. Eran las únicas posesiones que nos quedaban, y lo único que aún podía hacer que aquella misión no fuera un fracaso absoluto. No exagero al decir que me preocupaban mucho más que nuestra propia seguridad—. Ahora sólo nos queda averiguar dónde estamos.

Burbuja se colocó la mano a modo de visera y oteó el horizonte.

—Creo que allá, a lo lejos, hay algo. Quizá sea un pueblo o, por lo menos, un lugar habitado.

Estábamos junto a una carretera que más bien era un camino ancho de tierra aplastada. Pude ver a un par de puercoespines que cruzaban correteando igual que pequeños matojos asustados; la fauna local nos daba la bienvenida.

Decidimos seguir la carretera a pie hacia el lugar que había localizado Burbuja. Tampoco teníamos muchas más opciones, salvo quedarnos junto a los restos de la avioneta y esperar un segundo milagro, y aquello parecía muy improbable: allá arriba debían de estar hartos de nosotros.

—¿Creéis que habrá serpientes? —pregunté.

—Habrá toda clase de bichos; esto es África —dijo Enigma—. ¿Por qué lo preguntas?

—Es que odio las serpientes.

Comencé a caminar por la carretera. Mis compañeros me siguieron.

Apenas habíamos avanzado unos metros cuando escuchamos el sonido de un motor a lo lejos. Poco después apareció una nube de polvo y, tras ella, vimos un vehículo de color arena que avanzaba por la carretera en nuestra dirección. Cuando estuvo más cerca observamos que se trataba de un extraño coche de forma cúbica, con toda la carrocería pintada con colores de camuflaje y una especie de antena parabólica en la parte superior.

Burbuja nos hizo una señal para que nos detuviésemos.

—¿Qué ocurre? —pregunté.

—Un Panhard PVP —respondió él—. Es un blindado ligero que suele utilizar el ejército francés. Viene hacia nosotros, y algo me dice que no es por casualidad.

El blindado se detuvo en medio de la carretera, a un par de metros de distancia, y se colocó de manera que nos bloqueaba el paso. Del interior se apearon dos hombres vestidos con sendos uniformes de camuflaje color arena y con la cabeza cubierta por un casco. Los dos estaban armados. Uno de ellos nos apuntó.

Levantamos los brazos lentamente.

El que nos apuntaba señaló los restos de la avioneta y dijo algo en francés que apenas oí. El otro asintió, sacó una radio del bolsillo y se comunicó con alguien. Informaba que había llegado al lugar del accidente y qué se había topado con tres hombres blancos. Eso fue lo que pude entender; mi francés no es impecable y el golpe en la cabeza aún me tenía algo confuso. El soldado dijo otras cosas, pero hablaba muy rápido y casi farfullando.

El de la radio se dirigió a nosotros.

—De acuerdo, ustedes cuatro: no se muevan, por favor. ¿Qué es lo que ha ocurrido aquí?

Se nos acercó un poco más. Vi que llevaba en el uniforme una insignia con la bandera francesa y unos galones negros con dos bandas amarillas. Burbuja se dirigió a él como «teniente» y le explicó de forma sucinta que éramos un grupo de viajeros europeos que habían tenido un accidente de aviación. Escatimó en detalles todo lo que pudo. Por último, le preguntó dónde estábamos.

—Se encuentran cerca de la base militar de Koulikoro —respondió el teniente.

—Disculpe, me refería a... qué país, exactamente.

El soldado nos miró con gesto de extrañeza. Quizá estaba considerando la posibilidad de que Burbuja se estuviera burlando de él.

—Esto es Malí, señor —respondió al fin—. ¿Tienen algún tipo de identificación?

—Me temo que no.

El teniente nos miró con cara de haber encontrado algo muy feo en su camino. Sacó otra vez la radio y se comunicó con alguien.

—Van a tener que venir con nosotros. Súbanse al vehículo y mantengan las manos a la vista —ordenó después.

La forma en que su compañero nos apuntaba con su arma no daba lugar a discusión.

El teniente se hizo a un lado y nos contempló de forma hostil mientras nos metíamos dentro del vehículo blindado.

Los soldados franceses nos llevaron a través de la carretera de tierra hasta un recinto rodeado por una verja de metal con alambre de espino. Al traspasar la verja, el vehículo se detuvo en una explanada frente a un edificio de dos pisos. La fachada estaba pintada en tonos crema y verde y tenía un aspecto bastante pulcro; no parecía el centro de una base militar, sino más bien un colegio mayor.

Había algunos soldados deambulando por el lugar, tanto blancos como negros, y todos llevaban el mismo uniforme de camuflaje color arena. Lo único que distinguía a unos de otros eran los galones de sus mangas y las banderas que había sobre ellos. La mayoría eran enseñas francesas, pero casi todos los soldados negros llevaban una de franjas verticales de color verde, amarillo y rojo.

Los dos soldados que nos acompañaban nos introdujeron en el edificio. Su comportamiento era distante, pero no agresivo. Nos condujeron a una sala que tenía aspecto de dispensario y allí otro soldado nos hizo un reconocimiento médico detrás de un biombo de tela blanca. Empezó por mí, sin duda porque era el que peor pinta tenía de los cuatro.

—Un golpe feo —musitó mientras me miraba la herida de la cara. Su actitud era mucho más amable que la de sus dos colegas que nos habían llevado hasta la base—. ¿Siente mareo? ¿Náuseas? ¿Alteraciones visuales de algún tipo?

—No. Sólo un poco de... —Hice una pausa, mi francés estaba más que oxidado—, ¿dolor de cabello?

—¿Dolor de...? —El médico sonrió—. Ah, dolor de cabeza. Bueno, eso es normal. Le daré unos analgésicos. ¿De dónde es usted? ¿Europeo?

—Español.

—Oh, España, bonito lugar... —dijo distraídamente mientras me colocaba una venda sobre la herida—. Hay un par de españoles por aquí ahora, vienen de la base de la EUTM. Buenos tipos.

—¿EUTM? Lo siento, pero no sé qué es eso...

—La misión de apoyo y entrenamiento militar de la Unión Europea en Malí. Tienen su base muy cerca de la nuestra, dentro de la ciudad de Koulikoro. Allí hay un montón de paisanos suyos, ¿sabe?

—¿Y esta base qué es?

—Sólo francesa. Ocupada por uno de los contingentes de la «Operación Barkhane».

—Creía que el nombre de la misión francesa en Malí era «Operación Serval».

—Se ve que no sigue usted las noticias. Serval acabó hace meses. Esta base es lo que queda de ella, y no permanecerá abierta mucho más tiempo. Dentro de poco nos trasladarán a Gao.

Me habría gustado obtener más datos sobre aquel lugar, pero el sanitario dio por terminada su labor conmigo y pude volver junto a mis compañeros.

Después de habernos atendido, nos interrogaron por separado. Daba la impresión de que no tenían muy claro si éramos una amenaza o sólo un hallazgo muy original en mitad de la carretera. Por mi parte, les di la menor cantidad posible de información, sin tratar de inventar historias rocambolescas pero eludiendo lo más importante.

Nos hicieron unas fotos y luego nos trasladaron a una modesta construcción aledaña al edificio principal de la base. Allí nos metieron en una habitación y cerraron la puerta con llave. Nos sentíamos prisioneros, aunque era difícil afirmar con seguridad que lo fuésemos, dado que nadie nos había puesto al tanto de nuestra condición.

Entre las muchas cosas que me preocupaban estaba el hecho de que los franceses se habían quedado con la Pila y el timón. Esperaba que nos los devolvieran pronto y nos dejasen salir de allí sin más contratiempos, pero algo me decía que eso era bastante improbable.

Al cabo de un tiempo apareció un militar que se presentó como capitán Thierry Lazure. El capitán Lazure se plantó frente a nosotros con las piernas separadas y las manos detrás de la espalda, como si estuviese a punto de pasar revista.

Mostrando una galantería muy francesa, comenzó pidiendo disculpas por lo incómodo de nuestro alojamiento y se interesó por nuestro estado de salud, si bien no daba la impresión de que le importase en absoluto.

Después llegaron las malas noticias.

El capitán Lazure nos dio a entender que éramos un irritante e inesperado quebradero de cabeza. La labor de aquel destacamento, nos explicó, era la prevención de cualquier suceso que pudiera poner en riesgo la seguridad de la zona; y nosotros éramos tan sospechosos como una caja cerrada de la que se escapa un siniestro tictac. Por esa razón, nos dijo, la posibilidad de dejarnos seguir nuestro camino como si tal cosa era inviable. De modo que permaneceríamos bajo vigilancia en aquella base hasta que hubiera encontrado la manera de identificarnos.

El oficial nos dijo que había enviado nuestras fotografías a la policía española así como a diversos organismos de seguridad internacional. Dado que las comunicaciones en aquel lugar eran precarias, tardaría aún un tiempo en informarnos sobre lo que había averiguado y, en consecuencia, qué decisión tomar con respecto a nosotros. Hasta entonces, podíamos considerarnos bajo la custodia de la República Francesa.

Se nos prohibía abandonar la base, intentar cualquier tipo de comunicación con el exterior y, de hecho, se nos prohibía incluso salir de aquel cuarto hasta nuevo aviso. Terminó su pequeño discurso dándonos a entender que éramos afortunados después de todo, ya que podríamos haber caído en manos de la policía maliense, y ellos carecían de la caballerosidad y el refinamiento de los soldados franceses. Todo un detalle.

Se despidió de nosotros sin ninguna ceremonia y volvió a dejarnos solos, prisioneros sin acabar de serlo, casi cautivos y más o menos sospechosos. Eso fue todo.

Burbuja le dio una patada a una silla de metal.

—Qué asco de misión... Todo está saliendo mal. Es la peor que recuerdo haber hecho jamás.

—No te olvides de Marruecos, cielo... —dijo Enigma distraídamente.

—Incluyendo Marruecos, me refería.

Enigma le miró durante un segundo como si estuviese loco. Luego dejó escapar un largo suspiro y, sin dirigirse a nadie en particular, comentó:

—Parece que estamos vendidos. Con uno de nosotros buscado por la Policía Nacional y el otro por Interpol, me temo que de aquí sólo saldremos para regresar a España.

—O, en mi caso, a una prisión francesa —comenté con acritud.

—Ya estás en una prisión francesa, cielo.

Nos sumimos en un silencio de desánimo. Parecía que tras escapar de un secuestro pirata y sobrevivir a un accidente mortal de aviación, se nos habían agotado las ideas.

Enigma se acercó a la única ventana que había en aquel cuarto y miró afuera. La ventana estaba cubierta con barrotes y desde allí podía verse una explanada de tierra provista de canastas, algo parecido a un rudimentario patio de recreo.

En aquel momento, un reducido grupo de soldados negros vestidos con pantalones de camuflaje y camiseta daban vueltas alrededor del patio en formación, entonando una marcha militar. El sonido de sus voces graves y el golpeteo de sus botas sobre la tierra nos llegaban a través de la ventana.

Me situé junto a Enigma a contemplar el panorama. Una mujer vestida con ropa de civil cruzó el patio. Se detuvo junto a un militar francés y se puso a hablar con él. La mujer vestía una camiseta sin mangas y pantalones desmontables, llenos de bolsillos por todas partes. Llevaba puesta una gorra y unas gafas de sol.

Se quitó la gorra dejando ver una melena corta y rubia; en el cuello, a la altura de la nuca, lucía un tatuaje con forma de salamandra. Noté que Enigma se incorporaba de pronto.

—Burbuja, ven aquí. Deprisa.

—¿Qué pasa ahora? ¿Están montando una guillotina?

El buscador se acercó pesadamente a la ventana.

—Fíjate en esa mujer.

—¿Qué le ocurre?

—¡El tatuaje! ¡Mira el tatuaje!

El rostro del buscador se ensombreció de pronto.

—Mierda... No es posible...

—¿Qué pasa? —pregunté—. ¿Hay algún problema?

—¡Maldita sea! —escupió Burbuja entre dientes, sin responderme—. ¿Cómo es posible que pueda tener tan mala suerte?

—¿De qué estás hablando? ¡Es todo un golpe de fortuna! —repuso Enigma—. Voy a llamar su atención.

—No, ni se te ocurra.

La buscadora ignoró su comentario. Desprendió un pedazo de argamasa del marco de la ventana y lo lanzó en dirección a la mujer. Fue un buen tiro que le acertó justo en la cabeza.

La mujer se llevó la mano a la coronilla y se giró. Se quitó las gafas de sol y dio un par de pasos hacia nuestra ventana, con los labios fruncidos. Al acercarse más, vi que era joven y bastante atractiva; tenía un rostro juvenil y proporcionado, además de un par de enormes ojos castaños. Sobre la nariz lucía un gracioso puñado de pecas.

De pronto, la joven se detuvo en seco. Puso las manos sobre las caderas y se quedó mirándonos con una expresión extraña. Luego dio media vuelta y se alejó de nuestro campo de visión con rapidez.

—¡Bien! Nos ha visto —dijo Enigma—. Espero que nos haya reconocido.

—Esperad un momento... ¿Sabéis quién es esa mujer? —pregunté.

—Sí —masculló Burbuja—. Una maldita patada entre las piernas. Eso es lo que es.

—No hagas caso, Faro. Es una suerte que la hayamos encontrado. Quizá pueda sacarnos de aquí.

—Pero... ¿quién es? —insistí, ya algo irritado.

Burbuja pronunció la respuesta como si estuviera escupiendo un trozo de carne podrida.

—Hidra... —El buscador sacudió la cabeza lentamente—. Esto sí que es mala suerte.

La puerta se abrió y un soldado entró en la habitación. Lo acompañaba la misma mujer que estaba antes en el patio.

—Gracias, cabo —le dijo al soldado—. ¿Puede dejarme con ellos a solas?

—El capitán Lazure dice que sí, de modo que no veo inconveniente. Estaré al otro lado de la puerta por si me necesita.

El soldado se marchó. La mujer se quedó de pie, con los brazos cruzados. Nos contempló durante unos segundos en silencio. Finalmente, cerró los ojos y asintió con la cabeza.

—Realmente sois vosotros... Llegué a pensar que la vista me engañaba. —Sonrió con desgana y, en un suspiro, añadió—: Caballeros buscadores...

Enigma la saludó con la mano, en un gesto timorato.

—Hola, Hidra...

—Dios Santo... Hacía siglos que nadie me llamaba así. Enigma... ¿Cuánto tiempo hace? Al menos cinco o seis años...

—Siete, en realidad.

—Tienes el mismo aspecto que siempre.

—Gracias, cielo. Tú estás un poco más madura, pero aun así te veo bien.

Hidra rió.

—Y tampoco has cambiado ni un ápice. —La mujer miró a Burbuja, que se había quedado en un rincón del cuarto, con aspecto de haber comido algo pasado de fecha—. Burbuja...

Éste la miró de medio lado, luego levantó la barbilla a modo de saludo y resopló una especie de gruñido por la nariz.

—Entiendo —dijo Hidra—. No te alegras de verme, ¿verdad?

—¿Por qué no? Me encantan las reuniones de antiguos compañeros. Disculpa si no lo parece, es que llevo un mal día.

—Ya me imagino... —respondió Hidra. Noté el ambiente algo tenso de pronto. La mujer se apresuró a decir algo—: ¿Y vosotros quiénes sois?

—Faro es un compañero, del Cuerpo —respondió Enigma—. El otro es César.

—¿También buscador?

—Algo parecido —contestó el aludido.

—Así que todos buscadores... Estaba segura de que tarde o temprano volvería a cruzarme con alguno, pero jamás me imaginé que sería en este rincón del mundo. ¿Qué se supone que estáis haciendo aquí?

—Es largo de contar —dijo Enigma—. Faro tiene una Alerta Roja de Interpol, pero de momento nuestros anfitriones no lo saben. Nos mantendrán aquí hasta que descubran quiénes somos, y cuando eso pase, tendremos problemas.

—¿Estáis en una misión?

—¿Qué otra cosa iba a hacer un grupo de buscadores perdidos en África?

—Había oído algo sobre una avioneta estrellada y unos tipos raros a los que encontraron deambulando por la carretera. Ahora todo me encaja... Los jefes de la base están bastante nerviosos por vuestra culpa. Habéis escogido el peor momento posible para aparecer por la zona sin documentos. Se han recibido informes de que Ansar Dine planea algún tipo de atentado en Koulikoro en las próximas horas y los franceses están histéricos.

—De modo que ahora estás con los franceses... —soltó Burbuja desde su rincón—. Aún recuerdo lo que me dijiste una vez, durante aquel trabajo en Normandía: «Antes muerta que hacer tratos con un gabacho». Claro que en aquellos tiempos aún pensaba que tu palabra tenía algo de valor...

Hidra esbozó una sonrisa amarga.

—Nunca tuve nada en contra de los franceses, Burbuja. Eso sólo fue un arrebato pasajero.

—¿Por qué será que esas palabras me suenan de algo?

Enigma le dirigió una mirada dura.

—Es suficiente. ¿De verdad quieres empezar con esto... aquí y ahora?

—No importa —dijo Hidra, conciliadora—. Supongo que está en su derecho. Y, sólo por dejarlo claro, no estoy con los franceses; estoy con el CNI.

—¿Hablas en serio? —preguntó Enigma—. ¿Con los mortadelos?

—Son buena gente.

—¿Qué estás haciendo en Malí? —quiso saber Burbuja; su tono de voz era casi agresivo.

—Lo mismo que vosotros: realizar mi trabajo de forma discreta, aunque, por lo que veo, a mí se me ha dado un poco mejor. A grandes rasgos, me destinaron a la base de la EUTM, que está cerca de aquí, para rastrear posibles contactos de Ansar Dine con células salafistas en España, pero últimamente me utilizan sobre todo como enlace.

—¿Qué tipo de enlace? —pregunté.

—Entre los departamentos de inteligencia de las diferentes misiones internacionales. Básicamente, voy de un lado a otro recopilando informes de EUTM, Barkhane y la misión de los cascos azules para Naciones Unidas.

—Qué enrevesado —dijo Enigma—. ¿No hay un servicio de inteligencia unificado para todos?

—Eso sería lo lógico, pero los franceses arrancaron Serval con el suyo propio, y ahora con Barkhane quieren mantener su autonomía. El problema fundamental es que tienen pavor a llevar a cabo cualquier servicio coordinado con los de la ONU... Aún tiemblan cuando recuerdan la labor de los cascos azules en Sierra Leona. Creen que en África tienden a joder las cosas cuando intervienen.

Me sorprendió la naturalidad con la que Hidra hablaba de sus misiones confidenciales. Me consta que, en general, los mortadelos suelen ser mucho más discretos. Supuse que la antigua buscadora no debía de ver ningún riesgo en compartir algunos secretillos de trabajo con sus viejos camaradas. Después de todo, si hay alguien que sabe mantener la boca cerrada cuando hace falta, ése es un buscador.

—Bien, gracias por ponernos al día —dijo irónicamente Burbuja—. Ha sido un encuentro inesperado. Te deseo mucha suerte.

—En cuestión de suerte, parece que tú la necesitas más que

yo, Burbuja. No es a mí a quien tienen retenida en una base militar francesa.

—Eso es nuestro problema. —El buscador se asomó a la ventana del cuarto, dándonos la espalda, como si para él aquella conversación hubiera terminado.

Hidra dejó aflorar una sonrisa ácida.

—¿Hablas en nombre de todos?

—Te aseguro que no —respondió Enigma—. Nos vendría muy bien que nos echases un cable, si es que puedes.

Burbuja se volvió.

—No necesito su ayuda. Tampoco la quiero.

—Escúchame, Burbuja: si pudiera sacaros de aquí, lo haría, con o sin tu permiso; pero, por desgracia, no hay nada que yo pueda hacer.

—Entonces no encuentro ningún motivo para seguir esta conversación —replicó el buscador.

Pareció que Hidra iba a responderle pero, en vez de eso, se limitó a agitar la cabeza con aire apesadumbrado. Después sacó una libreta de su bolsillo y escribió algo en un trozo de papel que le entregó a Enigma.

—Éstas son mis señas en Koulikoro. Es una casa de huéspedes junto a la antigua estación de tren, muy fácil de encontrar. Si lográis salir de este atolladero, venid a verme... Entretanto, te prometo que pensaré en alguna forma de echaros una mano. No os voy a dejar tirados.

—Sí, porque tú nunca le harías eso a nadie, ¿verdad...? —dijo Burbuja.

Hidra suspiró. Se despidió del resto de nosotros de forma escueta y luego salió del cuarto. Cuando estuvimos solos, Enigma se encaró con Burbuja.

—En mi vida había visto un comportamiento más terco y estúpido. De hecho, ahora mismo dudo de estar dirigiéndome a un hombre adulto.

—No quiero nada de esa mujer, ni mucho menos deberle un favor, ¿es tan difícil de entender?

Enigma apretó los labios, furiosa.

—Espero que por tu culpa no hayamos espantado a la única persona capaz de sacarnos de este lugar, Bruno Bailey. De lo contrario, me enfadaré mucho, y si eso ocurre, el estar prisionero de los franceses te parecerá el menor de tus problemas.

4
Mercado

Horas después de nuestra charla con Hidra, al atardecer, unos soldados franceses vinieron a buscarnos.

Sin más justificación que la que nos proporcionaban las armas con que nos apuntaban, nos trasladaron a un barracón provisto de pequeños cuartos con catres. Metieron a Enigma en uno de ellos y a los demás nos acomodaron en otro. Si bien el término «acomodar» en este caso resulta un tanto exagerado, ya que más bien nos hacinaron en un cubículo en el que apenas había espacio para una sola persona. Al menos contábamos cada uno con un colchón donde poder tumbarnos, lo cual ya era una mejora con respecto a nuestro alojamiento en el *Buenaventura*.

Estábamos agotados a causa de los últimos acontecimientos, de modo que nos entregamos al sueño sin resistencia. En aquel lugar pasamos un día entero, sin más visitas que la de un soldado que nos llevaba raciones de campaña para el almuerzo y la cena. Carne en conserva y galletas saladas. No era precisamente *nouvelle cuisine*, pero devoramos las raciones con hambre feroz.

Al mediodía siguiente recibimos de nuevo la visita de franceses armados. Los acompañaba el capitán Lazure, el mismo oficial que nos había dado la bienvenida el día anterior.

—Señores, disculpen la precariedad del alojamiento —nos dijo. Al igual que en nuestro anterior encuentro, se mostraba amable con sus palabras, pero no con sus gestos—. Es el único espacio del que disponemos en la base. Hemos tenido que improvisar.

—¿Cuánto tiempo más vamos a tener que permanecer aquí? —preguntó Burbuja.

—Van a ser transferidos a otra autoridad competente. Acompáñenme, por favor. El oficial al mando de la base les informará de su nueva situación.

El capitán nos sacó de los barracones y nos condujo a la explanada de acceso al complejo. Allí vimos a un oficial que lucía un mayor número de galones en su uniforme. Tenía un rostro perruno, ojos caídos y bajo su gorra asomaba un pelo rojizo y escaso. Hablaba con una mujer que estaba de espaldas a nosotros.

Cuando aparecimos junto con el capitán Lazure, la mujer se dio la vuelta. Reconocí de inmediato aquel rostro oscuro y esos ojos verdosos y ambarinos que me miraban con una irritante expresión de triunfo.

—Señor Tirso Alfaro... No imagina cuánto me alegro de volver a verlo.

—Agente Lacombe —respondí—. Pero qué pequeño es el mundo...

—No lo crea. Mi presencia en Malí no es casual. Aun a riesgo de halagar su vanidad, le confieso que he venido por usted.

Reparé entonces en que Lacombe llevaba colgada al hombro la bolsa con nuestras dos únicas pertenencias: la Pila de Kerbala y el timón de Gallieni.

El oficial de cara perruna se dirigió a la agente de Interpol.

—¿Éste es el hombre?

—Sí. Se lo agradezco, coronel Piquet.

—¿Y el resto? ¿Sabe quiénes son?

—Aún no, coronel; pero si lo desea, también puedo hacerme cargo de ellos. La policía de Malí me ayudará a identificarlos.

El coronel se encogió de hombros.

—Por mí no hay inconveniente. Mi destacamento no está en

condiciones de albergar indocumentados. Ahora son suyos, agente Lacombe.

—Un momento —saltó Burbuja—. ¿Con qué derecho van a detenernos?

Lacombe sonrió, como si hubiera estado deseando que alguien le hiciera esa pregunta.

—El señor Tirso Alfaro posee una orden de búsqueda y captura emitida por la OCBC francesa, la cual me dispongo a ejecutar yo misma con permiso de las autoridades locales. En cuanto al resto de ustedes, pueden considerarse bajo arresto de la policía de Malí mientras no puedan presentar ningún documento que acredite sus respectivas identidades y hasta que éstas sean verificadas.

—Ha hecho usted muy bien sus deberes, agente —dije.

—Yo siempre, señor Alfaro. Poseo una amplia batería de documentos que me permiten obligarles a acompañarme al puesto de policía más cercano. Estaré encantada de mostrárselos por el camino. —Lacombe ensanchó su sonrisa—. Así el viaje se nos hará más ameno.

—Exactamente, ¿adónde nos lleva?

—A Koulikoro. Y en su caso, señor Alfaro, de allí a Francia, donde le esperan dos cargos por robo de antigüedades.

—No está nada mal para un novato... —me dijo Burbuja entre dientes.

Dos coches entraron en la base. Eran un par de viejos modelos Volvo, de color azul oscuro y cubiertos de polvo, con aspecto de haber sido sacados del fondo de un pantano sólo unas horas antes. De su interior salieron unos tipos negros vestidos con ligeros uniformes caqui. En el pecho llevaban escudos con la palabra «Police».

Dos de los policías metieron a Burbuja y a Enigma en uno de los coches. La buscadora lucía una expresión temible, por lo que me imaginé que el trayecto de Burbuja no sería agradable.

Otro policía se dirigió a César con unas esposas. Al sujetarle las manos, el joven se removió de forma brusca y se arrojó contra él. Hubo un aparatoso forcejeo y finalmente hicieron falta dos soldados franceses para reducir a César contra el suelo mientras el policía le engrilletaba.

—¡Qué pérdida de tiempo...! —escuché decir a Lacombe.

Estaba de acuerdo con ella.

Burbuja y Enigma no habían sido esposados, por lo que imaginé que a César y a mí debían de tenernos una consideración especial. Delincuentes de pura raza. Era admirable lo mucho que había logrado progresar gracias al Cuerpo de Buscadores.

Mientras metían a César a empellones en uno de los Volvo, me colocaron los correspondientes grilletes en las muñecas y me obligaron a tomar asiento junto a César. El interior del coche olía igual que el vestuario de un gimnasio.

Un policía ocupó el asiento del conductor. Lacombe se dirigió hacia el lugar del copiloto, pero antes mantuvo una breve charla en francés con el coronel Piquet, cerca de la ventanilla de mi asiento.

—Una vez más, le doy las gracias por el aviso, coronel. Fue usted muy rápido enviando las fotos de estas personas a Interpol.

—Sólo hice lo que me pareció correcto —respondió el oficial—. Permítame decirle que admiro su celo profesional, agente Lacombe. No imaginaba que se presentase usted en persona... tan rápido.

—Me gusta comprobar por mí misma que las cosas se hacen bien, y más en este caso: se trata de un reo muy escurridizo.

No pude evitar sentir un chispazo de orgullo al escuchar esas palabras.

—Tenga cuidado, agente. Hemos detectado en las últimas horas señales muy preocupantes. Actualmente Koulikoro es una zona de alto riesgo. Como responsable de la seguridad de mis compatriotas, le aconsejo que extreme las precauciones hasta que salga del país.

—Así lo haré, coronel.

Lacombe subió al coche y el policía arrancó el motor. Salimos de la base justo detrás del Volvo en el que viajaban Enigma y Burbuja.

El coche avanzó por una carretera terrosa en dirección a un deslavazado núcleo urbano. César a mi lado, tenso como la cuerda de un arco. Y yo, cabizbajo y afligido, sin ideas y con un negro panorama en perspectiva.

Sorprendentemente, había bastante tráfico en el acceso a Koulikoro. Pude ver varios vehículos de todo tipo, algunos atestados de pasajeros, y personas que caminaban por el borde de la carretera en dirección al centro de la ciudad, muchos de ellos acarreando bultos en transportines de ruedas o sobre sus espaldas. Mujeres, hombres, familias enteras... Parecía ser hora punta.

El Volvo avanzaba con lentitud entre aquella pequeña aglomeración. Tardamos bastante tiempo en alcanzar el centro de la ciudad, que era caótico y feo. El gentío aumentaba a nuestro alrededor. Llegué a ver personas que tiraban de las riendas de famélicos animales de carga, otras portaban jaulas llenas de pollos y gallinas que cacareaban ofendidos. Todo el mundo se movía como si nadie tuviera prisa por llegar a ninguna parte.

En la parte delantera de nuestro coche, la agente Lacombe empezaba a impacientarse.

—¿Qué es lo que ocurre? ¿Por qué hay tanta gente?

—Es día de mercado —respondió el policía al volante.

—¿No podemos hacer algo para ir más rápido?

El policía hizo sonar el claxon varias veces. Como recurso me pareció bastante pobre. No tuvo más efecto que el de asustar a los animales.

Frente a nosotros, un burro de aspecto sarnoso rebuznó despavorido y soltó una coz a la portezuela de un carro lleno de pollos vivos. Las aves se agitaron en un revoltijo de plumas y saltaron del vehículo, desperdigándose por todas partes. Las personas que había alrededor lanzaron exclamaciones de desconcierto, mientras un tipo vestido con una chilaba andrajosa y que parecía ser el dueño de los pollos, intentaba recuperarlos. Algunos hombres lo ayudaban, pero muchos otros se limitaban a agarrar cuantas aves podían y salían corriendo con el botín.

Se armó un revuelo importante. El de la chilaba empezó a pelearse con un grupo de mujeres; algunos hombres se unieron a la disputa. Aves y seres humanos bloqueaban el camino haciendo imposible que el Volvo pudiera continuar.

Lacombe estaba visiblemente irritada.

—¿Es que no hay forma de apartar de ahí a esa gente?

El policía al volante se bajó del coche e intentó poner orden en la vía. Lo único que logró fue enconar la disputa aún más. Por fin, Lacombe perdió la paciencia. Se apeó del Volvo con gesto airado y se dirigió hacia el grupo que nos cerraba el paso.

En ese momento, César me habló.

—Rápido. En mi bolsillo derecho. Yo no puedo llegar.

—¿Qué?

—¡Mete la mano en mi bolsillo!

Hice lo que me pidió. En el interior encontré una pequeña llave de metal.

—¿La llave de las esposas? —pregunté. César asintió con la cabeza—. ¿Cómo has...?

—Se la quité a ese estúpido policía cuando me lancé sobre él. No se dio ni cuenta.

—¿Lo tenías planeado?

—¿Tú qué crees? —César levantó las manos a la altura del pecho—. Rápido, ábrelas.

Le quité las esposas tan rápido como fui capaz. Lacombe y el otro policía podían llegar en cualquier momento. Ya liberado, César me ayudó a deshacerme de mis grilletes.

—¡Salgamos de aquí! —dijo.

La suerte no nos acompañó. Justo en el momento en que César abría la puerta del coche, Lacombe volvió la mirada hacia nosotros. Al vernos libres de las esposas reaccionó de forma inmediata. Sacó una pistola que llevaba guardada bajo la chaqueta y apuntó al coche.

—¡Quietos!

Yo levanté las manos.

El policía corrió hacia nosotros.

Y, de pronto, se desató el caos.

El origen de la explosión debía de hallarse a cierta distancia, pero produjo una endemoniada onda expansiva. Oí un estampido tan fuerte que fue como recibir un puñetazo en los oídos. Sentí que el coche volcaba y luego un golpe fuerte en el lado derecho de mi cuerpo. Después, unos segundos (puede que minutos) de desconcierto absoluto durante los cuales la realidad se me presentaba en forma de parpadeos.

Cuando me di cuenta de que podía moverme, repté por el interior del coche volcado hasta que logré salir por una de las ventanillas. Los oídos me silbaban de forma dolorosa y notaba un fuerte entumecimiento en la cara.

A mi alrededor parecía haber comenzado una guerra. El aire estaba saturado de polvo, la gente gritaba y corría presa del pánico. Había algunos cuerpos tendidos sobre charcos de sangre sucia y cristales rotos. Aturdido y casi cegado, me quede quieto sin ser capaz de reaccionar, hasta que una mujer que corría llevando a un niño en brazos chocó contra mí y caí al suelo. Alguien pisoteó mis piernas sin misericordia mientras huía. Entonces, unas manos me agarraron del brazo y tiraron de mí hasta ponerme en pie.

Era César. Tenía un moratón espantoso en la mejilla y la cara cubierta de tierra sucia.

—¿Estás bien? —me preguntó. Tuvo que gritarme para que lo pudiera oír.

—Creo que sí… ¿Qué ha ocurrido?

—No lo sé, es como si hubiera estallado una bomba.

Recordé las advertencias que el coronel Piquet le había hecho a Lacombe.

—¿Un atentado?

—Puede, pero no hay tiempo para averiguarlo. Hay que largarse de aquí.

Me pareció una idea juiciosa. Intentamos alejarnos hacia un lugar más tranquilo, pero no fue tarea sencilla. Otras muchas personas que también trataban de huir nos entorpecían el paso. De pronto recordé algo importante.

—¡Espera! —grité a César—. ¡Tengo que volver al coche!

—¿Qué? ¿Has perdido la cabeza?

Cuando intentó detenerme, un grupo de hombres con las caras sucias y ensangrentadas que corrían a ciegas lo empujaron. Yo lo perdí de vista, pero en aquel momento no me importó; tenía una idea fija en la cabeza.

Quería recuperar la bolsa con la Pila de Kerbala y el timón de oro. Quizá aún estuviesen en el interior del coche volcado, y ambos eran objetos demasiado valiosos para dejarlos atrás.

Caminé contra corriente de la avalancha humana, abriéndome paso a codazos y empujones, hasta que logré alcanzar el Volvo. Al echar un vistazo en el asiento del copiloto experimenté una enorme sensación de alivio: mi bolsa estaba allí, con los tesoros que contenía. La cogí y me dispuse a correr todo lo rápido que pudiese.

En ese momento alguien me agarró del hombro.

Me volví y me topé cara a cara con la agente Lacombe. Su aspecto era terrible, como si sobre ella hubiese caído un alud de tierra y hollín. Alrededor de su nariz había una costra de sangre seca.

La agente me apuntaba con su arma. No tuve tiempo de pensar en otra alternativa mejor que utilizar mi bolsa para golpearla con todas mis fuerzas en la cara; con eso al menos logré que Lacombe soltase el arma. A continuación, empecé a correr sin ningún rumbo fijo.

Sorteé de un salto el cuerpo de una cabra herida, que balaba de forma patética en el suelo, con el estómago abierto en una fea herida; luego me deslicé por una callejuela angosta y llena de charcos de barro en la cual, por suerte, no había nadie más. Corrí a ciegas girando esquinas, notando cómo el aliento me abrasaba la garganta e ignorando el dolor que sentía en diferentes partes del cuerpo.

Escuché un disparo. Algo sobrevoló mi cabeza y de una pared que estaba frente a mí salió proyectado un desconchón de argamasa. Otro disparo. Tropecé y caí de bruces al suelo. Al girarme vi a la agente Lacombe que me apuntaba con el cañón de su pistola directamente a la cara. La expresión de sus ojos era la de alguien que no tendría ningún problema en rubricar mi frente con una bala.

—Póngase en pie, señor Alfaro —me ordenó con voz calma—. Y deme esa bolsa.

Obedecí. Sé reconocer una derrota, y aquélla lo era sin paliativos.

Le tendí la bolsa cuando, de pronto, César apareció detrás y se arrojó sobre ella por la espalda. Fue como la emboscada de un felino. Mi compañero y Lacombe rodaron por el suelo, peleando por la pistola. Durante el tiempo que tardé en asimilar lo que estaba ocurriendo, César logró arrebatarle el arma a la agente. La situación dio un giro radical: ahora era ella la que estaba tendida en el suelo y César quien la encañonaba entre los ojos.

El chico tenía el labio partido. Escupió a un lado un esputo rojizo y mostró los dientes en una expresión de rabia.

—Debería volarle la cabeza.

—¡No! —grité.

César me miró.

—¿Por qué no? Es la única forma de hacer que deje de ser un problema.

—Matarla no arreglará nada, sólo empeorará las cosas.

El joven miró a Lacombe como si ya estuviera contemplando un cadáver. Ella nos miraba a César y a mí, nerviosa.

—Como tú digas, buscador. —Mi compañero bajó el arma y se dirigió a Lacombe—: Lárgate. Hoy es tu día de suerte.

La agente se levantó sin dejar de mirarnos. Una vez estuvo de pie, me soltó:

—Ha cometido usted el peor error de su vida, señor Alfaro.

César disparó a sus pies. Lacombe echó a correr lejos de nuestra vista y desapareció detrás de un edificio. Mi compañero se guardó el arma en el pantalón y me miró con expresión hosca.

—Está en lo cierto. Ha sido un error —comentó.

—No me importa, ya tengo lo que quería. Ahora busquemos un lugar seguro.

—Adelante. Yo te sigo, pero espero que tengas una mínima idea de adónde vamos.

En realidad, sí que la tenía.

Cuando estábamos prisioneros en la base militar, Hidra le había pasado sus señas en Koulikoro a Enigma. Nunca tuve oportunidad de leerlas, pero sí recordaba bien que ella había mencionado una casa de huéspedes junto a la vieja estación de tren. Dirigirme hacia ese lugar me pareció la decisión más juiciosa.

Por una parte, quizá la antigua buscadora estuviera dispuesta a cumplir su promesa y echase una mano a un camarada del Cuerpo; por otra, tenía la esperanza de que a Enigma y a Burbuja se les hubiera ocurrido la misma idea que a mí, en caso de que hubieran logrado escapar de la explosión del mercado. Me sentía terriblemente angustiado por la suerte de mis dos compañeros, pero preferí no pensar en ello dado que no aportaba ninguna mejora a mi situación actual. Ya tendría tiempo de preocuparme más adelante.

Después de vagabundear un buen rato por las cochambrosas calles de la ciudad, sorteando policías que acudían en tropel al desastre ocurrido en el mercado, César y yo al fin logramos localizar la antigua estación de tren.

Se trataba de un viejo y macizo edificio construido más de cien años atrás, como remate del ferrocarril tendido por los franceses que partía de la ciudad de Dakar. Nadie parecía haber tocado aquella estructura desde que pusieron la última piedra, una década antes de la Primera Guerra Mundial.

El entorno lucía un aspecto desolado y sorprendentemente tranquilo, en comparación con el caos que estaba teniendo lugar en el otro extremo de la ciudad. Sentados bajo la sombra de un sicomoro vi a un grupo de hombres fumando y charlando. Y a unos metros de distancia había una pareja de blancos.

Eran Enigma y Burbuja.

El atareadísimo ángel guardián de los caballeros buscadores nos había vuelto a ser propicio. En cuanto nos vieron aparecer a César y a mí, mis compañeros fueron a nuestro encuentro. En la expresión de Burbuja aprecié un alivio casi sobrenatural. La cara de Enigma no pude verla, pues apenas se acercó a mí, me apretó en un fuerte abrazo.

—¡Cariño, gracias a Dios...! —me dijo—. Nos temíamos lo peor.

—Habla por ti —añadió Burbuja—. Te dije que el novato es escurridizo como una anguila.

Les informamos en pocas palabras de todo lo que nos había ocurrido desde el momento de la explosión. Luego ellos nos explicaron cómo habían aprovechado el tumulto en el mercado para escapar del coche en el que los llevaban y burlar a los policías. Lo tuvieron mucho más fácil que César y yo: ellos no estaban esposados ni hubieron de enfrentarse a una agente de Interpol de ideas fijas.

—¿Cómo sabías que nos encontrarías en este lugar? —me preguntó Enigma.

—No lo sabía, sólo me limité a seguir una norma básica en cualquier misión: en caso de que el grupo se disperse, intentar acudir a un punto de encuentro. Aquí no había muchos donde elegir.

—Bien hecho, Faro. Muy profesional.

—Yo le enseñé a hacer eso —dijo Burbuja.

—Claro. Estoy segura.

—¿Os habéis puesto en contacto con Hidra? —pregunté.

—No —respondió Enigma—. Antes queríamos esperar un tiempo por si aparecíais. Además, Burbuja no quiere acudir a ella. Quizá vosotros me ayudéis a convencer a este cabezota.

—No la necesitamos —dijo el buscador—. Creedme, podemos arreglarnos bien sin ella. Es un error fiarse de esa mujer.

—No lo entiendo, ¿a qué viene semejante antipatía? Fuisteis compañeros —quise saber.

—Eso ahora no viene al caso. Yo sé lo que digo.

—Disculpa, pero creo que no tienes ni idea —repliqué—. Estamos en medio de un país desconocido, sin documentos, sin dinero, sin nada más que la ropa que llevamos puesta, y pretendes ignorar a la única persona que en las últimas horas no ha querido encerrarnos, matarnos o secuestrarnos. Enigma tiene razón, estás siendo irracional.

—Estoy con ellos —dijo César—. Necesitamos ayuda para salir de la ciudad.

Burbuja hizo un gesto de impotencia.

—Está bien, como queráis... Pero no digáis que no os lo advertí.

Enigma aún conservaba las señas de Hidra. En ellas se mencionaba un establecimiento conocido como *maison de passage*, término con el que, según supe después, en Malí se refieren a alojamientos de carácter improvisado que pueden encontrarse en bares, restaurantes o casas particulares. Aquél estaba en un bar llamado Boko.

Una mujer que atendía el negocio nos indicó dónde podíamos encontrar a la única occidental alojada en el hospedaje. Subimos al segundo piso y allí llamamos a una de las dos puertas que había.

Quien nos abrió no fue Hidra, sino una atractiva mujer de pelo rubio y transparentes ojos azules. Al verla pensé en las mujeres que aparecen en esos anuncios de televisión en los que todo el mundo luce buen aspecto y está muy contento por algún motivo. Vestía unos pantalones de camuflaje y una camiseta color verdoso.

Al vernos, nos preguntó algo en un idioma que no pude entender, aunque me pareció que tenía resonancias eslavas. Burbuja se disculpó en inglés, y en ese momento Hidra apareció detrás de la mujer rubia.

—¿Quién es, Irena...? —Al asomarse por encima de su hombro, nos reconoció de inmediato—. Oh, ya veo... Tranquila, los conozco.

La rubia Irena dirigió una mirada de desconcierto a Hidra. Ambas intercambiaron unas palabras con voz queda y luego la rubia desapareció en el interior del apartamento.

—¿Quién es ésa? —preguntó Burbuja.

—Se llama Irena.

—¿Y qué hace aquí?

—¿No crees que soy yo la que tiene derecho a hacer preguntas?

—Lo único que quiero es saber si podemos fiarnos de ella.

—Tanto como de mí misma.

—Eso no me parece ninguna garantía.

Hidra no replicó. Nos miró uno a uno durante un instante y luego preguntó:

—¿Os han soltado o acaso os habéis fugado?

—Más bien lo segundo —respondió Enigma—. Ha habido una explosión, cerca del mercado...

—Lo sé. Terroristas. Ansar Dine, seguramente, o quizá Al Qaeda del Magreb Islámico... Hace tiempo que se veía venir. ¿Os han seguido?

—Creemos que no.

Hidra se quedó en silencio, como si dudara qué hacer a continuación.

—Pasad —dijo al fin, haciéndose a un lado—. Al menos podré daros algo de ropa limpia y dejaros usar mi ducha. Tenéis un aspecto asqueroso.

5
Reptiles

Hidra nos informó de que Irena era una teniente del ejército polaco, temporalmente destinada en la misión de la EUTM. Ambas se habían conocido durante sus respectivas misiones en Malí y compartían aquel funcional alojamiento. Al percatarme de que en el apartamento había un solo dormitorio, y dadas las discretas muestras de afecto entre las dos mujeres, imaginé que su relación iba más allá que la de dos simples amigas que compartían piso.

Hidra tuvo que dejarnos a solas con su compañera. El atentado en la ciudad hizo que tuviera que trasladarse a la base de EUTM para llevar a cabo labores que no quiso compartir con nosotros. La polaca fue una discreta y amable compañía: nos permitió acomodarnos a nuestro antojo como si fuésemos algo habitual en su rutina. Dado que apenas hablaba nuestro idioma, se limitaba a comunicarse con nosotros mediante dulces sonrisas y asentimientos de cabeza.

Hidra regresó a media tarde. Había tenido la feliz idea de traer ropa para que pudiéramos adecentarnos un poco. Todo eran prendas militares viejas que, seguramente debió de rescatar de algún contenedor. En cualquier caso, estaban limpias y eran cómodas.

Después de recargar nuestras escasas fuerzas, nos reunimos al atardecer en la azotea del Boko para cenar y planificar nuestros siguientes pasos. Hacíamos un grupo curioso y variopinto, todos vestidos con restos de ropas de camuflaje que nos quedaban demasiado grandes o demasiado pequeños. Hidra torció la boca en un gesto burlón al vernos.

—Estáis estupendos. Listos para pasar revista —dijo.

—Mis pantalones huelen raro —comentó Enigma—. ¿De dónde has sacado esta ropa?

—Del almacén de intendencia de la EUTM. Irena tiene allí algunos amigos que me han echado una mano sin hacer preguntas.

La polaca estaba sentada en una hamaca, bebiendo a morro de un botellín de cerveza. Al escuchar su nombre nos miró y sonrió.

—Mañana podremos encontrar atuendos de civil más discretos —dijo Burbuja. El buscador al fin parecía haber asumido que íbamos a tener que contar con la ayuda de Hidra, le gustase o no, y su actitud con ella era menos hostil.

—Quizá, pero yo no os lo recomendaría —repuso Hidra—. Esa ropa que lleváis es cómoda y resistente. Además, servirá para que los locales no os atosiguen a cada paso; normalmente suelen mantenerse alejados de los uniformes.

Desde el lugar se apreciaba una bonita panorámica del atardecer sobre el Níger. En aquel tramo, el río era bastante ancho, pero aún se veía la otra orilla con facilidad. Sus aguas estaban rizadas y tenían un color plomizo que variaba según la incidencia de la luz: gris gélido en la orilla y anaranjado metal fundido en la parte más cercana al atardecer.

Grupos de niños desnudos jugaban en el agua, junto a pequeños montones de basura; eran como geniecillos hechos de lodo que aprovechaban la última claridad del día para su diversión. Algunas mujeres vestidas con telas de colores alegres tendían ropa en parcelas ribereñas, delimitadas mediante cercas hechas con palos de madera. Otras molían semillas de mijo con ayuda de estacas romas, produciendo un sonido rítmico y agradable que se convertía en la banda sonora del río. Ese continuo golpeteo de la madera contra la madera nos acompañaría durante gran parte del resto de nuestro viaje, y aún hoy, cuando escucho algo parecido, casi puedo cerrar los ojos y sentirme de nuevo en África.

Mis compañeros y yo nos sentamos alrededor de una mesa de plástico a tomar algo de cena. El plato único y principal era un guiso de guisantes y pollo duro y musculoso. Nos lo embuchamos empujándolo a base de tragos de cerveza. Los malienses bebían una marca senegalesa llamada Flag. Según nos explicó Hidra, era la más vendida en el país. No era de mala calidad, aunque sabía demasiado amarga para mi gusto. Y, por supuesto, estaba tibia.

Durante la cena pusimos a Hidra al tanto de nuestra misión. No eludimos ningún detalle. También tuvimos oportunidad de hablarle sobre lo ocurrido en el Cuerpo desde que ella ya no formaba para de él. Nuestro relato nos llevó bastante tiempo, y cuando lo finalizamos la noche había caído a nuestro alrededor, acompañada de un ejército de mosquitos.

—Se ve que me marché del Sótano cuando no debía —comentó Hidra tras escuchar nuestras historias—. En mis tiempos no hacíamos cosas tan interesantes... Una mesa mágica, un tesoro legendario... Es como de película.

—La culpa es de Faro —dijo Enigma—. Él es quien nos mete en estas historias rocambolescas. El chico tiene labia.

—No me cabe duda —añadió Hidra mirándome fijamente—. De modo que tenéis intención de viajar a Kolodugu, según he entendido.

—Es la ciudad que señalaba el frontal de Gallieni —confirmé—. Se supone que allí hay algo: puede que una pista, puede que el propio tesoro de Yuder Pachá.

—Ya veo... Un tesoro tan valioso que ni siquiera tiene nombre, custodiado por los emperadores de Malí durante siglos... ¿Y qué pretendéis hacer con él en caso de encontrarlo?

—Llevárnoslo —dijo Burbuja—. Es un patrimonio español ya que fue un morisco castellano quien lo encontró.

—Pertenece al pueblo de Malí —aseveró César en una de las raras ocasiones en que intervino en la conversación.

—En ese caso, que el pueblo de Malí mande a sus propios buscadores a recogerlo —respondió Burbuja secamente. César no dijo nada, pero le miró de forma extraña hasta que Burbuja apartó sus ojos de él, incómodo.

—Me temo que ese tesoro será una bonita Pieza Negra cuando lo tengáis —intervino Hidra—. Espero que no os cause demasiados quebraderos de cabeza, pero, en fin..., eso es asunto vuestro. Cosas peores hicimos cuando yo aún estaba en el Sótano... A todo esto, ¿sabéis algo del lugar al que os dirigís?

—Sólo su nombre —respondí—. No aparece en ningún mapa moderno que hayamos consultado; esperábamos obtener más información investigando por la zona.

—Quizá en eso os pueda echar una mano.

—¿Tú sabes dónde está?

—Yo no, pero Irena puede que sí. Ella lleva en el país más tiempo que yo y conoce más sitios... —Hidra la llamó y la polaca, desde su hamaca, respondió con una mirada interrogante—. Estos amigos quieren ir de turismo a Kolodugu, ¿qué te parece?

—Mal sitio. Ciudad de Muertos.

La Ciudad de los Muertos era uno de los lugares que Yuder Pachá mencionaba en su crónica. Me resultó muy sugestivo oír aquel nombre de labios de la polaca. Le pedí algunos detalles y ella trató de responderme en su español incomprensible. Nos vimos obligados a pasar al inglés para que Irena pudiera intervenir cómodamente en la conversación.

—Yo no he estado nunca en Kolodugu —nos contó—. He oído mencionar el lugar. Es una especie de ciudad santa o algo parecido... Allí hay algunas tumbas antiguas, por eso la llaman la Ciudad de los Muertos.

—¿Por qué dices que es un mal sitio? —pregunté.

—Según cuentan, nadie habita Kolodugu desde hace siglos: está prohibido. Los nativos songhay dicen que el lugar está protegido por demonios, para que nadie pueda profanar las tumbas. También los bambara y los mandinga se mantienen alejados porque creen que la ciudad está maldita.

—Nos arriesgaremos a cabrear a los espíritus locales —dijo Burbuja.

Irena negó con la cabeza.

—Es una mala idea. No por los maleficios, sino por una cuestión de seguridad. Los oficiales de la EUTM y los franceses piensan que Kolodugu puede ser el objetivo de un grupo terrorista al que llaman los Hombres de Arena.

—¿Y ésos qué son? —preguntó Enigma—. ¿Tuareg, salafistas...? Me pierdo un poco con todo ese asunto.

Hidra se encogió de hombros.

—Nadie lo sabe. Yo también he escuchado sobre esa gente; de hecho, llevo un tiempo queriendo averiguar a qué facción en concreto pertenecen. «Hombres de arena» es como los llaman los nativos de aquí. Acostumbran a atacar sólo enclaves históricos. Raras veces hostigan a la población civil, pero los estragos que hacen en el patrimonio son terribles. Hace poco atacaron una ciudad en Bourem, al norte. Allí había una mezquita del siglo XIV. Excavaron bajo sus cimientos y la destrozaron por completo...

—Un momento —la interrumpí—. ¿Has dicho «excavaron»?

—Sí; no sabría qué otro término utilizar. Daba la impresión de ser una cata, aunque hecha de la forma más destructiva y chapucera posible, como si tuvieran mucha prisa por encontrar algo.

—¿Cuánto hace que actúan en el país?

—Es difícil de precisar... Más o menos desde que se firmó el armisticio con los tuareg del Movimiento para la Liberación del Azawad... Ignoro quién está detrás de esa gente, pero sus ataques parecen obra de una cuadrilla de arqueólogos enloquecidos.

—La semana pasada los hombres de arena atacaron un santuario en la frontera del Azawad —intervino Irena—. Había un pequeño destacamento francés cerca. Los hombres de arena llevaron a cabo un asalto nocturno. Hubo tiros, y algún muerto.

Los franceses pensaban que era un grupo reducido de locales, pero tuvieron que salir de allí a la carrera al darse cuenta de que eran muchos y estaban muy bien armados, con arsenal moderno. Tres soldados franceses fueron abatidos, pero lograron capturar a uno de los hombres de arena en su huida.

—Era un occidental —dijo Hidra—. No sé más que rumores, porque los franceses no sueltan prenda... Dicen que era estadounidense. Lo llevaron a Gao para interrogarlo, pero por el camino atacaron el convoy que lo transportaba y escapó. Sea quien sea esa gente, al parecer están mejor organizados y pertrechados de lo que se creía...

—¿Cómo estás tan segura de que esos tipos quieren atacar Kolodugu? —le pregunté a Irena.

—Es lo que se oye por ahí, y tiene mucho sentido. Es la clase de objetivo que suele estar en su punto de mira.

—Yo creo que sólo son habladurías —terció Hidra—. Como lo de las maldiciones y los demonios... Los franceses llevan aquí tanto tiempo jugándose el cuello que ya ven amenazas por todas partes. Como agente del CNI os digo que yo no he oído nada de eso.

—En cualquier caso, yo no me asomaría por Kolodugu salvo que tuviera una buena razón para ello —concluyó Irena, rematando sus palabras con un trago de cerveza.

—Pero ¿tú sabes dónde está? —insistí.

—No, sólo sé que se encuentra en el curso del Níger, en dirección a Segú.

—Bueno, es un comienzo —dije—. Quizá podamos encontrar a alguien que nos lleve a través del río.

—No será fácil —repuso Hidra—. Después del atentado de esta mañana, la policía y los franceses vigilarán con cuidado las salidas de la ciudad. Además, supongo que a vosotros también os estarán buscando.

—Entonces ¿qué sugieres? —pregunté.

Irena le dijo algo a Hidra en polaco. Las dos mantuvieron una breve conversación. Después, Hidra dijo en español:

—Sí, eso podría ser una buena idea...

—¿Qué?

—En el puerto trabaja un pescador que tiene contactos con algunos grupos salafistas. A veces lleva miembros de esos grupos a escondidas. Los servicios de inteligencia lo sabemos y le dejamos hacer, ya que nos sirve como fuente de información. Le pagamos para que nos diga a quién traslada y adónde.

—¿Y eso no nos descubriría ante los franceses?

—No, el contacto es sólo nuestro, del CNI; los franceses no lo saben. Puedo convencerlo para que os lleve de forma discreta, pero para eso tendría que ir yo con vosotros, de esa forma parecería un asunto oficial del Centro.

Tal y como me temía, Burbuja saltó al oír aquello.

—¿Qué...? No. Ni hablar.

—¿No es ésta la clase de decisión que deberíamos tomar entre todos? —dijo Enigma.

—Me niego a discutirlo. Ella no va a venir —zanjó el buscador—. Además, ¿no se supone que estás haciendo alguna labor para los mortadelos?

—Siempre puedo decirles a mis jefes que tuve que ausentarme un tiempo para recabar alguna información absurda río arriba, ¿qué más da? Ya pensaré en algo... Además, ése es mi problema, no el tuyo.

—No pienso consentirlo.

Hidra emitió un suspiro de impaciencia.

—Deja de pensar, Burbuja. Todo se va a la mierda cuando piensas las cosas demasiado... —Esa frase me sonó a un viejo reproche.

—Lo siento, cariño, pero no tienes potestad para dejar de consentir nada —añadió Enigma—. Ésta no es una misión corriente y nosotros no somos tus sombras.

—Es una locura... ¡Ella ni siquiera es una de nosotros! Ya no.

—César tampoco —me atreví a intervenir—. Y, no obstante, nos está acompañando en esta misión.

Burbuja me lanzó una mirada que casi me hizo dar un paso atrás.

—¿Tú también, novato? Te creía más inteligente.

—Cualquier persona inteligente te diría que es una imprudencia rechazar la ayuda que nos ofrecen, dadas las circunstancias... Además, ella me cae bien.

Burbuja nos observó, se sentía acorralado.

—Pandilla de lunáticos... —masculló—. No se puede razonar con vosotros.

Apuró su botellín de cerveza de un trago y después se marchó abruptamente de la azotea llevándose con él su enorme enfado.

Enigma dejó escapar un lánguido suspiro y se puso en pie, con la idea de ir tras él.

—Bien, supongo que me toca lo difícil: hacer que cambie de opinión... No importa, adoro los retos.

—¿Crees que podrás? —pregunté, escéptico.

—Oh, sí, cariño. Son muchos años juntos y sé cómo manejarlo... Si hay algo que Burbuja ha aprendido a temer durante todo este tiempo es a hacerme enfadar. Puedo ser terrible cuando estoy furiosa.

—¿En serio?

—Supongo... Nadie se ha atrevido nunca a llevarme hasta ese punto.

Me guiñó un ojo con gesto cómplice y se marchó. Hidra cabeceó lentamente, con una sonrisa sombreándole los labios.

—Enigma... —dijo con la voz llena de afecto—. Es única, ¿verdad? La echaba de menos... ¿Puedo hacerte una pregunta, Faro?

—Por supuesto.

—Antes has dicho que te caigo bien, ¿eso es cierto?

—Sí... No lo sé... Supongo... Todavía no te conozco tanto. Si te soy sincero, sólo lo he dicho por fastidiar a Burbuja.

La antigua buscadora se rió.

—¿Sabes qué, Faro? Me parece que tú y yo vamos a congeniar.

—¿Qué ocurrió entre vosotros? ¿Por qué te tiene tanta antipatía?

Hidra hizo un gesto de desdén.

—Cosas viejas, Faro, sólo cosas viejas... —Dio un trago a su cerveza e hizo un gesto extraño, como si la bebida tuviera un sabor desagradable—. A nadie debería importarle a estas alturas.

Ésa fue toda la información que logré obtener de ella esa noche.

En Koulikoro había una estación fluvial de cierta importancia desde la cual partían los ferrys que cubrían la ruta hasta Tombuctú y Gao. Allí encontramos una oficina de Western Union en la cual pudimos obtener divisas que Danny nos había enviado desde Madrid. Aprovechamos el resto del tiempo disponible en obtener algunos artículos básicos para el viaje. Ya no nos parecíamos tanto a aquel patético grupo de vagabundos que habían llegado a Malí caídos del cielo (literalmente); empezábamos a tener aspecto de viajeros avezados.

Hidra e Irena nos llevaron hasta una orilla del río en la que varios hombres trasteaban con sus embarcaciones. Hidra entabló conversación con uno de ellos. Era un tipo espigado, con la piel del color del barro cocido. Llevaba el torso desnudo y se le marcaban las costillas como a un perro famélico. Después de negociar un tiempo con él, nos lo presentó.

—Éste es Modibo. Nos llevará hasta Kolodugu por cinco dólares cada uno.

Burbuja aceptó el precio. El barquero tomó los billetes con avidez y de inmediato procedió a habilitar el transporte. Aproveché el tiempo disponible antes de embarcar para fumarme un cigarrillo rápido en compañía de Burbuja, aunque el buscador no estaba muy hablador aquella mañana. Enigma había logrado convencerlo para que Hidra nos acompañase, pero eso no impedía que se mostrase molesto y huraño con todo el mundo.

Al cabo de unos minutos, Hidra nos avisó de que la embarcación estaba lista.

—Irena se ocupará de que nadie siga nuestros pasos —nos dijo—. Si se entera de que Interpol o cualquier otro cuerpo policial nos sigue la pista, me llamará para dar el aviso.

—Dijiste que este transporte era seguro —dijo Burbuja.

—Y lo es, pero nunca está de más tener ojos a nuestras espaldas.

Modibo, nuestro barquero, nos ayudó a abordar su pequeña pinaza. Era una embarcación de perfil largo y estrecho, como una enorme aguja hecha de madera. El casco tenía la proa y la popa decoradas con alegres diseños de colores en forma de rombos y estrellas. Sobre la cubierta había un toldo largo hecho con ramas curvas de madera y un lienzo de paja trenzada.

La pinaza contaba con un motor pequeño y apestoso, adherido al casco de forma chapucera. Modibo gobernaba la embarcación desde la popa con ayuda de un palo que le servía de timón. En general, aquel vehículo parecía una góndola diseñada por un grupo de niños en su clase de manualidades.

El barquero apoyó su palo en el lecho del río para alejar la pinaza de la orilla.

Frente a nosotros, el Níger discurría hacia el este, hacia el corazón de Malí.

Pronto dejé de ver las dos orillas del río a mis flancos. El Níger era una inmensa masa de agua, parecida a un brazo de mar, mucho más ancho y grande de lo que yo había imaginado.

Modibo hacía navegar la pinaza cerca de la orilla sur. Un extraño paisaje, árido y frondoso al mismo tiempo, nos acompañaba a lo largo del trayecto. De vez en cuando se veían pequeños poblados hechos de casas de barro blancuzco, con las paredes suaves y redondeadas: la típica arquitectura maliense. Otras pinazas de pescadores navegaban a nuestro lado. Sus marineros de piel de lodo se sumergían en las aguas del río y sacaban de ellas redes llenas de pescados cubiertos de barro. Según nos dijo

Hidra, se les conocía como *pêcheurs de sable*, «pescadores de arena». Me resultó un nombre curioso.

En la orilla del río se veían grupos de niños jugando, mujeres envueltas en telas de colores que lavaban ropa o que caminaban muy erguidas, llevando sobre sus cabezas enormes fardos de aspecto pesado, manteniendo al mismo tiempo un equilibrio perfecto.

Todo era nuevo para mí. Todo me parecía fascinante. Hacía muchas preguntas a Hidra sobre el país y sus costumbres, ávido por saber todo lo posible de aquel lugar que tan extraño me resultaba.

Las horas transcurrieron lentas y suaves, igual que las aguas del río. Yo apenas percibía el paso del tiempo, embebido como estaba de la visión del paisaje. Me sentía como un viajero espacial que descubre un planeta cuajado de vida. El río se ensanchaba cada vez más y Modibo se alejó de la orilla. A medida que avanzábamos, resultaba más raro ver seres humanos en nuestro camino y el panorama se iba tornando agreste y salvaje. Vi algunos animales cornudos cuyo nombre no recuerdo, muchas aves, e incluso algún hipopótamo.

Al caer el sol, nuestro barquero detuvo la pinaza en un pequeño poblado. Nos dijo que haríamos noche en aquel lugar llamado Massaboro. Según sus indicaciones, estábamos a medio camino entre Koulikoro y Segú. Si salíamos temprano al día siguiente, llegaríamos a Kolodugu al atardecer.

Massaboro era una aldea diminuta. Toda su población era de etnia bambara, descendientes de los mandingas, quienes fundaron y gobernaron el segundo imperio de Malí, a principios del siglo XIII. Los bardos bambara aún hoy cuentan la historia del gran emperador Sundiata Keita, el Príncipe León, que unió bajo su mando los Doce Reinos mandinga en la misma época en que, al otro lado del mundo, Gengis Khan llevaba a los mongoles a las puertas de Kiev.

Las casas de Massaboro estaban hechas de barro, paja y madera. De lejos parecían pequeños castillos de arena. En aquel lugar, mientras degustábamos una cena a base de pescado y cebolla, escuché la historia de Abu Haq Es Saheli, el arquitecto granadino a quien el emperador mandinga Musa llamó a su corte para que construyera mezquitas y palacios. Aquel habilidoso hispano fue quien dio forma a esas estructuras arenosas y marcó para siempre la estética de Malí, única en el mundo. Al parecer, doscientos años antes de que Yuder Pachá conquistase Tombuctú, los españoles ya habían dejado su huella en la historia de aquel remoto imperio africano. Aún me sorprende que los buscadores tardásemos tanto tiempo en descubrir Malí.

Modibo nos presentó a un *jeli* del poblado. Los *jeli* son los narradores de historias de los bambara, y poseen memoria de cientos de relatos heredados a lo largo de los siglos. El amable *jeli* de Massaboro nos contó, en un francés cadencioso y exótico, algunos detalles muy interesantes sobre la Ciudad de los Muertos.

En el siglo XIV, el gran Mansa Musa, emperador de Malí, quiso levantar una necrópolis en la que él y sus antepasados recibiesen sepultura. Encargó la obra al arquitecto Es Saheli, que acababa de elaborar los planos de la Gran Mezquita de Djingareyber (por lo que recibió en pago 170 kilos de oro). Saheli sólo tuvo tiempo de levantar la tumba del emperador Abubakari II, padre de Mansa. A pesar de ello, desde aquel momento se estableció la costumbre de dar sepultura a los soberanos mandinga en sepulcros hechos con la misma estética que Saheli había creado. Los monarcas songhay de la dinastía Askia siguieron el ejemplo de sus predecesores y Kolodugu se convirtió en un gran panteón real.

El islam y el animismo se confundían en la religión de los reyes de Malí. En Kolodugu se construyó una mezquita dedicada tanto a Alá como a los antiguos espíritus de la naturaleza. Ambos mantenían a salvo la necrópolis de saqueadores, pues, según la leyenda, muchos de aquellos soberanos se habían llevado gran parte de sus tesoros a su última morada. En Kolodugu, aparte de los muertos, sólo habitaba el imán de la mezquita, guardián de aquel santuario. Todos los días el imán pronunciaba complejas oraciones para mantener vivos los sortilegios protectores de Kolodugu. Ni el *jeli* de Massaboro ni nadie que él conociese habían visto jamás la Ciudad de los Muertos, pues el castigo espiritual para quien osase traspasar sus lindes era implacable. Si bien el *jeli*, haciendo gala de un estoicismo muy africano, nos dijo que nosotros éramos libres de ser tan estúpidos como para desafiar a las maldiciones. Nos deseó suerte en nuestro viaje e incluso nos dedicó una hermosa canción en lengua mandé para convocar a los espíritus protectores.

Con aquellos buenos augurios, nos dejó para que pasásemos la noche.

Antes de retirarme a dormir, me acerqué a la orilla del río para fumarme un cigarrillo y contemplar las estrellas. Hacía una noche fabulosa, no muy cálida y con un precioso cielo despejado.

Me encontré con César. Estaba en cuclillas junto al agua, haciendo signos en la arena con actitud reflexiva. Emití una tosecilla para delatar mi presencia, pues no quería que tuviese la impresión de que me deslizaba entre las sombras para espiarlo.

—Hola —me saludó sin mirarme—. No deberías acercarte tanto al agua. A veces hay cocodrilos.

Eché un vistazo a mi alrededor.

—Bueno... Esta zona parece libre de depredadores sedientos de sangre, si exceptuamos a los mosquitos —dije dándome una palmada en el cuello—. ¿No conoces algún remedio casero para mantenerlos alejados?

—Sigue fumando. El humo no les gusta —respondió—. Aparte de eso, el único remedio es acostumbrarse.

César volvió a quedarse en silencio, actuando como si yo no estuviera.

—¿Te estorbo? —pregunté.

—No, puedes quedarte si quieres. De hecho, me gustaría hacerte una pregunta.

—Adelante.

—¿Es cierto lo que dijo tu compañero? ¿Pensáis llevaros el tesoro en caso de que lo encontremos?

—Para eso hemos llegado tan lejos, César.

—¿Para robarlo?

Aquella pregunta me irritó.

—¿Robárselo a quién, César? ¿Quién es su dueño? ¿El gobierno de Malí, que no fue capaz de impedir que una jauría de fanáticos musulmanes destruyeran las tumbas reales de Gao y de Tombuctú? Ese tesoro, sea el que sea, estará mejor en manos de buscadores. Nosotros recuperamos lo que otros no supieron o no pudieron conservar.

—Los emperadores de Malí conservaron ese tesoro durante siglos...

—¿Y quién se lo dio a ellos? Quizá también lo expoliaron. —Le miré a los ojos tratando de dar fuerza con mi actitud a unos argumentos que, en el fondo, sabía endebles—. Ese tipo de cosas no pertenecen a nadie en realidad, salvo a quienes las encuentran.

—A vosotros no os sirve para nada. ¿Para qué lo queréis? ¿Para obtener fortuna?

—No soy un pirata, ni un traficante. Soy un buscador. Lo único que quiero de ese tesoro es encontrarlo. Lamento que no lo puedas entender.

César me observó con atención, como si quisiera leer mis pensamientos.

—Quizá sí que lo entienda... —dijo, más bien para sí mismo—. Cuando encuentres lo que buscas, pregúntate si realmente lo necesitas. Es todo lo que te pido.

—Querrás decir, «si lo encuentro».

—Sé lo que he dicho —sentenció. Tras otro largo silencio, durante el cual siguió haciendo sus dibujos en la arena, me preguntó—: ¿Qué te parece Malí?

Agradecí el cambio de conversación. Me sentía relajado y despreocupado por primera vez en mucho tiempo y no tenía ganas de discutir, sólo de un poco de charla banal.

—Es... —hice una pausa; trataba de encontrar una palabra que expresase mis sentimientos de forma adecuada—. Es antiguo.

César asintió con la cabeza, como aprobando mi elección.

—África es antigua —me dijo—. Mucho más que cualquier otro lugar que conozcas. Aquí empezó todo, ¿lo sabías, buscador? La civilización, el arte... La vida. Es la cuna del mundo. —Se incorporó y se limpió las manos con las perneras del pantalón; mientras me hablaba, miraba hacia el río—. Malí fue un imperio inmenso. Los songhay eran soberanos temidos y ricos. Pero su auténtico tesoro está aquí, delante de nuestros ojos.

—¿A qué te refieres?

—El río. Ésa era la verdadera riqueza del Imperio songhay. El Níger lo alimentaba, como lo haría con las raíces de un árbol fuerte. Si aspiras a encontrar el secreto de los songhay, antes deberías comprenderlos.

—Conozco su historia.

—No, sólo conoces lo que has leído en los libros. La historia de los songhay no es historia escrita, es una herencia de palabra.

César se inclinó y cogió una piedra del suelo. La sopesó con cuidado y luego la lanzó al agua, dando un par de saltos antes de sumergirse.

—Hace mucho tiempo existía una aldea llamada Kare Kaptu —comenzó a narrar—. Allí había un pescador que se enamoró de una ninfa del río. Los dos tuvieron un hijo al que pusieron por nombre Faran Bote. El niño creció y se convirtió en un hombre fuerte y valiente; pescador, al igual que su padre.

»Cerca de Kare Kaptu había una isla en la que vivían feroces monstruos. Tenían la forma de serpientes gigantescas y obedecían a un demonio muy poderoso llamado Zirbín. El demonio y sus criaturas atacaban a los pescadores, impidiendo así que encontraran su sustento en el río. Faran Bote pidió ayuda a su abuela, la diosa Harakaoy, reina de las aguas del mundo, para que le ayudara a librarse de los monstruos serpiente. La reina Harakaoy se enfrentó al demonio Zirbín y, después de vencerlo, fabricó una lanza mágica con sus huesos y con su piel. Le dio la lanza a Faran Bote y le dijo: "Toma esta arma mágica. Con ella habrás de enfrentarte al más terrible de los demonios del río, la Gran Serpiente Zinkibaru. Sólo cuando la hayas vencido, el Níger quedará libre de todo mal y todos los pescadores podréis volver a trabajar en paz".

»Faran Bote remontó el río hacia el norte y allí encontró a Zinkibaru. Tuvo que luchar con ella muchas veces, pues la Gran Serpiente era una criatura ancestral y poderosa. Con cada enfrentamiento, Faran Bote se hacía más fuerte, hasta que alcanzó la sabiduría y la habilidad necesarias para salir victorioso. Finalmente, el pescador atravesó al monstruo con la lanza que le había fabricado la reina de las aguas. Zinkibaru fue sometida y Faran Bote se convirtió en el dueño de todo el río, desde su nacimiento hasta su desembocadura.

»Dongo, dios del trueno y de la luz, el más poderoso de todos, se enfureció al saber de la muerte de Zinkibaru, ya que era una de sus criaturas. Para aplacar su ira, Faran Bote se ofreció a convertirse en su bardo, y a cantarle hermosas canciones que calmasen su enfado. Con ayuda de unos tambores mágicos, Faran Bote tocaba la música que mantenía tranquilo al dios del trueno, y así el Níger se mantenía en paz, y los pescadores podían faenar en él sin temor alguno.

»Satisfecho por aquel acuerdo, Dongo decretó que en adelante los dioses se harían invisibles a ojos de los humanos y no los molestarían más, siempre que Faran Bote siguiera tocando sus tambores y velando por ellos. Así comenzó la era de los hombres en Malí y, desde entonces, el río nunca ha dejado de ser su fuente de riqueza.

César terminó su narración y se quedó contemplando las aguas, como si pudiera ver en ellas serpientes gigantescas y titánicos pescadores armados con lanzas.

—Es una buena historia —dije—. Gracias por contármela. Me gustan las buenas historias.

—Procura no olvidarla. Para los emperadores songhay, los mitos eran muy importantes, y éste es el más famoso de ellos. Quizá algún día te sea útil el haberlo escuchado.

César me dio la espalda y se alejó del río, dejándome a solas.

Una vez más, me pregunté cuáles serían sus verdaderas intenciones en aquella búsqueda, y por qué se esforzaba tanto por mantenerlas en secreto.

Unas horas más tarde, ya con el sol asomando por el horizonte, volvimos a embarcarnos en la pequeña pinaza de Modibo y continuamos remontando el río en dirección a Segú. Probablemente no tendría la posibilidad de conocer la antigua capital del Reino Bambara (uno de los últimos estados florecientes del Malí precolonial), pues la Ciudad de los Muertos se encontraba antes en nuestro camino.

Mientras la pinaza avanzaba a través del Níger, Hidra me entretuvo el viaje contándome cosas sobre Segú, sobre sus restos arqueológicos y sobre su famoso mercado. Yo la escuchaba dejando vagar la mirada por la orilla del río y deleitándome con los rayos tempraneros del sol arropando mi piel.

En un momento dado, Hidra interrumpió su retrato de Segú y llamó mi atención sobre algo que estaba sucediendo cerca de la pinaza, en el río. Yo miré hacia donde ella señalaba, pero lo único que vi fue algo parecido a un animal que se revolcaba en el agua.

—¿Qué es eso? —pregunté.

—Un cocodrilo. Parece que ha cazado algo.

Al fijarme mejor, pude distinguir las formas de aquel bicho. Había agarrado a un pájaro grande con la mandíbula y agitaba la cabeza de un lado a otro con violentas sacudidas. Volaron algunas plumas y, a su alrededor, el agua se tiñó de rojo. Después, el cocodrilo se ocultó entre la maleza. Parecía muy satisfecho, con su desayuno colgándole de entre los dientes.

—Menuda bestia —comenté—. No me gustaría encontrarme uno como ése mientras me doy un baño.

—Desde luego —dijo Hidra—. El cocodrilo del Nilo es muy fiero. Si te engancha con sus dientes, podría partirte la pierna como si fuera una zanahoria cruda... Te daré un consejo por si tienes la mala suerte de toparte con uno: sujétale las mandíbulas con las manos.

—¿Te refieres a esas mandíbulas que podrían sajarme la pierna como una hortaliza? Te agradezco el voto de confianza, pero mis brazos no son precisamente de acero.

Hidra rió.

—A veces las apariencias engañan, Faro. Es cierto que un cocodrilo puede ejercer una enorme presión con las mandíbulas, pero, al mismo tiempo, los músculos que le permiten abrirlas son asombrosamente débiles. Hasta un niño podría mantener cerrada la boca de uno de esos saurios sin grandes esfuerzos.

Me quedé mirando al cocodrilo un instante. Aunque ya conocía su punto flaco, eso no lo hacía parecer menos amenazador. Me alegraba de que estuviera a una buena distancia.

—A ese bicho habría que decirle que está muy lejos de casa —comenté—; esto no es el Nilo.

—No seas simple, Faro; el *crocodylus niloticus* es la especie más común de toda África. Habita en casi todos los ríos del continente. —Hidra oteó por la orilla, tratando de ver al reptil—. Lástima que no tuviera mi cámara a mano para sacarle una foto... Era un ejemplar precioso, aunque un poco pequeño.

—¿Pequeño? A mí no me lo parecía, desde luego.

—Sólo un metro y medio..., dos como mucho. Algunos ejemplares adultos pueden sobrepasar los tres metros. Hace poco se encontró uno en Burundi que medía más del doble. Dicen que aún habita por la zona.

—Una buena razón para no acercarse por Burundi: seis metros de cocodrilo me parecen una exageración.

—A mí me encantaría verlo. Imagínatelo… Un auténtico devorador de hombres. Dicen que acecha en el lago Tanganica, y que tiene la piel cubierta con las heridas de las balas de los cazadores furtivos. Debe de ser un animal soberbio.

—Tienes unos gustos un poco extraños…

Mi comentario la hizo reír.

—Sí, ya lo sé, no eres el primero que me lo dice. Estudio los reptiles como afición; ésa fue una de las razones por las que Narváez me puso el nombre de Hidra.

—¿Reptiles? ¿Te refieres a lagartos, serpientes y… esas cosas?

—Exacto… Oye, no me mires así; es sólo un hobby. Por lo demás, te aseguro que soy una mujer de lo más normal.

—Disculpa, es que me cuesta entender que alguien encuentre algún atractivo en estudiar las serpientes.

—¿No te gustan?

Hice un gesto de disgusto.

—No. Es una pequeña fobia.

—Bueno, no hay por qué avergonzarse de ello, le pasa a mucha gente. En realidad son unos animales muy hermosos, y menos dañinos de lo que se piensa.

—Te creo, pero quédate con tus serpientes. Yo prefiero mantenerme todo lo lejos que pueda de esos bichos repugnantes.

—¡Pobre de ti! Entonces creo que no estás en el rincón del planeta adecuado: ¿sabías que en Malí vive una de las especies de serpientes más grandes que existen?

Sentí una desagradable comezón en el espinazo, como si algo me estuviera reptando por las vértebras.

—¿En serio?

—Sí. La pitón de Seba. Puede llegar a medir más de siete metros y pesar cerca de cien kilos. No es venenosa, pero eso no la hace menos mortal: posee dos enormes colmillos de sierra con los que ataca a la cabeza de sus presas, luego se enrosca alrededor de ellas y las mata por asfixia antes de tragárselas.

Experimenté un leve mareo. Pensad en aquello que más asco

y miedo os produce y luego imaginadlo en versión gigantesca tratando de arrancaros la cara de un mordisco, de ese modo os haréis a la idea de cómo me sentí al escuchar a Hidra.

—No me cae nada simpático ese animal…

—Una lástima, porque es muy hermosa. Las escamas de su piel forman diseños de color negro, por eso también se la llama Serpiente Jeroglífico… ¿Quieres que te enseñe una fotografía? Llevo alguna en el móvil.

—¡No, por Dios! —me apresuré a decir, sin darme cuenta de que estaba bromeando a mi costa—. Tú sólo dime dónde puedo encontrármela para que no me acerque jamás a ese lugar.

—En ese caso, mantente lejos de las arboledas que hay a la orilla del río. A menudo cazan en el agua… y tú no eres mucho más grande que un impala; te devoraría en cuestión de minutos.

El resto de la jornada transcurrió sin contratiempos. Nos detuvimos a tomar un almuerzo en otro poblado de pescadores y luego seguimos la ruta. El sol comenzó su lento descenso hacia el atardecer y las luces se transformaron.

Disfrutaba de aquel precioso fenómeno mientras, cerca de mí, Burbuja se entretenía mirando por unos prismáticos. Observé que de pronto parecía preocupado. Se acercó hacia Modibo y le comentó algo a media voz. Modibo detuvo la embarcación.

—¿Ocurre algo? —pregunté.

—Toma —respondió Burbuja pasándome los prismáticos—. Echa un vistazo allí, hacia aquella loma que hay a lo lejos, a la derecha.

Ya había poca luz y me costó un poco ver lo que Burbuja me indicaba. Allí había un numeroso grupo de gente, reunidos en lo que parecía ser una especie de campamento militar.

—¿Franceses? —pregunté.

Hidra se acercó y me cogió los prismáticos para mirar.

—No —respondió—. Ni tampoco gente de la EUTM ni cascos azules… Sean quienes sean, no conozco ese uniforme.

Modibo comenzó a parlotear con rapidez en su francés criollo, el cual yo era incapaz de comprender salvo cuando el pescador me hablaba muy despacio. Tuve la impresión de que estaba muy asustado.

—¿Qué está diciendo? —pregunté.

Hidra apretó los labios. En su rostro había una expresión grave.

—Mierda... —masculló—. Dice que son hombres de arena.

Modibo atracó la pinaza en un recodo. Mis compañeros montaron una pequeña reunión en la proa de la nave para discutir sobre lo que debíamos hacer. La presencia de los hombres de arena en nuestro camino era un inconveniente que no habíamos previsto. Entre otras cosas, ignorábamos si aquellos misteriosos terroristas del patrimonio de los que Hidra nos había hablado supondrían un peligro directo para nosotros.

La discusión se alargaba, a mi juicio, de forma innecesaria. Para mí estaba claro que debíamos seguir adelante sin perder más tiempo. Los hombres de arena (si es que realmente lo eran) estaban demasiado lejos del río como para fijarse en nosotros, y no parecían estar avanzando. Ni siquiera era seguro que Kolodugu fuese su destino, pero en caso de ser así, llegar después que ellos no nos reportaría ningún beneficio.

Expuse mi punto de vista y después dejé que siguieran dándole vueltas. Me aburrí pronto de escuchar argumentos a favor y en contra de continuar, así que me escabullí del debate para observar a los hombres de arena con los prismáticos.

El grupo no daba la impresión de ser muy grande. Era más bien un pelotón. Estaban agrupados en torno a tiendas de campaña de camuflaje y vestían uniformes de color amarillo pálido. La mayoría tenía la cabeza cubierta con cascos del mismo color, de diseño similar a los que usan los motoristas pero de aspecto más ligero.

Todos los hombres que yo vi estaban armados con fusiles de asalto. En un lateral, junto a una loma, detecté algunos vehículos. Dos de ellos eran todoterrenos con una especie de cañón ametrallador montado sobre la carrocería; el resto eran simples furgonetas.

Una de ellas llamó mi atención. Enfoqué las lentes de los prismáticos para obtener la mayor nitidez posible. Al hacerlo, pude cerciorarme de que había un símbolo pintado en la puerta de la furgoneta.

Era una estrella achatada de doce puntas, de color rojo y azul.

Fruncí el ceño. Me quedé mirando aquel símbolo un buen rato para estar seguro de que mis ojos no me engañaban.

—¿Algo va mal, Faro? —preguntó Enigma a mi espalda. También ella se había separado del resto del grupo, que aún seguía dirimiendo opiniones—. Tienes cara de haber visto algo muy feo.

—Es probable. Toma, echa un vistazo al signo que hay en esa furgoneta.

Enigma cogió los prismáticos.

—¿Qué es? Parece una estrella... Me resulta familiar.

—Es el emblema corporativo de Voynich.

Enigma me miró con expresión inescrutable.

—De acuerdo; ahora mismo visualizo el hilo de tus pensamientos como un pequeño gusanito serpenteando por retorcidos laberintos. Deberías dejarlo descansar antes de que se maree y vomite un montón de conclusiones estrafalarias.

—Creí que eran ésas las que más te gustaban.

—Sí, cariño, pero hasta yo tengo mis límites —repuso ella—. Hay un símbolo de Voynich en esa furgoneta, bien, ¿y qué? Ahora mismo ese símbolo está impreso en millones de objetos de todo el mundo... ¿Te suena el término «multinacional»?

—Es admirable que el servicio técnico de Voynich llegue tan lejos... Y poco creíble. Últimamente siempre que veo una de esas furgonetas es porque se avecinan problemas.

—Sé que estás convencido de que Voynich busca el tesoro de Yuder Pachá, igual que en su día estuvo tras la Mesa de Salomón. Es una encantadora teoría conspirativa, lo admito, pero creer que también está detrás de un ejército de mercenarios malienses es ir demasiado lejos, al menos reconóceme eso.

—¿Por qué? Según Hidra, esos hombres de arena no dejan de escarbar lugares históricos. Ella misma dijo que daban la impresión de estar buscando algo.

Enigma se mordisqueó el labio inferior con aire reflexivo.

—Está bien, sigue dándole vueltas a tu sospecha. Normalmente tus ideas raras suelen ir bien encaminadas —dijo después—. No obstante, te sugiero que de momento esto quede entre nosotros. Los demás no son tan tolerantes como yo con la paranoia.

Burbuja nos llamó. El grupo había tomado al fin una decisión.

—Seguiremos hacia Kolodugu, según lo previsto —nos dijo. La expresión de Hidra indicaba que ella había defendido la postura contraria—. He tenido que pagarle una prima a Modibo, y aun así sólo he logrado que acepte dejarnos en nuestro destino. Tendremos que buscar nosotros la forma de regresar.

Un amedrentado y quejicoso Modibo volvió a ponerse a los mandos de la pinaza. Reanudamos nuestra marcha a través del río, dejando atrás al destacamento de hombres de arena.

Hidra decidió ponerse en contacto con Irena para preguntarle si en la EUTM tenían constancia de la presencia de aquel pelotón armado cerca de Kolodugu. Se retiró a un rincón de la pinaza y, tras una larga conversación a través de su móvil, se unió a nosotros luciendo una expresión sombría.

—Irena no sabe nada —nos informó—. Tampoco nadie de la EUTM.

—Eso no nos deja en peor situación de la que estamos —dije—. ¿A qué viene entonces esa cara?

—Irena cree que esa agente de Interpol que te persigue ha logrado localizarnos. Al parecer la policía estuvo haciendo preguntas entre los pescadores y uno de ellos les dijo que nos vio hacer tratos con Modibo para llegar a Kolodugu.

—Maldita sea... —mascullό Burbuja—. ¿Es que no hay forma de quitarnos de encima a esa mujer?

—Yo no me preocuparía demasiado —dijo Enigma—. Lacombe no llegará a Kolodugu antes que nosotros, si es que llega. En un par de días habremos borrado cualquier rastro que pueda seguir.

—Pero no olvides a la policía de Malí —apuntó Hidra—. Si Faro sigue con esa Alerta Roja de Interpol, os arriesgáis a que os atrapen en cualquier otra ciudad del país.

Me quedé pensativo durante un instante.

—Si el problema es la Alerta Roja, eso podría tener una solución —dije. Luego miré a Enigma—. Yokai.

—¿Hablas en serio?

—¿Por qué no? Ya logró sacarme del archivo de Interpol una vez. Le pediremos que vuelva a hacerlo.

—Pensaba que te parecía una mala idea involucrar al chico en esto.

—Y me lo sigue pareciendo, pero no estamos en condiciones de seleccionar a nuestros aliados. —No pude evitar mirar de reojo a Burbuja.

—Según tengo entendido —intervino el buscador—, ese minigenio sólo puede sacarte del archivo de Interpol durante veinticuatro horas.

—Eso son veinticuatro horas más de las que dispongo ahora mismo. —Miré a mis dos compañeros buscadores esperando su opinión—. Es mejor que nada.

Enigma se encogió de hombros.

—De acuerdo. Si crees que puede servir de algo... Intentaremos ponernos en contacto con él.

—Podéis usar mi móvil —se ofreció Hidra—. Opera con red Iridium, así que posee cobertura global.

—Gracias, pero prefiero no hablar con Yokai directamente. Es mejor contar con un intermediario de quien nos podamos fiar.

—¿Hablas de Danny? —preguntó Burbuja.

—Exacto. Seguro que estará deseando poder hacer algo útil por nosotros.

Hidra me prestó su teléfono. Empecé a marcar el número de contacto de Danny. Cuando dio la señal, lancé una mirada a Burbuja.

—Espero que a tu hermana se le den bien los críos… Éste es de los difíciles.

6
Behemot

Éste es un buen momento para hacer uso de mis privilegios como narrador y trasladar el foco de la acción a un lugar más lejano.

Cierto es que yo no estuve presente en estos acontecimientos, y lo que no puedo retratar a partir de información de primera mano, tendré que suplirlo con un poco de imaginación; sin embargo, creedme cuando os digo que en este punto mi relato es igual de fiel a la realidad que si lo narrase como un testigo.

Así pues, mientras nosotros remontábamos el Níger en dirección a la Ciudad de los Muertos, Danny se mantenía a la espera de noticias en Madrid.

Lo último que había sabido de nosotros era que habíamos logrado escapar de una pieza de la base militar francesa, pero no mucho más, y desde eso habían transcurrido casi dos días.

El hecho de llevar un tiempo sin tener noticias nuestras no tenía por qué ser considerado una mala señal. Por su propia experiencia, Danny sabía que un buscador no siempre tiene oportunidad de dar parte puntual del desarrollo de su misión. No obstante, poco acostumbrada a la labor de sentarse y esperar noticias, puedo imaginar lo frustrada e impotente que debía de sentirse. Ni siquiera tenía la opción de ir al Sótano y distraerse con cualquier otro trabajo, pues Alzaga aún mantenía suspendidas las actividades del Cuerpo.

Por ese motivo, se alegró bastante cuando recibió un aviso de los gemelos para que fuera a visitarlos a su platería. Según le dijeron, habían descubierto algo que quizá pudiera ser de interés.

Danny apenas esperó a colgar el teléfono para salir de su casa y presentarse en el local de Alfa y Omega.

Los gemelos la recibieron con gran entusiasmo y un torrente de adjetivos, florilegios y latinajos; lo cual era señal de que estaban muy entusiasmados.

Al tiempo que nosotros nos dejábamos la piel camino de África, Alfa y Omega intentaban aportar su pequeño granito de arena investigando todo lo posible sobre Yuder Pachá, el *Mardud* de Sevilla y la Cadena del Profeta. Al parecer, habían tenido éxito en sus pesquisas.

Compartiendo con ellos un termo de su célebre café en su taller, Danny les preguntó sobre lo que habían encontrado.

—Un memorándum —respondió Alfa, el Hermano de las Corbatas Oscuras.

—Eso no parece tan interesante…

—Oh, pues lo es, querida amiga. Hemos de reconocer que se trata de algo que nos ha obligado a recordarnos las palabras de Horacio…

—*Aequam memento rebus in arduis servare mentem** —completó Omega.

—Buen consejo, sea el que sea. Ahora, al grano: ¿de qué se trata?

Uno de los gemelos le entregó a Danny una carpeta en cuyo interior había unas páginas mecanografiadas. La buscadora les echó un vistazo mientras Alfa le explicaba su contenido:

—Hace unos días nos pusimos en contacto con cierto amigo nuestro que tiene acceso a los Archivos Nacionales de Ultramar, en Francia. Queríamos información sobre el mariscal Gallieni y su paso por Malí. No debemos olvidar que, según parece, Gallieni también anduvo tras el tesoro que buscaba Yuder Pachá.

* Recuerda conservar la mente serena en los momentos difíciles.

—Pensábamos que podríamos encontrar algo en esa línea de investigación —añadió Omega—. Le dimos a nuestro amigo una serie de pautas para hallar alguna información valiosa en los archivos coloniales.

—¿Y bien?

—Nos ha enviado esto —respondió Alfa señalando los documentos que tenía Danny en la mano—. Se trata de un memorándum escrito por un ingeniero militar francés, Gilles Montagnier. La fecha es del mes de octubre de 1887. Por aquel entonces, habían comenzado las obras de un ferrocarril que partía desde Dakar, y Gallieni, en calidad de gobernador del Sudán francés, quería saber si era factible prolongar la línea hasta Niamey.

—¿Dónde está Niamey?

—Es la actual capital de Níger. Lo que Gallieni pretendía era llevar el ferrocarril lo más al este posible, para que sirviera como vía de comunicación principal entre las colonias del África Occidental. Finalmente el proyecto se descartó, y la línea sólo llegó hasta Koulikoro, en Malí.

—Entiendo, pero no acabo de ver por qué estos legajos son tan importantes.

—Escucha —dijo Omega—. Gallieni mandó a un grupo de soldados e ingenieros a explorar la planicie oriental del río Níger para determinar un posible trazado del ferrocarril en aquella zona. Gilles Montagnier era quien la dirigía.

—La expedición acabó en tragedia —añadió Alfa—. Todos sus miembros, salvo Montagnier, desaparecieron. Al desdichado ingeniero lo encontraron vagando sin rumbo, medio muerto de hambre y de sed, cerca de los desfiladeros de Bandiagara. Fue trasladado a un hospital, donde tardó semanas en recuperar el juicio. Después de aquello, redactó este informe para Gallieni detallando los pormenores de la expedición.

Omega tomó el relevo de su hermano.

—Como puedes ver, se trata de un documento confidencial. Sólo Gallieni pudo leerlo en su día. No fue desclasificado hasta cincuenta años después de la muerte del mariscal... Se deja entrever algo turbio en esta historia, ya que en algunas partes del escrito se menciona que Montagnier cumplía un cometido secreto que le fue encargado por el propio Gallieni en persona. Por desgracia, no especifica de qué se trataba, pero parece que era algo relacionado con Yuder Pachá.

—¿Todo eso está aquí escrito? —preguntó Danny señalando la carpeta.

—No, el memorándum es mucho más largo; lo que tienes ahí es la parte final, la que creemos que resulta de mayor interés.

—¿Y eso por qué?

Los gemelos intercambiaron una mirada inquieta antes de responder.

—Deberías leerlo, Danny —respondió Alfa—. Nosotros no sabemos qué pensar... Es... un tanto extraño.

—No me gusta el tono con el que has dicho la palabra «extraño».

—Tú sólo léelo —insistió el joyero—. Quizá esas palabras te causen menos zozobra que a nosotros... Pero mucho nos tememos que hemos mandado a nuestros amigos a la quinta cámara...

—¿La quinta cámara?

—«Donde formas sin nombre arrojan al espacio sus metales» —recitó Omega con voz funesta.

Danny abrió la carpeta del memorándum y comenzó a leer.

El 18 de octubre abandonamos Mopti al amanecer. A consecuencia de haber ingerido alimentos en mal estado, mi ayudante, el sargento Archinard, hubo de permanecer en la ciudad, pues le era imposible siquiera mantenerse en pie al pobre hombre. Consideré la posibilidad de aguardar a su recuperación, pero dado que el tiempo jugaba en nuestra contra, decidí continuar sin él.

Así pues, considerando la baja del sargento Archinard, los componentes de la misión que quedábamos operativos éramos el ingeniero señor Duroc, Gallifert y Bouchard, nuestros dos topó-

grafos; el cirujano capitán Kellermann y yo mismo. Cinco en total de los doce miembros que partimos de Bamako. Empezaba a tener la sensación de que la mala fortuna se cebaba con nosotros.

Dado que nuestra siguiente etapa nos llevaba al territorio del País Dogón, región con la cual ninguno de nosotros estábamos familiarizados, decidimos contratar los servicios de un guía local en Mopti. El señor Duroc se puso en contacto con un hombre de la etnia fulani llamado Usmán. En principio mostré mis reticencias a llevarlo con nosotros ya que, como todo el mundo sabe, los fulani son gentes violentas y fanáticas, dadas a la insubordinación y recelosas hacia todo lo extranjero. Inquirí al señor Duroc sobre la posibilidad de encontrar a un auténtico dogón en Mopti que nos hiciese de guía, pero el ingeniero repuso que era prácticamente imposible hallarlos fuera de su tierra, y mucho menos que fuesen capaces de entender nuestra lengua.

A pesar de mis recelos, el guía se mostró colaborador y digno de confianza. Los fulani son un pueblo de alma nómada y carácter aventurero, por lo que Usmán había realizado varias incursiones por el País Dogón y lo conocía bien. Aprendí mucho de aquella región charlando con nuestro guía.

Los dogones son un pueblo misterioso y extraño. Según Usmán, habitan en ciudades construidas en las paredes de los desfiladeros más escarpados, en casas hechas de adobe que se acumulan unas sobre otras como cajas dispuestas en un anaquel. El País Dogón se extiende alrededor del gran desfiladero de Bandiagara, al sudoeste de la curva del río Níger.

Sus pobladores son una raza muy antigua cuyo origen resulta incierto. Aún practican los primitivos cultos de sus antepasados y, salvo por una insignificante minoría, se muestran refractarios a la adopción de otras religiones como el islam o el cristianismo. Según Usmán, los dogones veneran a un gran espíritu llamado Nommo, así como a unos extraños genios a los que denominan «hombres peces», los cuales, según sus creencias, llegaron desde una lejana estrella a la que conocen como «Sigi tolo» (según los detalles que me ofreció Usmán, me pareció que dicha estrella podría tratarse de la constelación de Sirio). Practican sus rituales ataviados con máscaras y son hábiles artesanos trabajando el barro y la madera, lo que les ha permitido desarrollar una arquitectura básica para construir pequeños templos.

Usmán me reveló que la religión de los dogones puede variar de una población a otra. Existen numerosas sectas que practican cultos propios. Todos estos datos me resultaron de gran interés y tomé buena nota de ellos con la idea de reflejarlos en un futuro estudio más exhaustivo sobre estas gentes.

Nuestro guía parecía muy versado en cuestiones referentes a la historia del antiguo Malí, así que intenté sonsacarle algo sobre el secreto motivo que me había llevado a encabezar aquella expedición. Las palabras de Usmán me resultaron de enorme interés.

Según me dijo, existían viejos relatos que aseguraban que Yuder Pachá se había adentrado en el País Dogón después de conquistar Tombuctú. Su destino concreto nadie lo conocía, pero podría haber estado relacionado con cierto tesoro custodiado por las dinastías imperiales de Malí.

La historia —más bien leyenda— que Usmán había escuchado de sus ancianos decía que Yuder Pachá se dirigió hacia Bandiagara con un reducido grupo de soldados fieles, en busca de algo conocido como «Oasis Imperecedero». Allí se perdió durante un tiempo, al cabo del cual sólo él regresó con vida. Nadie sabe si coronó con éxito su búsqueda.

Como es obvio, al escuchar estos relatos sentí una gran emoción, ya que indicaban que el camino que estábamos siguiendo tras los pasos del antiguo conquistador nos llevaba en la dirección correcta. Mantuve esto en secreto ante los demás miembros de la expedición, que aún seguían convencidos de que nuestra labor era la de hallar una vía segura para trazar la ruta del ferrocarril; no obstante, creo que Kellermann empezaba a sospechar que algo se le estaba ocultando. Me formuló unas cuantas preguntas capciosas que sorteé de la mejor manera que pude.

Nuestro trayecto hacia la región del acantilado dogón, a través de la meseta, resultó bastante arduo. Se trata de una región rocosa, cubierta de una tierra anaranjada y seca que la mayor parte del tiempo flota en el aire en forma de neblina polvorienta. Se pega a la piel y se introduce por las vías respiratorias, causando enorme incomodidad. La vegetación, aunque no escasea, presenta un aspecto hostil y poco atractivo. Se compone fundamentalmente de acacias, arbustos espinosos y esas hierbas que en el continente denominamos «pasto para elefantes».

A medida que nos alejábamos de la orilla del Níger, en dirección hacia el monte Hombori Tondo (que es el pico más alto de la región), el paisaje se hacía cada vez más agreste y rocoso. No encontrábamos más fuente de agua que pequeños riachuelos de corto recorrido con aspecto pantanoso a los que las gentes de aquí denominan con el nombre de «uadis».

Por fortuna, nuestro trayecto no se prolongó demasiado tiempo hasta que logramos establecer contacto con una población de dogones.

El poblado dogón que encontramos era apenas un puñado de cuatro o cinco edificaciones con aspecto de cubo, hechas de barro y paja. Se encontraba al pie de una ladera rocosa, al abrigo del implacable sol de la meseta. A nuestro encuentro vino un anciano que, según nos explicó Usmán, recibe el nombre «hogón», y hace las veces de líder espiritual en las aldeas dogonas.

Los habitantes de aquel paraje eran muy escasos, y todos tenían un aspecto desnutrido y sucio. Había muchos hombres de edad indefinida, pocas mujeres y apenas niños. El hogón se comunicó con nuestro guía en lengua songhay, que era el único idioma del cual ambos compartían algunas nociones. Nos dijo que aquel lugar se llamaba Gursay, y que no era en realidad una aldea sino más bien una especie de pequeño recinto en el cual todos los habitantes pertenecían a la misma familia. Las grandes ciudades dogonas, nos dijo, se encontraban más hacia el este.

Nos ofreció cortésmente su hospitalidad y decidimos pasar allí aquella noche. Por mi parte, tenía un gran interés en hablar a solas con aquel hogón para interrogarle sobre mi misión secreta.

Al caer el sol, después de una frugal cena ofrecida por nuestros anfitriones, tuve la oportunidad de mantener un discreto encuentro con el hogón. Usmán, como de costumbre, actuó de intérprete para mí. Le pregunté al anciano si alguna vez había oído mencionar un lugar llamado Oasis Imperecedero. El hogón asintió con gesto grave y pronunció una palabra: «Ogol». La repitió varias veces, señalando hacia el levante.

Según me explicó, Ogol era el nombre que sus gentes daban a aquel lugar. Le pedí que me indicara cómo encontrarlo. El anciano negó varias veces con la cabeza y mantuvo una pequeña discusión con Usmán. Finalmente, el intérprete me dijo que el hogón estaba asustado.

Quise saber por qué. El anciano empezó a hablar de forma nerviosa, con un torrente de palabras que Usmán apenas tenía tiempo de traducir para mí. Hubo una serie de términos que el anciano repitió varias veces: «Numma», «Zugu» y «Tellem». A medida que hablaba, aumentaba su grado de excitación. A mi intérprete le costó mucho dar un sentido a sus frases para que yo pudiera entenderlas.

Según parece, lo que dijo el hogón fue que el Ogol, u Oasis Imperecedero, era un paraje muy antiguo que ya estaba habitado antes del tiempo de los primeros emperadores, sin embargo, quienes vivían allí no eran dogones sino tellem, los conocidos como «hombres pájaro».

Los hombres pájaro eran buenos, y habían ayudado a los dogones cuando, huyendo de los tratantes de esclavos, se establecieron en el desfiladero de Bandiagara. Estos tellem enseñaron a los dogones cómo habitar en la roca y cómo encontrar agua en el subsuelo. Los tellem desaparecieron con el paso del tiempo, y entre los dogones se les consideraba como una raza extinta, pero no así los numma.

Los numma también eran hombres pájaro, pero, a diferencia de los tellem, eran malvados y hostiles. Veneraban a los espíritus dañinos de la naturaleza, rindiendo culto a un ser oscuro llamado Zugu, a quien ofrecían sacrificios de carne y sangre. Los antiguos emperadores de Malí firmaron un pacto con la secta numma para que custodiaran un importante tesoro en el Oasis Imperecedero. Un tesoro sin nombre al que el anciano se refirió con las palabras «Legado del Hombre Verde».

Esto fue todo lo que pude sacar en claro de las palabras del anciano. Una gran parte de aquel relato me resultaba confusa e incomprensible, mas el hogón no estaba dispuesto a proporcionarme más detalles. O bien los desconocía, o bien los mantenía en secreto.

Dado que me era imposible obtener más información, decidí retirarme a descansar. Nuestro grupo se acomodó en dos chozas de barro que los dogones pusieron a nuestra disposición. En una de ellas pasamos la noche Kellermann, Duroc y yo mismo. En la otra se alojaron los dos topógrafos y Usmán, nuestro guía.

Cuando despertamos al día siguiente y salimos de nuestra choza, Duroc observó que el sol se encontraba bastante elevado, lo que significaba que habíamos dormido muchas más horas de lo que era nuestra costumbre. Había resultado un sueño pesado y profundo. Aquello nos llamó la atención dado que en nuestro viaje nos habíamos acostumbrado a dormir mal y de forma intermitente.

Sin embargo, lo más sorprendente de todo fue que, al inspeccionar a nuestro alrededor, aquella aldea parecía estar desierta. No encontramos rastro de ninguno de los dogones que nos habían recibido el día anterior ni tampoco de su anciano líder. Todo estaba vacío y lo único que se movía era el polvo y el viento. Daba la impresión de que nadie habitaba aquel paraje desde mucho tiempo atrás.

Nuestra sorpresa se tornó en alarma cuando inspeccionamos la choza en la que Usmán y los ingenieros habían pasado la noche. No había nadie allí tampoco. Ni rastro de ellos. Sus útiles y equipajes estaban en la choza, pero ellos no.

Visiblemente preocupados, Duroc, Kellermann y yo inspec-

cionamos el terreno tratando de encontrar señales de nuestros compañeros. No hubo suerte. Tampoco nos atrevimos a alejarnos demasiado del pueblo, pensando que alguno de los desaparecidos podría regresar en nuestra ausencia.

Discutimos sobre la mejor forma de actuar. Kellermann era partidario de ampliar nuestro radio de búsqueda, mientras que Duroc pensaba que lo mejor sería aguardar en el poblado. Era imposible que todo un pueblo se hubiese desvanecido en el aire: tarde o temprano alguien tendría que aparecer. Ninguna de las dos opciones me convencía, pero acabé por darle la razón a Duroc.

De los tres, Kellermann era quien se mostraba más desasosegado. Decía que aquel lugar le transmitía funestos presagios y que no quería pasar allí un tiempo indefinido esperando a nuestros compañeros desaparecidos. Temía que pudieran encontrarse en peligro o algo peor.

Aunque traté de razonar con él, no me escuchó. Decidió seguir la búsqueda por su cuenta y abandonó el poblado siguiendo la línea del desfiladero con la intención de localizar algún rastro. Le dije que no se alejase demasiado y que regresase de inmediato en el momento en que comenzara a atardecer. Kellermann me prometió que así lo haría y se marchó.

No volví a verlo nunca más. Ni a él ni a ninguno de los otros.

Mi memoria flaquea en esta parte. Sé que Duroc y yo permanecimos en el poblado, pero no recuerdo qué hicimos o si planeamos algo. Sólo recuerdo la sensación de temor sordo que embotaba mi mente. Recuerdo también que atardecía y ni Kellermann ni los demás habían regresado. Uno de nosotros, no sé si Duroc o yo, propuso pasar una noche más en el poblado. Si a la mañana siguiente seguíamos sin noticias de nuestros compañeros, tomaríamos decisiones más drásticas.

Con esa idea, nos retiramos a dormir.

Lo que voy a narrar a continuación ignoro si es real o producto de mi imaginación. Lo único que sé con seguridad, el único recuerdo que reconozco como fiable, es haber cerrado los ojos en el interior de aquella choza y haberlos abierto después en la habitación de un hospital en Bamako. Los médicos me dijeron que había pasado días en aquel hospital después de que me encontraran en estado de delirio y deshidratación, más muerto que vivo. Desde entonces, y con la idea de redactar este informe, he tratado con todas mis fuerzas de llenar este gran vacío en mi memoria, pero al hacerlo sólo he encontrado visiones de espanto y horror que aún pueblan mis pesadillas. Visiones las cuales deseo con toda mi alma que sólo sean el producto de mi mente dañada por el sol y la falta de alimento.

Pesadillas, y nada más que eso.

Veo una noche oscura en la cual las estrellas del cielo son insoportablemente numerosas. Criaturas malignas como pequeños demonios, con sus cuerpos repletos de grotescas malformaciones, se congregan a mi alrededor. Parecen humanas, pero no pueden serlo: sus pieles son como de reptil; sus ojos, amarillos y venenosos, y poseen espantosas bocas infestadas de colmillos. Algunos tienen cabezas como de serpiente, otros pequeños rostros humanos de expresión diabólica; y los hay incluso que sobre sus grimosos cuerpecillos negros lucen no una sino dos cabezas, una vagamente humana y la otra con aspecto de lagarto. Gritan en una lengua incomprensible, palabras que nadie debería saber pronunciar.

Veo una gruta o una caverna. Veo sangre y muerte. Un cuerpo desmembrado y cubierto de lodo. La carne repleta de heridas abiertas. En mi terrible visión, el rostro de ese cuerpo se parece al de Duroc, pero en el lugar donde deberían estar sus ojos alguien ha hundido dos colmillos de animal como si fueran dos dagas. La expresión de aquello que quizá pudo ser Duroc es de un terror absoluto. Oigo cantos. Veo más cuerpos y, de alguna manera, sé que pertenecen a mis compañeros. Uno de ellos tiene el cráneo atravesado de colmillos, como púas de hueso que brotaran de su cabeza; otro tiene la piel cubierta de nauseabundas escarificaciones parecidas a escamas, abiertas sobre su carne viva, las cuales aún sangran con profusión...

Hay más. Muchos más. Pero no quiero seguir recordando. No quiero visionar estas imágenes por escrito.

Veo algo terrible. No puedo recordar lo que es. No sé qué forma tiene. Surge de unas aguas pútridas como un monstruo remoto. Algo tan espantoso que rompe mi mente por completo. No sé lo que es.

Desde aquella malograda expedición, he notado que hallo cierto consuelo repasando mis lecturas sagradas. Hace poco tuve ocasión de volver a leer el Libro de Job y en él encontré un pasaje que, desde entonces, no he podido olvidar.

Dice: «He aquí ahora al Behemot: su fuerza está en sus lomos y su vigor en los músculos de su vientre. Sus huesos son fuertes como el bronce y sus miembros como barras de hierro. Se echará debajo de las sombras en lo oculto de las cañas y de los lugares húmedos. Los árboles sombríos lo cubren con su oscuridad. Debajo de los lotos se revuelca en la espesura».

Hay algo en estas palabras que me hace pensar en aquello que vi surgir de la caverna. Delirio o realidad. Sea lo que fuere, doy gracias al Cielo por haber borrado de mi mente ese recuerdo.

GILES MONTAGNIER

Danny no quiso despreciar el trabajo de los gemelos manifestando en voz alta que aquel memorándum le parecía tan verosímil como un relato inédito de Edgar Allan Poe; sin embargo, pensó que el mejor lugar donde podía archivarse para su posterior estudio era en la papelera más cercana.

Al salir del taller de Alfa y Omega, aún seguía pensando en la narración de Montagnier. Ridícula. Absurda. El delirio de un francés que ha tomado demasiado el sol. Algo descabellado.

Pero, por alguna razón, no podía quitárselo de la cabeza. Y la ansiedad que sentía por no haberse comunicado con nosotros desde hacía tiempo se le hizo algo menos soportable.

Cuando regresó a su casa, se puso a hacer su propia investigación en la red. Sin ser muy consciente de ello, acabó buscando información sobre determinadas palabras que revoloteaban molestas en su cerebro.

Numma... Zugu... Tellem... Hombres pájaro...

Menuda sarta de idioteces.

Para su sorpresa, descubrió que sí existía algo llamado «tellem» relacionado con la tribu de los dogones.

Al parecer, ningún antropólogo había estudiado en profundidad la cultura y la historia del País Dogón hasta 1895, y las primeras publicaciones serias sobre ellos vieron la luz en 1930. Eso explicaba por qué Montagnier, en 1887, los veía como a un pueblo enigmático y misterioso. No había en ello nada sobrenatural.

Los estudios antropológicos no mencionaban a ninguna secta numma ni a su malvado dios Zugu. En cambio, sí que hablaban de los tellem u hombres pájaro, aunque en ellos no había nada siniestro ni terrorífico.

Los antropólogos establecían que los dogones debieron de tener su origen en las montañas Mandingas, frontera natural entre Guinea y Malí. En algún momento alrededor del siglo XV, los dogones abandonaron las montañas acosados por otras etnias convertidas al islam, las cuales los perseguían para venderlos como esclavos ya que ellos se negaban a dejar sus creencias animistas. Su éxodo los llevó hasta Bandiagara y allí establecieron contacto con una tribu de pigmeos que vivían en cuevas horadadas en las paredes de los desfiladeros.

Muchas aves autóctonas de aquella zona construyen sus nidos en paredes rocosas, y por ese motivo los dogones bautizaron a aquellos pigmeos como *tellem*, que en su lengua significa «hombres pájaro».

Al parecer, los dogones y los hombres pájaro convivieron pacíficamente durante un tiempo, hasta el punto de que llegaron a establecerse matrimonios entre ambas etnias que daban como resultado descendencias mestizas. Con el paso de los siglos, el nivel de asimilación llegó a ser tan estrecho que los tellem terminaron por desaparecer, y acabaron convirtiéndose en poco menos que diosecillos legendarios que habían ayudado a los dogones en tiempos de necesidad. Ningún estudioso serio defendía la tesis de que algunos de esos pigmeos, malignos o no, siguieran habitando la región de Bandiagara cuando los franceses se hicieron con el control de Malí. La secta numma, por lo tanto, no era más que un cuento mitológico sin ninguna base.

Sintió alivio cuando sonó su teléfono móvil. Pensó que una conversación le vendría bien, fuera del tipo que fuese.

Cuando miró el número del remitente y comprobó que su cantidad de cifras era excesiva, se preparó para recibir noticias de África.

Quiero pensar que se sintió tan contenta al escuchar mi voz como yo la suya. Por mi parte, era un sonido que echaba de menos desde hacía tiempo.

Tuve al absurdo arrebato de preguntarle si había pensado en mí, y de confesarle que en todas las ocasiones en las que había sentido el peligro demasiado cercano (algo habitual en los últimos días) la primera imagen que acudía a mi mente era la suya. Me di cuenta de que sería un comportamiento muy poco profesional por parte de un caballero buscador, así que me limité a decirle que, por el momento, todos estábamos a salvo y la misión seguía su curso.

Danny me contó sus últimos movimientos (a grandes rasgos, los que yo acabo de relatar), después le dije lo que necesitábamos de ella. Tal y como yo esperaba, no le entusiasmaba la idea de tener que pedir la ayuda de un adolescente.

—Hazme caso, el chico es bueno —reconocí sin demasiado entusiasmo—. Al menos lo suficiente como para burlar la seguridad informática de Interpol.

—Te pones en manos de un crío que ni siquiera sabemos si es capaz de mantener la boca cerrada.

—Si tienes una idea mejor, por favor, dímela. Estoy dispuesto a aceptar cualquier cosa —le rogué.

Ella permaneció unos segundos en silencio.

—Está bien —dijo al fin—. Si todos lo habéis acordado así...

—Fantástico. No tardes en ponerte en contacto con él, creo que podrás localizarlo en este teléfono... —Se lo dicté.

—¿Te lo sabes de memoria?

—Yo no, pero Enigma sí.

—Ya, debí suponerlo. —Hizo otra pausa, esta vez más larga—. Tirso.

—¿Sí?

—Recuerda nuestro trato. Tienes que volver.

—No puedo pensar en otra cosa.

—Eres un mentiroso —replicó. Por algún motivo, imaginé que sonreía—. Sólo piensas en tu tesoro.

Tras decir aquello, nos deseó suerte y colgó el teléfono.

Danny pulsó el timbre de la puerta. Un alegre sonido de campanillas se escuchó en el interior de la casa, pero nadie acudió a abrir de inmediato.

Hacía frío, y una bruma serrana tapizaba el jardín de aquella casa. Por encima de la bruma, densa como una venda, asomaba el rostro afable de un topo vestido de jardinero. Sus ojos grandes de escayola y su sonrisa dentuda le resultaban inquietantes.

Una vez más desde que había salido de Madrid, luchó contra sí misma para no pensar demasiado en si lo que estaba haciendo tenía sentido. Se dio ánimos recordándose el motivo por el que había conducido hasta aquel lugar, ignorando los dictados de su sentido común.

Se dispuso a tocar el timbre de nuevo cuando la puerta se abrió. En el umbral vio a un chaval con aspecto de haberse caído de la cama en plana fase REM. Tenía el pelo erizado en picos imposibles, llevaba una vieja camiseta con una imagen de Epi y Blas vestidos de moteros y unos calzoncillos bóxer de dinosaurios. En su mano sostenía un sándwich a medio comer y rumiaba como un vaquero a punto de escupir un gargajo de tabaco.

El muchacho miró a Danny de arriba abajo, sin mostrar ningún recato por lo informal de su atuendo.

Danny suspiró. Pensó en que los milagros también tienen derecho a vestir cómodos cuando están en casa.

—¿Eres... Yokai? —preguntó.

El chico asintió y tragó su bocado de lo que fuera.

—¿Y tú eres Danny?

—Así es.

—Pruébalo.

—¿Cómo?

—Dame alguna identificación o algo. ¿Y si eres una impostora?

Danny volvió a suspirar. Aquel muchacho había visto demasiadas películas de espías. Lógico; sólo era un maldito crío.

Rebuscó en su bolso hasta encontrar el pase azul del Sótano. Se lo entregó a Yokai, que se quedó mirándolo con gesto desconfiado.

—¿Qué mierda es ésta? Es sólo un pedazo de plástico con tu nombre.

—¿Y qué se supone que esperabas ver?

—No lo sé... Un carnet de buscador o algo así. ¿No tenéis de eso?

—Lo que tengo es mucha prisa, amiguito, y unas ganas tremendas de largarme de aquí y no mirar atrás, así que no me provoques.

—Joder... ¿Sois todos así de simpáticos? —masculló Yokai. Pero vio algo en la mirada de Danny que le quitó las ganas de seguir haciendo pruebas de identidad, de modo que se echó a un lado y le dijo—: Anda, pasa.

—Gracias. Muy amable.

Danny siguió al chico hasta una habitación en el segundo piso de la casa. El cuarto estaba lleno de montones de ropa sucia, restos de comida y decenas de maquetas de edificios.

Yokai tenía puesta la música a un volumen demasiado alto. Era algo de los Dropkick Murphys. El muchacho la apagó al entrar en el cuarto y luego se arrojó sobre una silla, frente a un ordenador conectado a múltiples aparatos. Yokai apartó de un manotazo una bolsa vacía de patatas fritas que había sobre el teclado y le dio un trago a una lata de Red Bull que cogió del escritorio.

Danny pensó que, salvo por las maquetas y la música punk de DKM, aquel lugar podría ser una versión casera del Desguace donde el malogrado Tesla trabajaba en el Sótano. Le pareció una buena señal.

—Vale, suéltalo —dijo Yokai después de eructar sonoramente su trago de Red Bull—. ¿Qué quieres que haga?

—¿Estás solo en casa?

—Ya te lo dije por teléfono: mi tía se ha largado todo el fin de semana a no sé qué movida de su parroquia. No hay nadie más.

Danny se dijo que cualquier adulto responsable no se atrevería a dejar solo todo un fin de semana a aquel adolescente, por muy devoto de su parroquia que fuese.

—Es muy importante que esto quede en el más absoluto secreto…

—Lo sé, lo sé; no me sueltes otra vez el puñetero rollo. Oye, ya sé de qué va esto, ¿vale? No estás hablando con un crío estúpido: soy un buscador en prácticas.

—¿Que eres un qué?

—Faro me lo dijo —respondió Yokai, alzando el mentón con orgullo—. Y Enigma me dio un nombre y todo, así que somos compañeros. ¿Quién te crees que sacó a Faro del archivo de Interpol? Fue este colega. —Se señaló el pecho con los pulgares.

—Estoy al tanto de eso. Y, si te soy sincera, apenas puedo creerlo.

Danny encontró una silla debajo de un montón de camisetas. La acercó junto a Yokai y se sentó a su lado, frente al ordenador.

—Necesito que lo vuelvas a hacer —le pidió.

—Ya, eso fue lo que me dijiste por teléfono.

—Puedes negarte si quieres. —No era la primera vez que le hacía esa oferta.

—¿Por qué iba a hacerlo?

—Dado que te estoy pidiendo algo claramente ilegal, creo que al menos tienes derecho a rehusar. Será mejor que sepas que si te atrapan nadie va a dar la cara por ti. Estarás solo.

—No pasa nada. Faro y yo somos colegas, ¿no te lo ha dicho? Él se mete en líos y yo lo saco de ellos. Somos como los dos tíos de aquella película, Arma Letal. *Él es como: «¡Uaaah!», y yo soy como: «Eh, tranqui». Ya sabes.*

Danny dejó escapar una de sus sonrisas a la mitad.

—Faro cree que puedes mantenerle fuera el archivo de Alertas Rojas de Interpol durante veinticuatro horas.

—Sí, puedo. Es sencillo, pero, ¿sabes?, he estado pensando…

—No me digas.

—Si le saco de ese archivo lo volverán a meter. Entonces quizá tengas que pedirme lo mismo otra vez, y otra, y otra… Sería una pérdida de tiempo.

—¿Eso significa que vas a negarte? —preguntó Danny, sintiéndose más decepcionada de lo que habría esperado.

—¡No, ni de coña! Sólo digo que hay otra manera mejor de hacerlo. Algo que no se me ocurrió la última vez.

—¿De qué se trata?

—No puedo quitarle permanentemente la ficha de Interpol, pero sí alterarla para que figure como si ya lo hubieran detenido. Ya sé que no es tan bueno como eliminarle del archivo, pero creo que podría quitarle algo de presión a Faro.

Danny sopesó la idea. Le parecía muy buena, tanto que apenas podía creer que el chico la hubiera desarrollado por su cuenta. Quizá tuviera en su cabeza algo más que una batalla de hormonas, después de todo.

—¿Estás seguro de que puedes hacer eso?

—¡Claro! Tú ponte cómoda, guapa, y deja trabajar al genio.

—Adelante, pero no vuelvas a llamarme «guapa», y menos cuando no llevas puestos los pantalones.

Yokai mostró el pulgar, como un piloto antes del despegue.

—Esto me va a llevar un ratito —dijo. Cogió unos cascos de

tamaño desproporcionado, se los encajó en la cabeza y volvió a encender la música—. Puedes quedarte por ahí mientras tanto... Ponte la tele si quieres o pilla algo de papeo en la cocina... ¿No tienes hambre? Joder, yo sí; una pizza me vendría de puta madre. ¿Te importa pedirla? Gracias. Sin anchoas... y con extra de pollo.

Sus dedos volaron sobre el teclado y su índice machacaba el botón del ratón como si pretendiese telegrafiar la Biblia completa en morse. Danny se quedó un rato observando cómo navegaba entre numerosas pantallas, introduciendo códigos, violando archivos y burlando algunos de los sistemas informáticos de seguridad más sofisticados del mundo. Los destripaba igual que un relojero escarba un retorcido mecanismo sin dañarlo. Mientras lo hacía, no dejaba de mover la cabeza al ritmo de la música que escuchaba a través de los cascos y de entonar con voz rota y sin recato los estribillos de las canciones que más le gustaban. Daba la impresión de haber olvidado por completo que no estaba solo en su cuarto.

Era un espectáculo digno de verse. Yokai cumplió su cometido como si no le hubiera costado ningún esfuerzo. Danny empezó a pensar que aquel crío era bueno.

Muy bueno.

7
Necrópolis

Las sombras crecían al ritmo del atardecer mientras nuestra pinaza se aventuraba por un tramo fangoso del lecho del río. De pronto, igual que un espejismo, apareció ante mis ojos una silueta lejana de extrañas estructuras rematadas en forma de espino. Modibo la señaló.

—Kolodugu.

Habíamos llegado a la Ciudad de los Muertos.

La pinaza se detuvo en una playa de barro. El sol ya no era visible en el cielo, pero aún podíamos aprovechar las últimas y mortecinas luces del día. Resultaba muy apropiado arribar en barca a un cementerio justo en el fin del ocaso. Pensé que Alfa y Omega habrían citado un montón de versos muy pertinentes de haber estado con nosotros.

Apenas pusimos pie en tierra, Modibo giró la proa de la nave y nos dejó solos a nuestra suerte. La Ciudad de los Muertos estaba frente a nosotros, aunque aún algo lejos. Habríamos de caminar un buen trecho en línea recta antes de llegar a ella.

Burbuja nos repartió algunas linternas que había adquirido en Koulikoro, por si la noche nos sorprendía. Yo tenía a buen recaudo la Pila de Kerbala y el timón de Gallieni.

En medio de un silencio salvaje, comenzamos nuestra marcha hacia la necrópolis.

Anduvimos unos veinte o treinta minutos a través de un paraje yermo y plano, salpicado de arbustos retorcidos que crecían agónicos en una tierra de color fuego.

Finalmente, nos encontramos con una muralla no demasiado alta, hecha de barro pulido y redondeado. No pude medir el perímetro a simple vista, pero me pareció bastante grande. Rodeamos la muralla hasta encontrar un acceso. La entrada de Kolodugu era un simple arco, sin puertas, sin vallas, sin ningún obstáculo que impidiera el paso. No sé por qué, aquello me provocó más desazón que si nos hubiésemos dado de bruces con un foso infranqueable o una estructura similar.

Algo emitió un extraño aullido en la lejanía. Aparte de eso, el silencio era total. Quien haya estado alguna vez en África, sabe que eso no puede ser bueno.

Había una inscripción sobre el arco de la entrada.

—¿Qué dice ahí? —pregunté.

—Es lengua songhay —respondió César—. «Aquí descansan mil reyes. Sigue tu camino, viajero, y respeta su sueño.»

—Entraremos de puntillas, para no molestar —dijo Enigma. A continuación, encendió su linterna y franqueó el umbral de la muralla en primer lugar.

Los demás seguimos sus pasos, sin atrevernos a romper el silencio con palabras. Tras las murallas había una gran cantidad de pequeñas edificaciones hechas de barro. Tenían forma de pirámide truncada y alcanzaban una altura de dos o tres metros. Estaban colocadas en hileras, formando estrechas calles y manzanas igual que una pequeña ciudad.

Las tumbas carecían de adornos o inscripciones. La mayoría de ellas se componían de tres cuerpos con forma de trapecio, apilados unos encima de los otros y que disminuían de tamaño a medida que aumentaba su altura, igual que si fuesen los pisos de un zigurat. De sus muros de adobe pardo brotaban decenas de travesaños de madera que hacían que las tumbas parecieran estar cubiertas por una piel espinosa. Algunos de los mausoleos estaban tan cerca unos de otros que las estacas clavadas en sus paredes llegaban casi a tocarse, impidiendo el paso entre ellos. Me sentí como si caminara a través de una colonia de gigantescos erizos dormidos.

Los primeros vientos nocturnos comenzaron a soplar por entre las calles de aquella ciudad de muertos. Levantaban remolinos de polvo y producían ecos extraños. No pude evitar pensar en las voces de una legión de emperadores ofendidos por que hubiésemos osado profanar su descanso, y aquellas estacas de madera que surgían de las tumbas se me antojaban sus dedos huesudos, escarbando el barro con la intención de atraparnos. A pesar del calor, sentí un escalofrío.

La ciudad estaba levantada junto la pared rocosa de un pequeño monte, y a ese lugar parecían confluir todas sus estrechas callejuelas. Allí, junto a la roca, había una estructura mucho más alta y grande que todos los sepulcros. Tenía el aspecto de un enorme castillo de arena solidificada. Su amplia fachada estaba cuajada de contrafuertes de barro que sobresalían por encima del muro, creando una hilera de almenas con punta roma. Dispuestas a una distancia regular, pude ver tres torres muy altas con remates en forma de cono. Toda la fachada estaba cubierta por pequeñas aberturas a modo de ventanas. Al verlas, no pude evitar pensar en los ojos de una araña: diminutos y malignos, arracimados sobre la cabeza de algo venenoso. Al igual que ocurría con las tumbas, también aquel edificio estaba atravesado por incontables púas de madera que apuntaban hacia nosotros como la más inhóspita de las bienvenidas.

En la torre central de aquel edificio había una puerta rectangular. A ambos lados de ella ardían dos pequeños faroles elaborados con cáscara de huevos de avestruz; colgaban del muro de barro gracias a unos bastos cordeles. La puerta era de madera, sin más decoración que un tachonado de rodelas metálicas.

No había ni pomo, ni aldaba; ni tampoco nadie que pareciera guardar aquella entrada. No obstante, alguien tenía que haber encendido el fuego de las lámparas…

César señaló algo que se me había pasado por alto. En la

puerta había un hueco que tenía aspecto de cerradura. Su perfil era similar al de una rueda dentada.

—Parece que necesitaremos una llave... —dijo César.

—¿Desde cuándo eso ha sido obstáculo para un caballero buscador? —repuse.

Siguiendo una súbita inspiración, saqué el timón de Gallieni y lo introduje en aquel hueco. Encajaba a la perfección. Giré el timón y algo se deslizó detrás de la puerta como un cerrojo bien engrasado. La hoja de madera cedió, dejando el paso libre.

—Muy astuto, Faro —dijo Hidra.

—Le he visto hacer cosas mejores... —masculló Burbuja.

El buscador dio un paso al frente y accedió al interior de aquel extraño edificio.

Los demás fuimos tras él.

Accedimos a una amplia sala, toda hecha de barro, tan lisa y pulcra como el interior de un canto rodado. En las paredes había soportes corridos, cubiertos por numerosas velas encendidas. El aire olía intensamente a incienso.

Al fondo de la sala, de espaldas a nosotros, había alguien sentado en el suelo sobre sus rodillas. Aquella persona no mostró la más mínima señal de haber reparado en nuestra presencia. Intercambié unas miradas interrogantes con mis compañeros y luego, con mucha cautela, nos acercamos hacia el solitario habitante de aquel lugar.

No se movió hasta que estuvimos lo suficientemente cerca como para sentir nuestro aliento sobre su cuello. Sólo entonces giró su cabeza hacia nosotros y nos miró.

Se trataba de un hombre muy anciano, con la piel negra y arrugada como un pedazo de cuero podrido. Unas hebras de pelo grisáceo brotaban de sus mejillas, en algo que parecía más una tela de araña que una barba en condiciones. Sus ojos, rodeados de arrugas, estaban velados por una capa blancuzca.

Frente a él, sobre un atril hecho de barro, había un grueso

libro abierto. Costaba creer que lo hubiese estado leyendo, pues estaba escrito con una caligrafía prieta y enrevesada, y aquel viejo no parecía ser capaz de ver más allá de sus propias cataratas.

El anciano se puso en pie con ayuda de un palo retorcido que utilizaba como bastón. Vestía una chilaba de color claro, cubierta de mugre, y alrededor de la cabeza llevaba un turbante harapiento. Paseó su mirada sobre nosotros, moviendo la cabeza igual que un topo que asoma por su madriguera.

—¿Quiénes sois? ¿Cómo habéis entrado en la mezquita? —preguntó en francés.

No me costó entenderle, para mi sorpresa. Incluso me pareció que en su acento había cierto deje hispano.

—Hemos utilizado esto —respondí mostrándole el timón de Gallieni.

El anciano lo cogió. Primero empezó a manosearlo entre sus dedos temblorosos, luego se lo acercó a los ojos hasta casi poder tocarlo con la nariz. Por último, se lo llevó a la boca y lo mordió con uno de los pocos dientes que aún quedaban en sus encías.

—Es oro —dijo devolviéndome el timón—. Es el timón de oro de Yuder Pachá. El tesoro de los arma... Qué Dios sea loado por permitirme el gozo de volver a verlo reunido con mis propios ojos.

Era discutible que aquel pobre viejo pudiera ver nada con sus propios ojos. Su dios, fuera el que fuese, no había sido tan generoso.

César se apresuró a decirle algo al anciano en un idioma que ninguno pudimos entender. Al escucharlo, el rostro del viejo dibujó una expresión de desagrado.

—¿Qué escuchan mis oídos? ¿Es la lengua de los viejos emperadores? —El anciano agitó su bastón delante de las narices de César, como si reconviniese a un chiquillo travieso—. ¡El idioma de los songhay no tiene cabida en estos muros! ¿Cómo te atreves a venir aquí con el timón de oro y hablarme en lengua de reyes sometidos? Ve a conversar con los muertos, fantasma, pues ellos serán los únicos que quieran comprenderte.

Aquellas palabras enfurecieron a César.

—¿A quién llamas «sometido», repugnante montón de carroña? —le espetó entre dientes—. ¡Ten más respeto por aquellos cuyas tumbas vigilas!

El viejo dio un paso atrás, asustado. Me acerqué a César con la intención de calmarlo, pues temía que fuese a arrojarse sobre aquel pobre hombre.

—Tranquilízate, César. No hemos venido a pelearnos con nadie.

Al escucharme hablar en español, los ojos del anciano se iluminaron.

—Sí. La lengua de los conquistadores. La lengua de los primeros arma. —Renqueó hacia mí y me palpó la cara con las manos. Su tacto apergaminado y seco me resultó muy desagradable, como si un grupo de insectos caminasen por mis mejillas—. Desgraciado de mí; yo ya no puedo comprenderla, pero mi pueblo aún no ha olvidado su sonido. Mi pueblo recuerda. Sed bienvenidos, viajeros, sed bienvenidos. Seguidme y os diré dónde encontrar lo que buscáis.

El viejo renqueó sobre su bastón y desapareció por una pequeña abertura lateral. Fuimos tras él, intrigados por sus palabras.

La puerta daba a un pequeño cuarto en cuyo centro ardía un fuego. Sobre las llamas, en un soporte de metal, colgaba una tetera de la que brotaba un fuerte aroma a hierbas. El suelo estaba cubierto por mantas de colores.

El anciano nos entregó a cada uno un pequeño cuenco de barro y después se sentó frente al fuego, haciendo gestos para que lo imitásemos. Nos acomodamos en círculo alrededor de la hoguera.

—Beberéis infusión de *dableni*. Servíos, viajeros; podéis ver que está calentándose al fuego. —Sus palabras no sonaron como una invitación amable sino más bien como una orden. Cogimos la tetera y empezamos a servirnos de su contenido, un líquido de color rojizo y turbio—. Yo soy Mussa, el imán de esta mezquita. Sé a lo que habéis venido.

—¿Cómo lo sabes? —preguntó Burbuja.

—Porque habéis traído el timón y conocéis la lengua del conquistador, del gran Yuder Pachá. Él nos trajo a esta tierra, a nosotros, a los arma.

—¿Eres un arma? —pregunté.

—Lo soy. Mis antepasados lucharon con Yuder Pachá en Tondibi, donde el emperador songhay fue sometido y su ejército, masacrado. Vinimos de más allá del Sahel, del reino de Granada, al igual que el sabio arquitecto Es Saheli, quien colocó los cimientos de esta ciudad. Ahora es mi linaje el que la guarda, aquí, entre las tumbas de los antiguos reyes. Recibimos aquella misión del propio Yuder Pachá en persona.

—¿Quieres decir que está aquí? —pregunté—. ¿La Cadena del Profeta está aquí?

Mussa negó con la cabeza. Parecía molesto.

—No, no... ¿Es que no sabes nada? ¡La Cadena del Profeta...! Yuder Pachá la encontró, pero no se atrevió a llegar hasta ella. ¿Somos los arma dignos de custodiar ese tesoro inmenso? ¡No, estúpido viajero! Nadie lo es. Deberías saberlo.

—¿Por qué Yuder Pachá no pudo llevarse la Cadena?

El rostro del anciano se ensombreció.

—Porque la secta numma la guarda. Ellos y su espantoso demonio Zugu. Los primeros soberanos de Malí, paganos e ignorantes, hicieron un pacto con las tinieblas para que nadie pudiera llevarse la Cadena de estas tierras.

Quise seguir interrogando al imán sobre esa secta y sus demonios, pero Burbuja tomó la palabra en mi lugar.

—¿Qué es? ¿Qué es esa dichosa Cadena? ¿En qué consiste ese tesoro?

—El Hombre Verde se lo dio a Moisés. Es un regalo de Dios. —El imán unió las manos frente a su cara y se inclinó con reverencia, como si hablara de algo sumamente sagrado.

—¿El Hombre Verde?

—Al Khidr, el Mil Veces Santo. A quien Dios llamó «amigo»... Ángel eterno de sabiduría; que Dios me perdone por pronunciar su nombre. —La mirada del anciano se perdió en la lejanía, adoptando la expresión de un fervoroso creyente—. Servidor de Servidores, Maestro del Oasis Imperecedero... Allá está la Cadena del Profeta.

El viejo siguió divagando en aquellos términos. Empecé a darme cuenta de que aquel anciano tampoco tenía la más remota idea de en qué consistía el tesoro que Yuder Pachá había tratado de encontrar.

—Respóndeme a una pregunta, Mussa —dije—. Has hablado de un tesoro que se encuentra en este lugar... Si no tiene que ver con la Cadena del Profeta, ¿de qué se trata?

El viejo me lanzó una mirada astuta.

—Ah, pero sí que tiene que ver, viajero, sí que tiene que ver... El tesoro de los arma. Tres piezas de oro: el timón, la cabeza y el sillar. Son necesarias para entrar en el Oasis Imperecedero. Yuder Pachá lo sabía. Él se quedó con el timón, pero las otras dos las ocultó en esta mezquita. Sólo aquel que las vuelva a reunir, será digno de encontrar la Cadena del Profeta. Vosotros estáis aquí porque creéis ser dignos, ¿verdad? —El viejo me señaló con un dedo retorcido y afilado—. Pues lo tendréis que demostrar. Sí. Ya lo creo que sí. —Sus labios se tensaron en una sonrisa desagradable—. Si no lo hacéis, sufriréis las consecuencias.

—Eso habrá que verlo —dijo Burbuja—. ¿Dónde está el Oasis Imperecedero?

—Lo sabrás... si demuestras ser digno. De lo contrario, morirás.

—Yo que tú no haría amenazas a la ligera, anciano —replicó el buscador.

—No soy yo quien te amenaza. El Legado del Hombre Verde no está al alcance de los necios. Será el peso de tu ignorancia lo que te destruya si no eres capaz de demostrar tu valía.

—Esto no nos está llevando a ninguna parte —atajó Hidra, poniéndose en pie—. ¿Por qué seguimos perdiendo el tiempo escuchando a este pobre lunático? Coged lo que hayáis venido a buscar y larguémonos de una vez.

—¿Tienes prisa? —preguntó Burbuja, molesto.

—Hay hombres armados cerca de aquí, puede que en este momento estén a punto de atacar este cementerio. Sí, tengo prisa, y vosotros también deberíais tenerla.

Mis dos compañeros parecían estar a punto de enzarzarse en una pelea abierta. Algo había en el aire de aquel mausoleo que nos ponía tensos e irritables.

Me dirigí al imán:

—Muéstranos el tesoro de los arma, Mussa. Como tú bien dices, es por eso por lo que hemos venido.

—Así se hará. —El viejo se apoyó en su bastón y se puso en pie—. ¿Tenéis el Pez Dorado?

Le entregué al viejo la Pila de Kerbala. Sin quitármela de las manos, éste la palpó con las yemas de los dedos.

—Sí... Aquí está... —musitó—. Tú vendrás conmigo, viajero. Tú eres el portador del Pez Dorado. El resto no tienen permiso para contemplar el tesoro.

Me puse en pie para seguir al imán. Burbuja me agarró por el brazo.

—No pretenderás ir solo a ninguna parte con ese viejo chiflado, ¿verdad?

—Está medio ciego y apenas se tiene en pie, ¿qué daño puede hacerme? —repuse—. Esperad aquí. Si os necesito, pediré ayuda.

Burbuja miró al anciano y luego a mí. Lo noté preocupado.

—Ten cuidado, Faro. Esto no me gusta un pelo.

Le aseguré que lo tendría. El imán carraspeó, impaciente. Dirigí una última mirada a mis compañeros y fui tras él.

No era consciente de que lo peor aún estaba por llegar.

8

Lanzas

Seguí a Mussa por el interior de la mezquita. El anciano hablaba, pero yo no podía entenderle. Empecé a pensar que cualquiera de mis compañeros, más duchos en idiomas, habría sido una mejor elección que yo para aquel cometido; pero la casualidad había querido nombrarme portador único del Pez Dorado.

El viejo seguía hablando hasta que lo interrumpí.

—Lo siento, Mussa. Tendrás que hablarme de nuevo en francés y más despacio. No entiendo lo que dices.

El anciano se mostró irritado por la interrupción.

—Hablaba en una lengua antigua, viajero. Son oraciones sagradas que no tienes por qué comprender. Ahora, guarda tus palabras para cuando yo quiera escucharlas.

Buen rapapolvo. Decidí cerrar el pico y seguir caminando en silencio.

Mussa salió de la mezquita por una pequeña puerta trasera. Lo seguí hasta un patio exterior que daba a la pared del monte junto al que se encontraba Kolodugu. La noche había caído a plomo a nuestro alrededor y apenas se veía algo más que una solitaria antorcha que ardía junto a una abertura excavada en la ladera del monte. El imán la cogió y se introdujo por aquella entrada.

Sus pasos me llevaron hacia una gruta que se introducía bajo el nivel del suelo. Tuve algún reparo en seguirlo, pues desde mi experiencia en las Cuevas de Hércules soy bastante reacio a aventurarme en angostos espacios subterráneos. Desagradables recuerdos acuden a mi mente, noto que me falta el aliento y el corazón se me acelera.

Mussa percibió que ya no le seguía.

—¿Sigues ahí, viajero?

—Sí, sí, estoy a tu espalda —respondí desde la entrada a la gruta, tratando de disimular mi malestar.

Respiré hondo un par de veces, conté hasta diez y reanudé el paso. Casi podía sentir cómo las paredes de roca se estrechaban sobre mí.

Cuando escuchó que me movía, Mussa siguió caminando.

Avanzamos a lo largo de un buen trecho. El terreno descendía levemente a cada paso y yo tenía que hacer grandes esfuerzos para ignorar mi sensación de claustrofobia.

—¿Quién excavó esta gruta? —pregunté.

—Te dije que mantuvieras silencio, viajero —me amonestó el viejo. A pesar de ello, respondió a mi pregunta—. Fueron los arma. Yuder Pachá supervisó la obra en persona. Trabajó en ella un gran arquitecto de linaje hispano, amigo de juventud del conquistador. También era un hábil ingeniero. Su nombre era Hixam As Dakkhara. Yuder Pachá le concedió el privilegio de ser enterrado aquí, en Kolodugu, junto a los emperadores.

Era la primera vez que oía hablar de aquel arquitecto. Pensé que su posible talento se había desaprovechado de forma penosa si lo único que hizo fue abrir una gruta bajo un pequeño monte.

—¿Por qué Yuder Pachá escogió este lugar para guardar el tesoro de los arma?

—Porque es una tierra sagrada. Los songhay lo sabían, y antes que ellos los mambara, que levantaron la necrópolis en tiempos del gran emperador Mansa Musa.

—Creía que era el panteón lo que había sacralizado estas tierras.

—No, ya era un lugar santo mucho antes de que se construyera. Aquí moraba la serpiente Bida, el demonio primitivo que provocaba el mal en el mundo. Hace mucho tiempo, un sirviente de los faraones de Egipto llamado Igo Khasse Dingka llegó a estas tierras por mandato divino, se enfrentó a Bida y la mató. A consecuencia de ello, nada volvió a crecer en este lugar. Dios premió a Dingka convirtiéndolo en el padre de los soninké, y, tiempo después, ellos gobernaron el primer imperio de Malí. Lo llamaron Wagadú, pero los árabes se referían a él con el título que ostentaban sus reyes: Imperio de los Ghana. Eso fue cien años después de la muerte de Mahoma, y setecientos años antes de que los songhay se hicieran con el poder.

Al calcular mentalmente las fechas, descubrí que el anciano estaba hablando de hechos que ocurrieron en el siglo VIII de nuestra era. Más o menos por aquella época, los reyes visigodos de Toledo ocultaron la Mesa de Salomón en las Cuevas de Hércules, un lugar bastante parecido al que yo me encontraba en ese momento. Me sentí como si viviera una especie de *déjà vu*.

La gruta terminaba en una puerta estrecha. Al atravesarla, me encontré en el interior de una amplia sala con las paredes cubiertas de barro sólido, a modo de estuco. Mussa utilizó la antorcha para encender unos pebeteros llenos de aceite colocados en las esquinas. Una luz anaranjada y temblorosa apartó las sombras de la sala.

La estancia tenía una forma más o menos redonda. En una parte de la pared había una puerta de arco. De sus jambas brotaban unas gruesas barras de metal que impedían el paso a través de ella. Un poco más lejos, vi tres grandes nichos casi tan altos como yo. En cada uno de ellos había un arma que descansaba sobre un podio de madera.

—¿Qué lugar es éste? —pregunté.

El anciano se apartó a un rincón oscuro.

—Una de ellas es un don divino —dijo—. Escoge con cuidado.

—¿Eso qué significa?

—Una de ellas es un don divino. Escoge con cuidado —repitió el viejo.

No pude evitar sonreír con sarcasmo. Por mi experiencia, imaginaba cómo funcionaban ese tipo de cosas: debía elegir una de las armas. Si mi decisión era la correcta, podría seguir adelante; en caso contrario... En fin, seguramente no me agradaría experimentar las consecuencias de un posible error.

—Supongo que no voy a sacar de ti más palabras que ésas, ¿verdad? —pregunté al imán.

—Una de ellas es un don divino. Escoge con cuidado —insistió por tercera vez.

El viejo se tomaba muy en serio su actitud críptica de guardián de tesoros. Un verdadero profesional.

Bien, también yo lo era en mi campo.

Contemplé las armas de los nichos. Eran tres lanzas idénticas: largas, con la punta afilada en forma de corazón y el mango cubierto de algún grueso material. En los nichos no había ni inscripciones ni símbolos, al igual que en el resto de la sala.

Me frustré. Me pareció que quien diseñó aquella sala me estaba haciendo trampas: lo normal en esos casos es dejar algo que sirva de pista para evitar que la decisión sea cosa del azar; pero allí no había nada que me pudiera servir de indicio, y al viejo no iba a sacarle nada que no fuesen sus dos frases repetidas de memoria. Era muy injusto.

Observé las lanzas durante un buen rato, sintiéndome cada vez más irritado. Parecía que no me iba a quedar más remedio que confiar en mi buena estrella. Quizá aquél era el modo africano de esconder tesoros.

Me acerqué a la primera lanza. Dudé. Luego a la segunda. Dudé otra vez; y lo mismo con la tercera... Al final, como quien apuesta todas sus fichas al rojo o al negro, volví a la primera lanza y la saqué del nicho. Era bastante pesada. Al sostenerla entre mis manos, el podio de madera sobre el que se apoyaba comenzó a elevarse. Se produjo el sonido de un resorte tras las paredes. Mi experiencia me indicaba que eso nunca es buena señal.

Escuché un roce metálico que provenía del acceso a la gruta

que acabábamos de atravesar. Me giré justo a tiempo para ver cómo del umbral de aquella puerta brotaban cinco barras de hierro que cerraban el paso.

Ahora el imán y yo no teníamos forma de salir de la sala.

Mussa torció sus labios en algo que parecía vagamente una sonrisa.

—Mala elección, viajero.

Empecé a sudar por todo el cuerpo.

—No, no, espera un momento —dije, asustado—. ¿Qué significa eso?

—Las puertas están selladas. No podemos avanzar ni retroceder.

Me quedé sin aliento. Recé para que mi error no hubiera supuesto quedar sepultado vivo con aquel desagradable viejo como única compañía. Me mente se negaba a aceptar esa brutal y lenta condena a muerte.

—Ya veo lo que quieres decir: la lanza correcta abre el paso, la incorrecta lo cierra... ¡Pero aún quedan dos lanzas! Una de ellas aún sirve para desbloquear la otra puerta. ¡Todavía tengo una oportunidad!

El viejo entornó los ojos, como si el hecho de que yo no quisiera pudrirme en aquel agujero con él le resultase ofensivo.

—Sólo una, viajero —indicó—. Si vuelves a fallar, el mecanismo que abre la otra puerta se bloqueará para siempre. Será inútil que lo intentes una tercera vez; no funcionará.

Sentí un pequeño alivio. Muy pequeño, pues el terror de una inminente sepultura en vida aún copaba todos mis pensamientos. Sin embargo, la suerte me otorgaba otra apuesta. La última. Debía pensar con claridad.

—Ayúdame. Haz algo, dame una pista... —le rogué—. Tú tampoco quieres quedarte aquí encerrado, ¿verdad?

—Si ésa es la voluntad de Dios... —dijo el anciano, sonriendo maliciosamente.

Sentí que me costaba respirar. Ya había tenido antes la pesadilla en la que me quedaba sepultado bajo tierra y no quería vi-

virla. Estuve a punto de agarrar al anciano por el cuello y obligarlo a indicarme la lanza correcta, pero comprendí que si su aplomo era tan grande como para no importarle morir conmigo, mis amenazas no surtirían ningún efecto en él.

Sólo dependía de mí el no convertir aquella sala en mi tumba.

Temblando, me acerqué a las lanzas. Eran idénticas. Esperar una inspiración divina o cualquier otro tipo de señal milagrosa sería inútil. No tenía sentido demorar más tiempo aquel doble o nada.

Me coloqué frente a la primera lanza y así el mango. Estaba cubierto de una piel rugosa, como la de un cocodrilo.

No me atrevía a levantarla.

Me quedé paralizado, con la mano alrededor de aquel mango escamoso.

«Mango escamoso».

Entonces caí en la cuenta de que el mango de la lanza que escogí en primer lugar no tenía escamas sino que estaba cubierto de cuero. Me aparté de aquel nicho e inspeccioné la otra lanza: estaba en lo cierto. Luego comprobé la tercera: el mango también estaba cubierto con piel de reptil. Al inspeccionarla de cerca me pareció que era piel de serpiente.

Sentí una gran excitación. Había descubierto algo que diferenciaba a las tres lanzas: una de ellas hecha con cuero, la otra con escamas de cocodrilo y la tercera con piel de serpiente. ¡Aquello era un indicio!

Recordé las palabras del anciano: «Una de ellas es un don divino». Un don divino. Otro indicio. Maldita sea... ¡Cómo pude ser tan estúpido! Rezaba por encontrar pistas y no me di cuenta de que aquella sala estaba repleta de ellas.

Con gesto triunfal, me acerqué a la lanza del segundo nicho, aquella cuyo mango estaba protegido con la piel de serpiente. La sostuve con las dos manos y la arranqué de su sitio. El podio de madera volvió a elevarse, pero esta vez no tuve miedo, pues estaba seguro de haber tomado la decisión correcta.

Los barrotes de hierro de las puertas desaparecieron. El paso quedaba libre. Enarbolé la lanza como un guerrero triunfante y miré al anciano.

—Buena elección, viajero —dijo, escueto. Tuve la impresión de que se sentía decepcionado—. Ahora, sigamos.

Renqueó hacia una de las puertas recién abiertas y yo fui tras él.

Si hay algo que aprendí de mi padre es a no despreciar el valor de un mito. Olvidar momentáneamente aquella enseñanza casi me cuesta quedar sepultado vivo bajo la Ciudad de los Muertos.

Cuando vi la piel de serpiente en el mango de aquella lanza, un recuerdo acudió a mi cabeza como traído por un ángel guardián. Era la leyenda que César me contó en Massaboro, a orillas del Níger. El mito que hablaba de un pescador armado con una lanza, con la cual se había enfrentado a peligrosos demonios. Aquel objeto fue un don divino: el regalo de una diosa, la reina de las aguas del mundo, quien la había fabricado con la piel y los huesos de un monstruo llamado Zirbín. Sus acólitos eran serpientes que campaban a sus anchas por el río Níger. Era lógico suponer que el propio Zirbín también lo fuese.

Una lanza hecha de piel de serpiente.

Quien diseñó la prueba de acceso al tesoro de los arma tuvo aquella leyenda en su cabeza, y esperaba que la persona digna de superar su reto también la conociese. Estaba claro que si pretendía desvelar los secretos ocultos de Malí, debía aprender a pensar como un maliense. Cuando salí de aquella sala en la que a punto estuve de pasar el resto de mis días, me prometí a mí mismo no olvidar lo que había aprendido.

Estaba muy contento por haber eludido a la muerte, aunque me frustraba un poco que el viejo Mussa no mostrase ninguna emoción por mi astucia. A todo el mundo le gusta recibir una palmada en la espalda por el trabajo bien hecho.

El imán no tuvo ese detalle conmigo. De hecho, cuando abandonamos la sala de las lanzas, volvió a sumergirse en su mutismo mientras yo le seguía unos pasos por detrás.

Creía que después de aquello accederíamos al lugar donde estaba el tesoro, pero me equivoqué. El viejo me guió a través de una segunda gruta, igual de oscura y angosta que la anterior. La única luz era la de su antorcha, que apenas daba para clarear nuestro siguiente paso.

Noté que algo crujía bajo mis pies como si caminase sobre un lecho de hojas secas o un montón de papeles. Miré al suelo y lo encontré cubierto de tiras de un material transparente y amarillento.

A medida que avanzábamos esas tiras se hacían cada vez más numerosas, llegando en ocasiones a cubrir el suelo por completo. Era como si alguien hubiera tirado en aquella gruta un montón de papiros sin usar.

La gruta se ensanchó de pronto y observé que habíamos llegado a otra sala. En realidad se trataba de una gran cueva natural, con la cubierta y las paredes de roca viva. La cueva era muy grande y con la luz de la antorcha de Mussa no alcanzaba a ver sus límites.

El imán prendió dos grandes pebeteros llenos de aceite, iguales a los que había en la sala de las lanzas. La luz me permitió darme cuenta de que había un pequeño acuífero en medio de la cueva. Al observarlo con más atención, reparé en que no era natural sino hecho por la mano del hombre: unas escaleras se sumergían en el agua y los bordes eran lisos y rectos.

No había duda de que era una piscina. Una amplia piscina subterránea de cinco siglos de antigüedad cuyo fin, también estaba seguro de ello, no era en absoluto recreativo.

La piscina nos cerraba el paso. El agua estaba tranquila y lucía un color turbio y sucio. Algunas plantas de aspecto enfermizo crecían en su superficie confiriéndole una textura pantanosa. Al otro lado, varios metros más lejos de donde nos encontrábamos, parecía que la gruta terminaba. Percibí algunas sombras en la otra orilla, pero la escasa luz no me permitía ver lo que eran. No obstante, habría jurado que algo brillaba débilmente.

Esperaba que fuese el tesoro de los arma.

Mussa se había detenido. Me imaginaba lo que vendría a continuación.

—Está bien, anciano —dije—. Suelta tu enigmático acertijo y acabemos con esto pronto.

—Aquí no hay acertijo, viajero —respondió el imán—. Te hallas en la cámara del tesoro. Al otro lado del agua está la herencia de los arma.

—¿Eso es todo? ¿Nada de trampas ni de mecanismos?

—No. Sólo tienes que cruzar el estanque.

Me quedé observando al anciano con profundo recelo. Éste se limitó a sentarse en el suelo con las piernas cruzadas, contemplando la nada con sus ojos blancos.

Me aparté de él poco a poco, sin dejar de dirigirle miradas por encima del hombro. Al llegar a la orilla de la piscina, oteé en lo profundo del agua. No parecía muy apetecible nadar en aquel líquido estancado y pestilente, cubierto de miasmas flotantes, pero tampoco vi nada que fuera peligroso.

Puse el pie en el primer peldaño de la escalera que se introducía en el estanque. Luego en el otro. Al llegar al último decidí quitarme las botas para nadar con más libertad.

Escuché la voz del imán detrás de mí.

—Vamos, viajero, adelante. No debes temerle al agua.

No me gustó su tono de voz. Sonaba como el de alguien que te ofrece una de esas latas de nueces que al abrirlas liberan un montón de muelles con aspecto de...

«Oh. Diablos.»

En la orilla del estanque había más de aquellas tiras amarillentas parecidas a hojas. Cogí una de ellas y la inspeccioné. Al tenerla frente a mí vi que estaba cubierta por una retícula de escamas. Dejé escapar una expresión de asco y la solté.

Era la piel seca de una serpiente. Un pensamiento de horror

me golpeó en la cabeza al darme cuenta de que había estado caminando sobre decenas de pellejos mudados de aquel animal.

Vi que el agua se movía. Un lomo brillante y viscoso asomó por su superficie y luego una cabeza de reptil, grande como mi puño. De pronto comprendí que aquella maldita cueva era un inmenso terrario.

Sólo pude pensar en salir corriendo de aquel lugar tan rápido como mis pies me lo permitiesen. Al infierno con los arma y su tesoro. Yo no era el buscador adecuado para atravesar una piscina llena de serpientes.

El aborrecible animal que había asomado la cabeza por la superficie no estaba dispuesto a dejarme marchar tan fácilmente. De pronto contemplé con absoluto espanto una boca grotesca, de paladar blancuzco y musculoso, que salió disparada del agua en dirección a mi cara. Grité con todas mis fuerzas y me protegí la cabeza con los brazos. Sentí un mordisco en la muñeca. Un tentáculo cubierto de escamas surgió de la nada y se enredó entre mis tobillos. Tropecé y caí al agua.

La piscina mostró mi miedo más profundo; de hecho, fue aún peor, pues ni en mis peores pesadillas había imaginado una serpiente tan grande como aquélla. Su cuerpo era grueso como mi brazo, y su cabeza, aún agarrada a mi muñeca igual que un cepo, era como una mano de ojos amarillos. Tenía la piel cubierta de manchas negras con forma de jeroglífico, salvo en la zona del vientre, que era del color de la carne muerta.

Cuando Hidra me habló de la pitón de Seba, la había imaginado espantosa, pero enfrentarme con una fue aún peor de lo que pensé.

La pitón comenzó a enredarse por todo mi cuerpo con hambrienta avidez. Sentí el repugnante tacto húmedo de sus anillos en mi piel, alrededor de mis piernas, de mis brazos y de mi tronco. La serpiente pugnaba por arrastrarme al agua, y yo empleaba todas mis fuerzas en agarrarme al borde de la piscina. Creí escuchar, muy a lo lejos, la risa áspera del anciano imán.

Boqueé, angustiado, y tragué un buche de agua lodosa. Al

gritar me di cuenta con inmenso horror de que podía expulsar el aire, pero que a su vez me costaba trabajo volver a llenar mis pulmones. El cuerpo de la serpiente presionaba mi pecho en un abrazo mortal. Sus músculos eran duros como una roca.

Las fuerzas empezaron a fallarme al tiempo que la sensación de asfixia se hacía cada vez más intensa. Empecé a notar un leve mareo, y tuve la enloquecedora impresión de que la boca de la serpiente se hacía más grande.

Una de mis manos se soltó del borde de la piscina. Con la otra hice un último y desesperado intento por agarrarme a algo que me pareció una rama, pero aquello no me proporcionó ningún asidero. La serpiente se sumergió y yo detrás de ella. Ya no podía respirar y todo a mi alrededor se volvió oscuro.

Mi último pensamiento fue el de golpear aquel cuerpo gomoso con lo que fuera que hubiese sostenido en mi mano antes de hundirme en la piscina. Quiso la suerte que fuese capaz de acertar en la cabeza del reptil, y eso fue lo que me salvó la vida.

La serpiente aflojó la presión lo justo como para permitirme volver a asomar la cabeza por encima del agua. La sangre regresó a mi cerebro poco a poco y vi que en mi mano sostenía la lanza que había encontrado en la sala de la armería. Sin ser consciente de ello, había sido capaz de clavarla en la cabeza de la pitón.

Volví a sujetarme al borde la piscina y logré sacar medio cuerpo del agua. La serpiente aún estaba enrollada alrededor de mí, pero cada vez más como un peso muerto.

Apreté los dientes y cerré los ojos, que noté húmedos y llorosos. Sujeté la lanza con las dos manos y la clavé una y otra vez por todo el lomo de la pitón. Una mezcla de sangre y agua me empapó el cuerpo y me salpicó la cara. Volví a caer al agua. Grité. Me zafé del reptil y nadé a ciegas hasta que mis pies tocaron fondo. Salí de la piscina con rapidez, aún con grandes dificultades para respirar, sintiendo un fuerte dolor en las costillas.

Caí de rodillas al suelo sin preocuparme de otra cosa que no fuera llenar de aire mis pulmones. Estaba destemplado y mi cuerpo se agitaba en espasmos temblorosos, mezcla del frío, el asco y el miedo. Al cabo de un buen rato, me atreví a mirar hacia atrás. La serpiente estaba muerta, con la mitad de su cuerpo en el agua y la otra mitad extendida junto a mí. Era tan larga como una muerte por asfixia.

Eché un vistazo a la otra orilla de la piscina. Mussa estaba allí, de pie, mirándome con gesto grave.

—¡Maldito hijo de puta! —le grité—. ¡Debería retorcerte el cuello por no avisarme de esto, viejo cabrón bastardo!

Mis insultos se repitieron en forma de eco por las paredes de la cueva. Mussa esperó a que se extinguiesen para responderme.

—Ahora ya estás donde querías, viajero —dijo levantando la voz para que pudiera oírlo—. Eres digno de contemplar nuestro tesoro.

Luego, sin perder la calma, se sentó en el suelo y cerró los ojos, como si meditase.

Aún conservaba la linterna que Burbuja me había dado al entrar en Kolodugu. Era muy pequeña y ligera, pero me proporcionó la luz suficiente para poder explorar a mi alrededor.

El extremo de la cueva era un amplio espacio de aspecto abovedado. La piedra de los muros era suave, de color arcilloso y se curvaba en forma de ondas. Estaba húmeda al tacto.

A primera vista no encontré ningún tesoro extraordinario. Al fondo de la cueva la linterna iluminó un grupo de objetos cilíndricos, hechos de madera pulida. La madera estaba decorada con diseños en grabado y una membrana de cuero cubría los cilindros. Tardé un tiempo en darme cuenta de que eran tambores. Había un total de cinco y todos ellos me llegaban al nivel de la cintura.

Pronto perdí el interés por aquellos instrumentos. La luz de la linterna me mostró una placa de piedra tallada que estaba en la pared, sobre los tambores. La superficie de la piedra estaba cubierta por un diseño que me resultó familiar. La inspeccioné durante varios minutos hasta caer en la cuenta de que era un mapa, similar al que habíamos encontrado en el frontal de altar de la iglesia de Saint Béat.

Igual que en aquel antipendio, el mapa de la cueva revelaba un perfil del río Níger alrededor del cual había decenas de cápsulas translúcidas acompañadas por caracteres escritos en árabe.

Me llevé la mano al bolsillo y extraje la Pila de Kerbala. Si aquel mapa de piedra funcionaba del mismo modo que el frontal de Saint Béat, me bastaría con introducir la pila en el lugar adecuado para que la siguiente etapa en mi búsqueda se iluminase ante mis ojos.

Encontré un agujero del mismo diámetro que la pila en una esquina del mapa. A su lado, vi grabado el dibujo de un pez. El inconveniente era que carecía de un líquido que sirviera de electrolito para poder activar la pila. Sólo podía llenarla de agua, pero eso no serviría de nada.

Seguí inspeccionando la cueva en busca de algo que me pudiera ser de utilidad. Pero no encontré nada. Experimenté una gran sensación de enojo: había estado a punto de morir emparedado y de ser digerido por una serpiente gigantesca, y allí no había ni rastro del tesoro de los arma ni de cualquier otra recompensa a mis esfuerzos. Estuve a punto de volver a insultar a gritos al viejo imán, sólo para desahogarme.

Entonces volví a fijarme en los tambores. Alguien debió de tener la ocurrencia de colocarlos allí por un buen motivo. Pensé de nuevo en la leyenda que César me había contado: si ya me había sido útil una vez, quizá pudiera encontrar en ella algún otro dato que me sirviera de pista.

Los tambores me dieron una idea. Según el mito de Faran Bote, el héroe del Níger había hecho un trato con Dongo, dios del trueno. El trato obligaba al pescador a entretener a los dioses por medio de la música de unos tambores mágicos.

Los tambores que tenía ante mí no parecían mágicos, y, de hecho, sus membranas tenían un aspecto tan podrido y mohoso que dudaba mucho que pudieran producir música. No obstante, me había quedado sin ideas, así que opté por aplicar al problema una solución directa y sencilla.

Me acerqué al tambor más grande y, utilizando la lanza como baqueta, golpeé sobre él con la idea de hacerlo sonar.

No sé muy bien qué esperaba que ocurriese, pues lo único que logré fue rajar la membrana de cuero como si fuese un trozo de tela vieja. Una nube de polvo flotó sobre mi cara, haciéndome toser.

Me limpié la nariz con gesto airado, dispuesto a darle una patada a aquel estúpido instrumento medio podrido cuando, de pronto, algo brilló en el interior del tambor. Apunté la linterna hacia allí y encontré un objeto con la forma de un pequeño bloque. Lo saqué de su escondite y lo inspeccioné más de cerca. No era más que un simple ladrillo, pero estaba fabricado con un material lustroso que me pareció que podría ser oro. Algunas de sus caras estaban cubiertas de pequeñas muescas de formas distintas. Quizá era algún tipo de escritura, pero en principio no me recordó a ningún alfabeto que yo conociese.

Un sillar de oro… ¿No era uno de los objetos que conformaban el tesoro de los arma?

Sonreí en la oscuridad. A continuación, me guardé el ladrillo y me coloqué frente a otro tambor. Utilicé el puño para romper la membrana y en su interior encontré otro objeto brillante.

Esta vez se trataba de una pequeña máscara de rostro humano, aunque sus rasgos eran toscos y esquemáticos: los ojos eran dos esferas con fisuras almendradas; la nariz, un triángulo, y la boca, una oquedad redonda que se proyectaba igual que un pico, dándole a la máscara un leve aspecto de embudo. También estaba hecha de algo que parecía oro.

Sostuve la máscara con una mano y el ladrillo con la otra y me deleité contemplándolos. Al fin lo tenía: el tesoro de los arma. El timón, la cabeza y el sillar de oro. Los tres objetos reunidos después de cinco siglos; si la leyenda era cierta, ya poseía todo lo necesario para llegar a la Cadena del Profeta.

Nadie podrá negarme que mi experiencia como caballero buscador, aunque corta, era bastante fructífera.

Lo único que aún desconocía era cuál sería mi siguiente destino. Sin duda que en el mapa de piedra estaba la respuesta, pero hasta que no encontrase algo con que activar la Pila de Kerbala, el mapa me sería tan útil como una brújula dibujada en una servilleta.

Mi reciente triunfo me había insuflado nuevos ánimos, así que pensé que los tambores podrían tener más regalos para mí. Destrocé la membrana de un par de ellos, que encontré vacíos. En el tercero tuve un hallazgo desagradable: un nido de insectos que correteaban sobre la superficie de un odre hecho de piel.

No sé cuántos habría porque resultaba imposible contarlos en medio de aquel amasijo de patas, antenas y caparazones rubios. Tenían el aspecto de cucarachas, y quizá lo fueran, pero de un tamaño que uno sólo esperaría encontrar en una alcantarilla.

Enseñé los dientes en un gesto de asco. Metí la mano en el tambor y las aparté a un lado. Por suerte, mi problema es con las serpientes, las cucarachas y demás insectos repugnantes no me causan especial pavor; aunque admito que no fue nada agradable sentirlas cosquillear por entre mis dedos ni escurrirse hacia mi antebrazo.

Saqué el odre del tambor y comprobé que estaba lleno de algo líquido. Al destaparlo, me llegó un leve aroma a vinagre. El dios Dongo me había dejado un buen regalo, después de todo.

Introduje el vinagre dentro de la Pila de Kerbala usando la máscara de oro como embudo. La mitad del líquido acabó en el suelo, pero logré cargar la Pila con la cantidad suficiente para hacerla funcionar.

O, al menos, eso esperaba.

Sin más demora, introduje la Pila en el lugar adecuado y el resultado no me decepcionó. Una de las cápsulas de cristal del mapa se iluminó con un brillo mortecino. El nombre que aparecía junto a ella estaba escrito en árabe y yo no tenía nada a mano para poder copiarlo. Me concentré en grabar bien en mi memoria aquellos signos para, más tarde, poder dibujarlos y enseñárselos a alguien que los pudiera entender.

Por fin tenía todo lo que necesitaba.

Aún quedaba un último y difícil paso: volver a cruzar la piscina y reunirme con el imán Mussa.

Ya había matado a la pitón de Seba que habitaba en aquellas aguas, pero no por eso dejaban de resultarme amenazantes. Habría preferido meter la cabeza en el tambor lleno de cucarachas antes que tener que volver a cruzar ese pestilente estanque.

Decidí hacerlo rápido, sin pensar. Me acerqué a la piscina tratando de mantener mis ojos bien apartados del cadáver de la serpiente y después me sumergí en el agua. Me di cuenta de que el nivel sólo alcanzaba a cubrirme hasta la altura de los hombros. Avancé tan rápido como pude, asiendo la lanza con fuerza y listo para atravesar con ella cualquier cosa que se atreviera a rozarme. Creo que ni siquiera respiraba.

Alcancé la otra orilla sin volver a sufrir violentos encuentros por el camino. Salí del agua y me dirigí hacia el viejo imán, que aún estaba sentado en el suelo, con las manos sobre sus rodillas.

—¿Has encontrado lo que buscabas, viajero? —me preguntó.

Miré al viejo con odio. No había olvidado su risa de hiena mientras la pitón de Seba me aplastaba las costillas. En vez de responderle, me agaché y dibujé con el dedo en el suelo los caracteres árabes que había leído en el mapa.

—He escrito algo a tus pies —le dije—. Lo estoy iluminando con una linterna, ¿puedes verlo?

—Quizá. Deja que lo intente.

El viejo se colocó de rodillas con las palmas de las manos sobre el suelo y acercó la cara al lugar que yo alumbraba. Parecía estar a punto de rezar hacia la Meca.

—Mis ojos han perdido mucha luz, pero aún puedo leer una simple palabra —dijo—. Aquí pone «Ogol».

—¿Qué significa?

—No lo sé.

—Podría tratarse del nombre de una ciudad —aclaré—. ¿Eso te dice algo?

—Si es una ciudad, yo no he oído hablar de ella... Aunque por el nombre parece lengua dogón. Quizá se encuentre en los desfiladeros de Bandiagara.

El viejo se levantó. No podía, o no quería, explicarme nada más.

—Está bien —dije, y borré los signos árabes con el pie—. Regresemos a la mezquita.

—Espera un momento, viajero. ¿Has podido ver nuestro tesoro?

—Sí. Y no ha sido gracias a tu ayuda, por cierto.

—No tenía por qué dártela —repuso el viejo—. ¿Lo has dejado donde estaba?

—Por supuesto que no. Imaginaba que el tesoro era el premio a mi dignidad, mi sabiduría y todas esas cosas...

—No. Los dignos pueden contemplar el tesoro, pero no tienes permiso para llevártelo. Tendrás que volver a dejarlo en su lugar.

—Lo siento, anciano, pero me temo que tendré que cogerlo prestado por un tiempo.

Di un paso hacia la salida, pero el imán me agarró del brazo clavándome sus afilados dedos.

—¡No puedes llevártelo! ¡Pertenece a los arma!

Me zafé de él con un gesto brusco.

—El tesoro pertenece a Yuder Pachá, y en su nombre me lo llevo al lugar donde nació. Allí cualquiera podrá admirarlo sin tener que resolver mortales acertijos ni arriesgarse a ser devorado por una serpiente.

Puede que mi argumento fuera muy discutible. En los relatos, los héroes siempre actúan movidos por nobles ideales, y casi nunca roban a ancianos medio ciegos. Nunca he presumido de ser un héroe; sólo soy un tipo de ideas fijas.

—¡Ladrón! ¡Me has engañado!

—No. Ladrón no —dije—. Sólo un buscador.

Empujé a un lado al imán y, de pronto, éste profirió un grito de rabia que sonó igual que el estertor de un perro moribundo. De entre los pliegues de su costrosa chilaba sacó una daga curva y se lanzó sobre mí sin darme tiempo a reaccionar.

Me cogió por sorpresa, y de haber reaccionado un solo segundo más tarde, me habría abierto en el cuello una nueva vía para expulsar el humo del tabaco. Apenas tuve tiempo de sujetarlo por las muñecas y de mantener el filo de su cuchillo lejos de mi garganta.

El ímpetu con que se abalanzó sobre mí hizo que los dos cayésemos al suelo. El viejo era mucho más fuerte de lo que parecía, o bien yo estaba muy débil después de luchar contra la serpiente. Rodamos por la cueva: él intentando apuñalarme la nuez, y yo haciendo lo posible por quitármelo de encima.

Logré encajar mi pie en su vientre y apartarlo de una patada. El viejo salió despedido hacia atrás y cayó en la piscina. Se puso en pie con rapidez, apuntando las manos hacia mí, con sus dedos engarfiados y sin parar de chillar.

De pronto, el agua se agitó y una cabeza triangular de reptil salió disparada hacia el costado del anciano imán. Di un paso atrás. Por lo visto, la pitón que yo había matado no era la única serpiente que habitaba aquella piscina.

La cabeza del reptil se enganchó en la cintura del viejo y su cuerpo sólido y escamoso comenzó a enredarse entre sus piernas. El anciano cayó, yo fui hacia él, y entonces otra cabeza de serpiente surgió del fondo del estanque. La segunda pitón dirigió su mandíbula grotesca y desencajada hacia el rostro del viejo imán y se clavó sobre él igual que una ventosa. Escuché sus gritos sofocados por la boca de la serpiente, y dos hilos de sangre gotearon sobre su arrugado cuello.

Ni siquiera fui capaz de seguir mirando. Antes de cerrar los ojos y apartar la cabeza pude ver cómo el cuerpecillo del infeliz anciano quedaba cubierto por una masa de músculos cubiertos de lodo y escamas. Parecía que un gigantesco pulpo hubiera atrapado al imán entre sus tentáculos. Lo último que vi fue un nudo de serpientes del cual brotaban patéticos miembros humanos que se agitaban en estertores de angustia.

Seguía escuchando los gritos del viejo, como si brotaran del fondo de una montaña de mantas gruesas. Luego, un chasquido como de ramas rotas. Aquel sonido me hizo reaccionar, y un instinto básico de puro pánico me obligó a salir de corriendo sin mirar atrás.

Quizá no hice lo correcto, pero al menos no me quedé quieto contemplando su agonía entre carcajadas.

No es buena idea reírse de un buscador, ni tampoco atacarlo con una daga. Nunca sabes cuándo vas a necesitar su ayuda. Aquel viejo aprendió una valiosa lección justo antes de convertirse en comida para serpientes.

9
Yoonah

Me reuní con mis compañeros en el interior de la mezquita. Los encontré en la misma habitación en la que habíamos compartido té de hierbas con el malogrado imán.

Al verme aparecer, pálido, tembloroso y empapado; se arrojaron sobre mí ávidos de noticias. Una pregunta se solapaba sobre la otra y yo, que aún sentía cierta conmoción por la reciente experiencia, sólo fui capaz de mostrarles la máscara y el ladrillo de oro como respuesta.

—¿Éste es el famoso tesoro de los arma? —preguntó Burbuja. En sus grandes manos, los dos objetos no parecían más impresionantes que un par de chucherías—. Imaginaba algo más espectacular después de lo que nos contó ese viejo... ¿Dónde está, por cierto?

—Muerto —respondí—. Ya sé cuál es la siguiente etapa del camino. Un lugar llamado Ogol. El imán me dijo que puede estar en los desfiladeros de Bandiagara.

—Espera un momento, ¿has dicho «muerto...»? ¿Qué es lo que ha ocurrido? —preguntó Enigma—. ¿Tú estás bien?

Asentí con la cabeza. Luego me senté en el suelo y les pedí un minuto para sosegarme antes de entrar en detalles. Aún no me había recuperado del encuentro con las pitones de Seba.

—Lo siento, novato, pero no tenemos un minuto —replicó Burbuja—. Las cosas también se han complicado por aquí.

—¿Qué quieres decir?

Burbuja me llevó hasta uno de los estrechos vanos que había en la pared de la mezquita. Eché un vistazo al exterior. En la explanada que había frente al edificio vi un grupo de personas con uniformes amarillentos y cascos cubriéndoles el rostro.

—Hombres de arena —dijo Burbuja, confirmando mis temores—. O eso pensamos. Llevan un uniforme idéntico al de los que vimos cerca del río, puede que sean del mismo grupo.

Conté un total de seis. Algunos estaban colocando focos portátiles frente a la mezquita y los conectaban a un generador eléctrico. Otros sacaban bloques de un material plástico de la parte trasera de un todoterreno y los acarreaban a otro lugar, fuera de mi campo de visión. Todos ellos estaban armados.

—Llegaron justo después de que el viejo y tú os marcharais —dijo Hidra, hablando en voz baja—. Yo diría que eso que sacan del coche son explosivos plásticos. Da la impresión de que los están distribuyendo por toda la necrópolis.

—Mierda... No pretenderán volarla, ¿verdad?

—Sabemos lo mismo que tú, novato. Y también sabemos que no queremos quedarnos para investigar. Sólo estábamos esperando a que aparecieses y largarnos de aquí.

—¿Por dónde? Han rodeado el único acceso a la mezquita.

—César tiene un plan. Me parece un plan horrible, pero... —Burbuja suspiró—. Yo estoy sin ideas.

Escuché el plan de César y, al igual que Burbuja, me pareció descabellado. Su idea era salir de la mezquita a escondidas, buscar dónde habían colocado los hombres de arena los explosivos, y detonarlos. Así se crearía una distracción que aprovecharíamos para escapar de la necrópolis sin que nadie se diese cuenta.

Dije que aquel plan me parecía condenado al fracaso.

—¿Tienes una propuesta mejor, buscador? —me preguntó César.

—No... Pero... ¡es ridículo! ¿Cómo estás tan seguro de que podrás detonar los explosivos sin peligro?

—Al menos puedo intentarlo. Si no lo consigo, encontraré otra manera de distraer a los hombres de arena para que podáis salir de la mezquita.

—¿Y tú cómo piensas hacerlo?

—Por aquí. —César señaló una pequeña abertura que se encontraba a ras del suelo, no más grande que un sumidero. Un gato podría pasar por allí, pero no un ser humano.

Quise discutir con él, pero me di cuenta de que mis compañeros ya habían decidido en mi ausencia y estaban dispuestos a seguir aquel plan de huida.

César nos pidió nuestras cantimploras. Las utilizó para empapar de agua el contorno del sumidero y la tierra de su alrededor hasta que el barro se ablandó y se convirtió en lodo. Después, se desnudó de cintura para arriba y utilizó el resto del agua para humedecerse el torso, los brazos y la cabeza.

Contemplé cómo se tiraba al suelo y se revolcaba en el barro lodoso. Extendió los brazos por delante del cuerpo y los introdujo en el sumidero hasta los codos, después empezó a retorcerse igual que un gusano enfangado. Sus hombros se torcieron de forma antinatural, como si hubiera sufrido una luxación en las dos articulaciones. Me resultó imposible ver aquellas contorsiones sin sentir un escalofrío.

Poco a poco, el enjuto cuerpo de César se introdujo a través del sumidero. La experiencia me resultó igual de inquietante que contemplar un parto hacia atrás y a cámara lenta: primero los brazos, luego los hombros, la cabeza, el tórax... Sus miembros se retorcían como si estuviesen hechos de goma. Al cabo de unos lentos y angustiosos minutos sólo se veían las piernas de César.

Por último, desapareció por completo.

—Bien por nuestro hombre elástico —masculló Burbuja. Al mirarle a la cara, pude percibir un leve gesto de repugnancia—. Esto no se ve todos los días...

De pronto escuchamos una detonación que provenía de la entrada de la mezquita.

Era imposible que a César le hubiese dado tiempo a cumplir la siguiente parte del plan, por lo que aquella explosión debía de atender a otro motivo.

Enigma y yo nos asomamos a la sala de oración con mucho sigilo. La puerta de madera que daba acceso al recinto colgaba de sus goznes hecha astillas, rodeada por una polvareda de humo y tierra. El aire olía a plástico quemado.

Dos hombres de arena entraron en la sala. Uno de ellos llevaba el uniforme amarillo pálido que ya conocíamos, y el otro vestía de negro; los dos se cubrían con un casco.

El de amarillo empuñaba un fusil de asalto e iba delante. Hizo un barrido con la mirada a su alrededor y luego se dirigió al de negro, en inglés:

—Despejado, doctor Yoonah.

El de negro entró en la mezquita a paso lento. Se quitó el casco y un chorro de luz de uno de los focos exteriores le iluminó el rostro. Era un hombre de edad madura, con el pelo negro y abundante; su boca, pequeña y de labios carnosos, estaba rodeada de una delgada perilla que parecía dibujada a trazos de carboncillo. Tenía rasgos asiáticos, pero en sus pequeños ojos achinados destacaban dos pupilas de color azul intenso.

No es habitual encontrarse con un asiático de ojos azules, pero a aquél en concreto no era la primera vez que yo lo veía: era el mismo hombre que estaba en la fortaleza de Saint Béat junto con los que intentaron robar el timón de Gallieni.

Enigma y yo nos ocultamos de la vista de los recién llegados.

—Mierda… —dije—. Yo conozco a ese hombre, al que va de oscuro. Es David Yoonah, el matemático.

—¿Estás seguro?

—Por completo. ¿Cuántos orientales de ojos azules puede haber en el mundo.

—¿Estás hablando del David Yoonah que es uno de los socios fundadores de Voynich Inc.?

—El mismo. ¿Aún sigues pensando que soy un paranoico?

Enigma me hizo callar. Los dos nos asomamos de nuevo a la sala de oración.

Yoonah contemplaba el espacio con una sonrisa de satisfacción.

—¿No es extraordinario? —preguntó al hombre del uniforme amarillo—. Fíjese, amigo mío: un espacio inviolado durante siglos. Estos muros rezuman mitos, y nadie los ha contemplado desde tiempos del conquistador Yuder Pachá... —El asiático inspiró con fuerza—. Nadie, salvo, por supuesto, el imán de los arma... Me pregunto dónde estará; según las leyendas, debería encontrarse justo aquí.

—Traeré a unos cuantos hombres para inspeccionar el perímetro, doctor.

—No, no... Por favor, manifieste algo de respeto por este lugar; es un espacio sagrado. Me gustaría poder explorarlo a solas, si no hay inconveniente.

—¿Cree que es seguro?

—Sin duda. Ya tendrán tiempo usted y sus hombres para hacer de dinamiteros. Esta vez quiero hacer las cosas con algo de sutileza. No olvide que esto es una expedición arqueológica. —Yoonah dirigió una fría sonrisa a su acompañante. Luego su rostro se tornó serio—. ¿Las cargas están dispuestas?

—Sí, doctor; en los lugares que usted nos indicó. Cuando detonemos la primera de ellas, se producirá la reacción en cadena.

No me gustó nada oír aquello. Me dio la impresión de que a Yoonah tampoco, al menos eso pareció por el rictus de desagrado que dibujaron sus labios.

—Lamentaría tener que reducir este hermoso lugar a escombros —dijo.

—Lo siento, doctor; mis instrucciones son claras —repuso el hombre de arena—. Dejaré que se tome un tiempo para explorar, si es lo que desea, pero si no encuentra ningún acceso a las cámaras subterráneas, tendremos que abrirlo nosotros.

—Lo sé, lo sé... —dijo el asiático, haciendo un gesto de fastidio con la mano—. Ahora, váyase y compruebe que está todo listo. Le avisaré cuando termine aquí.

Yoonah esperó a encontrarse a solas para comenzar a inspeccionar la sala de oración. Se dirigió hacia el atril con el libro que el viejo imán había estado leyendo a nuestra llegada y se distrajo hojeando sus páginas, dándonos la espalda a Enigma y a mí.

Dejamos a Yoonah y regresamos junto a nuestros compañeros para contarles lo que habíamos visto y oído. Nos preocupaba especialmente la mención del hombre de arena sobre las explosiones encadenadas. Si era cierto, el plan de César podía desatar un caos imposible de valorar.

—De acuerdo, la situación ha cambiado por completo —expuso Burbuja—. No podemos esperar a César: hay que salir de aquí, encontrarlo antes de que active los explosivos y largarnos a toda prisa.

Hidra tuvo una idea.

—Ese doctor Yoonah parece importante aquí, podemos aprovecharnos de eso —dijo, y después miró a Burbuja—. ¿Entiendes lo que quiero decir?

—Creo que sí. Igual que en Sicilia.

—¿Qué pasó en Sicilia? —pregunté.

—Usamos un escudo humano para escapar de una situación como ésta —respondió el buscador—. Si queremos hacer lo mismo, necesitaremos un arma.

Hidra tenía una. Una pistola HK, similar a la que Burbuja llevaba en su equipaje y que perdió en el *Buenaventura*. Supuse que su idea era capturar a Yoonah como rehén y utilizarlo para que los hombres de arena nos permitiesen salir de la necrópolis. Era un plan muy propio de Burbuja, así que dejamos que él tomase la iniciativa.

Regresamos sigilosamente a la sala de oración. Yoonah aún leía el libro del viejo imán, ajeno al peligro que lo acechaba. Burbuja se le acercó por detrás y, cuando estuvo a pocos pasos de él, lo inmovilizó sujetándole el cuello con el antebrazo.

El asiático abrió la boca para gritar, pero Burbuja se apresuró a encajarle dentro un pañuelo justo a tiempo. No envidié al doctor Yoonah: el buscador había llevado ese mismo pañuelo al cuello desde que aterrizamos en Cabo Verde, así que debió de resultarle más oneroso que la pistola que tenía encajada en los riñones.

Sacamos al doctor fuera de la sala de oración y nos dirigimos a la habitación donde habíamos permanecido ocultos. Se agitaba igual que un pez fuera del agua.

Burbuja arrojó a Yoonah sobre una de las alfombras que tapizaban la estancia del imán Mussa. Después se colocó delante de él, con la pistola apuntándole a la frente.

—Siento mucho este asalto, doctor Yoonah —dijo Burbuja—. No debe preocuparse: si sigue mis instrucciones, éste será todo el daño que reciba de nuestra parte. En primer lugar, voy a quitarle ese pañuelo de la boca. No grite. No hable. No diga nada a menos que yo le pregunte. ¿Me ha entendido?

El asiático afirmó con la cabeza. Nos miraba en silencio, mucho menos asustado de lo que cabría esperar.

—¿Tiene algún arma? —le preguntó el buscador. Yoonah dijo que no; a pesar de todo, Hidra lo cacheó para cerciorarse—. De acuerdo, éste es el plan: va a acompañarnos fuera de la mezquita y va a hacer lo posible para que sus hombres nos dejen marchar. Si alguien trata de impedírnoslo..., si *tengo la más remota sospecha* de que alguien trata de impedírnoslo..., le meto un tiro en la nuca. ¿Está claro?

—Los que hay ahí fuera no son mis hombres. Yo no tengo ningún mando sobre ellos —respondió Yoonah.

—Estupendo. Siempre he querido ver qué aspecto tiene el cerebro de un matemático —dijo Burbuja, clavando el cañón de la pistola en la sien del doctor.

La bravuconada surtió efecto.

—¡Un momento, un momento! —exclamó el asiático—.

Pensaba que el Cuerpo Nacional de Buscadores no era partidario de la violencia innecesaria.

Me acerqué a él.

—¿Cómo ha dicho?

—Vosotros sois buscadores, ¿verdad? —Sus inquietantes ojos azules se clavaron en los míos. Una sombra de sonrisa afloró a sus labios—. Sí, lo sois... ¿Quién si no podría haber llegado antes que yo al santuario de los arma? De algún modo, aguardaba este encuentro.

—Dice demasiadas estupideces para ser un hombre con fama de inteligente, doctor —replicó Burbuja—. ¿A qué se cree que está jugando?

—Nunca juego con alguien que me apunta a la cabeza con un arma. Las probabilidades están en mi contra, y de eso sé mucho, amigo mío. —La sonrisa de Yoonah se ensanchó, dándole el aspecto de un filósofo chino—. Fingir es inútil. Sé quiénes sois. También sé que vosotros y yo buscamos lo mismo... Quizá podríamos ayudarnos mutuamente, no soy tan tonto como para subestimar vuestras habilidades.

—¿Quién le dijo que había buscadores en Malí? —pregunté, preparándome para someter al doctor a un interrogatorio en toda regla—. ¿Quién le ha hablado del Cuerpo?

—Alguien que os conoce, Tirso Alfaro... Sí, Lilith también ha oído hablar de ti. De todos vosotros. Lleva mucho tiempo siguiendo vuestros pasos.

Sus ojos de porcelana se quedaron quietos sobre mí, contemplándome como si fuese algo familiar.

—Va usted a tener que contarnos muchas cosas, doctor.

—Lo haré, siempre y cuando podamos llegar a un acuerdo civilizado.

Crucé una mirada con Burbuja. En sus ojos había duda, pero también una gran desconfianza. Aún mantenía el arma en la cabeza del asiático y su dedo índice seguía acariciando el gatillo.

—No tenemos tiempo para esto, Faro... —murmuró entre dientes—. Ahora no. Recuerda: César.

Lo ignoré.

—¿Qué trato nos ofreces? —pregunté al doctor.

Éste sonrió satisfecho.

—Sinergia. Ayudadme a localizar el tesoro de Yuder Pachá, lleguemos juntos hasta el final de esta búsqueda. No tenemos por qué ser enemigos. A cambio, yo os daré respuestas... Y, en caso de éxito, la recompensa será fabulosa.

Era una oferta tentadora. Por desgracia para Yoonah, se había equivocado por completo de comprador. Ni Lilith ni Voynich conocían al Cuerpo de Buscadores tan bien como ellos creían si pensaban que íbamos a hacer tratos a cambio de un puñado de respuestas.

Un buscador no quiere respuestas. Sólo necesita preguntas.

Además, aquel oriental con ojos de muñeca había herido profundamente mis sentimientos al tomarme por un mercenario.

—¿Alguien puede hacerlo callar?

—Para mí será un placer, novato.

La sonrisa se esfumó de los labios de Yoonah un segundo antes de que Burbuja le partiese la nariz con la culata de la pistola. Sangró igual que un grifo abierto.

El buscador agarró la pechera ensangrentada de Yoonah y le obligó a ponerse en pie. Ignoro si mi compañero habría sido o no capaz de pegarle un tiro en la cabeza, pero me alegraba de no tener que enfrentarme a esa duda desde la posición del doctor.

—Adelante, Yoonah —dijo Burbuja—. Vamos a comprobar hasta qué punto es usted imprescindible en este tinglado.

Le dio un empujón para que caminase hacia la salida, sin dejar de apuntarle en la nuca con la pistola.

En el exterior, la luz de los focos que los hombres de arena habían colocado frente a la mezquita me cegó por un segundo. Yo iba junto a mis compañeros detrás de Yoonah, que nos servía de parapeto.

Un grupo de hombres de arena se quedaron estáticos al vernos aparecer. De inmediato, alguien lanzó una orden y decenas de fusiles de asalto nos apuntaron. Experimenté en mi propia piel lo que debía de sentir un reo ante un pelotón de fusilamiento, y casi eché de menos a las pitones de Seba. Al menos a ellas podía vencerlas con una simple lanza.

Aquel pequeño ejército podía convertirnos en despojos con sólo una voz de mando.

El doctor Yoonah levantó las manos. Le temblaban.

—¡Quietos! —gritó, descompuesto—. ¡No disparéis! ¡Que nadie dispare, por favor!

Los fusiles seguían apuntando en nuestra dirección. Uno de los hombres de arena se dirigió a nosotros:

—¡Suelten al doctor y tiren las armas!

Burbuja dijo algo al oído de Yoonah, luego éste repitió sus palabras en voz alta:

—¡No van a hacerme daño! Sólo... Sólo quieren que les dejemos marchar. Si les dejamos marchar, nadie saldrá herido.

—¡He dicho que tiren las armas o abriremos fuego! —repitió el hombre de arena, ignorando a Yoonah—. ¡Voy a contar hasta tres!

Uno.

—Dígales que no disparen —ordenó Burbuja, hablando al doctor—. ¡Dígaselo!

Dos.

—¡No me harán caso! ¡Les repito que no están a mis órdenes!

—¡Tres! ¡Fuego!

En ese momento se produjo la primera explosión.

Sentí que algo estallaba dentro de mis oídos y un doloroso impacto que me empujó hacia atrás. Caí de espaldas sobre un túmulo de arena y barro. Al abrir los ojos no vi nada más que sombras danzando en medio de una nube de polvo, tan espesa como la arcilla. Luego sonó otra explosión algo más lejos de donde me encontraba, aunque apenas pude escucharla ya que los oídos me silbaban con rabia.

Caminé desorientado y a ciegas. El polvo se difuminó lo suficiente como para que pudiera distinguir un enorme cráter en el suelo, a tan sólo unos metros del lugar donde estaba el pelotón que nos había apuntado al salir de la mezquita. Vi algunos cuerpos tirados sobre la tierra, sobre charcos de sangre. Uno de ellos tenía una enorme estaca de madera atravesándole el cuello: era uno de los refuerzos de las tumbas reales que habían volado por los aires en la explosión.

Aún quedaban muchos hombres de arena intactos. Corrieron a refugiarse tras las tumbas y empezaron a disparar. Mi mente se activó justo cuando una bala pasó silbando junto a mi cabeza. Corrí alocadamente hasta ponerme a salvo detrás de una de las pirámides de barro que servían de sepulcros.

No hubo más explosiones. La reacción en cadena provocada por César se había detenido por alguna razón, y yo no tenía tiempo de preguntarme cuál era.

Los hombres de arena estaban por todas partes y las balas caían a mi alrededor igual que una mortal granizada. Oí la voz histérica del doctor Yoonah.

—¡Que no escapen! ¡Atrapadlos! ¡Atrapadlos a todos!

El doctor se encontraba en la explanada de la mezquita, al borde del cráter abierto por la explosión. Su ropa estaba hecha jirones y tenía la cara cubierta de sangre. En ese momento vi a Hidra asomando por la puerta del santuario. Había logrado hacerse con un fusil y con él disparó una ráfaga hacia el doctor. Yoonah salió corriendo y se perdió entre los túmulos.

Había un pequeño vehículo todoterreno junto al cráter. Dos hombres de arena disparaban desde su interior hacia la mezquita. Hidra respondió a los tiros y los hombres de arena cayeron abatidos. La antigua buscadora aprovechó el momento para salir corriendo hacia la explanada. Enigma iba tras ella. Las dos se apoderaron del vehículo y, mientras Enigma ponía en marcha el motor, Hidra mantenía alejados a los hombres de arena.

Intenté esprintar hacia el coche, pero cuando asomé por detrás de mi refugio, un proyectil levantó un puñado de tierra a mis pies. Un grupo de hombres de arena había trepado a la cima de una tumba cercana y desde allí cubrían el camino que me separaba del todoterreno. El túmulo de barro junto al que yo estaba me mantenía lejos de sus balas, pero no podía arriesgarme a salir de mi refugio sin que me acribillaran a tiros.

Hidra me vio.

—¡Corre, Faro! ¡Aquí!

Eso era fácil de decir.

Enigma me hacía señales desde el coche. Los hombres de arena se acercaban a ellas y no podrían seguir allí mucho más tiempo.

—¡Faro! —escuché a mi espalda.

Me giré. Burbuja estaba detrás de otra de las tumbas, que tenía un enorme boquete en su estructura. A través de él se podía ver un montón de esqueletos desmadejados sobre un grupo de objetos de loza hechos añicos. El buscador había logrado hacerse con un arma.

—¡Corre hacia el coche! —me gritó—. ¡Yo te cubriré!

—¿Dónde está César?

—¡Haz lo que te digo! ¡Están por todas partes!

—¿Y tú?

—¡Iré detrás de ti!

Un disparo arrancó un pedazo de mampuesto a pocos centímetros de la cabeza de Burbuja. El buscador reaccionó escupiendo una ráfaga de balas a su izquierda, hacia un hombre de arena que disparaba desde aquel lugar. Su cabeza reventó como un globo lleno de carne y cayó al suelo.

—¡Corre, maldita sea! —gritó Burbuja—. ¡Ve al coche y ponedlo en marcha, yo os alcanzaré!

Mis piernas le obedecieron antes que yo mismo. Eché a correr mientras escuchaba las balas silbando sobre mi cabeza. Sólo me detuve cuando casi choqué contra el todoterreno. Hidra me agarró de un brazo y me ayudó a subir. Le grité a Enigma que arrancara el coche y empezamos a avanzar.

Había un fusil en el vehículo. Lo cogí y disparé hacia los

hombres de arena que cubrían el acceso a la mezquita, con la idea de distraerlos para que Burbuja pudiera salir de su escondite.

El buscador echó a correr. Era veloz como un gato y su buena fortuna le ayudaba a mantenerse alejado de las balas. El coche se iba alejando, pero él ganaba terreno con facilidad.

Entonces, la suerte traicionó al buscador.

Sólo hizo falta una bala. Sólo una para detener su carrera, en todos los sentidos. Vi que sus pies trastabillaban como si hubiera tropezado, y la expresión de sorpresa (más bien indignación) que se dibujó en su cara. Su cuerpo, que nunca antes le había fallado, dejó de funcionar y el buscador cayó al suelo de bruces. En su espalda había una mancha de sangre.

Sucedieron varias cosas al mismo tiempo. Yo grité, e Hidra también. Estuve a punto de saltar en marcha desde el todoterreno para socorrer a mi compañero. Pensaba que me estaba jugando la más cruel e inoportuna de las bromas, porque era incapaz de asumir que Burbuja hubiese caído de veras ante algo tan simple como una bala. No. Imposible. No el mejor buscador que yo había conocido. No mi amigo.

Justo antes de que intentase bajar del vehículo, la maldita cadena de explosivos volvió a recuperar su ritmo. El lugar donde estaba el cuerpo de Burbuja desapareció de mi vista tras un géiser de barro y tierra, y una de las torres de la mezquita se desmoronó a nuestra espalda igual que una montaña de arena, bloqueándonos la posibilidad de dar media vuelta. Sepultando al buscador.

—¡Da marcha atrás! ¡Regresa! —le grité a Enigma, que iba al volante. Mi voz sonó extraña a mis oídos—. ¡Burbuja...!

Otra explosión. Enigma dijo algo, pero yo no era capaz de escucharla, y me negaba a reconocer que fuera imposible avanzar en otra dirección que no fuese hacia delante, lejos de aquel caos de barro y polvo.

El coche dio un giro brusco y tropecé. Caí y me golpeé la cabeza contra algo metálico; quise incorporarme pero no podía.

No era mi cuerpo el que se negaba a responderme, sino toda mi alma.

Enigma lanzó el coche contra el muro de mampuesto que cerraba la necrópolis y lo atravesamos igual que una bala agujerea una hoja de papel. No se detuvo. No miró atrás, siguió manteniendo la mano firme en el volante para asegurar que al menos tres de los buscadores salieran de aquel panteón de reyes. No se lo reproché, pues yo habría hecho lo mismo. Estoy seguro de que Burbuja también.

Atrás quedó la Ciudad de los Muertos. Habíamos perdido a César y, peor aún, también al más noble y más terco de los caballeros buscadores.

Ballesta (III)

Zaguero no había pisado el interior del Museo Arqueológico desde que abandonó el Cuerpo. No fue en realidad una decisión consciente, pues nunca se había propuesto el no volver por aquel lugar; de hecho, al darse cuenta de que era la primera vez en veinte años que atravesaba sus puertas, su sorpresa fue grande. Se preguntó si, después de todo, no había estado evitándolo sin darse cuenta.

Miró a su alrededor buscando un ápice de nostalgia dentro de sí, pero no lo encontró. El lugar estaba muy cambiado. La anunciada reforma lo había convertido en un museo tan moderno que Zaguero apenas lo reconocía.

Llegaba pronto a su cita, así que se permitió el lujo de deambular un poco por las salas, en busca de recuerdos. Se sintió como un turista más en un lugar que prácticamente había sido su hogar, y le resultó incómodo: era como regresar a tu antigua casa y descubrir que sus nuevos dueños han tirado los tabiques, cambiado la pintura y convertido tu antiguo cuarto en una despensa.

Pasó junto a la Sala Narváez, donde se exponía el Tesoro de las Cuevas de Hércules y la Mesa de Salomón, la nueva pieza estrella del museo. Echó un vistazo a la última gran hazaña del Cuerpo Nacional de Buscadores y, por un segundo, notó una leve punzada de melancolía. Pensó que habría sido bonito en-

contrar algo así cuando él era un buscador. En sus tiempos nunca se llegó a realizar ninguna misión tan espectacular.

Con aire perdido, le preguntó a un vigilante cómo llegar a la Dama de Elche («La Dama, sólo la Dama», se recordó a sí mismo). Fue a su encuentro y la miró a los ojos, como era la costumbre de todo buscador antes de emprender una misión. Al hacerlo, no pudo evitar que se le escapase una sonrisa nostálgica, y se preguntó si aquella costumbre seguiría formando parte del ritual de los buscadores jóvenes.

«Hola, preciosa», dijo mentalmente a los ojos de piedra, «¿te acuerdas de mí?».

No percibió respuesta alguna. La Dama no daba respuestas, sólo atesoraba preguntas.

Zaguero ocultó una mueca tras su bigote, un bigote mucho más canoso de lo que era la última vez que estuvo frente a la Dama.

Echó un vistazo a su reloj. La hora había llegado. Se apartó de la Dama con aire respetuoso y se dirigió a la entrada del museo, donde estaba el acceso a la cafetería.

La nueva cafetería del Arqueológico contaba con una pequeña terraza en la que había algunas mesas y sillas para los clientes. En aquel lugar era donde Zaguero se había citado con la persona que lo esperaba. Él ya estaba allí, ocupando una de las mesas de la terraza; no había nadie más en aquel lugar.

El tiempo es cruel, pero con unos más que con otros. A aquel hombre lo había tratado bien: aunque nadie lo tomaría por un joven, había sido capaz de conservar una madura atractiva, casi señorial, muy similar a la que había tenido años atrás, cuando era un buscador.

Zaguero visualizó los ojos de piedra de la Dama con la idea de que aquella imagen le diese ánimos; luego se sentó enfrente del hombre.

—Hola, Ballesta —le saludó sin mirarle a la cara. Odiaba y despreciaba a aquel hombre con todas sus fuerzas, no quería regalarle ni siquiera una mirada.

Su viejo compañero enarcó las cejas.

—¿Ballesta...? ¿Debo entender que esto es una especie de reunión de veteranos?

—¿Te molesta?

—No, pero hacía tiempo que nadie me llamaba así... ¿Quieres que te confiese algo, Zaguero?

—En realidad, lo estoy deseando.

—Nunca me agradó del todo aquello de los nombres en clave: Ballesta, Zaguero, Narváez...; siempre me pareció una chiquillería, como si en vez de ser un grupo de agentes serios fuésemos una pandilla jugando a los espías.

—No éramos una pandilla jugando a los espías —repuso el policía, molesto—. Lo que hacíamos era muy serio; a alguno le costó la vida.

—¿Qué...? Ah, sí... Trueno. Muy triste, en efecto; pobre muchacho.

—¿Sabías que dejó un hijo?

—Sí; él mismo me lo contó, cuando hicimos aquel trabajo en Valcabado... Pobre diablo: pensaba dejar el Cuerpo al regresar y ocuparse del niño, no paraba de hablar de él. —Ballesta emitió un largo suspiro, mientras Zaguero lo contemplaba en silencio, horrorizado por su cinismo—. Ojalá las cosas hubiesen ido mejor. Era un buen tipo; recuerdo que siempre estaba de buen humor...

—No me digas que no sabes quién es ese niño.

—Lo sé, por supuesto; una extraordinaria casualidad... Lo que ignoraba es que tú estuvieses al tanto.

—Lo he averiguado atando algunos cabos de aquí y de allá...

—Sí, eso siempre se te dio bien... El diligente Zaguero. —Ballesta dejó escapar una sonrisa que podía ser interpretada de múltiples maneras—. Estoy disfrutando mucho con este encuentro, compañero, pero no dejo de preguntarme a qué obedece. Durante estos últimos años hemos tenido muchas oportunidades para reunirnos a charlar sobre los viejos tiempos..., incluso he-

mos llegado a encontrarnos cara a cara, pero jamás habías mostrado el más mínimo interés por vernos a solas, como ahora. ¿De qué se trata? ¿Algún tipo de ataque de nostalgia?

—He estado ocupado, y supongo que tú también. He seguido tu carrera muy atentamente todos estos años... Subiendo de abajo arriba, cogido de la mano de personas influyentes... Siempre fuiste bueno haciendo amigos, Ballesta... Y aún mejor deshaciéndote de ellos.

La sonrisa de Ballesta se ensanchó hasta parecerse a una mueca.

—Qué curioso. Tengo la impresión de que me estás atacando por algún motivo.

—Sí, tengo muchos —espetó Zaguero, que empezaba a perder la paciencia—. Tengo tantos que ni siquiera sé por dónde empezar. Traición, conspiración, robo, asesinato... Y vas a escucharlos todos. Puedes escoger el que más te guste. —De pronto Ballesta se levantó de la silla, pero Zaguero le agarró de la mano y lanzó sobre la mesa una carpeta de plástico en la que había un documento. En la cabecera se podía ver un logotipo con forma de estrella roja y azul—. He esperado veinte años por este momento.

—¿Qué diablos es esto?

—Échale un ojo a esos papeles —ordenó Zaguero sin soltarle la mano.

Su antiguo camarada se sentó de nuevo, lentamente. Cogió la carpeta como si fuera algo repulsivo y leyó por encima el documento que había en su interior. Su expresión cambió poco a poco del desprecio a la inquietud.

—¿De dónde has sacado esto?

—El diligente Zaguero, como tú mismo has dicho... Me gusta seguir una pista cuando la encuentro, aunque tarde años en hacerlo. Tú no eres el único que tiene buenos amigos y contactos, Ballesta, pero los míos son más recomendables. Ellos me han facilitado encontrar este documento. Un documento que habla sobre algo llamado «Proyecto Lilith», como puedes ver... Te diría

que me sorprendió leer tu nombre en él, pero estaría mintiendo: a nadie le sorprende encontrar una rata en las cloacas.

—Estás loco —escupió Ballesta, aunque su mirada delataba que se sentía acorralado—. Esto es el delirio de un lunático, ciencia ficción barata...

—¿Tú crees? Yo en cambio veo el principio de una historia bastante seria... He esperado mucho tiempo para poder decirte esto, maldito hijo de perra, pero al fin puedo hacerlo: te he atrapado.

—Esto no demuestra nada.

—Tienes razón: es sólo una pista. Pero lo demostrará, no te quepa duda, y cuando lo haga, te hundiré tan profundo como mi mano pueda llegar. Lo único que lamento es que ese papel demuestra un crimen diferente al que yo quería colgarte. —Ballesta abrió la boca para decir algo, pero Zaguero no se lo permitió—: Tú vendiste a Trueno.

—¿Has terminado ya con este circo? Tengo cosas mejores que hacer que escuchar los desvaríos de un policía fracasado.

—Por el momento, pero esto es sólo el principio. —El inspector se levantó de su silla y se marchó.

Fiel a su principio, Zaguero ni siquiera se molestó en mirarle a la cara antes de irse.

Ballesta permaneció un par de minutos a solas, asimilando las palabras de su antiguo compañero. Aunque se había llevado consigo aquel maldito documento incriminatorio, todavía tenía la sensación de que estaba encima de la mesa, señalándolo como un dedo índice. Todavía no podía explicarse cómo Zaguero había logrado hacerse con él; siempre fue un buen investigador, pero nunca hasta ese punto. Alguien tenía que haberlo puesto sobre la pista. Alguien que hubiese oído hablar antes del Proyecto Lilith, que hubiera estado en contacto con alguno de sus miembros y que fuese lo suficientemente cercano a Zaguero como para mencionárselo.

La sospecha empezó a tomar forma en su cabeza.

El fantasma de Trueno parecía querer perseguirlo desde la

ultratumba. Si Ballesta hubiese estado de mejor humor, quizá incluso habría sonreído al pensar en extraños giros del destino.

Sacó del bolsillo su teléfono móvil y marcó un número de muchas cifras. Tuvo que esperar bastante tiempo a que le llegara una respuesta.

—Soy Ballesta. Me temo que hay un problema que debemos solucionar de forma urgente.

Danny se despertó de madrugada a causa de una mala postura.

Sus doloridas costillas, aún en proceso de soldadura, mordían sus nervios de vez en cuando. Salió de la cama para tomarse un calmante, y luego, vuelta al calor de las sábanas, sólo logró sumirse en un sueño ligero e inquieto del cual la sacaron los primeros sonidos de la mañana. Al despertar, supo que había tenido pesadillas, pero no las recordaba.

Pensó que un día entero de inactividad se le haría insoportable. Necesitaba hacer algo, cualquier cosa. Necesitaba sentirse útil.

Se le ocurrió que sería buena idea comprobar si el trucaje de Yokai con respecto a los archivos de Alerta Roja de Interpol aún seguía funcionando. Decidió que se pasaría por la comisaría de Zaguero para que el policía le informase sobre alguna novedad al respecto. Sabía que no iba a servir de mucho, pero al menos se mantendría ocupada.

Tardó poco tiempo en presentarse allí. Se acercó a un agente de policía que había en un mostrador y pidió ver al antiguo buscador. El agente, un joven con aspecto de haber hecho más pesas de las recomendables, se la quedó mirando con expresión vacua.

—¿El inspector Santamaría? —dijo—. Oh, ya, esto... ¿Habían acordado en verse hoy?

—Soy Daniela Bailey, del Cuerpo. No me espera, pero seguro que querrá verme.

El agente parpadeó, confuso.

—Usted no está al corriente, claro...

—¿De qué no estoy al corriente?

—El inspector Santamaría tu… tuvo un accidente. Es decir… Más bien un atentado contra su persona. Le dispararon ayer noche frente al portal de su casa.

—¿Disparado? Dios mío… ¿Cómo se encuentra?

—Me temo que… —El agente se humedeció los labios—. Lo siento, pero no se pudo hacer nada. El inspector ha fallecido esta madrugada en el hospital.

La noticia dejó a Danny sin respiración. La buscadora puso a trabajar su cerebro a marchas forzadas. Los lamentos podían esperar, porque antes había que encontrar respuestas.

El policía la miraba con expresión contrita. Danny lo calibró en un vistazo de un segundo de duración: solícito y no muy listo. Podía aprovecharse de ello.

Danny boqueó como si le faltara el aire. Con aire trémulo, buscó refugio en una silla cercana y se dejó caer de la forma más aparatosa que pudo. Para rematar su interpretación, se cubrió la cara con las manos y ahogó un sollozo quedo.

Tal como Danny esperaba, el policía salió de detrás del mostrador y se acercó a ella con actitud caballerosa.

—¿Se encuentra bien, señorita?

La buscadora moduló un poco el llanto para que no pareciera tan exagerado. Era una buena actriz, aunque a veces tendía a sobreactuar.

—Sí… Yo… Oh, lo siento… —gimoteó—. ¡Es terrible! ¡No puedo creerlo!

—Le traeré un vaso de agua.

Danny sujetó la mano del policía.

—No, por favor, no se moleste… Ya estoy mejor… Es que ha sido una noticia tan… terrible. —Disimuló otro sollozo—. Pobre Javier… ¡Qué horror! Y su mujer, y sus hijos… Deben de estar destrozados.

—¿Conocía usted mucho al inspector Santamaría?

—Sí, sí… Éramos muy amigos. Yo soy del Cuerpo, como ya le he dicho… ¡Hemos coincidido tantas veces!

—¿También usted es policía?

—Sí, claro, a ese cuerpo me refiero... —Danny moqueó—. ¡Oh, lo siento! Apenas puedo hacerme a la idea... Tengo aquí mi placa... —Con gesto torpe y, a la vez, muy estudiado, comenzó a hurgar patéticamente en su bolso, dejando caer un montón de cacharros al suelo. El agente se apresuró a recogerlos.

—No, por favor, no hace falta que me la enseñe —dijo el joven policía, cortésmente—. Me hago cargo... ¿Seguro que se encuentra bien? ¿No quiere que le traiga un poco de agua?

—Gracias, me vendría muy bien.

El policía se acercó a una fuente con un bidón y llenó un pequeño vaso de papel. Danny le dio unos sorbitos.

—¿Mejor?

—Un poco. —La buscadora le dedicó al policía una sonrisa llorosa—. Es espantoso... Espantoso... ¿Sabe usted lo que ha ocurrido?

—Oh, lo siento mucho, pero hay una investigación en curso y... —La expresión del agente se reblandeció como la mantequilla al ver los ojos tristes y enrojecidos de Danny—. ¿Sabe qué? Es igual, de un policía a otro, puedo contarle algunos detalles.

—No sabe cuánto se lo agradezco.

—En realidad, es poco lo que sé del caso. Unos barrenderos encontraron el cuerpo del inspector frente al portal de su casa esta madrugada, alrededor de las dos. Llamaron al Samur de inmediato y cuando fueron a recogerlo, aún estaba con vida, pero ya era tarde. Murió poco después de llegar al hospital.

—¿Ha dicho usted antes que... que le dispararon?

—Sí, eso parece. —El policía bajó un poco la voz—. Ayer se quedó hasta tarde trabajando en su despacho. Se piensa que cuando regresó a su casa alguien lo asaltó y le disparó dos veces, dándose luego a la fuga.

—¿Van... a realizar alguna autopsia?

—Sí. En el mismo hospital donde falleció, el San Carlos. Se encargará de ello el mejor forense disponible, el doctor Ángel Gadea. —El policía dedicó a Danny una sonrisa de consuelo—. Van a hacer todo lo posible por atrapar a los asesinos, se lo aseguro.

—¿Se sabe quién pudo hacerlo?

—De momento, no... Todos en la comisaría estamos estupefactos... Nadie esperaba algo así. Puede que haya sido un robo o... No lo sé. Ojalá pudiera decirle más, lo siento mucho.

—No tiene importancia... —Danny suspiró. Decidió que ya era hora de poner fin a la comedia—. Ha sido usted muy amable, gracias por todo. Creo que ahora será mejor que me vaya.

El agente la acompañó a la salida y le abrió la puerta como el mejor de los galanes. Ya en la calle, Danny se recompuso. Le escocían los ojos de tanto frotárselos para que parecieran anegados en lágrimas.

Por supuesto que lamentaba la muerte de Zaguero. Le dolía como la de un buen amigo. Había llegado a encariñarse con ese viejo policía y veterano buscador; fue un hombre leal y honrado que no mereció morir a tiros en plena calle, como un delincuente.

Había algo muy extraño en aquel asesinato, el instinto de Danny podía sentirlo igual que un molesto zumbido en el aire. Necesitaba estar segura de que no tenía nada que ver con la relación entre Zaguero y el Cuerpo de Buscadores.

Danny sacó su teléfono móvil y marcó el número de la joyería de los gemelos. La meliflua voz de uno de ellos le respondió al instante.

—Una pregunta rápida —dijo la buscadora, sin perder el tiempo en saludos—. ¿Tenéis alguna placa de Interpol...? ¡Perfecto! Voy para allá. Os contaré los detalles cuando nos veamos.

Llegó al hospital casi al final de la mañana. Temió no encontrar al doctor Gadea por lo avanzado de la hora, pero tuvo suerte; según le indicó una enfermera, el doctor aún estaba en la morgue.

Danny descendió hasta los pisos subterráneos del edificio. Allí estaba el depósito. Se llegaba a él atravesando un largo corredor blanco y luminoso, como en una de esas visiones que aseguran tener las personas que viven experiencias cercanas a la muerte. Resultaba muy apropiado.

El doctor Ángel Gadea era un forense cuarentón, de cara redonda y mejillas coloradas, que lucía un aspecto bastante más saludable que el de la mayoría de sus pacientes. Cuando se reunió con Danny, llevaba puesto el uniforme verde del hospital y se quitaba unos guantes de plástico manchados de sangre.

—¿Puedo ayudarla? —preguntó.

—Agente Julianne Lacombe, de Interpol —dijo Danny, manteniendo su placa falsa a la vista del doctor, durante menos tiempo del que dura un fotograma.

La placa era la aportación de los gemelos. Alfa y Omega guardaban en su taller toda una colección de identificaciones como aquélla pertenecientes a distintos cuerpos policiales, tanto españoles como extranjeros. Las habían fabricado ellos mismos y eran un complemento muy útil para algunas misiones del Cuerpo. Un buscador siempre ha de tener a mano un buen número de credenciales falsas para un momento de necesidad.

—¿Interpol? No entiendo...

—Es por el asesinato del inspector Javier Santamaría. Tengo entendido que usted ha hecho la autopsia.

—Ah, sí... Recuerdo que alguien mencionó que en su último caso había recibido asistencia de Interpol. —El doctor Gadea se acercó a un pequeño lavabo para limpiarse las manos—. Ahora que lo pienso, me suena su nombre, agente Lacombe. Creo haberlo leído en algún informe.

—Seguramente. El inspector Santamaría y yo colaboramos en el asunto de un códice robado. Por eso estoy aquí.

—¿Piensa que el crimen puede tener alguna relación con el robo?

—Es lo que me gustaría averiguar —respondió Danny—. ¿Por qué lo pregunta? ¿Ha oído usted alguna otra cosa?

—No, era simple curiosidad. Aún no hay ninguna hipótesis sobre el asesinato... o, si la hay, nadie la ha compartido conmigo. —El doctor se secó las manos con una toalla de papel y luego la arrojó a un cubo de basura—. ¿En qué puedo ayudarla, agente?

—¿Tiene ya un informe escrito sobre la autopsia?

—Pensaba ponerme a ello después de comer, pero puedo resumírselo de viva voz. La causa de la muerte fue la pérdida de sangre provocada por dos disparos con arma de fuego, no hay duda.

—¿Dos disparos?

—Sí. Por la espalda. Uno de ellos le atravesó el pulmón y el otro la cabeza, por aquí —dijo señalándose la sien izquierda—. Más bien un roce; no fue mortal, pero tuvo que dejarlo inconsciente. Es una lástima... Si hubieran encontrado antes el cuerpo, quizá se habría podido hacer algo por salvarlo, pero ya estaba casi desangrado cuando avisaron a los servicios de urgencias.

—Dice usted que le dispararon por detrás.

—Así es... A una distancia de unos tres o cuatro metros, diría yo... El informe policial señala que había marcas de neumáticos en el asfalto de la calle, como de un coche al acelerar de repente; todo parece indicar que los disparos se efectuaron desde un vehículo.

—¿Eso es lo que opina usted?

—De manera extraoficial, sí, aunque yo me limito a hacer la autopsia; ignoro qué conclusiones habrá sacado la policía.

—No obstante, parece usted conocer bien el informe del caso.

—El inspector que lo lleva compartió conmigo algunas cosas. Es normal, colaboro con la policía desde hace años y hay cierta confianza... —El doctor Gadea dirigió una mirada de recelo a Danny—. No me estaré metiendo en un lío por decir esto, ¿verdad?

—Tranquilo, a mí eso no me incumbe. —La buscadora le dedicó una sonrisa amable—. Es más: me alegra que esté tan enterado. La opinión de un buen forense suele ser más acertada que la de muchos policías que conozco.

El doctor pareció muy satisfecho por el halago.

—Gracias, agente.

—¿Cree que pudo ser un robo?

—Improbable. La víctima llevaba encima todo su dinero y objetos de valor.

—¿Cómo está tan seguro de eso?

—Porque aún están aquí sus cosas, en el hospital. Se supone que un agente vendrá a recogerlas a media tarde.

—¿Podría echar un vistazo?

—Claro. No quiero líos con Interpol —dijo el doctor, terminando con una sonrisa de complicidad—. Están en mi despacho. Sígame, por favor.

Danny y el forense salieron de la morgue. Por el camino, la buscadora le preguntó al doctor Gadea si se sabía de algún testigo que hubiera estado presente en el momento del asesinato. El médico respondió que no, pero que la policía no perdía la esperanza de encontrarlo.

El doctor Gadea tenía un pequeño despacho una planta más arriba del depósito. Era un cubículo atestado de manuales médicos, archivos y maquetas de cuerpos desollados con todos sus órganos expuestos. El lugar olía a una mezcla de formol y ambientador.

El forense abrió una pequeña caja de caudales que estaba debajo de su escritorio y sacó una bolsa de plástico transparente. Se la pasó a Danny y ésta la abrió, colocando su contenido encima de la mesa del despacho.

La buscadora no vio nada llamativo: había un reloj digital de aspecto barato, un paquete de cigarrillos, un mechero con el escudo de un club de fútbol, unas llaves y una cajita de caramelos de menta casi vacía. Al moverla hizo un ruido que a Danny le resultó muy desagradable: sonaba como un montón de huesecillos agitándose en un bote.

Los trastos cotidianos del bueno de Zaguero. Danny sintió un aguijonazo de tristeza al contemplar aquel montón de naderías de bolsillo.

«Lo siento, amigo», pensó sin saber por qué se sentía tan culpable. «Lo siento mucho. No merecías esto.»

La cartera de Zaguero estaba dentro de otra bolsa. Un simple cuadrado de piel, seguramente falsa y desgastada por el uso, en el que aún se podían ver manchas oxidadas de sangre seca.

Danny no quiso abrirla, temía encontrarse alguna foto de familia (tal vez su esposa, o sus hijos), y no deseaba enfrentarse a ello. Aún no.

—¿Había dinero en la cartera? —preguntó, esforzándose por mantener un tono neutro de voz.

—Un par de billetes de veinte y algunas monedas, junto con las tarjetas del banco.

Eso descartaba el móvil del robo, aunque Danny nunca había llegado a tomárselo demasiado en serio. Pocos delincuentes disparan dos tiros a un policía sólo por el contenido de una cartera.

—¿Esto es todo?

—No, también encontraron esto junto al cuerpo.

El doctor sacó otra bolsa de plástico. Dentro había una carpeta azul sencilla, más bien un simple cartón doblado por la mitad. La carpeta estaba cubierta por una costra de sangre. Danny la abrió esperando encontrar algo en su interior, pero estaba vacía.

Aquello le resultó extraño.

Se fijó en que había huellas de dedos en la mancha de sangre. Le preguntó al forense si aquellas marcas podían ser de la mano de la víctima.

—Eso creo. La policía lo comprobó: al parecer, la tenía en la mano cuando lo encontraron y la agarraba con fuerza, por eso dejó las marcas de sus dedos —respondió el doctor.

—Sin embargo, la carpeta está vacía... —dijo Danny, más bien para sí—. ¿Dónde está su contenido?

—Ni idea. No había nada dentro cuando llegaron los del Samur... ¿Por qué cree que debía contener algo?

—No es normal pasearse por la calle con una carpeta de cartón vacía en las manos.

El doctor se encogió de hombros sin responder.

El agente de la comisaría había dicho que Zaguero estuvo hasta tarde en su despacho. Al recordar aquello, Danny empezó a visualizar una imagen en su cabeza: el inspector sale de la oficina llevando encima los papeles sobre los que ha estado traba-

jando, metidos en un simple separador azul. Llega al portal de su casa, se detiene para buscar sus llaves y en ese momento alguien le dispara desde un coche. El asesino baja del vehículo y trata de quitarle la carpeta al policía, pero Zaguero aún no está muerto y la sujeta con sus últimas fuerzas.

¿Por qué? Sin duda porque el contenido es importante.

El asesino no puede perder tiempo. Se limita a sacar el contenido de la carpeta y llevárselo. Sube al coche, acelera y se da a la fuga. Atrás queda Zaguero, perdiendo la vida a borbotones.

Lo mataron por aquella carpeta... ¿O no? ¿Por qué no robársela simplemente? ¿Por qué el asesinato?

Danny cayó en la cuenta. El asesino no sólo necesitaba desesperadamente el contenido de aquella carpeta; también quería muerto a Zaguero.

La buscadora inspeccionó el separador azul con intensa concentración, buscando cualquier pista que pudiera indicar su contenido. Al fin, detrás de la mancha marrón de sangre seca distinguió trazos hechos a bolígrafo. Eran totalmente ilegibles, pero habían formado pequeños surcos sobre la superficie de cartón.

Danny carraspeó varias veces y fingió tener tos, como si se hubiera atragantado con algo.

—Perdone la molestia, doctor, ¿no tendrá a mano un vaso de agua?

—Hay un bidón fuera, en el pasillo, le traeré un poco.

Cuando el médico estuvo fuera del despacho, Danny cogió de encima de la mesa una hoja en blanco y un lápiz. Colocó la hoja sobre la carpeta y pasó la mina del lápiz por encima varias veces, haciendo que los surcos hechos con bolígrafo quedasen marcados. Las palabras que Zaguero escribió sobre el separador se hicieron visibles.

Proy. Lilith. Ballesta.

La palabra «ballesta» estaba subrayada.

Proyecto Lilith.

Danny sintió una oleada de frío bajo la piel, y, al mismo tiempo, sus manos comenzaron a sudar.

El doctor regresó con el agua. Danny le dio un trago y después le agradeció la ayuda prestada. Se despidió de él apresuradamente y salió del despacho.

Sus manos aún temblaban cuando abandonó el hospital.

Deambuló por la calle durante un buen rato sin rumbo fijo, sólo intentando poner en orden sus ideas.

La última vez que Danny vio a Zaguero con vida fue en su despacho. Entonces, el inspector había aceptado investigar sobre algo llamado «Proyecto Litith» y comunicar al Cuerpo de Buscadores cualquier cosa que pudiera encontrar sobre ello.

Parecía evidente que Zaguero había tenido éxito en sus pesquisas. Demasiado. Danny nunca creyó que ese asunto del Proyecto Lilith condujese a nada serio. Ahora se daba cuenta de su error. Por más que intentaba convencerse de que la muerte del antiguo buscador no estaba relacionada con aquellas dos palabras, sus sospechas giraban en satélite alrededor de esa idea.

Proyecto Lilith... A ello había que añadir un nuevo enigma. Una sola palabra, escrita bajo una capa de sangre.

Ballesta...

¿Qué significaba todo aquello? Danny no lo sabía. Ni siquiera era capaz de imaginarlo, y lo peor era que ni siquiera podía compartir sus ideas con otros agentes del Cuerpo. Necesitaba ayuda y no había nadie a quien pudiera acudir. El Sótano estaba cerrado, sus compañeros buscando tesoros en otro continente, Zaguero estaba muerto...

Estaba sola.

Sintió el peligro como una fiebre bajo la piel. La desagradable impresión de una amenaza sin forma, oculta bajo una máscara de tres palabras.

Proyecto Lilith. Ballesta.

Decidió que no podía ni quería enfrentarse a aquello en solitario. Tenía miedo de acabar igual que Zaguero.

Se metió en un bar para hacer una llamada telefónica. Des-

pués buscó acomodo en la mesa más recóndita del local, pidió una cerveza y esperó. Mientras lo hacía, no cesaba de mirar a su alrededor, como si temiera estar siendo observada.

Más de una hora después (una hora larga y angustiosa), Danny vio que alguien entraba en el bar. Reconoció de inmediato la imagen de aquel muchacho vestido con vaqueros destrozados a tijeretazos y una sudadera con la capucha echada sobre la cabeza.

«¿Qué diablos estás haciendo, Danny?», preguntó una débil voz en su cabeza. Prefirió no pensar en la respuesta.

Yokai vio a la buscadora y se dirigió a su mesa. Una vez allí, se dejó caer sobre una silla, con la pose de un maniquí deslavazado. No se molestó en sacar las manos de los bolsillos ni en quitarse la capucha.

—Bueno, pues ya estoy aquí —dijo el muchacho a modo de saludo—. ¿Cuál es la movida?

Danny suspiró. Deseaba con todas sus fuerzas no estar cometiendo ninguna imprudencia.

—¿Por qué has tardado tanto?

—Eh, calma... Yo vivo en las afueras, ¿recuerdas? He tenido que pillarme un puto taxi para venir hasta aquí que encima me ha costado un huevo. Espero que esto me lo pague el Cuerpo como gastos de traslado o algo así.

—Tranquilo, amigo. Te pagaré lo que haga falta si me ayudas con una cosa, ¿de acuerdo?

Yokai miró a Danny durante un segundo.

—No.

—¿Cómo?

—Ya me has oído: he dicho que no. Ya estoy harto de hacer cosas por vosotros a cambio de nada.

—Ya veo... —Danny suspiró—. De acuerdo, ¿cuánto?

—Guárdate tu pasta, no la necesito. ¿Me tomas por una especie de mercenario o algo así? Lo que quiero a cambio de mi ayuda es que empecéis a tomarme en serio.

—Escucha, chico, estoy cansada y con la cabeza en otra parte.

No tengo tiempo para hacer de terapeuta. Si quieres algo que yo pueda darte, dímelo; si no, llama al Teléfono de la Esperanza.

Yokai torció el gesto, ofendido.

—Si voy a hacer el curro de un buscador, entonces yo también quiero serlo. Uno de verdad, no esa mierda del buscador en prácticas. Eso es lo que quiero.

Danny estuvo a punto de lanzarle a la cara su más tajante negativa. Iba a hacerlo cuando de pronto se quedó mirando al muchacho como si lo viera por primera vez en su vida. Consciente de aquel súbito escrutinio, Yokai se removió incómodo en su asiento.

—¿Por qué me miras así?

—¿A qué te refieres?

—A esa mirada... ¿Es que tengo pinta rara o algo así?

—No —respondió Danny. Sus labios se torcieron en una sonrisa de medio lado—. Lo cierto es que tienes pinta de buscador. Acabo de darme cuenta de ello.

El chico sonrió como si hubiera recibido el mejor de los cumplidos.

—Genial... —dijo asintiendo lentamente con la cabeza.

—No te alegres. No es bueno. Si te metiera en esto, habría un inferno especial para mí; pasaría la eternidad rodeada de pederastas y de esos señores de la guerra que reclutan a los niños en países del Tercer Mundo.

—Yo no soy ningún niño.

A Danny se le escapó media sonrisa amarga.

—Por supuesto.

La buscadora se calló cuando una camarera vino a tomarle el pedido a Yokai. Luego, cuando volvieron a estar a solas, dijo:

—¿Sabes? Yo supe de la existencia del Cuerpo de Buscadores más o menos a tu edad, sólo era un poco más mayor que tú... Tenía un hermano dentro, y aún lo tengo, de hecho. Él me facilitó las cosas para entrar. Un caso flagrante de nepotismo, lo reconozco... Pero también es cierto que supe ganarme el puesto. Soy muy buena... ¿Tú tienes familia?

—No. —Yokai se pasó el dorso de la mano por la nariz—. Mis viejos... Mis padres están muertos... Bueno, está mi tía, pero a esa vieja amargada se la suda lo que haga con mi vida. No ve el momento de perderme de vista.

—Eso es... bueno —dijo Danny—. Quiero decir que facilita las cosas —se corrigió—. Un buscador sin demasiados lazos afectivos es un buen buscador. El viejo siempre lo decía, por eso le pareció bien que mi hermano y yo trabajásemos juntos... Decía que así no tendríamos que engañarnos el uno al otro... —Danny divagaba sin darse cuenta.

—¿El viejo?

—Un tipo estupendo... Ojalá estuviese vivo aún... Yo creo que... ¿Sabes? Creo que le habrías gustado. Le gustaba la gente peculiar... Siempre decía que los mejores buscadores eran los bohemios, los locos y los solitarios... ¿Te parece que tú eres algo de eso?

—No lo sé... Puede... —El muchacho volvió a restregarse la nariz con la mano—. Mi viejo solía llamarme «Pequeño Pip», ¿sabes?

—¿Pequeño Pip?

—Sí... Igual que el tío ese de la novela de Dickens.

—Ya. Grandes Esperanzas.

—Eso. —Por tercera vez, Yokai se pasó la mano debajo de la nariz—. Él decía que yo era igual... Que iba a mi bola desde que era un crío.

Danny sonrió. La siguiente pregunta la hizo empujada por un impulso súbito.

—¿Y cuáles son tus grandes esperanzas?

Yokai se encogió de hombros, con sus manos aún hundidas en los bolsillos de la sudadera.

—No quiero ganar mucha pasta, ya sé cómo obtener toda la que necesito; tampoco quiero estudiar para sacarme un curro de mierda al que dedicar el resto de mi vida... Tiene que haber algo más que eso, ¿no? Me gustaría saber...

Yokai dejó de hablar.

—¿Qué?

—Eso. No sé. Saber qué hay más allá de lo de siempre. Una vida sin preguntas es una vida de mierda.

Danny sintió que se le erizaba la piel. Su cara dibujó un gesto que pareció amargo.

—Sólo el misterio nos hace vivir, sólo el misterio… —musitó la buscadora, como si pensara en voz alta.

—¿Eso qué significa?

—Me estaba acordando de alguien, no me hagas caso… —Danny suspiró hondo—. Voy a serte sincera, chico: podrías llegar a ser un buen buscador, pero no será hoy. Carezco de la autoridad necesaria para meterte en el Cuerpo, ni siquiera la tengo para hablar contigo en este momento. Debería dejarte en paz y no volver a involucrarte en algo que podría costarte caro; pero, por desgracia, estoy sola y lisiada y eres lo único que tengo a mano. —Danny torció la boca, como si tuviera algo de sabor desagradable en el paladar—. Puedes marcharte si quieres. No te lo echaré en cara… Incluso yo misma te pagaré el taxi de vuelta.

Yokai miró a Danny con el ceño fruncido. La buscadora esperó a que soltase un taco y se largase sin mirar atrás. Aquello sería lo mejor, después de todo.

El muchacho se rascó la nuca, nervioso.

—Mierda… —dijo entre dientes—. ¿Qué clase de capullo crees que soy? No puedes mirarme a la cara con ojos de alma en pena y decirme que estás sola y necesitas ayuda. Eso no es jugar limpio, ¿sabes? —Chistó con la lengua y suspiró, derrotado—. Dime qué necesitas.

Danny sonrió.

—Eres un buen tipo, Yokai.

—Y tú una perra manipuladora.

—Lo sé. Primera lección del manual del caballero buscador. Considera esto el principio de tu aprendizaje.

Danny le explicó a Yokai lo que esperaba de él. Empezó informándole de la muerte de Zaguero, sin darle más detalles de los esenciales; después entró en materia.

—Hay algo llamado «Proyecto Lilith» —dijo—. No sé lo que es, pero creo que está relacionado con la empresa Voynich. Necesito saber de qué se trata, y si tiene algo que ver con la palabra «ballesta».

—¿No puedes darme más pistas?

—Si pudiera lo haría, pero es todo lo que sé. Eres hábil colándote en bases de datos, así que haz lo que sabes hacer y rastrea un poco por la selva informática. Mi amigo el policía, el que fue asesinado, no era tan bueno como tú en eso y acabó por encontrar una pista partiendo de la misma información que yo te estoy dando. Si de verdad crees que puedes ser un buen buscador, ésta es tu oportunidad para demostrarlo.

Yokai se quedó pensativo.

—Voynich... —murmuró—. ¿Estás segura de eso?

—Faro lo estaba, y él suele tener buenas intuiciones. —Danny se inclinó hacia Yokai—. Si el Proyecto Lilith tiene algo que ver con Voynich, debe de haber alguna mención a él en sus bases de datos.

—Esto se pone guapo. Me estás pidiendo que reviente los sistemas de seguridad de la empresa que inventó Heimdall para curiosear entre sus archivos. Sería más fácil colarme en el Pentágono haciéndome pasar por una girl scout que vende galletas.

—He visto de lo que eres capaz, así que sé muy bien lo que te estoy pidiendo.

—Vale, vale —dijo Yokai—. Está bien, sólo quería estar seguro de haberte entendido.

—¿Crees que podrás hacerlo?

—Sí, qué coño... En el fondo casi se me pone dura sólo de pensar en la posibilidad de follarme a Voynich; me convertiría en una especie de dios para los hackers de medio mundo. No te aseguro que lo vaya a lograr, pero me dejaré los huevos intentándolo.

—Eso es justo lo que quería oír.

Discutieron unos pocos detalles más sobre el asunto, sólo durante un breve tiempo, pues Yokai estaba impaciente por ponerse a trabajar. Luego salieron juntos del bar y Danny se ofreció a llevarlo hasta su casa. Cerca de una hora más tarde, ambos se despedían frente a la puerta de aquel jardín adornado con espantosas figurillas de topos jardineros.

—Ponte en contacto conmigo en cuanto tengas algo —le pidió Danny—. Y ve con cuidado, no hagas que me arrepienta de haberte pedido que metieses la mano en esto.

—Eso dijo ella... —respondió Yokai, sonriendo de medio lado—. Tranqui. Todo controlado.

El muchacho se bajó del vehículo y entró en la casa de su tía sin mirar atrás. Nada más atravesar la puerta, echó un vistazo a la fotografía de su padre vestido de uniforme, en el aparador de la entrada. Era un acto reflejo, como el quitarse el abrigo o dejar las llaves. Su tía tenía la mala costumbre de mover la foto cuando limpiaba y la dejaba torcida hacia la pared. Yokai siempre se cuidaba de que mirase hacia la puerta, para que la imagen de su padre le recibiese siempre que entraba en casa. Dado que su tía llevaba fuera algún tiempo, la vieja bruja no había tenido oportunidad de deslavazar el contenido de aparador, de modo que la foto tenía la orientación correcta.

Se quitó la sudadera y la dejó caer en el suelo sin ceremonia. Fue a la cocina a aprovisionarse y, al cabo de un rato, subió a su cuarto llevando entre los brazos varias latas de Red-Bull y tres bolsas grandes de patatas con sabor barbacoa. El aperitivo.

Al entrar en su habitación encendió todos sus trastos y sintonizó en Spotify su lista especial para concentrarse. Él la llamaba «música del curro»: seis horas ininterrumpidas de temas muy variopintos, desde éxitos del hardcore punk como DKM, Bad Religion o AC4, hasta algunos temas de Outasight, Los Ramones o incluso UB40. En resumen: un caos. Yokai había comprobado que trabajaba mejor en medio del caos, por eso aquella lista le resultaba tan productiva.

Se encajó unos enormes cascos en la cabeza y de inmediato se vio envuelto por una versión a todo volumen de «Chelsea Dagger» de The Fratellis. Yokai comenzó a mover la cabeza al ritmo de la música, al tiempo que abría una bolsa de patatas y se metía un puñado de ellas entre los carrillos.

Sus dedos hormiguearon sobre el teclado. Paulatinamente, a cada golpe del índice sobre el ratón, Yokai dejaba de ser un adolescente devorador de patatas fritas para convertirse en un duende hecho de unos y ceros, un fantasma en código binario que serpenteaba entre cortafuegos. La pantalla de su ordenador se convirtió en un campo de batalla por el cual Yokai se movía como el más experto de los soldados, sin apenas dejar rastro de su presencia.

El tiempo pasó, medido solamente por la cantidad de canciones de Spotify que se sucedían una tras otra sustituyendo a las horas en el reloj. El sol cayó, seguido por una tarde oscura, pero Yokai, encerrado en la burbuja sonora de sus cascos, no era consciente de ello.

Llegó al umbral de la Gran Fortaleza. El hogar de Heimdall y de los Secretos del Futuro, celosamente guardados por Voynich. La fortaleza tenía crípticas líneas de texto en vez de muros, y sus sistemas de seguridad eran una red de claves y distractores. Durante horas, Yokai se peleó contra aquel cinturón de acero. No fue sencillo, pero era un reto tan fascinante que cada nuevo fracaso era para él una invitación a no rendirse.

Yokai era bueno. Mucho más de lo que Danny o cualquier otra persona pudiera imaginar. Tenía un don, sin lugar a dudas, pero, al fin y al cabo, era sólo un muchacho, y la fortaleza de Voynich había sido cuidadosamente diseñada para resistir los ataques de las mentes más hábiles del planeta.

El joven cayó en una trampa. Después de sortear barreras que casi nadie habría sido capaz de burlar, Yokai creyó encontrar por fin una referencia al Proyecto Lilith, y la siguió como el más suculento de los rastros; por desgracia, le llevó directo a un tarro de miel.

Un distractor honey pot *(literalmente «tarro de miel») es un señuelo para piratas informáticos. Éstos emplean todos sus recursos disponibles en acceder a él sin ser conscientes de que el distractor puede monitorizarlos e incluso identificarlos. Normalmente Yokai era capaz de distinguirlos a mucha distancia, pero aquella vez pecó de exceso de confianza.*

Mientras el chico iba tras la quimera del tarro de miel, un controlador de seguridad que vigilaba en un centro situado a miles de kilómetros de allí, recibió una alerta con la IP del ordenador de Yokai. En definitiva, Voynich sabía que alguien los estaba atacando y, además, tenían el equivalente a una fotografía del agresor.

La alarma saltó de regreso al continente en el que Yokai estaba operando. Activó en cuestión de minutos unos protocolos de seguridad tan secretos que muy pocas personas en el mundo estaban al tanto de ellos. Yokai, sin saberlo, había dañado el corazón del enemigo y éste puso en guardia a su élite de defensa.

Ajeno a este proceso, el muchacho seguía afanado en su tarro de miel, como un oso torpe y hambriento. Empleó mucho tiempo jugueteando con aquel señuelo hasta que terminó por perder la concentración. Aún no había gastado todos sus recursos, pero empezó a sentirse cansado y hambriento.

Se quitó los cascos y resopló. Quizá había llegado el momento de hacer un descanso y pedir algo de comida china. A su alrededor había varias bolsas de patatas y latas de refresco vacías y arrugadas; los restos de la batalla.

Yokai dejó los cascos a un lado y bajó al piso inferior. En ese momento oyó el sonido de un coche que se acercaba por la carretera. Aquello le pareció extraño; su tía no tenía previsto regresar hasta un par de días después, y a esas horas pocos conductores se aventuraban por aquel lugar. Apenas había casas en el vecindario y éstas solían estar desocupadas en invierno.

Yokai echó un vistazo por una de las ventanas del cuarto de estar. La única farola que había junto a la carretera iluminó una furgoneta blanca que se acercaba. En un lateral tenía pintada una estrella azul y roja encima de las palabras «Voynich Inc. Servicio técnico 24H».

Un coche de policía con la sirena encendida le habría causado menos inquietud. La furgoneta se dirigía sin duda hacia su casa. Yokai se convenció de que estaba en problemas.

Su atrofiada imaginación adolescente le fue de mucha ayuda: había visto demasiadas películas como para saber bien lo que tenía que hacer. Corrió hasta la cocina y abrió la puerta que daba al jardín trasero; después, regresó a su habitación. Mientras subía por las escaleras, alguien llamó al timbre.

Yokai no tenía ninguna intención de ir a ver quién era.

Se metió en su cuarto y cerró la puerta. Volvieron a llamar. El muchacho se dirigió hacia una ventana que daba a un tejadillo. Muchas noches en vela había salido a ese tejado para fumar cigarrillos a escondidas de su tía sin peligro a que el olor a humo quedase flotando en su habitación. Abrió la ventana y salió. En ese momento escuchó que la puerta de entrada se abría.

Yokai saltó al tejado y se ocultó lejos de la ventana, sin darse cuenta de que la dejaba abierta. La noche era oscura y sin luna y, además, ese lado de la casa estaba orientado hacia la sierra. Nadie lo vería mientras siguiese encaramado en aquel lugar.

Se arrastró hacia una de las mansardas del tejado, y entonces escuchó un fuerte golpe que venía de su habitación. Alguien había derribado la puerta. Luego oyó las voces; eran dos hombres.

—¿Nada? —preguntó uno de ellos.

—Vacío —respondió el otro.

—Abajo, en la cocina, hay una puerta que da al jardín trasero y está abierta. Parece como si alguien hubiera salido de aquí con mucha prisa.

—¿Nos habrán visto llegar?

—No lo sé, pero mira. —Hubo una pausa—. Este ordenador está encendido. Comprueba si la IP coincide.

Yokai se pegó contra el muro de la mansarda. Esperaba que a ninguno de los intrusos se le ocurriera asomarse a la venta a inspeccionar el tejado. Trató de quedarse tan quieto como pudo, pero hacía frío y las piernas le temblaban. Un pequeño murciélago se acercó a él, aleteando. Yokai se encogió para evitarlo y un puñado de arenisca cayó desde el tejado haciendo un ruido que al muchacho le pareció tan estrepitoso como un derrumbe. Cerró los ojos y aguantó la respiración.

Nadie se asomó a la ventana.

—La IP es la misma —dijo uno de los hombres—. Sea quien sea el que ha entrado en la base de datos, lo ha hecho desde este equipo.

—¿Nos lo llevamos?

—No. Vamos a hundirle el barco a este pirata, así le servirá de aviso para no andar jodiendo a quien no debe.

En el tejado, Yokai escuchó ruidos de golpes violentos y de cristales rotos. No podía ver lo que esos tipos estaban destrozando en su habitación, pero se alegraba mucho de no estar presente.

—Lástima de cacharro. Era de los caros —comentó uno de los intrusos—. Larguémonos.

Se escucharon los pasos de los dos hombres saliendo de la habitación. Un par de minutos después, Yokai percibió el sonido de un motor arrancando. La furgoneta se alejó de la casa.

El muchacho aún esperó un tiempo antes de volver a su cuarto. Cuando creyó que los dos intrusos ya estarían bien lejos, entró por la ventana y descubrió el penoso panorama de su ordenador hecho pedazos. Los dos hombres se habían ensañado a fondo y no habían dejado ni una sola pieza aprovechable.

—Hijos de puta... —soltó el muchacho entre dientes—. Menuda mierda de servicio técnico.

A pesar de la humorada, estaba asustado. No se atrevía a pensar en lo que aquellos hombres habrían sido capaces de hacer si lo hubieran encontrado. La idea de quedarse solo en casa empezó a resultarle desagradable. Quizá aquellos intrusos quisieran regresar a por él, puede que incluso lo estuviesen buscando en aquel momento.

Pensó en llamar a Danny, pero su imaginación volvió a desa-

tarse: ¿y si lo espiaban? Sería un error conducirlos hacia la buscadora y ponerla a ella también en peligro.

Desechó la opción de avisar a la policía. Danny le había exigido silencio, y él estaba dispuesto a cerrar el pico hasta las últimas consecuencias; si deseaba ser un buscador (y realmente lo deseaba con fervor), debía empezar a actuar como uno de ellos.

Lo mejor sería esconderse, decidió. Un lugar discreto en el que nadie lo pudiera encontrar.

Yokai metió algunas prendas en una mochila. Después, tras dudarlo un poco, se llevó también un ejemplar de las *Vidas* de Vasari de su estante de libros. Lo estaba releyendo, y no pensaba dejar que los bastardos de Voynich destrozaran esa parte de su rutina igual que habían hecho con su ordenador. Sería una especie de victoria moral sobre ellos... o algo así.

En un bote de loza con la forma del casco de Darth Vader tenía algo de dinero, lo cogió y luego bajó a la cocina para llenar el resto de la mochila con latas de refresco. Finalmente dejó una nota para su tía. Sólo un par de palabras garabateadas en un papel pegado con un imán a la nevera: «Estaré fuera unos días». Ella no necesitaba saber más; de hecho, seguramente se alegrase de perderlo de vista una temporada. No era la primera vez que Yokai desaparecía de casa sin dar explicaciones.

Tenía un par de amigos que podían darle refugio un tiempo. El suficiente para pensar con claridad y decidir sus movimientos. Se dio cuenta de que había cometido algún error al violar la base de Voynich, seguramente habría caído como un pardillo en un sistema de detección *honey pot* y por eso lo habían localizado tan pronto. La siguiente vez, haría las cosas con más cuidado.

Aquellos imbéciles que habían machacado su ordenador no tenían ni idea de a quién estaban fastidiando. Pensaba darles una buena lección a esos cabrones.

Con la idea de la venganza firmemente aferrada a su cabeza, Yokai salió de la casa y se perdió en la noche.

CUARTA PARTE

La Cadena del Profeta

Musa y el Hombre Verde siguieron su camino hasta llegar a la Ciudad del Acantilado. Musa dijo: «¿No es ésta la tierra de los hombres pájaro, hogar de los tellem y los numma? Parece que hemos viajado lejos». El Hombre Verde asintió y dijo: «Ésta es, en efecto. Dios concedió a los hombres pájaro la habilidad para horadar sus casas en la roca, y para buscar agua bajo el suelo, y comida entre los peñascos. Por ello cantan sus alabanzas y son justas sus acciones».

Musa dijo: «¡Ay de mí! Sé que los tellem son justos y buenos, mas no los numma, quienes veneran a antiguos demonios sedientos de sangre».

El Hombre Verde dijo: «Hablas con acierto. Los numma son corruptos y sus cultos ofenden a Dios. Bien harían en llamarse "hombres serpiente" y no "hombres pájaro", pues son venenosos y se ocultan bajo la roca esperando morder el talón del viajero».

Musa y el Hombre Verde llegaron ante el umbral de un yermo seco. Cuando el Hombre Verde puso el pie en aquel lugar, un millar de árboles brotaron con frutos carnosos y abundantes, y un río nació sobre el polvo, y el agua lo colmó todo de vida. Por esto llaman a ese lugar el Oasis Imperecedero.

El Hombre Verde dijo: «Ha llegado el momento de informarte de aquello sobre lo que no has podido tener paciencia.

»Robé el timón de la nave de esos pescadores para que no pudieran faenar, pues sabía que un pirata venía tras ellos con la intención de quedarse su barco y matarlos. Así permanecieron a salvo en la orilla mientras reparaban su nave.

»Maté a aquel niño pues sabía que de adulto se convertiría en un hombre impío y rebelde, que causaría gran dolor a sus devotos padres. Allah les dará a cambio uno más puro que aquél y más afectuoso.

»Reparé aquel muro pues sabía que en sus cimientos se encontraba un tesoro que pertenecía a dos muchachos huérfanos de la ciudad. Su padre era bueno, y tu Señor quiso que encontraran el tesoro en la madurez, pero si el muro se derrumbaba y lo dejaba al descubierto, entonces los malvados habitantes de aquella ciudad lo encontrarían antes y se lo quedarían.

»Éste es el significado de aquello que no has podido tener paciencia para saber».

Musa se arrodilló y dijo: «Ahora ya sé. Tú eres sabio entre los sabios porque Allah te da la sabiduría».

El Hombre Verde dijo: «Así es. Toda sabiduría viene de Allah y sólo Él puede comprenderla. Tu Señor quiere que ahora tú tengas conocimiento para cumplir Su voluntad. Ven y te mostraré».

El Hombre Verde llevó a Musa al corazón del Oasis Imperecedero. Allí Musa vio algo tan maravilloso como jamás había conocido. El esplendor de Allah lo iluminó y su corazón se llenó de luz y de conocimiento.

Musa dijo: «¡Alabado sea el Señor, Único Dios de todo el universo! ¿Qué es este tesoro tan poderoso que contemplan mis ojos?».

El Hombre Verde dijo: «Esto es el Nombre de los Nombres. La Palabra de la Creación».

El *Mardud* de Sevilla,
sura 18

1
Hierático

Segú es una pequeña ciudad que se encuentra en el curso del Níger, a medio camino entre Koulikoro y Mopti.

Antes de que el cáncer yihadista convirtiese Malí en un cuerpo enfermo, el gobierno del país tentaba a los turistas describiendo Segú como una encantadora ciudad de amplios bulevares, edificios históricos y uno de los mercados más grandes y bulliciosos de toda África. Si uno se tomaba en serio las guías turísticas escritas antes de la guerra salafista, podía llegar a pensar que Segú era una especie de París en versión subsahariana.

Tal y como pude comprobar por mí mismo, la ciudad era un simple conglomerado de casas bajas dispuestas en forma de cuadras. Los amplios bulevares no eran otra cosa que calles anchas de tierra aplastada, sin aceras, flanqueadas por sicomoros que crecían de forma casi salvaje; y los históricos edificios eran poco menos que carcasas abandonadas de aspecto vagamente colonial.

Junto al río existía un amplio espacio, hiperbólicamente denominado «paseo fluvial», separado de la orilla del Níger mediante un simple murete de piedra y que por la noche no recibía más iluminación que la de la luna y las estrellas. En aquel lugar era donde se encontraba el célebre mercado: un numeroso grupo de malienses de múltiples etnias que ofrecían sus productos sobre telas extendidas en el suelo. Éstos abarcaban desde piezas de artesanía en madera hasta cubos de plástico repletos de pescado seco (y otros animales cuya especie resultaba imposible reconocer). Los vendedores atendían a los clientes sentados en taburetes o directamente en cuclillas, mientras mujeres vestidas con telas de colores deambulaban por entre los puestos portando en equilibrio fardos sobre la cabeza. Era como un enorme mercadillo de extrarradio con un sabor ligeramente exótico.

Podría haber disfrutado mucho de aquel ambiente, pero mi cabeza estaba en otra parte, y ni la más encantadora de las ciudades del mundo habría poseído la belleza suficiente como para hacerme sentir menos triste.

Tras salir huyendo de la Ciudad de los Muertos, Hidra, Enigma y yo nos habíamos dirigido hacía Segú por ser la ciudad que estaba más cerca. Hidra tomó la decisión, y yo se lo agradecí, pues no era capaz de pensar en nada que no fuera la imagen de Burbuja desapareciendo bajo un alud de barro seco.

El trayecto resultó silencioso y funesto. Tratábamos cada uno por nuestra cuenta de asimilar el desastre que dejábamos atrás. Resultó una suerte que Hidra fuese capaz de mantener la cabeza fría y ejercer un mínimo de iniciativa, pues ni Enigma ni yo estábamos en condiciones de hacerlo.

Llegamos a Segú al amanecer. Hidra localizó una casa de huéspedes en el linde de la ciudad llamada Hôtel Victoire. El nombre me pareció una mala broma. La casa estaba regentada por una amable pareja de alemanes que habían montado aquel negocio en tiempos más prósperos. Tras una encantadora fachada de adobe que imitaba la arquitectura tradicional de Malí (lo que me trajo el desagradable recuerdo de la mezquita de Kolodugu) se ocultaba un funcional y pulcro alojamiento, provisto de una coqueta decoración a base de arte étnico y comodidades que teníamos casi olvidadas: un bar restaurante, camas con mosquitera y baños individuales con agua caliente. Ojalá yo hubiera estado de mejor humor para disfrutar todo aquello.

Nos citamos con desgana para encontrarnos a la hora de

cenar. Los tres necesitábamos un descanso largo y lamernos en privado nuestras heridas. En mi caso, lo que más necesitaba era asumir que Burbuja ya no estaba con nosotros.

Me dejé caer en la cama de mi habitación, buscando un sueño que tardaba mucho en llegar. Al cerrar los ojos, por mi cabeza desfilaban numerosos recuerdos, vinculados todos a Burbuja. Lo veía vestido con aquel absurdo disfraz de verdugo que llevaba cuando lo conocí en Canterbury, luego recordaba la primera vez que hablé con él, cuando se hacía pasar por el señor Burgos y supervisaba mis pruebas de acceso al Cuerpo Nacional de Buscadores. Cada recuerdo era como arañar una herida fresca y sangrante. La tristeza era tan sólida que a veces me dejaba sin respiración.

Asumí que no iba a poder dormir, de modo que salí de la habitación y me refugié en un rincón del pequeño jardín del hotel. Bajo un árbol frondoso había un par de hamacas desde las que se contemplaba una hermosa panorámica del río. Allí me senté, entregado al enfermizo ejercicio de recordar a mi compañero mientras fumaba un cigarrillo detrás de otro.

Llevaba conmigo el tesoro de los arma. Pensé que quizá podría examinarlo y olvidarme por un momento de Burbuja, pero no fui capaz. Sólo manoseaba el ladrillo hecho de oro, con la mirada perdida y sin poder sajar de mi mente los recuerdos del buscador caído.

Apenas me di cuenta de que ya no estaba solo. Enigma se había sentado a mi lado en silencio. Los dos permanecimos sin hablarnos durante un rato largo.

—¿Has podido dormir algo? —me preguntó al fin.

Yo no contesté. De hecho, ni siquiera estaba seguro de estar allí realmente.

—Lo siento, cariño —dijo Enigma—. Debí haberme dado cuenta de que querías estar solo.

Hizo ademán de levantarse de su hamaca.

—No. Quédate, por favor —le rogué—. Háblame. Dime cualquier cosa. Necesito...

Me callé. No era capaz de encontrar palabras en mi cabeza, como si de pronto las hubiera olvidado todas. Ella sonrió con dulzura.

—¿Necesitas no pensar durante un rato?

—Algo así.

Estaba agotado. Me cubrí la cara con las manos y exhalé aire. Permanecí un rato con el rostro oculto, como un pájaro con la cabeza bajo el ala. Enigma interpretó mal mi gesto y me acercó un pañuelo de papel.

—Guárdatelo —lo rechacé—. No voy a necesitar nada de eso por el momento.

—Me alegra saberlo. Ver llorar a un hombre siempre me hace sentir incómoda. —Mantuvo un breve silencio y después me miró—. No debemos llorar por él, Faro. No merece la pena, lo sabes, ¿verdad?

—¿Qué quieres decir?

—Sólo se llora a los muertos. El resto de las lágrimas son un desperdicio.

—Lo vi caer de un disparo.

—Sí, y yo también. Y vi cómo se derrumbaba aquella pared sobre él... Y, aun así, me cuesta creer que haya muerto. Tú no lo conocías tanto como yo, no sabes que Burbuja tenía la suerte de su lado. Hazme caso: él no ha muerto, sólo está... temporalmente incapacitado.

Miré a Enigma con cierta lástima. Cada uno sobrellevábamos la pérdida a nuestra manera, y, al parecer, la buscadora había decidido negarla. Podía haber tratado de convencerla para que asumiera la realidad, pero me pareció cruel e innecesario. Ella tenía derecho a administrar su dolor a su manera.

—Pareces estar muy segura de que aún vive...

Ella se encogió de hombros.

—Claro, ¿por qué no? Y, de alguna manera, también creo que César logró escapar, es un chico escurridizo... Los dos estarán a salvo, puede que juntos. Y, mientras tanto, nosotros debemos seguir buscando, porque eso es lo que hacemos, Faro.

—Es un pensamiento… agradable… —musité sintiéndome cada vez con menos fuerzas.

—¡Pues aférrate a él! ¿Qué sentido tiene arrastrarse bajo la sombra de un árbol a ensuciar tus mejillas? No podemos permitírnoslo. No ahora. —Enigma me levantó el mentón con un dedo para obligarme a mirarla a los ojos—. Tal vez…, y sólo tal vez…, terminemos esta búsqueda y al regresar a casa Burbuja aún no esté con nosotros. En caso de que eso ocurra, lo lloraremos juntos si te parece, pero hasta entonces no voy a dejar que lo hagas. Y tú tampoco me dejarás hacerlo a mí. Nos lo impediremos el uno al otro, ¿de acuerdo?

Asentí. Los ojos de Enigma brillaban con una luz verde y preciosa. Sin darme cuenta, mis labios amagaron una sonrisa. Fue una sonrisa débil, pálida y medio muerta, que apenas pude sostener durante más de un segundo, pero el hecho de que apareciese me resultó un triunfo espléndido.

—El uno al otro, sí… —dije—. Me parece una… buena idea…

Enigma me dio un golpecito afectuoso en la mejilla.

—Ése es mi chico… Tienes que poner un poco de tu parte, cielo. No me dejes sola con esto, por favor.

Negué con la cabeza.

—No lo haré.

—Bien. Recuerda que te estaré vigilando. —La buscadora echó un vistazo al ladrillo de oro que yo aún sostenía en la mano—. ¿Qué tal si me dices lo que piensas hacer con eso?

Tuve que hacer un gran esfuerzo para concentrarme en una respuesta. Fue como empezar a empujar una piedra muy pesada.

—Aún no he tenido tiempo de pensarlo…

—Pues va siendo hora de que lo hagas. Yoonah y sus hombres de arena siguen nuestros pasos, y seguramente ellos no están entretenidos en lamentos.

—No saben cuál es la siguiente etapa del camino; nosotros, sí. Es una ventaja muy importante.

—¿Quién nos asegura que podremos mantenerla? Mejor no demos nada por sentado. —Mi mente amenazaba con embotarse otra vez, pero Enigma no estaba dispuesta a permitirlo. Al darse cuenta de que perdía mi atención, me sujetó con otra pregunta—. ¿Cómo se llamaba la ciudad que marcaba el mapa de la mezquita?

—Ogol —respondí después de unos segundos haciendo memoria. Aquello me parecía muy lejano en el tiempo.

—Debemos encontrarla.

—Sí... El... El imán dijo que quizá estuviera en el país dogón.

—Lo comprobaremos. Hidra conoce bien Malí, quizá ella tenga una idea de por dónde cae ese lugar.

—Quizá —dije yo sin mucho entusiasmo.

Enigma me quitó el ladrillo de las manos y lo inspeccionó.

—Tiene marcas en sus caras, ¿te has fijado? —preguntó.

—Sí. No sé lo que es.

—¿En serio? Me decepcionas, Faro. Se supone que eres tú al que se le dan bien estas cosas. —Colocó el ladrillo en mi regazo de forma brusca—. Míralo con atención. Concéntrate en él y no pienses en nada más.

Era consciente de lo que Enigma estaba haciendo. Su intención era buena y en mis adentros lo agradecí, pero me estaba exigiendo un esfuerzo que no me sentía capaz de realizar. Me costaba mantener en cuarentena el recuerdo de Burbuja como lo hacía la buscadora; ella era mucho más fuerte que yo.

—Son sólo... muescas... —dije después de manosear un instante el ladrillo sin entusiasmo—. De verdad que no tengo ni idea de qué se trata.

—No te estás esforzando. Inténtalo otra vez.

—Da la impresión de que tú ya sabes lo que son estas marcas...

—Cariño, conozco tantos sistemas de escritura que podría transcribir mi biografía en decenas de lenguas muertas. Claro que sé lo que son, lo que quiero es que me lo digas tú.

—Por favor, no tengo ganas de hacer esto...

—Tirso —dijo ella, recriminándome con los ojos—. Me lo has prometido, ¿recuerdas?

Tenía razón.

Suspiré y volví a concentrarme en el ladrillo, haciéndolo girar entre mis manos y sin parar de rezongar excusas.

—Te lo aseguro, Enigma, no sé qué garabatos son éstos... Maldita sea, yo no soy ningún experto como tú, no tengo ni idea de lo que pone en esta estúpida cosa...

Estaba tan obcecado protestando como un niño terco que no me di cuenta de que ya no estaba pensando en Burbuja. Seguía dando vueltas al ladrillo entre quejas plañideras, mirando sin atención las muescas de sus caras cuando, de pronto, encontré un signo que me resultó familiar.

Luego otro, y después un tercero...

—Vaya... —murmuré—. Qué diablos... Es hierático... Escritura hierática egipcia.

Enigma sonrió, feliz.

—Muy bien, Faro.

Apenas escuché sus palabras. Estaba concentrado localizando símbolos familiares en la inscripción del ladrillo. Pude reconocer gran parte de ellos.

Como ya he mencionado antes, conozco algunas cosas sobre la cultura del Antiguo Egipto. Cualquier aficionado como yo sabe que los egipcios desarrollaron tres sistemas de escritura: jeroglífica, hierática y demótica.

El alfabeto hierático egipcio tiene aspecto de ser una sucesión de garabatos, muescas y círculos. Es una versión esquemática y simplificada de los floridos caracteres jeroglíficos que los antiguos escribas desarrollaron para poder escribir más rápido. A pesar de que yo podía identificar la escritura, mis conocimientos no daban para leerla y traducirla. Tengo algo de maña para ciertas cosas, pero una de ellas no es el egipcio clásico. Bastante mal lo pasé en su momento con el latín, y con eso considero que mi cupo de lenguas muertas está más que cubierto.

—¿Entiendes lo que pone? —pregunté a Enigma.

—Ni una palabra. Reconozco los signos, pero nunca aprendí a leerlos. —La buscadora suspiró, frustrada—. Si fuera alfabeto griego o cirílico podría echarte una mano, pero esto es demasiado para mí.

Observé la escritura con el ceño fruncido. La presencia de un texto en hierático aportaba un matiz a aquella búsqueda que me resultó sorprendente. Hasta el momento, pensaba que el tesoro de Yuder Pachá sólo estaba relacionado con la tradición legendaria de Malí. Lo de los egipcios era algo nuevo.

—¿Cuándo se desarrolló el alfabeto hierático? —pregunté.

—Ésa es fácil: comenzó a utilizarse unos dos mil quinientos años antes de Cristo y empezó a caer en desuso hacia el siglo III.

—De modo que este ladrillo tiene al menos mil setecientos años de antigüedad, y si, al parecer, sirve para encontrar el tesoro de Yuder Pachá, éste tiene que ser igual de antiguo o puede que más… —Me pellizqué el labio inferior, confuso—. No lo entiendo…

—¿El qué, cielo?

—¡Nada! ¿Qué hace un texto egipcio en un ladrillo de oro oculto en una mezquita de Malí? ¿Por qué es importante para encontrar el tesoro de Yuder Pachá? ¿Y quién dejó todas estas pistas repartidas por la región? Pensaba que fue Yuder Pachá quien lo hizo, pero ahora… —Chasqueé la lengua con fastidio—. ¡Diablos! Me gustaría saber lo que pone en esta inscripción.

—Por el momento, ¿qué te parece si lo copias en un papel? Así no tendremos que pasear esta chuchería de un lado al otro. Me parece una provocación.

—¡Buena idea! —dije. Me puse en pie, dispuesto a buscar algo con que copiar el texto. En ese momento me vi reflejado en la cristalera que daba acceso al interior del hotel. Parecía el superviviente de un comando después de un ataque enemigo—. Madre mía… Creo que necesito ropa nueva. Y una ducha.

—Sí, estoy de acuerdo. Ve a darte esa ducha y yo te esperaré aquí. Luego iremos a comprar algo para ponernos que no haya salido de un armario militar. Nos vendrá bien.

—Fantástico. No te muevas. Bajo enseguida.

Sin dejar de pensar en el texto que había encontrado y en los múltiples enigmas que lo rodeaban, subí hasta mi habitación a paso ligero. Al sentarme en la cama para quitarme las botas cerré los ojos durante un momento... o eso creí.

Cuando los abrí de nuevo, eché un vistazo al reloj y me di cuenta de que habían transcurrido cerca de cuatro horas. Por fin había logrado volver a conciliar el sueño.

Me sentó muy bien. Francamente bien.

Los sentidos de Enigma perciben cosas que a la mayoría de la gente le pasan desapercibidas. Ella es especial, como un trébol de muchas hojas o un caldero de monedas de oro.

Supo qué hacer para que la pérdida de Burbuja no me anulase por completo, a pesar de que ella, con toda seguridad, debió de sentirla tanto o más que yo. Tiró de mí cuando yo no podía moverme y fue capaz de recordarme el motivo por el que habíamos llegado tan lejos, y por qué abandonar no era una opción. No estoy seguro de cómo lo hizo, pero sí sé que cualquier otra persona en su lugar no habría tenido el mismo éxito.

Cuando me reuní con ella después de mi inesperada siesta, me recibió sin reprocharme la espera, como si ya hubiera sabido de antemano que lo que más necesitaba era un descanso. Luego me arrastró por el mercado de Segú para buscar artículos con los que abastecernos. No volvimos a mencionar a Burbuja ni a César. Habíamos hecho un pacto tácito para mantener encerrado aquel pensamiento y centrarnos en lo inmediato. Su ánimo me otorgaba fuerzas para cumplirlo y, al mismo tiempo, espoleaba mi orgullo para no mostrarme más débil que ella.

En el mercado de Segú pudimos comprar algunas prendas menos castigadas que las que llevábamos puestas. Volvimos al hotel y nos cambiamos de ropa. Me deshice del atuendo militar que Hidra nos había conseguido con el mismo alivio con que me desprendería de un mal recuerdo.

Las prendas que compramos en el mercado eran de muy mala calidad, pero al menos eran nuevas. Puede que suene frívolo, pero os aseguro que después de escapar de la muerte en una necrópolis africana, no existe nada más balsámico que ponerte ropa limpia. Aquel día me convencí de que los grandes viajeros del pasado, desde Colón hasta Amundsen, jamás perdieron de vista sus mudas de recambio durante sus aventuras, aunque eso no lo mencionen los libros de Historia.

Al caer la noche, nos reunimos con Hidra para cenar en el hotel. Tenía aspecto de haber descansado, aunque su ánimo era bajo. No mencionó a Burbuja ni a César más que de pasada, como si ella también hubiera tomado de la determinación de seguir camino sin mirar atrás.

A pesar de que admiraba su fortaleza y, sin lugar a dudas, me alegraba de tener a una compañera con tantas agallas entre nosotros, empezaba a preguntarme por qué seguía a nuestro lado. Ahora que habíamos salido de Kolodugu, no la necesitábamos para seguir nuestra búsqueda.

Aunque lo hubiera lamentado, me habría parecido lógico que se despidiera de nosotros en Segú y siguiera su propio camino, y así se lo hice saber.

Ella rechazó la idea negando lentamente con la cabeza.

—No, amigo. ¿Dejaros perdidos y a solas en un país extraño? No sé qué idea tienes de los mortadelos, pero nunca abandonamos a un camarada... Además, después de todo lo que he pasado, creo que me merezco saber en qué consiste ese fabuloso tesoro sin nombre que persigues.

Se lo agradecí de corazón. Empezaba a sentir verdadero aprecio por aquella antigua buscadora, y me preguntaba por qué Burbuja le habría guardado tanto rencor.

Hidra, Enigma y yo nos pusimos a planear nuestros siguientes pasos. Lo primero que debíamos hacer era dar con el lugar llamado Ogol, marcado por el mapa de la mezquita. Hidra no sabía mejor que nosotros dónde encontrarlo, ni tampoco aparecía en un viejo mapa de carreteras que Enigma y yo habíamos adquirido en el mercado.

—No me sorprende —comentó Hidra—. Es difícil hallar un

buen mapa de Malí en el que aparezcan todas y cada una de las miles de aldeas repartidas por la región. Los más completos los tienen los militares.

—Entonces habrá que conseguir uno de ésos —dije.

—Si logro ponerme en contacto con Irena puedo pedirle que escamotee alguno de la base de EUTM y nos lo traiga, pero eso llevaría tiempo, no sé cuánto.

—No me gusta la idea de permanecer aquí parados durante tiempo indefinido. Los hombres de arena de Yoonah nos podrían adelantar.

—Cierto. —Hidra se quedó pensativa—. Llevo dándole vueltas toda la tarde a lo de Yoonah... ¿Por qué alguien como él se dedicará a expoliar tesoros en compañía de una panda de mercenarios? No logro explicármelo.

La respuesta a esa pregunta era demasiado larga y llena de conjeturas que, a su vez, abrían más interrogantes; así que preferí no mencionar nada sobre Voynich y sus intereses. Más tarde, si se presentaba la ocasión, pondría al tanto a Hidra de toda aquella historia. En aquel momento no tenía ganas de hacerlo.

—Se me ocurre una idea —intervino Enigma—. Faro dice que Ogol puede estar en el país dogón. ¿Por qué no presentarnos allí y, simplemente, preguntar? Algún habitante de la zona quizá sepa lo que estamos buscando.

—No me convence... —dije.

—¡Qué sorpresa! Un hombre que no quiere preguntar una dirección... —bromeó Hidra—. A mí no me parece tan descabellado. Nadie conoce mejor un país que sus nativos, y los dogones son gente hospitalaria. No suelen desconfiar de los viajeros.

—Está bien: dos votos a favor y uno en contra. Que nadie diga que no acato la opinión de la mayoría... ¿Por dónde cae ese país dogón?

Hidra señaló en el mapa una zona al sudeste del país, a medio camino entre el curso del Níger y la frontera con Burkina Faso.

—Justo aquí, en la región de Bandiagara. Los dogones llevan siglos habitando sus ciudades en las laderas de los acantilados.

—¿Será difícil llegar hasta allí? —pregunté.

—En absoluto. Podemos viajar a Mopti por carretera... Está a unos cuatrocientos kilómetros de aquí. Mopti es la ciudad desde la que solían partir las excursiones de turistas que visitaban Bandiagara, antes de que las cosas en Malí se pusieran peligrosas. Allí podremos encontrar fácilmente a alguien que nos lleve al país dogón.

—Entonces, lo único que necesitamos es un coche —dije.

—Ya tenemos uno, cielo —respondió Enigma—. El que les robamos a los hombres de arena, ¿recuerdas?

—No podemos viajar con eso, es un jeep militar... ¡Tiene un arma atornillada a la carrocería!

—Puedo quitársela mañana si conseguimos las herramientas adecuadas —propuso Hidra—. Pero eso nos hará perder tiempo.

—Me da igual. No quiero ir por ahí como si fuese Mel Gibson en *Mad Max*. Llamar tanto la atención me parece impropio de un buscador.

—Como tú digas..., buscador —respondió Hidra, mirándome como si hubiera dicho algo gracioso—. Había olvidado que los mortadelos no tenemos ni idea de cómo pasar desapercibidos.

Temiendo que nos enzarzáramos en un pique entre agentes secretos, decidí cambiar de conversación.

—Hay otro detalle que me gustaría resolver. —Dejé sobre la mesa un folio en el que había copiado las inscripciones del ladrillo de oro—. Necesitamos traducir esto. ¿Habrá alguien en Mopti capaz de hacerlo?

—Puede que no haya que esperar tanto —respondió Hidra—. Aquí en Segú hay una de las pocas universidades que existen en el país; no es que sea Oxford, pero no perdemos nada si nos acercamos a echar un vistazo.

Acordamos que, a la mañana siguiente, Hidra se ocuparía de desmantelar el armamento de nuestro vehículo mientras Enigma y yo visitábamos la universidad para encontrar un traductor del texto hierático.

Terminamos la cena y nos fuimos a nuestras habitaciones. Enigma me acompañó hasta la mía, como si quisiera asegurarse de que llegaba sano y salvo. Ya en la puerta, me besó en la mejilla y me sonrió.

—Lo estás haciendo muy bien.

—Te tengo cerca, y eso ayuda. —Fruncí los labios en un gesto que aspiraba a ser una sonrisa—. Él está vivo, ¿verdad? Sigues pensando eso.

—Por supuesto que sí, cariño. Recuérdalo cuando sientas que lo que le ha ocurrido te vuelve a superar.

Sus ojos no pudieron engañarme. Supe que mentía, que ella, al igual que yo, daba a Burbuja por muerto. No me importó: su engaño me consolaba en la medida en que la consolaba a ella. Eso era lo importante.

Seguí su ejemplo y guardé mis lágrimas para cuando no pudieran cegarme. Con esa idea en la cabeza, me metí en la cama y cerré los ojos. Pensé que de nuevo volvería a costarme encontrar el sueño, pero mi cuerpo se apagó igual que un trasto fundido.

El edificio principal de la Universidad de Segú era una achaparrada construcción de dos pisos, más similar al edificio de apartamentos de una ciudad de veraneo que a un centro universitario.

En la fachada había una tremenda escalinata, tan incongruente como desproporcionada, que servía de acceso al interior. Dentro había poca actividad. Al comienzo de un despoblado pasillo, encontramos a una mujer detrás de un mostrador. Entendimos que debía de tratarse de una conserjería, así que nos dirigimos allí en busca de información.

Tras respondernos a una serie de preguntas, comenzamos un largo peregrinaje por unos cuantos despachos departamentales, de docente en docente y de funcionario en funcionario. Todos ellos se rascaban la cabeza al escuchar nuestro problema y después procedían a enviarnos a otro colega, como si fuéramos un paquete que nadie se atreve a abrir.

Finalmente, un hombre que decía ser miembro del Departamento de Sociología tuvo una idea más original que la de endilgarnos a otro compañero desocupado. Hizo un par de llamadas y al rato nos pidió que le siguiéramos para presentarnos a alguien.

El encuentro tuvo lugar en el aula magna de la facultad. Allí, sentado tras una mesa situada en el eje de un espacio radiante con forma de hemiciclo, vi a un hombre negro, con la cabeza lisa y brillante como un grano de café y que lucía una perilla entrecana alrededor de los labios. Cuando aparecimos, el hombre estaba leyendo lo que parecía ser un montón de exámenes.

Nos lo presentaron como Salif Tounkara, profesor de Historia de las Civilizaciones Africanas. El profesor Tounkara resultó ser un hombre cortés y solícito. Nos saludó, hablando un inglés impecable adornado con un leve acento musical, y nos invitó a tomar un té en su despacho, donde podríamos exponerle nuestro problema.

Tounkara tenía un pequeño cubículo cerca del aula magna. El espacio estaba atestado de libros y piezas de artesanía africana de diversas procedencias: tambores, máscaras tribales, shishas marroquíes... También había fotografías de distintos monumentos, así como reproducciones de obras de arte pictóricas de todo tipo, desde papiros egipcios hasta imágenes rupestres.

El profesor nos ofreció un vaso del dulce y aromático té maliense. Después, siguiendo el protocolo habitual que rige las normas de hospitalidad del país, compartió con nosotros un poco de charla intrascendente.

Le explicamos que éramos dos periodistas españoles que viajábamos por el país analizando los estragos de la guerra contra el patrimonio histórico artístico, lo cual le granjeó nuestras simpatías de inmediato. Hablamos sobre los enfrentamientos con los terroristas, la situación política y el futuro de Malí, el cual Tounkara veía con admirable optimismo.

—Las secuelas de la guerra tardarán mucho tiempo en desaparecer —nos dijo con su voz profunda y modulada—. Por suerte, Segú es una de las ciudades menos castigadas. Poco a poco, la universidad recobra su pulso, aunque desgraciadamente muchos jóvenes que ahora podrían estar mejorando su formación y aspirando a un futuro mejor están en estos momentos en manos de los salafistas. Nuestro principal reto como intelectuales es combatir el extremismo islámico y evitar que devore a toda una generación de jóvenes.

—¿Cree que eso será posible? —preguntó Enigma, cortés.

—Reconozco que siempre he sido un optimista... —El profesor sonrió y le dio un pequeño sorbo a su té—. Aun a riesgo de simplificar demasiado, les diré que gran parte de la culpa del ascenso del salafismo la tienen los tuareg. Ellos fueron quienes se aliaron con los fanáticos musulmanes para conseguir sus objetivos políticos, y eso les otorgó un protagonismo del que carecían en este país. Llevo toda mi vida estudiando la historia de los pueblos de África, y les aseguro una cosa: jamás te fíes de un tuareg. Sólo buscan su propio beneficio, y para alcanzarlo cambian de alianzas a cada momento sin pensar en las consecuencias. A diferencia de ellos, nosotros sí aspiramos a construir un Malí próspero, unido y en paz.

—¿A quién se refiere con «nosotros», profesor? —preguntó Enigma.

—A las diferentes etnias del país. Yo soy songhay, pero eso no tiene importancia: songhay, soninké, bambara, arma, fulani...; todos somos malienses, al fin y al cabo; todos queremos lo mejor para nuestro país.

Me pareció interesante estar compartiendo té con un auténtico songhay, vestido de traje y corbata. Después de todo lo que había oído sobre ellos, los identificaba más bien con la imagen de antiguos emperadores de gloriosos tiempos pasados.

Le hice al profesor un comentario al respecto y éste lo encontró simpático, propio de occidentales ofuscados por su visión de África como algo exótico y pintoresco. Con extrema cortesía, me explicó que los songhay eran una etnia muy extendida no sólo en Malí sino en todo el mundo. Me habló de deportistas, escritores e incluso famosos actores de Hollywood que tenían sangre songhay en sus venas. Para ilustrar su pequeña lección, me enseñó un CD de un célebre cantante maliense que, según él, triunfaba incluso fuera de las fronteras de Malí.

—No es mi tipo de música, pero me resulta muy interesante escuchar cómo funde ritmos tribales con sonidos más contemporáneos; debería escucharlo —me invitó.

Fingí cierto interés para no parecer grosero. Al mirar la portada del disco, vi un símbolo que me resultó familiar: una línea vertical con tres puntas en la parte superior y otras tres iguales en el otro extremo. Se parecía a un monigote.

Recordé dónde había visto antes ese símbolo: estaba tatuado en la espalda de César y también en la mano de uno de los piratas que capturaron el *Buenaventura*.

—Profesor, ¿qué significa este dibujo? —pregunté.

—Ah, eso... Se supone que es un ideograma muy antiguo. Hace alusión al pacto.

—¿El pacto?

—Existe la creencia de que era el emblema de los antiguos emperadores songhay y los miembros de su nobleza... Una especie de marca de lealtad al soberano. Personalmente, creo que es una bobada: no hay nada que demuestre que ese símbolo se utilizara en los días del imperio. Más bien pienso que fue una marca que se puso de moda entre la juventud songhay durante los años previos a la independencia de Malí. Algunos activistas lo convirtieron en un signo de repulsa hacia los colonos franceses en torno a la década de los cincuenta.

—¿Algo parecido a una marca patriótica?

—Podría definirse así..., si bien es cierto que muchos de mis colegas sí creen que se trata de un signo muy antiguo. Como ya le he dicho, yo no comparto esa teoría.

El profesor no parecía interesado en seguir hablando de aquel ideograma, de modo que mencioné el asunto que nos había llevado hasta la universidad.

—Usted que ha estudiado en profundidad las civilizaciones africanas —dije—. Tengo una duda: ¿qué conexiones existen entre los antiguos egipcios y los pueblos de Malí?

—Ésa es una buena pregunta, señor Alfaro; muchas tradiciones orales hacen mención a intervenciones de la civilización egipcia en la región del Sahel; por desgracia, no hay nada escrito. Sin ir más lejos, los soninké, que fundaron el Imperio de Ghana en el 750, aseguran descender de un mítico personaje llamado Dingka, quien, según las leyendas, era un noble de la corte de los faraones que huyó de Egipto.

—Eso ya lo había oído antes, pero ¿existe alguna prueba de ello?

—No subestime el valor de la tradición oral, amigo mío. La memoria de los pueblos del Sahel es muy larga.

Le enseñé al profesor Tounkara la transcripción del texto en hierático del ladrillo de oro. Le dije que la había encontrado en un papiro que compré en Tombuctú a un comerciante de piezas de artesanía.

—Ya veo... —dijo el profesor, estudiándola con atención—. Usted cree que podría tratarse de un auténtico papiro egipcio... Bueno, evidentemente, no puedo aventurar nada sin ver el soporte original, pero, si me permite un consejo, le diré que no albergue muchas esperanzas. En Tombuctú se venden todo tipo de falsificaciones para embaucar a los turistas crédulos. —Me miró y me dirigió una sonrisa cortés—. Disculpe si mis palabras le ofenden.

—Está disculpado; yo pienso lo mismo... Sin embargo, tengo cierta curiosidad por saber qué dice ese texto. Nos han comentado que quizá usted podría traducirlo.

—Tal vez... Hice mi tesis doctoral en El Cairo y allí aprendí algo sobre escritura del Antiguo Egipto... ¡Aunque de eso hace tantos años! —Tounkara se ajustó las gafas y volvió a estudiar la transcripción—. Es alfabeto hierático, ¿verdad...? Es un texto breve y no parece muy complejo... Sí, quizá pueda ayudarles...

—No quisiéramos abusar de su tiempo —dijo Enigma.

—Descuiden, recibo con gusto cualquier distracción que me evite el seguir corrigiendo exámenes. —Nos sonrió con aire travieso—. Pero no se lo digan al rector...

El profesor nos pidió un par de horas para consultar algunas gramáticas y poder trabajar en el texto con calma, y nosotros se las concedimos encantados. Enigma y yo aprovechamos ese tiempo para ir a almorzar algo, y después volvimos a encontrarnos con él en su despacho.

—Ha sido más sencillo de lo que esperaba —nos dijo con aire satisfecho—. Aquí tienen su traducción.

Tounkara me entregó un papel en el que había escritos unos versos:

Tú te cubres de luz como con un manto;
extiendes los cielos como un velo.
Afirmas sobre las aguas tus altos aposentos
y haces de las nubes tus carros de guerra.
Tú cabalgas en las alas del viento.
Haces de los vientos tus mensajeros
y de las llamas del fuego tus servidores.
A ti, luz de plata, te ofrezco mi oro.

Leí la traducción un par de veces y luego se la pasé a Enigma.

—¿Se trata de un poema? —pregunté al profesor.

—De un himno, más bien —respondió—. Al principio creí que podía ser un fragmento del célebre canto al dios Atón, el disco solar, compuesto por el faraón Amenofis IV. Se parece bastante.

—¿Y no lo es?

—No, sólo es una variación imaginativa... Compruébelo usted mismo, imprimí una copia mientras hacía la traducción.

Tounkara me entregó otro papel en el que estaba escrito el famoso Himno de Atón. Era una pieza literaria muy célebre del Antiguo Egipto. Según los expertos, fue escrito hacia el año 1350 antes de Cristo por el faraón Amenofis IV, también conocido como Akhenatón. En aquellos días, este soberano tuvo la original idea de instaurar un culto monoteísta en su imperio dedicado a Atón, el dios sol. La innovación generó revueltas, asesinatos y caos: los súbditos de Amenofis estaban demasiado apegados a sus múltiples dioses ancestrales y no se tomaron nada bien la ocurrencia del faraón. A su muerte, el panteón egipcio volvió a poblarse con Ra, Horus, Isis y demás caterva mientras que Atón fue relegado a un puesto secundario.

El Himno de Atón era la máxima expresión de fe a su nuevo dios de un rendido creyente y, según coinciden los egiptólogos, uno de los más emocionantes poemas de la Antigüedad. Pude comprobar que, en efecto, era similar al texto del ladrillo de oro, pero sin lugar a dudas se trataba de dos composiciones diferentes.

Sostuve el Himno de Atón en una mano y la traducción del ladrillo en la otra, los dos juntos, y observé alternativamente uno y otro como si estuviera buscando las diferencias en dos fotografías.

Eran tan parecidos...

Inspirado quizá por los poderosos rayos del dios solar, tuve una intuición.

—Profesor Tounkara —dije—. Por casualidad, ¿tiene usted una Biblia a mano?

—Lo siento, pero no es precisamente mi lectura habitual —respondió con un gesto de disculpa—. Si le vale un Corán...

—No, gracias. Lo que necesito es un Antiguo Testamento.

—En eso no puedo ayudarle. Pero mire usted en nuestra biblioteca, si quiere. Está en el piso de abajo.

—Gracias, eso haré —respondí, y me guardé el texto del ladrillo—. Le agradezco mucho su colaboración; me ha sido de gran ayuda.

Nos despedimos del amable profesor intercambiando toda clase de buenos deseos, y después salimos de su despacho. Yo buscaba el camino que conducía a la biblioteca de la universidad.

—¿Qué ocurre? —me preguntó Enigma—. ¿Qué has visto en ese poema?

—No estoy seguro, pero creo saber qué es.

—Me alegro por ti. ¿Piensas compartirlo conmigo o disfrutas haciéndome quedar como la compañera estúpida?

—Antes me gustaría hacer una comprobación. Puede que esté cometiendo un error.

—Como quieras, me gusta el suspense; pero más te vale sorprenderme con algo espectacular.

Me permití esbozar una sonrisa socarrona.

—¿Alguna vez te he decepcionado en ese sentido?

—Por eso lo digo, cariño; te has puesto el listón demasiado alto.

Localicé la biblioteca. Logré conseguir una Biblia en francés que tenía un aspecto tan pulcro que parecía estar recién salida de la imprenta. Supongo que ningún alumno solía consultarla a menudo. La abrí y pasé sus páginas con rapidez, buscando el Libro de los Salmos.

—Ciento cuatro... Ciento cuatro... Ciento cuatro... —farfullaba sin darme cuenta—. Vamos... ¿Dónde diablos estás...? Ciento cuatro...

—¿Eso qué es? ¿Alguna clave numérica?

—¡Lo encontré! —exclamé. Alguien me chistó desde un rincón de la sala de lectura; bajé la cabeza avergonzado y luego acerqué el libro a Enigma—. Salmo ciento cuatro. Léelo y dime qué te parece.

La buscadora echó un vistazo a las primeras líneas y sus ojos se abrieron asombrados.

—¡Es el mismo texto! —exclamó. Volvieron a chistarnos por segunda vez. Enigma leyó los primeros versos del salmo, bajando la voz—: «Tú te cubres de luz como con un manto. Extiendes los cielos como un velo...». ¡Son las palabras escritas en el ladrillo de oro...!

—¿Supera esto mi listón?

—Te hace rozar la clarividencia, encanto... ¿Cómo diablos lo has sabido?

—No tiene tanto mérito como crees. Cuando me aficioné a aprender cosas sobre el Antiguo Egipto, leí en alguna parte que muchos expertos creen que el salmo ciento cuatro del Antiguo Testamento es una adaptación del Himno de Atón que quizá los hebreos aprendieron cuando eran esclavos de Egipto, antes del Éxodo. Me gusta el tema de las religiones comparadas, por eso suelo acordarme de detalles como éste, aunque reconozco que si el profesor Tounkara no hubiese hecho referencia al himno, jamás se me habría ocurrido establecer la relación. Ha sido un golpe de pura suerte.

—No finjas modestia, eso me resulta irritante. —Enigma volvió a retomar la lectura del salmo—. Es increíble que sea el mismo texto...

—Casi el mismo. La escritura del ladrillo tiene un verso que no aparece en el salmo bíblico. —Saqué la traducción hecha por Tounkara y leí la última línea—: «A ti, luz de plata, te ofrezco mi oro». Este verso tampoco está en el Himno de Atón, así que debió de ser un añadido hecho por la persona que grabó la inscripción en la pieza.

—La cual está hecha de oro... —completó Enigma—. Apuesto a que esta cosa es la ofrenda a la que hace alusión el verso.

—Es muy probable...

—Fantástico. Todo va encajando poco a poco.

—¿Tú crees? Porque yo pienso que cada vez hay más piezas y menos espacio donde colocarlas... Ya me resultaba raro encontrarme con un texto hierático egipcio, pero que además ese texto pertenezca a un salmo bíblico me parece casi absurdo. Nada de esto tiene sentido.

—Cariño, tampoco lo tenía cuando empezamos esta búsqueda, por eso queremos llegar hasta el final.

—Empieza a preocuparme que ni siquiera entonces resolvamos todo este cúmulo de acertijos.

—¿Y eso qué importa? —dijo Enigma, haciendo un encantador gesto de indiferencia—. ¿Existe algo más fascinante que una pregunta sin respuesta?

Sin esperar a la mía, cerró la Biblia y se encaminó hacia la salida de la biblioteca. De esa forma indicaba que era el momento de volver con Hidra y marcharnos a Mopti, hacia la siguiente etapa de nuestro camino.

2
Llaves

En comparación con Segú y Koulikoro, Mopti podría considerarse una megalópolis. Su puerto fluvial era el más importante de Malí y servía como punto de conexión diario entre otros enclaves importantes como Tombuctú o Djenné; además, Mopti contaba incluso con su propio aeropuerto.

Situada en el delta interior del Níger, leí en alguna parte que a la ciudad se la conocía popularmente como «la Venecia de Malí». Quien creó aquella denominación, o bien odiaba Venecia, o bien sobrevaloraba la belleza de Mopti, pues ambas ciudades poseían las mismas semejanzas que se encontrarían entre un jardín japonés y un vertedero.

Hidra me explicó que Mopti estaba construida sobre múltiples islotes, al igual que su homóloga italiana; aquí empezaba y concluía el parecido entre ambas. Debido a la escasa cantidad de tierra disponible, la ciudad crecía a lo alto en forma de espantosos edificios de varias plantas, los cuales brotaban sin ninguna armonía en medio de callejuelas estrechas y cubiertas de basura. Por si fuera poco, a su paso por Mopti el Níger alcanzaba unos preocupantes niveles de contaminación que convertían el puerto en un lugar apestoso, polvoriento y atestado de suciedad. Si Mopti poseía algún encanto, yo no fui capaz de encontrarlo, aunque quizá mi estado de ánimo tuviese algo que ver con mis impresiones.

El viaje desde Segú había sido largo y difícil, pues, aunque la distancia no era excesiva, la carretera que unía ambas ciudades era terrible. Al tiempo que tardamos en recorrerla, hubo que añadir las dos horas que permanecimos inmóviles a consecuencia de un tractor averiado que cortaba el paso. Cuando al fin llegamos a Mopti, era ya bastante tarde y estábamos muy cansados, así que buscamos un alojamiento y nos fuimos a dormir.

A la mañana siguiente, muy temprano, peinamos la ciudad en busca de alguien que pudiera guiarnos hasta los desfiladeros de Bandiagara. Antes de que estallara la guerra contra los tuareg y los yihadistas, Mopti era un activo centro turístico por ser el punto de partida para las excursiones al país dogón; por desgracia, muchos de los negocios que se dedicaban a operar con los grupos de viajeros estaban cerrados o, simplemente, habían desaparecido.

Los pocos que encontramos en activo tampoco nos sirvieron de ayuda. Se producía un fenómeno curioso y era que, al mencionar Ogol como nuestro destino, la mayoría de los guías aseguraban no conocer ese sitio y, amablemente, nos sugerían ir a preguntar a otra parte. Uno de ellos se limitó a señalarnos la puerta de la calle en cuanto escuchó la palabra «Ogol».

Por fin, después de una larga mañana de pesquisas, encontramos a un hombre dispuesto a colaborar. Se llamaba Amadou y regentaba un pequeño negocio que organizaba excursiones por el río y visitas guiadas por las reservas naturales cercanas. Nos recibió en una costrosa oficina infestada de moscas, cerca del puerto. El interior estaba decorado con ajadas fotografías en las que se veían sonrientes grupos de occidentales posando en exóticos parajes; sin duda, un recuerdo de tiempos más boyantes. Aquel lugar era el centro neurálgico de un negocio al que un oxidado cartel sobre la puerta de entrada identificaba con el nombre de Ambedjele Tours & Adventures.

—Así que quieren ir a Ogol —nos preguntó Amadou, el corpulento guía, gerente y único accionista del tour operador—. Imagino que yo no soy su primera opción.

—Lo que esperamos es que no sea la última —dijo Hidra.

El guía se escarbó las muelas con la uña de su dedo índice.

—Ya —dijo después—. Sólo por curiosidad, ¿cuántos les han dado con la puerta en las narices?

—Usted es el cuarto guía con el que hablamos —respondió Hidra—. ¿Qué clase de problema hay con Ogol? ¿Es un cementerio nuclear o algo parecido?

—El único problema que hay es que la gente es muy supersticiosa... Otros simplemente no tienen ni puñetera idea de dónde encontrar ese sitio.

—¿Y usted sí?

—Tampoco, pero al menos yo prefiero echarle mano a un buen negocio antes que dejarme asustar por cuentos de viejo. Si me pagan, les llevaré a donde quieran; no están los tiempos como para rechazar clientes.

—Nosotros queremos ir a Ogol. Si usted no sabe dónde está, me temo que no nos va a servir de mucho.

—Les haré una oferta —repuso Amadou, recostándose sobre el respaldo de su silla—. Por el setenta y cinco por ciento de mi tarifa habitual les llevaré hasta Benigoto. Eso uno de los poblados dogones más grandes de la región y estoy seguro de que allí podrán encontrar a alguien que les indique cómo llegar a Ogol.

—¿Y en caso de no ser así?

—Les llevo hasta Digi Bombo; si allí tampoco hay suerte, les traigo de vuelta a Mopti y les devuelvo la mitad del dinero. Me parece un trato muy justo.

Aceptamos su oferta. Un par de horas después, Amadou nos recogió en la puerta de nuestro alojamiento al volante de un todoterreno con el logotipo de su agencia de viajes impreso en la puerta: un feroz cocodrilo con la boca abierta.

—Me gusta su logo, Amadou —le dijo Hidra, la amante de los reptiles, al subirse al asiento del copiloto—. ¿Hay alguna historia detrás?

—Ninguna, salvo que en esta región del país hay cocodrilos

hasta en los retretes. —El guía se volvió hacia Enigma y yo, que estábamos en el asiento posterior—. ¿Van cómodos ahí?

—Sin problema, gracias —respondió Enigma—. ¿Es un viaje muy largo?

—Unos noventa kilómetros africanos —respondió con sorna—. La carretera es una mierda, pero el paisaje es bonito, así que preparen sus cámaras de fotos y tómenselo con calma.

El camino que se alejaba de Mopti discurría entre baobabs, campos de cultivo e infinitas extensiones de tierra rojiza. A medida que dejábamos la cuenca del Níger a nuestra espalda, el paisaje se hacía más rudo. Pronto pude contemplar en el horizonte las primeras formaciones rocosas de los desfiladeros.

El entorno de Bandiagara era muy distinto al del curso del río. Frondosos árboles de redondas copas surgían de un terreno herboso y dorado. Por todas partes nos rodeaba una inmensa planicie acotada por montañas romas y de listadas paredes, como gigantescas planchas de cobre apiladas unas sobre otras a lo largo de millones de años. El paisaje era tan similar al de los impresionantes cañones de las películas del Salvaje Oeste que no me habría sorprendido en exceso vislumbrar a lo lejos una caravana de carretas perseguida por una cuadrilla de indios a caballo.

La carretera desapareció y el jeep se aventuró por un camino de tierra que discurría entre las gargantas de los desfiladeros. Tras casi una hora de trayecto por aquel paisaje, llegamos al poblado de Benigoto y tuve mi primer contacto con el hogar de los dogones.

El lugar irradiaba un primitivismo absoluto, como si, además de en el espacio, hubiéramos viajado en el tiempo, hasta los días en que el mamut era el plato principal y los nuevos usos de la rueda el tema recurrente de conversación. Benigoto era un amplio poblado hecho de casas cuadradas de piedra y adobe, apelotonadas unas sobre otras formando callejuelas sinuosas. Muchas de las construcciones estaban rematadas con techos de ramas que tenían la forma del sombrero de una bruja.

Cuando el jeep se detuvo, un grupo de niños con ojos curiosos se acercó a nosotros formando un grupo compacto: los más mayores y osados iban a la vanguardia, mientras que los pequeños observaban por detrás como animalillos timoratos. Cuando Amadou salió del vehículo, los chiquillos se dirigieron hacia él igual que si se tratarse de un viejo conocido. El guía comenzó a repartirles algunas nueces de cola y otros frutos secos que llevaba en el bolsillo, que los niños aceptaron con ruidosas muestras de entusiasmo.

Apareció un hombre que venía del interior del poblado. Vestía unos holgados pantalones negros y una camisola color tierra, y se cubría la cabeza con un pequeño bonete de tela. Amadou y él se saludaron con afecto, mantuvieron una breve charla y luego el guía nos lo presentó.

—Éste es Balam. Es maestro en el poblado, y uno de los pocos de aquí que habla francés. Me ha dicho que quizá pueda echarles una mano con lo que están buscando.

—Amadou me ha comentado que quieren ir a Ogol —dijo el recién llegado.

—¿Sabes dónde está? —preguntó Hidra.

—Tengo curiosidad por saber qué se les ha perdido allí a unos occidentales —repuso el maestro sin responder a la pregunta—. La mayoría de ellos ni siquiera conocen la existencia de ese lugar.

Le contamos una historia previamente ensayada en la cual éramos un grupo de antropólogos que estudiábamos la cultura dogona. Balam pareció quedar satisfecho con nuestra respuesta.

—Yo no sé dónde está Ogol —nos dijo—, pero quizá el hogón sí. Le preguntaremos.

—¿El hogón? —repitió Enigma.

—El líder espiritual del poblado —aclaró Balam—. Seguidme; está en la toguna. Allí nos recibirá.

Balam nos condujo por entre las calles de la aldea hasta una explanada central que parecía funcionar a modo de plaza. Allí había una extraña construcción: se componía de una base cuadrada hecha con pedruscos y barro seco, de unos dos metros de alta. Sobre la base, una serie de pequeños soportes hechos de madera y tallados con figuras antropomorfas apuntalaban una techumbre de troncos; éstos sostenían el peso de dos enormes balas de ramas de mijo, cuyo grosor era más o menos la mitad que el de la base hecha de piedras.

Calculé que el espacio entre la base de piedra y el techo de madera y mijo era de menos de un metro de alto. Allí, sentado de rodillas a la manera india, había un anciano vestido con una túnica de color azul y con un bonete rojo en la cabeza. El anciano miraba hacia la nada con expresión apacible.

Balam, el maestro, nos dijo que aquella estructura era la toguna. Todos los poblados dogones están provistos de un espacio semejante, pues es allí donde los hombres se reúnen para discutir sobre sus asuntos o, simplemente, pasar un tiempo a la sombra durante las horas del día más calurosas. Balam nos explicó que el espacio de la toguna estaba pensado para que en su interior nadie pudiera ponerse de pie, de ese modo se evitaba que las discusiones se malograsen por culpa de un arrebato. Como idea me pareció muy prudente. Los dogones empezaban a resultarme un pueblo muy juicioso.

Por ser un espacio vedado a las mujeres, Hidra y Enigma tenían prohibida la entrada. Balam, Amadou y yo accedimos al interior de la toguna con ayuda de una pequeña escalera hecha con ramas. Nos sentamos alrededor del anciano del birrete rojo y éste nos recibió alzando la mano a modo de saludo. Pude ver que en su muñeca lucía un brazalete adornado con una pequeña perla.

—Éste es nuestro hogón —dijo Balam. El anciano nos miraba con expresión seria y solemne—. Voy a preguntarle si conoce cómo llegar a Ogol. Tened paciencia porque me llevará un rato.

Al parecer, los dogones son un pueblo ridículamente cortés: siempre que dos dogones se encuentran, aunque sea de forma casual, intercambian una retahíla de preguntas sobre su estado de salud y el de todos y cada uno de sus parientes y allegados;

sólo después de ese protocolario ritual proceden a hablar de otras cosas.

—El hogón dice que sabe dónde está Ogol —me informó Balam, tras varios minutos de charla con el anciano—. El problema está en que el lugar es sagrado. No se puede acceder.

—¿Ni siquiera puede decirnos cómo llegar?

Balam volvió a preguntar al hogón. Después nos miró con aire de disculpa.

—Lo lamento, pero es imposible. Dice que no es lugar para viajeros caprichosos.

El hogón nos observaba con su regia expresión. A sus ojos, sin duda éramos unos estúpidos turistas cuyo único afán era curiosear y hacer fotos.

Mirándole a los ojos, coloqué delante de él la bolsa donde llevaba el timón, el ladrillo y la máscara de oro.

—Balam, dile que mire dentro —le pedí sin apartar los ojos del anciano.

El maestro tradujo mis palabras. El ceño del hogón dibujó una fina línea en su frente. Abrió la bolsa y echó un vistazo al interior. Sus ojos se entrecerraron al contemplar el tesoro de los arma y luego me miró; me dio la impresión de que sus labios disimulaban una sonrisa.

El hogón me devolvió la bolsa y luego se dirigió a Balam.

—Pregunta que de dónde has sacado lo que llevas en la bolsa —tradujo el maestro.

—Dile que Yuder Pachá me reveló cómo encontrar esos objetos. —Balam me miró sin comprender—. Tú sólo dile eso.

El anciano rió entre dientes cuando Balam le tradujo mi respuesta. Me dirigió una mirada divertida y luego comenzó a hablar.

—El hogón dice que has logrado despertar su curiosidad, lo cual no es nada fácil —interpretó Balam—. También dice que, si lo deseas, te indicará cómo llegar a Ogol, pero con una condición.

—¿Cuál es?

—Que después regreses y le muestres lo que hayas encontrado. Dice que le gustaría mucho saber antes de morir qué es lo que el Hombre Verde guardó en ese lugar. —A continuación, Balam me miró con cara de extrañeza—. ¿Puedo preguntarte de qué estáis hablando? ¿Qué hay en esa bolsa?

—Lo siento, Balam, pero si el hogón tiene sus secretos, yo también tengo los míos. Dile que cumpliré encantado su condición.

—Me da la impresión de que vosotros no sois simples antropólogos... —comentó el maestro. Luego tradujo mis palabras al anciano, que asintió complacido y transmitió otro mensaje a Balam para nosotros—. El hogón te lo agradece y dice que te mostrará cómo llegar a Ogol.

El anciano movió la cabeza y canturreó unas palabras, las cuales, según nos indicó Balam, significaban que el hogón daba la charla por terminada.

Mis acompañantes salieron de la toguna dejándome a mí en último lugar. Cuando me disponía a descender por la escalera de madera, Balam me detuvo.

—No. Tú espera —me dijo—. El hogón quiere hablar contigo a solas.

Balam y Amadou regresaron con mis compañeras y yo me quedé sentado junto al anciano, preguntándome cómo diablos iba a mantener una charla privada con alguien que no hablaba ningún idioma que yo conociese.

—Acércate, amigo —dijo de pronto el hogón.

Yo le miré arqueando las cejas.

—¿Habla usted francés? Vaya... Podía haberlo dicho desde el principio.

—En efecto, pero entonces aún no sabía si merecía la pena hablar contigo. —El anciano sonrió con picardía—. Amadou suele traer a muchos viajeros a mi poblado. Hacen fotos. Les dan golosinas a los niños. Preguntan tonterías y luego se marchan de regreso a la ciudad. Ellos no quieren que hable en francés. Quieren escuchar mi idioma. Quieren... misterio.

Vaya con el viejo. Era todo un experto en marketing. Por un momento no supe si reírme u ofenderme por haber caído en su trampa para turistas.

—Bien... Al parecer, yo no soy digno de su espectáculo. No sé si eso es bueno o malo.

—Es bueno, amigo. Es bueno. El espectáculo es para los que pagan. Para los que hacen fotos y preguntan bobadas. Tú no eres de ésos. Tú has traído el tesoro. —El anciano señaló la bolsa que llevaba colgada al hombro—. Por eso quiero que charlemos. Pero antes...

El hogón introdujo la mano entre los pliegues de su túnica y sacó un mechero zippo y un cigarro liado a mano que parecía una oruga seca. Se lo introdujo entre los labios y lo encendió. Con suma delectación, expulsó dos gruesas volutas de humo por las ventanas de la nariz. Luego me pasó el cigarro.

—Fumemos juntos, viajero.

Nunca rechazo un cigarrillo, por muy mala pinta que tenga. Acepté la invitación del hogón y aspiré una bocanada de aquel tabaco. Era fuerte y de sabor muy acre, como el de un habano seco.

—¿Te gusta?

—Sí. Muy bueno... —respondí entre toses.

—Lo cultivamos nosotros mismos. En la toguna los hombres fumamos y charlamos. Tú y yo ya hemos fumado. Ahora charlaremos.

—Adelante.

—¿Buscas el tesoro del Hombre Verde?

—Busco el tesoro de Yuder Pachá. No sé quién es ese Hombre Verde del que usted habla.

—Nosotros lo llamamos el Señor del Oasis Imperecedero, allí es donde vive. Ogol es la puerta a sus dominios. Eso es lo que Yuder Pachá buscaba.

—¿Usted sabe qué tesoro es ése?

El viejo expulsó una bocanada de humo y negó con la cabeza.

—No... Por eso quiero ayudarte. Durante mucho tiempo nuestros ancestros hablaban de aquello que el Hombre Verde guardó en el Oasis Imperecedero. La Cadena del Profeta, lo llamaban. No sabemos qué es, pero me gustaría mucho averiguarlo. Desde que el Hombre Verde dejó aquí su tesoro, sólo cuatro personas han intentado encontrarlo.

—¿Quiénes?

—Yuder Pachá vino hace siglos. Llegó hasta Ogol, pero lo que vio allí lo llenó de temor y no se atrevió a ir más lejos. Luego un francés. Tampoco tuvo éxito. Y ahora estás tú, amigo.

—Yo sólo cuento tres.

—Sí, hubo un cuarto... Pero de ése poco sabemos los dogones. Vino hace mucho tiempo. Mucho. Por aquel entonces nosotros aún no habitábamos esta tierra. Sólo estaban los tellem y los numma. Se dice que era una gran reina... También se dice que era una hechicera poderosa... Nosotros no lo sabemos, no estábamos aquí. Sólo estaban los tellem, pero ellos ya no existen y no pueden contarnos quién era esa misteriosa reina, o si llegó a encontrar el tesoro del Hombre Verde.

—¿Y qué hay de los numma?

—Ellos no responden preguntas. Sólo quieren sangre para su dios. Sangre para Zugu. Son los guardianes del Oasis Imperecedero y cuando tú vayas allí, te matarán.

—Créame que haré todo lo posible por ponérselo difícil —dije—. ¿Qué son exactamente los numma?

—El Hombre Verde los llamó «hombres serpiente» porque son dañinos y se esconden entre las rocas. Nosotros decimos que son como los tellem, pero que mientras éstos eran bondadosos, los numma se corrompieron ofreciendo culto a un dios malvado. Ningún dogón los ha visto nunca, por suerte, pero sabemos de su existencia porque los tellem nos hablaron de ellos cuando nos ayudaron a convertir estos desfiladeros en nuestro hogar, hace mucho tiempo. —El hogón apuró su cigarro y luego me miró con gesto grave—. Espero que tú sepas cómo enfrentarte a los numma; de lo contrario, fracasarás en tu empeño. Y morirás.

La amenaza de la muerte se había convertido en una costumbre tan recurrente en aquel viaje que ya ni siquiera me impresionaba. Deseché la historia de los numma y sus deidades demoníacas y le pregunté al hogón sobre otro asunto:

—¿Cuánto tiempo hace que hay un tesoro en el Oasis Imperecedero?

—Mucho. Mucho tiempo. Desde siempre. El Hombre Verde lo cuidaba y lo protegía, y sólo lo mostraba a los más sabios. Él paseaba sobre la tierra, hablaba con los dioses, hacía crecer los árboles y llenaba de agua el caudal de los ríos... Pero un día dejó de mostrarse a los hombres y ya nadie lo ha vuelto a ver. Lo único que dejó fue su tesoro.

—¿Y después de eso?

—Después llegaron los grandes emperadores: los soninké, que adoraban a los dioses de la tierra, igual que nosotros; luego el Príncipe León y sus descendientes... Ellos ya veneraban al dios de Mahoma. Más tarde los songhay, que gobernaron el último gran imperio de Malí. Todos sabían de la existencia del tesoro. Todos se esforzaron por mantenerlo a salvo, pues sabían que mientras la Cadena del Profeta siguiera en su lugar, sus reinos serían grandes y poderosos.

—De modo que los emperadores de Malí no utilizaron nunca el tesoro, ellos sólo lo protegían.

—Así es. Cada linaje imperial se preocupó por que su ubicación nunca fuese olvidada, y crearon la manera de llegar a él si fuera necesario; pero era un conocimiento que sólo los más sabios serían capaces de utilizar.

—¿Estas piezas de oro fueron creadas por los emperadores de Malí? —pregunté refiriéndome al tesoro de los arma.

El hogón asintió.

—Es el fruto de muchos siglos. Primero los soninké sellaron el Oasis Imperecedero y forjaron el ladrillo para entrar en él. Nadie sabe cuándo lo hicieron, pero algunos creen que fue Dingka, el padre de todos ellos, quien forjó el ladrillo de oro.

Recordé que, según la tradición soninké, Dingka fue un noble del Egipto faraónico; eso podía explicar el texto hierático del ladrillo. Pero la posibilidad de que dicha pieza hubiera sido forjada hace miles de años me parecía poco creíble. Además, no explicaba por qué Dingka escogió un texto del Antiguo Testamento. Ni siquiera estaba seguro de que eso tuviera alguna explicación lógica.

—¿Y qué hay de la máscara y el timón?

—El Príncipe León fabricó la máscara. Es una llave, igual que el ladrillo, pero no sé lo que abre.

—Creo que lo voy entendiendo... Cada dinastía imperial forjaba una nueva llave, de modo que los songhay hicieron el timón, ¿verdad?

—No. Los songhay fueron los más necios de todos, porque fueron ellos quienes dejaron que los numma se convirtieran en los guardianes del Oasis Imperecedero. Así lo único que consiguieron fue que nadie pueda acceder jamás al tesoro.

—Entonces, ¿quién forjó el timón?

—Fue Yuder Pachá. Con el timón se accede al santuario de la Ciudad de los Muertos, donde el conquistador guardó la máscara y el ladrillo; aunque supongo que eso ya lo sabes, ya que has traído el tesoro contigo.

—¿Y el pez dorado que muestra en los mapas los pasos a seguir para llegar hasta el Oasis Imperecedero? ¿Quién hizo todas esas cosas?

—No sé de lo que hablas, amigo. Los dogones sólo conocemos la historia del timón, la máscara y el ladrillo. Puede que esas cosas que dices fueran también obra de Yuder Pachá. Era un hombre muy listo, según dicen.

Contemplé las piezas del tesoro de los arma.

—Así que esto son llaves —reflexioné en voz alta—. ¿Qué clase de cerraduras abren?

—En eso no puedo ayudarte, lo siento... Pero sí me gustaría

hacer algo por ti. —Miré al hogón con gesto interrogante—. Zugu, el dios de los numma es poderoso; necesitarás mucha ayuda para no caer en sus garras. Realizaré una ceremonia para pedir la ayuda de Lebe, nuestra diosa serpiente. Su bendición te será muy útil contra Zugu.

Aunque mi primer impulso fue decirle al anciano que las serpientes y yo no solíamos formar buen equipo, agradecí su gesto con sinceridad. Si al tal Zugu le aterraban las serpientes tanto como a mí, una diosa con la forma de una sería una magnífica aliada.

El hogón me dijo que la ceremonia se haría al atardecer. Al día siguiente nos indicaría la forma de llegar a Ogol. Entretanto, mis compañeras y yo podíamos considerarnos huéspedes de los dogones. Volví a darle las gracias al anciano por su ayuda y por sus amables atenciones y salí de la toguna. Tras compartir las novedades con Hidra y Enigma, pagamos a Amadou sus servicios por hacernos de guía y lo dejamos regresar a Mopti.

Después de aquello, un grupo de niños dogones para quienes sin duda nos habíamos convertido en una emocionante novedad, nos rodeó igual que una nubecilla de abejas y procedió a llevarnos de visita por los rincones de su aldea.

Caía el sol como una gota de fuego hacia las simas profundas de Bandiagara. El atardecer se cuajó de sonidos y luces sobrenaturales.

En la explanada de la aldea de Benigoto, junto a la toguna, un grupo de dogones hacía retumbar sus tambores con rudimentarias baquetas de madera. Sentados sobre peñascos y en las techumbres de las casas, las mujeres y los niños del poblado asistían a la ceremonia que oficiaba el hogón para solicitar las bendiciones de Lebe Seru, la diosa serpiente.

El ritual comenzó con una procesión de hombres vestidos con túnicas oscuras, seguidos por una fila de danzantes ataviados con coloridos trajes de ceremonia. Los danzantes llevaban faldas hechas de paja y holgados pantalones de color azul, sobre sus torsos desnudos lucían vistosos correajes de cuerda y madera trenzadas, y en sus antebrazos portaban manguitos y brazaletes muy coloridos, que agitaban como si fuesen las plumas de un pájaro.

Todos los danzantes ocultaban su rostro con máscaras totémicas muy complejas. Estaban hechas de madera y cubrían la cabeza igual que un yelmo, la mayoría estaban decoradas con penachos de colores, otras con remates con forma de cuerno y un par de ellas llevaban adosado un tablón de madera pintado de gris y blanco, de casi dos metros de alto; los danzantes las mantenían erguidas con la sola ayuda de la fuerza de su cuello.

Tras ellos aparecieron dos hombres con atuendos igualmente coloridos y máscaras de abalorios que caminaban sobre zancos de madera, siguiendo el ritmo de la música con perfecta sincronización y equilibrio. Los hombres enmascarados ejecutaron una extraña coreografía en medio del círculo que formaban los músicos; agitaban sus brazos, sus piernas y machacaban la tierra con sus pies descalzos o con la puntera de sus zancos al ritmo que marcaban los tambores.

Algunos miembros de la aldea comenzaron a entonar cánticos. Por uno de los extremos de la explanada apareció una fila de hombres con el cuerpo completamente cubierto por una tela marrón ajustada en el cuello, los tobillos y en las muñecas mediante penachos de paja. Sus cabezas también estaban embozadas por aquella tela, sin más abertura que dos pequeños orificios en el lugar de los ojos. Aquellos nuevos bailarines tenían un inquietante aspecto, como de enormes muñecos de trapo animados.

Los enmascarados y los embozados ejecutaron una danza sincronizada cuyos puntos álgidos eran marcados por los tambores. El ritual se prolongó durante mucho tiempo, hasta que me di cuenta de que estaban representando algún tipo de lucha en la que los hombres con las máscaras de madera se enfrentaban a los que parecían muñecos.

De pronto la música se detuvo y los danzantes se quedaron quietos. Me di cuenta de que el atardecer había finalizado y las primeras sombras de la noche nos rodeaban. El círculo de músicos se abrió y apareció un grupo de jóvenes que portaban antorchas encendidas, tras ellos caminaba el hogón, que sostenía un artefacto de madera con forma de copa del cual brotaba un humo aromático.

Los miembros de la aldea guardaron un silencio votivo. El hogón se hizo a un lado y entonces surgió dando brincos un único bailarín vestido con pajas de colores y una máscara que tenía la forma de un horrendo animal con cuernos y colmillos. El recién llegado sostenía un bastón en cada mano. Comenzó a ejecutar una danza anárquica apoyándose en los bastones. Tuve la impresión de que nunca llegaba a tener los dos pies en el suelo al mismo tiempo. Se contorsionaba igual que si fuera víctima de descargas eléctricas.

Los tambores habían comenzado a sonar, primero suavemente y luego con más potencia, hasta que llenaron la noche temprana con un estruendo parecido a un alud de rocas. El bailarín de los bastones se agitó igual que un poseso en medio de la explanada. El hogón se acercó a él con actitud ceremoniosa y agitó a su alrededor la copa de la que brotaba humo especiado. Poco a poco, el hombre de los bastones moderó la violencia de sus espasmos hasta que, finalmente, se tumbó en el suelo como si hubiera caído en un sueño profundo. En ese momento, todos los miembros de la aldea —hombres, mujeres y niños— lanzaron exclamaciones de júbilo.

El hogón alzó su copa de madera y volvió a hacerse el silencio. Con paso renqueante, se acercó al lugar donde Hidra, Enigma y yo contemplábamos la ceremonia y movió suavemente la copa sobre nuestras cabezas, al tiempo que canturreaba una especie de salmodia.

Al terminar, dirigió unas palabras a los presentes y todos volvieron a manifestar ruidosas muestras de alegría, los danzantes regresaron a la explanada junto con los hombres embozados y, todos juntos, comenzaron a moverse igual que una comparsa de carnaval. La ceremonia había adquirido un aire festivo.

Algunos miembros de la aldea se acercaban a nosotros para decirnos cosas. Utilizaban su idioma, de modo que no pude entender una palabra, pero como sonreían, imaginé que nos transmitían sus buenos deseos. Los danzantes comenzaron a retirarse y unos hombres encendieron algunas hogueras en la explanada. Las mujeres trajeron pollos desplumados y los colocaron sobre el fuego, al tiempo que los hombres escanciaban una bebida turbia en vasos y cuencos. Los tamborileros seguían tocando música, ahora acompañados por un grupo de dogones que hacían sonar instrumentos de cuerda hechos de madera y cáscaras de hortalizas. Aquello empezaba a parecerse al momento álgido de una verbena.

Parecía que nuestro ritual de bendición había servido como excusa para que los dogones pudieran celebrar una especie de romería. Me alegré por ellos, aunque mi ánimo no estaba para fiestas. A pesar de lo espectacular de la ceremonia, no me sentía más protegido por ninguna deidad reptiliana y sí, en cambio, bastante inquieto por lo que nos pudiéramos encontrar en Ogol al día siguiente.

Aproveché aquel barullo para retirarme hacia un lugar más discreto en el que poder fumar un cigarrillo a solas con mis pensamientos. Localicé un rincón al pie de una pared rocosa en el que la música y las luces de la hoguera eran tan sólo un eco suave y lejano.

Sobre mi cabeza se había encendido un firmamento acribillado de estrellas. Había tantas que parecían que iban a desplomarse sobre mí como una lluvia de cristales. Encendí un cigarrillo y lancé hacia el cielo una nube de humo, queriendo cegar aquel millón de ojos fríos que me contemplaban igual que a algo insignificante y patético. A menudo no nos damos cuenta de que la luz de la luna oculta infinitas pupilas heladas.

Ya casi me había terminado el cigarrillo cuando sentí que alguien se acercaba por mi espalda.

—Hola, Faro… ¿Te importa si te hago compañía?

Era Hidra. Llevaba en la mano media calabaza llena de algún tipo de líquido.

—Adelante —dije—. Hay cielo para más de uno.

—Gracias. —La antigua buscadora se acomodó junto a mí—. ¿Quieres un poco de esto? —preguntó ofreciéndome de su cuenco.

—¿Qué es?

—Cerveza de mijo. Ahí hay unos tipos que la están repartiendo a litros.

—¿Está buena?

—Digamos que no es Moët Chandon, pero supongo que tiene mejor sabor que el contenido de un urinario público.

—Creo que no me apetece mucho en este momento.

Hidra soltó una carcajada.

—De acuerdo. A tu salud, entonces. —Dio un trago largo a la cerveza y luego la dejó apartada a un lado. Por la cara que puso imaginé que había tomado una sabia decisión al no querer probarla—. Pareces preocupado, chico, ¿es que no te van las fiestas populares?

—Bueno… Procuro no irme de juerga si al día siguiente tengo que trabajar, ya sabes…

—Entiendo. Sabio comportamiento. —Hidra le dio otro pequeño sorbo a su cerveza de mijo—. ¿Qué crees que vamos a encontrar mañana en ese lugar? ¿Dioses caníbales y sectarios ávidos de sangre humana, como dice el hogón?

—Lo dudo mucho, pero, aun así, estoy inquieto. La experiencia me ha enseñado a desconfiar de los lugares donde se custodian reliquias milenarias. Todavía tengo bastante fresco en la memoria lo que tuve que pasar en Kolodugu.

—Tranquilo, chico; si esta vez hay pitones gigantes, yo me encargo de ellas.

—Por supuesto. —Los dos sonreímos.

—Hacéis cosas muy interesantes ahí en el Sótano desde que yo no estoy —dijo Hidra tras una pausa.

—Supongo que los mortadelos también tenéis vuestras buenas dosis de adrenalina.

—Sí, pero es diferente. —Hidra suspiró—. El Cuerpo de Buscadores tiene algo de artesanal... No sé cómo decirlo... Es más bonito recuperar obras de arte que rastrear terroristas internacionales. ¿Sabes una cosa? Últimamente pienso que debí sopesarlo mejor antes de dejarlo.

—¿Por qué lo hiciste?

Ella torció el gesto.

—Es algo duro de recordar.

—Entiendo. No tienes por qué contármelo si no quieres...

—No importa... Fue hace tanto tiempo... Ya no debería afectarme. No me marché; me expulsaron.

La miré sorprendido.

—¿Qué ocurrió?

Hidra le dio un trago a su cerveza. Contemplaba las estrellas en el horizonte, como si en ellas viese reflejos del pasado.

—Narváez, el viejo... Era un tipo justo, un jefe que se hacía respetar. Tan sólo tenía una debilidad: a veces, muy pocas, se encariñaba demasiado con alguno de sus buscadores y eso le nublaba el juicio. Creo que en el fondo se sentía solo... Como una especie de figura paterna sin nadie en quien volcarse. Que yo sepa, durante todos los años que estuvo al mando del Cuerpo, sólo sintió debilidad por unos pocos buscadores. Burbuja era uno de ellos. Él fue quien convenció al viejo para que me expulsara.

—¿Burbuja? Pero... ¿por qué? —pregunté, confuso—. No le veo sentido. De ser así, tú tendrías que guardarle rencor a él, y no al revés...

—Es una historia complicada... —Hidra se quedó un segundo con gesto pensativo, luego se corrigió a sí misma—: No, en realidad no lo es; es la historia más común del mundo. Cuando te sientes traicionado por alguien a quien quieres, odiar a esa persona es muy sencillo. Sólo hay que reenfocar la plenitud del sentimiento.

Miré a Hidra con el ceño fruncido, como si contemplase una ecuación matemática imposible de resolver.

—¿Burbuja y tú...?

Ella asintió.

—¿Tanto te sorprende? —La antigua buscadora miraba al cielo con una expresión de melancolía—. Es... Era un hombre muy atractivo. Siempre lo fue.

—Disculpa, pero pensaba que... Quiero decir, Irena y tú...

Hidra sonrió de medio lado, como si le divirtiera mi confusión.

—Sí, Faro; me gustan las mujeres. El problema es que lo descubrí cuando estaba en medio de una relación con un hombre que, al parecer, me quería mucho más de lo que yo había imaginado. Le hice mucho daño.

—Entiendo, pero, aun así... No me parece algo tan terrible como para que te guardase semejante rencor durante años.

—Entonces, eres afortunado: no sabes lo que se siente cuando te abandona alguien a quien amas.

Tenía razón, pero, a pesar de ello, algo en su historia seguía sin encajarme.

—Siete años me parece tiempo de sobra para superar algo así.

Hidra esbozó una sonrisa amarga. Muy amarga.

—Veo que sigues sin entenderlo. De acuerdo... Imagino que tendré que sincerarme hasta el fondo. No sólo lo abandoné, Faro. También lo engañé. Con otra mujer... Alguien cercano. Alguien a quien él también quería...

—Ya veo... ¿Quizá una antigua novia?

—Peor. —Hidra hizo una pausa. De pronto parecía avergonzada—. Danny.

Juraría que por un segundo se me paró el pulso.

—¿Danny? —pregunté, tan confuso como sorprendido—. Pero... Yo pensaba que ella... Es decir, estoy bastante seguro.

Hidra me miró a los ojos. Al ver su expresión me pareció que acababa de comprender más cosas de las que yo le había dicho.

—Ya veo... —dijo con una ligera sonrisa de medio lado—. Verás, Faro... Danny es una persona a quien le gusta... experimentar. Supongo que conmigo lo hizo, al igual que yo con ella. La diferencia es que ambas sacamos conclusiones distintas de aquella experiencia, ¿comprendes?

Sí, comprendía. Muchas cosas. Una vez más me di cuenta de lo poco que en realidad sabía del resto de los buscadores, a pesar de lo cercano que me sentía a ellos. Era una sensación extraña... pero fascinante al mismo tiempo.

—Ahora empiezo a verlo claro... —dije al cabo de unos segundos de silencio—. Engañaste a Burbuja con su hermana y luego lo abandonaste... Sí... Supongo que eso debe de ser algo... difícil de asimilar.

—Para él lo fue, sin duda. No culpó a Danny... Él jamás culparía a Danny de nada. Le resultó más sencillo odiarme a mí. Al final debió de pensar que lo único que le consolaría sería echarme de su vida lo más lejos posible. Convenció al viejo... No sé qué le contó, pero estoy segura de que no fue sincero, y Narváez me sacó del Sótano. Ésa es la historia, al fin y al cabo.

—Y tú... ¿no le guardas rencor por eso?

Hidra se pensó la respuesta.

—No, la verdad es que no. Puede que en su momento sintiera rabia, pero no debí haberlo engañado. Él me quería. Me quería de veras... Cuando hieres conscientemente a alguien de esa forma debes asumir las consecuencias. Me habría gustado poder decirle que lamento cómo acabó todo. Era un buen hombre... Fuerte en apariencia, pero escondía muchas heridas, gran parte de ellas inmerecidas.

Me pareció una descripción dolorosamente acertada de Burbuja. Yo me quedé en silencio, reflexionando sobre ello. Por otro lado, no era capaz de encontrar las palabras adecuadas para una historia semejante.

—Quizá ahora piensas que mi comportamiento no fue muy ejemplar... —dijo ella.

—¿Quién soy yo para juzgar? Y aunque así fuese, no creo

que deba importarte. Allá en el Sótano ninguno somos santos. No es más que una cueva de ladrones...

Mis palabras le resultaron simpáticas y respondió con una risa agradable.

—Eso es muy cierto, chico... Sí, una cueva ladrones... Pero pasé muy buenos momentos allí abajo a pesar de todo, ¿sabes? —Hidra apuró su cerveza de un trago—. Dios mío, ¡cómo lo echo de menos! No me había dado cuenta de ello hasta que no me he reencontrado con vosotros. Si tan sólo existiera una posibilidad de que pudiera regresar...

—Si lo que quieres es volver, yo estaré encantado de hablar en tu favor. Personas como tú es la clase de gente que hace que el Cuerpo Nacional de Buscadores sea un destino tan apasionante.

—Gracias, Faro. Eres un buen tipo.

Hidra parecía conmovida; tanto, que me dio reparo admitir que en aquel momento mi influencia sobre nuestro nuevo director era, en el mejor de los casos, más bien poca.

Oí pasos que se acercaban a nosotros. Enigma apareció entre las sombras llevando en la mano un cuenco de cerveza de mijo. Alrededor del cuello tenía varios collares de abalorios y plumas que le daban un aspecto un tanto estrambótico pero favorecedor, no obstante.

—¡Os estáis perdiendo la fiesta! —dijo al llegar a nuestro lado—. Es la bendición más divertida que me han dado nunca... Y además me han regalado todos estos collares, ¿no son preciosos? Estos do... dogones son gente encantadora.

Por las veces que se trabó en la palabra «dogones» (al final dijo algo parecido a «zogones») supuse que le había tomado el gusto a la cerveza de mijo.

Eché un vistazo a la cáscara de calabaza que llevaba en la mano. Un resto de cerveza titilaba en el fondo.

—¿Cuántas de éstas te has bebido? —pregunté.

—Oh, ni idea... Una mujer no paraba de rellenarme el vaso... o lo que demonios sea esto. Es el brebaje más repulsivo que he tomado nunca, pero sube que da gusto... Deberíais probarlo, se os ve un poco alicaídos.

—No huele como algo que yo quisiera beber —dije con gesto melindroso.

—Yo sí voy a echar un trago —terció Hidra—. Se supone que es nuestro ritual de bendición, ¿no es así? Quizá mañana nos devore ese tal Zugu, así que vivamos el momento.

—¡Así se habla! —aplaudió Enigma—. Iremos las dos juntas, cielo. —Hizo ademán de levantarse pero a mitad de camino se detuvo con una expresión de mareo en los ojos—. No. Mejor espero aquí... Creo que necesito sentarme un rato.

Hidra se marchó y yo me quedé haciendo compañía a Enigma. Su nivel de vocalización hizo que me pareciera lo más sensato.

Enigma resopló y dejó caer la cabeza sobre mi hombro.

—Me siento un poco mareada, compañero...

—¿Demasiada cerveza de mijo, compañera?

La buscadora cerró los ojos y trató de acomodarse, como si mi clavícula fuese una almohada.

—En absoluto. Podría tumbar bebiendo a toda esta tribu si quisiera... Creo que ese pollo que cocinan lleva demasiadas especias... —Siguió moviendo la cabeza sin encontrar la postura, hasta que al final se cansó y volvió a erguirla—. No eres nada cómodo, Faro.

—Lo siento.

—Es por tus huesos: demasiado afilados.

—Sí. Mi osteópata me lo dice a menudo.

Enigma sonrió. Luego se tumbó de espaldas y se quedó un rato en silencio contemplando las estrellas. Imité su ejemplo y por un instante me perdí en aquel enjambre de chispas de plata.

—Son espléndidas, ¿verdad? —dijo Enigma a media voz, como si temiera que al elevar el tono pudiera espantarlas—. África tiene un bonito cielo nocturno. Me gustaría poder llevármelo y meterlo en un bote de cristal.

Me pareció un deseo conmovedor. Sonreí sin poder evitarlo.

Levanté las manos hacia el cielo e hice como que sostenía algo con los dedos. Fue una payasada que, por algún motivo, me apeteció hacer en ese momento.

—Ya está —dije—. Tengo dos. ¿Las quieres?

Ella tardó un momento en responder, como si lo estuviera pensando.

—De acuerdo.

—En ese caso tendrás que darme algo a cambio...

—¿Qué tienes en mente?

—Quizá uno de esos collares bendecidos.

—Oh... —dijo. Me dio la impresión de que mi respuesta la había decepcionado—. No los necesitas, tú ya tienes mucha suerte. Además, los collares son míos.

—Entonces, me las quedo.

—No, mejor vuelve a ponerlas donde estaban. Allí lucirán mejor que en ningún otro lugar, ¿no crees?

—Sí, tienes razón. —Abrí los dedos e imaginé que algo pequeño y brillante regresaba al cielo aleteando con alas invisibles. Los dos volvimos a quedarnos tumbados en silencio.

—Faro... —escuché.

—¿Sí?

—¿Qué crees que vamos a encontrar mañana?

—No lo sé... —respondí—. Quizá un tesoro..., quizá nada... —Después, tras pensarlo un tiempo, me atreví a confesar—: En realidad no me importa.

Las estrellas titilaban en el cielo. Recordé las luces en los mapas que nos habían estado marcando el camino a seguir desde que comenzamos aquella búsqueda. El firmamento me pareció un mapa infinito repleto de señales luminosas. Miles de tesoros aguardando una legión de buscadores. Un camino eterno. Me habría gustado seguirlo.

—Ya sé que no te importa —dijo Enigma—. Eso me gusta.

Sentí que entrelazaba su mano con la mía. Me resultó un contacto agradable y no quise desprenderme de él mientras buscaba tesoros entre las estrellas.

3
Numma

Al amanecer, los dogones nos despertaron y nos llevaron ante el hogón. Nunca he sido un buen madrugador y, además, había dormido pocas horas, por lo que mi aspecto era bastante mejorable. Me consolé pensando en que Hidra y Enigma no tenían mejores pintas que las mías, ya que a su cara de falta de sueño había que añadir un par de ojeras resacosas, recuerdo del exceso de cerveza de mijo.

El hogón nos saludó con un ceremonioso discurso del cual no entendimos una sola palabra, ya que lo pronunció en su lengua. Balam, el maestro del poblado, nos resumió una traducción al francés. Nos dijo que el hogón nos deseaba un buen viaje y nos ofrecía la eterna amistad de su pueblo.

A continuación, nos presentó a un muchacho que nos llevaría hasta Ogol. Por último, nos ofreció una postrera bendición cubriéndonos uno a uno la cara con sus manos rugosas, al tiempo que elevaba una plegaria a los espíritus benignos de la tierra para que estuvieran siempre con nosotros. Provistos de tan buena compañía, Hidra, Enigma y yo abandonamos Benigoto.

Nuestro guía nos llevó por escarpados caminos que se retorcían entre las paredes de los desfiladeros. Tuve la impresión de que caminábamos a ciegas por un paraje salvaje y rocoso, pero el muchacho no dudaba de sus pasos en ningún momento.

Marchamos a través de una senda retorcida que descendía en una abrupta pendiente. A mitad de camino tuvimos que servirnos de manos y pies para poder continuar sin despeñarnos igual que rocas. Tras un par de horas de descenso, nos encontramos en la profundidad de una inmensa falla cortada por un río, el cual hubimos de atravesar para seguir nuestra ruta.

El caudal era abundante, así que tuvimos que sumergirnos casi hasta la cintura para alcanzar la otra orilla. El muchacho dogón iba el primero. Cuando salió del río, se volvió hacia nosotros y nos incitó a ir más rápido mediante gestos nerviosos. Al reunirnos con él en la orilla, nos señaló un meandro del río que estaba a unos pocos metros. Allí vi un hocico escamoso y un par de ojillos malignos que asomaban sobre el agua y se dirigían lentamente hacia nosotros. Eso explicaba por qué no paraba de meternos prisa. Me alegré de no haber reparado en aquel cocodrilo mientras cruzaba el agua.

—Hermoso ejemplar —comentó Hidra, echándole un vistazo por encima del hombro al tiempo que nos alejábamos de allí. La bestia había sacado medio cuerpo fuera del agua y se había quedado tumbada sobre las rocas—. Cocodrilos del Nilo, sin duda. Debe de haber muchos por aquí.

—Malos. Cocodrilos malos —dijo el muchacho, utilizando las pocas palabras en francés que conocía—. Comen personas. Muy malos. —Crispó los dedos de ambas manos y luego colocó un brazo encima del otro imitando una enorme mandíbula llena de dientes—. Grandes.

Continuamos recorriendo el fondo de la falla, muy cerca de la pared del desfiladero y sin perder de vista el curso del río. Yo caminaba mirando alrededor con inmenso recelo, pues cada inofensivo tronco se me antojaba un reptil carnívoro buscando su desayuno. Decidí mantenerme cerca de Hidra, ya que ella no sólo no tenía miedo de los cocodrilos, sino que parecía ansiosa por encontrarse con uno más de cerca.

Por suerte para mí, el único cocodrilo que hallamos después de salir del río no era de carne hueso sino que estaba pintado sobre una roca. Era un dibujo muy grande, con el borde blanco y el cuerpo coloreado de rojo. El animal representado tenía las fauces abiertas en actitud amenazante. Nuestro guía nos lo señaló.

—Numma —dijo. Sus pupilas se agitaron medrosas de un lado a otro.

Seguimos caminando junto a aquella pared. Pronto empezaron a aparecer más dibujos. Muchos eran de animales, la mayoría cocodrilos en diferentes posturas, pero también había serpientes y pájaros. Otros tenían formas humanas y semejaban a hombres vestidos con máscaras y faldas de paja; por último, había extraños diseños ajedrezados que no fui capaz de identificar. Todos los dibujos tenían aspecto de haber sido hechos hacía poco tiempo.

El guía se detuvo en un lugar donde el desfiladero era tan alto que apenas se alcanzaba a ver la cima. Aquella sección también estaba repleta de dibujos, los cuales se encontraban cubiertos por unas largas y gruesas enredaderas que brotaban de algún punto intermedio de la pared. El muchacho golpeó la roca con una mano y con la otra señaló al cielo.

—Ogol. Aquí.

—¿Esto? —dijo Enigma—. Pero si no hay nada.

—Ogol —insistió el muchacho. Agarró una de las enredaderas y tiró de ella varias veces—. Arriba. Tú trepa.

Reparé en que las enredaderas no eran plantas naturales sino cuerdas trenzadas de forma muy rudimentaria.

—Parecen fibras de algún tipo de árbol —dijo Hidra al tiempo que inspeccionaba una de ellas—. Quizá de baobab, no lo sé... ¿Se supone que debemos usarlas para escalar la falla?

Nuestro guía se enrolló una de las cuerdas alrededor de la muñeca y se sirvió de ella para ascender unos pasos por la pared del desfiladero. Luego regresó al suelo de un brinco y nos hizo gestos para indicarnos que debíamos imitarle.

—Sí, eso parece —dije—. Sin duda, así es como los tellem accedían a sus poblados. Éstas son las alas de los famosos hombres pájaro.

—No me gusta la idea de escalar a ciegas. ¿Y si las lianas se rompen? —preguntó Hidra.

—Es por motivos como éste por los que siempre cuido mi dieta —dijo Enigma. Asió una cuerda y tiró de ella con fuerza—. Parece resistente. Si utilizamos una para el ascenso y nos atamos otra alrededor de la cintura, quizá lleguemos a la cima con alguna seguridad.

—¿Tenemos otra opción? —pregunté. No obtuve respuesta.

El muchacho, que parecía tener mucha prisa por alejarse de allí, se esfumó sin decir una palabra. Contemplé la pared de la falla y comprobé que, aunque era lisa, estaba provista de estrías horizontales que podrían servir de apoyo para los pies. Luego sopesé una de las cuerdas y la encontré dura y flexible.

Me convencí a mí mismo de que el ascenso sería seguro. Tomé una de las lianas trenzadas y me la até por encima de las caderas, como había sugerido Enigma. Hidra me ayudó a asegurarla con un fuerte nudo marinero. Después sujeté otra con las dos manos y apoyé la suela de mi bota sobre la pared de piedra, y luego la otra... La liana soportó mi peso con aparente facilidad.

Esperé a que mis compañeras estuviesen listas y a continuación, los tres a la vez, comenzamos a escalar por la falla. Ascendí lentamente y con mucho cuidado, sin apartar la vista del frente y evitando la tentación de pensar en que cada paso en vertical haría mi caída más dolorosa. No volvía la vista al suelo, de modo que no podía calibrar la distancia recorrida, en cambio sí notaba que la fuerza del viento era cada vez mayor.

Durante muchos y muy largos minutos ante mí no había más que una interminable pared de roca. Las manos empezaron a sudarme y me asusté ante la posibilidad de que la cuerda se me resbalase. Para no entrar en pánico, hice esfuerzos por mantener la mente en blanco.

Al cabo de un dilatado ascenso, los músculos de mis antebrazos empezaban a temblar por el esfuerzo. Esperaba que la cima estuviese próxima, pues no sabía cuánto tiempo más me aguantarían las fuerzas. Al fin vislumbré a unos pocos metros sobre mi cabeza el borde de lo que parecía ser una abertura en la pared de roca. Animado, aumenté el ritmo de la escalada. Hidra iba unos pasos por delante de mí.

—Vamos —me animó—. ¡Ya casi hemos llegado!

Ella fue la primera en alcanzar el borde. Después Enigma. Cuando estuve cerca, me ayudaron a trepar hasta alcanzar una superficie de suelo firme. Jadeaba de forma penosa y me dolían los brazos, pero al menos había llegado de una pieza.

Al ponerme en pie, lo primero que hice fue volverme de espaldas. El suelo se encontraba a muchos metros por debajo de mí y el río que discurría por el fondo de la falla era un garabato plateado. Miré al frente y contemplé una fabulosa panorámica de la llanura, con la misma perspectiva que tendría un pájaro desde su nido.

El lugar en el que me encontraba era la entrada de una enorme cueva excavada en la pared del desfiladero, más o menos a la mitad de su altura. La cueva era muy profunda y en su interior había pequeños y rudimentarios edificios hechos de adobe. Todo un poblado erigido en aquel extraordinario mirador, invisible para cualquier criatura que no estuviese provista de alas.

Las casas eran bajas y de perfil cúbico, algunas estrechas como torres de ajedrez y otras achatadas; todas contaban en sus muros con pequeñas ventanas con forma de saetera. Las construcciones más grandes no tenían más de dos o tres metros de altura y eran tan amplias como una habitación; muchas estaban cubiertas con techumbres cónicas hechas de ramas y con las puntas retorcidas, lo cual confería al lugar de cierto ambiente de relato gótico. Las viviendas —si es que lo eran, pues dudaba que en ellas habitase otra cosa que no fueran criaturas de múltiples patas— se amontonaban unas sobre otras igual que cubiletes apilados, brotando por las paredes de la cueva a modo de hongos arcillosos. Aquel poblado aéreo tenía un urbanismo enloquecido y caótico que producía un inexplicable desasosiego al contemplarlo. Me resultó imposible calcular su extensión a simple vista, pues el fondo de la cueva se perdía en medio de una densa oscuridad.

Habíamos llegado a Ogol, la guarida de los numma y el umbral del Oasis Imperecedero.

Aunque el lugar no parecía estar más habitado que un cementerio, tenía la desagradable sensación de que múltiples ojos nos vigilaban desde el interior de las pequeñas casas de piedra, como si tras sus ventanas se ocultaran seres demasiado repulsivos para permitir ser vistos. Si allí había un tesoro, estaba muy bien escondido; y, desde luego, no podía imaginar un paraje en el que resultara más improbable encontrar un oasis, fuera éste imperecedero o no.

Había llegado el momento de ejercer de buscador y rastrear en pos de cosas ocultas. Para eso nos pagaban. Se suponía que éramos los mejores.

Propuse a Hidra y a Enigma que nos separásemos para inspeccionar aquel poblado fantasma. Mi idea no tuvo ningún éxito.

—Prefiero no deambular a solas por aquí si podemos evitarlo —repuso Hidra—. Este sitio me pone la piel de gallina.

—Además, soy la única que ha tenido la precaución de traer una linterna y pienso quedármela —añadió Enigma—. Si quieres ir tú solo a palpar paredes a oscuras, adelante, pero luego no te quejes si te pica algo peludo y venenoso.

Los tres procedimos a explorar el poblado. La zona más cercana a la abertura de la cueva estaba iluminada por el sol, pero no vimos nada de interés en aquel conjunto de construcciones. Todas ellas estaban vacías salvo por el polvo, las telas de araña y algunos recipientes de cestería con aspecto astroso. En el interior de un par de viviendas detectamos restos de hollín, pero era difícil establecer si eran recientes.

Nos adentramos poco a poco en el interior de la cueva, deambulando por las enloquecidas callejuelas de la aldea. Pronto la linterna de Enigma nos fue de utilidad. En el grupo de casas más alejadas de la abertura encontramos algunos restos llamativos, como por ejemplo máscaras ceremoniales y utensilios hechos con cáscara de calabaza. Las máscaras eran más pequeñas que las utilizadas por los dogones y también mucho menos festivas. Todas ellas eran simples placas de madera en las cuales tres agujeros irregulares servían como ojos y boca de una cara grotesca. Su única decoración estaba hecha a base de líneas rojas. No parecía que su autor o sus autores hubieran perseguido ningún fin estético: los agujeros daban la impresión de estar abiertos a puñaladas y las líneas discurrían en desorden, como si alguien hubiera mojado cinco dedos en pintura roja y luego hubiera decorado las máscaras a zarpazos. Aunque estaban tiradas por los rincones igual que trastos abandonados, decidimos dejarlas en su sitio: como pieza artística, eran rudimentarias y poco interesantes, como material de decoración, sólo habrían combinado en la parte más sórdida de las mazmorras de un castillo.

Al seguir inspeccionando las casas que estaban más al fondo, empezó a ser habitual que en su interior encontrásemos pequeños huesos de animales, sobre todo aves y roedores grandes. Los huesecillos aparecían apilados de forma ordenada en la parte central de las viviendas, algunas de las cuales lucían dibujos en las paredes. La mayoría eran monigotes o reptiles y semejaban trabajos de preescolar. En el interior de una casa algo más grande que las demás hallamos decenas de huellas de manos impresas en las paredes con pintura roja y hollín. Las huellas eran muy pequeñas, del tamaño de las de un niño. Aquello me resultó inquietante.

Nos adentramos en la cueva. El espacio era mucho más profundo de lo que yo había esperado y no parecía tener fin. Nos topamos con una edificación en cuyos muros de adobe había incrustados cráneos de animales dispuestos en bandas, y después descubrimos que aquel motivo ornamental se repetía en las siguientes construcciones. Me detuve a inspeccionar con ayuda de mi mechero uno de aquellos cráneos, que pertenecía a algún tipo de cérvido, cuando escuché que Enigma emitía una expresión de desagrado.

—¿Qué ocurre? —pregunté.

—Mirad allí...

La buscadora apuntó con su linterna a otra de las casas decoradas con cráneos. Eran calaveras humanas desprovistas de mandíbulas. Conté doce, dispuestas en filas de cuatro a lo largo del muro.

—El dueño de esta casa tenía un dudoso gusto... —comenté.

—No era el único; al parecer lo puso de moda por todo el vecindario. —Hidra señaló las construcciones de alrededor; todas ellas tenían las paredes cuajadas de cráneos humanos.

Contemplamos enmudecidos aquel montón de cabezas blancas y ciegas. Todas las viviendas que encontramos a continuación lucían el mismo patrón decorativo. La sensación de estar vigilados a cada paso se hizo aún más profunda.

—No me gusta este lugar... —dijo Enigma.

—Tampoco a mí —admití—. Pero debemos seguir investigando. Aún no hemos dado con el final de la cueva.

En silencio, me alegré de que el poblado estuviera vacío. Tras haber conocido los gustos decorativos de los numma, tenía muy pocas ganas de toparme con uno de ellos cara a cara.

Las casas de las calaveras estaban dispuestas de tal modo que formaban una especie de pequeña avenida. Decidimos seguirla y descubrimos que finalizaba en una construcción mucho más grande que ninguna de las que habíamos visto hasta el momento. Se trataba de una estructura hecha de adobe y piedras sin tallar que estaba adosada a uno de los muros de la cueva; su forma era la de una torre de unos cinco metros de altura rematada con almenas afiladas, y en el centro tenía una puerta de madera.

Para llegar a la puerta había que recorrer un estrecho pasillo ascendente entre dos muretes de adobe, los cuales estaban cubiertos de pinturas. Le pedí a Enigma que me dejara la linterna para poder inspeccionarlas.

Aquellas pinturas eran mucho más complejas que las que

habíamos visto en otros edificios del poblado. Aunque su estilo era primitivo, casi naif, parecían haber sido ejecutadas por un artista dotado de cierta habilidad. En un segmento se apreciaba un conjunto formado por hombrecillos con aspecto de palo y reptiles parecidos a salamandras que rodeaban a una figura más grande que representaba a un cocodrilo con las fauces abiertas. A diferencia de los otros dibujos, que estaban hechos con tonos negros y ocres, el cocodrilo era completamente blanco. Las figuritas con forma humana estaban apiladas bajo sus patas o bien dentro de sus mandíbulas, como si la bestia las estuviera devorando. Al lado de aquellos hombrecillos, el cocodrilo era tan gigantesco como un dinosaurio.

—Qué escena más interesante... —comentó Hidra, y sacó una foto del muro con su teléfono móvil—. Es como una especie de cacería.

—Parece que los cazadores se están llevando la peor parte... ¿Alguna vez has visto un cocodrilo de color blanco?

—No, pero existen unos pocos ejemplares albinos en algunas partes del mundo... Lo que sí es seguro es que no son tan grandes como el de este dibujo. Fíjate en la proporción.

—Las pinturas rupestres africanas no suelen ser muy naturalistas.

—Lo cual es un alivio, ¿imaginas lo que sería encontrarte con un cocodrilo de este tamaño? Es como un inmenso *Sarcosuchus imperator*...

—¿Un qué?

—Una especie de cocodrilo que habitó en África durante el Mesozoico. Se cree que pudo medir casi doce metros, lo mismo que tres coches puestos en fila.

—¿Podría ser el que aparece en la pintura comiéndose a esa gente? —preguntó Enigma.

—Imposible. El *Imperator* se extinguió mucho antes de que aparecieran los primeros seres humanos.

Seguí inspeccionando el resto de los dibujos. Las escenas eran muy ricas y abundantes en detalles: había animales, figuras humanas filiformes que portaban lanzas y escudos, arquitecturas almenadas... Pensé en que muchos antropólogos del mundo habrían deseado poder contemplar de cerca aquella preciosa muestra de arte tribal.

Una escena llamó mi atención. En ella se veía a un hombre sentado en un sitial que era llevado a hombros por otros personajes más pequeños. La regia imagen estaba precedida por una larga fila de guerreros. A la cabeza de la procesión había otro grupo de monigotes que parecían estar ataviados con túnicas y que también sostenían algo sobre sus cabezas. Por la pinta, debía de ser algún tipo de altar o...

De pronto aquel dibujo me resultó familiar.

—Enigma —llamé sin apartar los ojos del mural—. ¿Puedes echarle un ojo a esto, por favor?

Ella se apartó de Hidra, que estaba fotografiando los murales con su teléfono, y se colocó detrás de mí.

—¿Qué ocurre?

Señalé el objeto que sostenían los porteadores con túnicas.

—Dime qué ves aquí.

—Pues yo diría que es algún tipo de mueble, como una... —La buscadora enmudeció. Miró el dibujo inclinando la cabeza de un lado a otro, como si buscara diferentes puntos de vista—. Qué curioso... Sí que es curioso...

—A ti también te lo parece, ¿verdad? No son imaginaciones mías...

—No puede ser, Faro. Es sólo una coincidencia.

—Pero ¡fíjate en los detalles! Es igual que... —eché un vistazo a Hidra y luego bajé un poco la voz—, que eso que tú ya sabes, sólo que mucho más grande.

—Te digo que no es posible.

Hidra se acercó a nosotros.

—¿Algo interesante? —preguntó.

—Nada —respondí yo—. Sólo estábamos observando este dibujo. Parece algún tipo de desfile triunfal o algo así.

—Más bien una ceremonia religiosa —puntualizó Hidra—.

Esto que llevan los porteadores es un altar… Lo introducen en un edificio…, quizá un templo… y luego… Vaya, ¿qué tenemos aquí? Fijaos en estos monstruitos.

Señaló a un grupo de guerreros luchando. Uno de los bandos contendientes estaba formado por criaturas antropomorfas con cabeza de cocodrilo. Eran más pequeños que los soldados del otro ejército, a pesar de lo cual parecían estar ganando la batalla.

Ése era el último de los murales que decoraban el corredor. Al final había una pequeña escalera que subía hasta la puerta del edificio encajado en la pared. Si había un lugar dentro de la cueva en el que alguien pudiera haber guardado un tesoro, aquél parecía el más indicado.

Subí los peldaños de la escalera seguido por mis compañeras. Comprobé que la puerta era un simple rectángulo hecho de tablones de madera unidos mediante cordajes, sin adornos y sin cierres; daba la impresión de que para abrirla bastaba con empujar.

Así lo hice. La puerta se movió sin apenas mostrar resistencia.

En ese momento fue cuando empezaron los problemas.

Un chillido espantoso retumbó por las paredes de la cueva. Sonaba como el de un cerdo degollado y se clavaba en los tímpanos igual que un punzón al rojo vivo. Fue respondido por otro, y luego por muchos más, hasta que todo el recinto se vio inundado por un coro de gritos afilados.

Los tres nos cubrimos las orejas con las manos de forma instintiva. Vi sombras moverse por entre las casas del poblado, y formas que brotaban de oquedades en las paredes de la cueva en las cuales no había reparado hasta el momento.

El poblado se llenó de criaturas oscuras que correteaban igual que una manada de chimpancés. Habían estado ocultándose entre las sombras desde que llegamos al poblado hasta que decidieron mostrarse ante nosotros para darnos una bienvenida hostil. Ahora me explicaba por qué nos sentíamos vigilados.

Sentí un aguijonazo en un hombro. Al llevarme la mano a la zona dolorida descubrí una delgada púa de puercoespín. Los moradores del poblado nos estaban lanzando aquellos proyectiles. Me arranqué la púa del hombro y sentí otro pinchazo en el muslo.

—¡A cubierto! —gritó Hidra.

Los tres nos refugiamos detrás de una de las viviendas. Los chillidos de las criaturas volvieron a golpear nuestros oídos, sonando igual que un millar de uñas rascando contra un cristal.

—¿Qué diablos son esas cosas? —preguntó Enigma.

No pude responder. De pronto algo se arrojó sobre mis hombros, algo no más grande y pesado que un niño. Dos manos diminutas se aferraron a mis mejillas y sentí cómo diez uñas afiladas rasgaban mi piel. La cosa que me había emboscado chilló y me dio un mordisco en el cuello.

Grité de dolor. Alcancé a agarrar a aquel ser y traté de sacármelo de encima, pero estaba pegado a mí igual que una garrapata. Le lancé un fuerte puñetazo en el lugar en que me pareció que tenía la cabeza y conseguí que dejara de morderme. Enigma acudió en mi ayuda y descargó sobre la criatura un golpe con la linterna, al tiempo que Hidra tiraba de sus brazos.

El pequeño ser cayó al suelo, aturdido. El haz de la linterna lo iluminó. Se trataba de un hombre no más grande que un niño, vestido con un simple taparrabos de cuero. Todo su cuerpo estaba cubierto de escarificaciones tumefactas que daban a su piel un aspecto escamoso, como de reptil. El hombrecillo se incorporó y nos bufó, mostrando una hilera de pequeños dientes afilados; luego se lanzó de nuevo sobre mí.

De entre las sombras brotaron otros pigmeos de aspecto semejante que nos emboscaron con ferocidad. Logré deshacerme del primero golpeándolo en la cabeza con una piedra, pero al momento otros dos se agarraron a mis piernas y me hicieron caer. Hidra y Enigma no estaban en mejor situación que yo, pues los hombrecillos nos rodeaban como un enjambre de insectos. Eran demasiados y nosotros sólo tres. Lograron reducirnos a pesar de nuestra resistencia.

Apareció un grupo portando pequeñas antorchas. A la luz del fuego contemplé por primera vez a los terribles numma, los hombres serpiente.

Era un nombre muy adecuado, pues todos ellos tenían un aspecto reptiliano. Muchos de ellos llevaban capas hechas con pedazos de piel de cocodrilo, otros utilizaban el mismo material como faldellín o taparrabos. Todos sin excepción mostraban la misma deformidad en su piel a base de escaras que les cubrían las piernas, los brazos, el torso e incluso, en ocasiones, la cabeza. Las escaras no eran naturales sino la obra de violentos tatuadores. Tampoco era natural la forma afilada de sus dientes, los cuales no dudaban en mostrarnos con hambrienta avidez. Por su forma espantosa e irregular deduje que los numma se los limaban para darles aquel aspecto fiero.

Los pigmeos nos mantenían tumbados en el suelo boca arriba. Podía sentir sus manos diminutas provistas de uñas gruesas como garras sujetando mis brazos y piernas. Yo me agitaba tratando de quitármelos de encima, pero no sólo eran muy numerosas sino también sorprendentemente fuertes. Un grupo de caras malignas se congregó a mi alrededor y me contemplaron como a algo jugoso y apetecible. Algunos de los numma se cubrían con rudimentarios yelmos fabricados con cabezas de cocodrilo, secas y cubiertas de hongos grisáceos.

Los numma parecían sentir una depravada afición por deformar sus cuerpos con espantosos añadidos. Algunos de los que pude ver se habían encajado dientes de animal en la carne o bien llevaban cosidos directamente sobre el cuerpo fragmentos de piel de reptil. Dominaban las artes de una aberrante cirugía que les permitía adornar sus miembros con fragmentos de hueso, colmillos y escamas. Algunos de ellos se habían seccionado los labios para mostrar una permanente sonrisa de dientes retorcidos y puntiagudos, otros mostraban orificios con aspecto de muñón allí donde debían tener las orejas y la nariz, lo cual, unido a sus pieles escarificadas, les hacía parecer un grotesco híbrido entre reptil y ser humano.

Mientras me maniataban, algunos de ellos me miraban con malevolencia y dejaban asomar sus pequeñas lenguas entre los dientes, por lo que pude ver que la mayoría se las habían cortado por la mitad para darles un aspecto bífido. Contemplé aún más horrores antinaturales que tuvieron el efecto de revolverme el estómago y hacerme sentir mareado, y cuando no pude resistir aquellas imágenes de pesadilla por más tiempo, cerré los ojos negándome a ver aquel horror.

Los pigmeos comenzaron a arrastrarnos tirando de unas cuerdas que habían atado a nuestros pies. Nos llevaron hacia las profundidades de la cueva, comunicándose entre ellos mediante agudos gorgoteos en los que era imposible distinguir una lengua civilizada. Los continuos insultos y amenazas de Hidra apenas se escuchaban en medio de aquella cacofonía.

—¡Soltadnos! ¡Malditos enanos repugnantes! ¡Bestias asquerosas! ¡He dicho que nos soltéis!

También a ella la llevaban a rastras por los pies, al igual que a Enigma, quien se agitaba igual que una lombriz, tratando en vano de deshacerse de sus ataduras.

Nos cargaron a rastras a lo largo del poblado y nos llevaron hacia lo profundo de la cueva hasta que las casas vacías de adobe quedaron atrás. Nuestros captores siguieron una ruta en pendiente a través de una enorme caverna en la que la cubierta estaba a tal altura que la luz de las antorchas apenas alcanzaba a iluminarla. Empezó a hacer calor y sentí el suelo húmedo, como si la tierra estuviera mojada.

Al cabo de un rato llegamos al que parecía ser el lugar que los numma moraban habitualmente en el interior de la montaña. Allí no había casas de adobe sino simples agujeros excavados en la pared de roca, no más grandes que ventanucos. Observé algunas caras diminutas asomándose por aquellas oquedades, algunas vagamente femeninas. Un numma con rasgos infantiles saltó de su agujero y se acercó a nosotros. Todo su cuerpo estaba cubierto por una costra de sangre seca y heridas frescas, como si le hubieron practicado las escarificaciones sobre su piel recientemente. Los hombres que nos arrastraban le gritaron y el niño desapareció en otro de los orificios igual que una alimaña.

Los numma nos arrastraron hasta el borde un gran hoyo y nos arrojaron a su interior sin molestarse en quitarnos las ligaduras. Caí igual que un fardo desde una altura de pocos metros sobre un fondo húmedo y embarrado. Hidra cayó al agujero, y luego Enigma, que aterrizó justo encima de mí, haciéndome lanzar un quejido de dolor.

—Lo siento —se disculpó—. ¡Esos asquerosos gnomos...! ¿Estás bien, cariño? ¡Por favor, dime que estás bien!

—Sí, sí; tranquila...

Me giré hacia un lado deslizándome sobre aquel suelo fangoso. El fondo del agujero estaba muy oscuro. Las antorchas de los numma que nos contemplaban desde el borde apenas producían luz suficiente como para mostrar que estábamos en algún tipo de pozo amplio.

Hidra se puso en pie y miró hacia lo alto.

—¡Sacadnos de aquí, bastardos! —gritó—. ¡Voy a aplastar vuestros despreciables cuerpecillos de sabandija, malditos cerdos!

Los pigmeos se apartaron de nuestra vista mostrando una total indiferencia hacia los exabruptos de Hidra. En ese momento escuché una voz que brotó desde un rincón del pozo.

—Puedes seguir insultándolos hasta romperte las cuerdas vocales, no te servirá de nada.

Hidra enmudeció de sorpresa y volvió la cabeza a su espalda. Allí, apoyado contra una de las paredes del pozo, había un hombre atado de pies y manos. La temblorosa luz de las hogueras numma iluminaron su rostro y en él se apreció una sonrisa rota.

—Hola, chicos... —saludó.

Pensé que las sombras me hacían ver fantasmas.

Era Burbuja.

4

Trueno

Burbuja abrió los párpados al escuchar una voz.

Su mirada se topó con un barullo de formas remotamente familiares. Quiso tragar saliva, pero las paredes de su garganta estaban pegadas como el velcro; además, alguien le había encajado en el paladar un trozo de carne seca e hinchada. Tardó un tiempo en darse cuenta de que era su propia lengua.

Por un momento creyó estar sufriendo la peor resaca de su vida. Sus pupilas giraron desamparadas hacia una ventana. Un tajo de luz solar le obligó a cerrar los ojos buscando el amparo de la oscuridad. Al mover los labios, los sintió como si estuvieran forrados de plástico.

—¿Se encuentra bien? —escuchó. Era una voz masculina que hablaba en un idioma que Burbuja era capaz de comprender, aunque su cerebro no pudo identificarlo. Parecía que un par de conexiones se habían aflojado ahí arriba.

Haciendo un gran acopio de fuerzas, Burbuja logró emitir un sonido gutural y rasposo.

—Agua...

Alguien colocó el borde de un vaso de plástico entre sus cuarteados labios. El buscador bebió con avidez. Cuando volvió a sentir una vivificante humedad en el paladar, se atrevió a abrir los ojos de nuevo.

Con los párpados entornados, echó un vistazo a su alrededor. El lugar donde se encontraba parecía una rudimentaria habitación de hospital. Un hombre vestido con una bata blanca estaba a su lado.

—¿Puede incorporarse? —preguntó.

Al principio Burbuja no entendió la pregunta. Luego se dio cuenta de que estaba tumbado en una cama, con la cabeza clavada en una almohada dura y húmeda.

—Creo que sí —respondió con voz pastosa. Apoyó los codos contra el colchón y sintió una molestia en la espalda, como si alguien le estuviera apretando con un palo afilado a la altura del omoplato. Con un gran esfuerzo, logró erguir el cuerpo—. ¿Tiene un poco más de agua, por favor?

—Claro. Toda suya.

El hombre de la bata le dio el vaso de plástico y Burbuja se lo terminó de un trago. Las agujas de su garganta se fundieron igual que el hielo al sol.

—¿Dónde estoy? —preguntó.

—En el hospital Nianankoro Fumba de Segú —respondió el otro. La mente de Burbuja empezó a recuperar si agilidad..., o al menos la suficiente como para darse cuenta de que le hablaba en francés—. Soy el doctor Diara.

—Magnífico... —farfulló el buscador. Trató de encontrar una postura más cómoda apoyando la espalda sobre el cabecero de la cama y sintió una fuerte punzada en la parte trasera del hombro—. ¿Por qué me duele todo el cuerpo...?

—¿No lo recuerda?

—Sí, claro, pero écheme una mano, ¿quiere? Me siento como en la jodida mañana de Año Nuevo.

—Le hemos sacado una bala de la espalda que, por la forma aplastada, parece que impactó en usted después de rebotar en otro sitio. La herida podía haber sido muy seria, pero tiene usted una envidiable forma física, amigo. Eso ha ayudado bastante. Aun así, tuvo mucha suerte de que lo encontraran a tiempo.

—¿Quién me encontró? ¿Dónde?

—La policía de Segú, en Kolodugu.

Los recuerdos afloraron en la mente del buscador como fragmentos de una noche de borrachera: la Ciudad de los Muertos, el tiroteo, la huida... Se vio corriendo detrás de alguien, y luego tropezando y sintiendo un fuerte golpe en la espalda (o quizá primero fue el golpe y después el tropiezo, no estaba seguro). Una avalancha de tierra le cortó el paso, y a continuación...

El resto estaba borroso.

La puerta del dispensario se abrió. Burbuja tenía una visita, lo cual no hizo ninguna gracia al médico.

—¿Qué hace usted aquí? —preguntó el doctor Diara a la persona recién llegada—. Le dije que ya la avisaría cuando pudiera entrar.

—Lo siento, pero no ando muy sobrada de tiempo. Veo que el paciente está consciente.

—Correcto, pero seré yo quien decida cuándo estará en condiciones de mantener una charla con nadie.

—No se preocupe, doc —intervino Burbuja—. Quiero hablar con ella. Sólo déjeme cerca la botella de agua.

—Ya lo ha oído —dijo Lacombe—. Por otro lado, le recuerdo que según esta autorización expedida por...

—Sí, sí, está bien —cortó el médico—. Ya he visto demasiadas de sus dichosas autorizaciones. Haga lo que le dé la gana, pero le acabo de administrar un calmante muy fuerte. Tendrá usted suerte si no se queda dormido antes de cinco minutos.

El médico se marchó sin esperar la réplica, algo que a la agente pareció resultarle molesto. Una vez a solas con el buscador, cruzó los brazos sobre el pecho y se acercó a la cama. Burbuja la miraba con actitud cándida.

El buscador ignoraba los muchos quebraderos de cabeza que en las últimas horas había supuesto para Lacombe. Después de dar aviso a la policía de Segú de que los fugitivos que buscaba podían encontrarse en Kolodugu, un grupo de agentes acompañado por un pequeño destacamento francés aceptaron ir al lugar a echar un vistazo. Sólo encontraron un montón de ruinas y varios cadáveres. Parecía que se hubiese librado una batalla campal en la necrópolis.

Estuvieron a punto de marcharse cuando uno de los policías descubrió un despojo cubierto de barro que parecía moverse. Era Burbuja. Lo que la policía sacó de las ruinas de la Ciudad de los Muertos apenas podía tildarse de superviviente, pero al menos aún respiraba cuando se lo llevaron a un lugar civilizado.

Conocida la noticia, la agente Lacombe se apresuró a personarse en Segú, pero llegó tarde. La policía ya había depositado aquel incómodo paquete en la puerta del único hospital de la ciudad. Tocaron el timbre y se marcharon a la carrera antes de tener que dar muchas explicaciones. Los médicos se toparon con Burbuja como el que encuentra un bebé en su portal con una nota pegada al canastillo. Por el momento se habían limitado a curar sus heridas sin plantearse qué hacer con él cuando estuviera en condiciones de abandonar el hospital por su propio pie. Entretanto, Lacombe, valiéndose de toda una batería de documentos oficiales que nadie quería tomarse la molestia de leer, intentaba que la policía de Malí le entregase al buscador, aunque con escaso éxito. La agente temía que Burbuja se le escapara de entre los dedos si los médicos le daban el alta, y no quería perderlo de vista ni un momento.

—Agente Lacombe... —la saludó el buscador—. La verdad, estoy asombrado. Posee usted el don de la ubicuidad.

—Eso parece, señor... Disculpe, pero entre las muchas cosas que desconozco de usted está su nombre.

—Llámeme señor Burgos. Mucha gente lo hace.

—A falta de algo mejor... —respondió Lacombe. Regaló a Burbuja una sonrisa cortés y se sentó en una silla, junto a su cama—. ¿Cómo se encuentra?

—Sano como una manzana agujereada, como puede ver... ¿Puedo preguntarle qué diablos estoy haciendo aquí?

—Puede, pero no es una cuestión fácil de responder. —Lacombe hizo una pausa. Quería enfocar aquella entrevista de una manera productiva, ya que necesitaba al buscador para llegar a

su objetivo principal. Optó por mantener una actitud cordial para no espantar a Burbuja—. Señor Burgos, necesito de su colaboración para encontrar a Tirso Alfaro.

—No sé qué decirle a eso. La última vez que se me ocurrió ayudarla usted me lo agradeció esposándome a una lámpara de pared.

Lacombe respondió con una sonrisa forzada.

—Ah, sí... Nuestro encuentro en el Ritz de Madrid... ¿Sabe, señor Burgos? Por eso y por otros muchos motivos podría arrestarlo ahora mismo, pero no lo he hecho. ¿No cree que, a cambio, merezco algo por su parte?

—No, no lo creo —dijo Burbuja tranquilamente—. Lo que creo es que va de farol, y que debe de haber tenido algún problema con sus papeles y autorizaciones. Si hubiera podido arrestarme, ya lo habría hecho. Además, no sé a nombre de quién diablos iba a emitir esa orden; ni siquiera sabe cómo me llamo.

—Luego admite que «señor Burgos» es un nombre falso...

Burbuja dejó caer la cabeza sobre la almohada con aire cansado.

—Ay, Dios..., estoy demasiado hecho polvo para esto. —Miró a Lacombe con expresión de hastío—. ¿Es que Interpol no tiene nada mejor que hacer? Podríamos perseguirnos hasta el mismo infierno y le aseguro que ni una sola vez estaría siquiera cerca de poder atraparme.

—¿Quiere que le deje en paz? ¡De acuerdo! Estoy dispuesta a ello, pero, a cambio, dígame dónde está Tirso Alfaro.

A pesar del intenso dolor de cabeza, Burbuja trató de concentrarse para sopesar sus opciones. Podía marear un poco más a la agente Lacombe hasta que la francesa perdiera la paciencia, se largase y así él aprovecharía para escabullirse e ir en busca de sus compañeros. No sabía dónde estaban ahora, pero conocía la siguiente etapa del camino hacia el tesoro de Yuder Pachá: un enclave llamado Ogol en los desfiladeros de Bandiagara.

Dirigirse hacia ese lugar le resultaría costoso. Estaba solo, debilitado y sin recursos en un país extraño y hostil. En el mejor de los casos, tardaría días en encontrar Ogol y llegar hasta allí sano y salvo, si es que lo lograba.

Por otra parte, Lacombe tendría medios a su disposición. Burbuja ignoraba cuáles, pero suponía que serían más abundantes que los suyos. Si el buscador era capaz de jugar bien sus cartas, podía llegar hasta Ogol pegado al lomo de la agente de Interpol igual que una rémora. Una vez allí...

No sabía qué hacer una vez allí. Le dolía demasiado la cabeza para pensarlo. No obstante, confiaba en su capacidad de improvisación y en su inagotable racha de buena suerte para poder ir solventando los problemas uno por uno.

—Agente, ¿sabe dónde está Bandiagara? —preguntó Burbuja.

—En el sudeste del país, a unos quinientos kilómetros de aquí... ¿Por qué lo pregunta? ¿Acaso es allí donde está Tirso Alfaro?

—Quizá... En cualquier caso, si así fuera, la distancia parece demasiado larga como para llegar a Bandiagara con tiempo suficiente para encontrarlo.

—La policía de Segú pondrá a mi disposición los medios que necesite. Puedo estar allí en cuestión de horas.

«Cuestión de horas», se repitió mentalmente Burbuja. La cosa se ponía interesante.

—¿Sabe una cosa, agente? Es probable que sepa en qué lugar se encuentra Tirso Alfaro... Incluso podría darle un nombre concreto... El problema es que la medicación me ha llenado la memoria de lagunas, aunque si me deja acompañarla a Bandiagara, quizá tenga una súbita inspiración que me permita recordar...

—¿Me está proponiendo un trato?

—Eso depende de hasta qué punto quiere usted negociar.

Lacombe jugueteó con un rizo de su cabello, con aire dubitativo.

—¿Por qué debería negociar con usted? Si sabe donde está Tirso Alfaro, tiene la obligación de decírmelo.

Burbuja echó hacia atrás la cabeza con aire de agotamiento.

Estúpida y terca francesa... ¿Por qué las mujeres más atractivas siempre eran las más insufribles?

—Se equivoca, agente. Ni yo tengo por qué decirle nada, ni usted tiene la forma de obligarme; en cambio, lo que sí tiene es mucha prisa por encontrar a Tirso. Yo sé dónde está pero no puedo llegar; usted puede llegar pero no sabe dónde está. ¿El hecho de que unamos fuerzas le sigue pareciendo un chiste malo?

—Lo que me parece es una trampa. Yo quiero llevar ante la Justicia al señor Alfaro, ¿qué pretende usted?

—Sólo comprobar con mis propios ojos que sigue con vida —respondió Burbuja, diciendo la verdad a medias.

Lacombe dudó. Burbuja esperaba que estuviese tan desesperada por encontrar a su Fugitivo Número Uno como para aceptar un pacto a ciegas con un potencial adversario.

La agente lo miró, tratando de leer el rostro del buscador. Él hizo lo mismo con una expresión entre burlona y somnolienta. Durante un instante, Lacombe pensó que era una lástima que los hombres más atractivos siempre fueran los menos fiables.

—De acuerdo. —Ambos firmaron su inopinada alianza con un apretón de manos—. Pero tenga mucho cuidado, señor Burgos..., o como quiera que se llame.

—No me gusta mucho lo de señor Burgos —dijo el buscador, ya agotado por el efecto de los sedantes. Empezaba a sentir un sueño irresistible—. Puede llamarme Burbuja...

—¿Qué clase de nombre es ése?

—¿Alguna vez ha intentado atrapar una burbuja con las manos...? —bisbiseó.

Ya estaba dormido incluso antes de terminar la frase.

A pesar de nuestra difícil situación, por un segundo sentí una alegría exultante. Habría saltado de contento de no ser por las cuerdas que sujetaban mis miembros. ¡Burbuja estaba vivo! Prisionero, igual que nosotros; luciendo el lamentable aspecto de un despojo, pero vivo al fin y al cabo.

Para mayor sorpresa, no estaba solo. Junto a él había una mujer también prisionera. Me costó mucho reconocer los rasgos de la agente Lacombe en aquel rostro demacrado y cubierto de barro. Mi capacidad de asombro había quedado colapsada después de asistir a la resurrección de mi compañero, por lo que la presencia de la agente de Interpol en aquel agujero apenas me provocó otra cosa que extrañeza.

Quise hablar, pero no pude. Tenía millares de preguntas atascadas en la garganta; tantas, que casi no me dejaban respirar. Ni siquiera me atrevía a parpadear por miedo a que la extraña visión se desvaneciera igual que un espejismo.

—¿Burbuja...? —tartamudeó Enigma—. ¡Dios del Cielo...! ¿Realmente eres tú?

—Más bien lo que queda de mí —respondió el buscador. Sus ojos se encontraron con los míos—. Cierra la boca, novato, o se te caerá la lengua al suelo.

La visión hablaba, respondía a su nombre e incluso me había llamado «novato». Hidra y Enigma también eran capaces de verla, así que empecé a convencerme de que era real y no un producto de mi imaginación.

—¿Qué... —comencé a decir, sin saber de qué manera completar aquella frase—, qué haces aquí?

—Vine a por vosotros.

—¿Y ella? —pregunté refiriéndome a Lacombe.

—Siento habérmela traído, novato, pero no tuve más remedio.

—¿Quién es esta mujer? —quiso saber Hidra.

—Julienne Lacombe —respondió la agente de forma mecánica—. Interpol.

—Por favor, sed amables con ella. Entre nosotros, creo que se encuentra un poco superada por la situación.

—Le agradecería que guardara su condescendencia. No me hace ninguna falta —saltó la agente con aplomo, como si para ella fuese rutinario el caer prisionera de una olvidada tribu de pigmeos.

—Parece simpática —dijo Enigma—. ¿Has traído algún otro amigo que pueda ayudarnos a salir de aquí, cariño? No es que no me alegre de verte, pero me habría gustado que fuera en otras circunstancias.

—Lo siento, pero estamos solos.

—Yo ni siquiera debería estar aquí —dijo la agente con tono plañidero, si bien parecía más ofendida que asustada—. Usted me engañó, señor Burgos..., o Burbuja..., o como sea su maldito nombre. Me dijo que encontraríamos a Tirso Alfaro.

—Ya estamos otra vez con eso... —Burbuja suspiró—. Yo he cumplido mi parte del trato. Ahí tiene a su dichoso fugitivo; lléveselo a donde le plazca y, de paso, sáquenos también de aquí a los demás, si es que puede.

—¿Es cierto eso? —pregunté—. ¿Ibas a entregarme? ¿Por qué?

—Calma, novato, deja que me explique. Lacombe y yo tenemos una apasionante historia que contar, y mucho me temo que disponemos de tiempo para hacerlo; esos enanos tardarán en volver.

—¿Cómo estás tan seguro de ello?

—No lo estoy, pero lo supongo. A la agente y a mí nos atraparon ayer y nos dejaron aquí tirados, igual que a gusanos en un frasco. Tengo la impresión de que este pozo es donde meten a sus prisioneros. Ignoro lo que pretenden hacer con nosotros pero, sea lo que sea, no parece que tengan prisa por llevarlo a cabo.

Dejamos que Burbuja nos narrara lo ocurrido desde que nos separamos en la Ciudad de los Muertos. Nos explicó cómo lo habían llevado a un hospital en Segú y que allí se había visto obligado a hacer un trato con la agente de Interpol para llegar hasta Ogol, donde tenía la esperanza de encontrarnos. En este punto de su relato, Lacombe le interrumpió, ofendida.

—Yo tenía razón. ¡Usted me utilizó desde el principio!

—De acuerdo, demándeme —repuso el buscador, hastiado—. No puedo creer que de todos los problemas que tenemos entre manos sea éste el que más le preocupe.

Según nos contó Burbuja, Lacombe y él tuvieron más suerte que nosotros a la hora de encontrar un guía que supiera la localización exacta de Ogol; la policía de Mopti, con cuya colaboración contaba la agente de Interpol, les puso en contacto con la persona adecuada.

—Era un dogón que vivía en la ciudad —explicó Burbuja—. Tenía un bar de mala muerte cerca del puerto y estaba fichado por la policía. Su tío era hogón en un poblado... o algo parecido, por eso sabía la forma de encontrar este sitio. A pesar de eso tuvimos que pagarle una fortuna para que aceptara guiarnos.

—¿Tuvimos? —dijo la agente, molesta—. Yo le pagué. Con mi dinero... Y el muy canalla nos la jugó.

—¿Os llevó al sitio equivocado? —pregunté a Burbuja.

—Peor: nos entregó a estos monstruitos deformes. Fuimos con él hasta una aldea, cerca del desfiladero en el que nos encontramos ahora. La aldea era un grupo de chamizos destartalados donde sólo vivían un puñado de hombres, los cuales nos miraban como si trajésemos la peste. El guía nos presentó a su tío, el hogón, un viejo desdentado con pinta de pajarraco.

»Aquel viejo se empeñó en darnos a beber una especie de cerveza aguada. El guía nos dijo que era su forma de recibir a los huéspedes del poblado y que rechazarlo sería un grave insulto. Caímos como pardillos. No sé qué clase de mierda había en aquel brebaje, pero de pronto me sentí tan colocado como si me hubiese fumado toda la hierba del mundo. Perdí el conocimiento y cuando desperté estaba en este pozo atado de pies y manos y sintiéndome como si tuviera el cráneo lleno de cemento. Esos repugnantes pigmeos nos contemplaban desde el borde del agujero bufando igual que serpientes. Nos arrojaron unos pedazos de pan enmohecidos y luego se largaron. Lo siguiente que ocurrió fue que os trajeron a vosotros.

La historia de Burbuja demostraba que algunos dogones se dedicaban a capturar rehenes para los numma. Recordé que el hogón de Benigmato me comentó algo al respecto la noche anterior, tras nuestra ceremonia de bendición. Él tenía la sospecha de que tales prácticas se daban entre reducidas comunidades dogonas desde tiempo atrás. No supo decirme por qué lo hacían, aunque suponía que actuaban empujados por el miedo a los numma, pensando que así los mantendrían alejados. Al parecer, Burbuja y Lacombe habían tenido la mala suerte de caer en una de aquellas trampas.

Dirigí una mirada agria hacia la agente de Interpol.

—¿De verdad le merecía la pena llegar a esto sólo para cazarme?

Para mi sorpresa, Burbuja salió en su defensa.

—No te ensañes con ella, yo la arrastré hasta aquí. La culpa fue mía. Le hice creer que podría encontrarte.

—¿Qué más sabe?

El buscador se encogió de hombros con gesto despreocupado.

—Sabe que buscamos un tesoro. Eso es todo.

—¡Y he de decir que no me creo una sola palabra! —intervino Lacombe—. Cazatesoros con nombres en clave... No sé qué clase de locos son ustedes, pero les aseguro que tendrán mucho que explicar ante la Justica en cuanto salgamos de este lugar. Yo misma me encargaré de...

—Oh, cállese... —interrumpí, exasperado. No sabía qué pensar sobre aquella mujer: o bien hacía gala de una admirable profesionalidad, o bien era demasiado estúpida como para calibrar el peligro en el que estaba metida. En cualquiera de los dos casos, su presencia resultaba igual de inútil—. Maldita la hora en que se cruzó en mi camino.

—Opino lo mismo, señor Alfaro —replicó ella.

Enzarzarnos en una pelea no iba a llevarnos a ninguna parte, de modo que decidimos aparcar nuestros mutuos recelos para encontrar una forma de salir del pozo.

A pesar de que los cinco empleamos todo nuestro intelecto en destapar aquel atolladero, tuvimos que rendirnos a lo evidente: estábamos atrapados. Las ligaduras que nos mantenían presos entorpecían cualquier movimiento que no fuera el de reptar.

Intentamos quitárnoslas unos a otros a mordiscos pero fue imposible: estaban tejidas con duras fibras vegetales y eran demasiado gruesas. Tampoco nos sirvió de nada intentar trepar hasta la salida formando una escala humana con nuestros cuerpos: el interior del pozo estaba cubierto de una capa de barro viscoso y resbaladizo la cual era imposible sortear sin ayuda de manos y pies. La prisión de los numma era rudimentaria pero muy eficaz.

Perdimos mucho tiempo y gastamos muchas energías. Al final, agotados y desanimados, sólo nos quedaron fuerzas para dejarnos caer en aquel suelo tapizado de limo a esperar a lo que los numma tuvieran preparado para nosotros.

Pasaron las horas. Ningún guardia vino a vigilarnos. La única muestra de la presencia de los pigmeos era el débil temblor de la luz de sus hogueras sobre nuestras cabezas. Ese detalle me hizo pensar en aquella fabula platónica sobre el hombre de la caverna, lo cual demostraba hasta qué punto mi cerebro había dejado de esforzarse por buscar una solución a nuestro encierro.

Eché un vistazo a mis compañeros y sólo vi un patético grupo de expresiones de derrota y de cansancio. Nadie hablaba. Tuve la sensación de que llevábamos una eternidad en el fondo de aquel foso y empecé a temer que los numma pretendieran dejarnos allí olvidados hasta que nos consumiéramos.

La idea de cerrar los ojos y dejarme vencer por el agotamiento me resultaba cada vez más tentadora. Hacer como el avestruz y meter la cabeza debajo del ala, esperando que el peligro se esfumase por sí solo.

Mis párpados se cerraron sin que yo me diera cuenta. Dentro de aquel agujero no existía una gran diferencia entre tener o no los ojos abiertos. Pasé un buen rato con la mente sumida en un oscuro duermevela hasta que sentí que alguien me golpeaba en un hombro. Al volver la cabeza a mi lado me encontré el rostro de Burbuja. Se había arrastrado hasta mí desde su rincón. Las mujeres yacían cada una en un recodo del pozo como fardos inanimados; me pareció que dormían.

—Eh, novato —me dijo en voz casi susurrante—. ¿Qué tal vas?

Le respondí con una sonrisa cansada.

—Mejor que nunca, ¿y tú?

—Igual... Pero mataría por fumarme un cigarrillo.

—Lo siento. Tenía el tabaco en mi bolsa, junto con el tesoro de los arma; esos enanos me la han quitado.

—Vaya por Dios...

Desanimado, dejé caer la cabeza hacia atrás hasta apoyarla en la pared.

—Dime la verdad: ¿estamos jodidos?

—Puede ser, novato; pero también yo lo estaba cuando lo de Kolodugu, y mírame, salí airoso.

—Sí, veo que tu situación ha mejorado bastante —respondí, irónico—. A pesar de todo, me alegro de volver a verte. Llegué a pensar que...

—Está bien, novato. No sigas. No quiero saber que te dormías llorando por las noches pensando en mí.

—¿Yo? No, qué va... No seas ridículo. En realidad, jamás estuve... realmente preocupado. Pero Enigma, ya sabes... Estaba hecha polvo. Te tiene mucho cariño... —Me pareció que los labios del buscador se fruncían en una sonrisa burlona—. Siento haberte dejado atrás.

—Sí, lo sé —repuso él—. No te disculpes. Yo habría hecho lo mismo. Soy yo quien debe pedirte perdón por haber traído a Lacombe. No era mi intención, pensé que podría darle esquinazo antes de encontraros.

—No importa.

Supuse que con eso estábamos en paz, los dos teníamos cosas por las que sentirnos avergonzados: yo por no haber regresado a Kolodugu para comprobar si seguía con vida, y él por haberme puesto en manos de mi fan número uno de Interpol.

Permanecimos un momento en silencio, mirando la oscuridad.

—Ojalá César estuviera aquí —dijo Burbuja después—. Se

le daba bien eso de escabullirse de los sitios. Es una pena que cayese en Kolodugu.

—¿Fue así? —pregunté esperando que Burbuja confirmara lo que llevaba mucho tiempo sospechando—. ¿Tú lo viste?

—No, pero me lo imagino. Aquel lugar empezó a reventar por todas partes y los hombres de arena no paraban de disparar; yo salí de una pieza de puro milagro. Veo difícil que César tuviera tanta suerte como yo... Y, si la tuvo, lo más probable es que saliera corriendo sin mirar atrás. Él no ganaba nada siguiendo con nosotros, sólo problemas.

—Estoy de acuerdo. Lo tuyo fue casi un milagro.

Burbuja asintió, reflexivo.

—Tienes razón... Por un momento me asusté. Me asusté de veras... Normalmente no suelo tener miedo a que me dejen seco en una misión. Es nuestro trabajo, va con el sueldo de buscador, ¿sabes a lo que me refiero?

—Me hago a la idea —dije yo, rememorando cada una de las ocasiones en las que mi vida había estado en peligro desde que me uní al Cuerpo. Había perdido la cuenta—. En mi caso, procuro no pensar demasiado en ello.

—Exacto. Hasta el momento, el peligro no me quitaba el sueño. Pensaba: «¿Qué más da? Nadie va a echarme de menos, no tengo una familia ni hijos que mantener, no dejo cosas pendientes... Puedo permitirme el lujo de jugarme el cuello las veces que me dé la gana».

—Tienes a Danny...

—Sí... Ella lo sentiría mucho, desde luego, pero sabe a qué atenerse y es una mujer fuerte. No es de las que pierden el tiempo soltando lágrimas. No, no pensaba en ella cuando las cosas se pusieron difíciles en Kolodugu. Pensaba en ti, novato.

Le miré arqueando las cejas.

—¿Qué es esto? ¿Una declaración formal?

—No seas estúpido. Nunca serás mi tipo.

—¿Entonces? ¿A qué viene lo de acordarte de mí ante una muerte segura?

Burbuja se mostró titubeante, como si quisiera decir algo para lo que no encontraba las palabras exactas.

—Hay algo que deberías saber— arrancó al fin—. Se trata de una cosa que me dijo el viejo hace tiempo, cuando entraste en el Cuerpo.

—¿Narváez?

—Sí, eso es... Ya sabes que él tenía la idea de que yo debía sucederle en el puesto, supongo que por eso me confió esta información sólo a mí y a nadie más. Luego el viejo murió, y después, cuando estuve a punto de seguir sus pasos allá en Kolodugu se me ocurrió que sería muy injusto que me llevase este secreto a la tumba.

—¿Injusto para quién?

—Para ti, Faro. Es algo que te atañe directamente. —El buscador respiró hondo—. Si no salimos de este agujero..., y es algo con lo que debemos contar... En fin... Tienes derecho a saberlo.

—¿De qué se trata?

Burbuja hizo una larga pausa antes de responder.

—Es sobre tu padre —dijo al fin—. No era piloto civil, Tirso. Tu padre era un buscador, igual que tú.

Si pensáis que aquella información sobre mi padre me sorprendió, entonces es que no habéis estado lo suficientemente atentos a mi relato.

Echad la vista atrás. Repasad todas mis aventuras desde que comencé a narrar mi historia. Yo he seguido los pasos de un santo visigodo hasta una reliquia bíblica. He visto amigos convertirse en enemigos y he contemplado profecías dentro de un cofre (*Moris.* Tú mueres...). He visto cómo un pez dorado iluminaba en un mapa la localización de un tesoro, y he luchado contra serpientes gigantes bajo una ciudad de muertos. He sido perseguido por piratas, asesinos, cuerpos de policía y hasta por una tribu de pigmeos cuya existencia se creía inventada. Y todo empezó porque un hombre me contó una leyenda sobre un rey y una bruja cuando yo no era más que un niño. Ese hombre era mi padre.

Mi padre, el buscador.

No podía sorprenderme el descubrir algo así. Quien despertó en mí la capacidad de creer en historias imposibles sólo pudo haber sido alguien que hubiera vivido inmerso en una. Sólo un caballero buscador. ¿Cómo ver en ello algo inesperado? No es inaudito que las crías de los pájaros tengan alas o que las de los peces sepan nadar. El hecho de saber que mi padre fue un buscador me otorgaba la respuesta a la pregunta de por qué yo también lo era. No podía sentir asombro por ello, sólo orgullo.

Mi padre había dejado de ser una figura pálida en mis recuerdos para transformarse en algo mucho más familiar: un reflejo de mí mismo. Ahora ya no era un desconocido. Ahora ya sabía quién era.

Mi padre era un buscador. Igual que yo.

Si el dejar la vida en el fondo de una cueva embarrada de Malí era el precio que había tenido que pagar por hacer ese descubrimiento, el trato me parecía ventajoso. Allí estaba mi tesoro. Allí estaba el premio a mi búsqueda. Había encontrado a mi padre.

En la oscuridad del agujero de los numma, cerré los ojos y los sentí húmedos. Me apresuré a secármelos antes de que mis sentimientos se me fueran de las manos. Quería mantener mi dignidad intacta delante de Burbuja.

—Así que un buscador... —dije intentando que mi voz sonase firme—. Bien... Si salimos vivos de ésta, voy a tener unas palabras con la doctora Alicia Jordán, te lo aseguro.

—Tu madre no lo sabe. Al menos eso fue lo que me dijo Narváez.

Asentí con la cabeza; aquello tenía sentido: conocía a mi madre lo suficiente como para saber que era incapaz de mantener en secreto algo semejante. Nunca supo mentir.

Quería hacer muchas preguntas y no sabía por cuál decidirme. Opté por algo sencillo.

—¿Tenía... Tenía un nombre en clave? ¿Como nosotros?

—Era *Trueno*, por eso el viejo quería llamarte así. A mí no me pareció buena idea... Dicen que da mala suerte que dos buscadores repitan nombre. —Burbuja pareció azorarse—. No sé si hice bien, igual tú habrías preferido...

—No, no. Faro me gusta, ya lo sabes.

Dejé escapar una risita sin poder evitarlo. En aquel momento el asunto de mi nombre de buscador me parecía ridículamente intrascendente.

—Trueno... —repetí—. Joder... ¿Por qué Narváez nunca me lo dijo?

—No lo sé... Quizá sólo esperaba el momento adecuado, pero nunca tuvo la oportunidad. No es algo fácil de decir.

—Pero tú lo has hecho.

—Sí, después de guardar el secreto durante mucho tiempo, y sólo he necesitado verme a las puertas de la muerte, y haber sido apresado por una tribu de liliputienses homicidas, para revelarlo.

Volví a reír de forma nerviosa. Traté de calmarme antes de desatarme en un espectáculo de reacciones emotivas.

—Cuéntame más cosas sobre él, sobre mi padre.

—Lo siento, Faro, pero no sé mucho. Narváez sólo me dijo su nombre y que murió durante una misión en Sudamérica, en la República de Valcabado.

—Mierda, ni siquiera sabía que existiera ese país... De modo que lo del accidente de avión, lo de los vuelos internacionales que le obligaban a estar siempre viajando... Todo eso era mentira.

Burbuja asintió.

—Al menos ya sabes por qué no pudo hacerse cargo de ti. Tal y como te dije en el *Buenaventura*, tu padre no era ningún cobarde.

—¿Y cómo estás tan seguro de eso?

—Porque ningún buscador lo es.

Buena respuesta; tanto, que me sentí inclinado a darla por válida.

La expresión de Burbuja se hizo hostil de pronto. Me di cuenta de que no me miraba a mí, sino a mi espalda.

—¿Qué quieres? Ésta es una conversación privada —dijo.

Me giré. Detrás de mí estaba Hidra.

—Lo siento. No pretendía inmiscuirme… —dijo ella, azorada—. Intentaba dormir, pero no he podido evitar escucharos…

—Si quieres decir algo, suéltalo de una vez —espetó Burbuja. Me disgustó que aún se mostrase desagradable con ella, a pesar de que ya supera el motivo.

Hidra me miró.

—Yo sé algo sobre tu padre.

—¿Cómo es posible? Eres demasiado joven para haberlo conocido.

—Se trata de algo que oí después, en el CNI. El tipo que me metió en el Centro era un antiguo buscador, su nombre en clave era *Yelmo*. Estuvo en el Sótano en la misma época que tu padre. Alguna vez me dijo que era el mejor buscador que había conocido.

Es difícil expresar el inmenso orgullo que sentí al escuchar aquello. Fue un sentimiento tan nuevo referido a mi padre que al principio me costó identificarlo.

—¿Qué más te dijo?

—Algo sobre su muerte… Existía un rumor. Yelmo decía que a Trueno lo delató un compañero y que por eso lo mataron.

—¿Te dijo su nombre?

Ella evitó mi mirada.

—Sí, pero lo he olvidado.

—Maldita sea, Hidra… —dijo Burbuja.

—¡Lo siento! Fue hace mucho tiempo. Si hago memoria es probable que lo recuerde. También podría preguntárselo a Yelmo. Ya no está en el CNI, se jubiló, pero aún puedo contactarlo. Cuando salgamos de aquí…

Experimenté un profundo desánimo.

—Si salimos de aquí… —dije sin poder evitarlo.

5
Plata

Me disponía a pedirle a Hidra más detalles sobre la muerte de mi padre cuando escuché un extraño sonido rítmico que provenía del exterior del pozo. Era como un golpeteo de tambores y carracas al que pronto se unió un coro de gritos agudos. Al oírlo, Enigma y Lacombe se despertaron.

—¿Qué es eso? —preguntó Enigma, desorientada.

—Parece que los numma están de fiesta. Ojalá no sea malo para nosotros —contestó Burbuja.

Siguiendo un instinto de protección, los cinco nos agrupamos en un rincón del agujero y dirigimos nuestras miradas hacia la salida, sobre nuestras cabezas; allí, un grupo de sombras danzantes se agitaban al compás de los tambores y los chillidos.

El borde del pozo se llenó de rostros numma, diminutos y maliciosos, que nos contemplaron rechinando los dientes. Un grupo numeroso descolgó unas cuerdas por la pared del pozo y luego descendió a través de ella. A empujones, los pigmeos nos obligaron a tumbarnos en el suelo y después nos ataron los extremos de las cuerdas alrededor del pecho. En el proceso no dejaron de golpearnos y aguijonearnos con pequeños venablos hechos de hueso.

Los numma que estaban en el exterior del pozo tiraron de las cuerdas y nos sacaron de allí colgados como sacos. Después nos arrastraron por el interior de la cueva. El cansancio nos impedía mostrar más que una ligera resistencia, a pesar de lo cual hicieron falta muchos numma para poder acarrear a Burbuja. A nuestro paso hacían sonar tambores hechos de piel o agitaban pequeñas cajas de madera llenas de guijarros. Sus gritos de alimaña empezaron a tomar la forma de una palabra que repetían una y otra vez:

—¡Zugu! ¡Zugu! ¡Zugu!

Agitaban sus cuerpos como poseídos por un trance sin dejar de repetir el nombre de su dios, creando aquella música hiriente de palos y piedras. Me di cuenta de que estábamos en medio de una ceremonia religiosa en la que nosotros éramos la principal atracción. Ignoraba qué nos depararía aquello, pero tenía la certeza de que no sería nada bueno.

Los numma que nos arrastraban se detuvieron frente a un enorme foso y nos obligaron a incorporarnos hasta quedar de rodillas de cara al borde. A mis pies, al final de una caída en pendiente, contemplé la superficie de un estanque subterráneo; uno de sus extremos desaparecía en el fondo de una amplia gruta y el otro, el más cercano del borde del foso, estaba acotado por una cala de limo y piedras. Sus aguas oscuras estaban sembradas de peñascos y lo que en un primer vistazo me parecieron troncos flotantes.

Reparé en que los troncos se movían. Uno de ellos se aproximó a la orilla y al salir del agua se convirtió en un enorme lagarto provisto de un hocico afilado y repleto de colmillos. Un par de su misma especie se unieron a él. El grito de los numma aumentó en intensidad.

—¡Zugu! ¡Zugu! ¡Zugu! ¡Zugu!

Como si hubiesen comprendido la llamada, los cocodrilos del estanque se congregaron en la orilla. Fue entonces cuando comprendí que los numma estaban a punto de alimentarlos con un menú a base de caballeros buscadores.

El canto y los golpes de tambor se detuvieron de pronto. Apareció un numma ataviado con una piel de cocodrilo a modo de capa, con la mandíbula superior del animal colocada sobre su cabeza. El chamán numma carecía de labios, toda la piel de su rostro estaba cubierta de costras tumefactas, y en el lugar donde debería estar su nariz sólo se veía un agujero cubierto de mucosa. En la mano sostenía un colmillo tan grande como una daga.

Se acercó a nosotros y comenzó a sisear un canto gutural que modulaba con su garganta. Al llegar delante de Hidra, se detuvo.

El numma asió el colmillo con ambas manos y lo levantó por encima de su cabeza.

El resto de los pigmeos volvieron a gritar:

—¡Zugu! ¡Zugu! ¡Zugu!

—¿Qué ocurre? ¿Qué está haciendo? —preguntó Hidra, asustada. El numma se había colocado a su espalda y ella no podía verlo.

Antes de que pudiéramos responder, el chamán hundió el colmillo en uno de los costados de la agente del CNI. La sangre empapó sus ropas al tiempo que ella gritaba de dolor.

—¡No! —exclamó Burbuja—. ¿Qué habéis hecho, bastardos? ¡Hidra!

El buscador quiso arrojarse sobre los numma, pero éstos tiraron de la cuerda que lo mantenía prisionero y lo obligaron a caer de bruces. A pesar de ello, Burbuja se debatió igual que un toro en un rodeo. Intenté acudir en su ayuda, pero dos pigmeos me colocaron sendos cuchillos de hueso justo en el cuello, impidiéndome cualquier movimiento. El resto se abalanzaron sobre Burbuja para inmovilizarlo.

Angustiado, miré hacia Hidra. La mujer, aún con las manos atadas, trataba de cubrir su herida con el brazo para detener la abundante hemorragia. Su rostro comenzó a perder el color, hasta tomar un tono ceniciento.

Burbuja gritaba y forcejeaba bajo las garras de los numma. Éstos lo mantenían sometido como a un gusano bajo una bandada de pajarracos. El pigmeo vestido con la piel de cocodrilo se acercó él. Aún llevaba en sus manos el colmillo cubierto con la sangre de Hidra. Burbuja lo miró con los dientes apretados, tratando vanamente de ponerse en pie y arremeter contra sus captores.

El chamán se colocó junto a la cabeza del buscador y levantó el colmillo. El resto de la tribu entonó de nuevo la llamada a su dios:

—¡Zugu! ¡Zugu! ¡Zugu!

Burbuja profirió toda clase de insultos y amenazas. El chamán emitió su canto gutural. Una gota de sangre se desprendió de la punta del colmillo y cayó sobre el cuello del buscador.

—¡Zugu! ¡Zugu! ¡Zugu! ¡Zugu!

El numma siseó como una serpiente. Justo después, su cabeza reventó en pedazos.

El coro de los numma enmudeció. El cuerpo del chamán quedó en pie durante un segundo, contemplando hacia el vacío desde el agujero sanguinolento que antes había sido su rostro; por último, se desplomó junto a Burbuja. Entonces empezaron los tiros.

La cueva se vio inundada por ráfagas de disparos de armas de fuego. Muchos numma cayeron acribillados en el mismo lugar donde se encontraban; el resto corrieron como cucarachas en busca de refugio.

Las balas cortaron su huida de forma abrupta. Por todas partes comenzó un sangriento desfile de cuerpos partidos y cabezas destrozadas. Los numma chillaban de terror intentando ponerse a salvo de los disparos. Sólo unos pocos lograron deslizarse por entre los agujeros de la pared de la cueva y desaparecer ilesos, la inmensa mayoría sucumbieron con sus pequeños cuerpos desmembrados por los proyectiles. La masacre se prolongó durante un breve lapso de tiempo en medio de una tormenta de detonaciones, hasta que a nuestro alrededor no quedó con vida ni un solo pigmeo. Ni mis compañeros ni yo recibimos ningún disparo; los atacantes sólo apuntaron a los numma.

A pesar de ello, yo me había tumbado boca abajo intentando

mantenerme a salvo de las balas. Cuando terminó el tiroteo, me arrastré hacia Enigma, que estaba a mi lado.

—¿Estás bien? —pregunté, asustado—. ¡Enigma! ¿Estás herida?

Ella se incorporó, tosiendo barro.

—No... Creo que no... ¿Qué ha ocurrido?

Los dos nos ayudamos a ponernos en pie. Vi a un numeroso grupo de hombres armados que se acercaban hacia nosotros. Llevaban uniforme de camuflaje de color pardo y cubrían sus rostros con cascos. No era la primera vez que yo veía semejante atuendo.

Hombres de arena.

Dos de ellos se aproximaron a nosotros; uno de ellos llevaba un fusil de asalto.

—No se muevan. Las manos a la cabeza —ordenó el que iba desarmado.

—No puedo, estúpido —dije—. ¿Es que no ves que estamos atados?

—Yo que usted sería más amable. Acabamos de salvarles la vida —dijo el hombre de arena. Se quitó el casco y pude ver su rostro, de rasgos asiáticos y con un par de llamativos ojos azules—. ¿Se acuerda de mí, señor Alfaro?

—Yoonah...

—Eso es. —El doctor se volvió hacia uno de los mercenarios—. Sería conveniente que algunos hombres peinaran la cueva por si quedase alguna de esas repulsivas criaturas con vida.

—Sí, estoy de acuerdo —respondió un hombre de arena. Luego, señalándonos con su fusil, preguntó—: ¿Y qué hacemos con éstos?

—Déjelos de mi cuenta, por favor. Me gustaría mantener una pequeña charla con los caballeros buscadores.

—Tenemos un herido —dijo Enigma—. Necesita atención médica.

—Oh, cuánto lo siento, señorita, pero yo no soy esa clase de doctor. Lo mío son los números. No obstante, le echaré un vistazo.

Mientras el resto de los hombres de arena se dispersaban por la cueva, Yoonah se acercó a Hidra para inspeccionar la herida de su costado. Ella le rechazó con un gesto brusco.

—¡Apártese de mí! No necesito su ayuda, especie de psicópata... —Terminó sus palabras con un gesto de dolor. Aunque su herida no parecía mortal, la antigua buscadora no lucía buen aspecto. Su rostro estaba pálido y apenas podía mantenerse en pie.

—No entiendo a qué viene esa hostilidad —replicó Yoonah—. Tengo perfecto derecho para mostrarme mucho más desagradable con ustedes y, a pesar de ello, les he salvado de esos pigmeos. Es más, como muestra de mi buena fe, voy a liberarles de sus ataduras.

Hizo una seña a uno de los soldados y éste cortó las cuerdas que nos mantenían prisioneros. Sentí un inmenso alivio al volver a notar circular la sangre con normalidad por mis articulaciones. Yoonah nos contemplaba con una cordial sonrisa mientras frotábamos nuestras doloridas muñecas.

—Ya está, ¿lo ven? Sin resentimientos, amigos buscadores.

—¿A qué diablos está jugando, Yoonah? —preguntó Burbuja.

—A nada, señor Bailey, se lo aseguro. Son ustedes quienes se han empeñado en verme como a un enemigo, pero, como les dije en Kolodugu, eso no tiene por qué ser así. Podemos colaborar, ambos queremos lo mismo.

Uno de los hombres de arena se acercó al doctor. Llevaba la bolsa en la cual guardaba las piezas del tesoro de los arma.

—Hemos encontrado esto, doctor Yoonah.

—Ah, muchas gracias. —El asiático cogió la bolsa y miró en su interior. Una sonrisa satisfecha afloró a sus labios—. Magnífico. Justo lo que necesitaba... Imagino lo que se estarán preguntando, caballeros buscadores: ¿cómo he logrado encontrar este sitio? Bien, eso tiene fácil respuesta. Atrapé a uno de ustedes en la Ciudad de los Muertos, alguien que sí comprendió las ventajas de una colaboración conjunta. Esa persona fue quien me habló de Ogol.

—César... —dije yo.

—Sí, creo que ése era su nombre.

Debí de haber previsto que César nos traicionaría. Después de todo, fue Voynich quien lo contrató en un principio para robar el *Mardud* de Sevilla. Era cuestión de tiempo que regresara a sus lealtades originales; no obstante, me habría gustado poder mirarle a los ojos y preguntarle qué le había ofrecido Yoonah a cambio de vender al Cuerpo de Buscadores.

—¿Dónde está? —inquirí al doctor—. César; quiero hablar con él.

—Lástima, eso no será posible. El tal César se zafó de nosotros en cuanto tuvo la oportunidad... Es un hombre muy escurridizo. Pero lo importante es que ahora estamos aquí, juntos, y juntos encontraremos el Oasis Imperecedero. Estamos en el umbral de la meta, amigos míos.

—Nosotros no somos sus amigos —dijo Enigma—. Si quiere el tesoro de Yuder Pachá, búsquelo usted.

—Nada me gustaría más, señorita, pero por desgracia me temo que no tengo todas las piezas en mi poder. —Yoonah mostró la bolsa con los objetos de oro—. Esto es la llave del Oasis, y yo no sé dónde encajarla. Como ya les he dicho, lo mío son los números. Sin embargo, estoy convencido de que uno de ustedes sabe muy bien lo que debe hacerse con estos trastos... ¿No es cierto, señor Alfaro?

—¿Yo? ¿Por qué yo precisamente?

—No sea modesto. Lo sé todo sobre usted. Estoy al corriente de sus cualidades. Lilith también lo está; ella sabe todo lo que usted hizo para encontrar la Mesa de Salomón. Alguien provisto de su imaginación me será de gran ayuda en este último tramo del camino... ¿Qué me dice, señor Alfaro? ¿Unimos nuestros empeños?

—Váyase al infierno.

—Ya veo... —El doctor frunció el ceño en una expresión grave y después se dirigió a uno de los hombres de arena para darle una orden—: Echádselos a los cocodrilos, no los necesito.

Antes de que pudiera reaccionar, los soldados empujaron a mis compañeros por el borde del foso. Enigma e Hidra se despeñaron de forma aparatosa, cogidas por sorpresa. Burbuja logró agarrarse a uno de los hombres armados. Los dos forcejearon un instante hasta que el soldado resbaló con un montón de grava y se precipitó por el foso, arrastrando a Burbuja en su caída.

Me lancé tras él para intentar sujetarlo, pero antes de que pudiera dar un paso Yoonah me rodeó el cuello con su brazo y me clavó en la sien el cañón de una pistola.

—¡No se mueva! —siseó, desprovisto ya de cualquier cortesía impostada. Mi única opción fue alzar las manos indefenso. Yoonah me soltó y luego colocó el arma apuntando a mi nuca—. Ahora está usted solo. Será mejor que colabore o le juro por Dios que no saldrá vivo de este lugar.

El doctor me llevó de regreso hasta el poblado abandonado que se encontraba al comienzo de la cueva. Los hombres de arena nos acompañaban. Yo sólo podía rezar por que ninguno de mis compañeros se hubiera partido el cuello al caer por el foso y por que los cocodrilos que lo habitaban no tuvieran demasiada hambre aquel día.

Al llegar al poblado, uno de los hombres de arena se dirigió a Yoonah.

—Voy a sacar a mis hombres de aquí —le informó—. Saldremos de la cueva y montaremos guardia abajo, al pie del desfiladero.

—Como quiera. El señor Alfaro y yo nos quedaremos a inspeccionar la zona. Me reuniré con ustedes cuando haya encontrado lo que busco.

No me pasó desapercibido el hecho de que Yoonah usó el

singular. Por lo visto, no entraba en sus planes que yo abandonara Ogol en su compañía. Eso no auguraba nada bueno sobre mis expectativas de futuro.

—¿Qué piensa hacer conmigo? —pregunté notando en mi cuello el roce del cañón de su pistola.

—Eso depende sólo de usted, señor Alfaro. No tendrá nada por lo que preocuparse mientras me demuestre su utilidad. Ahora, busquemos la entrada al Oasis Imperecedero.

Podía haberlo engañado y obligarle a dar vueltas por el poblado hasta que se aburriera, pero no me pareció buena idea. Por una parte, no quería perder el tiempo sin saber si a mis compañeros los estaban devorando una manada de cocodrilos, y, por otra, mucho me temía que Yoonah sería capaz de descerrajarme un tiro en la cabeza si tenía la más leve sospecha de que intentaba engañarlo.

Tras sopesar rápidamente mis opciones, llegué a la conclusión de que yo tenía tanto interés como el doctor por acabar con aquel asunto lo antes posible. Si le llevaba hasta el tesoro, tendría más posibilidades de salir de allí con vida y de ayudar a mis compañeros que si me negaba a colaborar.

Así pues, conduje a Yoonah hasta la estructura grande que estaba decorada con frescos, aquella cuya puerta de madera estuve a punto de cruzar justo antes de que los numma nos capturasen. El doctor aprobó mi decisión.

—Ah, sí... —dijo contemplando los frescos—. Éste es el sitio, sin duda; la entrada a la cámara de un tesoro. Tiene usted buen ojo, amigo mío. Vaya delante, por favor.

La puerta del edificio estaba entornada, tal y como yo la había dejado unas horas antes. Apoyé las manos en una de las hojas de madera y empujé. Al abrirse, una bocanada de aire húmedo y terroso me golpeó en la cara. Al otro lado del umbral estaba oscuro como un pozo de brea.

—Necesitaré una luz —dije.

—Eso parece. Pero no se apure, yo vengo preparado.

En su cinturón Yoonah llevaba prendida una linterna de LED

con forma de petaca. La encendió y un foco de luz blanca alumbró el camino frente a mí.

La puerta accedía a una pequeña gruta de paredes estrechas. Yoonah y yo tuvimos que agachar la cabeza para poder avanzar. Al cabo de unos pocos metros, la gruta se ensanchó hasta adquirir la forma de una amplia cámara abovedada.

El doctor alumbró a su alrededor. Frente a nosotros vi un muro de piedra decorado con un bajorrelieve. El suelo estaba cubierto por amplias baldosas de piedra basta.

El relieve del muro era una curiosa obra de arte. Representaba a un grupo de cinco animales dispuestos en fila: un mono, un cocodrilo, un halcón, un león y algún tipo de pájaro con el pico largo y estrecho, quizá una cigüeña o un ibis. Las criaturas estaban representadas de perfil y sus rasgos eran muy básicos. Sus cabezas miraban hacia lo alto donde había un enorme disco del que brotaban líneas que terminaban en forma de garfio. Sobre cada uno de los animales había una abertura rectangular, igual que en el centro del disco.

Eso era todo. No había inscripciones ni pistas de ningún tipo, sólo cinco criaturas, un círculo y seis agujeros.

—Qué curioso... —comentó Yoonah, contemplando el muro—. ¿Qué cree que tenemos aquí, señor Alfaro?

Podía imaginarlo sin dificultad. Fuera quien fuese el que proyectó aquel enigma, no se esforzó demasiado por complicarlo. No obstante, me guardé de decírselo a Yoonah; creía tener un plan para librarme del doctor.

—Me parece que es una puerta... —dije fingiendo duda.

—¡Sí, por supuesto! Eso es... —El doctor volcó el contenido de mi bolsa en el suelo y las piezas del tesoro de los arma quedaron desperdigadas a sus pies—. Y uno de estos objetos la abre, ¿no es así? Veamos, ¿cuál puede ser...?

—Quizá el timón. Ya lo utilicé antes para entrar en la mezquita de Kolodugu.

La luz de la linterna alumbró de refilón una expresión astuta en la cara de Yoonah.

—No trate de confundirme, señor Alfaro; no soy ningún estúpido. Esas oquedades rectangulares que hay distribuidas por el mural no tienen forma de timón, más bien tienen la forma de... —Yoonah cogió el ladrillo de oro y lo levantó ante sus ojos— esto.

El doctor se acercó a uno de los agujeros del relieve y colocó el ladrillo frente a él. Encajaba sin ninguna dificultad.

—Ahí lo tiene —dije—. Sólo debe introducir el ladrillo en el espacio adecuado.

—Justamente, pero... ¿en cuál? No hay ninguna señal que nos ayude a decidir, salvo que se encuentre en el propio ladrillo. —El doctor alumbró la pieza de oro con la linterna para inspeccionarla. Una sonrisa sibilina deformó sus labios—. Oh, vaya... ¿Qué tenemos aquí? Parece una inscripción, y apostaría cualquier cosa a que usted ya sabe lo que pone. ¿No es cierto, señor Alfaro?

—Puede ser...

Yoonah me apuntó a la cabeza con el arma.

—Estoy seguro de que sí.

—Es un fragmento del salmo ciento cuatro del Antiguo Testamento —dije.

Metí la mano en el bolsillo trasero de mi pantalón y saqué la traducción que había obtenido en la universidad de Segú. Yoonah me la arrebató sin apartar el arma de mi frente.

—«Tú te cubres de luz como con un manto; extiendes los cielos como un velo...». —El doctor leyó el texto completo hasta llegar al último verso—. «A ti, luz de plata, te ofrezco mi oro.» Muy extraño... ¿por qué escribir en esta pieza un texto bíblico?

—No tengo ni la más remota idea.

—Me decepciona usted, señor Alfaro; quizá sobrevaloré sus aptitudes. No importa, este acertijo es muy simple y no necesito de su ayuda. Es evidente que el ladrillo debe encajarse en el hueco que hay en el relieve del disco, sobre los animales.

Tuve que hacer un enorme esfuerzo para no dejar escapar una sonrisa de triunfo.

—¿Por qué está tan seguro? —pregunté.

—Es obvio. Puede que yo sólo sea un humilde matemático, pero, modestamente, también poseo conocimientos en otros campos. Quizá usted no lo sepa, señor Alfaro, pero el salmo ciento cuatro está inspirado en un célebre poema egipcio.

—¿De veras?

—Sí; el Himno de Atón, el dios solar venerado por Amenofis IV. ¿Y sabe cómo se le solía representar? Con la forma de un disco del cual brotaban rayos terminados en garfios, igual que en este relieve... Por cierto, no son garfios, sino manos; las manos divinas de Atón. ¿Qué le parece?

—Es usted muy listo, doctor, lo admito —dije tratando de parecer admirado—. Nunca se me habría ocurrido; de hecho, habría jurado que el ladrillo debía encajar en otra parte... Quizá en este pájaro.

Señalé el hueco que había sobre la cabeza del ave con el pico largo y estrecho. Yoonah esbozó una sonrisa de suficiencia.

—Pobre infeliz. Está claro que su fama es inmerecida... Espero que me sea más útil en el futuro, señor Alfaro; de lo contrario, mucho me temo que tendré que prescindir de su colaboración. Ahora, si me lo permite...

Yoonah se colocó frente al muro. Levantó el ladrillo de oro sobre su cabeza y lo introdujo en el hueco del disco. Tuvo que empujarlo con las dos manos al encontrar una leve resistencia.

Disimuladamente, me aparté un par de pasos. Por lo que pudiera ocurrir.

Cuando el ladrillo encajó en su lugar, se oyó un fuerte chasquido, algo que, según mi experiencia, nunca anunciaba nada bueno en situaciones semejantes. No me equivoqué. De pronto, la baldosa de piedra sobre la que Yoonah se encontraba se abrió bajo sus pies igual que la cubierta de una trampilla. Sorprendido, el doctor se precipitó hacia un hoyo tan oscuro como profundo, pero en el último instante logró agarrarse con la punta de los dedos a una grieta del suelo antes de que la tierra se lo tragara.

El doctor apenas era capaz de sujetarse a su débil asidero. Asomaba los brazos y la cabeza por el borde de la trampa mirándome con una expresión de angustia y terror. Sus mejillas empezaron a enrojecerse por el esfuerzo.

—¡Ayúdeme! ¡Por favor...!

Torcí los labios en un gesto de desprecio. Los dedos de Yoonah se soltaron de la grieta y sus manos comenzaron a resbalar. El agujero se lo tragaba.

Me acerqué y me agaché frente a él. Sentía una morbosa y poco edificante satisfacción al ver cómo forcejaba igual que un insecto atrapado en un reloj de arena.

—El pájaro, doctor —le dije calmosamente, mientras se deslizaba poco a poco hacia el vacío—. Se lo dije: el pájaro con el pico alargado. Es un ibis, el símbolo del dios Toth, al cual se identificaba con los cultos lunares. Por eso también se le llamaba «Atón de plata»... ¿Recuerda el último verso de la inscripción del ladrillo? «A ti, luz de plata, te ofrezco mi oro.» No hablaba del sol, doctor; hablaba de la luna.

—¡Sáqueme de aquí! ¡No puedo aguantar más...!

Los ojos azules de Yoonah brillaban de espanto.

Me puse en pie.

—Tenía usted razón: lo suyo son los números.

Recordé el momento en que Yoonah ordenó que arrojaran a mis compañeros a los cocodrilos y, con esa imagen copando mi mente, aplasté los dedos del doctor con el talón de la bota. El asiático chilló de dolor, soltó las manos del suelo y desapareció en aquel agujero. Al caer lanzó un grito que se vio cortado de forma abrupta. Me asomé al interior del hoyo y sólo vi oscuridad. Ignoraba si el doctor yacía con la cabeza rota en el fondo de un pozo o seguía precipitándose en una caída sin fin. Tampoco me importaba lo más mínimo. Cualquiera de los dos destinos me parecía igual de merecido.

Recogí la linterna que Yoonah había dejado caer, así como mi bolsa con las piezas del tesoro. Después extraje el ladrillo de oro del orificio del muro.

Me gustaría poder decir que me apresuré a guardar la pieza junto al resto de los objetos y que salí de la cámara tan rápido como pude para socorrer a mis compañeros, pero no ocurrió de esa forma. Cuando tuve el ladrillo en la mano, mis ojos se desviaron al hueco que estaba sobre el relieve del ibis.

En mi poder tenía una llave y frente a mí una cerradura.

Inserté el bloque de oro en su espacio correspondiente, seguro como estaba de que mi razonamiento era el correcto. Al momento, un sector del muro se abrió mostrando un pasaje de menos de un metro de alto y poco más ancho que un hombre.

Quizá al otro lado estaba el Oasis Imperecedero.

El peligro que pudieran estar corriendo mis compañeros en aquel momento se convirtió en una idea lejana y parpadeante, en el horizonte más remoto de mi cabeza. Todos mis pensamientos estaban ahora concentrados en aquella abertura y en lo que pudiera encontrarse al otro lado.

Era una llamada irresistible. Ni siquiera traté de ignorarla.

Para atravesar la abertura tuve que poner las rodillas en tierra y caminar a gatas. En esta humilde actitud fue como franqueé las puertas del Oasis Imperecedero.

Aún me resulta vergonzoso admitir que prefería ir solo a por el tesoro antes que prestar ayuda inmediata al resto de los buscadores. He intentado justificarme muchas veces ante mi conciencia con toda clase de excusas. Ninguna es válida. Lo único que me atrevo a decir es que nunca imaginé que la situación de Hidra, Burbuja y Enigma pudiera llegar a ser tan desesperada como finalmente resultó.

6
Oasis

Burbuja se precipitó al fondo de una oscura guarida de cocodrilos; lo que para los numma era el santuario de Zugu, su dios sangriento.

Al caer, el buscador logró arrastrar con él a uno de los hombres de arena. Fundidos en un violento abrazo, los dos hombres se precipitaron desde una altura no mayor de unos cinco o seis metros hasta la orilla pedregosa de una pequeña laguna subterránea.

El hombre de arena aterrizó de espaldas, amortizando de paso la caída de Burbuja. A pesar del golpe, ninguno de los dos soltó al otro. El buscador trataba de arrebatarle el fusil de asalto, pero su contrincante era fuerte y peleaba duro.

El hombre de arena descargó un puñetazo en la mandíbula de Burbuja. Tuvo suerte y acertó en un punto clave. El buscador quedó aturdido durante un segundo, que fue suficiente para que el mercenario pudiera ponerse en pie y apuntar a Burbuja con el fusil.

No tuvo tiempo a dispararlo. La orilla de la laguna escupió un monstruo que saltó hacia el hombre de arena como una flecha. Burbuja vio cómo las mandíbulas del cocodrilo se cerraban en torno al tronco del mercenario. Éste dejó caer el fusil y gritó, un vómito de sangre brotó de su boca y empapó su barbilla, tiñéndola de rojo. El cocodrilo dio una violenta sacudida con la cabeza. Atrapado en aquel cepo de colmillos, el mercenario se agitó indefenso como un muñeco de trapo.

Surgió otro cocodrilo de la laguna y después un tercero. Uno de ellos mordió al hombre de arena en un brazo. Burbuja escuchó un repulsivo sonido de tela rasgada y hueso roto y vio cómo el cocodrilo arrancaba de cuajo el brazo del mercenario. El tercer saurio lo había atrapado por una pierna. Las tres bestias hicieron girar sus cuerpos hacia direcciones opuestas y el mercenario acabó despedazado. Burbuja tuvo la sensación de que el desdichado aún gritaba mientras su cabeza, unida a un torso sin brazos, desaparecía en el interior de la boca de uno de los cocodrilos.

La orilla se llenó de enormes reptiles que acudieron al olor de la carne fresca. Burbuja contó al menos cinco, pero surcando la laguna llegaban más. El buscador reparó en el fusil de asalto del hombre de arena, caído en la orilla. Un cocodrilo se aproximaba al arma reptando con sus pequeñas manos escamosas.

El buscador no lo pensó dos veces. Se levantó del suelo de un brinco y esprintó hacia el fusil. Su mano se cerró en torno al cañón al mismo tiempo que uno de los cocodrilos se le abalanzaba en un alud de dientes. Burbuja rodó sobre su espalda y evitó convertirse en el segundo plato de aquella bestia por unos pocos milímetros. Durante un horrible segundo pudo ver fragmentos de pelo, carne y tejido del uniforme del hombre de arena adheridos a los colmillos del animal.

El saurio volvió a atacar. Burbuja intentó disparar el fusil, pero no fue necesario: en ese momento apareció Hidra y descargó una patada en el hocico de la criatura. El cocodrilo emitió una especie de bufido y retrocedió.

—¡Vámonos! ¡Estos bichos tienen hambre!

Burbuja se incorporó y ambos echaron a correr lejos de la orilla de la laguna. El buscador reparó en que Hidra se inclinaba penosamente sobre un costado, cubriéndose la herida infligida por el chamán numma.

La mujer tropezó. Burbuja la cogió del brazo y se lo colocó por encima de los hombros. Tuvo que llevarla prácticamente a cuestas mientras una pareja de cocodrilos iban tras ellos.

Burbuja vio a Enigma y a Lacombe unos pasos por delante de él. Ambas habían trepado a lo alto de un peñasco y la buscadora asía una gruesa rama con las dos manos, a modo de arma. Al ver a Burbuja, le gritó:

—¡Corred! ¡Hay dos a vuestra espalda!

Burbuja apretó los dientes y se concentró en un último esfuerzo. Teniendo en cuenta que hacía sólo un par de días le habían sacado una bala de la espalda, no estaba en su mejor momento físico. Hidra hacía lo posible por no ser una carga, pero la antigua buscadora perdía sus fuerzas a borbotones por la herida de su costado.

Lacombe corrió hacia ellos. Sujetó a Hidra por el otro brazo y ayudó a Burbuja a subirla hasta el peñasco. Casi al llegar a la cima, el buscador sintió un espantoso dolor en la pantorrilla: uno de los cocodrilos le había atrapado con sus mandíbulas.

Burbuja gritó. Enigma golpeó al animal con la rama, pero no logró que soltara al buscador.

—¡Los ojos! —dijo Hidra—. ¡Golpéale en los ojos!

Enigma buscó la pupila rasgada y maligna en la cabeza del animal. Apretó los labios, asió la rama como si fuese una lanza y hundió uno de los extremos en el ojo del cocodrilo. Un chorro de sangre lodosa y oscura brotó de su órgano aplastado y la bestia abrió la mandíbula. Burbuja pudo sacar la pierna mientras el saurio huía indefenso.

A pesar de la baja, el peñasco pronto estuvo rodeado de cocodrilos. Burbuja logró armar el fusil y comenzó a disparar. Las balas mataron a una de las bestias, hirieron a otra e hicieron retroceder a las demás.

—Maldita sea, Bailey, ¡deja de disparar a ciegas! —le gritó Hidra. Parecía que cada palabra que pronunciaba le costaba un gran esfuerzo—. ¡Apunta entre los ojos, al cerebro!

Burbuja siguió el consejo. Logró matar a otros dos cocodrilos que se habían acercado más de lo prudente. Al resto pudo man-

tenerlos a raya con algunos disparos, aunque daba la impresión de que bajo las aguas de aquella laguna había una infinita manada de monstruos.

—¡Aquí no estamos seguros! —exclamó Burbuja, entre disparo y disparo—. ¡Pueden rodearnos y yo no doy abasto! ¡Además, no tengo ni idea de cuánta munición le queda a esto!

—¡Cúbranme! —dijo Lacombe.

Acto seguido, saltó del peñasco y echó a correr hacia una pared rocosa que estaba a unos metros de distancia.

—Pero... ¡¿dónde se cree que va?! —gritó el buscador.

Apenas tuvo tiempo para reventarle la cabeza de un tiro a uno de los cocodrilos que estaba más cerca de la agente de Interpol, justo antes de que se lanzara sobre ella.

Lacombe encontró una grieta en la pared. Era muy alta y bastante estrecha, pero pudo deslizarse por ella sin excesivo esfuerzo. Momentos después, Burbuja la vio aparecer de nuevo. Les hacía señas para que fuesen a su encuentro.

—Parece que tu amiga ha encontrado un refugio —dijo Enigma.

—Bien, sólo espero que no sea en la boca de un cocodrilo. —Burbuja entregó el fusil a Enigma—. Tú mantén lejos a esos bichos; yo llevaré a Hidra.

—¿Con esa pierna? —repuso la buscadora, señalando la pantorrilla ensangrentada de su compañero.

—Sólo es un mordisco.

Burbuja ayudó a Hidra a ponerse en pie. Notó con preocupación la enorme cantidad de sangre que empapaba todo el lado derecho de su cuerpo. Necesitaba detener aquella hemorragia o las consecuencias podían ser fatales.

—Ánimo, ya casi estamos —le dijo el buscador—. Aguanta un poco más.

Ella asintió, apretando las mandíbulas.

Los dos bajaron del peñasco y se encaminaron hacia la grieta donde Lacombe se había resguardado. Enigma iba unos pasos por detrás de ellos disparando a los cocodrilos que se acercaban, cada vez más osados y numerosos. Daba la impresión de que aquellas bestias tenían más ansias de carne humana que miedo a las balas.

Enigma caminaba de espaldas sin dejar de apuntar a los saurios. Estaba demasiado concentrada en afinar su puntería como para vigilar sus pasos. Mientras apuntaba con el fusil para disparar a un cocodrilo que se acercaba a ella con rapidez, su talón se enganchó en una piedra y la buscadora cayó al suelo, soltando el arma. La malévola bestia reaccionó como si hubiera planeado la caída: aceleró el paso y se lanzó sobre la buscadora con la boca convertida en un cepo monstruoso. Enigma dejó escapar un grito.

Burbuja se detuvo y volvió la cabeza.

—¡Oh, mierda...! —masculló.

Enigma había conseguido encajar el fusil entre las mandíbulas de la bestia justo antes de que se cerraran sobre ella. El problema era que el animal no parecía dispuesto a soltar el arma, al tiempo que varios de sus hermanos se acercaban con actitud hambrienta.

Burbuja dudó.

—Ayúdala —dijo Hidra—. Vamos. Yo puedo llegar sola.

—¿Estás...?

—¡Vamos!

Burbuja no tuvo más opción que dejar a Hidra y correr hacia donde Enigma forcejeaba con el cocodrilo. Por el camino, agarró una roca grande del suelo. Al llegar junto al animal se lanzó sobre su cráneo y empezó a golpearlo con la roca. El cocodrilo liberó el fusil, se retorció con violencia y después descargó su cola sobre la espalda del buscador. Burbuja sintió un dolor terrible. La cola del animal era asombrosamente dura y estaba llena de escamas afiladas como dientes de sierra. El buscador cayó al suelo de lado y el cocodrilo se arrojó sobre su cabeza con las fauces abiertas.

Sonó un disparo. Enigma había logrado acertar a la bestia justo en el paladar. La buscadora ayudó a Burbuja a ponerse en pie y juntos emprendieron la huida. Hidra iba delante de ellos y casi había llegado hasta la grieta donde estaba Lacombe.

En ese momento, un cocodrilo apartado de la manada surgió de detrás de una roca. Era mucho más pequeño que los otros, pero demostró ser igual de dañino. El lagarto apuntó su cabeza igual que una flecha contra el costado de Hidra y allí clavó sus dientes, alrededor de su herida sangrante. Sacudió su hocico a un lado arrancando un gran pedazo de carne y luego repitió el ataque. Hidra gritó de dolor y cayó al suelo de rodillas.

Enigma se encajó el fusil sobre el hombro y apretó el gatillo. Sólo necesitó un tiro para acertar al cocodrilo en los ojos. Mientras tanto, Burbuja y Lacombe corrían hacia la antigua buscadora, que yacía en el suelo en medio de un gran charco de sangre.

Comprobaron con inmenso alivio que aún estaba viva, pero la herida de su tronco era terrible. El cocodrilo había desgarrado carne y músculo hasta dejar a la vista algunos órganos vitales, los cuales también estaban dañados.

Burbuja contempló el destrozo con una profunda angustia y sin saber qué hacer. Hidra respiraba con dificultad. Tenía los dientes apretados y el rostro del color del hielo.

—Mierda, mierda... —masculló sin apenas voz—. ¡Esto duele, maldita sea! ¿Cómo es de grave?

—Tranquila. Te pondrás bien. No dejes de mirarme, por favor, no dejes de mirarme, ¿de acuerdo?

Lacombe intentó cubrir la herida de alguna manera, pero se dio cuenta de que era inútil. Miró a Burbuja con gesto grave y negó con la cabeza.

—Joder, no, no, no... —farfulló el buscador—. ¡Tenemos que hacer algo!

Enigma se les unió. Hidra había cerrado los ojos. Aún respiraba, pero cada vez de forma más débil. Burbuja miró a su compañera con aire de inmenso desamparado.

—Enigma... ¿Qué puedo hacer...?

Ella frunció los labios en una expresión decidida.

—Llevémosla dentro de la grieta. Aquí no está segura, ni tampoco nosotros.

Lacombe y Enigma la levantaron con cuidado, a pesar de lo

cual Hidra dejó escapar un grito agónico de dolor. Abrió los párpados y miró a su alrededor con ojos vidriosos. Daba la impresión de estar desorientada.

—Eh, Bailey... ¿Dónde estás?

Él se acercó y la cogió de la mano. La tenía cubierta de sangre.

—Aquí. Estoy aquí. Contigo, ¿ves? No voy a dejarte.

Los labios de Hidra se curvaron.

—Siempre fuiste un buen chico... —Las últimas palabras apenas fueron audibles.

Los cuatro entraron en el pequeño reducto que Lacombe había encontrado. Se trataba de una gruta no más grande que el interior de una despensa, pero había espacio suficiente para todos y la grieta de acceso era demasiado estrecha para que los cocodrilos pudieran atravesarla.

Depositaron a Hidra en el suelo. Había vuelto a desmayarse por efecto de la pérdida de sangre y casi no respiraba. Burbuja aún sujetaba su mano.

—Esto no tiene buena pinta —dijo Lacombe. Rasgó algunos retales de las prendas de Hidra y con ellos intentó detener la hemorragia de sus heridas. No sirvió de nada: el destrozo era demasiado grande. Lo único que pudieron hacer por la antigua buscadora era contemplar cómo la vida se le agotaba mientras Enigma mantenía alejados a los cocodrilos—. Debemos encontrar la forma de sacar de aquí a esta mujer de inmediato.

—¿Con todos esos malditos animales acechando? —dijo Burbuja.

—Ya no están —terció Enigma. Los otros dos la miraron interrogantes—. Los cocodrilos; ya no están. Mirad. De repente... se han ido.

—No es posible.

Lacombe se apartó de Hidra y se asomó al exterior de la grieta. Enigma estaba en lo cierto: los cocodrilos habían vuelto a desaparecer en el fondo de la laguna.

En ese momento, algo rugió.

Fue un sonido que ninguno de ellos había escuchado hasta

entonces. Era extraño y terrible, la mezcla entre un siseo y un bramido, como si lo produjera una criatura provista con la cabeza de un león y una serpiente.

—¿Qué diablos ha sido eso? —preguntó Lacombe.

El rugido volvió a escucharse. Venía de la cueva que estaba en uno de los extremos de la laguna. La superficie del agua empezó a agitarse y la cueva volvió a emitir aquel sonido monstruoso.

Enigma, Burbuja y Lacombe se asomaron a la grieta. Sus ojos quedaron fijos en la entrada de la cueva de la laguna, esperando que algo saliera de aquella oscuridad. Algo terrible.

Lo que brotó de las entrañas de la tierra superó todos sus temores.

—Dios mío... —dijo Burbuja—. ¿Qué coño es eso...?

—No estoy segura —respondió Enigma—. Pero creo que es Zugu.

Al introducirme de rodillas en la pequeña abertura del muro accedí a un corredor adornado con espesas cortinas de telas de araña. Me alegré de que estuviera demasiado oscuro como para ver si sus tejedoras aún las habitaban.

Después de recorrer un corto tramo, vislumbré una tenue luz que indicaba la salida. Parecía luz natural.

El corredor finalizaba en una caverna de grandes dimensiones. Salí de él y me incorporé para mirar a mi alrededor, sacudiéndome el polvo y la tierra del pelo y de las manos. Varios metros por encima de mi cabeza, la cubierta de piedra estaba horadada en diversas grietas y agujeros medio cubiertos por un entramado de raíces y plantas. Suaves rayos de sol iluminaban el interior de la caverna en forma de haces en diagonal, dentro de los cuales danzaban miríadas de motas de polvo.

Las paredes de la caverna estaban cubiertas de raíces secas, algunas tan gruesas como mi brazo. También había otras, grandes y largas, que pendían del techo, cubiertas de polvo y de musgo muerto, con aspecto de lacios harapos. De ellos goteaba un líquido turbio. En el aire se percibía un leve olor a podredumbre, como el que despediría el fondo de una caja de cartón que lleva demasiado tiempo en un rincón del garaje. Grandes insectos y ciempiés de colores mohosos se agitaban por entre los recodos de las paredes de la caverna, y unas polillas del tamaño de gorriones, cuyas alas tenían el mismo aspecto que pedazos de gasa sucios, revoloteaban dando bandazos ciegos. Una de ellas chocó contra mi frente y cayó al suelo patas arriba, aturdida. Su cuerpo estaba cubierto de vello grisáceo. Me aparté frotándome el mentón con expresión de asco.

Si aquel lugar era un oasis, se trataba de uno muy enfermo.

Eché un vistazo alrededor y no encontré tesoros ni riquezas. La caverna estaba completamente vacía salvo por una extraña estructura iluminada por un rayo de sol. Era un bloque de madera tan alto como yo y tallado de forma que su silueta recordaba vagamente a la de un sarcófago. Lo inspeccioné más de cerca. Su superficie era negra y brillante, pensé que podría estar hecho de ébano. Me di cuenta de que una sutil línea vertical partía el sarcófago en dos mitades; por lo tanto, no se trataba de una sola pieza de madera sino de dos.

En la parte superior vi un diseño rehundido cuyo aspecto me resultó familiar de inmediato. Busqué dentro de mi bolsa y saqué de entre las piezas del tesoro de los arma la máscara de oro. Al colocarla junto al sarcófago me di cuenta de que la persona que lo talló había copiado los rasgos de la máscara en huecorrelieve..., o quizá fue al revés.

El timón encajaba en la puerta de la mezquita de Kolodugu, el ladrillo de oro en el mural de los animales... Era lógico deducir que había encontrado el lugar en el que encajar la tercera y última de las piezas arma.

Coloqué la máscara sobre el espacio del sarcófago. Sólo fue preciso ejercer una leve presión y se acopló igual que un engranaje. Oí un leve chasquido y las dos piezas que conformaban el sarcófago se abrieron para mostrar el interior.

Me preparé para ver al fin grandes tesoros. Mi corazón latía desbocado.

Del sarcófago brotó una bocanada de aire pútrido y agrio que me hizo cubrir la nariz y apartar la cara. Tosí un par de veces y al fin pude contemplar lo que guardaba aquel receptáculo.

Se trataba del cuerpo momificado de un hombre. Podía llevar muerto cien, mil años, era imposible saberlo, aunque las grises guedejas que colgaban de su barbilla consumida, gruesas como churretones de polvo, me hicieron pensar que era el cadáver de un anciano. Su rostro era una calavera cubierta de piel oscura y arrugada; sus ojos, un par de boquetes negros, y su boca estaba abierta en una especie de alarido póstumo, mostrando una dentadura verdosa e irregular, como una empalizada hecha con restos. La momia vomitó una hilera de pequeños insectos con aspecto de escarabajo y su cabeza se escoró a un lado.

Su cuerpo estaba rodeado por una cadena de eslabones gruesos como aldabas, como si alguien hubiera querido mantener eternamente prisionero al morador de aquel sarcófago. En cada eslabón había inscripciones en un alfabeto que no pude reconocer. Estaban forjados en un metal dorado, pero no era oro sino algún otro tipo de material galvanizado de menor calidad, tal y como demostraban los desconchones de óxido que había en algunos tramos de la cadena.

Eso era todo lo que había en el sarcófago. Sólo eso. El gran e innombrable tesoro de Yuder Pachá: huesos secos y una cadena oxidada.

Por un instante, el desánimo se apoderó de mí. Estuve a punto de cerrar el sarcófago de un golpe, insultarlo, patearlo incluso. No había nada al final de aquella búsqueda. Nada. Caí de rodillas al suelo con el rostro abatido.

Entonces tuve la certeza de no estar solo.

Me incorporé. Volví la cabeza hacia atrás.

Había un hombre en la caverna, a mi espalda. Me miraba.

Era mayor. No viejo, pero sí daba la impresión de cargar muchos años en su rostro. Bajo una nariz larga y delgada, ligera-

mente aguileña, lucía una gran barba cuadrada de colo.
jalonada con hebras blancas, como destellos de intensas e.
riencias del pasado. El tono de su piel era cetrino, más bien to.
tado, y me contemplaba con los dos ojos más verdes que yo jamás haya contemplado en mi vida.

El hombre vestía una túnica azul similar a la que llevaba el hogón de Benigoto, sólo que mientras aquélla parecía un andrajo, ésta tenía aspecto de algo artesanal y valioso, aunque se viera deshilachada por el uso en algunas partes.

Levantó una mano hacia mí con gesto afable.

—Hola, viajero.

Di un paso hacia atrás, aunque fue más por asombro que por miedo, ya que aquel hombre no daba la impresión de ser peligroso.

No respondí a su saludo, pero él no se ofendió por ello. Se acercó hacia el sarcófago y colocó la cabeza de la momia en posición erguida con sumo cuidado, como si fuese la de un niño que duerme.

—Ya está... —dijo—. Así es mejor. Que los muertos mantengan su dignidad. —Extrajo la máscara de oro de su hueco y me la entregó—. Creo que esto te pertenece, viajero.

Lo miré como si contemplara a un fantasma entregándome mi sudario.

—¿Quién es usted? —dije al fin.

Él se encogió de hombros, dando la impresión de que aquella pregunta carecía de importancia.

—¿Yo...? Nadie. Solamente un guardián... Más bien, un vigilante.

—¿De dónde ha salido?

—Podría preguntarte a ti lo mismo, viajero. Conozco casi todos los túneles y accesos a esta caverna, algunos muy bien escondidos, pero el que tú has usado es nuevo para mí... o, al menos, eso creo. Es fácil olvidar algunas cosas.

—¿Hay otras formas de entrar en este sitio?

—Oh, sí, desde luego... Pero uno debe saber muy bien qué

caminos ha de tomar si no quiere perderse. Existe todo un laberinto de galerías alrededor de esta tumba, muy peligroso si te aventuras a ciegas, pero no es mi caso. Yo entro y salgo a menudo... —el vigilante dejó escapar un leve suspiro—, aunque no tanto como solía hacerlo, lo admito.

—Dice usted que esto es una tumba...

—Claro, ¿no lo ves? ¿Dónde creías que estabas?

—Creí haber encontrado algo llamado «Oasis Imperecedero»...

Los ojos del hombre mostraron entonces una expresión de tristeza.

—Ah, sí... Lo fue en realidad, pero hace mucho tiempo de eso. Ahora sólo quedan algunas raíces mustias. No sé exactamente desde cuándo está así. Como ya te he dicho, ya no vengo tan a menudo como antes. La culpa es de los numma... Esos desagradables hombrecillos, puede que los hayas visto. —Posó su mirada en el cuerpo encadenado—. Quizá este lugar comenzó a marchitarse al mismo tiempo que estos pobres restos... ¿Qué importa? Ya no queda nadie que lo recuerde.

—¿Usted sabe de quién es el cuerpo momificado?

—Sí. Creí que tú también lo sabías. Por eso has venido, ¿no es así, viajero?

—No, no tengo ni idea.

—¿Estás seguro de ello? Fíjate bien...

El hombre se sentó en una piedra y me miró a los ojos, como si esperase algo de mí. Siguiendo un extraño pálpito, volví a inspeccionar el interior del sarcófago y reparé entonces que junto al cadáver había un báculo, y que los caracteres grabados en la cadena eran escritura hierática egipcia. Algo en mi mente se activó, igual que si se hubiese encendido una luz en un rincón oscuro, y pude comprender algunas de las palabras escritas. «Libertador»... «Profeta»... Aquella súbita inspiración se desvaneció de pronto, como si no hubiese surgido de mí sino de una fuente ajena.

Libertador. Profeta.

—Es Musa —dije más bien para mí mismo—. El profeta del que hablaba el *Mardud* de Sevilla. Moisés.

El vigilante asintió.

—Eso pienso yo también.

—Pero... no puede ser. Según la Biblia, Moisés fue enterrado en el monte Nebo, en las fronteras de la Tierra Prometida.

—Yo no sé de textos sagrados, viajero, sólo soy un simple vigilante; pero conozco las leyendas. Éstas dicen que Musa obtuvo del Hombre Verde un gran secreto: la Cadena de Oro de la Sabiduría, gracias a la cual Dios le otorgó el poder de ablandar el alma de Faraón y liberar a los esclavos hebreos. Lo cierto es que no era una cadena... Eso sólo es una figura retórica; se trataba de un artefacto mucho más poderoso. *Shem Shemaforash*, ¿lo conoces?

Asentí con la cabeza.

—El Nombre de los Nombres —dije—. Una mesa donde estaba escrita la palabra divina de la Creación.

—No una mesa; un altar, en realidad. Un inmenso altar. El Hombre Verde sabía cómo manejarlo, pero a Musa sólo le confió parte de su poder.

—Eso no es lo que había oído —repuse recordando la leyenda que me contó mi padre—. Fue Lilith, la reina de Saba, quien fabricó la mesa para el rey Salomón.

El vigilante se encogió de hombros.

—Esa versión yo no la conozco, lo siento. Imagino que las leyendas tienen tantas caras como narradores. ¿Quién te dijo eso?

—Fue mi padre.

—Ah, sí... Un hombre sabio, sin duda. Pero sólo Dios es sabio entre los sabios, viajero. Sólo Él conoce la verdad de las cosas. Los demás sólo podemos aspirar a vislumbrarla. —Sus ojos verdes brillaron de forma intensa—. ¿Quieres seguir escuchando mi versión de la historia?

—Claro.

—Bien... Musa se llevó el Altar del Nombre a la tierra de

Faraón. Allí lo utilizó para liberar a su pueblo, tal y como el Hombre Verde le había enseñado. No obstante, cuando salieron de Egipto, los hebreos no pudieron llevarse el Altar. Uno de ellos no era un esclavo, sino un próspero comerciante que había logrado alcanzar un puesto de alto rango en la corte de Faraón. Se dice que él no deseaba aventurarse a ciegas en pos de Musa hacia la Tierra Prometida, pero Faraón había decretado que todos los hebreos abandonasen Egipto y tampoco lo quería a su lado, así que aquel noble robó el Altar del Nombre y huyó con él a estas tierras.

—Los soninké creen que su linaje proviene de un antiguo noble egipcio.

—Sí, eso había oído... Qué curioso, ¿verdad? Puede que haya algo de cierto en esa tradición, pues los sucesivos emperadores de Malí siempre consideraron el Altar como algo propio, aunque la mayoría de ellos ni siquiera sabían lo que era o llegaron a verlo siquiera. Sea como fuere, aquel noble egipcio ocultó el Altar del Nombre aquí, en esta caverna. También se dice que la selló tras una puerta que se abría con un ladrillo de oro, en el que dicho noble había grabado un himno a un dios egipcio en su versión hebraica, que es como él lo había aprendido. ¿Qué te parece eso?

—Me parece que... tiene algo de sentido.

—Sí, puede ser. El caso es que años después, cuando Musa presintió su muerte, pidió a Dios una última gracia: que su cuerpo reposara en el mismo lugar donde se hallaba el Altar el Nombre, pues quería verlo por última vez. La leyenda dice que su voluntad fue atendida, y que los ángeles del Cielo lo trajeron a este lugar.

—Pero el Altar no está...

Justo después de pronunciar estas palabras me di cuenta de la obviedad: claro que el Altar no estaba allí, estaba expuesto en una sala del Museo Arqueológico Nacional.

O eso creía yo.

—No, en efecto —dijo el vigilante, reflexivo—. Quizá volvieron a robarlo, puede que fuera esa reina de Saba, y que luego ella se lo entregase a Salomón... ¿Sabes una cosa, viajero? Existe la posibilidad de que lo que te contó tu padre también sea cierto. Cuando se trata de leyendas, todo es posible...

Miré al hombre con una expresión de desafío.

—No es una leyenda. El Altar existe; yo lo encontré.

Él no pareció nada impresionado por mi afirmación.

—¿De veras? Pues te felicito, eso está muy bien. De modo que tú lo encontraste, ¿eh? ¿Se te da bien buscar cosas, viajero? —El vigilante esbozó una sonrisa divertida—. Claro que sí, tienes aspecto de ser todo un buscador... Así voy a llamarte: «buscador», espero que no te importe.

Miré al hombre, dudando si de algún modo se estaba burlando de mí, pero en su rostro no había malicia.

—No, no me importa... —dije, receloso.

—Me alegro, porque te va muy bien ese nombre. Y dime, buscador, ¿cómo era ese altar que encontraste?

—Es... más bien pequeño —respondí—. De este tamaño, y...

El vigilante me interrumpió.

—Vaya, no es eso lo que yo he oído. El Altar del Nombre es muy grande, enorme. Doce bueyes de oro sostienen su superficie, que está hecha de fragmentos de piedras preciosas, tantas como nadie haya visto jamás reunidas... O, al menos, eso dicen las leyendas.

—Lo que yo encontré se parece a esa descripción, aunque en una versión más modesta. Con menos bueyes y... piedras preciosas.

—¿Ah, sí? Pues quizá tengas que seguir buscando. Da la impresión de que no hallaste la pieza adecuada.

Dijo aquello de manera casual, sin darle importancia. A mí, en cambio sus palabras me causaron un gran impacto. Una duda empezó a cobrar fuerza en mi interior... ¿Realmente había encontrado la Mesa de Salomón? Miré al hombre como si esperase de él una respuesta, pero él se limitó a devolverme la mirada con expresión risueña.

—Da igual —dije, molesto—. Lo que está claro es que ese altar..., o mesa..., o lo que sea, no está aquí. Ni tampoco ningún tesoro. Aquí no hay nada.

—No, supongo que no... —dijo el hombre, cariacontecido—. Aunque imagino que eso a ti no debería importarte, ¿verdad, buscador? Tú no necesitas encontrar respuestas, sino preguntas, y de ésas ahora tienes muchas.

—¿Y eso de qué me sirve?

—El hombre sabio no es quien más respuestas conoce sino quien más preguntas se hace, ¿lo sabías, buscador? Lo que has encontrado aquí es un tesoro de sabiduría, y eso es lo más valioso.

Sus palabras me resultaron de un enorme consuelo, aunque no sabría decir el motivo exacto. Sólo sé que al oírlas sentí que recordaba algo sobre mí mismo que había olvidado, algo bueno.

Volví a mirar hacia la momia y dejé escapar un suspiro silencioso.

—Al menos sí que hay una Cadena del Profeta... —dije.

—¿Te refieres a esto? —preguntó el hombre, señalando los eslabones que rodeaban el cadáver—. Oh, no es más que un simple adorno, ni siquiera recuerdo quién lo puso ahí... Puede que alguien que entendió lo de «cadena de oro de la sabiduría» de forma demasiado literal. En realidad me parece grotesco, es como si al infeliz lo hubiesen apresado después de muerto. ¿Sabes qué? Deberías llevártela. Quizá te sea útil.

En ese momento debió de soltarse algún eslabón flojo, porque la cadena se desprendió del cuerpo momificado y cayó a sus pies. Yo observé al vigilante y él la señaló con un gesto de su cabeza, invitándome a recogerla del suelo. Así lo hice. Era bastante pesada, y no estaba seguro de querer acarrear con semejante trasto; sin embargo, después de pensarlo un momento, decidí que al menos me serviría para poder llevar algo al Arqueológico como recuerdo de aquella misión tan escasa en recompensas materiales.

—Gracias —dije mientras me enrollaba la cadena alrededor del hombro—. Creo que le haré caso y me la llevaré.

—Me alegro. Ahora hazme un favor y cierra el sarcófago. Dejemos que el buen profeta siga durmiendo su sueño en paz. Se lo merece.

Hice lo que el vigilante me pidió. Moisés, o quien fuera a quien perteneciesen aquellos pobres restos, quedó de nuevo arropado en su tumba de madera.

—Bien... Supongo que eso es todo.

—Eso parece, buscador. Yo diría que en esta cueva ya no queda nada para ti, y que es probable que alguien te necesite ahora más que yo o mi silencioso amigo del sarcófago. Deberías marcharte.

Su consejo me pareció muy juicioso. Casi hipnótico.

—Sí. Estoy de acuerdo.

—Por cierto, felicita a tu padre de mi parte. Dile que me gusta mucho su historia de la reina de Saba. Nunca la había oído antes y eso, créeme, no me ocurre a menudo.

—Mi padre está... —repuse—. Murió.

El vigilante arqueó las cejas.

—¿Ah, sí? Lo lamento... En cualquier caso, tú díselo, por favor.

Por extraño que parezca (y sé que lo parece), aquella respuesta no me sonó incongruente. De hecho, todo lo que decía aquel hombre me parecía lleno de sentido común. Irradiaba una inexplicable seguridad.

—¿Y usted? —pregunté—. ¿Qué va a hacer?

—Oh, no te preocupes por mí, buscador. Como ya te he dicho, yo entro y salgo a mi antojo. Rondaré por aquí... como llevo haciendo siempre. Tú tienes que irte ya.

Experimenté un irresistible deseo de obedecer aquella orden. Con la mente vacía de todo pensamiento, me alejé de aquel hombre en dirección al lugar por el que había entrado a la caverna. Volví a ponerme a cuatro patas y gateé por la abertura del mural. Cuando ya llevaba recorrido un buen trecho, tuve de pronto una sensación extraña, como si alguien hubiera chasqueado los dedos delante de mis ojos. Una avalancha de dudas y preguntas anegó mi cerebro.

Volví hacia atrás sobre mis pasos de forma apresurada, con la idea de encararme de nuevo con el hombre de los ojos verdes y someterlo a un minucioso interrogatorio. Sin embargo, cuando aparecí de nuevo en la tumba, ya no estaba allí. Se había marchado.

La piedra que le había servido de asiento estaba vacía. En su lugar vi una gruesa capa de musgo frondoso y húmedo que parecía brillar con luz propia en medio de aquel entorno ajado.

Hay ocasiones en las que no es bueno someter a la razón a pruebas demasiado exigentes. El mundo es un lugar extraño y lleno de misterios, aspirar a resolverlos todos es tan inútil como precisar los límites del firmamento.

Con aquella idea en la cabeza, salí de la caverna por segunda vez, en esta ocasión sin mirar atrás.

En el poblado numma no quedaba ni un solo hombre de arena. Supuse que debían de estar montando guardia al pie del desfiladero, tal y como informaron a Yoonah. Más adelante tendría que pensar una forma de salir sin que nos vieran, pero ahora tenía problemas más urgentes.

Con la cadena aún al hombro, me dirigí tan raudo como pude hacia el foso de los cocodrilos. Deseaba con fervor que ningún reptil estuviera haciendo la digestión a costa de mis compañeros de aventura.

En la zona de las cuevas donde habitaban los numma sólo vi sus pequeños cadáveres acribillados. Allí tampoco quedaban hombres de arena. De pronto escuché un rugido espantoso que hizo eco por toda la cueva. Sonaba como un viejo motor intentando arrancar y, al mismo tiempo, poseía una extraña cadencia similar a la del siseo de una víbora. Después escuché un golpe fuerte, y gritos. Gritos humanos.

Temiéndome lo peor, corrí hacia el lugar del que procedían aquellos sonidos: la fosa de los cocodrilos.

Lo que vi me arrancó el aliento de los pulmones.

Al principio creí que se trataba de una enorme serpiente, lo cual casi me detiene el corazón, porque aquel reptil tenía la longitud de un autobús y era casi igual de alto. Luego me di cuenta de que poseía cuatro gruesos brazos terminados en cinco dedos chatos, y una cola del tamaño del tronco de un árbol, tachonada de escamas con forma de aleta de tiburón y no mucho más pequeñas. Al otro lado de aquella cola inmensa había una cabeza de perfil de espátula terminada en un hocico largo y giboso; sus bordes eran una empalizada de colmillos.

No era una serpiente sino un cocodrilo.

Tampoco era un cocodrilo normal; además de su inconcebible tamaño, poseía otro rasgo fuera de lo común: aquel monstruo era completamente blanco.

Su cuerpo desproporcionado brillaba en el fondo de la fosa igual que una montaña de espuma. Cada centímetro de piel estaba cubierta por una coraza de escamas color marfil, del mismo tamaño que las palmas de una mano. Sus colmillos pendían de su mandíbula blanca como carámbanos en un alero nevado, y su vientre fofo tenía el color de la carne muerta. El único rasgo discordante en aquella pálida bestia eran sus ojos rojos: dos puños de rubí rasgados por una línea negra, engastados en una osamenta de alabastro.

Un cocodrilo blanco con ojos de fuego. Parecía una pesadilla recién salida del inferno.

Recordé que una criatura similar aparecía representada en los murales del poblado y llegué a la conclusión de que me encontraba ante Zugu, la maléfica deidad de los numma. No era ningún ente sobrenatural, después de todo, sino un animal de carne y hueso, aunque, tras echarle un rápido vistazo, preferí mil veces que hubiera sido un dios. Ante un dios, uno al menos puede rezar; en cambio yo no tenía ni idea de qué hacer contra semejante monstruosidad.

Mis pobres compañeros tampoco parecían tenerlo claro. El saurio los había acorralado dentro de la pequeña cavidad de una de las paredes del foso. Burbuja llevaba un fusil recortado, pero no disparaba con él. Supuse que le debían de quedar pocas balas y no quería desperdiciar un solo disparo en aquel mastodonte a menos que estuviera seguro de causarle algún daño. A su lado, Enigma y la agente Lacombe intentaban alejar al cocodrilo golpeándolo en el hocico con palos afilados. Aquello no hacía más que enfurecerlo.

La bestia volvió a rugir. Tuve que taparme las orejas con las manos. Su cuerpo dio un giro y luego golpeó con la cola sobre la grieta donde se refugiaban mis compañeros. Algunas piedras de la pared se desprendieron.

Desesperado, busqué a mi alrededor algo con que poder ayudarlos, pero no encontré nada. De hecho, ni siquiera tenía forma de descender al foso a no ser que fuera de un brinco, lo cual me impediría salir después.

Burbuja disparó al cocodrilo. La bala impactó cerca de su ojo pero no le causó un daño significativo. El animal rugió y embistió contra el refugio de mis compañeros. Una parte de la grieta se deshizo en un montón de piedras. La abertura ya era casi tan ancha como para que el animal pudiera meter la punta de su hocico.

Al final, localicé un objeto que podía ser útil. Uno de los numma muertos aún asía en sus manos una especie de tridente rudimentario fabricado con un palo largo en cuyo extremo había tres fragmentos de hueso afilados. Cogí el arma y me dirigí al borde del foso.

Me di cuenta entonces de lo inútil que era mi lanza de hueso. ¿Cuál era mi plan? ¿Arrojársela al monstruo y atravesarlo de lado a lado? No desde esa distancia, no con mi puntería y, desde luego, no mientras el cocodrilo estuviera cubierto por una coraza de escamas blancas. En realidad, lo único que podía hacer era sujetar el tridente y contemplar cómo aquella bestia se comía a la mitad del Cuerpo Nacional de Buscadores.

El cocodrilo descargó de nuevo la cola contra lo que quedaba de la grieta. Toda una sección de la pared que la rodeaba se vino abajo, dejando a mis compañeros indefensos. Burbuja disparó al monstruo a ciegas. El arma escupió dos balas y luego se quedó sin munición.

La bestia rugió por tercera vez.

Soy un esclavo de mis impulsos. Creo que ya lo he mencionado en alguna ocasión anterior. A veces, la parte de mi cerebro que sopesa las consecuencias de mis actos se cortocircuita y deja mis decisiones en manos de un pirado inconsciente. Suele ser, además, en el momento de mayor riesgo para mi integridad física.

Aquélla estaba a punto de ser la madre de todas mis locuras.

La imagen de mis amigos siendo descuartizados entre los dientes de aquel monstruo me cegó por completo. Exhalé un grito, enarbolé el tridente de hueso y salté al foso.

Fue algo épico. Las locuras siempre lo son.

Aterricé sobre la cabeza del cocodrilo, una masa de protuberancias duras como piedras. El animal debió de sentir una pequeña molestia sobre su nuca, porque dejó en paz a mis amigos y agitó la cabeza tratando de sacudirme de encima igual que si yo fuera un molesto piojo. Cada músculo de mi cuerpo se aferró a la testa del reptil para no salir disparado por los aires. El tridente, por supuesto, se me cayó al suelo. Ahora mi única opción era acabar con aquella bestia gigante sólo con mis manos.

Mis compañeros asistieron atónitos a mi absurda muestra de heroísmo. Enigma fue la primera en reaccionar: agarró una piedra grande y la lanzó contra el ojo del cocodrilo. No acertó al animal sino a mí, pero aquello sirvió para que el bicho dejara de sacudirse.

Entonces me acordé de dos detalles importantes. El primero, que aún tenía la cadena de metal colgada al hombro. El segundo tenía que ver con los consejos de Hidra para inmovilizar cocodrilos. Sus mandíbulas, recordé, son fuertes al cerrarse, pero no al abrirse.

Desenrollé la cadena y la hice girar por encima de mi cabeza. Aquello debió de parecer la escena de un rodeo surrealista, con un diminuto vaquero blandiendo un lazo de eslabones a lomos de una res albina del tamaño de un vagón de tren.

Lancé la cadena por debajo de la mandíbula del cocodrilo y luego la agarré por los dos extremos. Ahora parecía que lo llevaba sujeto por unas riendas de metal. Con toda la rapidez que pude imprimir a mis brazos, anudé la cadena alrededor de las fauces de la bestia y la mantuve sujeta. Para sorpresa de todos cuantos asistían a aquella inolvidable doma (y que supongo que recordarán mientras vivan), el ardid surtió efecto: la cadena aguantó y el cocodrilo fue incapaz de abrir sus fauces.

Furiosa, la bestia elevó la cabeza hacia atrás mostrando la parte blanda de su vientre. En ese momento, Burbuja, raudo como una bala, recuperó del suelo el tridente de hueso y se lanzó de cabeza contra el animal.

Puede que el buscador tuviera mucha suerte, o que realmente su fuerza física fuera tan extraordinaria como solía presumir... O, quizá, la bendición del hogón de Benigoto para protegernos del malvado Zugu resultó más poderosa de lo que yo había creído. En cualquier caso, el tridente de hueso halló un punto débil en el vientre del cocodrilo y se hundió hasta que las manos de Burbuja tocaron su carne.

Un chorro de sangre oscura brotó del saurio y cubrió al buscador de pies a cabeza. Burbuja atravesó una y otra vez el estómago de la bestia hasta que el arma casi se deshizo entre sus manos. El cocodrilo intentó abrir las mandíbulas pero la cadena se lo impidió. Yo aproveché para descargar una patada en el centro de su globo ocular, al tiempo que Burbuja extraía el tridente de su estómago y se lo clavaba una y otra vez en diferentes partes por debajo de la zona del cuello.

Al final, caí al suelo. Lo hice al mismo tiempo que el todopoderoso Zugu se desplomaba convertido en una inofensiva fuente de bolsos y zapatos caros. Un charco de sangre espesa como la brea se formó alrededor de sus restos. Su cola produjo un último espasmo y, por fin, la bestia quedó inmóvil. Muerta.

Enigma, Lacombe y Burbuja se acercaron a mí. El buscador parecía recién salido de un pozo de arcilla apestosa, y aún agarraba entre las manos el tridente de hueso.

Nos miramos.

—Esa cosa... ¿está muerta? —preguntó Lacombe con voz trémula.

Yo asentí. Me temblaba todo el cuerpo, y aún no tenía claro que no estuviese a punto de caer desmayado.

—Faro, te has tirado encima de un cocodrilo gigante... —me dijo Enigma.

—Eso creo.

Burbuja me miró y sacudió la cabeza de un lado a otro.

—Cabrón perturbado... —escupió. Después tiró la lanza al suelo y me dio un abrazo fuerte, seco y breve.

Habría agradecido más aquel emotivo gesto de no ser porque a consecuencia de ello Burbuja me puso perdido de sangre de reptil, viscosa y maloliente. Cuando me soltó, Enigma se acercó a mí, me sujetó las mejillas con las manos y me plantó un beso en los labios. Una muestra de afecto que me resultó mucho más agradable.

—Eso ha sido lo más delirante que he visto en toda mi vida. ¡Me encanta! —dijo la buscadora.

La agente Lacombe también se mostró admirada.

—Increíble, señor Alfaro. No sé si me asombra más su buena suerte o su absoluta falta de juicio. Sea como sea, estoy en deuda con usted.

—Gracias, agente; pero no olvide quién remató a la bestia —dije señalando a Burbuja.

La agente miró al buscador, que en ese momento trataba de limpiarse la sangre de la cara en la orilla de la laguna.

—Eso también ha sido... impresionante —añadió.

—¿Todos estáis bien? —pregunté—. ¿Dónde está Hidra?

Enigma corrió hacia la cavidad donde habían estado refugiados. Los demás fuimos tras ella.

Hidra estaba tumbada en un rincón. En la parte derecha de su abdomen tenía una herida, aunque más bien la palabra adecuada sería «destrozo». Pude ver partes de su organismo que no debían estar a la vista en ningún cuerpo sano; eso, unido a la enorme cantidad de sangre, hizo que me entraran mareos. La pobre Hidra parecía el paciente que un cirujano ha dejado a medio operar.

Por suerte, no estaba consciente. De lo contrario habría estado sufriendo unos dolores terribles.

—Dios... —musité—. ¿Qué ocurrió?

—Un maldito cocodrilo —respondió Burbuja a mi espalda. En la mano llevaba su camiseta empapada en agua. Se acercó a Hidra y trató de limpiarle la herida con delicadeza.

—¿Vive? —pregunté.

—Sí —respondió Lacombe—. Todavía respira, pero se desmayó hace bastante tiempo y no ha vuelto a recuperar el conocimiento.

—Dudo que eso ocurra. Ya no —añadió Enigma a media voz.

Al escucharla, Burbuja la miró. Me dio la impresión de que se disponía a rebatirla, pero el buscador se limitó a bajar la vista en silencio.

Y así, en silencio, fue como asistimos a los últimos momentos de Hidra. Resultaba evidente que nada podíamos hacer por ayudarla. Era demasiado tarde.

No sé cómo asumió cada uno aquella muerte. Ignoro si Enigma perdía una gran amiga, Burbuja un amor verdadero o si acaso Lacombe mostraba un triste y respetuoso silencio sólo para fingir el hecho de que, después de todo, para ella no era más que una desconocida. En mi caso, no podía dejar de pensar en que aquella valiente mujer se llevaba consigo el secreto del nombre del buscador que traicionó a mi padre.

Sentí su pérdida como la de una compañera más, aunque por una simple coyuntura ya no trabajase en el Sótano. Cualquier buscador caído merece el más profundo y respetuoso de los duelos. Así quise que fuera el mío.

Narváez me dijo una vez que los auténticos buscadores ni siquiera dejan de serlo cuando mueren, pues en ese momento emprenden la más fabulosa y extraordinaria de las búsquedas, aquella que les muestra el único secreto que nadie en el mundo podrá jamás desvelar. Pensé en eso mientras velaba el cuerpo de Hidra y le deseé suerte. Esperaba que lo que encontrase al exhalar su último aliento fuera algo hermoso. Realmente lo merecía.

Cuando al fin dejó de sufrir, aún permanecimos un tiempo callados. Burbuja fue el primero que se atrevió a hablar.

—Ahora ya no es Hidra quien debe preocuparnos; debemos encontrar la forma de salir de aquí.

Enigma se sujetaba los brazos con las manos, como si contuviera un escalofrío. Asintió lentamente con la cabeza y, al fin, dijo:

—Tienes razón. —Se acercó a Burbuja y le colocó una mano encima del hombro, con afecto—. ¿Qué hacemos con ella?

—No tenemos más remedio que dejarla aquí... La ocultaremos para que los cocodrilos no la encuentren... De todas formas, puede que incluso le guste; adoraba a esos malditos bichos.

La boca de Burbuja se torció. Se agachó sobre el cuerpo de Hidra y le dio un beso suave en la frente. Luego me pareció que susurraba algo en su oído, pero no estoy seguro, ya que aparté los ojos de forma discreta.

Burbuja se incorporó de nuevo.

—Vámonos.

Regresamos a la orilla de la laguna para encontrar una manera de salir del foso. Lo primero que se nos ocurrió fue intentar trepar por la pared, pero no había ningún tramo que nos pareciese lo bastante seguro para hacerlo.

Finalmente, Lacombe localizó una pequeña gruta en un extremo de la laguna. El aire parecía menos viciado en aquel lugar, así que pensamos que podría merecer la pena aventurarse en su interior con la esperanza de hallar una salida del desfiladero. En caso de vernos en un callejón sin salida, siempre podíamos volver sobre nuestros pasos.

—De acuerdo, entonces —remató Burbuja—. Por mi parte no hay inconveniente en explorar este agujero. Cualquier cosa me parece mejor alternativa que esperar aquí a que aparezcan más criaturas antediluvianas.

—Eso me recuerda… —dije yo—. Esperad un momento, quiero recuperar la cadena.

—¿De dónde la has sacado, por cierto? —preguntó Enigma—. Ahora que lo pienso, aún no nos has contado cómo te libraste de Yoonah y los hombres de arena… ¿Y qué hay del tesoro? ¿Lo encontraste?

Demasiadas preguntas, y yo demasiado aturdido para responder a todas. Por el momento, lo único que quería era volver a sentir la luz del sol.

—Más o menos… —respondí, evasivo—. Es una historia larga. ¿Queréis sentaros un rato a escucharla o preferís que busquemos una salida?

—Coge tu cadena y larguémonos —dijo Burbuja—. Ahora no tengo ánimo para historias, novato.

Todo el mundo compartió su punto de vista. Recuperé lo que quedaba del legendario tesoro de Yuder Pachá y después me reuní con mis compañeros. Juntos nos introdujimos en la gruta esperando que aquél fuera el primer paso para volver a un lugar seguro.

7
Regreso

La gruta ocultaba un camino que descendía de forma abrupta a través de múltiples recodos. Por suerte, no encontramos ninguna bifurcación que pudiera perdernos en un laberinto de túneles. El único sentido que podíamos tomar era seguir hacia delante.

Nuestras impresiones sobre aquel camino empezaron a volverse positivas. El aire era cada vez menos cerrado e incluso se veían retazos de vegetación en algunos rincones. Daba la impresión de que habíamos tenido la suerte de encontrar un acceso al exterior.

Aproveché el trayecto para relatar de forma somera todo lo que me había ocurrido desde que Yoonah me llevó a punta de pistola hasta el tesoro. No omití ningún detalle salvo el encuentro con el vigilante en la caverna del sarcófago, así como todas las cosas que me reveló. Lo hice porque yo aún no sabía qué pensar de aquello y, de hecho, casi dudaba de que no hubiese sido producto de mi imaginación.

Temí que mis compañeros se enfadasen por el hecho de que no hubiera ningún tesoro al final de aquella búsqueda, y me preparé para soportar de la forma más estoica posible el que me acusaran de haberles arrastrado a una aventura inútil y sin recompensas. En el fondo pensaba que me lo tenía merecido.

Para mi sorpresa, no hubo ningún reproche. Quizá ellos se sentían tan responsables como yo de aquel aparente fracaso.

—Tendríamos que haber imaginado que, si existió algún tesoro, debieron de saquearlo hace siglos —dijo Burbuja con filosófica resignación—. A veces estas cosas pasan.

—Yo creo que no nos ha ido tan mal. Seguimos teniendo las piezas de oro de los arma... Y nos llevamos la famosa Cadena del Profeta —añadió Enigma—. No es que sea una reliquia muy espectacular, pero al menos sabemos que es útil para enfrentarse a cocodrilos gigantes.

Agradecí su inagotable capacidad por mantener siempre una actitud positiva y, una vez más, me alegré de haber realizado aquella búsqueda en su compañía. Deseé que ojalá no fuese la última.

—Me temo que esa cadena no les pertenece —dijo Lacombe—. Ni tampoco esas piezas de oro. Son del pueblo de Malí. Y les recuerdo que aún deben responder por la sustracción del *Mardud* de Sevilla; especialmente usted, señor Alfaro.

Apenas di crédito a lo que acababa de escuchar.

—Por Dios, agente... ¿Habla en serio? —exclamé, aburrido.

Ella se detuvo y nos miró con gesto indignado.

—Dejen que les diga una cosa. No sé por qué clase de absurdo motivo se habrán jugado la vida en estas cuevas, pero el mío lo tengo claro: fue el de encontrarlo a usted, señor Alfaro. No estoy pasando por este infierno para regresar con las manos vacías.

—Será mejor que todos nos calmemos un poco, ¿de acuerdo? —intervino Burbuja—. Primero, comprobemos que esta gruta va a alguna parte, y luego ya haremos planes de futuro.

Los cuatro seguimos caminando, esta vez sumidos en un silencio taciturno. Burbuja y Enigma se adelantaron unos pasos y Lacombe aprovechó aquel momento para hablarme de forma algo más privada.

—Señor Alfaro... —me dijo. Su actitud no parecía hostil, era más bien conciliadora.

—Déjeme en paz, por favor. Ahora mismo no tengo ningunas ganas de discutir con nadie, y menos con usted.

—Escuche... Le aseguro que no tengo nada personal en su contra.

—Déjeme que lo ponga en duda.

—Debe usted comprender que sólo deseo cumplir con mi obligación. No... No quiero que piense que no aprecio lo que ha hecho por mí..., por todos nosotros, allí, en esa fosa... Y reconozco que su capacidad a la hora de encontrar estas reliquias no deja de admirarme; pero tengo una misión y he de llevarla a cabo, ¿comprende?

Aunque me costase admitirlo, la comprendía bien. En el fondo, ambos éramos personas obstinadas con nuestro trabajo.

—Antes dijo que estaba en deuda conmigo —repliqué—. ¿Por qué diablos no me lo demuestra dejándome tranquilo de una vez? A mí y a mis compañeros.

—Me gustaría poder hacerlo, se lo prometo, pero ¿de qué le serviría? Usted aún sigue siendo un objetivo de Interpol. Si yo no le llevo ante las autoridades, alguien acabará por hacerlo; la diferencia es que yo intentaría ponerle las cosas fáciles. Aunque no lo crea, le estaría haciendo un favor.

—Soy un objetivo de Interpol porque usted lo quiso así, no lo olvide. Si tanto desea facilitarme las cosas, entonces quíteme esa maldita Alerta Roja.

Lacombe me miró con gesto apenado.

—Ojalá fuese tan sencillo, pero mi ética...

—Váyanse al infierno usted y su ética —zanjé—. Y será mejor que se saque de la cabeza la idea de llevarme a ninguna parte. Le recuerdo que cuando salgamos de aquí, usted estará en desventaja.

Me aparté de ella para reunirme con Enigma y Burbuja. El resto del camino, la agente marchó siempre unos pasos por detrás de nosotros.

Mis sospechas de que aquel túnel podía ser una salida al desfiladero quedaron felizmente confirmadas cuando logramos alcanzar el final. Una estrecha abertura semioculta tras un telón de raíces nos permitió ver la luz del sol. Habíamos llegado al exterior.

Al arrancar las raíces y salir al aire libre, el sol golpeó en mis pupilas cegándome por un instante. Sentí la calidez del día hormiguear en mi piel, en mi rostro, y cerré los párpados para disfrutar de aquella maravillosa sensación. Empecé a creer que lo peor ya había quedado atrás.

Abrí los ojos y lo primero que vi fue a dos hombres apuntándonos al pecho con sendas armas de fuego.

No me importó demasiado. Casi se había convertido en una rutina desde que empezamos aquel viaje.

No eran hombres de arena, eso fue en lo primero que me fijé. Eran dos muchachos vestidos con ropas militares pero no uniformados. Uno de ellos llevaba unos pantalones de camuflaje color verde combinados con una camisa parda desabrochada, dejando el torso al aire. El otro vestía los mismos pantalones pero color mostaza. Completaban su atuendo una camiseta con el emblema de los Juegos Olímpicos de Nagano y una boina azul en la cabeza.

Ambos eran muy jóvenes, puede que de unos veinte años. Al mirar al que llevaba los pantalones verdes reparé en que tenía un tatuaje en el pecho. Era un diseño ya familiar para mí: una especie de monigote hecho de líneas rectas.

Vi que mis compañeros levantaban los brazos. Hice lo mismo, aunque con suma desgana; estaba demasiado cansado para aquella pantomima.

—¿Y ahora qué? —pregunté al del tatuaje.

Él me respondió con otra pregunta, formulada en un francés deficiente:

—¿Vosotros buscadores?

—¿Qué?

—¿Buscadores u hombres de arena? ¡Responde!

—Buscadores, buscadores —me apresuré a decir—. Pero baja eso, ¿quieres? No vamos a oponer resistencia.

—Vosotros viene. Mansa os quiere.

—¿Quién diablos es Mansa?

—¡Vosotros viene!

—Vale, pero no hace falta enfadarse. Todos tranquilos, ¿de acuerdo? Todos tranquilos.

Los dos muchachos nos empujaron lejos de la pared del desfiladero, hacia una pequeña loma cercana. Allí había un grupo más numeroso de hombres armados, todos con atuendos igual de anárquicos y de edades semejantes. Habrían parecido un simple grupo de jóvenes pasando el rato de no ser por dos detalles: los fusiles y cuchillos que portaban y los cadáveres que había en el suelo.

El uniforme de aquellos cuerpos los hacía fácilmente identificables: todos eran hombres de arena. Deduje que eran los mismos que habían asaltado Ogol junto al doctor Yoonah, aquellos que se suponía que debían montar guardia al pie del desfiladero. Por lo visto, no habían sido muy buenos centinelas.

El joven de la boina nos obligó a detenernos.

—Vosotros espera.

Se alejó tras unos arbustos y al poco rato regresó acompañado de otro hombre. Llevaba puestas unas gafas de sol, a pesar de lo cual reconocí su rostro de inmediato.

Era César.

No me sorprendió tanto como cabía esperar. Hacía mucho tiempo que tenía la certeza de que el chico ocultaba muchas cosas, aunque no supiera cuáles.

César y el de la boina intercambiaron unas palabras en un lenguaje que no entendí. Después, nuestro antiguo socio ordenó que dejaran de apuntarnos con las armas y se acercó a nosotros. A la primera que habló fue a Lacombe.

—Yo la conozco. Usted es aquella agente de Interpol de Koulikoro, ¿no es cierto?

—Exacto. Y le advierto que si pretende secuestrarnos se encontrará con más problemas de los que...

César no la dejó terminar. Dio una orden al joven de la boina y éste se llevó a Lacombe a un lugar lejos de nuestra vista. Tuvo que ser asistido por otro compañero, ya que la intrépida agente opuso una resistencia digna de una francesa muy cabreada.

—¿Qué vas a hacer con ella? —preguntó Burbuja con expresión torva.

—No sufrirá ningún daño. Sólo pretendo que hablemos en privado. —César le miró de arriba abajo—. Veo que sigues con vida. Me alegro.

—Ya. Y tú también —respondió el buscador—. Pero no sé si eso debería alegrarme.

Los labios de César se curvaron en una media sonrisa.

—¿Ni siquiera vas a darme las gracias, buscador?

—¿Por qué diablos debería hacerlo?

—Te salvé la vida en Kolodugu. Fui yo quien te sacó herido e inconsciente de debajo de aquel montón de tierra, y quien te ocultó de los hombres de arena para que no te encontraran. Traté la herida de tu espalda. Sin mí habrías muerto desangrado y, por cuidar de ti, bajé la guardia y ese bastardo de Yoonah me capturó.

Burbuja le miró desafiante.

—Pues en ese caso, te lo agradezco.

—No te sorprendas si no muestra más entusiasmo —intervine—. Yoonah nos dijo que tú le revelaste la existencia de Ogol.

—Sí, lo hice. Los hombres de arena fueron muy insistentes con sus preguntas. Puede que tú tengas la resistencia de un héroe, buscador, pero los demás sólo somos simples mortales —me replicó, sarcástico.

Se quitó las gafas de sol; vi que uno de sus ojos estaba tremendamente hinchado y la piel de alrededor lucía un tono violeta amarillento. También reparé en que su nariz estaba rota. No la tenía así la última vez que nos vimos.

—Te golpearon...

—Eso parece. Lo que puedo jurarte es que no fui un colaborador voluntario. —César mostró una sonrisa de desdén—. Nunca confiaste en mí, ¿verdad, buscador?

—Nunca me diste motivos para hacerlo… Mansa —respondí—. ¿Ése es tu nombre de verdad o es otra cortina de humo?

—Mi nombre es Daoud Muhammad Gao, y soy uno de los Askia, la dinastía real del Imperio songhay. Mansa es como me llaman mis hombres.

Me permití alzar una ceja incrédulo. Aquella revelación sí que me pareció bastante original.

—¿Qué se supone que significa eso? ¿Eres un príncipe o algo parecido?

—Podría haberlo sido… de haber nacido hace cinco siglos. Soy el último descendiente del emperador Ishaq II, a quien Yuder Pachá derrotó en Tondibi. Pero tranquilo, buscador, no voy a exigirte una reverencia.

—Me alegro, tengo las rodillas hechas polvo.

Me costaba tomarme aquella situación en serio. Después de haberme enfrentado con un cocodrilo albino gigante, necesitaba algo de tiempo para convencerme de que el ratero a quien conocí en una comisaría madrileña era la cabeza de una antigua casa imperial.

—Sólo tengo una duda: ¿somos tus prisioneros o tus invitados? Lo digo porque algunos de tus nobles nos miran como si no lo tuvieran claro.

—¿A ti éstos te parecen nobles, buscador?

—Tanto como tú un príncipe imperial.

—En ese caso, sigues teniendo buen ojo. No somos una corte sino más bien una hermandad, quizá incluso un partido… Hay quienes piensan que Malí podría volver a ser una nación próspera si tuviera un rey. Un símbolo que uniera a tuareg, songhay, armas, bambaras…, tal y como ocurrió siglos atrás. La guerra nos hizo pensar que teníamos la oportunidad de alcanzar ese objetivo. ¿Te parece descabellado?

Me encogí de hombros.

—¿Por qué? Si hay algo que he aprendido en Malí es que cualquier grupo armado se cree en su derecho de reivindicar lo que sea. Aspirar a una monarquía no me parece peor que perseguir un estado teocéntrico basado en la ley del Corán. En cualquier caso, no es de mi incumbencia.

—Pensamos de igual manera, buscador. Eres un hombre juicioso.

—Gracias, supongo... Lo único que me gustaría saber es por qué ayudaste a Voynich a robar el *Mardud* y luego quisiste colaborar con nosotros. ¿Somos parte de alguna enrevesada intriga para favorecer tu coronación?

César dejó escapar una risa sardónica.

—No tengo intención de coronarme, al menos a largo plazo... Aún aspiramos a que la gente conozca y respete nuestro movimiento, y esa labor no es sencilla. ¿Sabes cuántos malienses aseguran descender de alguna dinastía imperial? Cientos de ellos. En principio, yo no poseo nada que me haga destacar por encima de los demás, salvo un puñado de fieles dispersos; y ni siquiera ellos creen en mí, muchos apenas saben de mi existencia, sólo creen en mi causa. Necesitaba algo que demostrase que yo soy la persona idónea para unir a todos los pueblos de Malí en el deseo de volver a tener un rey.

—Ya, no sigas: la Cadena del Profeta, el tesoro que todos los antiguos emperadores consideraban como su herencia legítima.

—Exacto. Si yo demostraba tenerla en mi poder, cabía la posibilidad de que eso reforzara nuestra causa. Todos los pueblos de Malí sienten un enorme respeto por sus tradiciones, y la Cadena del Profeta es una de las más importantes. En el pasado, muchos emperadores sustentaron su autoridad en el solo hecho de custodiarla.

—Por eso te propusiste encontrarla —completé.

César asintió.

—Mi gente y yo habíamos oído hablar del *Mardud*, y que en él se encontraban las pistas para hallar la Cadena. Yo sabía que estaba en España, pero no podía recuperarlo solo. Al fin logré encontrar a unas personas que deseaban lo mismo que yo.

—Voynich.

—Sí. Ellos me ofrecieron robar el *Mardud*. Mi intención era aprovecharme de su ayuda y quedarme el libro, pero no me di cuenta de que ellos pensaban hacer lo mismo. Después os encontré a vosotros. Los hombres de Voynich me hablaron mucho del Cuerpo de Buscadores. Conocen muy bien vuestras actividades y os temen tanto como os respetan. Ignoro por qué les causáis tanto interés, ellos nunca me lo dijeron.

—¿Por qué Voynich quería encontrar la Cadena del Profeta?

—No lo sé. Tampoco me importaba. Es un gran tesoro, y todo el mundo quiere un gran tesoro. No obstante, siempre tuve la sensación de que los planes de Voynich iban mucho más allá de localizar la Cadena, que eso sólo era una parte de una ambición mayor, aunque nadie me lo confirmó nunca. Para ellos yo no era más que un simple ratero a sueldo. Ellos tenían sus planes y yo los míos.

—Pero se torcieron...

—Así es. Por suerte, te encontré a ti, buscador. Confieso que al principio sólo deseaba utilizaros para poder inspeccionar el libro, como hice con los hombres de Voynich. Pensé que las indicaciones del *Mardud* serían mucho más claras. Luego me di cuenta de que yo solo jamás podría encontrar la Cadena, pero con vuestra ayuda sería distinto. Únicamente necesitaba suscitar en ti el interés suficiente por ir tras ese tesoro. Creo que no lo hice del todo mal.

—No pienses que todo el mérito de eso es cosa tuya —dijo Burbuja, desabrido—. Hablarle a Faro de tesoros legendarios es como agitar un filete en los hocicos de un perro.

—Todos nos dejamos convencer en realidad —terció Enigma.

Agradecí aquel apunte.

—¿Y en qué consistía tu plan, exactamente? —pregunté—. ¿Ibas a seguirnos hasta el final y luego llevarte la Cadena?

—No hasta el final —admitió nuestro antiguo socio, no sin un leve cinismo—. Sólo hasta que pudiera continuar sin vuestra ayuda. Lo cierto es que pensé que sería fácil, pero... En fin, reconozco que os gusta complicaros la vida. Jamás pensé que empezaríamos el viaje siendo secuestrados por piratas en alta mar.

Aquella alusión me hizo recordar algo.

—Uno de los piratas llevaba tatuado un símbolo igual al que tienes tú. También lo llevan algunos de tus hombres. ¿Acaso él también formaba parte de esto?

—Este signo representa el Pacto que firmamos con nuestra causa —explicó César—. Recuerdo lo de aquel pirata, fue muy sorprendente. Como ya te he dicho, nuestro movimiento es numeroso pero disperso. Aquel hombre debió de formar parte de él para después abandonarlo. Lamentablemente, no creo que sea el único. Yo sólo me limité a echárselo en cara, fue una suerte para nosotros que aquello le alterase tanto.

—Eres todo un maestro en el arte del engaño, César. Debí de suponer que tu único secreto era el de aspirar a un cargo político —dije en tono mordaz—. Sólo por curiosidad, ¿cuándo tenías planeado abandonarnos?

—Ya que lo preguntas, te diré que fue cuando descubriste lo de Ogol, en la Ciudad de los Muertos. Mi idea era acompañaros hasta Mopti y allí reunirme con algunos de mis compañeros para explorar Bandiagara por nuestra cuenta. No tenía previsto lo de los hombres de arena ni que Yoonah me capturaría. Pude escapar de él, pero ya me había sacado toda la información que necesitaba. Después de librarme de los hombres de arena me apresuré a reunir a algunos hombres y venir hasta aquí. Quería impedir que Yoonah se quedase con el tesoro. También temía que si se encontraba con vosotros os pudiera causar algún daño, pues nunca dudé de que acabarías encontrando este lugar por tus propios medios, buscador. —César me miró directamente a la cara con su único ojo sano. Su expresión se tornó muy seria—. Puedes creerme o no, pero lo cierto es que nunca os he querido ningún mal. En momentos de peligro me habéis protegido como a uno de vosotros, jamás habría desentrañado los secretos del *Mardud* sin vuestra ayuda. Tengo una deuda de honor con el Cuerpo de Buscadores. Para mí eso es importante.

César me ofreció su mano. Siendo justos, pensé, nosotros tampoco habríamos llegado muy lejos de no haber sido por él. Fue una alianza interesada, pero todos sacamos algo útil de ella.

Me había hecho muchos enemigos desde que me convertí en buscador. No deseaba tener otro más, así que estreché la mano de César.

—Entonces, ¿vas a dejarnos seguir nuestro camino? —pregunté.

—Nunca tuve otra intención.

César nos pidió que le siguiéramos. Un par de hombres trajeron de nuevo a Lacombe y los cinco fuimos guiados fuera del desfiladero por aquel pintoresco grupo de monárquicos malienses.

Ya en la llanura, César nos señaló unos vehículos todoterreno que estaban ocultos al abrigo de un grupo de acacias. Algunos de sus hombres los vigilaban. Muchos de ellos llevaban tatuados el símbolo del Pacto en lugares visibles.

—Uno de mis hombres os llevará a Mopti sanos y salvos. Lo que hagáis allí es cosa vuestra.

Aquel gesto me resultó inesperado. Volví a estrechar la mano de nuestro antiguo socio.

—Gracias, César... Me alegra que al fin podamos realizar una despedida en condiciones.

—Aún no, buscador. Todavía queda un asunto.

Supuse de lo que estaba hablando. En realidad, me extrañaba que no lo hubiera mencionado hasta entonces.

—Ya... El tesoro, ¿no es eso?

César asintió.

—¿Lo encontraste?

Le mostré la cadena que llevaba al hombro.

—Esto es todo lo que había, te lo aseguro. Cualquier otra riqueza está demasiado escondida para nosotros.

—Entonces es que no existe —dijo César. Luego señaló la cadena—. ¿Puedo verla?

Se la entregué. Nuestro antiguo socio la inspeccionó sin

mostrar una reverencia especial. Como de costumbre, su rostro apenas traslucía ninguna emoción.

—¿Esto es la Cadena del Profeta?

—Es una cadena que estaba alrededor del supuesto cuerpo de un profeta. Si es de la que hablan las leyendas, eso no lo sé.

César me miró a los ojos.

—¿Ya has pensado lo que vas a hacer con ella?

Sí, lo había hecho. Tomé la decisión en el momento en que la vi en las manos de aquel ratero convertido en príncipe. Era la única decisión lógica.

—Quédatela.

Él asintió, sin mostrar sorpresa, como si hubiera esperado esa respuesta.

—¿Estás seguro de eso, Faro? —preguntó Enigma.

—Sí, qué diablos... ¿Qué íbamos a hacer nosotros con ese trasto? ¿Exponerla en el Arqueológico para que un montón de gente que no sabe lo que es le dedique un rápido vistazo antes de centrar su atención en otras piezas más grandes y brillantes? Al menos él sí tiene claro para qué usarla.

Enigma no me llevó la contraria. Burbuja, por su parte, se limitó a encogerse de hombros indicando que dejaba aquel asunto en mis manos.

—Gracias, buscador. Has hecho lo correcto.

—Como ya te dije, nosotros no somos expoliadores. A cambio, sólo te pediré un último favor.

—Adelante. Te escucho.

—Ve a la aldea de Benigoto y busca al hogón. Enséñale la Cadena y dile de mi parte que esto fue lo que encontré en el Oasis Imperecedero. Él comprenderá.

—Haré lo que me pides —aseguró—. ¿Y qué hay del tesoro de los arma?

—¿También lo quieres?

César se pensó un momento la respuesta.

—No, creo que no —dijo al fin—. Es tan antiguo que ya nadie recuerda a quién pertenece. De lo que estoy seguro es de que a mí no. Tú descubriste su existencia y lo encontraste, pienso que tienes derecho a quedártelo como recompensa a tus esfuerzos.

Por un segundo me sentí como un fiel cortesano que recibe el justo pago de un rey magnánimo. Fue una sensación extraña. Dudaba mucho que César lograra ocupar algún día un quimérico trono maliense, pero reconozco que poseía una majestuosa prestancia para aquel puesto. Hubo un momento en que incluso me pareció verosímil que la sangre de los Askia circulara por sus venas.

—Gracias, César..., o Mansa, como tú prefieras.

Mis compañeros y yo subimos al vehículo. Quedaba poco que pudiéramos decirnos, pero me pareció adecuado rubricar aquel momento con alguna fórmula de despedida.

—En fin... Hasta siempre, supongo. Que tengas suerte con tus planes.

—Gracias, buscador. Lo mismo os deseo. Y, ¿quién sabe?, puede que algún día volvamos a encontrarnos.

—Sí, quizá en tu ceremonia de coronación, a la que espero que estemos invitados —dijo Enigma, socarrona.

César sonrió.

Uno de los hombres del grupo se subió al coche y arrancó el motor. El vehículo se puso en marcha a través de la llanura, dejando atrás los desfiladeros. César se quedó en silencio contemplando cómo nos alejábamos. Llevaba su cadena imperial colgada al hombro, como una condecoración.

Pensé en Malí y en sus múltiples caras. Creo que en el mundo quedan pocos lugares como aquél, una tierra donde conviven guerrilleros, académicos, chamanes, pescadores y aspirantes a viejos tronos olvidados. El país de la sal, el oro y la Palabra de Dios.

De algún modo sentí que Malí me había contado una buena historia, pero que entre sus ciudades imperiales, sus desfiladeros y los meandros de su río interminable, aún se ocultaban muchas más. Y quizá eran mejores.

Tal y como César prometió, su hombre nos llevó hasta Mopti y allí nos dejó para seguir nuestro camino de regreso a casa.

Nos apeamos frente al puerto, Enigma, Burbuja, Lacombe y yo. Cuando el todoterreno se marchó, los cuatro nos quedamos mirándonos en silencio, presos de una situación no demasiado cómoda.

Al final, Lacombe carraspeó y se dispuso a hablar.

—Bien... ¿Y ahora qué?

—Ahora es cuando debemos decirnos adiós, agente —respondí—. ¿O acaso pretendía que fuese de otro modo?

Lacombe esbozó una sonrisa amarga.

—Nada ha salido como yo pretendía desde que me crucé con usted por primera vez, señor Alfaro —dijo—. Supongo que es inútil que trate de convencerlo para que se entregue voluntariamente a las autoridades.

—Prueba otra vez, encanto —respondió Enigma, hablando en mi nombre.

Lacombe dejó escapar un suspiro largo y profundo. Era un suspiro de derrota.

—La verdad, no sé qué pensar de ninguno de ustedes... —Sacudió la cabeza de un lado a otro—. No sé quiénes son en realidad, ni tampoco estoy segura de querer saberlo. Aunque no lo crean, yo soy una mujer práctica. No me gusta perder, pero cuando ocurre, sé asumir la derrota. Desde que ando tras su pista, señor Alfaro, he sido secuestrada por una tribu de extraños pigmeos, amenazada de muerte por mercenarios que me echaron de comer a unos cocodrilos y, finalmente, perseguida por una criatura que jamás pensé que vería fuera de una pantalla de cine... Y lo peor de todo es que no estoy más cerca de capturarlo que cuando todo esto empezó. —Lacombe volvió a negar con la cabeza—. No, está claro que seré mucho más feliz si me olvido de usted. Prefiero no pensar en qué clase de problemas me meteré si sigo persiguiéndole. Ya he tenido suficiente. Ustedes ganan.

—Bravo, Julianne —dijo Burbuja, magnánimo—. Es lo más juicioso que la he oído decir desde que la conozco.

Yo, en cambio, quise moderar mi entusiasmo.

—¿Y qué hay de esa Alerta Roja?

—Le puse aquel aviso porque estaba convencida de que usted era un criminal peligroso... A tenor de lo que he visto últimamente, ya no lo tengo tan claro. Quizá me precipité.

—¿Va a quitármela?

—Un segundo, señor Alfaro, no es tan sencillo. Si quiere que haga eso, tendrá que demostrarme que no es un criminal. Necesito algo de su parte.

—¿Como qué?

Ella señaló la bolsa que yo llevaba al hombro.

—Ahí dentro hay un timón de oro que fue robado de un museo en Francia. Si me lo entrega, la OCBC ya no tendrá motivos para perseguirlo y, por lo tanto, Interpol retirará su Alerta Roja.

Era un trato razonable. Saqué el timón de Gallieni de la bolsa y se lo entregué a Lacombe. A pesar de eso, ella aún no pareció satisfecha.

—¿Y qué hay de las otras piezas?

—Éstas no fueron robadas en ningún museo de Francia.

—No, pero tampoco le pertenecen a usted. Las encontró aquí, en Malí, y, por lo tanto, son patrimonio artístico expoliado.

—Eso es muy discutible.

Me mantuve firme en mi negativa. La máscara y el ladrillo eran lo único que me quedaba para poder llevar al Arqueológico de Madrid y hacer que aquella misión no hubiera sido un fracaso absoluto.

—Faro, ¿podemos hablar un momento? —dijo Enigma. Con permiso de Lacombe, nos alejamos para charlar en privado—. Creo que debes dárselas.

—¿Qué? ¡Ni pensarlo! ¡Yo las encontré!

Ella me dirigió una mirada severa.

—Respóndeme a una pregunta: ¿cuál es la misión de un caballero buscador?

—Encontrar el patrimonio histórico español que ha sido expoliado y no puede recuperarse por cauces legales —respondí de mala gana—. Pero...

Ella levantó el dedo índice para hacerme callar.

—Exacto. ¿Recuerdas nuestro lema? «Regresa.» Traemos a casa aquellas piezas que nos pertenecen. Ni esa máscara ni ese ladrillo pueden regresar a donde nunca estuvieron. Si te las llevas, será un expolio. Nosotros no expoliamos. Tú mismo se lo dijiste a César.

—Él me dijo que podía quedármelas...

Era consciente de que la palabra de un aspirante al trono de Malí no constituía ninguna base legal a mis intenciones. Enigma también.

—Bien, pues ya las tienes. Lo que te sugiero es que hagas algo útil con ellas: dáselas a Lacombe y deja que te quite esa maldita Alerta Roja.

—Pero entonces no habremos encontrado... nada.

La expresión de Enigma se suavizó.

—Yo no estoy de acuerdo, cielo... Además, una vez me dijiste que eso no te importaría.

—No puedo desprenderme de ellas, Enigma. Si lo hago os habré arrastrado a una búsqueda inútil.

Ella sonrió y me acarició la mejilla.

—Burbuja tiene razón, para algunas cosas, aún eres un novato... —me dijo—. No siempre podemos volver a casa con un premio. El fracaso también es parte del trabajo de un buscador. Nadie va a responsabilizarte por ello después de todo lo que has hecho... Pero, en cambio, si ahora desaprovechas la oportunidad de quitarte a Interpol de encima, eso sí será culpa tuya.

La capacidad de Enigma para influir en mí nunca dejó de ser eficaz. Aquella vez no fue una excepción. Con aire remolón, regresé junto a Lacombe y le entregué la bolsa con el tesoro después de sacar de ella el resto de mis pertenencias.

—Gracias, señor Alfaro. Ha tomado usted la decisión más juiciosa.

—Ya... Espero que usted cumpla su parte del trato.

Ella irguió la cabeza con aire digno.

—Por supuesto, ¿por quién me toma? En veinticuatro horas le garantizo que no quedará un solo rastro de usted en los archivos de Interpol. —Lacombe se colgó la bolsa al hombro y me ofreció la mano—. Estamos en paz.

Yo la estreché sin entusiasmo. Luego la agente se despidió de mis compañeros y se alejó, perdiéndose entre el gentío del puerto.

Enigma suspiró.

—¿Sabéis qué? Llamadme rara, pero no soy capaz de sentir antipatía por esa mujer.

—Es un jodido grano en el culo —mascculló Burbuja—. Me alegro de no tener que volver a verla.

—Aún no puedo creer que hayamos pasado por todo esto para volver con las manos vacías... —dije, aún desanimado por haberme desprendido de las piezas de oro.

Burbuja me dio una palmada en la espalda.

—Alegra esa cara, novato. ¿Recuerdas cómo empezó todo esto? Por aquel dichoso libro, y ése aún lo seguimos teniendo. Es un éxito que ya nadie nos puede arrebatar.

En eso no le faltaba razón.

Enigma propuso que nos pusiéramos en contacto con Danny de inmediato. Teníamos que ponerla al día de nuestras últimas novedades y, además, necesitábamos que nos mandase dinero para poder tomar un avión de regreso a Madrid, entre otras cosas.

Buscamos un locutorio en la ciudad y dejamos que Burbuja tratara de comunicarse con ella mientras Enigma y yo localizábamos un lugar en el que alojarnos. A los tres nos hacía mucha falta un buen descanso.

Al regresar junto a nuestro compañero, un par de horas después, dedujimos por su expresión que nos esperaban malas noticias. Por lo visto, mientras nosotros deambulábamos por Malí, las cosas tampoco habían sido fáciles en España: Zaguero había muerto asesinado y Yokai estaba en paradero desconocido. Por si aquellas dos revelaciones no nos hubieran causado suficiente impacto, Burbuja completó su informe con una tercera y última mala noticia: Alzaga se había enterado de nuestra escapada africana, y no estaba nada contento.

La vuelta a casa iba a resultar de lo más interesante.

La culpa fue de los gemelos. Alfa y Omega cantaron a dúo en cuanto Alzaga les apretó un poco las tuercas. En su defensa puede decirse que ellos nunca supieron que el asunto de Malí se hacía a espaldas del director del Cuerpo. Su delación fue involuntaria, hasta el punto de que los joyeros ni siquiera fueron conscientes de estar poniéndonos en una situación comprometida.

Lo de Zaguero era otro problema inesperado. Danny tenía la más que firme sospecha de que Voynich estaba tras su muerte. La buscadora reconoció a su hermano que, a falta de alguien en quien confiar, había pedido a Yokai que la ayudase a esclarecer algunos puntos del asesinato. Desde entonces Danny no había vuelto a tener noticias del muchacho, a pesar de que había intentado localizarlo por todos los medios a su alcance, y aquello la tenía muy preocupada.

En Madrid nos aguardaba un buen montón de problemas para darnos la bienvenida, a pesar de lo cual estábamos deseosos por salir de Malí. Aún tuvimos que esperar otros dos días para poder abandonar el país africano.

Un avión comercial de Air France que hacía la ruta entre Bamako y Madrid con escala en París se convirtió en nuestro medio de regreso. La agente Lacombe había cumplido su palabra y no tuve ningún problema para embarcar, ninguna alarma saltó en las aduanas cuando chequearon mi pasaporte, ni agentes de la ley se lanzaron sobre mí para esposarme cuando el avión hizo su escala en Francia. Casi había olvidado lo cómodo que resulta viajar sin ser un prófugo de la Justicia.

Aproveché el largo viaje para reflexionar en profundidad sobre nuestra reciente aventura. Llegué a la conclusión de que Enigma estaba en lo cierto al pensar que la búsqueda no había sido del todo inútil. Al menos, no lo fue para mí.

En Malí encontré dos cosas importantes. Una de ellas fue la sospecha de que el artefacto que se exponía en el Arqueológico como la Mesa de Salomón bien podía tratarse de un fraude. En caso de ser así, aquella posibilidad abría todo un abanico de preguntas: si aquélla no era la verdadera Mesa, ¿dónde estaba la auténtica? ¿Acaso había existido alguna vez? ¿Sospecharon los reyes visigodos que su reliquia era falsa? Yo me inclinaba a pensar que no. Por otro lado, siempre hubo un detalle que me llamó la atención sobre la pieza que encontré en Toledo. Su aspecto modesto no concordaba en absoluto con las fabulosas descripciones que los textos de san Isidoro recogían. Aquel artefacto no era rico, ni grande ni impresionante... ¿Existía entonces la posibilidad de que lo que los antiguos visigodos guardaron en las Cuevas de Hércules no fuera la mesa que yo encontré? Y, de ser así, ¿pudo tratarse del mismo Altar del Nombre que desapareció del Oasis Imperecedero? La duda era inquietante, pero menos descabellada de lo que pudiera parecer.

Tuve que rumiar todas estas reflexiones a solas, pues Enigma y Burbuja seguían sin saber nada de mi extraño encuentro en la tumba del Oasis Imperecedero y, por el momento, yo deseaba seguir manteniéndolo en secreto.

El otro hallazgo que hice en Malí era de carácter personal, y, sin duda, mucho más importante. Había averiguado que mi padre fue un buscador y que murió traicionado durante una misión en Sudamérica. No tenía más datos al respecto que su nombre en clave —Trueno—, de modo que me propuse investigar sobre él en los archivos del Cuerpo en cuanto llegase al Sótano. Estaba ansioso por emprender aquella búsqueda.

Durante la escala en París me encontré con otra desagradable sorpresa. Al adquirir un periódico americano descubrí un desasosegador titular en sus páginas interiores.

CÉLEBRE MATEMÁTICO ES RESCATADO EN MALÍ, decía. La noticia, muy breve, especificaba que un grupo de soldados franceses habían localizado al doctor David Yoonah, del Caltech, en una cueva de los desfiladeros de Bandiagara. El doctor estaba malherido y había sido trasladado a un hospital, aunque no se temía por su vida. La crónica achacaba su estado a un accidente de espeleología.

Maldije de la inoperancia de las antiguas trampas malienses y deseé que mi camino no volviera a cruzarse con aquel asiático de ojos azules, pues el encuentro distaría mucho de ser cordial. Por desgracia, algo me decía que Yoonah y yo aún teníamos muchas cuentas pendientes que saldar.

En Madrid, Danny vino a buscarnos al aeropuerto. Quería tener la oportunidad de hablar con ella a solas, así que, cuando dijo de ir a buscar su coche, yo la acompañé mientras Enigma y Burbuja se quedaban esperando en la puerta de la terminal de llegadas.

—Alzaga está muy molesto —me dijo Danny—. Especialmente contigo, Faro. Piensa que todo esto fue idea tuya.

—¿Por qué diablos tiene esa idea?

—No lo sé, pero yo que tú me prepararía para un buen sermón.

—Mientras sólo sea eso...

Al llegar al coche, ella me miró con expresión analítica.

—Tienes buen aspecto, Tirso Alfaro. El sol de África te ha sentado bien. Y pareces tener más aplomo. Estás... —torció la cabeza a un lado igual que un pajarillo— guapo.

Me atreví a hacer algo que llevaba echando de menos desde hacía tiempo. Me acerqué a ella y la besé. Fue un beso rápido. Mi intención no era tanto la de ser apasionado como la de descubrir en qué punto nos encontrábamos.

Al separarnos, ella me sonrió de medio lado. Una de esas sonrisas difíciles de interpretar.

—Anda, sube al coche —me dijo después—. Ya veo que has vuelto muy efusivo.

Ocupé el asiento del copiloto, junto a ella.

—¿Demasiado, quizá?

—No. En el punto justo.

Dicho esto, puso en marcha el motor y fuimos a recoger a nuestros compañeros. Tras dejar a cada uno en sus respectivos destinos, Danny y yo al fin nos quedamos a solas.

—¿Sabes? —me preguntó después de que dejásemos a su hermano—. Ahora mismo estamos más cerca de mi casa que de la tuya. Podría llevarte allí.

—Imagino que sí, pero ¿por qué iba yo a querer...?

Cortó mi pregunta dejando caer sus labios sobre los míos mientras sujetaba mi cara entre sus manos. Fue un asalto inesperado. El beso más dulce y violento que he tenido la suerte de recibir en mi vida.

Al separarnos me sonrió. A medias. Siempre a medias.

—¿Alguna otra pregunta, caballero buscador?

—Sólo una: ¿tienes dos cepillos de dientes? Creo que olvidé el mío en África.

Danny dejó escapar una carcajada.

Esta vez no tuve la necesidad de escabullirme mientras ella dormía. Quise estar allí, compartiendo el calor de su cuerpo hasta el amanecer, y poder contemplar cómo cambiaba el color de su piel a medida que el sol se filtraba por la ventana.

Sentí envidia de aquella luz. Era una luz afortunada al poder recorrer aquel cuerpo suavemente. Era un agradable trayecto, yo lo sabía bien: había tenido la oportunidad de recorrerlo varias veces aquella noche, y a pesar de que aún seguía a mi lado, decorando el flanco izquierdo de la cama, también sabía que ya lo echaría de menos antes incluso de salir de entre las sábanas y empezar a ponerme la ropa.

Volví la cabeza sobre la almohada (la almohada de Danny, la cama de Danny. El cuerpo de Danny) y dirigí una mirada de antipatía a mis prendas esparcidas por el suelo. Fue como contemplar un carruaje transformándose en calabaza, el anuncio de que algo estupendo iba a finalizar.

De momento no quise pensar en ello, así que volví la cabeza otra vez («ahí os quedáis, ropas estúpidas») y me entretuve en contemplar cómo Danny despertaba.

Quizá mi cara no sea la mejor imagen que alguien puede tener nada más abandonar el sueño, pero Danny sonrió al verla. Es fantástico que alguien te sonría cuando eres lo primero que ve al despertar. Te otorga fuerza para emprender el día. Había olvidado esa sensación.

—Hola... —me dijo—. Así que esta vez te has quedado hasta el final.

—¿Te importa?

—No. Me gusta. —Me acarició el pelo con la mano—. Tú también me gustas, Tirso Alfaro.

—¿Seguirás pensando lo mismo cuando salgamos de aquí y regresemos al Sótano? —Ella hizo un gesto de desagrado—. Vaya. Eso ha sido muy... expresivo.

—Lo siento. No era una respuesta. Sólo ha sido que, de pronto, cuando has mencionado el Sótano, me he acordado otra vez de todo. Los problemas... Las preocupaciones... Esta noche había conseguido olvidarlo.

—Entonces, soy yo quien siente haberlo mencionado.

Danny se inclinó y me dio un breve beso en los labios.

—No es culpa tuya. Ni siquiera el mejor sexo puede borrar la realidad para siempre.

—Gracias. Yo más bien diría que ha sido un buen trabajo en equipo.

Ella rió. Eso me gustó; sin embargo, no olvidaba que había eludido responder a mi primera pregunta.

—No quiero salir de esta cama. Nunca —dijo.

—Pues no lo hagamos, ¿quién nos espera ahí fuera?

Danny esbozó una sonrisa algo triste.

—A ti, una regañina de nuestro insoportable enlace... Yo tengo que tratar de encontrar a Yokai y averiguar qué pasó con

Zaguero. —Me miró pidiendo disculpas con sus ojos—. El deber nos llama.

—No me importa Alzaga, tampoco Yokai. Ni Zaguero.

—Sé que no lo dices en serio.

Suspiró.

—De acuerdo, tienes razón... Pero sí pienso que no tienes por qué sentirte responsable de averiguar quién mató al pobre Zaguero. Eso no es cosa tuya.

—¿Y si lo mataron por algo relacionado con el Cuerpo?

—Pero no estamos seguros de que así fuese.

—No, por eso necesito saber la verdad. —Danny pasó la yema de su dedo índice sobre la cicatriz de mi frente, con suavidad—. Tú tienes tus búsquedas y yo las mías.

—Está bien, lo entiendo. Pero ¿y si no logras averiguar nunca lo que le ocurrió a Zaguero?

—Lo conseguiré —aseveró ella, sin ningún rastro de duda—. Ya deberías conocerme lo suficiente como para saberlo.

Puede que tuviera razón. Salvo quizá al presuponer la profundidad de mis conocimientos sobre ella. Para mí, Danny seguía siendo una pregunta sin respuesta.

De pronto me vino a la memoria una vieja historia que una buena amiga me contó en Malí, frente a un cielo estrellado.

—¿Puedo hacerte una pregunta, Danny?

—Adelante.

—¿Alguna vez has...? Quiero decir... ¿Tú...? —Me aclaré la garganta, incómodo—. ¿Te gusta experimentar..., ya sabes..., cosas nuevas?

Danny me miró con una sonrisa capaz de derretir el hielo. Nunca pensé que pudiera sonreír de esa forma.

—¿Qué te parece si lo compruebas por ti mismo?

Se colocó suavemente sobre mí y me atrapó en lo profundo de un beso, mientras sus manos descendían hábiles por mi pecho.

«El amor es química, Faro, que nadie te diga lo contrario.»

Sabias palabras. Ignoro por qué acudieron a mi mente justo en aquel momento.

Oferta

Finalmente me vi obligado a regresar al mundo real, ese que durante unas horas Danny y yo habíamos sido capaces de conjurar.

Salí de su casa y regresé a la mía. Me sentía muy cansado. Subí la escalera hasta el tercer piso, pensando en la cercana comodidad del hogar y en el inmenso bien que me proporcionaría una ducha en la que la disponibilidad de agua caliente depende sólo de la llave de un grifo. Al llegar frente a la puerta de mi apartamento me detuve en seco. Se escuchaba ruido al otro lado, pero no un ruido simple; sonaba como si dentro de mi casa estuviese teniendo lugar el Desembarco de Normandía.

Introduje la llave en la cerradura. La puerta no estaba cerrada como yo la dejé al marcharme. Abrí y entré. Lo primero que vi fue a un marine acribillando nazis en la pantalla de mi televisor. Luego encontré a Yokai en mi sofá, manejando el mando de una videoconsola.

—Eh, hola —me dijo sin despegar los ojos de la televisión—. Ya has vuelto, genial... ¿Qué tal el viaje?

Estuve a punto de salir, contar hasta diez y volver a entrar; con la esperanza de que al hacerlo pudiera encontrar de nuevo mi pequeño piso tal y como lo dejé, no tapizado con bolsas vacías de patatas fritas, latas de Red Bull, cajas de pizza y un adolescente liberando a Europa de la tiranía nacionalsocialista desde mi sofá.

—¿Qué diablos estás haciendo tú aquí?

—Tranqui, sólo un segundo, ¿vale? Déjame que guarde la partida...

—Oh, por supuesto, disculpa. Tómate el tiempo que necesites.

Yokai puso su juego en pausa y, por fin, me prestó toda su atención.

—Estás cabreado, ¿verdad? Vale, lo comprendo; pero antes de que empieces a flipar, déjame que te explique...

—¡Te has colado en mi casa!

—Sí, bueno, pero en realidad...

—Mierda, ¿llevas puesto mi pijama?

—Es que no tenía...

—¡Quiero que te largues! ¡Ahora!

—¡No puedo! ¡Esos tíos me están persiguiendo!

—¿Qué tíos? ¿De qué diablos estás hablando?

—Eso es lo que estoy tratando de explicarte. La gente de Voynich. Vinieron a mi casa y me destrozaron el ordenador, esos tíos no se andan con mierdas; son peligrosos. Estoy asustado, joder.

Suspiré. Pero finalmente decidí darle algo de tregua al chico para que se justificase. Y, a continuación, lo pondría de patitas en la calle.

—Está bien. ¿Qué ha ocurrido?

—La culpa fue de tu amiga, de Danny. Ella me lió en esta movida, ¿sabes? Yo estaba muy feliz sin meterme con nadie. Mataron a ese poli y ella me pidió que me metiera dentro de los archivos de Voynich para encontrar algo sobre una cosa llamada «Proyecto Lilith». No sé de qué coño iba ese tema, pero debí poner a alguien muy nervioso. Vinieron a mi casa y por poco me pillan, no sé lo que habrían hecho conmigo...

—¿Por qué no acudiste a Danny? Lleva tiempo tratando de localizarte.

—Sí, claro, ¿y ponerla a ella también en peligro? No, tío, ésa no era buena idea.

Yokai siguió contándome sus movimientos. Después de que Voynich asaltara su casa, había decidido desaparecer por un tiempo. No quiso hablar con la policía para no comprometer al Cuerpo y, además, tenía miedo de que la gente de Voynich le estuviera siguiendo.

—Necesitaba un sitio donde esconderme —explicó—, así que pensé, ¿qué coño? ¿Por qué no en tu casa? Esa gente sabe que tú estabas por ahí, en África, así que no me buscarían aquí en la vida.

—¿Cómo averiguaste mi dirección?

—Me colé en tu ficha del Cuerpo, ¿recuerdas?

—Pero... ¿por qué mi casa? —pregunté, desesperado—. Podías haberte ido a un hotel... o..., o yo que sé, ¡cualquier lugar excepto mi casa!

—Joder, tío, eres de lo que no hay... Me dejo los huevos borrando tu nombre de esa movida de Interpol y encima te pones borde. Esperaba un poco de ayuda por tu parte a cambio de todo lo que he hecho por vosotros. ¿Qué más te da si me refugio aquí un par de días? Si estoy en esta situación es por vuestra culpa.

Clavé mis ojos en Yokai. Me habría gustado replicarle, pero reconocí que el muchacho tenía razón: nosotros fuimos quienes lo metimos en aquel embrollo. Lo cierto es que si hubiera sufrido algún daño habría sido una carga en mi conciencia.

Con la idea de calmarme y tomar algo de perspectiva, me senté y encendí un cigarrillo.

—¿Cómo has entrado? —pregunté.

—Bah, no ha sido difícil. Tu casa es antigua y tu cerradura es una mierda. Hay una cosa que se llama *bumping key*...

—Ya sé lo que es una *bumping key* —le interrumpí—. ¿Cuánto tiempo llevas aquí?

—Sólo un par de días... Bueno, quizá hayan sido tres... Puede que cuatro... —La expresión de mi cara evolucionaba de fría a hostil—. ¡Pero no he causado ningún daño, te lo juro! Incluso te he llenado la nevera, y te he regado las plantas y eso.

—No tengo plantas.

—Y también he pillado una de éstas, mira —añadió señalando la videoconsola—. ¡Y con juegos! *Call of Duty*, el *FIFA*, el último de *Assassin's Creed*... Así podemos echar unas partidas, y te la puedes quedar, te la regalo. ¿Qué te parece?

Yokai me miró. En sus ojos había un desesperado afán por agradarme.

No tenía ni la más remota idea de qué hacer con él.

—¿Descubriste algo sobre Voynich?

—Sí que existe una cosa llamada «Proyecto Lilith», pero no sé lo que es, los cabrones lo tienen muy bien oculto. Lo que sí averigüé es que os tienen fichados a todos... Guardé toda la información que pude a medida que iba desentrañando sus archivos, pero se quedó en la memoria del ordenador que destrozaron aquellos tipos. Esa gente es peligrosa, tío. Mucho.

Al chico le resultaba difícil ocultar que estaba asustado. Echarlo a la calle empezó a parecerme cruel, pero tenía claro que no podía quedarse en mi casa. No tenía ninguna intención de compartir piso, ni mucho menos hacer de niñera.

Mis pensamientos se vieron interrumpidos por el timbre del teléfono. Era el fijo. Al responder a la llamada escuché la voz de Urquijo, el abogado. La llamada de castigo que había estado esperando. Durante una breve y fría conversación me informó de que quería reunirse conmigo en el Sótano de inmediato.

—¿Quién era?

—Tengo que irme. —Señalé a Yokai con el dedo, como un padre a punto de echar un sermón—. Tú y yo hablaremos cuando regrese, aún no sé qué diablos voy a hacer contigo.

—Vale. Ok. *No problemo*.

Me guardé las llaves en el bolsillo y me eché un abrigo por los hombros, mientras me dirigía a la puerta.

—Recoge esto un poco, ¿quieres? Parece un jodido estercolero... ¡Y devuélveme mi pijama!

—Eso dijo ella…

Fue lo último que le oí decir antes de salir a la escalera dando un portazo.

Acudí al Sótano asumiendo que había llegado el momento en que Alzaga me leería la cartilla por haberme ido a buscar tesoros a sus espaldas. No había tenido tiempo para pensar una buena excusa, pero esperaba que el hecho de haberme librado de la Alerta Roja de Interpol sirviera para aplacar un poco su enfado. Por lo demás, me dispuse a aguantar el chaparrón de la manera más digna y humilde posible.

El Sótano estaba vacío y oscuro. Me causó una enorme congoja verlo tan falto de actividad. Ojalá Alzaga decidiera volver a reanudar nuestras actividades ahora que Interpol ya no era un estorbo.

Vi a Urquijo en la sala de reuniones esperándome a solas. El director del Cuerpo no estaba con él. Extraño.

—Ah, Faro, ya estás aquí —me saludó el abogado. Su rostro estaba muy serio, aunque en realidad nunca fue un hombre muy efusivo—. Siéntate, por favor.

Contempló cómo tomaba asiento delante de él sin abandonar su cara de asistente a funeral. Eso no me gustó nada. La última vez que Urquijo estuvo en la sala de reuniones con esa cara fue para informarnos de la muerte de Narváez.

Encima de la mesa, frente al abogado, había una carpeta con mi nombre.

—¿Qué ocurre? Por teléfono parecía algo urgente… —pregunté con aire inocente.

El abogado frunció los labios.

—Voy a hacerte una pregunta, Faro, y te aconsejo que la respuesta sea sincera: ¿has estado en África con otros dos agentes del Cuerpo llevando a cabo un trabajo de campo?

—Creo que eso ya lo sabes.

—Lo que quiero es escuchar tu versión.

—No hay mucho que decir al respecto —dije yo, deseoso de pasar aquel trámite lo antes posible—. Encontramos una pista en el *Mardud* de Sevilla sobre una pieza de interés y decidimos seguirla. Eso es todo. El Cuerpo no se vio comprometido.

—Faro, no me pongas las cosas difíciles... No fuisteis a Malí de vacaciones aprovechando unos días libres. Era una labor del Cuerpo en toda regla..., sólo que nadie la autorizó, ¿me equivoco?

—Eso sólo es un punto de vista.

—Me temo que no. ¿Te llevaste la Pila de Kerbala contigo?

—Sí... Puede ser.

—No tenías derecho a disponer de una pieza que estaba en depósito sin la autorización correspondiente. También te serviste de Alfa y Omega para que te ayudaran en tu labor aprovechándote de que ellos no sabían que actuabais a espaldas de vuestros superiores...

—Lo dices como si les hubiéramos obligado. Que yo recuerde, colaboraron con gran entusiasmo.

—En cualquier caso, no debiste hacerlo. Ni siquiera debiste ponerte en contacto con ellos. No sólo ignoraste la orden de Alzaga sobre la suspensión de actividades del Cuerpo, sino que además corriste un riesgo absurdo. Sabías que Interpol te tenía fichado.

—Sobre eso me gustaría añadir que ya no es un problema. Todo está solucionado.

Urquijo sacudió la cabeza con aire de abatimiento.

—No, Faro, no... Me temo que no lo está, y menos para ti.

El tono de su voz me pareció inquietante.

—¿Qué quieres decir?

—Esto me resulta doloroso en extremo, te lo aseguro. No te imaginas cuánto... —El abogado me dirigió una mirada triste y circunspecta; parecía un payaso a punto de echarse a llorar—. Devuélveme tu pase azul, por favor.

—¿Qué?

—Ya me has oído. Ponlo encima de la mesa y luego firma este documento.

Empecé a sentir un sudor frío en la espalda.

—¿Qué documento? ¿Qué demonios es esto?

—Es tu finiquito como agente del Sótano. Lo siento mucho, Faro... —Urquijo hizo una pausa y suspiró—. El Cuerpo Nacional de Buscadores prescinde de tus servicios.

Sentí como si me hubieran dado un puñetazo en el estómago.

—No puede ser... —balbucí—. ¿Despedido? ¡Tiene que ser un error!

—Ojalá lo fuera, pero no es así. Alzaga considera que el asunto de África supone una falta muy grave de disciplina y que, en consecuencia, ya no gozas de su confianza. Dadas las circunstancias, no puedes seguir con nosotros más tiempo.

—¿Y dónde está Alzaga? ¡Quiero que sea él quien me lo diga!

—Por desgracia, esta penosa labor me corresponde ejecutarla a mí. Él no tiene por qué estar presente.

El muy cobarde había firmado mi sentencia y mandado a un sicario para ejecutarla. Casi me alegré de no tenerlo delante, mi reacción podría haber sido mucho más violenta y aquello me habría supuesto un grave problema.

—¡Esto es absurdo! ¡Completamente desproporcionado, y tú lo sabes!

—Lo que yo opine no tiene importancia, sólo soy un gestor. No me es lícito cuestionar una orden del director del Cuerpo... Pero, si te sirve de algo, reconozco que esta medida contraviene mi criterio.

—¿Y qué hay de los demás? ¿También a ellos los va a echar a la calle?

—Serán debidamente expedientados...

—Es decir, que yo soy al único al que despiden —repliqué, rabioso—. ¡No puedo creerlo! ¡No puedes dar tu aprobación a esto!

—Mi aprobación o falta de ella no cambiará en nada la decisión de Alzaga. Como ya te he dicho, sólo me limito a informarte. —El abogado me dirigió una mirada de desamparo—. Por favor, Faro, comprende mi situación. Daría cualquier cosa por no tener que decirte esto, pero es mi trabajo, te ruego que no me lo pongas difícil.

—Pero... tiene que haber algo que yo pueda hacer, cualquier cosa... —dije; empezaba a sentir un incipiente temor por mi futuro—. Deja que hable con Alzaga. Intentaré convencerle de...

—Eso no será posible. Sus órdenes han sido claras.

Me asusté de verdad. La cosa iba en serio.

—Por favor... No pueden echarme. Esto es todo lo que tengo... Yo... —Me faltaron las palabras—. Yo soy un buscador.

Urquijo me miró con ojos apenados.

—No, Tirso —me dijo—. Me temo que ya no lo eres.

Un puñado de palabras de efecto implacable. Por primera vez me di cuenta de que mi suerte ya estaba decidida, y que yo no podía hacer nada para cambiarla.

—Esto no es justo —repliqué, furioso—. Tú sabes que no lo es.

Urquijo al menos tuvo la decencia de apartar la mirada.

—Yo no puedo opinar. No es mi trabajo...

Aquella actitud me pareció cobarde, lo cual me enfureció aún más.

—¡Tu trabajo! Déjame que te diga una cosa, abogado: puede que dentro de poco no tengas ningún trabajo en el que escudarte. Ni tú ni nadie de este sótano. Alzaga nos está llevando a la ruina.

—Es un eficaz gestor... —musitó Urquijo.

—¡No es un buscador! ¡Narváez lo era! ¡Nadie que no sea un buscador debería tener derecho a ocupar el puesto del viejo! ¡Nadie!

—Estás en un error, Tirso. Alzaga era uno de vosotros. Por eso lo escogieron.

No lo escuché. Lo único que quería era marcharme de allí. Me puse en pie de forma abrupta y escupí unas últimas palabras al abogado:

—No te atrevas a decir que era uno de nosotros. Ni siquiera tenía un nombre.

Le di la espalda y me marché. Pude oír que Urquijo balbucía alguna respuesta a mis palabras, pero no quise escucharla. Para mí aquel encuentro ya había terminado.

No recordé lo último que me dijo el abogado hasta mucho tiempo después de aquella reunión, cuando ya era demasiado tarde.

«Oh, pero sí que tenía un nombre...» (eso fue lo que dijo). «Se llamaba Ballesta.»

Abandoné el Sótano por última vez sintiéndome el más desdichado y miserable de todos los seres del universo. En el bolsillo llevaba el documento que certificaba la muerte de Faro, el caballero buscador. De nuevo era Tirso, a secas.

Mi ánimo estaba congelado en una plomiza sensación de vacío. Ni siquiera podía pensar con claridad en las consecuencias de aquella dolorosa pérdida de identidad. Alzaga me había robado el futuro, el corazón. Mi vida. Y lo había hecho de la forma más humillante posible: expulsándome por insubordinación. Una licencia con deshonor.

Como un sonámbulo, regresé a casa sin tener ánimo de otra cosa que no fuera detener el tiempo para no tener que seguir llevando una existencia en la que ya no fuera un caballero buscador.

No sabía si mis compañeros —error: mis antiguos compañeros— estaban al tanto de mi despido. Probablemente no. Sabía que lo adecuado sería informarles yo mismo de ello, pero quería prolongar aquel momento tanto como me fuera posible. Transmitir la noticia era como si yo mismo reconociese que ya no había vuelta atrás.

Y no la había, pero aún no quería asumirlo.

Entré en casa. Por un momento me había olvidado de Yokai, hasta que vi una nota sujeta a un imán de la nevera. «He salido a por comida», decía. Genial. Por si mis problemas no fueran suficientes, aún tenía que encontrar una solución a lo de mi inquilino adolescente. Deseé fervientemente caer en coma allí mismo y pasar el resto de mi vida vegetando en la cama de un hospital.

Dado que eso no ocurrió, y a falta de otra actividad más exigente, me puse a recoger los restos de envases de comida que Yokai había dejado tirados por mi cuarto de estar. La limpieza doméstica siempre ha sido una buena forma de mantener la mente en blanco.

Al cabo de un rato llamaron al timbre de la puerta. Mi invitado regresaba cargado de bolsas de patatas, bebidas energéticas y demás alimentos igualmente sanos, deduje. Estuve a punto de ignorar la llamada y fingir que no había nadie en casa, pero recordé que aquel atolondrado saco de hormonas tenía su propia llave.

Suspiré y abrí la puerta. No era Yokai quien estaba al otro lado.

Era Julianne Lacombe.

La capacidad de aquel día para proporcionarme experiencias desagradables empezaba a rozar lo sobrenatural.

—No puedo creerlo... —dije—. Esto tiene que ser una broma... ¿Qué diablos está haciendo usted aquí?

—Me alegro de volver a verlo, señor Alfaro. ¿Me permite entrar?

¿Por qué no? Lo cierto era que la presencia de la agente no podía destrozar mi moral más de lo que ya lo estaba. Con gesto apático, me aparté a un lado. Ella se metió en el piso y echó una mirada escrupulosa a su alrededor.

—¿Ha estado de fiesta? —preguntó.

—Es que tengo invitados —respondí—. ¿Qué diablos quiere, agente? Quedamos en que iba a dejarme tranquilo.

—Lo siento, creí que me estaba esperando. Le llamé por teléfono ayer. Supuse que ya habría tenido tiempo de regresar de Malí y quería pasar a verlo. Un chico me cogió el recado..., no recuerdo su nombre...

Yokai. Maldito renacuajo. Iba a tener con él más que palabras en cuanto regresara.

—Me temo que ha habido algún fallo de comunicación...

—En realidad estoy de paso. Tenía que acudir a un congreso en México D. F. y he aprovechado para hacer una pequeña escala en Madrid.

—Por lo que veo, nada de vacaciones después de lo de Malí, ¿no?

—Las vacaciones son para quien no disfruta con su trabajo. No es mi caso.

—Admirable —dije, sarcástico—. ¿Y qué quiere de mí?

—¿Recuerda aquellas piezas de oro? Le gustará saber que las hice llegar de inmediato a las autoridades malienses, las cuales se alegraron mucho de recibirlas. Por supuesto, no quise otorgarme méritos inmerecidos, así que mencioné su nombre. El gobierno de Malí está muy impresionado por su hallazgo, señor Alfaro. No saben cómo expresar su agradecimiento por que haya usted recuperado semejante tesoro histórico... Puede que incluso le otorguen la Medalla de la Orden Nacional, de quinta clase.

—Qué bien —dije sin entusiasmo alguno—. ¿Y cuántas clases hay?

—Cinco.

—Estupendo.

—Bueno, quizá al final no se la den..., pero es todo un honor que hayan considerado la posibilidad. La Orden Nacional de Malí se entrega sólo por «méritos excepcionales y lealtad continua en el desempeño de servicio militar o civil en beneficio de la nación». Debería usted sentirse orgulloso de haber hecho lo correcto con esas piezas.

—Estoy eufórico, ¿no se me nota? —Arrojé mi cigarrillo en el interior de una lata vacía—. Gracias por la noticia. No quiero entretenerla más tiempo, seguro que tiene usted muchas cosas que hacer.

—En realidad, señor Alfaro, hay un asunto más que me gustaría comentarle...

Dejé escapar un suspiro de cansancio.

—Adelante, no se prive. Tengo todo el tiempo del mundo.

—Verá... He estado pensando mucho en usted... Lo cierto es que me siento... intrigada por las capacidades de las que ha hecho alarde desde que nos conocemos. Es usted un hombre de muchos recursos, señor Alfaro, y sabe moverse bien en situaciones extremas... ¿Puedo preguntarle cómo se gana la vida?

—Creí que mi compañero ya le había contado algo sobre eso.

—Oh, sí, esa historia de los buscadores de tesoros... —Lacombe sonrió—. Bueno, señor Alfaro, imagino que usted sabe que no soy tan crédula como para tomarme eso en serio. Dígame la verdad, ¿en qué trabaja? Le prometo que sólo lo pregunto por simple curiosidad... ¿Tal vez en algún servicio de inteligencia? ¿Quizá el CNI?

—Pues la verdad es, agente Lacombe, que ahora mismo estoy en el paro. Ya ve.

—¿De veras? Qué interesante...

—Me alegra que lo vea así. A mí me sienta un poco peor.

—Oh, no me malinterprete... Es sólo que estoy segura de que un hombre con sus aptitudes no debería tener problemas a la hora de encontrar un trabajo en el que poder aplicarlas.

Yo creía haberlo encontrado. Por desgracia, acababan de rescindir mi contrato.

—Gracias. Sí. Espero tener alguna oferta interesante en el futuro...

Lacombe se inclinó hacia mí. Sus ojos brillaban con una expresión astuta.

—¿Por qué esperar tanto, señor Alfaro? Déjeme que le haga una pregunta: ¿qué le parecería trabajar para Interpol?

Miré a Lacombe con un gesto de sorpresa. No estaba seguro de haber entendido bien su pregunta.

—¿Cómo dice?

—La agencia necesita gente como usted. Y creo que sería mucho más provechoso para todos que pusiera sus asombrosas habilidades al servicio del cumplimiento de la ley, y no al contrario. Disponemos de un sofisticado departamento de delitos contra el patrimonio histórico y artístico internacional, en el cual yo trabajo. Pienso que usted encajaría muy bien allí... Imagíneselo, señor Alfaro: rastrearía obras de arte por todo el mundo, poniéndolas a salvo de criminales y traficantes... Quizá podría ayudarnos a localizar piezas que llevan perdidas décadas. ¿No le gustaría hacer algo así? ¡Es el trabajo más fascinante del mundo!

Escuché aquellas palabras sin ser capaz de asimilarlas del todo. Aquello sonaba tan parecido a lo que hacía un buscador...

Ella continuó hablando.

—No hace falta que decida nada ahora. Tómese su tiempo para pensarlo, por favor. —La agente se puso en pie—. Como ya le he dicho, tengo que ir a México. Estaré allí una semana. Si le parece, podemos vernos cuando regrese y, entonces, me dirá qué le parece mi oferta.

—¿Una semana? Pero... Yo... —repuse. Aquel giro de los acontecimientos me había tomado tan de sorpresa que no era capaz de pronunciar más que monosílabos.

—Exacto. Le llamaré, ¿de acuerdo? Entretanto, piense en lo que le he dicho. Infórmese, consúltelo con sus amigos y parientes... —Lacombe se dirigió hacia la puerta y la abrió. Antes de abandonar el piso me regaló una sonrisa—. Le dije que estaba en deuda con usted. Creo que ésta es la mejor manera de pagársela y que todos salgamos ganando. Hágame caso, señor Alfaro, Interpol es el lugar ideal para un hombre de sus cualidades.

Se despidió y se marchó, dejándome solo.

Me quedé parado delante de la puerta sin ser capaz de arrancar el hilo de mis pensamientos. Mi mundo parecía estar cambiando a un ritmo mucho más frenético del que yo podía seguir.

Interpol... Yo, Tirso Alfaro, un antiguo buscador, convertido en agente de Interpol. Era casi una traición, como pasarse al bando enemigo.

Tardé bastante tiempo en decidirme, pero al fin lo hice. Eso dio lugar a una curiosa historia; podría contártela, si quieres.

Presta atención. Es bastante buena.

Nota

Gran parte de los datos expuestos en esta obra son reales, otros son mera ficción. Considero innecesario exponer cuáles son unos y cuáles otros. Sean los lectores quienes lo decidan por su cuenta.

A cualquier escritor, y mucho más a mí, que no dejo de intentar convertirme en uno, le resultaría imposible imaginar una hazaña como la de Yuder Pachá y un lugar como Malí. La mayoría de los hechos narrados sobre el conquistador, el país y su circunstancia son reales, así como la misión que las fuerzas internacionales llevan a cabo en su territorio. Mientras escribo estas líneas, operaciones como Barkhane o EUTM siguen activas (esta última, por cierto, con gran presencia de soldados españoles que realizan una admirable y, a menudo, peligrosa labor). Por necesidades del relato, he tenido que aportar algo de mi cosecha al funcionamiento de dichos operativos, así como algunos detalles que atañen a los protocolos de actuación de Interpol, el CNI y otras fuerzas de seguridad mencionadas en la novela.

Agradezco a mi hermana Almudena el haberme resuelto varias dudas sobre el particular. Su ayuda ha contribuido en gran medida a dotar este relato de verosimilitud. En caso de no haberlo logrado, acháqueseme a mí en exclusiva tal responsabilidad. De igual modo, quiero agradecer a la doctora Marta Betés su paciencia a la hora de resolverme diversas cuestiones médicas, y, sobre todo, el haber sido la causante de que Danny sufriera una conveniente rotura de costillas.

Todas las sugerencias de Almudena y Marta fueron correctas y oportunas. Si hubiera hecho un mal uso de ellas a la hora de trasladarlas a la ficción, es sólo culpa mía.

Quiero dar de nuevo las gracias a todo el equipo de Plaza & Janés y a mi editor, Alberto Marcos. Ellos han puesto cara y color al Cuerpo Nacional de Buscadores, y lo han hecho con tanto celo y cuidado como lo haría un miembro del Cuerpo. Enhorabuena por un magnífico trabajo de edición del que me siento muy orgulloso.

Por último, doy las gracias a todos los que habéis llegado hasta esta etapa de la historia de Faro. Espero que al menos haya resultado entretenida.

L. M. M.

Índice

TERCERA PARTE

EL TESORO DE LOS ARMA

CUARTA PARTE

LA CADENA DEL PROFETA

El papel utilizado para la impresión de este libro
ha sido fabricado a partir de madera
procedente de bosques y plantaciones
gestionados con los más altos estándares ambientales,
garantizando una explotación de los recursos
sostenible con el medio ambiente
y beneficiosa para las personas.
Por este motivo, Greenpeace acredita que
este libro cumple los requisitos ambientales y sociales
necesarios para ser considerado
un libro «amigo de los bosques».
El proyecto «Libros amigos de los bosques» promueve
la conservación y el uso sostenible de los bosques,
en especial de los Bosques Primarios,
los últimos bosques vírgenes del planeta.

Papel certificado por el Forest Stewardship Council®